DAS MÄDCHEN AMAN

Eine Nomadin erzählt

aufgezeichnet von
Virginia Lee Barnes und
Janice Boddy

Aus dem Englischen von Sabine Schulte

unverkäufliches Leseexemplar
Erstverkaufstag der gebundenen
Ausgabe: 10. Februar 1995

Hoffmann und Campe

Alle Namen in diesem Buch – auch der Name von Amans Heimatort, Mango Village, – wurden geändert, um die Privatsphäre der einzelnen zu bewahren. Aman hat die Pseudonyme in diesem Bericht über ihr Leben alle selbst gewählt. Aman bedeutet »vertrauenswürdig«, und Rahima, der Name, den sie Virginia Lee Barnes gab, bedeutet »mitfühlend«. – J. B.

Die Deutsche Bibliothek – CIP-Einheitsaufnahme
Aman:
Das Mädchen Aman : eine Nomadin erzählt / [Aman].
Aufgezeichn. von Virginia Lee Barnes und Janice Boddy.
Aus dem Engl. von Sabine Schulte.
– 1. Aufl. – Hamburg : Hoffmann und Campe, 1995
Einheitssacht.: Aman <dt.>
ISBN 3-455-11049-5
NE: Barnes, Virginia Lee [Bearb.]; HST

Die Originalausgabe erschien unter dem Titel
AMAN. The Story of a Somali Girl
beim Verlag Alfred A. Knopf Canada, Toronto

Übersetzung des Nachwortes (»Hintergrundinformationen…«)
von *Annette Charpentier*

Schutzumschlaggestaltung: Werner Rebhuhn unter Verwendung
einer Fotografie von Carol Beckwith/Robert Estall Agency
Satz: Utesch Satztechnik GmbH, Hamburg
Druck und Bindung: Clausen & Bossse, Leck
Printed in Germany

INHALT

Für Mama, Großmama und Lee

und für alle Freunde, die mir geholfen haben,
und für alle, die meinem Volk geholfen haben

VORWORT

Eine mündlich überlieferte Geschichte gestattet uns, ganz so wie ein realistischer Roman, durch Alltagserfahrungen in ganz gewöhnlichen Lebensgeschichten zu Zeugen des jeweiligen Zeitabschnitts und der Veränderung zu werden. Dieses Buch ist Geschichte in »Nahaufnahme«, dargestellt von einer Frau, die in den Ereignissen, die sie schildert, ganz aufgeht, deren Worte das verborgene Gerüst aus Kultur, Religion und Moral aufdecken, welches ihre Handlungen und die Handlungen anderer bestimmt. Amans Erzählung, die Geschichte ihres Lebens und ihrer Familie in Somalia, beginnt lange vor ihrer Geburt und endet kurz nach ihrer Flucht nach Kenia und weiter nach Tansania, mit siebzehn Jahren. Sie ist zugleich ein eindrucksvoller Bericht vom schnellen sozialen Wandel im ariden Nordosten Afrikas und eine ehrliche, sehr persönliche Geschichte vom Kampf eines jungen Mädchens, erwachsen zu werden, von ihrer Willensstärke und ihrer bemerkenswerten Widerstandskraft angesichts ungeheurer gesellschaftlich bedingter Schwierigkeiten. Und dazu ist diese Geschichte sehr schön und manchmal schmerzlich ergreifend erzählt.

Virginia Lee Barnes, die Anthropologin, mit der Aman bei der Abfassung dieser Jugenderinnerungen ursprünglich zusammengearbeitet hatte, bemerkte einige Monate vor ihrem frühen Tod in einem wissenschaftlichen Aufsatz, daß sie lange nach einer Frau aus Somalia gesucht habe, die der Welt ihre Lebensgeschichte erzählen würde. Lee schrieb: »Ich wußte, daß so eine Frau, wenn ich sie finden würde, eine großartige Geschichte erzählen würde, weil die somalische Kultur eine eigene große Erzähltradition besitzt; die Somalis sind in der ganzen Welt als ein Volk von Dichtern bekannt – ein Volk, das die Kunst der Worte meistert.« Aman verfügt, ebenso wie andere, die in einer weitgehend oralen Kultur aufgewachsen sind, über ein beeindruckendes Erinnerungsvermögen. Gesellschaften mit mündlichen Traditionen pflegen die Kunst des Sicherinnerns, und wenn diese mit dramatischem Geschick gepaart wird, kann das Ergebnis atemberaubend sein. Selbstverständlich sind Geschichten phantasievolle Übersetzungen von gelebtem Leben in erzähltes Leben. Und das Gedächtnis arbeitet natürlich selektiv: Eine Erinnerung an die Vergangenheit ist nie völlig frei von den Einflüssen gegenwärtiger Umstände oder Erkenntnisse. Doch die Spuren, die Amans erwachsenes Ich in dieser Geschichte ihrer Jugend hinterläßt, sind nur schwach. In Amans Biographie spiegelt sich die somalische Kultur mit ihren Themen und Belangen wider, so wie Aman sie als Heranwachsende in den fünfziger und sechziger Jahren dieses Jahrhunderts erlebte und wie sie, in traurig zersplitterter Form, heute weiterbesteht.

Während ich dies schreibe, Anfang 1994, ist in den Nachrichten sehr häufig von Somalia die Rede. Von den Wirren eines bitteren Bürgerkrieges erfaßt – von »brutaler Anarchie«, wie manche Reporter es beschreiben –, der durch eine schreckliche Hungersnot, die zum Teil durch den Krieg ausgelöst wurde, noch verschärft wird, ist Somalia heute ein tragisches Land, ein Land des Todes und der Flüchtlinge. Etwa 30000 somalische Flüchtlinge leben gegenwärtig in der kanadischen Stadt, in der ich unterrichte. Auch Aman selbst lebt jetzt im Ausland. Doch ihre Geschichte gestattet uns, die Uhr zurückzudrehen zu einer friedlicheren Zeit, als Mogadischu, die Hauptstadt, als die sicherste Stadt in Ostafrika gepriesen wurde – *relativ* sicher heißt das, wenn man ein junges Mädchen auf der Flucht war; sicher, wenn man den Umgang mit Männern einmal gelernt hatte. Amans Geschichte von Not und Triumph, vom »Lernen« – wie sie die Gesetze der Straße und der Gesellschaft erfaßt – verschafft uns die ungewöhnliche Möglichkeit, Einblick in die Welt des verwundbarsten somalischen Bürgers zu nehmen: des weiblichen Kindes. Es ist die Geschichte eines einzelnen Mädchens; sie steht nicht für alle. Aber sie widerspricht den Bildern in den Medien, die Somalia als ein Land verhungernder, völlig vernachlässigter Kinder und unmenschlicher, plündernder »Kriegsherren« darstellen.

Aman gehörte im kolonialen Somalia und im Somalia nach der Unabhängigkeit nicht zu den Reichen und Mächtigen. Sie beschreibt die sozialen Gegebenheiten ihres Landes aus der Position einer Frau, die sie erlebt hat, ohne übertriebene theoretische Überlegungen. Im Englischen, der Sprache, in der Amans Erzählung aufgezeichnet wurde, fehlen die feinen Unterscheidungen für die verschiedenen Verwandtschaftsgrade. Trotz dieser Schwierigkeit beschreibt ihre Geschichte ein System von familiären und verwandtschaftlichen Bindungen, das sich stark von europäischen Formen unterscheidet, anderen afrikanischen und nahöstlichen Systemen jedoch ähnelt. In Somalia gilt, wie Aman es ausdrückt: »Das Blut des Vaters zählt.« Die Abstammung wird ausschließlich durch die väterliche Linie bestimmt, über mehrere Generationen zurück bis zu einem gemeinsamen Patriarchen, dem Gründervater. Nachkommen innerhalb dieser väterlichen Linie bilden eine Sippe – eine Vatersippe, um genau zu sein –, die nach ihrem Gründer benannt ist. Größere Gruppen entstehen, wenn man noch weiter in die Vergangenheit zurückgeht; diese bezeichnet Aman als »Stämme«, obwohl die Begriffe »Clan« und »Clanfamilie« in der westlichen Presse häufiger verwendet werden. Und darüber hinausgehend glauben Somalis daran, daß sie alle von einigen wenigen Vorvätern abstammen, die Söhne und Enkel eines einzigen Vaters waren, des mythischen Samaale. Ob nah oder entfernt verwandt, jede Abstammungsgruppe ist ebenso eine politische Vereinigung wie eine Verwandtschaftseinheit. Wo sich jedoch Anthropologen und zweifellos auch Angehörige somalischer Clans mit den politischen Feinheiten des Systems herumschlagen, spricht Aman erfrischend von Menschen: »Schwestern«, »Kusinen«, »Verwandten«.

Obwohl »das Blut des Vaters zählt« und die politische Zugehörigkeit bestimmt, erkennen die Somalis auch die Beziehungen zu den Verwandten mütterlicherseits an, zu den Angehörigen der Abstammungsgruppen der Mütter, der Großmütter väterlicherseits und der Großmütter mütterlicherseits. Diesen Beziehungen fehlen zwar die politische Autorität und die starken Verpflichtungen der patrilinearen Verwandtschaftsbeziehungen, aber sie sind wichtige Quellen der Hilfe und Unterstützung. Das gilt auch für angeheiratete Verwandte. Aman ist häufig auf solche Hilfe angewiesen, wenn sie vor den Söhnen ihres Vaters flieht. Die mutterzentrierte Familie, in der sie aufwuchs, steht im Widerspruch zum Ideal der Somalis: Aman wohnt nicht bei ihrem Vater und seinen älteren Kindern, und ihr Halbbruder und ihre Halbschwester mütterlicherseits, mit denen sie zusammenlebt, gehören beide nicht zu ihrer Sippe. Doch Amans häusliche Situation ist, wie die Romane von Nurrudin Farah beschreiben, im Süden Somalias durchaus nicht ungewöhnlich.

Amans Haltung zu ihrer Kultur (dieser Begriff wird von ihr verwendet) ist nicht eindeutig. Bestimmte Aspekte schätzt sie sehr, andere verachtet und verurteilt sie. Im Hinblick auf all diese Fragen liefert ihr Bericht eine willkommene Korrektur der Auffassung, daß die Kultur den Menschen völlig bestimme, und stellt die gängige westliche Ansicht, daß muslimische Gesellschaften rigide und homogen seien, in Frage. Zu häufig wird angenommen, daß die gesellschaftlichen Ideale von männlicher Autorität und weiblicher Unterordnung von den muslimischen Frauen selbst nicht hinterfragt würden. Derartige Ansichten sprechen Frauen politischen Scharfsinn ab und lassen die Feinheiten der Beziehungen zwischen Frauen und Männern unberücksichtigt, sie übersehen die Macht und den wichtigen Beitrag der Frauen in der Realität, sie übersehen die subtilen Formen, in denen Frauen auf der Suche nach Selbstverwirklichung die »Regeln« anwenden oder unterlaufen können.[1] Doch auch wenn Aman einigen Gebräuchen ihrer Gesellschaft Widerstand entgegensetzt, so entzieht sie sich ihren Werten und Belangen nicht. Ihre Haltung zu ihrer eigenen Rebellion ist zwiespältig, sie widersetzt sich denjenigen, die sie bestrafen, weil sie ihre Erwartungen nicht erfüllt, schämt sich aber trotzdem und ist peinlich berührt, wenn sie den Erwartungen nicht gerecht wird. Sie hat die Zwänge ihrer Kultur verinnerlicht, so wie wir alle es tun, und sie reflektiert diese Zwänge nur selten: »So war es«, sagt sie, »so ist es.«

Wie Das Mädchen Aman *entstand*

Dieses Buch ist von Anfang an ein Gemeinschaftsunternehmen gewesen. Die Worte stammen von Aman, aber wie sie in ihre jetzige Form gebracht wurden, verdient einige Anmerkungen.

Virginia Lee Barnes war eine amerikanische Anthropologin, die bei den Lugbara im Nordwesten Ugandas Feldforschung für ihre Doktorarbeit (University of Hawaii) machte. Vorher, von 1965 bis 1967, war sie mit dem Friedenskorps in Somalia gewesen, und 1981 kehrte sie als freiwillige Helferin in einem Flüchtlingslager im Süden dorthin zurück. 1982 lebte Aman in Italien, wo sie einen amerikanischen Militärangehörigen kennenlernte und heiratete. Kurz darauf zog sie in die Vereinigten Staaten, und drei Jahre später lernten Lee und Aman sich kennen. Sie wurden gute Freundinnen. In ihren häufigen Unterhaltungen begann Amans Lebensgeschichte sich zu entfalten, und die Anthropologin in Lee war fasziniert. Die beiden Frauen fingen an, bei ihren Gesprächen einen Kassettenrekorder mitlaufen zu lassen. Anschließend schrieb Lee Amans Erzählung ab und las sie ihr beim nächsten Treffen wieder vor, damit Aman klarstellen oder verändern konnte. Anfänglich zögerte Aman, auch nur den Namen ihres Landes preiszugeben. Im Laufe der Arbeit ließ ihre Zurückhaltung jedoch nach. Sie nannte Ortschaften, verbarg aber weiterhin die Identität der einzelnen Personen, um nicht durch ihre Enthüllungen Schande über sie zu bringen – eine Schande, die bei der engen Verbindung zwischen Politik und Verwandtschaftsverhältnissen in Somalia böse Folgen haben könnte. Die Arbeit am Manuskript endete 1989, als Lee erkrankte; sie starb im folgenden Sommer. Zum Zeitpunkt ihres Todes hatte sie eine Rohfassung fertiggestellt, mit der Einleitung begonnen und einige Anfragen an mögliche Verlage gerichtet.

Nach ihrem Tod übernahm Martin Buss, Theologieprofessor an der Emory University, der mit Lee befreundet war, die Aufgabe, das Manuskript auf Stimmigkeit und Wiederholungen hin durchzusehen und zu lektorieren. Martin setzte zusammen mit Lees Schwester und Testamentsvollstreckerin Penny Orr und Lees akademischem Mentor John Middleton, Professor Emeritus der Anthropologie in Yale, die Suche nach einem Verlag fort und sah sich nach jemandem um, der eine Einleitung für den Text schreiben würde. Letzteres führte dazu, daß John mit mir Kontakt aufnahm, und ich willigte vorläufig ein. Ich war Lee auf einer Reihe von Tagungen begegnet, wo wir uns über unser gemeinsames Interessengebiet Nordostafrika unterhalten hatten, zum letzten Mal im November 1989, als es ihr nicht gut ging. Später, als ich Aman kennenlernte, erfuhr ich, daß Lee ihr meinen Namen und meine Telefonnummer gegeben hatte mit der Anweisung, mich zu bitten, die Bemühungen um eine Veröffentlichung der Geschichte fortzusetzen, falls ihr selbst etwas zustoßen sollte. Meine Beteiligung an dem Projekt war zwar auf andere Weise zustande gekommen, aber Lees Wunsch ist erfüllt worden: Anscheinend war es Aman und mir vom Schicksal bestimmt, die Arbeit gemeinsam zu Ende zu bringen.

Im Winter 1992 las ich das Manuskript, und ich war von dieser Momentaufnahme einer Gesellschaft im Umbruch, gesehen mit den Augen eines Mädchens, sofort gefesselt. Als ich die Recherche für das anthropologische Nachwort abgeschlossen und es verfaßt hatte, wandte ich mich an

Louise Dennys beim Verlag Knopf Canada, die Interesse an meiner Arbeit mit afrikanischen Frauen bewiesen hatte. Knopf Canada fühlte sich sofort von Amans direkter Stimme angezogen: von ihrer mutigen und unerschrockenen Art, ihre Geschichte zu erzählen, selbst wenn es um Themen geht, die so oft tabu sind, von ihrer Vitalität, die sie dazu brachte, auszureißen und zum Straßenkind zu werden, und von dem Mut, der sie veranlaßte, nach dem Militärputsch nachts aus dem im Aufruhr befindlichen Somalia zu fliehen. Allerdings fand man im Verlag, und ich stimmte dem zu, daß die Geschichte noch einige Lücken hatte. Das führte schließlich dazu, daß ich Aman im Sommer 1993 in ihrer Heimatstadt interviewte. Wir verstanden uns gut und arbeiteten fast eine Woche lang intensiv zusammen. Die Abschrift unserer auf Kassette aufgezeichneten Unterhaltungen umfaßte mehrere hundert Seiten und lieferte viel wertvolles Material, fast ein neues Buch, eine differenziertere, stärker reflektierende Stimme.

Ich korrigierte die Abschrift und fertigte ein Register an, aber inzwischen hatte das Semester wieder begonnen, und die Aufgabe, das neue Material in den ursprünglichen Text zu integrieren, fiel in der Hauptsache der Lektoratsassistentin Rebecca Godfrey bei Knopf Canada zu, die einen Abschluß in Kulturanthropologie besaß. Zusammen diskutierten und lektorierten Louise, Rebecca und ich das Manuskript Seite für Seite und Szene für Szene, wobei wir sorgfältig bemüht waren, uns so eng wie möglich an die von Aman vorgegebene Chronologie zu halten. Uns erschien es sehr wichtig, Amans Gewohnheit, ihre Freundin Rahima (Lee) persönlich anzusprechen, zu respektieren, um die Unmittelbarkeit des Erzählens bei ihren Gesprächen mit Lee und später mit mir zu bewahren. Bevor wir die Arbeit abschlossen, flog Aman dann nach Toronto, wo ihr über mehrere Tage hinweg im Konferenzsaal des Verlages das Manuskript vorgelesen wurde. Sie korrigierte den Text, den sie seit der Zeit vor Lees Tod nicht mehr gehört hatte, und stimmte zu oder verbesserte.

Amans Muttersprache Somali ist poetisch und nuancenreich. Aman spricht erst seit kurzer Zeit fließend Englisch – und kann es weder lesen noch schreiben –, doch ihrem Erzähltalent tut das keinen Abbruch. Bei der Umarbeitung ihrer Worte zu einem geschriebenen Text behielten wir ihre Ausdrücke und ihren Sprechrhythmus bei. Doch da ein Buch nur einen beschränkten Umfang hat, mußten wir einige Einzelheiten auslassen. Beim Lektorieren wurden wir von Amans jüngerem, gebildetem Vetter unterstützt, der uns bei der somalischen Schreibweise und den somalischen Ausdrücken sehr half. (Um der besseren Lesbarkeit willen haben wir jedoch manchmal die Schreibweisen verwendet, die in der internationalen Presse am häufigsten verwendet werden, zum Beispiel bei Ortsnamen wie Mogadishu. [Die deutsche Übersetzung orientiert sich an den Gepflogenheiten der deutschen Presse: z. B. Mogadischu. Anm. d. Lektors.]) Während der Arbeit wählte Aman für Personen, die sie ursprünglich nur als »meine Schwester«, »meinen Vetter« oder »meinen Freund« bezeichnet hatte, Pseudonyme; Personen, deren Ruf durch ihren Bericht Schaden leiden könnte, blieben unbenannt.

Amans Geschichte ist ein beredtes, dramatisches Kunstwerk, das für sich selbst steht. Für Leser jedoch, die mit Somalia nicht vertraut sind, habe ich ein Nachwort geschrieben, welches den historischen und kulturellen Kontext für Ereignisse und Sitten liefert, die Aman in ihrem Text beschreibt oder auf die sie anspielt. In diesem Nachwort wird auf die gesellschaftlichen Beziehungen der Somalis und die Einstellung der Frauen dazu genauer eingegangen. Meine eigenen anthropologischen Studien, über die ich ein 1989 publiziertes Buch verfaßt habe[2], konzentrieren sich vor allem auf den nördlichen Sudan, eine Wüstenregion in Nordafrika, die Ähnlichkeiten mit Somalia aufweist, geographisch aber durch das kulturell und religiös andersartige äthiopische Hochland davon getrennt ist. Beinahe zwei Jahre lang habe ich in einem Dorf am oberen Nil mit Frauen zusammengelebt, die, wie die Somalis, sunnitische Muslime sind und deren gesellschaftliche Struktur durch die patrilineare Abstammung bestimmt wird. Es gibt zwar viele soziale und historische Unterschiede zwischen Amans Gesellschaft und der des muslimischen Sudan – die ich am besten kenne –, doch in wichtigen Zügen gleichen sich die beiden. Auffällig sind hier die Mechanismen, die das Leben der Frauen kontrollieren sollen. Wie die Frauen in diesem Buch werden auch die Mädchen im nördlichen Sudan beschnitten, das heißt, daß die Klitoridektomie (Entfernung der Klitoris und der kleinen Schamlippen) und die Infibulation (Beschneiden und operatives Verschließen der äußeren Schamlippen) vorgenommen werden; Ehen werden für Frauen meistens arrangiert; Frauen und Männer halten sich, auf unterschiedliche Art, an einen Ehrenkodex, der mit jenen vergleichbar ist, die in ganz Nordafrika und im islamischen Nahen Osten zu finden sind; verheiratete Frauen können von launenhaften Geistern besessen sein und an einer kultischen Handlung teilnehmen, die man *zar* nennt. Auf der Grundlage dieser Gemeinsamkeiten zwischen den Frauen, mit denen wir gearbeitet haben und deren Gesellschaften wir sowohl respektiert als auch mit zwiespältigen Gefühlen bewundert haben, griff ich zur Feder, um bei der Vollendung von Lees Werk zu helfen.

Das Buch *Das Mädchen Aman* zusammenzustellen war ein anregender, kooperativer Prozeß, die Arbeit vieler Menschen, die es für wichtig halten, daß die Stimme dieser Somalifrau gehört wird.

Janice Boddy
Toronto, Ontario
27. Februar 1994

DAS MÄDCHEN AMAN

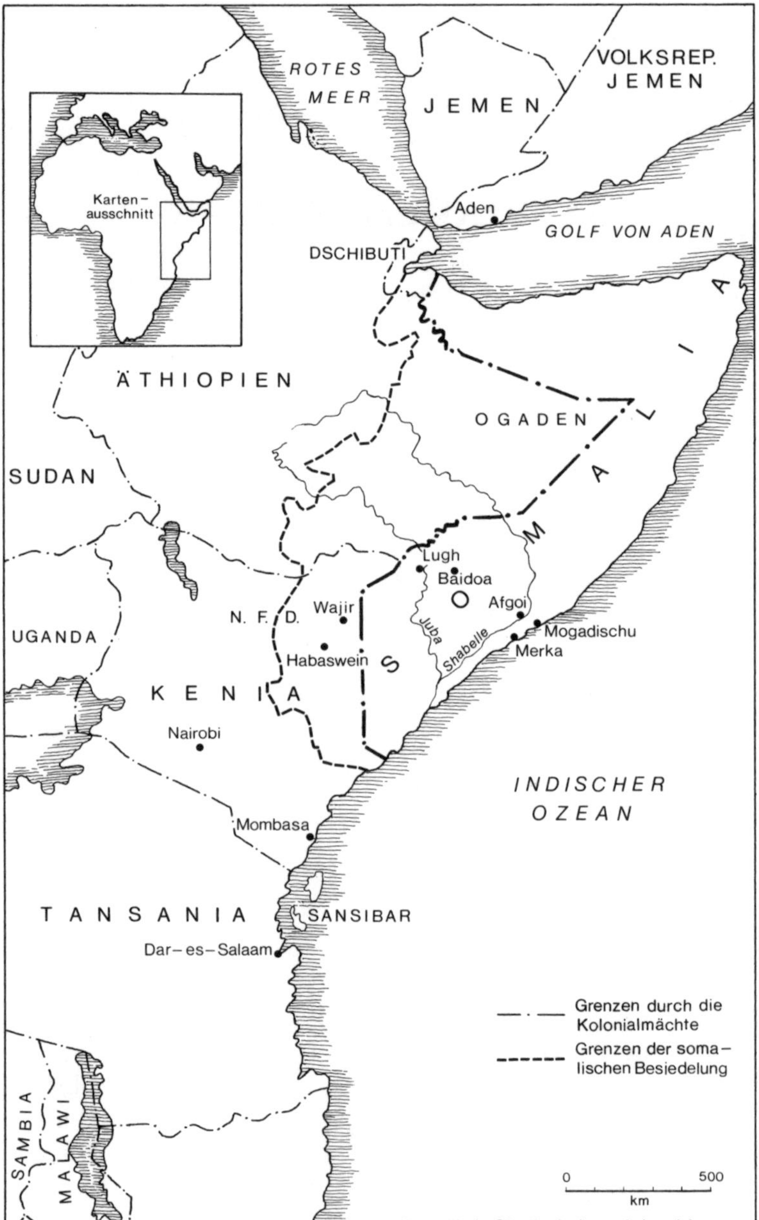

Geopolitische Situation in den sechziger Jahren

1

B'ism Allah, ar-Rahman ar-Rahim

Ich heiße Aman. Ich werde der ganzen Welt meine Geschichte erzählen, besonders aber meiner Freundin Rahima, die hier sitzt und zuhört. Es ist auch die Geschichte meiner Großmutter und meiner Mutter, deswegen fange ich mit meiner Großmutter an.

Meine Großmutter hatte Brüder – wieviele es waren, weiß ich nicht – und Schwestern und eine Reihe von Vettern und Kusinen. Sie stammte aus einer großen Familie. Es gab einen König, der herrschte über das ganze Gebiet, in dem ihre Familie damals lebte. Und zu jener Zeit wütete ein großer Krieg zwischen den Stämmen – damals kämpften die verschiedenen Stämme häufig gegeneinander –, und der Stamm meiner Großmutter verlor den Krieg. Der Stamm des Königs war größer, deswegen gewannen seine Leute. Nach ihrem Sieg nahmen sie viele Männer aus der Familie meiner Großmutter gefangen und ließen sie am Leben. Damals wurden Frauen und Kinder, die im Krieg gefangengenommen wurden, sowieso nicht getötet, daher waren die gefangenen Frauen und Kinder auch am Leben. Die kleineren Jungen lebten noch, weil normalerweise nur Männer und große Jungen getötet werden – junge Männer über fünfzehn. Aber der Vater meiner Großmutter und ihre Brüder waren alle tot. Sogar ihre Mutter war tot – sie war zufällig bei den Schießereien ums Leben gekommen. Der Stamm des Königs hatte nämlich Gewehre, aber der Stamm meiner Großmutter besaß nur die traditionellen Waffen unseres Volkes: kurze, gebogene, zweischneidige Messer, Pfeile und Bogen und Speere.

Die ganze Familie meiner Großmutter war also tot, nur

ihre drei Schwestern und drei von ihren Kusinen – alles Mädchen – lebten noch. Zu Beginn der Schlacht waren die sieben Mädchen auf einen Baum geklettert, um den Kämpfen zu entgehen, und als die Schlacht vorbei war, kamen sie wieder herunter und gingen nach Hause und fanden die Leichen von den Eltern meiner Großmutter und von ihren Brüdern und ihren Vettern. Die Mädchen begruben ihre toten Verwandten, und als sie damit fertig waren, beschlossen sie, die Gegend zu verlassen, denn sie hatten alles verloren – ihre Kühe und Ziegen waren ihnen alle weggenommen worden, und sie hatten nichts zu essen. Sie mußten irgendwie etwas zu essen finden. Außerdem konnten sie dort, wo die Schlacht stattgefunden hatte, nicht bleiben, weil die Erde voller Blut war und viele Leichen herumlagen. Es war gefährlich, dort zu bleiben, denn wilde Tiere, wie Löwen und Leoparden, würden kommen und die Leichen fressen.

Und so flohen meine Großmutter und ihre drei Schwestern und ihre drei Kusinen von diesem Ort. Aber die erwachsenen Männer ihres Stammes, die vom König gefangengenommen worden waren, lebten noch, und als der König gefragt wurde, was mit ihnen geschehen würde, antwortete er, er wolle sehen, wieviele Tage ein Mensch ohne Essen überleben könne. Er baute ein festes Haus aus Stein für sie, brachte sie hinein und verschloß das Haus völlig. Es hatte keine Tür, nur kleine Löcher in den Wänden, durch die der König und seine Leute Tag für Tag hineinsehen und zugucken konnten, wie die Männer starben. Er beobachtete sie, bis er den letzten sterben sah. Als die wenigen Menschen, die in der Gegend zurückgeblieben waren, das alles sahen, bekamen sie Angst und flohen. Schließlich flohen fast alle.

Meine Großmutter war in der Gruppe der sieben Mädchen eine der ältesten. Wenn man in jenen Tagen als Mädchen oder als Frau aus der Gegend, in der man lebte, in das Gebiet eines anderen Stammes floh und einem Mann begegnete, fragte er als erstes, zu welcher Sippe man gehörte

– wessen Tochter man war, und wen man zum Vater hatte. Wenn er ganz genau herausgefunden hatte, wer man war – daß man nur vor Gefahr floh und nicht zu einem Stamm von Ausgestoßenen oder von Sklaven gehörte –, dann fragte er vielleicht, ob man ihn heiraten wollte. Keine Frau sagte nein, weil alle einen Ort zum Leben suchten. Die meisten erwachsenen Frauen waren schließlich mit irgend jemandem verheiratet, ganz gleich, wer es war.

Meine Großmutter und die anderen Mädchen wanderten einfach so weit nach Westen, wie sie konnten. Im ersten Dorf hielten sie an, um bei einer Familie zu übernachten, manche heirateten, und beim nächsten Halt verließen noch ein paar die kleine Gruppe. In so einer Situation reiste man einfach immer weiter, bis man jemanden fand, der die eigene Familie kannte oder aus der gleichen Sippe stammte. Meine Großmutter hat mir erzählt, daß manche Männer sich unanständig benahmen, wenn sie Frauen begegneten, die in solchen Schwierigkeiten waren – sie wollten die Frau untersuchen wie ein Tier, das zum Verkauf steht. Sie prüften die Zähne und das Haar und befahlen einem dann, sich umzudrehen, damit sie sich den ganzen Körper anschauen konnten. Wenn man heiraten wollte, machte man das alles mit.

Auf diese Weise gelangte meine Großmutter schließlich zu meinem Großvater, der ganz viele Tiere hatte, vor allem Kühe und Kamele. Mein Großvater gehörte zu den mächtigen Männern. Zu seiner Zeit galt er als reich, denn damals war man reich, wenn man viele Tiere besaß. Meinem Großpapa gefiel das Mädchen. Sie war schön, obwohl sie bettelte, und so gab er ihr zu essen und fragte sie, ob sie ihn heiraten wolle. Er sagte, sie könnte ihre jüngere Schwester und ihre Kusine bei sich behalten, und da willigte sie ein. Sie hat mir erzählt, er sei ein harter Mann gewesen, aber sie konnte keinen besseren finden, also heiratete sie ihn. Meine Großmama hat nie einen Mann aus ihrem eigenen Stamm geheiratet. Nur meinen Großpapa. Er war der erste und der letzte. Er machte ihr das Leben schwer, aber sie fand sich damit ab.

Meine Großmama hatte im ganzen fünf Kinder – drei Jungen und zwei Mädchen. Außerdem hatte sie zwei Fehlgeburten, sie war also siebenmal schwanger. Die Kinder waren damals normalerweise mindestens zwei Jahre auseinander, weil die Mütter ihre Kinder stillen mußten.

Meine Mama war das erste Mädchen. Sie hat mir erzählt, daß ihr Papa alles hatte. Ihr Papa war sehr reich und sehr mächtig, aber er war auch sehr geizig. Er gab nichts, nichts, nichts her. Am Ende seines Lebens sonderte er seine Familie von allen anderen Familien ab, und sie lebten allein in einem großen, großen Land wie der alte Mann namens Gurgati in einer Geschichte, die meine Großmama immer erzählte.

Vor langer, langer, langer Zeit lebte Gurgati mit seiner Familie draußen auf dem Land. Er brauchte Wasser für seine vielen Tiere – Ziegen, Schafe, Kamele und Kühe –, deswegen sagte er zu zweien von seinen älteren Söhne, sie sollten Wasser suchen gehen. Sie hatten das noch nie getan, deswegen fragten sie: »Papa, was sollen wir tun, wenn wir kein Wasser finden können und zu weit weg kommen?« Er antwortete: »Geht weiter, bis ihr etwas findet. Folgt dem Regen.« Da fragten sie: »Und wenn wir nichts zu essen und zu trinken finden und alles aufgebraucht haben, was wir bei uns haben?« Gurgati antwortete: »Auf der Suche nach Wasser kann alles passieren – ihr müßt aufpassen. Wenn es heiß ist, müßt ihr frühmorgens wandern und dann eine Pause machen und schlafen, wenn die Hitze kommt, und abends, wenn es kühl wird, wieder losgehen. Wenn ihr etwas Eßbares seht, selbst wenn es ein totes Tier ist, vielleicht eins, das von einem anderen Tier getötet wurde, und ihr großen Hunger habt, dürft ihr es essen, aber eßt nur wenig von dem Fleisch – nur eben genug, um euch am Leben zu erhalten. Ihr dürft euch nicht die Bäuche vollschlagen und nichts von dem Fleisch mitnehmen – laßt den Rest liegen. Und wenn ihr an einen Ort kommt, wo es Wasser und Essen gibt, müßt ihr als erstes erbrechen, was ihr im Magen habt, und euch waschen. Es darf nichts in eurem Magen zurückbleiben, denn das Tier war *baqti* – tot. Weil wir Muslime sind, solltet ihr ein Messer haben, um ein Tier zu töten, und ihr müßt den Namen Allahs sprechen, bevor ihr es tötet.« Sie sagten: »Ja, Papa« und brachen zu ihrer Reise auf.

Sie wanderten viele Tage, und schließlich hatten sie das Essen und das Wasser, das sie mitgenommen hatten, ganz verbraucht. Endlich fanden sie ein totes Tier, genau, wie ihr Papa es ihnen gesagt hatte. Sie hatten beide Hunger, deswegen aßen sie von dem Fleisch. Der ältere Bruder aß soviel, wie er konnte, aber der jüngere aß nur ganz wenig. Er sagte zu seinem älteren Bruder: »Iß nur ein bißchen. Weißt du noch, was unser Vater gesagt hat? Iß nicht soviel!« Aber der Ältere hörte nicht. Er aß und aß. Und dann schnitt er Streifen aus dem Fleisch, zum Mitnehmen. Sein jüngerer Bruder sagte zu ihm: »Nein, nimm nichts mit. Weißt du nicht mehr, was unser Vater gesagt hat?« Und der ältere Bruder sagte: »Nein. Ich will das nicht nochmal durchmachen, was wir in den letzten Tagen durchgemacht haben. Ich nehme etwas mit.« Und er hörte nicht auf seinen kleinen Bruder. Er nahm das Fleisch mit.

Während sie auf ihrer Suche nach Wasser weiterwanderten, aß der ältere Bruder das Fleisch. Der jüngere Bruder rührte es nicht an, und er war wütend auf seinen Bruder. Schließlich stießen sie auf eine Familie, die an einer Wasserstelle lagerte. Der jüngere Bruder sagte: »Komm, wir wollen tun, was unser Vater gesagt hat. Laß uns alles auskotzen.« Der ältere Bruder sagte: »Nein!« Der Jüngere ging fort und erbrach sich, und als er zurückkam, wusch er sich mit Wasser.

Die Familie bot ihnen Essen auf einem großen Teller an. Aber der jüngere Bruder weigerte sich, mit seinem älteren Bruder von einem Teller zu essen. Die Leute fragten ihn nach dem Grund, und er erzählte ihnen, was sein Bruder getan hatte. Er hatte das Gefühl, daß sein Bruder schmutzig sei, weil er nicht getan hatte, was sein Vater ihm gesagt hatte. Daher gab die Familie dem älteren Bruder einen eigenen Teller.

Und von jenem Tag an waren die Brüder getrennt. Der jüngere Bruder hielt seinen älteren Bruder für unrein, weil er nicht getan hatte, wie sein Vater ihn geheißen hatte. Er hatte gegen unsere Religion verstoßen – er hatte das Gesetz gebrochen, und er hatte gegen das Gebot seines Vaters verstoßen. Deswegen stand er ganz weit unten.

Als die beiden Brüder wieder nach Hause kamen und ihrem Vater erzählten, was geschehen war, konnte der Vater seinen älteren Sohn nicht bei sich behalten, denn das war eine Schande. Die Menschen waren sehr stolz, und sie wollten niemanden in der Familie haben, der sich unehrenhaft oder schändlich benahm, deshalb verstießen sie ihn. Und so wurde er ein Ausgestoßener – einer, der von Ort zu Ort zieht, immer weiter.

Irgendwann bekam der ältere Sohn Kinder, und seine Kinder bekamen auch Kinder. Jetzt sind seine Nachfahren, die Midgaans, überall. Die meisten sind arm, aber sie arbeiten, sie schuften, und sie arbeiten für die anderen, in der Stadt und auf dem Land. Es sind gute Menschen. Ich stamme zwar von Gurgatis jüngerem Sohn ab, aber wir Somalis sind alle Brüder und Schwestern – ursprünglich kommen wir alle aus einem Blut, aber wegen der Tat des älteren Bruders haben wir uns getrennt.

Wenn meine Großmutter diese Geschichte erzählte, sagte sie immer, daß es viele Menschen gibt, die vom Leben erniedrigt werden – sie werden von anderen Menschen erniedrigt oder vom System, und das ist schrecklich. Meine Großmutter glaubte, wir Somalis sollten, weil wir eine Sprache und eine Religion haben, alle gleich sein, auch wenn viele Leute das nicht so sehen. Das Leben ist schwer, sagte sie, und allein kann ein Mensch nicht überleben. Jeder braucht Hilfe. Wir sollten einander lieben und uns umeinander kümmern und uns gegenseitig helfen, damit Allah uns helfen kann.

2

Meine Mutter wuchs in einer Stadt am Meer auf. Sie war sehr hübsch und sehr stark. Sie war fünfzehn, als ihr Vater beschloß, daß sie heiraten sollte.

Es war in den dreißiger Jahren, kurz bevor der große Krieg anfing, und die Italiener kämpften bereits in Äthiopien. Es gab viel Zerstörung, und viele wurden getötet. Frauen wurden von weißen Männern vergewaltigt, die die Somalis zwangen, zu tun, was sie nicht tun wollten. Sie sagten den Männern: Bring mir deine Tochter, gib mir deine Frau. Meine Mutter hat mir das erzählt, und meine Großmutter hat mir das auch erzählt. Es war schlimm für mein Volk damals, sehr schlimm.

Mein Großvater gab meine Mama schnell weg, bevor die Italiener sie zu fassen bekamen. Es war wichtig, sie zu verheiraten, damit niemand sich an ihr vergreifen konnte. Er verheiratete sie an einen *sharif* – einen Nachfahren des Propheten. Dieser Mann hatte auch einen großen Namen: etwas Macht, aus einer guten Familie, und alle respektierten ihn.

Als der *sharif* kam und um die Hand meiner Mama anhielt, konnte mein Großvater sie ihm nicht verweigern. Aber als meine Mama ein paar Monate bei ihm gewesen war, begann sie, sich einsam zu fühlen, denn sie war jung, und er war alt. Sie bat ihn um die Scheidung. Wenn sie fortgelaufen wäre, hätte sie den Namen ihres Vaters verloren, und weil er ein *sharif* war, hätte er sie sogar verfluchen können, wenn sie ihn zornig gemacht hätte. Um eine Scheidung zu bitten war also das beste, was sie tun konnte. Und er verstand und gab ihr die Scheidung.

Als sie ihre Scheidung bekommen hatte, ging Mama nach Hause zu ihrer Familie zurück. Und dann warb ein anderer großer Mann um sie – ein *imaam* –, ein alter Mann, den der gesamte Stamm meiner Mutter zum Führer gewählt hatte, ein Mann, auf den sie hörten und dem sie vertrauten. Er war der beste Mann in der ganzen Gegend, daher konnte ihr Vater nicht nein sagen. Er war ein Mann, wie ihr Vater ihn sich für seine Tochter wünschte. In jenen Tagen heiratete man um des Namens willen; sie verkauften alle ihre Namen. Deswegen beschloß ihr Vater, sie an diesen zweiten alten Mann zu verheiraten, und obwohl sie sich weigern wollte, mußte sie zustimmen. Dieser alte Mann hatte noch zwei weitere Frauen. Ihr erster Mann hatte auch noch zwei weitere Frauen gehabt – diese großen Männer hatten immer drei oder vier Frauen ... oder mindestens zwei oder drei. Wir wissen, daß Männer mehr als eine Frau haben wollen ... das wissen wir. Und im Islam kann man mehr als eine Frau haben, man muß also nichts Ungesetzliches tun. Unsere Religion sagt: Schlafe nicht mit der Frau, wenn du nicht mit ihr verheiratet bist – du muß sie heiraten. Auf diese Weise wird ein Kind, das sie vielleicht empfängt, kein Bastard; das Baby bekommt den Namen des Vaters und ist *halal* – legal. Ein Mann kann gleichzeitig vier Frauen haben, wenn er sie alle gleich gut ernähren kann. Das ist schwer, aber wenn er es nicht tut, wird er bestraft, später, nach dem Tod.

Mama wurde schnell schwanger, und auch deswegen mußte sie bei ihm bleiben. Sie brachte eine Tochter zur Welt, die gleich nach der Geburt starb, und als meine Mutter das Baby verloren hatte, begann sie, sich ihrem Mann zu verweigern. Er konnte nichts dagegen tun, denn das wäre nicht gut für seinen Ruf gewesen. Außerdem wollte er sich ihren Vater nicht zum Feind machen; die beiden waren Freunde, und beide waren alte und große Männer aus demselben Stamm. Ihr Mann betrachtete die Situation von beiden Seiten und beschloß, meine Mutter gehen zu lassen.

Sie hatte die Männer beide nicht gemocht, und das hatte sie ihnen zu verstehen gegeben, langsam und freundlich.

Es gab kein böses Blut. Meine Mutter beschloß, nicht zu ihrem Vater zurückzukehren, nachdem sie nun zwei Ehen beendet hatte, die er arrangiert hatte. Sie wollte nicht, daß ihr Vater ihr Feind würde – und sie wollte nicht wieder bei einem von ihm ausgewählten Mann hängenbleiben. Sie hatte einen Vetter väterlicherseits, der in einer Stadt lebte, also ging sie dorthin, um ihren Vetter zu besuchen und eine Weile bei seiner Familie zu leben.

Sie lernte einen somalischen Offizier in der italienischen Kolonialarmee kennen. Er wollte sie heiraten. Er war mit dem Vetter, bei dem sie wohnte, befreundet. Er hatte einen Namen und eine gute Familie und war noch dazu beim Militär. Als er sie fragte, ob sie ihn heiraten wollte, sagte sie sich: Warum nicht? Er hatte keine anderen Frauen, und er wohnte in der gleichen Stadt. Sie brauchte Veränderung, und sie kannte die Gegend, in der sie lebte, nicht, also ... Sie heiratete eigentlich nicht aus Liebe – sie wollte sich einfach zur Abwechslung mal selbst einen Mann aussuchen und mal sehen, wie das war.

Er gab ihr alles. Sie war lange mit ihm verheiratet – vier oder fünf Jahre – und während dieser Zeit wurde sie erwachsen. Bei ihrer ersten Eheschließung war sie erst fünfzehn gewesen, und sie war nur vier Monate lang verheiratet gewesen. Nach ihrer Scheidung hatte sie drei Monate zu Hause bleiben müssen, damit man sicher sein konnte, daß sie nicht schwanger war. In unserer Kultur hätte sie dann nämlich mit dem Mann verheiratet bleiben müssen, zumindest solange, bis sie sein Kind geboren hatte. Also heiratete sie etwa sieben Monate nach ihrer ersten Eheschließung, mit sechzehn, den zweiten Mann. Als sie ihren dritten Mann heiratete, war sie erst siebzehn.

Aber diesmal hatte sie von sich aus geheiratet – niemand hatte sie diesem Mann gegeben. Es war eine glückliche Ehe. Sie hatte ihn gern, verstehst du. Nicht, daß sie in ihn verliebt gewesen wäre – aber er gab ihr alles. Alles, was eine Frau bekommen konnte, bekam sie: ein schönes Haus, Kleider, alles.

Als ihr Mann versetzt wurde, zogen sie in eine Stadt an der äthiopischen Grenze, in der sie mehrere Jahre blieben. Inzwischen wünschte meine Mama sich Kinder. Der Mann, mit dem sie verheiratet war, war schon oft verheiratet gewesen – sechs- oder siebenmal –, und er hatte nie Kinder gehabt, obwohl er in den Vierzigern oder Fünfzigern war. Und das einzige, was meine Mutter sich wünschte, waren Kinder. Normalerweise hatte eine Frau in ihrem Alter Kinder – wenn man mit vierzehn, fünfzehn oder sechzehn verheiratet wurde, mußte man mit sechzehn sein erstes Baby haben, spätestens. Und meine Mutter liebte Kinder. Sie hat gesagt, sie hätte damals viel gelitten und ihren Neid vor den anderen Frauen, die Kinder hatten, verborgen. Sie sprach mit den älteren Frauen, die mit ihr in der Militärsiedlung lebten. Sie sagten alle das gleiche: »Guck dir an, wie oft er verheiratet war. Er hat keine Kinder. Er wird nie welche haben.« Meine Mama wußte, daß sie Kinder bekommen konnte, denn sie hatte schon ein Baby gehabt. Ihr wurde klar, daß es Zeit war, diese Ehe zu beenden. Sie hat erzählt, sie hätte ständig zu Allah gebetet.

Eines Nachts hatte sie einen Traum. Sie war mit dem Abendessen fertig und lag auf dem Bett. Und zwei sehr schöne, großgewachsene Frauen in langen weißen Kleidern kamen herab, und sie sprachen zu ihr. Sie standen am Fußende ihres Bettes, eine auf einer Seite, die andere auf der anderen, und sprachen sie mit ihrem Namen an: »Warum weinst du die ganze Zeit? Warum läßt du uns nicht schlafen? Jeden Tag weinst du, Tag und Nacht, die ganze Zeit. Warum tust du das?« Sie sagte: »Ich möchte so gern ein Baby haben. Ich möchte ein Baby haben.« Sie sagten ihr: »Du wirst ein Baby bekommen. Heute abend mußt du ausruhen und schlafen. Du brauchst auch Schlaf, weil du soviel geweint hast. Mach dir nicht so viele Sorgen. Vertraue auf Allah. Sei still und vertraue dir selbst.« Sie sagte: »Das will ich tun.« Eine der Frauen legte ihre Hand auf Mamas Stirn, die andere legte ihre Hand auf Mamas Bauch, und sie sagten: »Du wirst viele Babys bekommen!« Und dann waren sie fort. Meine Mama hat erzählt, ihre Augen seien offen gewesen, und plötzlich sei niemand mehr dagewesen. Sie wußte nicht, ob es ein Traum war oder ob es wirklich geschehen war, aber sie glaubte, es sei wirklich geschehen. Sie glaubte daran, denn sie war ein religiöser Mensch.

Etwa eine Woche nach dem Tag, an dem sie diesen Traum hatte, geschah etwas. Zu jener Zeit hatte sie in ihrem Haus drei Männer, alle vom Militär, als Bedienstete beschäftigt. Einer kaufte die Lebensmittel und bereitete die Mahlzeiten zu; einer putzte das Haus und wusch und bügelte die Kleider; und der dritte war ein Wachtposten, der draußen arbeitete, das Haus bewachte und die Leute durch das Tor einließ und wieder hinausließ. Außer diesen drei Männern gab es noch eine Frau, die als Mamas Gesellschafterin angestellt war. Diese Frau konnte sie in die Läden in der Stadt schicken, wenn sie etwas haben wollte; die Frau begleitete Mama auch, wenn sie ausging; sie war eine Bedienstete allein für Mama, um ihr Gesellschaft zu leisten.

Nun kam es so, daß ihr Wachtposten in eine andere Stadt versetzt wurde und ein anderer Soldat kam, um das Haus zu bewachen. Dieser Neue war jung und sah gut aus. Er mußte ihr vorgestellt werden, weil sie die Frau des Hauses war. Als er sie begrüßte, klopfte ihr Herz schneller. Er gefiel ihr auf den ersten Blick. Als er sagte: »Freut mich, Sie kennenzulernen«, sah sie ihm in die Augen. Beide traf der Schock, und sie sahen sich ungefähr eine Minute lang an. Meine Mutter hatte noch nie solche Gefühle gehabt. Sie erklärte ihm, was er zu tun hatte, und sagte, wenn er etwas zu essen oder zu trinken haben wollte, sollte er sich einfach an den Koch wenden.

Da, wo sie lebten, war es heiß, und nachmittags besprengte der Wachtposten immer den Garten mit Wasser, damit es kühler wurde und nicht so staubig war. Meine Mama und ihr Mann pflegten abends draußen zu sitzen und Tee zu trinken. Sie boten ihrem neuen Wachtposten auch Tee an, weil er direkt vor ihnen am Tor saß. Er wußte, daß meine Mutter ihn gern hatte, und sie wußte, daß er sie gern hatte. Sie wußten, daß sie einander gern hatten, aber da war nichts, was sie einander hätten sagen können. Doch meine Mama fing an zu überlegen, wie sie aus diesem Haus, aus dieser Ehe, herauskommen könnte. Schließlich beschloß sie, ihrem Mann die Wahrheit zu sagen. Alles andere – zu ihrer Familie nach Hause zu gehen, dort ein paar Monate zu bleiben und zum gleichen Problem mit dem gleichen Mann zurückzukehren – hatte keinen Sinn. Also sagte sie ihrem Mann, daß sie die Scheidung wollte. Sie hatte Angst, daß er sie vielleicht schlagen würde, obwohl er sie bis dahin nie geschlagen hatte. Er war ein Mensch, der dir alles gibt, aber er war ein harter Mann – deswegen beförderten die Italiener ihn in der Armee immer wieder. Er war ein Mensch, der dir Befehle gibt und dir Angst macht.

Als sie ihrem Mann sagte, sie wollte die Scheidung, lag er auf dem Bett. Sie hatten sich gerade geliebt. Ich nehme an, daß er mit ihr schlafen wollte und daß sie es über sich ergehen lassen mußte – ich glaube nicht, daß sie mit ihm schlafen wollte, wo sie doch bereit war, sich scheiden zu lassen. Als sie es ihm gesagt hatte, stand er auf und lief im Zimmer herum. Er fragte sie, ob sie sicher sei, und sie sagte: »Ja, ich bin sicher.« Er fragte: »Du bist nicht glücklich, oder?« Sie antwortete: »Nein, ich bin nicht glücklich.« Er fragte sie, warum sie die Scheidung wolle, und sie sagte ihm den Grund. Er sagte: »Ach, das ist es! Das hätte ich wissen müssen.« Ihre Antwort paßte ihm gar nicht, denn er wußte, daß er keine Kinder zeugen konnte. Aber meine Mama hatte ihm die Wahrheit gesagt. Sie hat mir erzählt: »Ich bin lange bei ihm geblieben, weil er so freundlich war, so nett zu mir und mir soviel Respekt gezeigt hat. Aber das alles half mir nicht. Ich wollte ein Kind, und das konnte er mir nicht geben. Deswegen habe ich zu ihm gesagt: ›Laß mich gehen. Ich werde zu Allah für dich beten. Wenn ich Kinder habe, werde ich meine Kinder zu dir bringen, und du kannst sie behandeln, als wenn es deine eigenen wären.‹« Er sagte, sie solle es sich noch einmal überlegen, und sie würden am nächsten Morgen wieder darüber sprechen. Sie legten sich schlafen.

Am nächsten Morgen fragte er: »Willst du die Scheidung immer noch?« Und meine Mama sagte: »Ja.« Er war zu stolz, als daß er eine Frau festgehalten hätte, die ihn nicht wollte, daher sagte er: »Wenn ich mich von dir scheiden lasse, bekommst du nichts außer den Kleidern, die du anhast. Willst du die Scheidung immer noch?« Meine Mutter hat gesagt, er hätte nicht glauben können, daß sie unter diesen Umständen einwilligen würde, weil sie soviel zu verlieren hatte. Aber sie antwortete: »Ja.« Er fragte: »Bist du sicher?« »Ja«, sagte sie. Er fragte: »Willst du das wirklich?« »Ja!« sagte sie.

Er stand auf, zog sich an und verließ das Haus. Am Mittag kam er mit der Scheidungsurkunde wieder. In meiner Kultur ist eine Scheidung, genauso wie eine Eheschließung, ganz einfach. Dein Mann könnte von der Arbeit kommen und sagen: »Du bist geschieden! Geh!« Und du würdest gehen. Er läßt einen Zeugen kommen, der hört, wie er ein *dalqad* spricht: »Ich lasse mich von dir scheiden.« Wenn er es zweimal sagt, besteht noch die Möglichkeit, daß sie wieder zusammenkommen – es ist wie eine Trennung. Aber wenn er es dreimal sagt, ist es aus.

Es gibt viele Scheidungen, weil es viele Gründe gibt, sich scheiden zu lassen. Der Mann möchte wieder heiraten, und er hat zu viele Frauen und kann sie nicht alle ernähren. Wir meinen, wenn die Ehe nicht gut ist, gibt es keinen Grund, zusammenzubleiben und zu leiden. Wir lassen uns einfach scheiden und probieren es mit dem nächsten. Man läßt sich scheiden und ist nicht auf sich gestellt, weil man immer wieder nach Hause gehen kann. Wir unterstützen uns gegenseitig: Der Bruder gibt, die Schwester gibt, der Onkel gibt, Mama gibt, der Vetter gibt, Papa gibt. Wir helfen uns alle gegenseitig. Ob du ein Jahr alt bist oder hundert Jahre alt, das macht keinen Unterschied. Du hast immer dein Zuhause.

Eine Scheidung ist einfach – für den Mann. Aber wenn

du als Frau merkst, daß du nicht bei deinem Mann bleiben kannst, und Vater und Bruder haben ihn ausgesucht, dann ist das ein Problem. Unsere Religion sagt, eine Frau kann sich nur von einem Mann scheiden lassen, wenn er sie von hinten nehmen will, wenn er impotent ist oder wenn er sie erstickt. Wenn du ihn bloß nicht magst, dann mußt du ihm das Leben schwermachen, bis er sich von dir scheiden lassen will. Du mußt weglaufen und ihn respektlos behandeln, damit er es satt bekommt und sagt: »Hey« – weil er weiß, daß er jederzeit eine andere Frau kriegen kann. Aber meine Mutter brauchte nicht einmal das zu tun. Sie sagte, sie konnte nicht fassen, daß er sich so einfach von ihr scheiden ließ. Und er konnte nicht fassen, daß sie alles, was sie hatte, aufgeben wollte, nur weil sie sich Kinder wünschte. So waren sie geschiedene Leute, und sie ging mit leeren Händen. Er bestellte einen Wagen vom Militär mit einem Fahrer, der sie nach Hause zu ihrer Familie bringen sollte, und sie nahm nichts mit außer den Kleidern, die sie auf dem Leib trug. Sie hätte gern dem Wachtposten erzählt, was geschehen war, weil sie wirklich in ihn verliebt war. Aber der Wagen und der Fahrer standen bereit, um sie nach Hause zu bringen, und ihr Mann war dabei, deswegen konnte sie nicht mit ihm sprechen, bevor sie abfuhr.

Doch der Wachtposten arbeitete weiter im Haus, und er fand alles heraus. Nach ein paar Wochen kam er sie besuchen. In unserem Land kennt jeder alle Familien bei Namen, und er konnte sie finden, indem er einfach herumfragte. Meine Mama mußt drei Monate lang bei ihrer Familie zu Hause bleiben, um sicherzugehen, daß sie nicht schwanger war, aber nach vier Monaten heirateten sie und der Wachtposten. Sie gingen in die gleiche Stadt an der äthiopischen Grenze zurück, in der sie mit ihrem früheren Mann gelebt hatte, weil ihr neuer Mann immer noch Wachtposten bei ihrem früheren Mann war! Der Unterschied war, daß sie jetzt in einem Unterschichtsviertel in der Stadt wohnte, während sie vorher in einer von einer Mauer umgebenen Siedlung zusammen mit den militärischen Befehlshabern gewohnt hatte. Jetzt wohnte sie in einer Hütte aus Lehm und Flechtwerk mit nur einem Raum, die sie und ihr neuer Mann gemietet hatten, statt in dem großen, schicken Steinhaus, das das Militär zur Verfügung gestellt hatte. Ihr gefiel es, sagte sie. Sie vermißte nichts von dem, was sie gehabt hatte, weil sie in diesen Mann verliebt war. Außerdem hatte sie ihren jüngeren Bruder von zu Hause mitgebracht, damit sie jemanden aus ihrer eigenen Familie zur Gesellschaft hatte. Sie hat erzählt, sie wäre glücklich gewesen, sehr glücklich, auch ohne das Leben, das sie früher geführt hatte. Es ging ihr ausgezeichnet. Und nach ein paar Monaten war sie schwanger!

Die Briten und die Italiener kämpften zu der Zeit um Äthiopien, und der Ex-Mann meiner Mutter sagte ihrem neuen Mann aus Bosheit, daß er in der Armee gebraucht würde zum Kämpfen und daß er an die Front umziehen müsse. Mama zog mit ihrem Mann in diese neue Stadt in Äthiopien und nahm ihren kleinen Bruder mit. Eines Tages wurde die Stadt aus der Luft bombardiert. Der Bruder war in der Koranschule, als die Bomben fielen, und nachdem der Luftangriff vorbei war, konnten sie ihn nirgends finden. Es hieß, er sei tot. Mama suchte ihn überall, aber sie konnte ihn nicht finden.

Mama hat mir erzählt, sie hätte irgendwie gewußt, daß ihr Bruder noch am Leben war. Sie suchte und suchte ihn wochenlang, aber sie konnte ihn nirgends finden. Dann erhielt sie von zu Hause die Nachricht, daß ihr Vater plötzlich gestorben sei. Ihr älterer Bruder war schon gestorben, schon vor einer ganzen Weile, und nur ihre Mutter und die kleineren Kinder waren noch zu Hause. Daher ging sie zurück, um sich um ihre Familie zu kümmern. Außerdem wurden die Frauen und Kinder der Soldaten sowieso alle nach Hause geschickt, weil der Krieg schlimmer wurde.

Als die Lage sich wieder entspannte, schickte ihr Mann ihr eine Nachricht, daß sie zu ihm zurückkommen sollte. Aber sie wollte ihre Familie nicht verlassen – ihre Mutter war noch in Trauer, und Mama half ihr. In unserer Kultur muß eine Frau vier Monate und zehn Tage trauern, wenn ihr Mann stirbt. Sie muß sich ganz in Weiß kleiden und zu Hause bleiben. Sie darf die Hand eines Mannes nicht berühren – der Islam verbietet es. Sie darf kein Fett berühren, ihre Haut nicht einölen, nicht duschen, sich nicht die Haare waschen, außer ein- oder zweimal in der Woche, und sie muß ihre ausgekämmten Haare und abgeschnittenen Fingernägel aufbewahren. Am Ende dieser Trauerzeit lädt man mehrere Scheichs ein. Scheichs sind Männer, die sich dem Koran gewidmet haben. Nicht nur wenn jemand stirbt, sondern immer, wenn etwas schiefgeht, hilft ein Scheich den Leuten. Er liest den Koran und erklärt ihn. Wir bemühen uns alle, das zu tun, was der Koran sagt.

Wenn die Trauerzeit vorbei ist, kommen mehrere *Scheichs* mit zwei oder drei religiösen Frauen, und die Frauen gehen mit dir ins Badezimmer und waschen dich von Kopf bis Fuß und waschen dir auch das Haar und ziehen dir neue Kleider in deiner Lieblingsfarbe an, mit all deinem Gold, wenn du möchtest. Dann gehen sie nach draußen und vergraben die ausgekämmten Haare und die abgeschnittenen Nägel, die du aufbewahrt hast. Die Scheichs beten für dich und deinen toten Mann und lesen den Koran. Danach essen alle. Es gibt ein großes Fest, und deine Trauer ist vorbei.

Weil meine Großmama in Trauer war und nicht aus dem Haus konnte, wollte meine Mama bei ihr bleiben und ihr helfen. Sie teilte ihrem Mann mit, daß sie nicht zu ihm kommen konnte. Die Vettern ihres Vaters kamen und wollten die Tiere ihres Vaters holen, und sie mußte zu Hause bleiben, um den Besitz zu schützen. Sie sagte, er solle kommen und bei ihnen wohnen, denn schließlich sei er derjenige, der allein sei. Sie hätten alles, was sie brauchten, weil ihr Vater ihnen alles hinterlassen hätte – Tiere und Häuser und Land – und sie würden in das Gebiet seiner Familie ziehen, sobald die Trauerzeit ihrer Mutter vorüber sei, und schließlich, sagte meine Mama noch, befände er sich mitten in einem Krieg der Europäer – warum wollte er dort bleiben und sterben?

Aber er wollte nicht zu ihr zurückkommen. Er wollte die Armee nicht verlassen. Also heiratete er eine andere Frau, die in der Gegend lebte, wo er stationiert war. Als Mama das herausfand, war sie bereits mit ihrer Mutter, ihrem Bruder und dem größten Teil der Tiere ihres Vaters an den Ort umgezogen, wo die Familie ihres Mannes lebte. Sie hatte auch ein kleines Mädchen von ihm geboren – meine ältere Schwester Hawa. Sie war wütend und eifersüchtig und teilte ihm mit, er solle ihr eine Scheidungsurkunde schikken – und das tat er.

Mama war glücklich, daß sie ein kleines Mädchen hatte, aber sie hatte auch Kummer, weil sie ihren Vater, ihren kleinen Bruder und den Mann, den sie liebte, verloren hatte. Doch sie mußte ihr Leben weiterleben, und schließlich war sie noch jung und schön und hatte einen großen Namen von ihrem Vater und die vielen Tiere – die Kühe und die Kamele. Alle liebten sie – sie war schön. Viele Männer warben damals um sie – Männer mit großen Namen wollten sie kennenlernen. Aber sie hatte sich geschworen, daß sie nie wieder von einem Mann abhängig sein würde, nie wieder ihren ganzen Besitz mit seinem zusammentun, in seinem Haus wohnen und ihn nur bedienen würde. Das erklärte sie allen Männern, die um sie warben, und sie waren erstaunt, denn sie war die einzige Frau, die sie kannten, die sich wie ein Mann verhielt.

Schließlich heiratete sie wieder, aber zu ihren Bedingungen. Doch nach zwei Jahren ließen sie sich scheiden, denn selbst nachdem sie ein Kind von dem Mann geboren hatte, weigerte sie sich, zu ihm zu ziehen und ihre Mutter und ihre übrige Familie zu verlassen. Diesmal hatte Allah ihr einen Sohn geschenkt, und sie nannte ihn Hassan. Sie hatte viel Freude an dem neuen Baby. Und außer dem Baby hatte sie ihre Mutter, ihre Schwester und ihre Brüder. Ihr jüngster Bruder wurde zwar noch vermißt, und alle sagten, er sei tot, aber sie wußte, daß er noch lebte. Sie betete jeden Tag und jeden Abend für ihn.

Nachdem sie einige Jahre allein geblieben war, heiratete

sie erneut und bekam ein kleines Mädchen, das starb. Sie ließ sich wieder scheiden. Schließlich, als ihre Kinder schon erwachsen wurden, begegnete sie meinem Vater.

Mein Vater war der Sohn eines Ältesten. Als sein Vater starb, wählten die Leute meinen Vater zum Ältesten. Er war wie ein Polizist – er ging immer dorthin, wo es Schwierigkeiten gab. Er kümmerte sich um die Probleme in seinem Stamm oder zwischen den Stämmen. Er war jung – na, so jung eigentlich auch nicht mehr. Meine Mutter hatte diese ganzen Ehen und Scheidungen hinter sich, und sie muß über dreißig gewesen sein, und mein Papa muß siebenunddreißig oder achtunddreißig gewesen sein – etwa in dem Alter –, als sie heirateten. Sie waren beide schon mittleren Alters. Mein Vater sah gut aus. Er war groß und dunkel – nicht zu dunkel, wie Schokolade. Er war schlank und hatte hohe Wangenknochen, wie ich. Er hatte ein sehr schönes Gesicht – ein schönes Lächeln, schöne Augen –, alles an meinem Vater war schön. Er war sehr intelligent. Schon bevor er Ältester wurde, hatte er Kinder und Frauen gehabt, weil sein Vater ihn schon jung zum Heiraten bewogen hatte. Als er meine Mutter heiratete, hatte er bereits Söhne und Töchter, die ungefähr zwanzig waren. Er mochte hübsche Frauen, und Mama war schön. Sie hatte hellbraune Augen und braunes Haar. Und so heirateten sie. Er hatte noch zwei weitere Frauen, ein Haus in einem Dorf und viele Häuser im Landesinneren, wo er seine Frauen und Kinder hatte, mit Kühen und Ziegen und Schafen und Feldern mit Mais und Bohnen; und er hatte viele Kamele, die sein ältester Sohn und seine jüngeren Brüder im Landesinneren hüteten, denn Kamele können in den feuchteren Gegenden bei den Kühen und den Feldern nicht leben. Verglichen mit anderen waren sie eine große, reiche Familie. Die Familie meiner Mutter hatte ebenfalls ihr gutes Auskommen.

Mein Vater gehörte zu den Männern, die eine Frau mit in ihr Haus nehmen, wenn sie heiraten, und die Frau blieb dann dort. Wenn er ihrer müde wurde, ließ er sich scheiden, und sie ging zu ihrer Familie zurück. Die Frau hatte keine Macht. Ich habe dir schon erzählt, daß meine Mama, nachdem ihr Vater gestorben war und der Mann, den sie liebte, sich hatte scheiden lassen, beschlossen hatte, nie mehr von Männern abhängig zu sein. Sie hatte ihren Besitz, und ihr Mann hatte seinen; wenn sie heiratete, würde ihr Mann in ihr Haus kommen, denn so wollte sie es. Sie wollte ihre Familie nicht verlassen, denn sie war der einzige leistungsfähige Mensch im Haushalt – Großmama hatte Asthma und war immer krank, und sie war ein so lieber Mensch, daß sie sich und die Kinder nicht verteidigen konnte und die Verwandten nicht davon abhalten konnte, ihr den Besitz wegzunehmen. Außerdem hätte meine Mutter, wenn sie bei ihrem Mann gelebt hätte, kochen und den Haushalt für ihn führen müssen und sich um die Kinder seiner geschiedenen Frauen und um seine ganzen Tiere und um die Landwirtschaft kümmern müssen. Aber wenn sie ihre ganze Zeit damit verbrachte, seine Kinder zu versorgen, wer würde sich dann um ihre Mutter kümmern? Daher weigerte Mama sich, bei ihm zu leben. Sie hatte alles, was sie wollte – ihre Mutter, ihre Geschwister, ihre beiden kleinen Kinder und den ganzen Besitz, den ihr Vater hinterlassen hatte –, und sie versuchte, sich um alles zu kümmern, so, wie ihr Vater das getan hätte. Die Leute respektierten sie, weil sie einen großen Namen hatte und mächtig war. Sie wollte das nicht alles für einen Mann aufgeben, denn die Liebe, die sie in ihrer eigenen Familie erfuhr, war größer als die Liebe eines einzigen Menschen.

Als meine Mama meinem Papa erklärte, warum sie diese Regelung beibehalten wollte, daß sie nämlich ihren Vater und ihren Bruder verloren hatte, daß ihre Männer sich alle hatten scheiden lassen, daß ihre Mutter aus einem anderen Stamm kam und daß sie einen kleinen Bruder hatte, für den sie sorgen mußte, da verstand er das. Aber als sie eine Weile verheiratet waren, wollte er wirklich gern, daß sie zu ihm kam und in seinem Haus wohnte. Mama sagte wieder nein. Mein Vater sagte, sie könnte ihre Kinder in sein Haus mitbringen. Aber sie sagte immer noch nein, weil Großmama nie in der Lage gewesen wäre, sich um alles zu kümmern. Meine Mutter war die Starke, und sie wollte den Haushalt weiterführen.

Deswegen weigerte sie sich schlichtweg, zu meinem Papa zu ziehen. Zuerst konnte er das nicht fassen, aber er ließ sie ein paar Monate bei sich zu Hause bleiben. Nach vier Monaten wurde sie schwanger, aber sie wollte immer noch nicht zu ihm ziehen. Da wußte er, daß sie wirklich nicht wollte. Und er sagte: »Nein, nein. So nicht.« Er liebte sie zwar, aber er wollte eine Frau im Haus haben. Also heiratete er eine andere, jüngere Frau. Mama wurde ein bißchen eifersüchtig, denn wenn ein Mann eine neue Frau nimmt, verliert die alte an Bedeutung – als ob sie plötzlich nichts mehr taugen würde. Sie sagte ihm, sie wolle die Scheidung, weil sie wußte, daß er sowieso mehr Zeit mit seiner neuen Frau zubringen würde. Er wollte sich nicht scheiden lassen, aber damit sie zufrieden war und Ruhe gab, willigte er ein. Mit ihrer lauten, kräftigen Stimme sagte sie immer nur zu ihm: »Gib mir die Scheidung. Gib mir die Scheidung.« Also sagte er: »Du hast sie schon!« Er ließ sich nicht wirklich scheiden, aber meine Mama dachte, sie wäre geschieden. Sie zog mit ihrem Haushalt um und richtete sich bei einigen Leuten etwas weiter weg ein, damit sie sein Gesicht nicht zu sehen brauchte – so böse war sie auf ihn. Zu der Zeit war sie schon mit mir schwanger.

3

Meine Mutter und meine Großmutter waren seit mehreren Tagen unterwegs, sie wanderten viele Meilen mit ihren Tieren und suchten nach Wasser. Mama war im neunten Monat schwanger. Wenn man draußen im Busch mit Tieren lebt – mit Ziegen, Schafen, Kamelen, Kühen –, muß man Wasser und Gras für sie finden. Deswegen gehen alle dorthin, wo Wasser ist oder wo es geregnet hat – man muß dem Regen folgen. Wir nennen das *sahan*: die Wassersuche. Manchmal kann es Tage und Tage dauern, bis man Wasser findet.

Mama und Großmama rasteten über Nacht und machten morgens Frühstück. Als die Wehen begannen, waren sie schon wieder aufgebrochen. Ich war auf dem Weg. Es war spät am Tag, die Zeit, wenn die Mittagshitze vorbei ist und das Land unter den langen, niedrigen Strahlen der Nachmittagssonne wunderschön aussieht. Meine Mama wußte, daß ihre Wehen eingesetzt hatten, aber sie wollte nicht anhalten, weil viele Menschen zusammen unterwegs waren. Meine Großmama hatte schon gesehen, daß sie sich den Bauch hielt, und Mama hatte ihr erzählt, daß ihre Wehen angefangen hatten. Als die Sonne unterging, kamen die Wehen schneller hintereinander, aber sie wollte nicht anhalten. Schließlich, nach Sonnenuntergang, erreichten sie die Stelle, wo sie für die Nacht ihr Lager aufschlagen wollten. Mama sagte Großmama, sie sollte schnell die Hütte aufbauen, weil es Zeit war, sie würde gleich das Kind bekommen, und außerdem war es schon fast dunkel. Also stellten sie schnell das Buschhaus auf – sie brauchten etwa eine halbe Stunde dazu, weil Frauen aus einer Gruppe sich gegenseitig helfen. Sie machten ein großes Feuer vor der Tür des Hauses, so daß das Licht hereinschien und sie etwas sehen konnten, während das Baby geboren wurde.

Großmama hatte Mama bei allen Geburten geholfen, und es waren noch zwei andere Frauen da, die halfen. Als das Baby zur Geburt bereit war, hielten die beiden Frauen Mama unter den Armen, so daß sie aufrecht stand, und Großmama saß mit einem Messer zwischen Mamas Beinen, um den Schnitt zu machen und das Baby aufzufangen, wenn es herauskam. Ungefähr eine halbe Stunde, nachdem sie alles fertig hatten, wurde ich geboren.

Morgens zogen sie weiter. Mama blutete noch. Sie hatte ein kleines Mädchen! So wurde ich geboren – unterwegs. Es war schön.

Am nächsten Tag erreichten sie die Wasserstelle. Die Frauen und die Kinder waren müde. Sie sahen einen schönen großen Dornbaum und rasteten neben ihm. Sie ließen die Kamele sich hinlegen und trinken, damit sie etwas ausruhen konnten. Und dann fing es an zu regnen. Wenn es in der Wüste regnet, duftet alles. Wenn man sich umsieht, sieht man – überall –, wie die Pflanzen anfangen zu wachsen. Viele verschiedene Blumen blühten da, Blumen, die niemand gepflanzt hatte – die Allah gepflanzt hatte – weiße, rote, violette –, überall um sie herum wilde Blumen. Alles wurde grün, und das Leben war wieder normal.

Als mein Papa von mir hörte, schickte er eine Nachricht an Mama, daß sie nicht geschieden sei – weil sie jetzt ein Baby von ihm hatte. Wenn es um ein Baby geht, machen Männer schöne Worte. Meine Mama und mein Papa waren letztendlich doch noch verheiratet, und so kam es, daß ein Jahr später meine Schwester Sharifa geboren wurde.

Meine Mutter weigerte sich immer noch, den Wunsch meines Vaters – nämlich daß er der Chef war – zu akzeptieren. Er wollte ihre Tiere zu seinen bringen – alles sollte zusammen sein. Meine Mutter wollte das nicht, und das war der Grund, warum sie sich schließlich doch scheiden ließen. Mein Vater liebte sie, aber er hatte seinen Stolz. Alle respektierten ihn, und er sah nicht ein, warum sie ihn nicht auch respektieren konnte, nachdem sie zwei Kinder von ihm geboren hatte.

Mein Vater sagte, wenn sie eine Scheidung wollte, würde er ihr nichts geben, und auch mir oder Sharifa würde er nichts geben. Er sagte, er würde uns nur ernähren, wenn wir bei ihm leben würden. Wenn er sich scheiden ließ, behielt er immer die Kinder. So ist das in unserer Kultur: Man gehört zur Familie des Vaters. Man nimmt den Namen des Vaters an und den Namen seines Vaters, damit man seine Geschichte nicht verliert. Man weiß, wo man herkommt. Es geht nicht darum, aus welchem Land man kommt, sondern von welchem Vater man abstammt. Ein Stamm ist eine große, große, große Familie, daher kann jeder seine Wurzeln über tausend Väter zurückverfolgen. Man gehört nur ganz wenig zur Familie der Mutter. Das Blut des Vaters zählt.

Daher war mein Vater wütend und sagte: »Wenn du die Kinder haben willst, kannst du sie mitnehmen, aber ich gebe euch keinen Pfennig.« Und Mama sagte: »Schön. Ich werde meine Töchter nicht bei dir lassen, so wie deine anderen Frauen das getan haben, und riskieren, daß deine Frau sie prügelt und ihnen nicht richtig zu essen gibt, nein, nein, kommt nicht in Frage. Ich will meine Kinder haben – mehr will ich nicht.« Also versprachen sie sich gegenseitig: »Ich gebe dir nichts« und »Ich verlange nichts von dir« – und sie hielten ihr Versprechen.

Wenn ich jetzt zurückblicke, glaube ich, daß meine Mutter meinen Vater liebte und daß er sie liebte. Sie liebten sich. Aber meine Mutter war hart und eifersüchtig, und mein Vater war hinter vielen Frauen her. Er hatte die Macht, und Mama wollte selbst die Macht haben. Er bestimmte, und Mama wollte selbst bestimmen. So verloren sie einander.

Aber Mama liebte ihn, das weiß ich. Warum hätte sie sonst geweint? Ich erinnere mich, daß sie oft weinte. Und mein Papa liebte sie, obwohl sie die einzige Frau war, die ihm seine Kinder wegnahm.

Dazu kam noch, daß eine Weile nach ihrer Scheidung der Bruder meiner Mutter, der ihr im Alter am nächsten war, an Malaria starb.

Meine frühesten Erinnerungen sind, daß ich draußen im Busch bin. Wir blieben nicht an einem Ort, wir waren immer unterwegs. Wenn ich aufwachte, sah ich, wie Mama unser Haus auseinandernahm. Das Kamel lag schon da, damit sie ihm das Haus aufladen konnte. Alle anderen taten das gleiche. Weil wir eine Gruppe sind, ziehen wir als Gruppe umher, nicht als Familie – vielleicht acht Familien, zehn Familien, fünfzehn Familien ... wir ziehen alle zusammen. Wenn wir zum Weiterziehen bereit waren, brachen die Frauen ihre Häuser ab. Sie banden die Kamele Kopf an Schwanz hintereinander. Alle wanderten in einer Reihe, und vorne führte jemand. Alle Kamele haben einen Strick um den Hals, und wer die Reihe anführt, hält einfach den Strick in der Hand und zieht, und die Kamele *galug, galug* ... sie haben eine hölzerne Glocke am Hals hängen, und wir gehen, nur mit diesem Klang: *galug, galug, galug.*

Im Landesinneren muß man mit den Tieren ständig umherziehen, weil Kühe viel Gras fressen, und Kamele fressen die Blätter von den Bäumen. Wenn sie alles aufgefressen haben, muß man mit ihnen zu einer anderen Stelle weiterziehen, wo das Gras noch nicht berührt ist. Wir ziehen dahin, und selbst die Kamele wirken klein, weil das flache Land sich unendlich weit auszudehnen scheint – soweit das Auge reicht –, es erstreckt sich bis dahin, wo der Himmel beginnt. Wir wandern über das staubige, trockene, sandige Land, bis wir eine schöne grüne Stelle finden. Wenn man immer von Ort zu Ort weiterzieht, muß alles, was man hat, auf einem Kamel Platz finden. Die Häuser müssen also leicht zu transportieren sein. Wenn man dort ankommt, wo man bleiben will, gräbt man ein Loch, man zeichnet es mit den Füßen vor und macht einen Kreis, der so groß ist, wie man sein Haus haben will. Man hat ein Gestell aus langen, gebogenen Ästen, die zusammengebunden sind wie ein Bienenkorb, und das bedeckt man mit gewebten Matten aus Stroh oder Gras. Man hängt ein altes Tuch davor, und das ist die kleine Tür. Man kann hinein- und hinausgehen, und es ist schön kühl. Man legt eine Matte oder ein Laken hinein und schläft. Weil man keinen Koffer hat, hat man seine Habseligkeiten und seine Kleider in einem Beutel bei sich, und den benutzt man als Kissen. Oder man nimmt sich einen Sack Bohnen oder Mais – was man will – für den Kopf. Es ist ein einfaches Leben.

Und morgens hört man *tschilp, tschilp, tschilp, muh* und *mäh*, das ist schön. Alles erwacht zum Leben. Alle stehen nacheinander auf. Frühmorgens melken sie die Kühe und die Ziegen. Dann gibt es Frühstück. Wir essen Milch mit heißer Maisgrütze oder Popcorn mit Milch. Sie rösten den Mais im Feuer – *pop, pop, poppa*: Popcorn. Wenn wir Zucker haben, machen wir Tee. Die älteren Jungen nehmen die Kühe und Ziegen mit, damit sie etwas zu fressen finden. Die kleinen Kinder gehen mit ihren Müttern mit oder mit den Mädchen, die die kleinen Zicklein oder die kleinen Kälbchen hüten. Abends kommen alle wieder zusammen, und wir kochen ein großes Essen. Wir essen Fleisch, das die Frauen getrocknet haben, und wir kochen Bohnen und weißen Mais zusammen und bereiten ein Gericht zu, das wir *amboolo* nennen.

Nach dem Essen tanzen die großen Jungen und Mädchen, wenn sie wollen. Ich war vier oder fünf, als wir draußen auf dem Land waren, aber ich weiß noch, daß ich mit den großen Jungen und Mädchen mitgegangen bin. Abends sammelten wir ganz viel Holz, damit wir ein großes Feuer machen konnten. Meistens sangen und redeten wir. Das Feuer und der Rauch vertreiben die Fliegen und die Mükken. Wir sitzen um das Feuer herum. Wir sind einfach ausgelassene Kinder an diesem schönen Ort. Wir tanzen und haben Spaß miteinander. Das ist meine erste Erinnerung.

Ich erinnere mich auch – nicht ganz genau, aber ich erinnere mich –, daß ich eines Abends bei den Mädchen war, die die Schafe und Ziegen am Haus hüteten. Ich spielte gerade mit den Lämmchen und den kleinen Kindern, als ein Widder mich vor die Brust stieß. Ich fiel hin. Ich stand wieder auf, und er stieß wieder zu. Jedesmal, wenn er zustieß und ich hinfiel und wieder aufstand, stieß er wieder zu. Wenn ich hinfiel, ging er weg, und dann stand ich auf, und er kam zurück, lief auf mich zu und stieß mich wieder vor die Brust. Ich weinte und hatte große Schmerzen, und ich wußte nicht, daß ich liegenbleiben mußte, damit er mich nicht wieder stieß. Endlich hörte meine Mama mich weinen und kam mit einem dicken Stock. Sie schlug dem Widder ein paarmal auf den Kopf, und er lief weg. Aber ich wurde krank. Meine Mama hat gesagt, in der Nacht hätte ich hohes Fieber bekommen. Sie hat gesagt, ich hätte auch Blut im Mund gehabt und viel geweint. Heute glaube ich, daß der Widder mir wohl eine Rippe gebrochen haben muß, aber damals wußte das niemand. Wenn ich in der Nacht sehr heiß wurde, hielt Mama mich nackt auf dem Schoß, draußen, damit die Luft mich abkühlen konnte. Und dann wurde ihr das zuviel, weil ich ein paarmal von ihrem Schoß rollte, wenn sie einschlief, also nahm sie eine ganze Kuhhaut, grub ein Loch in den Boden, legte es mit der Kuhhaut aus und füllte es mit Wasser. Da legte sie mich zum Schlafen hinein, damit mein Körper abkühlen konnte. Ich war sehr heiß, weil ich sehr krank war. Mama hat gesagt, ich hätte Schwierigkeiten beim Atmen bekommen. Ich keuchte und atmete ganz schnell und hustete. Manche sagten, ich hätte Asthma.

Mama rief einen Mann, der mich untersuchen sollte. Er stellte Anzeichen von Lungenentzündung fest und wollte mich behandeln, damit es mir besser ginge. Er hielt einen seiner besonderen Heilstäbe ins Feuer, bis er rot glühte, und dann brannte er mich dreimal damit, auf jeder Seite der Brust und auf dem Rücken. Er war ein Spezialist. So sah damals unsere medizinische Behandlung aus. Er tat das also, und es ging mir etwas besser.

Von diesem Zeitpunkt an erinnere ich mich an alles. Ich spielte viel mit meiner jüngeren Schwester, als sie vier war und ich fünf. Der Boden wurde mittags heiß, und Sharifa und ich hüpften – *au-au-au-au*! Dann liefen wir zu einer Stelle, wo Gras wuchs – ohne Schuhe –, und rieben unsere Füße im Gras. Das Gras war hart. Es piekste uns, und: *aua*!

Wenn es regnete, vergruben wir unsere Kleider in der Erde, damit sie trocken blieben, und duschten nackt und liefen nackt herum, und wenn der Regen aufhörte, gruben wir unsere Kleider wieder aus. Wir schüttelten sie aus und zogen sie wieder an! Es machte Spaß!

Sharifa war vier Jahre alt, und sie war schön. Eines Abends, als Mama gerade betete, lief sie zu ihr und sagte: »Mama, Mama, mir ist kalt, mir ist kalt.« Mama hatte ein Umschlagtuch um die Schultern, und sie hüllte meine Schwester darin ein, nahm sie auf den Schoß, rieb sie ab und sagte: »Was hast du, Sharifa, was hast du?« Meine Schwester sagte: »Mama, mir ist kalt.« Sie wollte Milch, also gab Mama ihr welche. Und dann fing Sharifa an zu stöhnen: »Hummm, hummm«, und ihr Fieber wurde höher, und sie fing an zu zittern und hatte Schüttelfrost. Weil mein Vater Ältester war, hatten wir Decken, und meine Mutter brachte Sharifa in die Hütte und deckte sie damit zu. Aber meine Schwester begann, am ganzen Körper zu zittern, und stöhnte lauter: »Hummm ... hummm ... hummm ...« Mein Vater war nicht da. Meine Eltern waren schon geschieden, und von dem Ort im Landesinneren, wo wir gerade waren, bis zu ihm in die Stadt brauchte man zu Fuß vierundzwanzig Stunden. Ein so großes Kind wie Sharifa so weit zu tragen war anstrengend. Daher schickte meine Mama ein paar Männer los, die Papa suchen und ihm sagen sollten, er solle kommen und seine Tochter ins Krankenhaus in die Stadt fahren. Sharifa war ungefähr vier Tage lang krank. Am vierten Tag kam mein Vater, als die Sonne gerade unterging, und bald nachdem er gekommen war, starb Sharifa. Sie begruben sie am nächsten Morgen. Und ich erinnere mich, daß ich allein war.

Mein Vater kam mit einem anderen Mann zum Begräbnis. Meine Eltern sprachen miteinander, und mein Vater sagte meiner Mutter, sie sollte alles bei meiner Großmutter lassen und eine Weile in den Ort Mango Village kommen, so lange, bis sie ihren Kummer vergessen hätte. Sie sagte, sie würde erst kommen, wenn die Regenzeit vorbei sei, weil sie immer noch ihre Tiere hatte, und die mußten gefüttert werden. Aber nach dem Regen würde sie kommen. Mein Vater blieb etwa drei Tage bei uns, und dann fuhr er fort.

Nachdem wir noch einen Monat im Landesinneren verbracht hatten, kamen meine Mama und ich nach Mango Village. Es war ein großes Dorf, wie eine Stadt – es hatte wohl mehrere tausend Einwohner. Es ist tatsächlich ein Mango-Dorf. Überall wächst Obst, und es ist immer grün, weil der Fluß da ist. Es gibt viele Kanäle, so daß man die Farmen bewässern kann. Dort werden alle möglichen Gemüse- und Obstarten angebaut. Auf verschiedenen Böden wachsen verschiedene Früchte. Nah am Fluß ist die Erde schwarz. Wenn man etwas weitergeht, sieht man andere Arten: rote Erde und feine weiße Erde wie Seesand. Was in der schwarzen Erde wachsen kann, kann nicht in der roten oder in der weißen Erde wachsen.

Um Mango Village herum liegen Farmen, wo Zucker wächst, und in der Nähe war eine Zuckerfabrik – die einzige in Somalia. Es war ideal. Es gab einen Fluß und nur eine kurze Straße.

Papa hatte in Mango Village Häuser, aber Mama wollte nicht darin wohnen. Er sagte, sie sollte kommen und seine Frau sein, und sie könnte eins seiner Häuser ganz für sich haben, aber sie wollte nicht. Sie wollte selbst ein Haus haben. Sie hatte einen Verwandten im Dorf, und in dessen Haus wohnten wir, während wir nach einem Haus suchten, das wir mieten konnten. Bald fanden wir ein schönes Haus in der Nähe von Mamas Vetter. Während dieser ganzen Zeit war Mama sehr traurig.

Im ganzen blieben wir etwa drei Wochen in Mango Village, bevor wir wieder ins Landesinnere zogen. Ich war inzwischen sehr krank, deswegen ging ich zum Haus meines Vaters. Ein Dorfarzt kam und übergoß mich mit Schafsblut – er schüttete es mir über die Schultern – und brannte mich mit einem rotglühenden Stab, so wie sie es gemacht hatten, als der Schafbock mich gestoßen hatte. Es tat weh, aber ich fühlte mich besser. Mein Vater wollte, daß ich bei ihm blieb, bis ich wieder gesund war.

Im Lager meines Vaters gab es einen Mann, der hieß Abdi. Vor Jahren war ein anderer Stamm zum Land meines Vaters gekommen. Die Leute hatten gebettelt und versucht, etwas zu essen zu finden. Er hatte ihnen etwas gegeben, und nachts hatten sie draußen vor seinem Haus geschlafen. Sie hatten ein Kind zurückgelassen. Ich glaube, sie hatten sich bei meinem Vater sichergefühlt, so als ob sie zu seinem Stamm gehören würden. Er hatte dieses Baby angenommen und wie sein eigenes Kind aufgezogen. Abdi war jetzt ein erwachsener Mann und versorgte die Kühe meines Vaters.

Morgens haben die Kühe viel Milch – dann geben sie die beste Milch, sie ist noch warm, und sie ist süß. Abdi weckte mich und nahm mich mit zum Melken. Er gab mir eine große hölzerne Schale und füllte sie mit Milch, mit warmer, schäumender Milch. Die neue Frau von meinem Vater kam zu uns heraus und wollte die Milch für ihre Kinder haben. Sie fragte Abdi, warum er mir die beste Milch geben würde. Abdi sagte: »Sie ist sehr krank gewesen. Sie braucht heiße Milch.« Ich trank weiter, und er beugte sich zu mir und flüsterte: »Trink, trink.« Ich hielt die große hölzerne Schale an die Lippen und trank so schnell, wie ich konnte. Sie stand neben mir und sah mich an. Ich sah sie an, und sie sah mich an. Sie sagte: »Guck dir das an. Sie hat alles ausgetrunken!« Und dann kotzte ich einfach. Ich spürte einen Schmerz, als ob jemand etwas in mir verdrehen würde, und ich konnte nicht aufhören zu kotzen. Abdi sagte zu ihr: » Siehst du, was du getan hast, du Hexe.«

Ich sagte: »Warum habe ich gekotzt? Was hat mich krank gemacht?«

Und er nahm mich auf den Schoß und erklärte mir: »Ihr Blick macht dich krank. *Qumayo* – sie hat dich mit dem bösen Blick verhext.«

Und da verstand ich erst richtig, wie gut es war, daß Mama darum gekämpft hatte, uns bei sich zu behalten.

Nach einer Weile, als die Regenfälle im Landesinneren aufgehört hatten und wieder Trockenzeit war, kam Mama, um mich abzuholen. Eine merkwürdige Krankheit hatte dort, wo Mama sich aufhielt, begonnen, die Tiere zu töten. Alle sagten: »Meine Kuh ist gestorben«, »Mein Kamel ist gestorben« und »Meine Ziege ist gestorben«. Als die Tiere nach und nach starben, hatten wir Kinder immer weniger Milch zu trinken. Gesunde Tiere wurden von der Krankheit angesteckt, weil sie auf dem Land grasten, wo schon Tiere gestorben waren. Die Leute verloren viele Tiere, und wenn man damals keine Tiere hatte, hatte man gar nichts – selbst wenn man in der Stadt lebte und ein schönes, großes Haus besaß, wurde man doch als arm bezeichnet, wenn man keine Tiere hatte. Meine Mutter hielt sehr viel von Tieren, weil ihr Vater sehr viel von Tieren gehalten hatte. Sie liebte ihre Tiere, und jetzt starben sie alle. Wo tote Tiere sind, kann man nicht bleiben, es ist gefährlich, weil Hyänen, Schakale und Löwen kommen. Man muß weiterziehen. Ich weiß noch, wie Mama kam, um mich abzuholen – sie war sehr, sehr traurig. Sie hatte alles verloren – fast alles –, was sie geliebt hatte: ihren Bruder, ihre Tochter und den größten Teil ihrer Tiere.

Also ließ sie die Kamele, die nicht gestorben waren, bei den Leuten meines Vaters. Ihre Schafe und Ziegen ließ sie bei Großmama, und ihre Kinder und ihre Kühe brachte sie nach Mango Village zurück. Wir kehrten in das Haus zurück, das sie schon gemietet hatte. Als wir dieses Haus in Mango Village verließen, hatte sie einfach ein Schloß vorgehängt und war gegangen – und als wir wiederkamen, bezahlte sie die Miete, und alles war in Ordnung. Aber ihre Schafe und Ziegen starben weiter, und Großmama hatte es satt, hinter ihnen herzulaufen. Weil es im Landesinneren nirgends Wasser gab, beschloß Mama, sie zu verkaufen, bevor sie an der Dürre oder an der Krankheit starben. Daher trieb sie die Schafe und Ziegen eines Tages auf den großen Markt in der Stadt und verkaufte sie alle. Und sie stellte jemanden an, um die Kühe zu hüten.

Mit dem Geld, das sie aus dem Verkauf der Schafe und Ziegen gewann, kaufte sie das Haus, das wir in Mango Village gemietet hatten. Die Häuser sind aus Lehm und Flechtwerk gebaut. Man zerschneidet Gras und vermischt es mit Erde und Kuhdung. Dann gibt man Wasser dazu und mischt weiter. Man baut ein Gerüst aus Holz, und einer geht hinein, und ein anderer bleibt draußen stehen. Dann nimmt man große Klumpen von der Mischung und wirft sie einfach an das Gerüst: Du wirfst von innen, und ich werfe von außen. Zum Schluß glätten wir die Wände mit Wasser, und dann verputzen wir sie. Bei runden Häusern sind die Grasdächer spitz wie Kegel. Bei eckigen Häusern legen wir Zinkbleche auf das Dach, damit kein Wasser durchkommt. Die Häuser sind sehr ordentlich, sehr gleichmäßig. Sie sind kühl, so wie die Buschhäuser, aber die Häuser in Mango Village sind fest.

Wir hatten vier von diesen Häusern, zwei eckige und zwei runde, und eine Toilette, und alle standen um einen Hof herum – den *daash*. Im *daash* kocht man, da steht das Wasser, da sitzt man, wenn Besuch kommt – er ist wie ein Wohnzimmer. Manche sind offen, und manche sind gedeckt, damit es nicht hineinregnen kann. Wenn man es sich leisten kann, deckt man seinen *daash* ab; sonst ist er offen. Um die Häuser und den *daash* herum zieht sich ein niedriger Zaun aus geflochtenen Zweigen.

Mama vermietete zwei von unseren vier Gebäuden an einen Verwandten.

Mama war immer noch sehr, sehr traurig. Es gefiel ihr in Mango Village nicht, denn sie stammte von der Küste, und sie mochte den Fluß nicht. Sie war über einsachtzig groß, kräftig gebaut und so stark, besonders in meinen Augen, weil ich klein war. Aber sie wurde krank, weil sie so viele Menschen verloren hatte. Ihr älterer Bruder war gestorben, bevor er auch nur erwachsen geworden war; ihr Vater war gestorben; ihr kleiner Bruder war im Krieg verlorengegangen, und alle sagten, er sei tot; drei ihrer Töchter waren gestorben; und der letzte Bruder, der noch am Leben gewesen war, war gestorben, als Sharifa geboren wurde. Ihre Schwester hatte geheiratet und war mit den Leuten ihres Mannes ins Landesinnere gezogen, und ihre kleinen Babys, zwei Zwillingsjungen, waren beide in der gleichen Woche von Hyänen gefressen worden. Und jetzt waren noch die meisten ihrer Tiere gestorben. Es war wirklich eine Katastrophe. Mama wurde sehr krank und blieb monatelang im Bett. Aber wir hatten genug Geld, und zu jener Zeit war alles ganz billig. Wir überlebten, und Mama erholte sich langsam. Sie haben mir erzählt, sie sei sechs Monate lang krank gewesen. Ich weiß, daß sie lange krank war, und alles ging abwärts, abwärts, abwärts.

Aber als Mama allmählich wieder gesund wurde, fing ich an, ständig zu husten. Du erinnerst dich, daß der Schafbock mich gegen die Brust gestoßen hatte, so daß ich husten mußte? Ich hatte einfach ständig weitergehustet. Hawa, die Tochter, die meine Mutter von ihrem Mann, dem Wachtposten, hatte, lebte wieder bei uns, und sie nahm mich mit in die große Stadt, nach Mogadischu, zum Röntgen. Sie sagten, meine Lungen hätten ein Loch – die Tuberkulose sei gerade ausgebrochen –, und sie würden mich ins Krankenhaus bringen müssen.

Es war Morgen, als ich ins Krankenhaus gebracht wurde. Meine Mutter konnte mich nicht hinbringen, weil sie für den Weg in die Stadt noch zu schwach war, und mein Vater wollte nicht kommen. Also brachte meine Schwester mich hin. Die Schwestern waren italienische Nonnen: weiße Frauen mit weißen Hauben, langen weißen Gewändern und sogar weißen Schuhen! Sie trugen Halsketten – große Holzkreuze oder kleine Perlen. Eine Nonne zeigte mir, wo mein Bett war, und ich hatte so ein Bett noch nie gesehen: Decke, Laken, Kissen und ein Nachttisch. Ich sagte zu ihr: »Ist das wirklich mein Bett?« Wenn wir im Landesinneren lebten, schliefen wir auf Matten auf der Erde, und wenn wir in die Stadt zogen, schliefen wir auf Holzbetten. Sie sagte: »Ja, das ist für dich. Mach es dir bequem, stell deinen Korb in den Nachttisch. In ein paar Stunden gibt es Mittagessen. Geh nach draußen zum Spielen und finde ein paar neue Freundinnen.« Aber mein neuer Freund war mein Bett, denn ich liebte es einfach. Ich setzte mich darauf und fing an zu hopsen; es federte auf und ab, weich … Und der Nachttisch … Ich öffnete ihn, ich sah hinein und sagte: »Wozu gebraucht man den?« Sie gebrauchten ihn für Dinge wie Zahnpasta und Seife und die paar Kleidungsstücke, die man mitgebracht hatte. Sie hatten keinen großen Kleiderschrank; alle Kleider, die man hatte, bewahrte man im Nachttisch oder sonst unter der Matratze auf. Ich hatte außer dem Kleid, das ich trug, nur zwei Kleidchen dabei, in einem kleinen Korb. Seife mußte man sich selbst kaufen, und das hatte ich nicht gewußt, deswegen mußte meine Schwester mir am nächsten Morgen welche mitbringen. Um die Zähne zu reinigen, benutzten wir Stäbchen, und ich hatte mein Stäbchen mitgebracht, damit hatte ich also kein Problem.

Nachdem ich eine Weile mit dem Bett gespielt hatte, ging ich nach draußen, um ein paar neue Freundinnen zu finden. Mädchen gucken dich merkwürdig an, wenn du neu bist, weißt du, sie guckten mich also an und lachten über mich. Es machte mir nichts aus. Ich war von zu Hause an solche Mädchen gewöhnt; sie riefen mir immer Schimpfwörter nach, weil ich krank und dünn war und soviel hustete. Ich sah diese Mädchen im Krankenhaus nur an und lachte innerlich und sagte mir: »Ich weiß, was hier los ist. Ihr seid auch krank.« Ein paar von ihnen kamen zu mir herüber und sprachen mit mir und fragten mich, wo ich herkäme, wer ich sei und wie ich hieße. Ich sprach freundlich mit ihnen. Ich konnte auch knallhart sein, doch das wußten sie nicht. Ich war erst sieben, aber ich war eine echte Kämpferin. Doch hier wollte ich vorsichtig sein, weil mir alles gut gefiel.

Besonders gern mochte ich das Essen. Als wir eine Weile gespielt hatten, hörten wir eine Glocke – *gong! gong!* –, es war zwölf Uhr und Zeit zum Mittagessen. Das war das erste Mal in meinem Leben, daß ich an einem Tisch aß. Das

Essen war köstlich – Suppe und Fleisch und Brot und Gemüse. Alles war anders.

Nach dem Essen steckten die Nonnen uns ins Bett und gaben uns Medizin. Wir wachten ungefähr um vier Uhr nachmittags wieder auf und duschten. Und diese Duschen! Zu Hause nahm ich eine Tasse und begoß mich mit Wasser. Ich liebte Wasser! Ich badete dauernd, aber Mama wurde dann wütend, denn Wasser war nicht billig. Man mußte dafür bezahlen, daß jemand es brachte. Wasser aus dem Brunnen, das teuerste Wasser, nahmen wir zum Kochen. Wasser aus dem Fluß kostete nicht soviel, wenn man also nicht viel Geld hatte, nahm man das. Aber hier konnte ich stehenbleiben und das Wasser einfach verbrauchen, bis ich beschloß, es abzudrehen.

Nach dem Duschen gab es Tee mit Milch und Keksen, und dann durften wir spielen. Eines Tages fragte ein Mädchen mich beim Spielen, ob ich mal die Verrückten sehen wollte, und ich sagte ja. Wir gingen los. Man konnte sie in ihrer Abteilung sehen, durch das Tor. Es war schrecklich – viele Menschen, die ich da sah, waren nackt, und sie bewarfen uns mit Steinen und schrien uns an. Jeden Tag erkundete ich einen neuen Teil des Krankenhauses, bis ich alles kennengelernt hatte.

Das Krankenhaus war wirklich groß und hatte so viele verschiedene Abteilungen. Man konnte sich sogar darin verlaufen, so riesig war es. Hier drinnen gab es die ganzen gefährlichen Krankheiten – Syphilis, TB, Verrückte, Menschen, die von ihrer Krankheit keine Hände oder Beine mehr hatten oder keine Augen oder Nasen, mit gräßlichen Gesichtern, furchterregende Menschen –, viele verschiedene Krankheiten. Auch Lepra. Das hatte ich alles erfahren, als ich ungefähr einen Monat im Krankenhaus gewesen war; obwohl das nicht erlaubt war, besuchte ich immer ein paar Leute mit diesen Krankheiten, und ich freundete mich mit ihnen an. Ich half ihnen, Dinge zu besorgen, die sie von draußen brauchten; sie gaben mir Geld, und ich kaufte Essen oder Zigaretten für sie, wenn ich hinausging. Aber ich ging nie dicht an sie heran und berührte sie auch nie, denn davor hatte ich Angst, auch wenn ich sie gern mochte.

Einmal in der Woche durfte man das Krankenhaus verlassen, und jede Woche besuchte ich die Kusine meines Bruders und ihre Familie. Mama war noch krank, deswegen besuchten sie mich auch, denn Mama hatte sie gebeten, sich um mich zu kümmern. Nach einer Weile lernte ich allerdings ein paar andere Mädchen kennen, größere Mädchen, die elf und vierzehn waren, und die gingen jeden Tag weg. Um das Krankenhaus herum war eine hohe Mauer, und an der Mauer wuchsen hohe Bäume. Die Mädchen kletterten auf die Bäume und sprangen über die Mauer. Wieder hineinzukommen war kein Problem, weil der Haupteingang für alle offen war, außer wenn man nach acht Uhr zurückkam, denn dann war die Besuchszeit vorbei, und das Tor war geschlossen. Also machte ich es genauso wie die älteren Mädchen – ich sprang über die Mauer und kam vor acht Uhr zurück –, denn jetzt ging es mir viel besser. Die Medikamente hatten bewirkt, daß ich gewachsen war und zugenommen hatte. Die Ärzte sagten: »Diesen Monat wirst du entlassen.«

Eine Woche bevor ich entlassen werden sollte, spielte ich mit einer Freundin Ball. Ich weiß nicht, was passiert war, aber plötzlich spürte ich, daß sie mich geschlagen hatte. Vielleicht hatte ich sie mit dem Ball getroffen – sie sagte den Grund nicht. Und der Ball konnte ihr eigentlich nicht wehtun, denn er war aus Lumpen, die ich zusammengenäht hatte. Aber ich fragte nicht erst, was passiert war – ich schlug einfach zurück. Ich schlug sie mit dem Kopf und packte sie an den Haaren und schlug sie gegen die Mauer, und sie verlor zwei Zähne. Es gab viel Blut. Sie kämpfte immer noch – sie kratzte mich und schlug mich und biß mich, deswegen mußte ich mich wehren. Obwohl sie älter war als ich, konnte sie mich nicht zusammenschlagen, weil ich auch stark war.

Leute kamen und trennten uns, und das Krankenhaus rief ihre Familie an und die Polizei. Die Polizei nahm uns auf die Wache mit, und ich sagte, sie sollten meinen Ältesten in der Stadt rufen. Er und mein Vater waren Vettern dritten Grades. Ich wußte, wo er wohnte und wie er hieß und auch den Namen seines Vaters, aber ich war noch nie bei ihm zu Hause gewesen. Die Polizei holte ihn. Der Älteste des Mädchens kam mit ihrem Vater, und die drei sprachen mit der Polizei, und die Polizei erklärte ihnen, was passiert war. Die beiden Ältesten und der Vater des Mädchens gingen hinaus und besprachen sich und machten aus, daß meine Familie vier Kamele und zwei Kühe an ihre Familie bezahlen sollte. So ist das in Somalia. Wenn man einen Fehler macht oder jemanden umbringt oder Zähne ausschlägt oder jemandem körperlich Schaden zufügt, wird dafür bezahlt. Man muß den Schaden, den man angerichtet hat, bezahlen. Wenn jemand deine Fensterscheibe einschlägt, willst du das Fenster ersetzt haben, stimmt's? Wenn ich dir einen großen, häßlichen Schnitt zufüge, wirst du häßlich, ich habe dein Gesicht zerstört, deswegen muß ich für den Schaden bezahlen, zumindest etwas. Wir haben für alles Regeln. Und nach den Regeln muß man sich richten.

Die Ältesten einigten sich auf vier Kamele und zwei Kühe, weil das Gesicht ein teurer Körperteil ist. Jeder Körperteil hat einen bestimmten Wert. Wenn ich dir einen Arm oder ein Bein breche, kostet das nicht soviel, weil das wieder zusammenwächst. Den größten Wert haben die Zähne, weil man seine Zähne nie wiederbekommen kann. Das Gesicht ist die Schönheit des Körpers.

Zu jener Zeit blieb niemand länger als vierundzwanzig Stunden im Gefängnis, denn wenn dein Ältester und der andere Älteste sich geeinigt hatten, ließ die Polizei dich wieder gehen. Und so machten sie es. Sie sprachen miteinander und wurden sich einig. Das Mädchen ging mit ihrem Vater fort, und ich ging mit meinem Onkel fort. Ich übernachtete bei meinem Onkel. Am nächsten Morgen brachte er mich zu einer Bushaltestelle, bezahlte den Fahrpreis und schickte mich nach Hause nach Mango Village. Es war fast sieben Monate her, daß ich ins Krankenhaus gekommen war.

4

Mama begann, auf dem Markt Obst und Gemüse zu verkaufen, weil ihr Vetter Felder und Obstgärten besaß und ihr gesagt hatte, sie dürfte jeden Tag eine Schubkarre voll Früchte nehmen und verkaufen, um Essen für die Kinder kaufen zu können.

Morgens ging sie immer auf den Markt, und da war alles. Um den Markt herum standen ein paar Bungalows: kleine Läden und Metzger. Auf dem Markt gab es das beste Obst: verschiedene Sorten Apfelsinen, verschiedene Sorten Bananen. Alles frisch! Die Verkäufer saßen draußen in der Sonne – es waren ungefähr vierzig oder fünfzig. Sie saßen auf der Erde, und wir gingen herum und kauften, was wir haben wollten. Ich erinnere mich, daß Milch so verkauft wurde: Man hatte ineinandergestapelte Blechgefäße mit Griffen. Damit ging man zu den Frauen und Männern, die Milch verkauften, und sagte: »Ich möchte Ihre Milch probieren«, und wenn sie einem nicht schmeckte, ging man weiter und probierte anderswo, soviel man wollte. Wenn man die beste Milch gefunden hatte, füllten sie so viele Behälter, wie man brauchte. Man sagte: »Noch ein bißchen! Noch ein bißchen, ganz voll!« Es waren verschiedene Stämme da, und die Leute von einem Stamm waren irgendwie schmutzig, und Mama sagte immer: »Kauf keine Milch bei denen!« Es war schön, den Tag auf dem Markt zu verbringen. Ich blieb mit Mama bis sieben Uhr da, bis der Markt zu Ende war.

An anderen Tagen blieb ich bei den älteren Frauen. In meiner Kultur versorgen die Großmütter die Babys. Sie sind wunderbar, sie sind lieb, sie kümmern sich … sie verwöhnen die Babys! Großmütter mütterlicherseits oder väterlicherseits oder einfach Verwandte, es macht keinen Unterschied. Es kostet nichts; sie tun es umsonst. Alle Älteren sehen nach den Kindern, sie passen auf alle auf. Wenn sie sehen, daß Kinder etwas Unrechtes tun, verhauen sie sie und sagen ihnen, daß sie das nicht dürfen. Deswegen benahmen wir Kinder uns alle gut! Sie gaben uns zu essen – nur ganz wenige Großmütter schickten einen nach Hause.

In Mango Village konnte man zu irgend jemandem hingehen, und man durfte sich zu ihnen setzen und mit ihnen essen. So ist das. Ich selbst ging zu vielen Familien. Ich hatte sogar mein Lieblingsessen – ich wußte, wer das beste Essen kochte! Und wer nicht! Manchmal suchte ich mir aus, wohin ich ging, während meine Mama auf dem Markt arbeitete.

Eines Tages, erinnere ich mich, war Mama zum Arbeiten fortgegangen, und ich war unterwegs zu einer älteren Frau, die ich gern hatte. Mein Vater ging vorbei. Ein Freund, der wie ein Bruder für ihn gewesen war, war gestorben, und mein Papa hatte seinen Sohn großgezogen. Er ging also zu diesem Sohn. Als er an unserem Haus vorbeiging, kamen alle Kinder, um mir das zu sagen: »Hey, dein Papa ist hier vorbeigekommen, ja, ja, dein Papa ist hier.« Und ich wünschte mir, er würde hereinkommen. Ich wollte, daß alle Kinder kamen und sahen, daß mein Papa hereinkam, sie sollten wissen, daß er mich liebte, ich wollte einfach stolz auf ihn sein, und alle Kinder sollten wissen, daß ich einen Vater hatte. Aber er kam nicht in unser Haus, er ging vorbei, und ich mußte in das Haus dieses Sohnes gehen, um ihn zu sehen. Und das tat weh.

Meine Schwester Hawa war jetzt alt genug zum Heiraten. Sie war hellhäutig, und nicht nur das, sie war hübsch, wirklich hübsch, sie hatte so viel Schönheit. Volle Lippen, ihre Zähne waren strahlend weiß, und ihr Zahnfleisch war schwarz. Augen und Nase waren sehr schön, das Haar weich – alles an ihr war schön. Hellhäutigere Mädchen wie sie werden im Haus gehalten, weil man Angst hat, daß jemand sie mit dem bösen Blick verhexen könnte. Sie müssen einen *shuko* tragen, ein weites, langärmeliges schwarzes

Gewand, um sich zu verhüllen. Denn der böse Blick macht dich krank. Du kannst Ausschlag kriegen, Beulen am ganzen Körper oder Fieber; du kannst alle möglichen Krankheiten kriegen. Dann muß ein Scheich kommen und dir den Koran vorlesen, für dich beten und dir Wasser zu trinken geben. Er schreibt dann Verse aus dem Koran auf ein Stück Papier, und das trägst du dann zum Schutz bei dir.

Ich fragte Mama, warum meine Schwester helle Haut hätte. Und sie antwortete: »Ich habe sie in heißem Wasser gebadet.« Aha! dachte ich. Und als Mama zum Melken ging – ich war klein, aber ich stellte einen großen Topf ins Feuer und füllte ihn mit Wasser und legte mehr Holz auf das Feuer, bis das Wasser anfing zu sprudeln und zu kochen. Meine Mama kam wieder und sah diesen großen Topf mit kochendem Wasser. Sie fragte mich: »Wofür ist dieses Wasser?« Ich sagte: »Du sollst mich baden, Mama. Ich möchte auch so hell werden wie meine Schwester.« Meine Mama weinte! Sie sagte: »Ich bin froh, daß du dich nicht selbst gebadet hast, denn ich habe dich geneckt. Das ist eine Schöpfung Allahs. Siehst du, alles ist verschieden. Tiere sind verschieden, Menschen sind verschieden. Man kann es nicht selbst machen.«

Ein paar Monate später begann eine Dürre, und der Fluß trocknete aus. Es gab nicht mehr genügend Gemüse und Obst zum Verkaufen. Aber meine Mutter war stark. Sehr stark. Viele Frauen waren sehr stark, und ich kann wahrhaftig sagen, daß die somalischen Frauen das Gehirn Somalias sind. Zähe Frauen, und sehr clever. Ich habe so viel von ihnen bekommen. Ich versuchte, da zu sein, meinen Vater zu ersetzen, meiner Mutter zu helfen, ihr zu zeigen, daß ich da war, um ihr zu helfen, auch wenn sie ihn nicht hatte. Ich war jung, aber ich war bei meiner Mutter, an ihrer Seite.

Das Geld, das sie vom Verkauf unserer Tiere gehabt hatte, war fast verbraucht. Sie konnte nicht einmal ab und zu etwas Geld verdienen, weil es nicht regnete. Jeden Tag war sie ratlos und traurig. Schließlich beschloß sie, das Haus zu verkaufen und nach Mogadischu zu ziehen, in die große Stadt am Meer. Außerdem stand Hawas Hochzeit bevor, und sie würde bald nach Mogadischu umziehen. Mama meinte, wir sollten umziehen und sehen, ob es dort besser sei.

Wir würden in der Nähe meiner Verwandten wohnen, die ich jede Woche besucht hatte, als ich im Krankenhaus gewesen war. Hassans Kusine hatte viel Land, daher gab sie uns ein Stück, auf dem wir ein Haus bauen und auch die Kühe halten konnten. In der Stadt halten sie die Kühe in einer Umzäunung am Haus, und nachts binden sie ihnen die Beine zusammen. So kann man sie füttern und die Milch verkaufen. Als Mama das Haus in Mango Village verkauft hatte, verwendete sie das Geld dazu, noch mehr Kühe zu kaufen. Sie hatte jetzt ganz schön viele. Sie stellte einen Mann an, der mit meinem Bruder zusammen unsere Kühe in die Stadt treiben sollte, denn es war ein dreitägiger Fußmarsch. Wir selbst fuhren mit einem Auto in die Stadt. Auf unserem neuen Land baute Mama ein rundes Haus aus Lehm und Flechtwerk – für mich, meine Großmutter und meinen Bruder Hassan. Mama und ich schliefen nebeneinander auf einem Holzbett. Es gab nur ein Laken, und sie achtete immer darauf, daß ich damit zugedeckt war. Es war kein Problem. Aber in manchen Nächten dachte ich an das Bett mit den Sprungfedern, das ich im Krankenhaus gehabt hatte. Wenn Leute Geld hatten, kauften sie sich solche Betten. Sie konnten sich auch Tische leisten und mehr Geschirr, vielleicht auch ein Radio, und alles sauber haben. Das wünschte ich mir. Aber wir hatten es nicht, und es machte mir nichts aus. Ich war glücklich mit dem, was wir hatten. Ich wußte, daß wir arm waren.

Und es gefiel uns dort. Es war sauber, und in der Stadt gab es vieles, was es in Mango Village nicht gegeben hatte. Allerdings mochte ich den Geruch des Dorfes lieber – es duftete nach Blumen. In der Stadt roch es nach dem Essen, das sie kochten. Morgens konnte ich Gewürze riechen.

Etwa zehn Tage, nachdem wir eingerichtet waren, fing

eine schlimme Zeit an. Zuerst wurde meine Großmama krank, und gleich darauf fingen unsere Kühe an zu sterben. Meine Mama stand morgens immer früh auf, vor Sonnenaufgang, um zu beten, und bei Sonnenaufgang molk sie dann die Kühe. Vor dem Beten ging sie jedoch nach draußen und sah nach, ob bei den Kühen alles in Ordnung war. Als sie an diesem Morgen nach ihnen sah, waren zwei von ihnen tot. Sie konnte es nicht fassen. Sie rief ein paar Männer, die ihr helfen sollten, die beiden toten Kühe irgendwohin zu schleifen – sie hatten noch nicht angefangen zu stinken, deswegen mußten sie sie wegschleifen und begraben. Und so war es jeden Tag – immer mehr Kühe starben. Mama konnte nachts nicht mehr schlafen; sie mußte draußen bleiben und zusehen, wie eine nach der anderen starb. Manche tötete sie eigenhändig, damit man das Fleisch noch essen konnte. Sie starben weiter, bis nur noch etwa vier übrig waren.

So etwas passierte nicht oft, und es war ein furchtbares Unglück. Meine Mama dachte, es sei *qumayo* – der böse Blick. Das Viertel von Mogadischu, in das wir gezogen waren, war eine arme Gegend, und nicht viele Leute hatten soviel Vieh wie wir. Als wir aus Mango Village kamen, waren wir alle frisch und munter und sahen gut und gesund aus. Die Menschen in dem Viertel hatten nur ganz wenig, und sie staunten, als sie uns sahen – gesunde Kinder, gesunde Kühe, eine gesunde Familie. Deswegen dachte Mama sich, sie wären neidisch und hätten uns mit dem bösen Blick verhext.

Meine Mama hatte eine Verwandte, die etwa dreißig Meilen außerhalb der Stadt wohnte. Sie besaß dort eine kleine Farm und ein paar Kühe und Ziegen und Schafe. Mama und Großmama und ich brachten die vier Kühe dorthin, und Großmama blieb da, während Mama und ich in die Stadt zurückkehrten, weil es dort gesünder war.

Ich war jung, aber ich sah den Schmerz in Mamas Gesicht. Ich dachte, ich bin genauso wie sie. Ich liebte meine Mama, und ich spürte den gleichen Schmerz. Weil sie neben mir schlief, wußte ich es, wenn sie weinte, ich wußte, wenn sie in Sorge war, ich wußte, wenn sie nicht schlief. Ich wußte das alles, weil sie wach blieb und leise neben mir betete. Aber außer mir hat es nie jemand erfahren, denn am nächsten Tag war sie auf dem Markt oder bei ihren Tieren und lachte und arbeitete. Niemand außer mir konnte ihr jemals anmerken, was sie durchmachte. Aber jetzt hatte sie sich verändert – sie war nicht mehr die gleiche. Sie wusch nicht einmal mehr ihre Kleider. Manchmal ging sie fort und ging einfach immer weiter, viele Meilen, und überlegte dabei, was sie tun könnte, bis sie zu einem Entschluß kam. Und ich konnte nicht einmal mitgehen, weil ich nicht so weit laufen konnte.

Ich wollte Mama mehr geben, als sie hatte, weil sie schon soviel getan hatte und weil sie so hart kämpfte, um uns bei sich zu behalten. Ich wollte meinem Vater zeigen, daß sie recht hatte – daß wir es ohne ihn schafften. Ich wollte, daß sie sich ausruhte.

Manchmal kletterte ich auf einen Baum, um Allah näher zu sein. Ich betete und flehte ihn an, uns zu helfen, uns Geld zu schicken. Ich sah in den Himmel hinauf. Ich dachte, er würde vielleicht Geld für uns in den Wolken lassen.

Hawa versuchte, von ihrem Mann etwas Hilfe für uns zu bekommen. Sie brachte uns ein bißchen Geld, aber es reichte nicht. Als sie ihn um mehr bat, weil sie wußte, wie ernst unsere Situation war, sagte er, er hätte sie geheiratet, aber nicht ihre ganze Familie, und er sei nicht verantwortlich. Also bat meine Schwester ihn um die Scheidung. Er gab sie ihr problemlos, und sie kam zurück und lebte wieder bei uns. Jetzt wurde es sogar noch schlimmer, weil wir einen Mund mehr zu stopfen hatten. Und Mama fühlte sich für ihre Scheidung verantwortlich und hatte deswegen noch größeren Kummer.

Es gab ein paar Morgen, an denen wir nichts im Haus hatten außer Wasser. Wir halfen uns, indem wir zu einigen Familien gingen, die zu Mamas Sippe gehörten. Wir wußten, daß sie Mittagessen kochen würden. Sie wußten nicht, daß wir kamen; wir gingen einfach hin und standen da, und sie baten uns herein und gaben uns zu essen, und wir aßen. Wir hatten das noch nie getan; wir waren zu stolz. Aber wir machten es mehrere Tage lang. Manchmal schliefen wir mit leeren Mägen, und manchmal kam Mama spät mit etwas Zucker zurück. Dann kochten wir Tee und tranken ihn zum Abendbrot und legten uns wieder schlafen.

Mama ging morgens immer früh fort, als wenn sie etwas zu tun hätte, genauso wie früher. Eines Morgens kam sie mit etwas Tee wieder, und am Abend tranken wir den Tee. Am nächsten Morgen wollte sie wieder fortgehen, und ich fragte sie: »Mama, wo gehst du hin?« Sie sagte: »Komm, geh mit.« Hawa mußte noch zu Hause bleiben, damit der böse Blick sie nicht treffen konnte. Aber Mama sagte zu mir: »Laß uns gehen.« Mama und ich gingen eine halbe Stunde, bis wir zu einer großen weißen Kirche kamen, vor der eine große Menge Menschen saß, so als würden sie auf etwas warten. Ich fragte Mama: »Was ist das hier? Worauf wartest du?« Sie sagte: »Hier können Leute, die nichts zu essen haben, etwas zu essen bekommen.« Ich fragte sie: »Geben sie uns Fleisch?« Sie sagte: »Nein, sie geben uns nur Reis oder Mais oder Bohnen.« »Toll«, sagte ich, »also werden wir heute essen!« Und sie sagte: »Ja, Gott sei Dank, wir werden heute etwas essen.«

Wir waren ungefähr um sieben Uhr morgens angekommen, und die zuständigen Leute kamen erst kurz vor Mittag. Es waren viele Menschen da – viele Frauen mit Kindern, die weinten. Es war heiß. Heiß! Es gab kein Wasser. Leerer Magen … die Sonne bringt dich um … die Kinder weinen – kleine Kinder –, weil sie nichts zu essen bekommen haben. Als die Männer schließlich kamen, wollten alle die ersten sein. Alle schlugen aufeinander ein – kletterten übereinander und kämpften. Meine Mama machte es genauso wie alle anderen, weil man nur so Essen bekommen konnte. Sie konnten mit der Essensausgabe fertig sein, bevor alle etwas bekommen hatten, deswegen wollte jede die erste sein. Polizei kam, um die Schlägereien zu stoppen, und sie schlugen die Leute mit ihren Schlagstöcken. Einer der Polizisten schlug meiner Mama zweimal mit seinem Schlagstock auf den Kopf. Ihr wurde schwindlig, und sie fiel fast hin, aber das konnte sie nicht aufhalten. Sie kämpfte sich bis ganz nach vorn durch, mit mir an der Hand, und wir bekamen drei große Dosen voll Reis – Mama bekam zwei und ich eine. Wir gingen nach Hause und kochten den Reis und feierten ein großes Fest. An dem Tag schenkte uns meine Kusine – deren Mann uns das Land für unsere Häuser gegeben hatte – etwas Zucker. Wir kochten den Reis in Wasser und aßen Reis und tranken Tee. Und es war köstlich, köstlich, weil ich drei Tage lang keine richtige Mahlzeit zu mir genommen hatte.

Am nächsten Tag war Mamas Kopf an der Stelle, wo der Polizist sie geschlagen hatte, angeschwollen. Sie konnte nicht einmal beten, denn immer, wenn sie sich aufsetzte, wurde ihr schwindlig. Einmal fiel sie hin, und danach blieb sie liegen, bis es ihr besser ging. Sie blieb drei Tage lang im Haus. Sie war sich sicher, daß der Ort, an dem wir uns befanden, Unglück brachte, daher ging sie zu Habib, einem anderen Vetter, um zu sehen, ob er uns irgendwie helfen könnte. Ich ging mit. Sie erklärte ihm die Situation, und er sagte, wir könnten in vier oder fünf Tagen, sobald er die Mieter zum Ausziehen bewegt hätte, in eines seiner runden Ein-Raum-Häuser einziehen. Er sagte auch, er würde mit einem anderen Vetter sprechen, der einen kleinen Laden hatte, und sehen, was er zusammenbringen könnte, um uns zu helfen. Er schenkte uns noch am gleichen Tag zwanzig Shilling, nur für unseren Lebensunterhalt, damit wir uns etwas zu essen besorgen konnten. Wir hatten also zwanzig Shilling, und Mama ging auf den Markt und kaufte Fleisch und alles, was wir sonst immer aßen – Bananen, Obst, Öl, Zucker, Milch – alles!

Am nächsten Morgen nahmen wir den Bus und brachten einen Teil des Essens zu Großmama. Wir brachten ihr Zucker, Kaffee, Obst, Reis und Spaghetti mit – Fleisch hatten sie selbst, weil die Frau, bei der meine Großmama wohnte, Hühner hielt. Wir nahmen ihr soviel mit, wie wir konnten.

Ich nannte die andere Frau auch »Großmama«, weil sie alt war. Zwei Kühe waren trächtig, und sie hatten frisches Gras und sauberes Wasser. Wir verbrachten dort zwei Nächte, aßen und redeten, und es war schön.

Dann fuhren wir wieder in die Stadt zurück. Wir zogen in das Haus, das Habib uns zur Verfügung gestellt hatte. Habib konnte uns ein bißchen helfen, weil er die Miete von seinen anderen drei Häusern hatte und außerdem eine Arbeit. Das bißchen, was er uns half, bedeutete viel für uns. Und ein anderer Vetter sagte, er würde uns Geld leihen, damit Mama ein Geschäft anfangen könnte, was immer sie wollte – wenn sie damit Geld machte, könnte sie es zurückzahlen, aber wenn sie es verlor, war es nicht schlimm. Das war mehr als genug. Mama konnte es kaum glauben. Herrlich! Erinnerst du dich, wie ich zu Allah gebetet hatte? Das war wie ein Geschenk, das er uns gesandt hatte. Es war eine riesengroße Erleichterung.

Am nächsten Tag brachte mein Vetter uns fünfzig Shilling. Mama nahm sie und fing an, Brot zu verkaufen. Sie ging in die Bäckerei, wo sie frühmorgens das Brot backten, und nahm einen großen Sack und ein paar Tücher mit. Als Brotverkäufer geht man mit seinem Sack und seinen Tüchern in die Bäckerei und gibt dem Bäcker das Geld für das Brot, und dann wickelt man das heiße, frische Brot in die Tücher ein und steckt es in den Sack. Dann geht man los und verkauft es. Man ruft: »Brot! Brot! Brot zu verkaufen!«, und die Leute kommen aus ihren Häusern und kaufen soviel, wie sie wollen. Wenn man einen Sack voll verkauft hat, kann man wieder zur Bäckerei gehen, aber meistens kann man Brot nur frühmorgens und abends verkaufen – die Leute essen es nur zum Frühstück und zum Abendbrot. Deswegen ging Mama immer zweimal los – einmal morgens und einmal abends. Sie verdiente ein paar Shilling am Tag – manchmal waren es sogar drei. Wenn sie Brot übrig behielt, brachte sie das abends mit, und wir kochten Fleisch und Soße dazu. Wenn es kein Brot gab, kochten wir Maisbrei oder Reis und Bohnen. Wenigstens konnten wir etwas zu essen auf den Tisch bringen.

Ich blieb auch nicht zu Hause. Habibs Frau kannte eine Frau, die für eine arabische Familie arbeitete, und die hatte ihr von einer anderen Familie erzählt, in der ein kleines Mädchen gebraucht wurde, das für sie arbeiten sollte. Ich sagte zu Habibs Frau: »Ja, ich will für sie arbeiten.« Sie sagte, ich könnte am Freitag kommen, weil meine Mutter freitags kein Brot verkaufte. Freitags arbeiten die meisten Menschen in unserem Land nicht, weil es der heilige Tag ist – der Tag, an dem man zu Hause bei seiner Familie bleibt. Am nächsten Freitag lernten wir die Familie kennen, und sie sagten, sie würden mich wie ihre eigene Tochter behandeln. Es war ein Ehepaar, und weil die Frau Araberin war, ging sie nicht aus dem Haus, und darum brauchte sie mich – ich sollte einkaufen und auch kleine Arbeiten im Haus verrichten. Sie sagten, sie könnten mir zwanzig Shilling im Monat bezahlen, und ich könnte bei ihnen wohnen und würde Essen und Kleider bekommen.

Mama ließ mich dort und sagte, sie würde mich am nächsten Freitag besuchen. In der ersten Nacht ließ die Frau mich auf dem Boden schlafen, auf einer dünnen kleinen Matte. Ich konnte nicht schlafen, weil der Fußboden so kalt war. Also nahm ich die Kissen von der Couch, legte sie nebeneinander auf den Fußboden und legte mich darauf schlafen.

Mitten in der Nacht ging die Araberin zur Toilette und sah mich auf den Kissen auf dem Boden schlafen. Sie weckte mich und sagte: »Mach das nie wieder!« und befahl mir, die Kissen wieder auf die Couch zu legen. Es war meine erste Nacht, und ich konnte ihr nicht sagen, daß der Fußboden zu kalt war, um darauf zu schlafen. Wenn es ein Lehmboden gewesen wäre, hätte es mir nichts ausgemacht, aber es war Zement. Ich hatte noch nie in meinem Leben auf Zement geschlafen. Ich hatte Angst, deswegen war ich still, und als sie fort war, legte ich mich wieder auf den Boden. Ich konnte immer noch nicht schlafen. Ich stand auf und setzte mich in einen Sessel und schlief. Aber sie wollte mich nicht einmal im Sessel schlafen lassen, weil sie sagte, meine Füße seien schmutzig. Sie gab mir kein Laken zum Zudecken. Ich hatte nur ein kleines Stückchen Stoff und ein einziges Kleid – das war alles, was ich auf der Welt besaß. Ich brauchte ein Laken, um mich zuzudecken, aber mein Kleid mußte ich am nächsten Morgen tragen. Also behielt ich meine Kleider nachts an und deckte mir den Kopf mit dem kleinen Stück Stoff zu, damit die Moskitos nicht an mich herankamen. Und ich wurde krank, mit Husten, Schnupfen und Fieber.

Die Frau ließ mich wie eine Erwachsene arbeiten, obwohl ich noch nicht acht Jahre alt war. Sie ließ mich hart, hart arbeiten, bis ich das letzte Glas und den letzten Löffel abgewaschen hatte. Ah! Feg das Haus, wisch die Böden, mach das Bett – arbeiten wie eine Erwachsene. Manchmal konnte ich die Kleider nicht waschen – wenn sie naß wurden, waren sie schwer, und ich konnte sie nicht anheben, deswegen rührte ich sie einfach mit der Hand.

Als ich krank wurde, unternahm sie nichts dagegen. Nachts, wenn es kalt war, mußte ich husten und niesen, und ich bekam Schüttelfrost und wurde dann wieder glühend heiß. Am nächsten Morgen mußte ich aufstehen und arbeiten. Auch wenn sie nur Wasser wollte, weckte sie mich mitten in der Nacht und befahl mir, welches zu holen.

Sie gab mir nicht richtig zu essen – ich hatte die ganze Zeit Hunger, weil sie mir nur Reste gab. Ihr Mann frühstückte morgens nicht. Er trank ein Glas Milch und ging dann in seinen Laden. Aber wenn sie aufwachte, machte sie sich ein Ei oder gebratenes Fleisch mit Brot; sie aß, was sie wollte, und gab mir das, was sie nicht mehr essen konnte, vielleicht eine von ihren vier Scheiben Brot. Wenn ihr Mann mittags kam, aßen sie zusammen. Ich mußte warten, bis sie fertig waren. Dann tat sie zu dem, was auf ihrem Teller übriggeblieben war, noch ein oder zwei Löffel voll dazu und brachte mir den schmutzigen Teller, von dem sie gegessen hatten. Wenn ihr Mann nicht nach Hause kam, schickte sie mich mit seinem Teller Essen zu seinem Laden. Das war gut, denn sobald ich um die Ecke war, aß ich etwas von seinem Fleisch und wischte mir die Hand und den Mund mit dem Sand von der Straße, damit er nicht sehen konnte, daß ich von seinem Teller gegessen hatte. Ich träume immer noch, daß ich ständig hungrig bin und daß sie mich wegen der Couch ausschimpft und sagt: »Mach das nicht noch mal!«

Ich dachte, meine Mama würde niemals wiederkommen, um mich zu holen. Ich wußte nicht, wie ich nach Hause kommen sollte. Ich wußte nicht, wo meine Familie war. Sieben Tage lang hielt sie mich wie eine Sklavin … das tat sie wirklich. Und als meine Mama kam – ich habe geweint und geweint. Ich hatte Allah angefleht, er sollte meine Mama zurückbringen. Rahima, an dem Tag, als sie endlich kam, konnte ich es nicht fassen. Als ich die Tür aufmachte und sie sah, fing ich an zu weinen und klammerte mich so an ihr fest, als wollte ich sie nie wieder loslassen. Sie fragte mich: »Was ist passiert?« Ich weinte: »Ich mußte auf dem Fußboden schlafen, ich mußte die Kleider waschen, sie hat mich angeschrien, sie hat mich nicht gut behandelt …«, und meine Mama fing auch an zu weinen.

Es war Freitag, und der Mann war zu Hause. Mama wurde wütend. Am liebsten hätte sie die Frau gepackt und ihr das Genick gebrochen. Das hätte sie gekonnt, sie war so groß und so stark, aber der Mann war da. Er hielt sie zurück und redete freundlich mit ihr – er sagte, sie solle sich beruhigen, und fragte sie, was geschehen sei. Wirklich, er wußte nicht, was passiert war. Als ich ihm erzählte, was seine Frau mir angetan hatte, wurde er wütend auf sie, und er fragte mich: »Warum hast du das niemandem gesagt? Warum hast du es mir nicht gesagt?« Er entschuldigte sich immer wieder. Meine Mama hatte mit ihnen ausgemacht, daß sie mir für den ganzen Monat zwanzig Shilling zahlen würden. Jetzt gab er mir die zwanzig Shilling für eine Woche, um wiedergutzumachen, was seine Frau mir angetan hatte.

Ich ging mit meiner Mama nach Hause und blieb dort, bis es mir wieder besser ging. Jetzt hatte Mama meine zwanzig Shilling zusätzlich zu den fünfzig Shilling von Habib und außerdem das bißchen Geld, das sie einnahm – sie verdiente jeden Tag ein paar Shilling. Allmählich bekam sie wieder das Gesicht, das ich gewohnt war. Und eines Tages, bald darauf, nahm sie uns mit in den Laden und kaufte uns allen Kleider, denn zu der Zeit waren Kleider billig. Mein Bruder bekam neue Hosen und ein Hemd. Ich bekam ein neues Kleid – wir trugen ein Stück Stoff, das wir um die Schulter legten und um die Taille wickelten. Ich suchte mir eins mit leuchtend gelbem Muster aus, und Hawa suchte sich auch ein hübsches aus. Mama kaufte uns auch Gummilatschen. Für meine Großmutter kaufte sie ein Kleid und Sandalen und Lebensmittel. Sie brachte ihr alles hinaus vor die Stadt und blieb über Nacht bei ihr.

Als Mama von dem Besuch bei Großmama zurückkam, sagte sie, sie hätte sich entschlossen, statt Brot von jetzt ab Milch zu verkaufen. Sie hatte andere Frauen kennengelernt, die Milch verkauften, und die hatten ihr erzählt, daß sie viel mehr Geld verdienten – mehr als das bißchen, das sie beim Brotverkaufen verdiente. Mama beschloß, eine Milchkanne zu kaufen, weil man Milch jeden Tag verkaufen kann, den ganzen Tag lang. Sie wird immer gebraucht – morgens, mittags und abends.

Jetzt verließ Mama das Haus frühmorgens, ungefähr bei Sonnenaufgang, nachdem sie gebetet hatte, und sie kam erst nach Sonnenuntergang wieder. Sie verkaufte jeden Tag vier oder fünf Milchkannen voll. Wenn sie eine ganze Kanne Milch verkauft hatte, ging sie zurück auf den Markt und kaufte neue. Sie kam tagsüber nicht zum Essen nach Hause. Wenn sie abends schließlich heimkam, aß sie ein bißchen Obst, und in der Milchkanne war ganz viel zu essen. An manchen Tagen war sie allerdings so müde, daß sie gleich ins Bett fiel und einschlief, wenn sie nach Hause kam, und manchmal schwollen ihre Füße an, weil sie mit so schwerer Last so weit laufen mußte. Wir hatten solche

Achtung vor ihr – sie war eine echte Kämpfernatur –, und ich massierte ihr abends, wenn sie sich hinlegte, die Füße.

Wenn es abends Zeit wurde, daß sie nach Hause kam, waren wir alle aufgeregt – vor allem ich, weil ich jünger war und so gerne Bananen aß, und sie brachte mir jeden Tag ein paar mit. Ich war also draußen und hielt nach Mama Ausschau, und alle anderen kamen ebenfalls heraus, weil sie ihnen immer einen kleinen Kuchen oder etwas Süßes mitbrachte, das wir essen konnten, bis das Abendessen fertig war. Dann kochten wir ein großes Essen, und wenn es dunkel wurde, aßen wir. Wir aßen oft Reis und Pfannkuchen und Fladenbrot mit Fleisch und Gemüse. An einem Abend gab es Spaghetti, am nächsten Reis, am nächsten Maisbrei, am nächsten Fladenbrot und am nächsten Pfannkuchen.

Hassan fing auch an zu arbeiten – er ging morgens mit Mama zum Markt und trug den Leuten ihre Sachen, so brachte er etwas Geld nach Hause. Als sie eine Weile Milch verkauft hatte, verdiente meine Mutter gutes Geld – im Durchschnitt sparte sie am Tag vier oder fünf Shilling, und zwar, nachdem sie unser Essen gekauft hatte, denn zu Hause kauft man jeden Tag alles ein, frisch. Es ging uns wirklich gut. Wir kochten nun mehr, damit Habib und seine Familie mit uns essen konnten – weil sie uns ausgeholfen hatten und so freundlich zu Mama gewesen waren. An einem Tag kochten sie, am nächsten wir, oder wir kochten alle zusammen und aßen dann draußen, alle vom gleichen Teller. Wir waren eine große, glückliche Familie.

Aber obwohl Mama Geld sparte, wußte sie, daß Mogadischu nichts für uns war. Sie liebte Tiere, und sie beschloß, wieder nach Mango Village zu gehen, wenn wir genug Geld gespart hatten. Ich wollte ihr helfen, deswegen begann ich, Fladenbrot und Pfannkuchen zu verkaufen. Als ich Hawa bat, mir beim Brotbacken zu helfen, sagte sie: »Nein – nein, nein!« Sie wollte keine Brandwunden und Narben auf den Armen haben. Also zeigte Habibs Frau mir, wie man es macht. Man mahlt Mais, mahlt ihn zu Mehl.

Dann macht man Brot, man schlägt es mit den Händen, bis es flach wie Pittabrot ist, *klatsch, klatsch*. Und dann legt man es in einen Lehmofen, wo das Holz zu Holzkohle verbrannt ist. Der Ofen ist groß, da passen zwanzig Stücke *muufo* hinein, in drei oder vier Reihen, aber das Loch, wo man die Fladen hineinschiebt, ist klein und heiß. Man spürt die Hitze im Gesicht und auf der Brust. Man braucht einen langen Arm, um hineinzugreifen, ohne sich zu verbrennen. Ich habe immer noch Narben auf den Armen von den Brandwunden, die ich mir am Ofenloch geholt habe. Aber ich lernte – manchmal verdiente ich einen halben Shilling oder einen Shilling am Tag. Das Frühstück hatten wir »umsonst«, weil ich die Pfannkuchen machte, und manchmal war auch das Abendessen umsonst, wenn ich nämlich das Brot nicht alles verkaufen konnte und wir die Reste aßen. Es ging mir mit der Zeit immer besser, denn ich lernte immer besser, wie man *muufo* und Pfannkuchen macht, und ich verkaufte mehr, weil mein *muufo* und meine Pfannkuchen besser aussahen. So verdienten wir Geld – meine Mama, mein Bruder und ich.

Eines Tages begegnete meine Mutter beim Milchverkaufen auf der Straße ihrem dritten Mann – dem Offizier, der keine Kinder haben konnte. Als sie ihn sah, schämte sie sich, weil sie so schmutzig und so müde aussah. Sie hatte oft zu ihm gehen und ihn um Hilfe bitten wollen, weil sie wußte, daß er in der Stadt lebte, aber sie war zu stolz zum Bitten. Und jetzt sah er sie so! Sie unterhielten sich eine Weile, und er bot ihr Hilfe an. Sie lehnte ab, aber er bestand darauf. Er sagte: »Nimm wenigstens für deine Kinder Hilfe von mir an.« Sie erklärte ihm, wo wir wohnten, und eines Abends brachte er uns ungefähr zehn Pfund Zucker, einen großen Kanister Speiseöl und große Beutel mit Reis, Tee und Kaffee. Und er gab Mama Geld. Er besuchte uns ab und zu und brachte mir Süßigkeiten und Kekse mit. Er mochte mich gern, und ich wünschte mir oft, daß er mein Vater wäre, weil er so ein netter Mann war.

Wir blieben acht Monate in Mogadischu. In dieser Zeit

hatten die beiden trächtigen Kühe, um die Großmama sich kümmerte, ihre Kälber bekommen, wir hatten also sechs Kühe, und Mama hatte soviel Geld gespart, daß wir nach Hause zurückkehren konnten.

Als wir zurück nach Mango Village kamen, begann Mama wieder einen kleinen Handel. Diesmal ließen wir unsere Kühe in der Stadt; viele andere machten das auch so. Sie stellten tageweise jemanden an, der die Kühe morgens zum Grasen vor die Stadt brachte, sie den ganzen Tag hütete und sie abends zurückbrachte. Mama mußte dafür Geld bezahlen, aber mehrere Leute taten ihre Kühe zusammen und stellten einen Mann an, der sie alle hütete. Mama schloß sich ihnen an, und sie verkaufte die Kuhmilch und Eier. Wieder einmal hatte sie etwas Neues angefangen.

5

In Mango Village zogen wir ein paarmal um. Das dritte Haus, in dem wir wohnten, war das, welches Mama verkauft hatte, als wir nach Mogadischu gingen, denn dieses Haus gefiel ihr wirklich gut. Mango Village – das ist das Paradies: Wasser und Bäume und Gras – ach, es war gut, wieder zurück zu sein. Draußen war es schmutzig, staubig und heiß, aber in den Häusern war es immer kühl. Wir bemalten Mehlsäcke weiß, rot, blau – in allen Farben, die uns gefielen – und befestigten sie unter dem Zinkdach, um die Hitze abzuhalten. Wir malten Tiere, Blumen und Bäume auf die Wände, so daß unser Haus wirklich schön aussah. Wir lehnten uns über den Zaun und sprachen mit unseren Nachbarinnen: »Hast du Zucker?«, und sie riefen zurück: »Ja, sicher!« und gaben uns welchen. Wir brauchten nicht in den Laden zu gehen; wenn wir etwas brauchten, fragten wir einfach eine Nachbarin.

In der Gruppe von Häusern, in die wir wieder einzogen, wohnte eine meiner Tanten väterlicherseits mit ihren Kindern. Sie hatte drei Töchter. Eine war etwa in meinem Alter, eine war jünger, und eine war älter. Ihre beiden jüngeren Töchter waren noch nicht beschnitten. Daher planten meine Tante und eine andere Tante ihre Beschneidung, und sie fragten meine Mama, ob ich am gleichen Tag beschnitten werden sollte. Aber meine Mama sagte nein, weil sie nicht genug Geld und keine Zeit hatte. Man muß viele Leute einladen und viel Essen für sie kochen, deswegen braucht man Geld. Die Leute, die eingeladen werden, bringen zwar auch Geld mit, aber meine Mutter wollte von niemandem Geld annehmen – sie wollte es mit ihrem eigenen Geld machen, Leute zum Essen einladen, das Fest feiern und sie wieder gehen lassen, ohne daß sie ihr Geld gaben. Sie war ein religiöser Mensch, und unsere Religion erlaubt es nicht, daß man Geld nimmt, denn das wäre so, als würde man sein Essen verkaufen, und das ist nicht gut. Deswegen sagte sie meinen beiden Tanten, sie sollten nur meine beiden Kusinen beschneiden lassen.

Aber meine Tanten sagten sich: »Nein, das ist ungerecht. Wir schließen Aman aus, wenn wir es bei den beiden anderen machen lassen. Das ist nicht gut für unseren Namen – für den Namen unseres Bruders. Und außerdem ist sie die Älteste, und es ist eine Schande, es bei den Jüngeren machen zu lassen und bei ihr nicht.« Deswegen beschlossen sie, es bei mir auch machen zu lassen, ohne daß meine Mutter davon wußte. Sie wußten, daß Mama vor Sonnenaufgang fortgehen mußte, um unsere Kühe zu melken, und daß sie erst im Laufe des Vormittags zurückkam. Die Beschneidungen werden frühmorgens durchgeführt, bevor es heiß wird und bevor dein Blut heiß wird und zu strömen beginnt – früh am Morgen, gleich nach dem Aufwachen.

Sie luden *alle* ein. Sie schlachteten einen Stier, zwei Ziegen und ein Schaf und kochten die ganze Nacht lang. Am nächsten Morgen ging meine Mama zum Melken. Meine Tanten und ihre Freundinnen hatten die Nacht in unseren Häusern verbracht, und sie mußten früh aufstehen, um Tee und Kaffee zu kochen und ein großes Frühstück für die vielen Menschen zu machen, die kommen würden. Da weckten sie mich auch. Sie duschten meine beiden Kusinen und sagten mir, ich sollte auch duschen. Ich wollte wissen warum, und sie fragten mich, ob ich auch beschnitten werden wollte. »Ja«, sagte ich, »das will ich« – alle Mädchen in meinem Alter wollten das, weil es eine Schande ist, wenn man nicht beschnitten ist –, aber ich hatte Angst, und außerdem wollte meine Mama nicht, daß ich heute beschnitten wurde.

Sie redeten freundlich mit mir und gaben mir zu verstehen, daß sie es tun würden, ob es mir paßte oder nicht, deswegen sollte ich lieb sein und duschen und dann wiederkommen. Ich ging mit meinen Kusinen mit, und als wir drei fertig geduscht hatten, wickelten sie uns in die alten Tücher, die Frauen um die Schultern tragen, und jede bekam ein neues Stück Stoff – sie schnitten jeder von uns ein großes Stück ab. Sie rasierten uns das Haar ab, und zwei Scheichs lasen den Koran über uns. Sie sagten uns, es würde nicht wehtun, und wir sollten lieb sein, und sie würden uns viel Gold und viel Geld schenken, und die, die am bravsten wäre, würde am meisten bekommen. Weißt du, sie belogen uns Kinder. Vor allem mir sagten sie das, weil ich die erste sein würde, denn ich war neun – die Älteste. Also sagte ich zu ihnen: »Ja gut.« Draußen tanzten und sangen die Frauen und Kinder schon. Sie machen die Beschneidungen draußen, unter viel Klatschen und Singen, damit niemand dich weinen hört. Sie riefen »Lulululululululu« und sangen den Namen meines Vaters und meiner Sippe; das seien die besten, sangen sie. Ich war so stolz, als ich das alles hörte. Ich sagte mir: Ja, warum nicht? Sie bedeckten mich überall mit Gold und mit Geld und brachten mich nach draußen unter einen der hohen Bäume im Hof.

Da war eine dicke Frau, die die Mädchen während der Beschneidung festhält – eine kräftige Frau. Sie gaben ihr einen niedrigen, vierbeinigen Hocker. Und noch eine große, magere schwarze Frau namens Fatima war da, die die Beschneidungen machte. Die Dicke packte mich an der Hand und hielt mich fest. Ich sagte zu ihr: »Du brauchst mich nicht so fest anzupacken, ich laufe nicht weg.« Sie sagte: »Oh, du bist ein braves Mädchen! So ein Mädchen wie dich habe ich noch nie erlebt. Du bist ein großes kleines Mädchen, nicht?« »Ja«, sagte ich. Sie fragte: »Läufst du auch bestimmt nicht weg?« Ich sagte: »Nein, und ich weine auch nicht. Und du bindest mich nicht fest«, weil ich wußte, daß sie die Beine der Mädchen normalerweise festbanden. Und sie sagte: »Gut. Das gefällt mir.« Sie sagte, ich sollte mich auf den Boden setzen, auf trockenes Gras, das sie hingelegt hatte. Ich sollte das Stück Tuch, das ich anhatte, ablegen. Sie machte es so, daß sie sich auf den Hocker setzte und die Beine spreizte und mich auf den Boden legte, mit den Beinen zu ihr. Normalerweise band sie die Beine des Kindes an ihren Beinen fest und spreizte dann die Beine weit und damit auch die Beine des Kindes, und sie hielt auch die Arme des Kindes fest, damit es sich nicht bewegen konnte. Aber ich sagte zu ihr: »Du brauchst mich nicht festzubinden«, weil alle stolz auf mich sein sollten. Wenn sie mich festgebunden hätte, hätte es ausgesehen, als hätte ich Angst, und das wollte ich nicht. Sie sagte: »Also gut.« Sie vertraute mir, sie vertraute mir wirklich. Sie band mich nicht fest, aber sie schlang ihre Beine um meine und hielt mich so, für den Fall, daß ich aufspringen sollte. Ich saß da, und sie sagte mir, was geschehen würde. Sie sagte: »Es ist keine große Sache, es tut gar nicht so weh.« Sie sagte, ich sollte stark sein, wie ich versprochen hatte: »Mach deiner Familie keine Schande. Mach dir selbst keine Schande. Die Kinder lachen dich morgen aus, wenn du heute weinst.« Ich sagte ihr, ich würde nicht weinen – ich wollte stark sein. Und das war ich.

Sie stellte ein kleines weißes Gefäß mit Holzkohlenasche vor mich, zwischen meine Beine. Und nun kam die andere Frau, Fatima – sie war eine schöne Frau –, zu mir. Sie sagte mir ihren Namen und erzählte mir, wie ruhig sie sei. Sie sprach freundlich mit mir, damit ich die Schmerzen nicht spürte. Sie sagte, wenn ich nicht lieb wäre, könnte sie auch böse werden – und während sie so mit mir sprach, holte sie ihre Messer und die ganzen anderen Geräte heraus und wischte sie ab, damit sie sauber waren. Dann nahm sie etwas Holzkohlenpulver zwischen Daumen und Zeigefinger und fing an, mit meiner Klitoris zu spielen und daran zu ziehen, damit sie größer wurde. Sie sprach dabei weiter, und ich sprach mit ihr, ich stellte ihr Fragen – wann würde sie es tun? –, und sie antwortete mir, auch wenn sie log. Als sie dann alles fertig hatte, sagte sie mir, ich sollte die Augen schließen. Ich fragte sie: »Kommt es jetzt?« Sie sagte: »Jetzt kommt es. Jetzt kommt es. Es dauert keine Sekunde. Mach die Augen zu. Wenn du sie wieder aufmachst, sind die Schmerzen weg und deine Klitoris auch.« »Gut«, sagte ich.

Diesmal zog sie sogar das Messer heraus – ein kleines Messer, glänzend und scharf, mit einem kleinen Haken daran. Jetzt zog sie fester an meiner Klitoris, und diesmal drehte ich das Gesicht weg und sagte zu den anderen Frauen: »Haltet mich fest!« und biß die Zähne zusammen. Und dann, mein Gott, Rahima, dann passierte alles. Mein Körper war in einer Sekunde weg, genauso, wie sie gesagt hatten. Ich hörte *schuuu* ... wie das Geräusch, wenn sie Fleisch schneiden – genau auf die gleiche Art schnitt sie von meinem Körper ab. Sie schnitt alles ab – die großen Schamlippen nicht, aber sie schnitt meine Klitoris ab und die beiden kleinen schwarzen Schamlippen, die *haram* waren, unrein – das schnitt sie alles ab wie Fleisch. Oh, Rahima, ich dachte, ich würde sterben. Ich machte die Augen auf und sah auf mich hinunter, und das Blut strömte heraus. Ein Teil von mir blutete stark, und dort, wo sie mein Fleisch abgeschält hatte, war es darunter weiß.

Rahima, mein Gott, es hatte gerade erst angefangen. Ich fragte sie, ob sie fertig sei, und sie sagte nein, sie würde es noch einmal machen. Wieder sagte sie: »Es geht ganz schnell«, und ich glaubte ihr. Und alle, die zusahen, legten Gold und mehr Geld auf mich – auf meinen Kopf, auf meine Beine –, und sie sangen. Immer, wenn ich weinen wollte, sah ich mich um, ob jemand mir helfen würde, aber ich sah nur lächelnde Gesichter, und ich wurde wieder schüchtern und öffnete den Mund und tat so, als würde ich lachen, aber innerlich starb ich. Sie schnitt meine großen Schamlippen oben ab, und dann nahm sie Dornen, wie Nadeln, und steckte sie kreuzweise hinein, vor meine Vagina, um sie zu verschließen. Sie steckte sieben Dornen hinein, und jedesmal, wenn sie einen hineingebohrt hatte, zog sie sie mit einem Faden zusammen. Als sie fertig war, schmierte sie eine schwarze Paste darauf, um das Blut zu stillen und damit die Wunde schnell trocknete, und dann etwas Eigelb, um die Wunde zu kühlen. Dann nahm sie ein Stück Stoff und wickelte es mir um die Beine, von den Knöcheln bis zu den Hüften. Und sie wickelten mich wieder in mein Tuch und trugen mich in den Raum, den sie für uns vorbereitet hatten. Und das gleiche machten sie mit den anderen Mädchen.

Danach war ich krank und hatte Fieber. Und wenn ich pinkelte, war das, als ob es mich umbringen würde. Es fühlte sich an wie Feuer! Oder wie Alkohol, wenn man ihn in eine offene Wunde gießt. Sie brannte, die Pisse, und ich weinte. Sie mußten mich zudecken, und meine Zähne klapperten, und ich zitterte am ganzen Körper, als meine Mutter wiederkam. Sie war wütend. Aber sie sagte nichts, weil viele Leute da waren. Sie gaben mir gerade etwas Suppe, als sie hereinkam. Sie war sehr zornig, aber sie ging eine Weile hinaus und kam wieder, als sie sich beruhigt hatte. Sie versuchte, sich zu beherrschen, aber sie war wirklich böse, weil sie ihre Wünsche nicht respektiert hatten. Sie hatten sie enttäuscht und wie ein Nichts behandelt, und das haßte sie. Ich glaube, alle hatten etwas Angst vor Mama, aber sie blieben alle ruhig, und niemand sagte etwas. Und sie beherrschte ihren Zorn.

Ich sprach mit ihr. Ich wußte, daß sie wütend war, aber ich war stolz, deswegen sagte ich, sie sollte sich für mich freuen. Ich sagte: »Sie haben es getan, weil sie mich lieben. Warum wolltest du nicht, daß es bei mir mit den anderen Mädchen zusammen gemacht wird? Ich will nicht, daß du dich mit ihnen streitest, weil ihr alle zu meiner Familie gehört. Ich liebe sie, und ich liebe dich.« Sie verstand, was in mir vorging, aber sie war trotzdem wütend.

Ich behielt die Dornen drei Tage lang drin. Dann kam die Frau, die die Beschneidung gemacht hatte, wieder und zog sie heraus. Die ganze Zeit sind deine Beine zusammengebunden, sogar wenn du pinkelst. Du trinkst nicht viel, damit du nicht viel pinkeln mußt. Du ißt auch nicht viel, damit du nicht kacken mußt – sie geben dir nur etwas Suppe mit Gemüse darin und trockenes Brot, denn sie wollen, daß dein Körper schnell trocken wird. Je mehr Flüssigkeit du trinkst, desto mehr pinkelst du und desto öfter wird die Stelle naß, und das wollen sie nicht. Jedesmal, wenn du pinkelst, brennt es, deswegen gießen sie warmes Salzwasser über deine Genitalien, während du pinkelst. Das Salz desinfiziert, und das warme Wasser lindert den Schmerz. Wenn du gepinkelt hast, trocknen sie dich ab und tragen dich nach draußen. Draußen im *daash* haben sie ein Loch in die Erde gegraben und etwas glühende Holzkohle hineingelegt und mit Asche bedeckt. Darauf legen sie Räucherwerk. Sie lassen dich über dem Loch sitzen, immer noch mit zusammengebundenen Beinen, an eine Frau gelehnt, die auf einem Hocker sitzt. Der Rauch vom Feuer mit dem Räucherwerk sorgt dafür, daß du gut riechst, und die Hitze trocknet deine Wunde aus. Wenn sie das drei Tage lang jeden Morgen und jeden Abend und immer, wenn du gepinkelt hast, gemacht haben, heilst du schnell zu, wenn du ein kleines Mädchen bist.

Wenn die Frau, die dich beschnitten hat, wiederkommt und die Dornen herauszieht, überprüft sie auch deine Beschneidung, um zu sehen, ob das Loch klein oder groß ist. Sie nimmt ein Stäbchen, ungefähr so dick wie ein runder Zahnstocher, und steckt es in das Loch. Wenn das Loch viel größer ist als ein Zahnstocher – vielleicht, weil du zu schnell gepinkelt hast – steckt sie noch einen Dorn hinein, um dich wieder zu verschließen. Wenn nicht, wenn dein Loch gut ist, ruhst du dich einfach sieben Tage lang aus, mit etwas lockerer zusammengebundenen Beinen. Sie geben dir einen Stock zum Laufen, und du gehst langsam und setzt dich langsam hin und liegst mit zusammengebundenen Beinen auf der Seite. Und nach sechs oder sieben Tagen bist du in Ordnung und kannst gehen, wohin du willst.

Ich war nach sieben Tagen in Ordnung, aber eins der Mädchen, die mit mir beschnitten worden waren – die, die etwa in meinem Alter war –, mußte noch einmal neu beschnitten werden, denn als sie nach ihrer Beschneidung zum ersten Mal gepinkelt hatte, hatte sie die Schmerzen gehabt und dann drei Tage lang überhaupt nicht mehr gepinkelt. Als daher die Frau kam, um die Fäden zu ziehen, schiß und pinkelte sie gleichzeitig und riß ihr Loch weit auf. Fatima mußte sie noch einmal nähen – das Mädchen hatte noch mehr Schmerzen und mußte fast einen Monat lang im Haus bleiben.

Daß sie manchmal noch einen Extrastich machen, dient dazu, daß dein Mann, wenn du heiratest, weiß, daß du Jungfrau bist. Wenn er sieht, daß du ein etwas größeres Loch hast, denkt er, du hättest etwas mit Männern gehabt. Deswegen müssen die Frauen – deine Mutter und die Frau, die dich beschnitten hat – dafür sorgen, daß dein Loch die richtige Größe hat. Daher die ganzen Stiche und das Vernähen. Die andere Art der Beschneidung ist *sunna*. Dabei schneiden sie nichts ab und nähen auch nichts, sie machen nur einen kleinen Schnitt oder nur einen Nadelstich, damit Blut kommt – ein bißchen Blut. Man spürt nicht einmal ein Zwicken. Heutzutage sagen ein paar Leute: »Schneidet nicht. Macht es *sunna*.« Aber damals zogen sie die alte Art vor, weil sie sichergehen wollten, daß ihre Tochter nichts mit Jungen hatte, und dem Mann war das auch lieber, damit er sicher war, daß seine Frau Jungfrau war. Viele Leute ziehen immer noch die alte Art vor.

Ein Mädchen, das zugenäht ist, fängt nichts mit Männern an, weil sie Angst vor den Schmerzen hat, und sie hat auch Angst, daß ihre Familie es sehen könnte, wenn sie sie jede Woche kontrollieren. Wenn eine Tür verschlossen ist und eine offen, durch welche kommt man dann leicht hinein? Ein Dieb geht nicht zu einer verschlossenen Tür.

Die Leute, die deine Eltern zu deiner Beschneidung eingeladen haben, kommen zwischen zwei und drei Uhr nachmittags an. Das Fest ist nur für Frauen und Kinder, mit ein paar Scheichs, die den Koran lesen. Man räumt aus zwei oder drei Zimmern alle Möbel heraus und legt Matten und Kissen auf den Boden. Bevor die Leute hineingehen, ziehen sie die Schuhe aus. Sie kommen in Gruppen von Verwandten oder Freunden, und normalerweise sitzen sie mit denen zusammen, mit denen sie gekommen sind. Man bringt zwei Schüsseln mit warmem Wasser, eine mit Seifenwasser und eine mit klarem Wasser, damit sie sich vor dem

Essen die Hände waschen können. Dann wird das Essen gebracht. Jede Gruppe bekommt einen großen Teller mit Reis, Fleisch und Salat und Obst, das auf einem anderen Teller gebracht wird. Wenn sie gegessen haben, bringt man ihnen wieder die Schüsseln mit warmem Wasser, und sie waschen sich wieder die Hände, denn sie haben mit den Fingern gegessen. Man bringt ihnen ein Tuch, mit dem sie sich die Hände abtrocknen, und Parfüm, das den Essensgeruch fortnimmt. Danach trinken sie Kaffee und essen Süßigkeiten und Datteln und trinken Tee und alkoholfreie Getränke. Man bringt Räucherwerk für alle, damit sie sich das Haar einräuchern können, und dann starkes Parfüm für das Haar, und dann müssen sie gehen, weil andere darauf warten, daß sie sich an ihren Platz setzen und essen können. Draußen warten Leute, singend und tanzend, denn du hast vielleicht nur zwei Häuser, und ein Haus wird von den Scheichs mit Beschlag belegt, die den Koran lesen, und von ein paar Jungen, die sie bedienen und sie fragen, ob sie Kaffee oder Tee wollen.

Bevor die einzelnen Gruppen wieder gehen, sammeln die Frauen, die das Essen serviert haben, das Geld ein. Jede Frau gibt etwas, ganz gleich, wieviel. Und die Frau, die bedient hat, muß sich merken, wieviel jede Frau gegeben hat, damit sie es der Frau sagen kann, die das Beschneidungsfest ausgerichtet hat. Denn wenn du mir fünf Shilling mitbringst, muß ich dir nächstesmal, wenn ich zu dir komme, mindestens fünf Schillinge geben oder mehr. Es ist ein Rückzahlungssystem – ich weiß nicht, wie man das genau nennt, aber es ist ein gutes System. Sonst wird das nur noch so gemacht, wenn eine Frau heiratet. Man sammelt das ganze Geld ein, die Frauen gehen, man macht das Zimmer sauber, und eine weitere Gruppe kommt und sitzt bis elf Uhr abends da. Zum Schluß wäscht man ab und räumt auf und zählt das Geld – du weißt, was du für das Fest ausgegeben hast, und du weißt, wieviel du anschließend eingenommen hast –, und dann ist das Beschneidungsfest vorbei.

6

Jetzt war ich ein großes Mädchen, und Mama schickte mich zur Schule. Sie kaufte mir Tennisschuhe! Meistens ging ich barfuß, aber jetzt fing für mich die Schule an. Die Regenfälle waren so stark, daß das Wasser uns bis zu den Knien ging. Wir trugen Tennisschuhe, damit wir uns auf dem Schulweg nicht an den Glasscherben auf der Erde schnitten, und wenn wir in der Schule ankamen, wuschen wir die Schuhe, und manchmal kriegten wir den Schlamm gar nicht ganz heraus. Wir strichen die Schuhe einfach an und machten sie neu. Wir trugen die Schuhe ständig, und jedesmal, wenn wir damit durch den Schlamm gewatet waren, strichen wir sie wieder an.

Ich ging sehr gern in die Schule; ich war ganz begeistert. Ich war glücklich, weißt du. Im ersten Jahr war ich die beste Schülerin. An der Schule unterrichteten viele weiße Nonnen, und die waren freundlich. Italienisch lernte ich schnell. Ein Somalier unterrichtete Arabisch, und zuerst dachte ich, er wäre auch nett. Ich lernte sehr gerne in der Schule. Aber die Mädchen – alle Kinder – fingen an, mich zu hänseln. Sie sagten, ich hätte TB, und deswegen wäre ich sieben Monate im Krankenhaus gewesen – TB war damals wie AIDS heute –, die anderen wollten Abstand von dir halten. Sie sagten auch, meine Familie wäre arm geworden, und wir könnten es uns nicht leisten, gut zu essen, und wir hätten erst in die Hauptstadt flüchten und dann wieder zurückkommen müssen ... Sie erzählten mir immer wieder meine Geschichte, und ich haßte es, sie zu hören. Ich wurde wütend auf diese Kinder und fing an, mich mit ihnen zu streiten. Jeden Tag. Ich war einsam. Ich haßte alle. Jetzt haßte ich Mango Village.

Das einzige, was mir Spaß machte, war schwimmen gehen, also schwänzte ich die Schule und ging zum Fluß. Viele Erwachsene sagten uns, wir dürften da nicht hingehen, es sei zu gefährlich. Manche Leute gingen schwimmen oder holten Wasser für ihre Kühe und wurden getötet. Viele Kinder aus Mango Village starben dort bei Unfällen: Sie wurden von Krokodilen geholt, oder sie konnten nicht schwimmen, und das Wasser nahm sie mit. Es war wie der Zug – der Zug, der durch das Dorf fuhr und Zuckerrohr in die Zuckerfabrik brachte. Jedesmal, wenn der Zug durch Mango Village kam, läutete er eine Glocke – *bim, bim, bim* –, damit alle aus dem Weg gehen konnten, aber manchmal rannten wir zum Zug, weil wir hofften, ein bißchen Zucker zu erwischen. Der Zug fuhr oben auf einem Hügel entlang, über dem Fluß, und er fährt so schnell, daß du rennen mußt, und du bist ein kleines Kind mit kurzen Beinen und versuchst raufzuklettern, und dir rutschen die Füße weg, und du fällst unter den Zug, und *fft*! Viele Kinder verloren Arme oder Beine oder wurden sogar getötet. Die Leute sagten, es sei gefährlich, aber wir hörten nicht auf sie. Und der Fluß war für mich genauso – die eine Seite war ungefährlich, die andere Seite war gefährlich. Auf der ungefährlichen Seite war ein Damm, der dafür sorgte, daß die Strömung nicht so stark war, und der die Flußpferde und Krokodile abhielt. Da wuschen wir unsere Kleider, und da holten wir Trinkwasser, Wasser zum Kochen, und da schwamm ich so gerne. Auf dieser Seite bestand keine Gefahr, und als ich alle Menschen haßte, ging ich dorthin statt zur Schule. Wasser hatte ich am allerliebsten. Wenn ich nicht im Fluß schwamm, duschte ich zu Hause drei- oder viermal. Pro Tag. Immer wenn mir heiß war, ging ich ins Badehäuschen – *sch, sch, sch* –, schnell, und kam wieder heraus, und dann ging ich wieder hinein. Mama sagte: »Verbrauch nicht das ganze Wasser! Du bist ja wie ein Fisch!« Aber ich hatte es gern, sauber zu sein. Ich war sehr sauber.

Außer dem Wasser liebte ich Filme. Das Kino war unter freiem Himmel, von einer hohen weißen Mauer umgeben, und drinnen standen lange Sitzbänke, wie sie sie in christlichen Kirchen haben. Die Kinder saßen unten, und die Männer saßen oben, wichtige Männer, die den Krach von den Kindern nicht hören wollten. Es waren weiße Filme, viele Filme mit John Wayne und amerikanischen Cowboys, die italienisch sprachen. Die Sprache verstanden wir nicht, wir verstanden nur die Handlung. Wenn die Cowboys und die Indianer kämpften, wünschten wir uns, daß die Indianer gewinnen würden; wir hielten immer zu ihnen, weil sie ein bißchen so aussahen wie wir und weil sie so kämpften wie wir.

Eigentlich sollten wir nicht ins Kino gehen; unsere Eltern sagten, ins Kino gehen ist schlecht, zusehen, was sie da tun, ist schlecht, nackte Frauen zu sehen ist schlecht, ihre Kleider sind schlecht, sie bedecken ihr Haar nicht – und sie küssen sich! –, das ist schlecht! Alle Familien sagten das gleiche. Und nicht nur das, sie sagten, es wäre nicht gut für die Augen, es wäre nicht gut, etwas zu sehen, das man nicht angucken darf. Aber ich liebte das Kino! Ich ging jeden Abend hin. Der Film kann erst anfangen, wenn die Sonne dunkel wird, denn die Leinwand ist draußen. Manchmal stellten wir uns vor das Kino und fragten die Leute: »Uns fehlt ein Penny, Tante. Du, Onkel, kannst du mir einen Penny geben?« Der Eintritt kostete acht Cents, deswegen baten wir die großen Leute, die bezahlen konnten: »Onkel, nimm mich mit rein, nimm mich an die Hand. Onkel, nimm mich an die Hand! Tante, nimm mich an die Hand!« Wenn wir nicht hineinkamen, kletterten wir, weil die Leinwand im Freien war, auf einen Baum und sahen von da oben aus zu. Manchmal gab es Filme auf Hindi, aber die gefielen mir nicht – die Männer weinten zuviel. Doch die Lieder und die vielen Tänze mochte ich gern.

Ich blieb, mit Unterbrechungen, fast drei Jahre in der Schule. Ich war jetzt böse: Ich kämpfte gegen die anderen Mädchen und machte ihnen angst – und ich war stark. Ich freundete mich mit den Jungen an, und ich wurde noch schlechter, weil ich mit den Jungen zusammen war. Ich wußte, daß ich anders war. Die anderen Kinder hatten bessere Kleider, sie hatten bessere Schuhe, sie wohnten in besseren Häusern, sie hatten einen Vater, der bei ihnen war, sie hatten alles, was ich mir wünschte und nicht hatte.

Ein Mann aus der Sippe meiner Großmutter war unser Bezirkskommissar. Er war gerade nach Mango Village versetzt worden. Meine Großmutter kannte ihn gar nicht persönlich, aber alle konnten hingehen und mit ihm sprechen, und meine Mutter und meine Großmutter hatten sich darüber unterhalten, auch hinzugehen. Eines Morgens wurde ich aus der Schule nach Hause geschickt, weil ich zu spät gekommen war. Ich war gereizt und fühlte mich einsam, ich war auf alle wütend. Das Büro des Bezirkskommissars, sein Haus und die Schule befanden sich alle in der gleichen Gegend, und als ich an seinem Büro vorbeikam, fiel mir sein Name ein. Ich betrachtete das Gebäude. Es war ein schönes weißes Haus. Ich dachte mir: Warum gehst du nicht hinein und sprichst mit ihm und sagst ihm, wer du bist, und bittest ihn um Hilfe? Am Tor standen zwei Polizisten, und ich erklärte ihnen, wer ich war, und sagte, daß ich den Bezirkskommissar sprechen wollte. Sie kannten meinen Vater, weil er der Älteste war, deswegen ließen sie mich ein und gingen zu ihm und sagten ihm, ich sei draußen – ein kleines Mädchen, dessen Vater Soundso sei. So gelangte ich hinein, um mit dem Bezirkskommissar zu sprechen.

Ich erzählte ihm von der Abstammung meiner Mutter und wer meine Großmutter war, weil er und meine Großmutter aus der gleichen Sippe stammten, und diese Leute lieben Abstammungen. Ich erzählte ihm von meiner Mutter und was uns zugestoßen war, wie wir aus Mogadischu zurückgekommen waren und was ich für Schwierigkeiten in der Schule hatte. Er sah mich an und sagte: »Du bist ein zähes kleines Mädchen, und das gefällt mir. Ich sehe wohl, daß du Blut hast – unser Blut. Siehst du, wie stark du bist? So muß man sein ... starkes Blut.« Da war ich stolz.

Ich erzählte ihm von meinen Problemen in der Schule und daß ich mich mit niemandem verstand. Ich erzählte ihm, daß der Arabischlehrer grausam zu mir war, er hatte sogar angefangen, mich zu prügeln. Und ich sagte ihm, daß ich Arbeit brauchte, denn eigentlich wollte ich nur Mama helfen. Er fragte mich, warum mein Vater uns nicht half, und ich erzählte ihm, daß meine Mama und mein Papa sich nicht vertrugen. Ich erzählte ihm von ihrer Abmachung: »Entweder verlangst du nichts von mir, oder du bringst die Kinder zurück« – »Ich werde dir nichts geben« und »Ich werde nichts verlangen«. Meine Eltern hatten sich an die Abmachung gehalten. Ich erzählte ihm alles.

Er sagte, er wollte sehen, was er tun könnte. Ich erklärte ihm, wo wir wohnten, und er sagte, er würde uns besuchen. »Ich warte auf dich!« sagte ich. Ich ging sofort nach Hause und erzählte Mama alles, was geschehen war. Und am fünften Tag, nachdem ich aus der Schule nach Hause geschickt worden war, kam er. Es war am späten Nachmittag – etwa fünf oder sechs Uhr, die Zeit zum Teetrinken –, die Zeit, zu der normalerweise alle einander besuchen. Alle trinken Tee oder Kaffee und sitzen herum, ruhen sich aus und hören Radio. Die Älteren sitzen jeden Abend draußen und machen sauber und fegen und besprengen alles mit Wasser, damit es nicht so staubt. Die Kinder sitzen herum, und die, die im Kino waren, erklären denen, die nicht da waren, was im Film passiert ist, so daß es ist, als wäre man selbst dagewesen. Alle Leute sitzen draußen, trinken Tee und unterhalten sich und sagen hallo. Wenn die älteren Leute sich unterhalten, sitzen die Kinder um sie herum auf dem Boden und hören zu, oder sie spielen und laufen herum. Wenn man Durst hat, geht man und klopft an die Tür – »Tante, gib mir Wasser« –, und man bekommt Wasser, und sie fragt: »Willst du auch essen?« Alle Türen stehen dir offen. Ich weiß nicht, ob das noch so ist ... Es ist eine schöne, eine sehr schöne Kultur. Wir haben das beste Land, in meinen Augen ist es das beste Land. Ältere Leute lehren dich, dich gut zu benehmen und andere zu respektieren. Man braucht nicht in die Kirche zu gehen, um das zu lernen. Bei uns predigen sie draußen zu dir. Ältere Menschen sind wie deine Eltern – du mußt sie genauso respektieren, mußt sie »Tante« nennen oder »Onkel« oder »Bruder«.

Ich sah das Auto des Bezirkskommissars, hinter dem ein paar Kinder herrannten, und ich lief ihm entgegen, um ihn zu begrüßen und zu unserem Haus zu bringen. Wir saßen alle auf vierbeinigen Hockern. Die ganze Nachbarschaft beobachtete uns und redete über uns, denn sie kannten sein Auto – er hatte einen Landrover von der Regierung.

Wir brachten ihm Tee und hörten Radio und unterhielten uns. Er und Großmama redeten sehr viel. Sie waren beide vom Land und wußten über die verschiedenen Abstammungsgruppen Bescheid, daher sprachen sie über ihre Abstammungsgruppen und ihre Familien. Ich hatte große Freude an seinem Besuch.

Etwa um acht Uhr abends fuhr er wieder. Vorher sagte er noch, er und seine Frau hätten einen kleinen Jungen, ungefähr sieben Monate alt, und sie brauche Hilfe. Er hätte zwei Leute, die für ihn arbeiteten, aber seine Frau hätte gern eine Hilfe nur für das Baby. Er sagte, ich sollte am nächsten Morgen zur Arbeit in sein Haus kommen. Von dort aus könnte ich in die Schule gehen, wenn ich wollte. Aber ich war wütend auf den Arabischlehrer; ich sagte, ich wollte nicht mehr hingehen.

Oh, und er schenkte Mama etwas Geld, um ihr und Großmama zu helfen. Mir schenkte er dreißig Shilling, damit ich mir neue Kleider kaufen konnte – er sah, daß wir arm waren –, und er sagte, ich könnte gleich am nächsten Morgen anfangen zu arbeiten. Ich war so glücklich – ich küßte meine Mama und meine Großmama und machte Freudensprünge. Ich war stolz, daß wir noch gute Leute hatten und daß wir den Nachbarn zeigten, daß wir noch gute Leute waren. Wenn man in der Regierung ist, besucht man nicht oft jemanden zu Hause, vor allem nicht arme Leute. Er zeigte sehr viel Respekt für uns, und ich wollte ihn auch respektieren. Und ich freute mich, daß ich wie seine Tochter in seinem Haus arbeiten würde. Das war gut für mich, und ich wußte, daß ich Mama das Leben erleichtern konnte, denn er war derjenige, der dem ganzen Ort die Befehle gab.

Ich konnte den Morgen kaum erwarten. Mitten in der Nacht wachte ich auf und fragte meine Mutter, wie spät es war. Sie sagte: »Schlaf weiter!« Ich war zu aufgeregt! Bei Sonnenaufgang stand ich auf, duschte, zog meine besten Kleider an und machte mich auf. Ich ging zu ihrem Haus. Die Leute gingen zur Arbeit, viele Menschen waren unterwegs, daher hatte ich keine Angst. Manche fragten mich, wo ich hinginge, denn für die Schule war es noch zu früh. Ich sagte, ich würde ab heute für den Bezirkskommissar arbeiten, und er sei mein Onkel – ich hatte angefangen, ihn aus Respekt »Onkel« zu nennen. Ich erzählte ihnen, daß ich in seinem Haus wohnen würde, und sie sagten: »Wie schön.«

So kam ich bei ihm zu Hause an. Ich lernte seine Frau kennen, und sie war schön, und sein kleiner Junge auch. Außer mir arbeiteten noch ein Mann und eine Frau für ihn. Das Haus gefiel mir gut – es war eine große, große, schöne Villa. Sie hatte sieben Zimmer: zwei Wohnzimmer, ein Eßzimmer mit einem Kamin und Schlafzimmer, die von einem langen Flur abgingen – ein echtes altes europäisches Haus. Mein Zimmer war eins der Gästezimmer. Es hatte ein Bett, das viel bequemer war als die Betten im Krankenhaus – es war niedriger und breiter, mit einem Kopfteil. Und es gab Laken – zwei Laken mit einer Decke darüber, und Kissenbezüge. Alles war weiß und sauber. Ein Nachttisch mit einer Lampe darauf stand im Zimmer und ein Kleiderschrank und eine Frisierkommode mit einem Spiegel. Ich hatte keine Kleider, die ich in den Kleiderschrank hätte hängen können, aber jeden Abend öffnete ich ihn und sah hinein und dachte: Eines Tages fülle ich ihn ganz mit Kleidern.

Jeden Abend ging mein Onkel in einen Film oder ins Regierungshotel, um sich mit den anderen wichtigen Männern zu treffen, Kaffee und Tee zu trinken und über Politik zu sprechen. Ich blieb zu Hause und leistete seiner Frau und dem Baby Gesellschaft, denn wenn die beiden Bediensteten abends gegangen waren, wäre sie mit dem Baby ganz allein gewesen, wenn ich nicht dageblieben wäre.

Ich sah meine Familie nicht öfter als ein- oder zweimal in der Woche, und das war nicht genug. Ich wollte meine Familie gern öfter sehen. Eines Tages, als ich mit meiner Arbeit fertig war und das Baby schlafen gelegt hatte, fragte ich daher meinen Onkel, ob ich mitfahren dürfte, wenn er in die Stadt führe. Zu Fuß waren es bis zu mir nach Hause nur zwanzig Minuten, aber ich wollte mitfahren. Die Kinder in Mango Village sollten sehen, daß ich mit diesem wichtigen Mann in seinem großen Auto mitfuhr. Er sagte: »Gut, du kannst mitfahren.« Von da an fuhr ich immer mit. Ich besuchte meine Mama oder ging mit ihm ins Kino – ich unten, er oben –, und nach dem Film trafen wir uns draußen wieder. Aber manchmal fuhr dieser Onkel hinaus aufs Land, hielt das Auto irgendwo an und sagte, ich sollte aussteigen. Er hob mich hoch und drückte mich gegen das Auto und hielt mich so gegen das Auto, mit seinen Händen auf mir, er schob mein Wickelkleid hoch, zog meine Unterhose herunter und hielt mein Bein fest und legte sein ... und dabei machte er etwas. Er faßte mich an und benutzte mich. Ich mochte das nicht. Er versuchte nicht, einzudringen oder so. Es war das erste Mal, daß jemand das machte. Ich hielt einfach still und war ruhig, weil er das wollte. Ich dachte, wenn ich mich weigern würde, würde er meiner Familie nicht mehr helfen. Aber es war nicht richtig. Wir sprachen nie darüber, erwähnten es nie, aber wir wußten beide, daß es falsch war. Ich erzählte niemandem davon.

Dann fing seine Frau an, wütend auf mich zu werden. Zuerst sagte sie nichts, aber dann beschwerte sie sich: »Nein, du brauchst nicht in die Stadt zu fahren, du brauchst deine Mutter nicht jeden Tag zu sehen, du mußt beim Baby bleiben.« Sie war eine elegante Frau – jung, schön. Ihr Mann hatte eine gute Position, und sie hatte Angestellte – sie hielt sich für eine Königin. Ich sprach mit ihr, als wäre ich eine Erwachsene. Ich erklärte ihr, daß ich das Recht hätte, nach der Arbeit meine Familie zu besuchen, denn das hatte ihr Mann mir so gesagt. Sie fing an, mich zu beschimpfen, weil sie eifersüchtig auf mich war. Er hatte mir gesagt, ich sollte Zucker und Reis aus seiner großen Vorratskammer nehmen, die mit Lebensmitteln in Kisten vollstand. Er sagte: »Nimm von den Lebensmitteln etwas mit nach Hause, damit deine Familie zu essen hat.« Er bekam es umsonst – die Regierung bezahlte dafür. Aber seiner Frau paßte das nicht. Sie sagte, der einzige Tag, an dem ich meine Familie besuchen dürfte, sei der Freitag. Sie war grob zu mir und beschimpfte mich. Sie nannte mich *saqajaan* – das heißt schlechtes Mädchen.

Schließlich sagte ich meinem Onkel, ich würde gehen. Er sagte: »Du hast recht. Ich wußte nicht, wie ich dir sagen sollte, daß sie gerne möchte, daß du gehst, deswegen bin ich froh, daß du dich selbst dazu entschlossen hast. Aber ich werde euch trotzdem helfen – sag deiner Mutter und deiner Großmutter, daß sie sich keine Sorgen machen sollen. Wenn eine von euch irgend etwas braucht – Essen oder Geld oder sonst irgendwelche Hilfe –, kommt einfach in mein Büro, jederzeit.« Ich glaube, er mochte mich gern, aber warum wollte er seine Frau nicht? Sie war schön, und sie war offen. Er sagte, ich sollte wieder zur Schule gehen und er würde mit dem Arabischlehrer sprechen und ihm sagen, er dürfe mich nicht schlagen, selbst wenn ich ein paar Minuten zu spät käme oder in meinen Schulaufgaben Fehler machte. Ich sagte nein, ich wollte eine Weile nicht in die Schule gehen und über alles nachdenken. Ich war verwirrt und auf alle wütend – auf meinen Vater, auf die Welt und auf mich selbst.

In der Schule hatte ich eine Freundin, Fatoun, die etwa zur gleichen Zeit vom Unterricht ausgeschlossen worden war wie ich. Während ich für die Familie meines Onkels arbeitete, hatte sie für eine weiße Familie als Dienstmädchen gearbeitet. Wir trafen uns oft im Kino. Ihre Mutter war gestorben, als sie noch klein war, und ihre Stiefmutter hatte sie schlecht behandelt. Fatoun war auch einsam, auf die gleiche Art, auf die ich einsam war. Sie war die einzige, mit der ich mich verstand, und ich war die einzige, mit der sie sich verstand.

Eines Tages, als wir uns unterhielten, fragte sie mich, ob ich so einen Job haben wollte wie sie. Ich sagte nein, ich würde unter keinen Umständen für Weiße arbeiten, meiner Familie wegen. Aus vielerlei Gründen war es eine Schande, für Weiße zu arbeiten. Ich erinnere mich, daß ich am Unabhängigkeitstag 1960, als wir wegen des Feiertags singen und tanzen wollten, sagte: »Warum machen wir das?« Und sie erklärten mir, wir bekämen die Freiheit! Ich fragte: »Freiheit von wem?« Sie sagten, wir seien von den Italienern kolonialisiert worden – sie würden Leute umbringen, Frauen vergewaltigten, uns alles wegnehmen, sie wären keine guten Menschen –, sie würden gern den Chef spielen, Leute herumkommandieren und andere Menschen, besonders Schwarze, tief demütigen. Und keine Religion erlaubt das. Unsere Religion sagt: Seid gleich und einander ebenbürtig, und laßt andere Menschen in Ruhe. Vertragt euch mit ihnen; wenn ihr nicht mit ihnen auskommt, dann lebt allein. Sie sagten, es sei gut, daß wir jetzt die Unabhängigkeit hätten, denn Weiße würden die Schwarzen gern herumkommandieren. Ich weiß nicht, ob das daran liegt, daß sie uns für dumm halten, aber sie sind im Unrecht. Das alles wußte ich damals nicht. Ich wußte, daß meine Mama sich als kleines Mädchen vor den Weißen verstecken mußte, aber ich dachte, sie wären weg. Ich sah nicht, daß jemand uns schlug oder kolonialisierte. Ich liebte alle, und ich dachte, alle wären gleich und normal und sollten in Frieden miteinander leben. Aber an dem Tag fand ich heraus, daß wir kolonialisiert worden waren, wir waren nicht einmal frei – und ich hatte gedacht, wir wären frei!

Daher sagte ich, ich könnte nicht bei Weißen arbeiten. Fatoun sagte: »Auch gut. Aber mir gefällt es. Ich tue es.« Doch der Gedanke gefiel mir auch, weil Fatoun viele neue Sachen hatte. Sie hatte neue Kleider und neue Schuhe.

Eines Tages hatte sie ein Fahrrad, und sie konnte auch schon fahren. Ich fragte sie, wo sie es herhätte, und sie sagte, die Frau, für die sie arbeitete, hätte es ihr geschenkt, damit sie morgens früher zur Arbeit kommen könnte. Ich fragte sie: »Wer hat dir das Radfahren beigebracht?« Sie sagte: »Die Frau, für die ich arbeite, und zwei weiße Kinder haben es mir beigebracht.« Ich sagte: »Du hast weiße Freundinnen?« Sie sagte: »Ich habe sogar einen weißen Freund!« Das verstand ich nicht. Sie war älter als ich, also erklärte sie mir: »Wenn ein Mann mein Freund ist und ich seine Freundin bin, heißt das, daß ich ihn liebe und daß er mich liebt. Ich gehe mit keinem anderen aus, und er geht mit keiner anderen aus.« Ich verstand das immer noch nicht, aber ich war neugierig. »Ach? Du hast noch mehr weiße Freunde? Ich möchte welche kennenlernen.« Sie fragte: »Du willst Weiße kennenlernen?« »Ja«, sagte ich, »ich möchte welche kennenlernen, und Fahrrad fahren lernen möchte ich auch.«

Fatoun sagte, sie würde es mir beibringen. Aber der einzige geeignete Ort dafür befand sich im Stadtteil der Weißen. Mango Village war zweigeteilt. Die Italiener – die Chefs der Zuckerfabrik, die Ingenieure und Mechaniker und ein paar andere Bosse – hatten ihr eigenes Dorf, das sie als Siedlung bezeichneten. Es hatte eine Umzäunung mit einem Tor und wurde von Polizei bewacht. Nach außen gab es viele Schutzvorrichtungen, und innen hatten sie alles, was sie wollten: Geschäfte, Telefone, Kinos, Restaurants, Bars. Alles, was sie nur wollten, war da. Ich wußte, daß ich da hineinmußte, wenn ich Fahrrad fahren wollte, denn bei uns im Dorf war Fahrrad fahren eine Schande für ein Mädchen. Die Leute befürchteten, daß ein Mädchen dabei ihre Beschneidungsnaht aufreißen könnte. Nur Jungen durften Fahrrad fahren. Wenn Fatoun fuhr, warfen die Kinder mit Steinen nach ihr und beschimpften sie, aber es war ihr egal. Sie war verrückt, und sie lernte. Ich wollte auch lernen.

Ich ging mit ihr in die Siedlung. Sie sagte dem Wachtposten am Tor, ich käme mit, um mit ihr zusammen zu arbeiten. Er ließ mich ein. Ich begann, radfahren zu lernen, aber ihre Freunde hatte ich immer noch nicht gesehen. Ich sah viele Weiße, große Leute und Kinder, aber das waren nicht ihre Freunde. Dann sagte sie eines Tages: »Komm doch früh herüber. Wir gehen zu meinem Freund, denn seine Eltern gehen ins Kino.« Ich sagte: »Gut.« Ich machte mich etwa um vier auf den Weg und ging dorthin, wo sie arbeitete. Sie bügelte gerade mit einem Holzkohle-Bügeleisen. Ich wusch ab und wischte den Tisch ab, sie verabschiedete sich von der Frau, und – *husch* – weg waren wir! Wir fuhren beide auf dem Fahrrad zum Elternhaus des Freundes. Ich wartete draußen vor dem Haus, während Fatoun an die Tür klopfte. Sie klopfte noch einmal, und dann wurde geöffnet.

Es waren drei – drei Jungen. Sie waren älter als wir, etwa fünfzehn. Der größte – er gefiel mir. Als ich sie sah – ich guckte sie blitzschnell an, alle drei –, der Große war ... schön! Er hatte schwarzes Haar mit einem Seitenscheitel wie Elvis, und zu jener Zeit liebten alle Mädchen Elvis. Mein Herz klopfte – *bumm! bumm! bumm!* Sie kamen alle heraus und wandten sich mir zu, alle drei. Meine Freundin sagte ihnen meinen Namen, aber ihre Namen sagte sie mir nicht. Sie konnte die Sprache der Weißen, weil sie schon ein paar Monate für die Frau arbeitete. Außerdem hatte sie in der Schule Italienisch gelernt. Ich konnte auch ein bißchen aus der Schule, aber ich war schüchtern – ich wollte nichts Falsches sagen, nichts Schlechtes.

Der Große kam auf mich zu und sagte: »*Ciao*«, und ich sagte: »*Ciao*«. Sie baten uns herein. Sie hatten Musik. Ich hatte Musik immer nur aus dem Radio gehört, aber sie hatten einen Plattenspieler, und sie spielten Platten – kleine Platten, Fünfundvierziger, die sich drehten und drehten –, und sie sangen dazu. Ich hatte so etwas noch nie gesehen, mir stand, wow ... der Mund offen, verstehst du.

Sie fingen an zu tanzen. Ich hatte diese Art Tanz noch nie getanzt. Es war eine Beatles-Platte. Ich guckte nur zu, aber dann fragte der Große mich, ob ich mit ihm tanzen würde, und ich antwortete, ich könnte das nicht. Er sagte, er würde es mir beibringen – ich verstand nicht alles, was er sagte –, meine Freundin erzählte mir später, was er gesagt hatte. Er fragte mich: »Hast du Lust, rauszugehen und zu reden? Wir können rausgehen und uns ein bißchen unterhalten.« Wir hatten Angst, daß uns draußen auf der Straße jemand sehen könnte, deswegen gingen wir hinters Haus. Er redete viel – weißt du, als würde er mich schon kennen. Und ich sagte immer »Ja« und »Nein, nein«, denn das meiste von dem, was er sagte, verstand ich nicht einmal.

Er redete und redete. Er sagte, er hieße Antony. Er fragte mich, ob ich hier in der Nähe arbeiten würde, so wie meine Freundin, und ich sagte: »Oh, nein«, als wäre das eine Schande. Und er sagte: »Oh, tut mir leid. Ich wollte dich nicht beleidigen.« Ich fragte ihn: »Weißt du, wie ich heiße? Weißt du, wer mein Vater ist?« Alle Weißen mußten den Namen meines Vaters kennen, denn er war der Ortsälteste. Ich sagte: »Ich bin die Tochter des Ältesten.« Er sagte: »Oh, entschuldige bitte. Ich habe es nicht so gemeint. Ich wußte nicht, wer du bist.« Er rief die beiden anderen Jungen und sagte zu ihnen: »Wißt ihr, wer sie ist? Mein Vater kennt ihren Vater.« Jetzt, da er wußte, wer mein Vater war, behandelte er mich mit größerem Respekt.

Sie boten uns Orangensaft an, und wir tranken. Wir blieben noch ein paar Minuten, und Antony versuchte, mir das Tanzen beizubringen. Aber ich konnte nicht, ich war zu schüchtern. Ich wollte gern, aber ich traute mich nicht. Das war der erste weiße Mensch etwa in meinem Alter ... der mit mir sprach ... auch wenn ich einen weißen Lehrer und im Krankenhaus einen weißen Arzt gehabt hatte. Es war das erste Mal, daß ich mit weißen Teenagern zusammen war, und ich war schüchtern.

Als wir gehen wollten, hielt er meine Hand. »Wann sehe ich dich wieder, Ältestentochter?« Wie Kinder, die spielen. Ich war so schüchtern, daß ich nichts sagen konnte, denn ich dachte, ich würde es vielleicht nicht richtig sagen, und er würde mich auslachen. So sagte ich nur: »Hm-hm«,

»hm-hm«, »hm-hm«. Er wußte, warum ich das sagte, daher verabschiedete er sich einfach, und ich verabschiedete mich, und Fatoun und ich gingen fort.

Rahima! In der Nacht konnte ich nicht schlafen. Ich mußte immer an den Jungen denken – wo ich auch hinging, war er bei mir, jede Minute war er bei mir. Ich dachte immer an ihn, ich war verrückt nach ihm. Ich fing an, stundenlang mit Fatoun zu sprechen. Ich ging frühmorgens los, um mit ihr zu sprechen, weil ich ihn dann vielleicht auf der Straße sehen würde. Ich tat alles, um ihn zu sehen. Ich war so krank – ich war so verliebt.

Ich sagte Fatoun, daß ich jetzt auch bei einer weißen Familie arbeiten wollte. Zuerst hatte ich das abgelehnt, aber jetzt mußte ich in Antonys Nähe sein, und die einzige Möglichkeit dazu war, einen Job in der Siedlung der Weißen zu bekommen. Es war leicht, einen zu finden – man ging einfach von Tür zu Tür und fragte, ob sie ein Dienstmädchen brauchten. Fatoun hatte schnell eine Stelle für mich gefunden, und ich arbeitete dort und konnte Antony ab und zu sehen.

Aber jetzt mischte meine Familie sich ein. »Warum arbeitet Aman für Weiße?« Ein weiterer Grund dafür, daß wir nicht mit Weißen verkehren sollten, war der, daß sie als schmutzig galten. Ich glaube, es war eine religiöse Sache. Wenn wir zur Toilette gehen, waschen wir uns. Was auch immer du tust – du wäschst dich. Sie sagen, Weiße täten das nicht. Was sie außerdem schmutzig macht, ist, daß sie nicht beschnitten sind. Sie sind keine Muslime, und Muslime werden als sehr sauber angesehen. Daher waren die Söhne meines Vaters aufgebracht: »Was glaubst du, wer du bist?« Sie machten meiner Mutter das Leben schwer: »Es ist deine Schuld. Warum läßt du sie arbeiten? Wir haben alles. Ihr Vater ist reich, ihr Vater ist dies, ihr Vater ist das. Warum machst du das? Warum schadest du unserem Namen? Warum tust du unserer Schwester das an?« Meine Mama hatte zuerst abgelehnt, als ich für die weiße Familie arbeiten wollte, aber ich hatte darum gebettelt, und sie hatte sich umstimmen lassen. Ich machte diese Arbeit auf eigene Verantwortung, weil ich Antony sehen wollte und auch weil ich das Geld, das ich verdiente, meiner Mutter geben wollte. Aber das alles sahen sie nicht – sie sahen nur den Namen. Mir war der Name egal. Ich wollte etwas zu essen haben; den Namen konnte ich nicht essen. Ich erklärte ihnen, es sei nicht Mamas Idee gewesen, sondern meine eigene, und ich würde die Arbeit weitermachen. Sie sagten: »Nein, du mußt wieder in die Schule gehen, und wir werden dich ernähren, und du mußt im Haus deines Vaters leben. Du wirst nicht mehr bei deiner Mutter wohnen.« Ich sagte ihnen: »Nein. Ich bleibe bei meiner Mutter, bis ich sterbe. Und ich tue, was ich will, und ich werde arbeiten. Wenn jemand von euch etwas sagt, gehe ich zur Polizei. Laßt mich in Frieden, alle.«

Aber sie hatten nicht vor, mich in Frieden zu lassen, sie prügelten mich und machten mir das Leben schwer. Sie warteten immer am Tor auf mich, deswegen mußte ich mich heimlich nach Hause schleichen oder lange arbeiten und dann im Dunkeln nach Hause gehen. Ich hatte Angst vor ihnen. Aber ich war in meinen Freund verliebt, und er war in mich verliebt. Wir sprachen mehr miteinander – ich sagte jetzt auch etwas und sprach mit ihm. Wir verabredeten, uns etwa bei Sonnenuntergang zu treffen, wenn ich mit der Arbeit fertig war, im Wald oder auf den Feldern oder am Fluß – irgendwo, wo wir glaubten, daß niemand in der Nähe sein würde. Er fuhr mit dem Fahrrad dorthin. Wir konnten nicht zusammen fahren, und ich hatte kein Fahrrad, daher mußte ich zu Fuß gehen. Ich konnte inzwischen gut radfahren, weil er manchmal mit mir übte, aber ich hatte nie ein eigenes Fahrrad.

Wenn wir uns gefunden hatten, fuhren oder gingen wir einfach irgendwohin, wo wir uns hinsetzen und reden konnten. Er redete – er redete gern, und ich hörte gern zu. Das war alles. Wir hielten uns an den Händen. Wir küßten uns nicht einmal. Er küßte mir manchmal die Hand. Und wir saßen nebeneinander. Wenn es kalt war, hielt er mich im Arm, um mich zu wärmen, und ich trug seinen Pullover. Sein Pullover roch so gut, ich hatte noch nie etwas so Gutes gerochen. Das war so ziemlich alles, näher kamen wir uns nicht. Das war alles, was ich wollte, das war alles, was wir kannten. Ich war in diesen Jungen verliebt, er war wie ein Freund, und er war gut für mich.

Er ging in die Schule, und wir trafen uns fast jeden Abend – manchmal blieben wir lange zusammen. Wenn andere Leute dabei waren, sprachen wir nicht – wir sahen uns nur in die Augen. Das war genug – daß wir uns einfach sahen.

Die Söhne meines Vaters zwangen mich, meinen Job aufzugeben – und Hassan und meine Mama auch, es gefiel ihnen nicht, daß ich für Weiße arbeitete. Ich mußte kündigen. Jetzt war es wirklich schwer, Antony zu sehen. Sie sagten dem Polizisten am Tor zur Siedlung der Weißen, er sollte mich nicht hineinlassen, daher fing Antony an, ins Dorf herauszukommen. Ich ging abends oft ins Kino, und manchmal kam er auch und versuchte, mit mir zu sprechen, und die Leute sahen uns und fanden heraus, was vor sich ging. Jetzt fing der ganze Ort an, mich zu beschimpfen. Sie hatten mich vorher schon nicht gemocht, aber jetzt war es noch schlimmer – ich ging mit einem weißen Jungen. Für ihn war es auch schwer. Ich hatte manchmal gesehen, daß Weiße auf unsere Höfe und Märkte kamen, und die Kinder liefen hinter ihnen her, einfach, um sie anzugucken. Viele Kinder in Mango Village hatten noch nie einen Weißen gesehen. Wenn einer kam, wollten daher alle gucken – sie waren erstaunt, wie weiß ein Mensch sein konnte! Aber manche Kinder warfen auch mit Steinen. Und wenn sie uns zusammen sahen oder wenn sie ihn allein sahen und manchmal auch, wenn sie mich allein sahen, beschimpften sie uns und bewarfen uns mit Steinen. Ich sagte zu ihm: »Bleib lieber eine Weile weg.« Aber er hörte nicht auf mich.

Sein Vater bekam es heraus und besuchte meine Familie, um ihnen zu sagen, sie sollten mich von seinem Sohn fernhalten. Sein Hals und sein Gesicht wurden rot, während er sprach. Mama sagte zu ihm: »Ihr Sohn ist doch der, der hierherkommt, halten Sie ihn also von unserer Tochter fern.« Mein Freund hatte es wirklich schwer – er wurde mehr geprügelt als ich, die Kinder warfen Steine nach ihm und beschimpften ihn und liefen hinter ihm her und schlugen ihn und rempelten ihn an. Er kam trotzdem, er kam immer wieder. Aber eines Tages trafen sie ihn mit einem großen Stein am Kopf. Er blutete und mußte ins Krankenhaus gebracht und mit vier Stichen genäht werden. Sein Vater bekam Angst und schickte ihn nach Hause, nach Europa, und ich blieb zurück. Und zu Hause waren alle böse auf mich.

Jetzt war ich ganz allein, und ich verstand mich mit niemandem. Ich versuchte, wieder zur Schule zu gehen, ich versuchte es fast einen Monat lang, aber die Kinder ärgerten mich immer noch auf die gleiche Art. Es war nicht gut. Diesmal hätte ich auf der Schule bleiben können – sie forderten mich nicht auf, die Schule zu verlassen –, aber ich ging ab. Die anderen Kinder waren schrecklich zu mir: »Jetzt gehst du mit einem weißen Jungen. Du hast kein Geld, also verkaufst du dich.« Es gab zwei verschiedene Religionen, zwei verschiedene Kulturen, zwei verschiedene Hautfarben. Eine Somalifrau mit einem weißen Mann wurde als *sharmuuto* bezeichnet – als Prostitutierte: Du bist eine Prostituierte – wie hättest du sonst einen Weißen kennengelernt?

Mehrmals in der Woche kann man Gruppen von Mädchen sehen, die gegenseitig ihre Beschneidungen kontrollieren. Wenn du nicht beschnitten warst, redeten und spielten die anderen Mädchen nicht mit dir. Wenn ein Mädchen in deinem Alter oder älter dich *sharmuuto* nennt, nimmst du die Herausforderung auf der Stelle an, ganz gleich, wo du gerade bist, indem du die Unterhosen ausziehst, die Beine spreizt und alle sehen läßt, ob du Jungfrau bist oder nicht. Wenn ja, dann hast du gewonnen, und das Mädchen, das dich geärgert hat, muß sich entschuldigen, oder du kämpfst mit ihr. Weiterer Ärger. Also hörte ich mit der

Schule auf. Ich war zwölf Jahre alt – ich war in der dritten Klasse, aber ich war so klug wie die Kinder in der fünften Klasse.

Ich hörte, daß in einem neuen landwirtschaftlichen Projekt Arbeitsplätze entstanden und daß viele Leute eingestellt wurden. Also ging ich wieder zu meinem Verwandten, dem Bezirkskommissar, und erklärte ihm, daß ich einen Job haben wollte. Er sagte, ich sei für diese Arbeit noch zu jung – vom Dorf aus waren es zu Fuß fünfzehn Meilen, morgens und abends, dreißig Meilen täglich. Er sagte, das wäre zu anstrengend für mich, aber ich sagte: »Macht nichts. Ich will den Job. Ich schaffe das.« Also sprach er mit jemandem, der mir eine Nachricht schickte, daß ich zur Arbeit kommen sollte. Und ich ging arbeiten.

Der Chef wohnte in Mango Village und nahm mich und ein paar andere Leute mit. Mama weckte mich etwa um sechs, und ich duschte und frühstückte ein wenig oder nahm etwas zu essen mit. Mama begleitete mich den halben Weg, bis sie Bekannte sah, die den gleichen Weg hatten, so daß ich mit ihnen gehen konnte. Ich wartete vor dem Hotel, bis sie mich im Landrover abholten.

Fatoun verlor ihre Stelle bei der weißen Frau – Antonys Vater sprach mit der Frau und erzählte ihr, wie schlimm schwarze Mädchen seien und daß er herausgefunden habe, daß Fatoun sich mit weißen Jungen einließe. Sie bat mich, meinen Onkel auch für sie um einen Job zu fragen. Das tat ich, und nun fuhren wir immer zusammen. Wir mußten um acht bei der Arbeit sein. Die ersten paar Wochen waren schlimm. Wir bauten Erdnüsse, Baumwolle, Papayas und anderes Obst an, und mein Rücken wurde vom Baumwollpflücken und vom Ausreißen der Erdnußpflanzen müde. Am Ende des Tages war man fast tot – man war erledigt! Nach zwei Wochen tat mein Rücken so weh! Aber wenn man jung ist, macht man sich ja nichts daraus, und außerdem wurden wir gut bezahlt – 150 Shilling im Monat –, und das war viel Geld, denn als wir noch für die weißen Familien arbeiteten, hatte ich 110 Shilling bekommen.

Wir lernten alle kennen, und sie waren freundlich zu uns, daher fragte ich den Chef, ob wir andere Arbeit machen könnten – vielleicht das Büro putzen –, denn die Arbeit auf den Feldern sei zu schwer für uns. Wir waren beide jung, die jüngsten dort. Es gab zwei Frauen, die den ganzen Tag im Büro saßen – es waren erwachsene Frauen, und jede von ihnen konnte mehr arbeiten als wir beide zusammen. Ich fragte den Chef, warum er uns nicht ihre Arbeit machen und die beiden auf den Feldern arbeiten ließe. Er sagte: »Vielleicht ist das eine gute Idee. Ihr beiden seid zu jung. Ihr setzt euch einfach hier ins Büro – eine von euch kann die Bücher führen, und die andere kann uns Tee kochen.« Fatoun war inzwischen vierzehn, und sie konnte besser italienisch schreiben und lesen als ich, daher trug sie die Namen ein – wer morgens kam und wer nicht, wer eine Hacke mitnahm und wer nicht –, und ich überwachte die Ausgabe der Hacken und hatte den Schlüssel. Es war eine leichte Arbeit. Aber wir saßen nicht bloß herum – wir kochten Tee und rösteten Mais für alle, und die Leute hatten uns gern.

Bei uns zu Hause war ganz in der Nähe ein arabisches Lebensmittelgeschäft, und die 150 Shilling, die ich jeden Monat verdiente, wanderten direkt zu dem Araber. Ich bezahlte unsere monatliche Rechnung. Ich sagte Mama, sie sollte jeden Tag für fünf Shilling zu essen kaufen – soviel, wie sie für fünf Shilling kaufen konnte. Er gab ihr immer zwei Shilling Bargeld für den Markt, und für drei Shilling gab er ihr Lebensmittel – Zucker, Tomaten, Nudeln, Reis … alles, was sie wollte!

7

Etwa drei Monate später ging ich wieder zu meinem Onkel, dem Bezirkskommissar, und sagte, ich wollte eine andere Arbeit. Es gab einen Job als Kellnerin in dem großen Hotel – dort, wo die Regierungsbeamten wohnten, wenn sie in der Stadt waren. Zum Hotel war es von uns aus näher, und ich würde genausoviel verdienen wie bei meinem Job in dem landwirtschaftlichen Projekt. Er sagte: »Warum nicht? Gute Idee!«

Ich arbeitete Acht-Stunden-Schichten: entweder von sechs Uhr morgens bis zwei Uhr nachmittags oder von zwei Uhr nachmittags bis zehn Uhr abends. Der Manager des Hotels und alle anderen kannten mich, und die älteren Leute hatten mich alle gern. Der Manager hatte gesagt, wenn ich Frühschicht hätte, brauchte ich erst um sieben zur Arbeit zu kommen, weil ich so einen weiten Weg hatte. Ich kam von der anderen Seite des Flusses, und frühmorgens grasten manchmal Flußpferde an der Straße, und es war gefährlich. Daher sagte der Manager: »Laß dir Zeit. Geh um halb sieben aus dem Haus, und sei um sieben bei der Arbeit.« Das war wunderbar. Ich sagte: »Danke, Onkel.«

Ich fing an, mir gute Trinkgelder zu verdienen. Jeden Tag bekam ich vier Shilling, fünf Shilling, sechs Shilling, manchmal sogar zehn Shilling. Wenn die Minister der Regierung da waren, bekam ich manchmal fast dreißig Shilling, weil sie höhere Trinkgelder gaben. Ich war schnell; ich sagte nie nein, wenn sie mich um etwas baten, ich sagte nie: »Ich bin müde.« Ich tat alles. Ich war glücklich, und ich bemühte mich, mit den anderen auszukommen, damit ich Freunde haben konnte.

Antony war noch in Europa. Er war seit fünf Monaten dort, und ich hatte gehört, daß seine Mutter sich nach ihm sehnte – er war ihr jüngstes Kind und ihr einziger Sohn. Ich war einsam ohne ihn und sehnte mich sehr nach ihm, aber ich dachte, ich würde ihn nie wieder sehen. Ich begann, mit anderen Jungen zu sprechen, und manche mochte ich gern, aber nicht so, wie ich Antony mochte.

Eines Tages, als ich etwa um sechs Uhr von der Arbeit nach Hause kam, sagte meine Mutter, eine Frau würde mich erwarten. Ich erkannte sie; ihr Mann arbeitete für Antonys Vater. Sie sagte, sie wollte ein paar Dinge über meine Arbeit im Hotel wissen, weil sie dort auch einen Job haben wollte. Sie verabschiedete sich von meiner Mutter, aber sie wollte, daß ich mit nach draußen kam, damit sie mir Fragen zu der Arbeit stellen konnte. Ich ging mit hinaus, und sie sagte: »Aman, das mit dem Job habe ich deiner Mutter vorgelogen. Was wünschst du dir am meisten im Leben?« Ich sagte: »Wie meinst du das? Ich wünsche mir vieles ...« Sie sagte: »Sehnst du dich sehr nach jemandem?« Ich sagte: »Ja, ich sehne mich nach jemandem ...« Sie fragte: »Nach wem? Willst du ihn sehen? Sag's mir doch.« Ich sagte: »Wahrscheinlich sehe ich ihn nie wieder.« Sie sagte: »Komm, sag das nicht.« Schließlich fragte ich sie: »Was hast du eigentlich, was willst du? Erst hast du gesagt, du wolltest etwas über meine Arbeit von mir wissen, jetzt fragst du etwas ganz anderes. Worum geht es?« Sie sagte: »Jemand, den du liebst, ist bei mir zu Hause.«

Ich dachte: Jemand, den ich liebe, ist bei ihr zu Hause? Ich liebe meine Mutter, und die ist hier, in unserem Haus. Ich dachte nicht an Antony, ich glaubte nicht, daß er jemals zurückkommen würde. Ich sagte: »Meine Mutter ist hier in unserem Haus, meine Geschwister ... Ich habe keine Ahnung, wer bei dir zu Hause ist!« Sie sagte: »Komm ... guck' selbst«.

Als ich durch die Umzäunung in ihren *daash* trat, saßen da ihr Mann Khamisi und ihre Kinder und Antony. Er war es! Ich konnte nicht fassen, daß er es war. Ich war schmutzig, ich war gerade von der Arbeit gekommen, ich war ein paar Meilen zu Fuß gegangen, und ich war müde und verschwitzt. Aber als ich ihn sah, Allah! Ich umarmte ihn und küßte ihn – ich hatte ihn noch nie geküßt, vor jenem Tag hatten wir uns nicht geküßt. Wir küßten und küßten und küßten uns. Sein Mund schmeckte so süß. Wir hielten uns in den Armen, wir küßten uns. Wir waren immer noch draußen im *daash*. Als wir uns lange, lange geküßt hatten, sahen wir uns an und lachten. Khamisi lachte auch und sagte, wir könnten in sein Zimmer gehen, wenn wir allein sein wollten – außerdem, sagte er, wollte er, daß niemand anders uns sah. Wir taten weiter nichts, wir wollten einfach zusammensein, damit wir miteinander sprechen konnten. Wir gingen in Khamisis Zimmer und setzten uns auf sein Bett. Wir sahen uns an und umarmten uns, und ich konnte nicht fassen, daß es wirklich mein Antony war. Er hatte mir einen Ring und eine Uhr und eine goldene Kette mitgebracht, und ein Halstuch und Unterwäsche und ... ein Paar Schuhe, glaube ich. Das waren die ersten Geschenke, die ich von einem Freund bekam, und das erste Gold. Wenn du nach vielen Dingen hungerst, die du nicht hast, und dann alles auf einmal bekommst, ist das einfach zuviel. Ich hatte das Gefühl, alles zu haben.

Wir beschlossen, uns einmal in der Woche bei Khamisi zu treffen – keine Treffen mehr draußen, nirgendwo, zu unserer Sicherheit. Antony ging morgens zur Schule, und nachmittags nahm er einen Teilzeitjob als Landvermesser an – er half den Männern, die den Bau von Häusern und Straßen planten. Er war sechzehn und hatte etwas Geld, daher konnte er in das Hotel kommen, in dem ich arbeitete, und Kaffee oder etwas Alkoholfreies trinken. Manchmal kam er allein, manchmal mit seinen Freunden. Mir war es lieber, wenn er mit seinen Freunden kam, denn dann fühlte ich mich wohler – ich konnte mit seinen Freunden sprechen statt mit ihm, und ich dachte, daß die Leute dann nicht so leicht über uns reden würden. Ich konnte nirgends mit Antony hingehen, weil immer jemand da war, der mich nicht mit ihm sehen sollte. Trotzdem war es eine schöne Zeit für uns – wir hatten einander, und es war herrlich.

Aber sie konnten uns nicht in Frieden lassen – vor allem sein Vater nicht. Er war ein echter *fascista* und haßte Schwarze, und jetzt, stell dir vor – sein Sohn mit einem schwarzen Mädchen? Ausgeschlossen. Er war ein böser Mann mit einem bösen Mund. Er kam zu uns nach Hause, wurde rot im Gesicht und brüllte Mama an. Er sagte, er würde mich, sie und alle anderen erschießen, wenn sie mich nicht von seinem Sohn fernhalten würden. Meine Mama schrie dann auf somalisch zurück: »Wir bringen Ihren Sohn um, wenn Sie ihn nicht von unserer Tochter fernhalten!« Jedesmal, wenn er neuen Klatsch über Antony und mich hörte, kam er zu uns nach Hause. Als Dolmetscher brachte er Khamisi mit! Khamisi war der einzige Somali, den er kannte. Aber Khamisi sagte nie ein Wort über Antony und mich. Er behielt unser Geheimnis immer für sich. Er und seine Frau waren sehr vertrauenswürdig. Er muß Angst gehabt haben, denn wenn Antonys Vater es jemals herausgefunden hätte, hätte er seine Arbeit und sein Leben verloren. Antonys Vater dachte, Schwarze seien schmutzig, und er wollte nicht schmutzig werden. Meine Mama dachte das gleiche über Europäer. Sie fand den Klatsch, den sie über uns hörte, schrecklich. Alle sagten ihr, ich sei eine *sharmuuto*. Es war ihr peinlich, und die Söhne meines Vaters waren hinter mir her ... meiner ganzen Familie war es peinlich. Das Leben war ein ständiger Kampf ... die ganze Zeit. Unglücklich. Aber Antony und mir war es egal, was sie taten oder was sie sagten, denn wir liebten einander. Wenn ich ihn nicht sah, konnte ich manchmal nicht schlafen, Rahima. Und bei ihm war es genauso. Ich nahm ein so großes Risiko auf mich, und er tat das gleiche.

Und wir wurden alle erwachsen. Ich verdiente gut bei meiner Arbeit. Mein Gehalt gab ich Mama, und von den Trinkgeldern sparte ich etwas, um mir Kleider zu kaufen. Außerdem bekam ich Hilfe von Antony. Er konnte alle möglichen Lebensmittel – Obst und Gemüse und Eier und Brot – über das Kommissariat umsonst bekommen, und er schickte mir über Khamisi jede Woche fünfzig Kilo Obst.

Das Obst gab ich Mama, und sie verkaufte alles auf einmal an Händler, die es auf dem Markt weiterverkauften. Und sie begann einen neuen Handel. Sie brachte Butter zum Verkaufen in eine andere Stadt und brachte Raffiabast mit zurück, um Körbe und Matten daraus zu flechten und sie auf dem Markt zu verkaufen. Es ging uns viel besser. Unser Leben verlief allmählich wieder in geregelten Bahnen. Aber dieses eine Problem blieb bestehen: Antony und ich wuchsen wohlbehalten auf, und das Problem wuchs mit – wenn du erwachsen wirst, willst du die Dinge auf deine Weise sehen. Anderthalb Jahre lang konnten wir nur ein- oder zweimal im Monat zusammen sein, denn sein Vater hielt ihn unter Kontrolle, und meine Familie machte es mit mir genauso.

Eines Tages war der große *id* – unser islamischer Feiertag –, es gab ein riesiges Fest, und überall wurde getanzt. Wir hatten einen Plan ausgearbeitet. Antony und zwei Freunde wollten ein Auto mieten und mich und Fatoun später treffen, abends um halb zehn etwa.

Fatoun, meine Nichte und ich verließen das Haus etwa um zwei Uhr nachmittags, weil draußen vor der Stadt getanzt wurde. Unser *id* ist ein großer Festtag. Sie verkaufen Getränke und Essen und Süßigkeiten. Alle ziehen neue Kleider an, viele Frauen haben Henna im Haar, und alle sind sauber. Landleute kommen, Stadtleute kommen. Der kleine *id* ist das Fest, das dem Ramadan – dem Fastenmonat – folgt. Beim kleinen *id* tanzen wir drei Abende; beim großen *id* tanzen wir sechs Tage lang.

Zu Anfang sehen sich die Leute nur alles an und laufen herum. Die Italiener kommen zum Zugucken und zum Fotografieren. Somalis mögen keine Fotos. Daher bewerfen sie die Italiener manchmal mit Steinen, aber die kommen trotzdem. Wenn der Tanz beginnt, stehen die Männer auf einer Seite und die Frauen auf der anderen Seite: Wir stehen einander gegenüber. Zwei oder drei Männer beginnen zu tanzen, sie tanzen, und während die Musik schneller wird, springen sie so hoch, wie sie können, und dann berührt jeder die Frau, die er will. Wenn er dich berührt, heißt das, daß du an der Reihe bist, daß er dich bevorzugt, daß er dich tanzen sehen will. Dann machen die Frauen es genauso: Sie gehen in die Mitte und tanzen und tanzen und tanzen. Bevor sie aufhören, berührt jede einen Mann, und die Männer gehen zurück in die Mitte, und machen es wieder genauso. Alle tanzen bis vier oder fünf Uhr morgens, dann ist der Mond ein großes Licht, das alles erhellt. Es ist schön, wunderschön.

An diesem Abend spazierten wir also umher und amüsierten uns, bis es dunkel wurde. Dann gingen wir zu dem Ort, den wir als Treffpunkt ausgemacht hatten, und warteten auf Antony. Er kam um viertel vor neun. Ich lernte gerade, die Zeit von der Uhr abzulesen, die er mir geschenkt hatte. In der schmalen Straße waren so viele Menschen, daß die Autos langsam fahren mußten. Wir saßen im Wagen und verhüllten die Köpfe mit unseren Tüchern, damit niemand uns erkannte. Aber Ahmed, der Sohn meines Bruders, der bereits groß war und verheiratet – er war der, der mich meistens prügelte und mich immer fand, mich und Antony –, bekam heraus, wo wir waren, und verfolgte mich. Ich weiß nicht, wie er uns fand. Seine Schwester war eins der Mädchen, die mitfuhren; ich saß mit dem Fahrer und Antony vorn, und Fatoun, Ahmeds Schwester und noch ein Freund von Antony saßen hinten. Das Auto fuhr sehr langsam, wegen der vielen Menschen. Wir verließen gerade den Bereich, in dem getanzt wurde, als Ahmed uns einholte.

Er öffnete die Autotür, packte mich an den Haaren und zerrte mich hinaus. Als Antony versuchte, mir zu helfen, schlug er Antony ins Gesicht. Als er Antony schlug, fing sein Freund auf italienisch an zu schreien: »Weg hier, bevor sie uns umbringen … los, weg hier!« Und sie sagten den Mädchen, sie sollten aussteigen. Und Antony mußte weg. Ahmed schleifte mich an den Haaren nach Hause und trat und schlug mich den ganzen Weg über. Er sagte Mama, wenn sie mich nicht von diesem weißen Jungen fernhalten könnte, würde er mich umbringen oder mich in einen anderen Teil des Landes schicken, und sie würde mich nie wiedersehen und nie mehr meinen Namen hören. Mama wurde wütend und sagte: »Ich habe euch alle satt. Niemand darf meine kleine Tochter umbringen. Niemand darf meine Tochter anfassen. Ich bringe euch alle vor Gericht und ins Gefängnis. Wenn einer von euch noch einmal meine Tochter anfaßt, werdet ihr sehen, was ich tue.« Und das gab mir etwas Mut.

Also ging ich sofort zur Polizei, das Gesicht voller blauer Flecken und Blut. Ich erzählte ihnen, wer mich geschlagen hatte. Sie verhafteten Ahmed noch am gleichen Abend. Aber sein Vater kam kurz darauf auf die Wache und hinterlegte eine Kaution für ihn, denn er war auch bei der Polizei, und er arbeitete mit dem Bezirkskommissar zusammen. Die Polizei sagte, er sollte mich in Ruhe lassen – er hatte ihnen gesagt, er würde mich umbringen, und sie sagten, sie würden kommen und ihn verhaften, wenn mir etwas zustoßen sollte.

Aber Antony und ich konnten uns nicht mehr treffen. Antonys Vater hatte sein Gesicht gesehen, und Antony hatte ihm erzählt, was geschehen war. Und die Leute redeten, denn viele Leute hatten es gesehen. Sein Vater sorgte dafür, daß er seine Stelle kündigte und abends zu Hause blieb. Jetzt war es wirklich schwer für mich, ihn zu sehen. Ich mußte in das europäische Viertel gehen, weil er nicht herauskommen konnte, es war zu gefährlich für ihn. Ich wachte mitten in der Nacht auf, wenn meine Mutter eingeschlafen war, ungefähr um zwölf oder um ein Uhr morgens. Ich hatte mit Fatoun ein Treffen verabredet. Wir trafen uns um ein Uhr morgens, was ein bißchen riskant war, und krochen durch den Stacheldrahtzaun, der um das europäische Viertel herum gezogen war. Wir waren mager, deswegen brauchten wir nur ein kleines Loch. Die eine hielt den Zaun auseinander, während die andere hindurchkroch.

Ich wußte, daß Antony schlief – ich klopfte leise an sein Fenster, und er kam dann ans Fenster. Er konnte nicht herauskommen, weil das Fenster vergittert war, aber sein Gesicht zu sehen und seine Stimme zu hören und ihn zu berühren war genug. Damit war ich zufrieden. Wenn Antony aufwachte, ging Fatoun fort und traf sich mit ihrem Freund – wenn Antony nicht aufwachte, ging ich mit ihr zu ihrem Freund. Manchmal sahen Antony und ich uns einmal in der Woche, manchmal alle zwei Wochen wie früher, aber jetzt war ich an der Reihe, mich der Gefahr auszusetzen.

Ich hatte keine Freunde, die Antony kannten, außer Khamisi und Fatoun, aber ich hatte noch eine Freundin, Zaytuun, die fast wie eine Schwester für mich war. Wir waren Nachbarn, und unsere Familien mochten sich gern.

Zaytuun war älter als ich. Sie war klein, mit großen Augen und heller Haut, sechzehn Jahre alt und aus Äthiopien. Ihr Vater hatte sie aus der Schule genommen, als sie zwölf war. Er hatte sieben Mädchen und drei Jungen, aber sie war die Älteste, und sie wurde zu Hause gebraucht und mußte sich um den Haushalt kümmern, weil ihre Mutter immer krank im Bett lag und nicht nach draußen gehen konnte. Sie war wie die Mutter des Hauses. Und sie war auch mir eine große Hilfe, weil sie der einzige Mensch war, der alles über mich wußte – sie wußte sogar von Antony. Sie hörte sich immer meine Probleme an und bot mir eine Schulter, an der ich weinen konnte, und gab mir gute Ratschläge, und ihre Mutter tat das auch. Sie war sogar mehr als eine Schwester für mich. Ich liebte die ganze Familie, als wäre es meine eigene.

Eines Tages arbeitete ich nicht, und sie war bei sich zu Hause. Damals lernten wir gerade, Zigaretten zu rauchen, und ihr Zuhause war der einzige Ort, wo wir uns verstekken und rauchen konnten, weil ihre Brüder und Schwestern in der Schule und ihr Vater zur Arbeit war und ihre Mutter in einem Zimmer im Bett blieb; so hatten wir das übrige Haus ganz für uns. Zaytuun kochte stark gewürztes, scharfes Essen, und das schmeckte mir. An diesem Tag ging ich etwa um eins zum Mittagessen zu ihr und blieb dort, um zu rauchen. Ich kam etwa um zwei wieder nach

Hause, und dort wartete Khamisis Frau auf mich. Als ich sie sah – puh! –, mein Herz fing an zu klopfen, denn sie brachte immer gute Nachrichten, und ich hatte Antony fast drei Wochen lang nicht gesehen. Sie sagte: »Ach, ich wollte dich fragen ...« Und ich sagte: »Ja, ich wollte morgen sowieso zu dir kommen und dir von der Arbeit erzählen.« Ich mußte Mama anlügen, denn sie sollte nicht merken, was vor sich ging. Ich sagte: »Ich habe eine gute Neuigkeit, was Arbeit angeht. Sie wollen bald etwas eröffnen ...«

Als wir nach draußen gegangen waren, sagte sie: »Antony ist bei mir zu Hause. Er ist seit halb elf heute morgen da – wo warst du? Er ist ein bißchen böse, weil er heute morgen früh gekommen ist ... laß uns gehen.« Wir gingen zusammen, aber ich konnte nicht warten, ich fing an zu laufen, und ich sagte: »Bis nachher ...«

Ich rannte zu ihrem Haus, und dann küßten wir uns wieder, Antony und ich, und umarmten uns wieder. Alles war an dem Abend schön. Was ich am meisten an ihm mochte, war, daß er sich nicht benahm, als sei er weiß – er war einfach ein normaler Mensch. Wenn wir aßen, aß er alles mit, was immer es auch war. Es war ihm egal; er war genauso wie du. Rahima, du bist der zweite Mensch, der zweite weiße Mensch, bei dem ich das gesehen habe, der alles ißt – und Antony war auch so, ganz egal, was wir aßen, er aß mit uns. Sein liebstes Getränk war Tee. Er trank auch Bier, aber zu der Zeit wußte ich noch nicht, was das war. Aber am liebsten trank er Tee. An dem Abend tranken wir viel Tee, und wir spielten Karten, denn er kannte unsere Kartenspiele. Wir aßen dort Abendbrot. Sie kochten, und wir aßen Fladenbrot und gebratenes Fleisch mit ihnen. Es waren so freundliche Menschen, Menschen, die verstanden, was Liebe war.

Als es Zeit zum Gehen war, war es spät, und es war dunkel. Aber ich kannte alle Ecken und Winkel. Deswegen sagte ich zu Antony: »Laß uns doch zusammen weggehen und uns nach Hause schleichen, dann können wir etwas länger zusammensein.« Aber Khamisi sagte zu uns: »Ihr müßt vorsichtig sein. Vielleicht wartet da draußen jemand auf euch. Geht lieber getrennt, dann wird niemand etwas sagen. Antony, du bleibst noch eine Weile hier und läßt Aman losgehen, und dann bringe ich dich an euer Tor, da bist du sicher.« Wir folgten seinem Rat, und an diesem Abend kamen wir beide sicher nach Hause.

In der nächsten Woche fuhr ich mit Mama nach Mogadischu zu meinem Vetter Habib, denn er war schwer krank. Wir blieben zehn Tage bei Habib und kamen dann wieder nach Hause. Ich ging zu Fatoun und fragte sie, ob sie Antony gesehen hätte, während ich fort war. Sie sagte, sie hätte ihn nicht gesehen, aber ihr Freund würde ihn jeden Tag sehen, und es ginge ihm gut. Ich bat sie, mich spät in der Nacht zu begleiten, damit ich ihn sehen konnte, und sie sagte zu, weil sie ihren Freund auch treffen wollte. In der Nacht, als alle eingeschlafen waren, stand ich auf – langsam, weil ich im gleichen Bett schlief wie meine Mutter – und ging auf die Toilette. Ich wartete ein paar Minuten, um zu sehen, ob meine Mutter mir folgen würde, dann zog ich mich an und ging.

Etwa um zwölf Uhr wartete Fatoun draußen auf mich. Wir stiegen durch unser geheimes Loch im Zaun und gingen zu Antonys Haus. Antony wachte nicht auf, als ich an sein Schlafzimmerfenster klopfte, daher ging ich mit Fatoun zu ihrem Freund. Sie machte es genauso – sie klopfte an sein Fenster –, und er wachte auf und kam heraus. Wir begrüßten uns alle; ich wartete, während sie sich küßten und umarmten. Auf dem Rückweg gingen wir noch einmal bei Antony vorbei. Ich klopfte wieder an sein Fenster, aber er rührte sich immer noch nicht. Ich bat Fatoun, noch ein bißchen zu bleiben, denn ich hoffte, daß ich ihn wecken könnte. Schließlich wachte er tatsächlich auf. Und er konnte nicht fassen, daß ich es war. Wir blieben nicht lange. Ich ließ ihn einfach wissen, daß ich wieder da war, und sprach ein bißchen mit ihm, und dann gingen wir nach Hause.

Wir trafen uns weiterhin auf diese Weise. Wir waren nie frei, und wir hatten Angst vor unseren Familien, vor beiden. Aber es war uns gleichgültig. Wir gingen das Risiko ein, weil wir wußten, daß wir uns liebten und zusammensein wollten. Die Leute verstanden das nicht, weil wir verschiedene Hautfarben hatten. Aber wir waren farbenblind – Antony vor allem, denn es war ihm immer egal gewesen, welche Hautfarbe ich hatte. Wir wünschten uns oft, wir hätten die gleiche Hautfarbe, damit wir unser ganzes Leben lang zusammensein konnten, aber das war unmöglich.

Eines Abends hatten wir uns wieder bei Khamisi verabredet. Wir verbrachten einen wunderschönen Abend zusammen, und als es Zeit war, nach Hause zu gehen, beschlossen wir, zusammen loszugehen, denn es war spät und regnete, und wir glaubten, es sei ungefährlich. Aber wir hatten uns geirrt. Draußen wartete jemand auf uns – Ahmed. Er hatte vier andere bei sich, und das waren alles junge Männer – sechzehn oder siebzehn. Sie verprügelten uns schlimm, besonders Antony. Ich fing an, um Hilfe zu rufen, und Antony kämpfte und rief. Ich blutete aus dem Mund, und er blutete auch. Er fiel hin und lag auf dem Boden, und sie traten ihn in den Magen und in die Geschlechtsteile. Ich stürzte auch, als sie mich schlugen, aber ich stand sofort wieder auf und schrie um Hilfe. Leute kamen aus ihren Häusern, und da liefen die Jungen weg, denn sie wollten nicht verhaftet werden.

Zwei Männer brachten Antony ins Krankenhaus, und ich ging nach Hause. Als Mama mich so voller Blut sah, brachte sie mich auch ins Krankenhaus. Als wir ankamen, war Antony bereits da, und die Polizei war auch da. Die Polizisten betrachteten Antony und mich, so blutüberströmt und voller blauer Flecken, und sie fragten uns: »Wer war das?« Ich mußte der Polizei Ahmeds Namen und die Namen der anderen Jungen und meinen Namen sagen und ihnen die ganze Geschichte erzählen. Und sie mußten Antonys Eltern rufen.

Wir hatten beide nichts gebrochen, nur Platzwunden. Meine Oberlippe und meine Unterlippe waren aufgeplatzt, und Antony hatte ein paar lockere Zähne und eine Platzwunde im Gesicht, und wir beide hatten Prellungen. Sein Vater und seine Mutter kamen ins Krankenhaus, während wir noch dort waren. Als sein Vater herausfand, daß es immer noch um mich ging, wollte er mich umbringen, und wenn nicht der Arzt und die Polizisten bei mir gewesen wären, hätte er mich getötet, aber sie hielten ihn zurück, bis er sich beruhigt hatte.

Als der Arzt uns behandelt hatte, nahm die Polizei uns mit zur Wache. Sie verhafteten uns beide, zusammen mit Ahmed und seinen Freunden, und steckten uns alle für den Rest der Nacht ins Gefängnis. Ich bin ziemlich sicher, daß Antonys Vater die Polizei bat, uns ins Gefängnis zu stekken, weil er dachte, das würde uns Angst einjagen. Ich konnte nicht schlafen, denn ich hatte Fieber und Schmerzen von den Schlägen, und es gab kein Bett, auf das ich mich hätte legen können, nicht einmal eine Decke oder ein Kissen. Meine Zelle war einfach ein kleiner, finsterer, leerer Raum. Aber ich war froh, daß ich im Gefängnis war, denn ich wußte, daß ich da vor Antonys Vater sicher war. Antonys Vater hatte gesagt, wenn Antony nicht versprechen würde, sich von diesem Mädchen fernzuhalten und nie wieder zu ihr zu gehen und nie wieder mit ihr zu sprechen, sollten sie ihn im Gefängnis behalten. Mir sagten sie das gleiche. Sie fragten mich immer wieder: »Läßt du Antony jetzt in Ruhe?« Ich sagte zu den Polizisten: »Nein, niemals, ich werde Antony nie verlassen. Warum sollte ich ihn verlassen – bloß weil er weiß ist? Mir ist das egal, ich sehe das nicht so, und Antony sieht es auch nicht so.« Der Polizist erklärte mir, ich würde im Gefängnis bleiben, bis ich versprechen würde, Antony nie wiederzusehen. Und Antony sagte in einem anderen Teil des Gefängnisses das gleiche.

Wir verbrachten die Nacht im Gefängnis – wir alle sechs. Antony und ich hatten beide eine Zelle für uns, und die anderen waren zusammen in einer Zelle. Am Morgen stellten sie uns wieder die gleichen Fragen. Wir sagten beide nein, drei- oder viermal. Um die Mittagszeit brachten sie uns beide nach draußen, und mein Ältester kam mit einem

Polizeisergeanten. Der Sergeant fragte uns, warum wir das über uns ergehen lassen müßten. Antony sagte, daß er mich liebte; er liebte mich als Menschen, er liebte mich als Frau, er liebte mich als Freundin ... auf jede Weise. Und er sagte, er würde nicht einsehen, was daran unrecht wäre, denn seine Eltern hätten ihn aus Europa mitgebracht, als er drei Jahre alt war, und er sei hier aufgewachsen, er würde sich also nicht als anders betrachten. Meine Verwandten würden eine große Sache daraus machen, und davon hielte er nichts. Ich sagte ihnen das gleiche. Der Sergeant schüttelte den Kopf und meinte, wir würden ihm leid tun, und er lächelte und sagte: »Ihr beiden seid klug. Wißt ihr das?« Wir sagten ja, das wüßten wir, und wir würden nicht verstehen, warum die Leute so einen Wirbel darum machten – wir seien ein Junge und ein Mädchen, die sich gern hätten, und wir würden keinen Unterschied spüren. Er sagte: »Das ist wunderbar. Aber die Realität ist, daß du schwarz bist und er weiß ist, und Gott hat euch beide nicht dazu geschaffen, Mann und Frau zu werden. Deswegen ist es das beste für euch, um euretwillen, wenn ihr euch nicht mehr trefft und auf eure Eltern hört. Denn was sie euch gesagt haben, ist die Wahrheit. Ihr seid nicht gleich, und ihr sollt verschieden bleiben.« Er sagte, diesmal würde er uns gehen lassen, aber beim nächsten Mal würde er uns im Gefängnis behalten. Wir hatten Angst, deswegen sagten wir: »Ja, gut«, und er ließ uns gehen.

Aber je länger ich von ihm getrennt war, desto mehr liebte ich ihn. Je mehr ich ihn vermißte, desto mehr wollte ich zu ihm gehen und ihn sehen. Ich sah die Gefahr nicht, in die ich mich begab – geschlagen zu werden und von der Polizei verhaftet zu werden und meinen Ruf zu ruinieren. Es war mir egal, ich wollte nur ihn. Aber ich versuchte, stark zu bleiben und mich von ihm fernzuhalten, um seinetwillen und auch um meinetwillen. Es wurde ernst, und ich hatte es satt, immer das schlechte Mädchen zu sein, denn so wurde ich von allen genannt. Ich versuchte, aufgeschlossen und mit allen gut Freund zu sein, mit allen zu reden und einfach nett zu sein, aber es klappte nicht, weißt du, weil niemand es wollte. Sie wollten mich als schlechten Menschen sehen, also war ich immer die Schlechte.

Eines Tages, nach fast zwei Monaten, beschloß ich, das Risiko wieder auf mich zu nehmen und in die europäische Siedlung zu gehen. Ich wußte, daß es kein Problem war, zu Antony nach Hause zu gehen, wenn sein Vater arbeitete, denn seine Mutter war gut zu mir gewesen, als ich noch für die Weißen gearbeitet hatte. Seine Mutter war eine liebe Frau – sie sah mich nie so an, wie sein Vater mich ansah. Sie ließ mich ins Haus; sie bot mir etwas zu trinken an und kümmerte sich dann wieder um ihre eigenen Sachen. Sie wußte, daß ich mit ihrem Sohn sprach. Manchmal ließ sie mich hinein und manchmal nicht, aber sie sagte nie etwas Beleidigendes zu mir. Ihr Gesichtsausdruck war nie gemein.

Dann bat Antony eines Tages Khamisi und fragte ihn, ob wir uns wieder bei ihm zu Hause treffen könnten, und er sagte: »Kein Problem.« Seine Frau schickte ein kleines Mädchen mit einer Nachricht zu mir. Ich war wirklich glücklich, denn ich wußte, was es war, und – *husch!* – sauste ich wieder hin.

Diesmal sagte Antony, er müßte früh wieder nach Hause. Er hatte seinem Vater gesagt, er würde bei einem Freund in der europäischen Siedlung zu Abend essen, und er sagte, er wollte nicht zu spät kommen, denn er hatte Angst, daß sein Vater herausfinden könnte, daß er nicht dort war. Wir aßen etwa um acht zu Abend, und als er sagte, er wolle jetzt gehen, war es nach neun Uhr. Ich sagte: »Ja, es ist Zeit zu gehen, denn ich muß morgen früh auch arbeiten.« Ich wollte bleiben, wenn er bleiben würde. Aber er meinte, er hätte Angst, deswegen sagte ich: »Ja, ich verstehe ...« Doch wir blieben noch ein bißchen länger, küßten uns ... weil wir jetzt gerade richtig lernten, wie man küßt. Wir wollten nicht aufhören! Immer, wenn er gehen wollte, hielt ich seine Hand fest und küßte ihn wieder. Und dann ging ich, weil Khamisi sagte, es würde spät, und er müsse Antony durch das Tor bringen, bevor sein Vater merkte, daß er nicht bei seinem Freund war.

Ich ging sofort nach Hause. Alle waren schon im Bett. Ich wusch mir Gesicht und Hände und die Füße und ging auch ins Bett; Mama schlief schon. Ich lag da und versuchte zu schlafen, aber ich konnte nicht schlafen, daher schloß ich die Augen und dachte an ihn. Nach etwa einer halben Stunde hörte ich Lärm – Leute riefen etwas und rannten. Ich setzte mich auf, hellwach, denn immer, wenn ich ein Geräusch hörte, dachte ich, es hätte etwas mit Antony zu tun. Mama richtete sich auch auf und fragte: »Was ist das für ein Krach?« Ich sagte zu ihr: »Mama, du kannst im Bett bleiben. Ich sehe nach, was los ist.«

Schon bevor ich nach draußen kam, hörte ich Leute rufen: »Ein weißer Junge ist gestorben.« Ich rannte mit den anderen mit. Und da lag Antony auf der Erde. Sie hatten ihn mit einem Wagenheber auf den Kopf geschlagen, und sie hatten Khamisi zweimal mit einem Messer in den Rükken gestochen; sie hatten herausgefunden, daß ich zu Khamisi gegangen war, um mich mit Antony zu treffen, und deswegen hatten sie ihn umgebracht. Sie hatten ihn getötet, als er Antony in die Siedlung begleitete – meinetwegen. Er hinterließ seine schwangere Frau und seine drei Kinder. Die Angreifer dachten, sie wären beide tot, und rannten weg. Doch Antony stand auf. Er blutete überall, aber er war stark. Er zwang sich, von dort, wo er hingestürzt war, unter eine Straßenlaterne zu gehen, und die Leute sahen ihn.

Sein Hemd war voller Blut. Als erstes sagte er zu mir: »Khamisi stirbt. Hilf Khamisi ...« Ich umarmte ihn. Ich küßte ihn. Ich weinte. Dann kam ein Krankenwagen und brachte ihn ins Krankenhaus. Sie wollten mich nicht einmal im Krankenwagen mitfahren lassen. Als sie Khamisi fanden, war es zu spät. Er war schon tot.

Am nächsten Morgen kam Antonys Vater in unser Haus und suchte mich. Er hatte eine Pistole bei sich, um mich zu töten. Aber ich war nicht da. Meine Mutter hatte mich noch in der gleichen Nacht, als Khamisi starb, in ein anderes Haus gebracht. Sie wußte, daß ich als nächste sterben würde, wenn Antonys Vater mich finden würde, denn mein Vater war nicht da, um mich zu beschützen. Sie sagte Antonys Vater, ich wäre nach Mogadischu gefahren. Antonys Vater griff beinahe Mama an, aber die beiden Männer, die bei ihm waren, hielten ihn zurück. Mama sagte ihm, er würde mich nie wiedersehen – ich würde in der Hauptstadt bleiben.

Drei Tage später kam mein Vater aus dem Landesinneren. Er nahm mich mit in sein Lager, wo seine beiden Frauen und seine Kinder und seine Tiere waren. Ich blieb dort einen Monat und siebzehn Tage. Mein Vater nahm mich dorthin mit, weil er auf meine Mutter wütend war. Er beauftragte seine Frauen und seine Kinder, mich zu beobachten, damit ich nicht ausriß. Ich mußte bleiben, aber ich fand es schrecklich dort, weil ich zu weit von Antony und von zu Hause fort war. Obwohl ich Angst vor Antonys Vater hatte, hatte ich das Gefühl, daß ich zurückgehen müßte. Ich suchte nach einer Möglichkeit zu entkommen, aber ich fand keine, weil immer jemand bei mir war.

Nach einer Weile freundete ich mich mit meiner Halbschwester an, und ich erzählte ihr die ganze Geschichte, immer und immer und immer wieder. Schließlich beschloß sie, mich mit zurück nach Mango Village zu nehmen. Mein Vater hatte viele erwachsene Kinder an dem Ort, und sie wechselten sich jede Woche damit ab, ein Kamel in die Stadt zu bringen, das ganz mit Milch und Butter und Bohnen beladen war, die auf dem Markt verkauft wurden. Daher versprach meine Halbschwester mir, sie würde mich mitnehmen, wenn sie an der Reihe sei. Erinnerst du dich an Abdi, an den Findelsohn meines Vaters, den, der mir die gute Milch gab, als ich krank war? Er lebte immer noch bei meinem Vater. Wenn ich jetzt zurückblicke, glaube ich, daß er sich als Außenseiter fühlte, obwohl wir ihn alle liebhatten. Er war immer sehr freundlich zu mir. Meine Halbschwester sagte, sie würde mit ihm sprechen, denn er kam immer mit in die Stadt, und er würde mich nicht hindern zu gehen. Wir mußten einfach darauf warten, daß sie an der Reihe war. Es kam mir wie ein ganzes Jahr vor. Ich war zwar im Landesinneren geboren, aber aufgewachsen war ich in Mango Village. Jetzt erschien mir alles anders. Nachts war es so dunkel, und das Haus hatte nur eine Tür aus Stoff. Man konnte die Schakale und Hyänen heulen hören. Und Schlangen gab es auch. Ich hatte Angst, obwohl ich nachts bei meinen Schwestern schlief. Ich sehnte mich nach meiner Mama und nach meinem Bett, denn hier draußen schlief ich auf dem Boden.

Schließlich sagte meine Schwester, ich sollte mich fertig machen. Am nächsten Tag wollten wir aufbrechen. Ich hatte nicht viel bei mir – nur meine Schuhe und zwei Kleider und ein Stück Stoff –, ich packte also meine Sachen zusammen. Niemand verdächtigte meine Schwester, denn sie war eins der Mädchen, denen gesagt worden war, sie sollten mich beobachten, damit ich nicht weglief. Sie sagte zu mir: »Wenn du gefrühstückt hast, verläßt du das Haus genauso, wie wir es immer machen.« Ich schloß mich den kleinen Kindern an und spielte eine Weile mit den Lämmchen und den Zicklein, und dann sagte ich, ich müßte mal pinkeln gehen. Sobald ich hinter den Büschen war, rannte und rannte ich, bis ich an die Stelle auf dem Weg kam, wo ich warten sollte. Nach einer Weile hörte ich den Klang von hölzernen Kamelglocken – *galug, galug* –, und da waren sie. Wir wanderten weiter, Abdi führte die Kamele, und meine Schwester und ich gingen hinterher, lachend und glücklich, redend und hüpfend.

Im Landesinneren helfen Nachbarsfamilien sich gegenseitig, wenn kein erwachsener Mann in der Familie ist. Abdi mußte dreimal anhalten, um die älteren Jungen aus anderen Familien mit ihren beladenen Kamelen mitzunehmen. Als wir alle zusammenhatten, wanderten wir bis zum Einbruch der Dunkelheit und machten dann Rast. Nach dem Essen banden die Jungen den fünf Kamelen die Vorderbeine zusammen und ließen sie sich hinlegen, so daß sie mit den Butterstapeln, Milchkannen und Mais- und Bohnensäcken einen Kreis bildeten. Das war wie ein Zaun, und dahinter schliefen wir. Ich legte mich neben Abdi; meine Halbschwester lag neben mir, und neben ihr lagen die Kinder von den Nachbarsfamilien. Wir zündeten in dem Ring aus Kamelen ein Feuer an, Abdi war da, um uns zu beschützen, und wir fühlten uns sehr sicher. Ich hatte jetzt keine Angst mehr und war froh, daß ich unterwegs nach Hause war. Ich schlief ein.

Am nächsten Morgen standen wir auf, gingen pinkeln, wuschen uns Hände und Gesicht und machten Tee, dann beluden wir die Kamele und machten uns wieder auf den Weg. Wir wanderten bis zum Abend, bis nach Sonnenuntergang, da kamen wir in die Stadt. Plötzlich war ich nicht mehr müde. Ich ging sofort zu meiner äthiopischen Freundin Zaytuun, um sie nach Antony zu fragen. Und sie erzählte mir alles, was geschehen war.

Antony war fünf Tage im Krankenhaus und drei Tage zu Hause gewesen. Danach hatten seine Eltern ihn nach Europa gebracht, und sein Vater hatte seine Mutter und ihn dort gelassen und war nach einem Monat wiedergekommen. Antony war fort. Es war aus. Jetzt war ich wirklich verloren. Ahmed und die Söhne meines Vaters hatten Khamisi getötet, und sie hatten mir Antony genommen. Diesmal war er weit fort, an einem Ort, wo ich nicht hingehen konnte, wo ich ihn nicht sehen konnte, wo ich ihn nicht erreichen konnte, wo ich ihn nicht einmal anrufen konnte. Denn ich wußte weder, wo Europa war, noch wie man dort hinkam.

8

Der einzige Mensch, der mich jetzt verstand, war meine Freundin Zaytuun. Sie war da, wenn ich sie brauchte. Ich war auch für sie da, aber sie tat für mich mehr, denn sie war älter. Sie war ein wunderbarer Mensch. Dafür liebte ich sie. Ich ging oft zu ihr und weinte und sprach über ihn, und sie sagte mir dann etwas Gutes: »Er kommt wieder. Es ist nicht seine Schuld …« Ich wußte, daß es nicht seine Schuld war. Rahima, ein paar Monate lang ging ich durch die Hölle. Die Leute fingen an, wirklich schlecht über mich zu reden. »Ach, ihr weißer Freund ist weg, ihr unbeschnittener, ungläubiger Liebhaber ist weg. Sie versucht, sich einen anderen Weißen zu angeln …« Alle redeten über mich und sagten böse Sachen – Junge, Alte, Männer, Frauen. Alle kannten mich – »das Mädchen«. Ich konnte nicht schlafen. Ich wurde zu einem Tier, denn neidisch war ich auch – ich war neidisch auf die anderen Mädchen und auf alle, die mehr gelernt hatten oder mehr Geld besaßen. Ich haßte sie. Ich wußte, daß die Leute über mich redeten. Ich holte immer Wasser vom Brunnen. Man stellt sich dort mit seinem Gefäß an, bis man an der Reihe ist. Beim Warten wird gespielt und geredet. Aber ich war immer sehr empfindlich. Wenn jemand etwas Gemeines zu mir sagte, kämpfte ich. Und alles, was ich anfaßte, machte ich kaputt. Ich zerbrach ihren Krug, meine Familie mußte bezahlen. Ich zerriß ihre Kette, meine Familie mußte bezahlen. Ich verletzte sie an den Ohren … dauernd war etwas zu bezahlen! Daher hatte sogar meine Familie mich nicht mehr gern, denn ich war ein Störenfried. Ich war im ganzen Dorf die Böse, ich war das schlechte Mädchen.

Ich überlegte mir, wirklich schlecht zu werden; wenn alle sagen, man wäre schlecht, kann man es genausogut auch sein. Ich sprach mit Zaytuun und erklärte ihr: »Ich glaube, wenn ich nicht kämpfe, werde ich nie Frieden haben. Die einzige Möglichkeit ist, zu kämpfen und ihnen zu zeigen, wer ich bin.« Sie sagte: »Das ist keine schlechte Idee.« Sie begann, mir zu helfen. Sie sprach mit den Mädchen und spionierte sie aus, um zu hören, was sie über mich sagten. Sie hörte, daß ein Mädchen dies und jenes sagte, und dann kam sie zurück und sagte: »Die Soundso hat gesagt: ›Dies und das und jenes.‹« Ich ging daraufhin sofort zu dem Mädchen und sagte: «Warum sagst du das über mich? Stimmt es, daß du das gesagt hast?» Wenn sie es zugab, wartete ich nicht weiter. Ich ohrfeigte sie und schlug sie. Ich trug ein kleines Messer bei mir, um den anderen Angst einzujagen, und manchmal schnitt ich sie auch. Es war mir egal. Es war gut, daß ich stark war. Ich war zwar mager, aber ich war stark. Ich fiel nie hin. Ich war wütend, und ich hatte diesen Kampfgeist, und das machte mich sehr stark.

Mit den Mädchen fing ich an, und dann kämpfte ich mit allen. Jeder, der mich ansah, jeder, der etwas Schlechtes über mich sagte: *Zack!* Eine Prügelei. Mir war ganz gleich, wer es war – Mann, Frau, es war mir egal. Kämpfen: das war meine Rache.

Jetzt hatten alle, besonders die Mädchen und die jungen Frauen, Angst vor mir. Ich nahm sogar Geld von den Mädchen. Kinogeld und Coca Cola und Süßigkeiten, die im Kino verkauft wurden – Rahima, alle Mädchen schickten mir etwas. Ich bekam alles umsonst. Nach einer Weile warteten drei oder vier Karten auf mich, wenn ich ins Kino ging. »Fatima hat dies für dich hiergelassen. Khadija hat dies hiergelassen. Soundso hat das hiergelassen.« Respekt.

In jenen Tagen ging ich so oft ins Kino, wie ich konnte. Eines Abends schlich ich mich aus dem Haus, während Mama schlief, und sprang über den Zaun. Mama wollte mich verprügeln, als ich zurückkam. Daher sprang ich wieder über den Zaun und ging zu meinem Bruder und schlief dort. Frühmorgens kam ich wieder nach Hause und fing an, Brot zu backen, das ich Mama bringen wollte, damit sie es auf dem Markt verkaufen konnte. Ich saß auf dem vierbeinigen Hocker, und ich fühlte etwas Heißes zwischen den Beinen ... etwas, das mich drückte ... etwas, das nicht ganz in Ordnung war. Ich versuchte aufzustehen, aber es war, als wäre ich auf dem Hocker festgeklebt. Ich drückte den Hocker nach unten und sah mich um. Es war ... ich konnte es nicht fassen ... Blut, eine große Blutlache.

In einer unserer Rundhütten wohnte eine Frau. Ich klopfte an ihre Tür. Ich rief: »Halima! Schwester Halima!«, und sie sagte: »Komm rein, komm rein, was ist los?« Ich sagte zu ihr: »Guck mal, was mir passiert ist, guck mal, was da passiert!« Ich legte mich auf den Fußboden, spreizte die Beine und bat sie, mich anzuschauen. Als sie das Blut sah, sagte sie: »Ohhh! Ich habe dich gestern abend rennen sehen – als du über den Zaun gesprungen bist, sieh nur, was da passiert ist. Du hast deine Beschneidung aufgerissen, und jetzt mußt du wieder zugenäht werden!« Ich sagte: »Nein, nein, nein! Das glaube ich nicht!« Ich rannte weg. Zu Hause nahm ich einen Spiegel, ging damit ins Bad und betrachtete mich. Da war viel Blut. Ich konnte nicht glauben, daß dieses ganze Blut durch das kleine Loch kommen konnte. Ich dachte, ich würde vielleicht sterben. Ich *haßte* das Blut einfach! Ich guckte wieder in den Spiegel und sah, daß ich noch zugenäht war. »Ich bin noch zugenäht!«

Ich ging zurück zu Halima. Ich sagte: »Du lügst! Ich bin noch zugenäht! Wo kommt dieses Blut her?« Und dann erklärte sie es mir. Sie sagte: »Jetzt bist du eine Frau.« »Wie meinst du das?« fragte ich. »Ich war schon vorher eine Frau.« »Jetzt«, sagte sie, »bist du eine Frau, du hast deine erste Periode.« Daraufhin freute ich mich ein bißchen. Ich hielt mich für reif, weißt du. Und ich lief zum Markt, um es Mama zu erzählen. Mama freute sich. Sie lächelte mich an. »Jetzt bist du eine junge Dame!«

Ich ging weiterhin ins Kino. Eines Abends sah ich einen Film über einen Piloten, und das wollte ich auch werden. Ach, dachte ich, ich kann fliegen, fliegen, fliegen! Seit ich als kleines Mädchen mein erstes Flugzeug in der Luft gesehen hatte, wollte ich Pilotin werden. Mein Traum war, das zu haben, was wir damals nicht hatten. Ich sagte immer zu Mama: Hast du das Haus vom Richter gesehen? Und das Haus vom Regierungsbeamten? Das sind große Häuser, in denen die italienischen Bosse wohnen. Das Haus des Richters war weiß, und das Grundstück war neben der Farm meiner Tante. Ihre Farm lag nah am Fluß, daher wuchsen dort alle Früchte … alle Früchte. Es gab so viel, was mir an dem Ort gefiel: Man konnte das Strömen des Flusses beobachten, man konnte auf die Bäume klettern und Kakaofrüchte pflücken. Wenn man die Früchte öffnete, war innen etwas wie weiße Watte, mit großen schwarzen Kernen. Ich dachte, es wäre schön, das Haus des Richters und die Farm meiner Tante zusammen als Zuhause zu haben. Davon träumte ich: Pilotin zu sein und ein Haus und eine grüne, üppige Farm zu haben mit allen Früchten, vielen Tieren und meiner ganzen Familie um mich herum.

Ich war immer noch schlecht, da starb meine Großmama. Erst war Antony für mich gestorben – weil es wie der Tod war, als er fortging – und jetzt meine Großmama. Warum gingen alle, die ich liebte, fort? Jetzt veränderte ich mich –, ich wurde zu einem anderen Menschen – abweisend, kein Reden, kein Kampf, kein Streit. Ich wollte zu Hause bleiben und keinen Menschen sehen, denn die Leute machten mich wütend. Meine Großmama war mir wie eine Mutter gewesen, denn meine Mama – sie war wie ein Vater: Sie ging aus dem Haus, besorgte die Geschäfte der Familie und brachte das Geld, das Essen und alles nach Hause. Im Haus war Großmama. Und Großmama war eine kleine, sanfte Frau. Wenn Mama sprach, konnte man es in jedem Zimmer hören, aber wenn Großmama sprach, so erinnere ich mich, war ihre Stimme immer leise und sanft. Manchmal liebte ich Großmama sogar noch mehr als meine Mama. Und jetzt hatte ich sie auch verloren, Rahima, die Hälfte meines Lebens war fort. Ich war da, doch ich war nicht da. Meine Gedanken waren bei Antony, und wenn sie nicht bei ihm waren, waren sie bei meiner Großmama. Ich legte mich aufs Bett und dachte an die beiden. Wenn andere zu mir kamen und mit mir reden wollten, wollte ich nicht mit ihnen reden, denn sie störten meine Konzentration, also sagte ich: »Pssst« und blieb einfach weiter da liegen.

Ich blieb mehrere Monate in dieser Verfassung, bis ich es nicht mehr aushalten konnte. Ich konnte nicht mehr atmen. Nun begann ich, hinauszugehen und wieder zu atmen. Als erstes ging ich wieder ins Hotel, um mich um meinen Job dort zu kümmern. Ich bekam meinen Job wieder. Meine Schwester Hawa hatte wieder geheiratet, nachdem Großmama gestorben war, und ich fing an, sie bei sich zu Hause zu besuchen. Es gab also Arbeit und das Haus meiner Freundin und das Haus meiner Schwester. Ich war sehr ruhig – völlig anders, als ich vor Großmamas Tod gewesen war. Damals war ich wie ein Tier gewesen – wild, draußen in Kämpfe verstrickt, jede Sekunde, jede Minute, immerzu. Aber jetzt wollte ich Frieden. Allah und Zaytuun sei es gedankt, ich wurde wieder zu Aman.

Ich arbeitete weiter im Hotel, aber mit Mamas Geschäft ging es bergab, weil sie viel Geld für Großmamas Begräbnis hatte ausgeben müssen. Sieben Tage lang wurde der Koran gelesen, und Leute kamen zum Essen und um Mama ihr Beileid auszusprechen – sieben Tage lang, Tag und Nacht, vierundzwanzig Stunden. Wir hielten die ganze Zeit Essen für all die Leute bereit, manche kamen von weither aus dem Landesinneren. Danach war Mama mit Geld knapp, und sie konnte sich keine lange Reise leisten, um Butter und die anderen Dinge, die sie verkaufte, zu holen. Wenn man wirklich arm ist und wütend dazu, sieht man die Dinge falsch. Mama war niedergeschlagen, als Großmama starb, so wie ich. Aus dem Grunde ging ich wieder zur Arbeit, damit Mama das Geld bekommen konnte – die 150 Shilling, die ich verdiente, brachte ich mit nach Hause und dazu alle Trinkgelder, die ich bekam. Jetzt wuchs ich, und ich fing an, mir meine Kleider alle selbst zu kaufen. Vorher hatte Mama sie für mich gekauft. (Papa kaufte zu besonderen Festtagen auch Kleider für mich, wenn er da war.) Ich fing an, Dinge zu kaufen, die mir gefielen: Schuhe, ein Tuch, einen Gürtel. Aber Mamas Situation machte mich traurig. Ich überlegte immer nur, wie ich mehr Geld verdienen könnte – das war mein einziger Gedanke. Nachdem Antony fortgegangen war und Großmama fortgegangen war, gab es so viele Veränderungen und so viel Kummer. Je größer ich wurde, desto größer wurden die Probleme, und ich wurde es müde, darüber nachzudenken, wie ich Geld verdienen konnte, um Mama zu helfen und allen anderen, die ich liebte, und mir selbst auch.

Nach einer Weile fing ich an auszugehen. Ich lernte ein paar andere Jungen kennen – vor allem einen, einen Araber, er war so wie ich, ein sehr trauriger junger Mann. Seine Freundin – das Mädchen, das er liebte – hatte einen anderen Mann geheiratet, weil ihr Vater sie einem anderen Mann gegeben hatte. Er hatte darum gebeten, nach Mango Village versetzt zu werden, weil es ihm so weh tat, sie ständig zu sehen. Wir boten uns gegenseitig eine Schulter zum Weinen. Wir sprachen über unsere Probleme. Ich erzählte von meinen, und er verstand mich, und er erzählte von seinen, und ich verstand ihn.

Inzwischen war ich erwachsen. Ich war 1952 geboren, und jetzt war 1965. Ich war dreizehn. Ich hatte zweimal meine Menstruation gehabt. Ich erinnere mich, daß ich dreizehn Jahre und sieben Monate alt war, als ich verheiratet wurde.

Ich hatte einen Onkel mütterlicherseits, dessen Frau hatte gerade ein Kind bekommen, deswegen holte er mich eines Freitags zum Helfen. Er nahm mich in seinem Landrover mit auf den Markt, weil ich die Lebensmittel einkaufen sollte. Er gab mir Geld und sagte mir, was sie brauchten, und er wartete in seinem Landrover auf mich, während ich die Sachen einkaufte, und als ich fertig war, fuhren wir zu ihnen nach Hause. Dort begegnete ich ihm zum ersten Mal – meinem zukünftigen Mann. Er war ein Freund meines Onkels aus Mogadischu. Mein Onkel hatte ein

Dienstmädchen, eine große Frau, aber sie hatte freitags frei. Daher kochte ich für die Familie und spülte das Geschirr, denn wenn Frauen gerade ein Baby bekommen haben, kochen sie nicht, es sei denn, es geht nicht anders. Sie müssen sich ausruhen und vierzig Tage lang im Haus bleiben und mit dem Baby spielen.

Nachdem dieser Mann mich zwei- oder dreimal gesehen hatte, als ich bei ihnen aushalf, begann er, mit mir zu sprechen. Ich wußte, daß etwas vor sich ging, aber ich wußte nicht, was es war. Sie sprachen über mich und sahen mich an, wenn ich Dinge auf den Tisch stellte und wenn ich ihnen etwas brachte und wenn ich die Aschenbecher ausleerte. Er sah mich auf andere Weise an.

Von nun an kam er fast jeden Freitag zu ihnen, und das ging ungefähr zwei Monate lang so. Mein Onkel sagte mir: »Dieser Mann ist mein bester Freund.« Er erzählte mir von dem bedeutenden Beruf des Mannes. Er sagte, der Bruder des Mannes sei Minister bei der Regierung. Er sagte, er stamme aus einer angesehenen Familie. Er erzählte mir, daß ich dem Mann gefiele und daß ich der Hauptgrund sei, warum er zu ihnen käme. Ich sagte: »Ach, deshalb redet ihr alle über mich und guckt mich so komisch an.« Und mein Onkel sagte: »Ja, du bist ein kluges Mädchen, du verstehst das. Denke über das nach, was ich gesagt habe.« Und dann gebrauchte er Worte, die mir verhaßt waren. Er sagte: »Denk an deine Mutter. Ihr braucht alle Hilfe, und dieser Mann kann helfen.« Das haßte ich. Wirklich. Das Wichtigste in meinem Leben war meine Mama, denn sie hatte so viel durchgemacht und so viel für mich getan, und daran brauchte mich niemand zu erinnern, aber genau das tat er. Ich war verletzt. Ich wurde wütend und sagte zu ihm: »Ich werde darüber nachdenken«, und ich ging fort.

Ich ging und ging, viele Meilen, und dachte nur darüber nach, was er gesagt hatte und was ich empfand, und Tränen liefen an meinen Kleidern hinunter. Ich sprach laut mit mir selbst –, ich wiederholte, was er gesagt hatte und dachte darüber nach, warum er es gesagt hatte – wegen Geld?

Ich ging, bis ich nicht mehr weitergehen konnte. Ich setzte mich hin und wurde wütend und weinte wieder, und ich betete zu Allah, daß er uns helfen möge. Ich saß da und überlegte und überlegte und überlegte. Und ich beschloß, es zu tun – ihn zu heiraten. Ich hatte kein Geld. Ich hatte Antony nicht mehr. Ich würde heiraten, um wenigstens Geld zu bekommen und jemand zu sein. Ich dachte: Vielleicht kannst du ihn – deinen Freund Antony – sogar eines Tages sehen. Denn du wirst Geld haben, du kannst wieder zur Schule gehen und deine Ausbildung abschließen – Antony stammte nämlich aus einer gebildeten Familie. Ich dachte, ich könnte vielleicht aus Mango Village wegkommen.

In Somalia warst du damals nichts, wenn du nicht heiratetest. Du mußt heiraten, und jung dazu. Sonst machst du deiner Familie Schande! Es ist eine Schande, wenn du nicht mit vierzehn, fünfzehn, sechzehn heiratest. Wenn ein Mädchen achtzehn ist, ist sie zu alt, und man nimmt an, daß keiner sie will. Mit zwanzig bist du superalt. Ich selbst konnte es nicht erwarten zu heiraten. Hawa war in meinem Alter schon verheiratet gewesen. Ich hatte das Gefühl, daß niemand mich würde haben wollen. Sie sagten, ich wäre schlecht, deswegen dachte ich, ich würde vielleicht nie eine Möglichkeit bekommen. Ich wollte ihnen zeigen, daß ich es schaffte. Ich wußte, daß ich mich scheiden lassen konnte, wenn ich einmal verheiratet war, und dann würden sie mich nicht mehr als Mädchen bezeichnen, sondern als Frau, als *geschiedene* Frau. Ich würde etwas Freiheit haben. Ich würde tun und lassen können, was ich wollte.

Also beschloß ich, diesen Mann zu heiraten.

Ich ging nach Hause. Ich war schmutzig, und mein Gesicht war verweint, und meine Füße waren dreckig, weil ich schnell gerannt und gegangen war. Ich duschte. Ich war müde und schlief ein. Am nächsten Tag, nach der Arbeit, ging ich bei meinem Onkel vorbei und sagte ihm, ich hätte darüber nachgedacht, was er gesagt hatte, und ich wäre bereit, diesen Freund zu heiraten, wenn er meine Wünsche akzeptieren würde. »Welche Wünsche hast du?« fragte mein Onkel. Ich sagte ihm, ich wollte nicht, daß mein zukünftiger Mann es der Familie meines Vaters oder sonst irgend jemandem sagte; wir würden einfach heiraten, er und ich, und wenn wir wiederkämen, könnten wir es meinem Vater sagen. Aber ich wollte nicht, daß er vor der Hochzeit meinen Vater fragte oder darauf wartete, daß mein Vater mich weggab oder meine Brüder fragte. Denn normalerweise verhandelt deine Familie. Der Mann muß kommen und deine Familie fragen, und wenn deine Familie nein sagt und du ihn wirklich liebst, brennst du mit ihm durch, und ihr heiratet. Es muß hundert Meilen von deinem Wohnort entfernt sein. Die muslimische Religion erlaubt nicht, daß man in der Nähe seiner Familie heiratet, wenn die Familie nicht eingewilligt hat. Aber wenn die Männer in der Familie zustimmen, handeln sie aus, wie der Ehemann dich ernähren wird, wie er bezahlen wird und was er der Familie geben wird. Sie verkaufen ihre Töchter nicht, es geht um Respekt. »Ich habe diese schöne Tochter großgezogen« – und dafür erwarten sie eine Gegengabe. Und es ist auch kein Kaufen. Wenn deine Tochter heiratet und fortgeht, bleibt ein leerer, leerer Raum. Ein Geschenk sorgt dafür, daß dich das nicht so traurig macht. Außerdem schätzt ein Vater seine Tochter, und er muß wissen, daß der Mann sich nicht von ihr scheiden läßt und sie nicht schlecht behandelt. Je mehr Geld der Ehemann bezahlt, desto sicherer weiß der Vater, daß er seine Tochter liebt. Und er weiß, daß der Mann sich nicht scheiden lassen will, wenn er viel für sie gegeben hat. Wenn nicht – wie gewonnen, so zerronnen. Eine große Brautgabe gibt daher dem Vater die Gewißheit, daß seine Tochter Sicherheit haben wird. So ist es in unserer Kultur.

Aber ich wollte es nicht so machen – nein-nein –, denn auf diese Weise würden sie das Geld kriegen. Ich wollte erst das Geld von ihm haben, ohne daß meine Familie davon erfuhr. Ich sagte ihm, wenn er dem zustimmen würde, gut – aber die anderen dürften es erst anschließend wissen.

Mein Onkel sagte: »Was soll das? Die meisten Mädchen haben es gern, wenn der Mann den Vater fragt, damit sie keinen schlechten Ruf bekommen. So, wie du es haben willst, ist das, als würdest du mit ihm durchbrennen, als wärst du gar nichts.« Er hatte recht. Die Mädchen, die ich kannte, warteten alle, bis jemand kam und ihre Familie um sie bat und viel Geld und Kamele und Gewehre und Pferde und Gold und Kleider für sie bezahlte. Mein Onkel sagte: »Du solltest stolz sein. Du hast einen Mann mit einem Namen und mit Geld, und er ist bereit zu tun, was immer du willst – zu zahlen, was immer du willst –, weil er dich gern hat, und du willst es anders. Warum?« Aber ich wollte es ihm nicht sagen; obwohl er zur Sippe meiner Mutter gehörte, wollte ich ihm doch nichts von meinem Plan erzählen. Also sagte ich: »Ich bin schüchtern, weil er alt ist und aus einer anderen Sippe stammt.« Mein Onkel sagte: »Das verstehe ich«, und er sagte, er würde seinem Freund erzählen, daß ich ja gesagt hätte und daß die Hochzeit in ein paar Wochen stattfinden würde. Ich sagte meinem Onkel auch, er solle ihm mitteilen, daß ich Geld haben wollte – viel Geld. Ich sagte, ich wollte Gold und Kleider, und ich wollte Bargeld im voraus. Er sagte: »Mach dir keine Sorgen deswegen.«

Ich ging zu Zaytuun. Ich erzählte es ihr nicht, denn ich wollte nicht, daß sie mir schwesterliche Ratschläge gab, obwohl ich wußte, daß ich etwas falsch machte. Ich wollte Geld haben, damit ich meiner Mama helfen konnte. Aber selbst wenn Zaytuun das gewußt hätte, hätte sie versucht, mich davon abzuhalten, oder sie hätte meiner Mama gesagt, sie sollte mich daran hindern, und das wollte ich nicht. Mein Mund wollte es ihr erzählen, aber ich behielt es für mich. Sie wußte, daß ich etwas vor ihr verbarg, und fragte mich immer wieder, mit nettem Gesicht, lächelnd; sie versuchte, mich fröhlich zu machen, damit ich es ihr erzählen würde. Als ich es nicht tat, wurde sie wütend und sagte, sie würde nicht mehr mit mir sprechen. Aber ich erzählte es ihr trotzdem nicht.

Am Freitag kam dieser Mann wieder, und mein Onkel bat mich zu sich, weil ich ihnen helfen sollte. Aber diesmal wollte ich den Mann beobachten, um zu sehen, wie er aussah. Ich sagte ihnen: »Ich werde nur kommen. Ich fühle mich heute nicht gut. Ich möchte nichts tun. Ich werde nur kommen und deiner Frau Gesellschaft leisten.« Er sollte mich nicht bei der Arbeit beobachten. Ich wollte ihn beobachten und schauen, wie er aussah, weil ich sein Gesicht noch nicht oft angesehen hatte. Denn wenn du ein Mädchen bist, siehst du großen Leuten nicht so oft direkt ins Gesicht. Du siehst zu Boden. Ich hatte ihn nie richtig angesehen. Diesmal wollte ich ihn sehen. Ich wollte mich vergewissern, auf was ich mich einließ.

Ich war schüchtern, und mein Herz klopfte, und ich dachte: »Was soll ich zu ihm sagen, wenn er mich anspricht?« Ich hatte noch nie mit einem großen Mann gesprochen. Ich war nie mit einem großen Mann ausgegangen. Ich war mit großen Jungen ausgegangen, aber nie mit einem alten Mann. Und das war er – ein alter Mann.

Als ich bei meinem Onkel ankam, ging ich in das Zimmer seiner Frau, aber ich ließ die Tür offen, damit ich ihn sehen konnte. Doch ich konnte ihn nur sehen, wenn ich hinaus zur Toilette ging oder in die Küche. Jedesmal, wenn ich vorbeiging, warf ich heimlich einen Blick auf ihn. Manchmal ertappte er mich dabei, wie ich ihn ansah, manchmal nicht. Der erste Augenkontakt ist etwas wie eine kleine Schande. Er war ein sauberer alter Mann, schöne Haut, viel weiches Haar ... ein sehr angenehmer Mann. Aber er war wie mein Großvater! Er war ein alter Mann. Er war dick, klein, hellhäutig, mit breitem Gesicht. Er war fünfundfünfzig – so etwa – fünfundsechzig ... um die sechzig, mit dickem Bauch, sauberem Körper und sauberen Kleidern. Man konnte sehen, daß er aus einer guten Familie kam.

Die Männer aßen, und ich aß ein bißchen mit der Frau meines Onkels. Sie wußte natürlich über alles Bescheid, weil ihr Mann ihr erzählt hatte, daß sein Freund mich wollte. Nachdem wir alle getrennt gegessen hatten, riefen die Männer mich zu sich, ich sollte mit ihnen Tee trinken – nur mit den beiden im Wohnzimmer. Sie sagte: »Geh zu ihnen. Sei nicht so schüchtern. Sei klug. Sei schlau.« Sie war auch jung und schlau, und sie war mit diesem Mann, den ich »Onkel« nannte, verheiratet, der älter war als sie, aber er hatte eine gute Stelle, die ihr gutes Geld brachte, und sie sagte: »Hast du geglaubt, ich hätte *ihn* aus Liebe geheiratet? Ich habe ihn wegen des Geldes geheiratet. Geh!«

Ich ging hinaus ins Wohnzimmer und setzte mich und trank mit ihnen Tee. Der Mann stellte mir viele Fragen zu meiner Familie, vor allem über meinen Vater. Ich beantwortete seine Fragen alle – ich vermute, er prüfte, ob ich dumm war oder nicht, und er merkte, daß ich es nicht war. Er fing an, mich zu mögen ... meine Art zu sprechen.

An dem Tag gab er mir, als wir mit dem Teetrinken und dem Reden fertig waren, zweihundert Shilling. Das war damals viel Geld; es war mehr, als ich in einem Monat verdiente. Unsere Familie lebte von fünf Shilling pro Tag. Also nahm ich es. Schließlich war Geld alles, was ich wollte. Von da an brachte er mir jede Woche etwas mit – Kleider und eine Uhr und Goldketten und Ringe und Seifen. Er brachte mir alles mit. Das gefiel mir wirklich gut. Je mehr er mir schenkte, desto mehr mochte ich ihn; so war es. Jetzt konnte ich es nicht erwarten zu heiraten.

Drei Wochen später beschlossen wir zu heiraten. Er verbrachte eine Nacht in unserer Stadt bei meinem Onkel, damit er mich am Morgen abholen konnte. Ich ging am Abend vorher vorbei, um alles mit ihm abzusprechen. Ich sagte ihm, ich wollte früh aus der Stadt fort, damit die Leute mich nicht mit ihm im Auto sehen würden. Er sagte: »In Ordnung.« Ich ging sofort zu meiner Nichte, die wie eine Schwester für mich war. Ich sagte ihr, daß ich sie am nächste Morgen brauchen würde. Ich brauchte ungefähr zwei Stunden, um ihr zu erklären, was los war, aber schließlich verstand sie, und sie erklärte sich bereit mitzukommen. Ich ging nach Hause und aß mit Mama zu Abend. Wir unterhielten uns schön, und ich machte sie fröhlich und erzählte ihr ein paar lustige Geschichten, um sie zum Lachen zu bringen, und kochte Tee für sie. Wir hatten ein ganz tolles Abendessen, und dann fragte ich sie, ob ich bei meiner Nichte übernachten dürfte, weil Ramadan war und dort gefastet und der Koran gelesen wurde. Sie sagte: »Ja, gut.« Ich nahm das Kleid, das ich tragen wollte, mit und ging wieder zu meiner Nichte.

Am Morgen wachten wir um halb sieben auf. Ich hatte meiner Mama erzählt, daß ich von dort aus zur Arbeit gehen und sie dann am nächsten Abend, wenn ich nach Hause kam, wiedersehen würde. Aber eigentlich wollte ich gar nicht arbeiten gehen, weißt du – ich wollte heiraten.

Wir verließen die Stadt am Morgen – er, ich und sein Fahrer und meine Nichte. Wir fuhren in eine andere Stadt – denn, wie gesagt, wenn du durchbrennst und noch zu jung bist, mußt du hundert Meilen weit von dem Ort wegfahren, in dem du lebst, wenn dein Vater oder dein Bruder dich nicht in die Ehe geben. Wir fuhren in einen anderen Bezirk, der ziemlich weit entfernt war.

Du kannst in jedem Alter heiraten, wenn dein Vater zustimmt; aber wenn du allein bist, mußt du über fünfzehn sein. Ich war so jung; ich war groß und dünn, und man konnte sehen, daß ich jung war, auch wenn ich gut reden konnte. Mein Mann sagte, er würde einen seiner Freunde als Zeugen mitnehmen, falls der Beamte den Verdacht hätte, daß ich zu jung sei. Dieser Mann konnte dann sagen, er würde mich kennen, er wäre mein Onkel, und ich wäre sechzehn, achtzehn, zwanzig – was auch immer. Also holten wir ihn ab, und er kam mit. Vor dem Beamten log ich – ich sagte, ich wäre siebzehn. Der Beamte sah mich an. Der andere Mann sagte, ja – sie ist siebzehn.

So heirateten wir. Anschließend bezahlte mein Mann den Beamten, und wir brachten seinen Freund wieder nach Hause, und mein Mann gab ihm Geld. Mein Mann wollte, daß wir die Nacht bei ihm zu Hause verbrachten, aber ich sagte zu ihm: »Nein, ich möchte nach Hause.« Ich hatte

Angst, daß etwas passieren könnte, wenn ich bei ihm übernachten würde, und das wollte ich nicht. Ich wollte nicht, daß er mich in irgendeiner Weise berührte. Daher sagte ich ihm: »Nein ... nein-nein, bring mich nach Hause.« Er sagte: »Und wenn wir bei meiner Nichte vorbeifahren, damit sie dich kennenlernen können? Ich habe ihnen von dir erzählt.« »Ja, gut«, stimmte ich zu, »aber nicht zu dir nach Hause.« Wir fuhren zu seiner Nichte, und sie boten uns Tee und Kuchen und alkoholfreie Getränke an, und alle sagten: »Oh, sie ist jung und süß. Sie ist hübsch« und fragten mich, wie ich hieße. Ich war schüchtern und verlegen. Als wir uns verabschiedeten, sagten sie alle: »Bis bald.«

Im Auto, als wir etwa den halben Rückweg hinter uns hatten, sagte ich ihm, er müßte mir Geld geben. Ich wollte nach Mogadischu; meine halbe Familie war dort – väterlicherseits und mütterlicherseits, Vettern, Kusinen, Tanten und Onkel. Ich sagte, ich müßte allein dorthin gehen, um mir Gold und Kleider zu kaufen. Er sagte: »Klar, mach dir keine Sorgen. Ich gebe dir was.« Er fragte mich, wieviel ich wollte, und ich sagte, ich wollte zweihundert Shilling. Er sagte: »Klar, kein Problem.« Rahima, ich war glücklich, ich war sehr glücklich. Ich sagte: »Gut!« Er hatte ein kleines Köfferchen, und das öffnete er auf der Stelle. Er gab mir zweihundert Shilling und sagte: »Wenn du mehr brauchst, sag mir Bescheid.« Rahima, ich hatte noch nie auf so einfache Weise Geld bekommen. Ich konnte es einfach nicht glauben.

Er brachte mich zu meinem Vater, denn nach dem, was ich getan hatte, fürchtete ich mich davor, zu meiner Mutter zu gehen. Ich dachte, Papa wäre nicht da. Aber als mein Mann mich hinbrachte, Rahima, da war er doch da! Er war gerade an dem Abend aus dem Busch gekommen. Ich hatte normalerweise nicht soviel Angst vor meinem Vater, aber jetzt hatte ich einen großen Fehler gemacht.

Bevor wir zum Haus meines Vaters fuhren, waren wir noch bei meinem Onkel gewesen – bei dem Onkel, bei dem ich meinen Mann kennengelernt hatte –, und mein Onkel war mitgekommen, um mit den Männern auf der Seite meines Vaters zu reden. Doch mein Vater ging an diesem Abend nicht seinen Verpflichtungen als Ältester nach. Er war selbst zu Hause. Als wir ankamen, trennten wir uns daher – meine Nichte und ich gingen in eins der Rundhäuser, und die Männer gingen in ein anderes.

Weißt du, Rahima, gleich als ich nach Mango Village zurückkam und die Familie meines Vaters sah, erkannte ich, daß ich einen Fehler gemacht hatte. Ich überlegte es mir anders. Ich beschloß, daß ich geschieden werden und ihm sein Geld zurückgeben wollte, denn ich hatte Angst. Sie brauchten viel, viel Zeit, um es zu besprechen – fast drei Stunden. Wir schickten die kleinen Jungen hin, sie sollten horchen, über was sie sprachen, und die Jungen kamen wieder und sagten es uns. Jedesmal, wenn sie wiederkamen, sagten sie, mein Vater wollte es nicht. Er sagte zu meinem Mann: »Ein alter Mann wie Sie – wie konnten Sie meine Tochter heiraten? Wer hat Ihnen die Erlaubnis gegeben, mit meiner Tochter durchzubrennen? Schämen Sie sich nicht?« Mein Onkel mütterlicherseits versuchte, ihn zu beruhigen. Aber mein Vater sagte: »Holen Sie Ihren Ältesten! Ich will mit Ihrem Ältesten sprechen, nicht mit einem Halbmenschen, einem Halbmann wie Ihnen.« Er war wirklich zornig. Sie konnten die Sache an dem Abend nicht abschließen, daher mußte mein Mann fortgehen. Papa rief mich und meinen Bruder, und nun brüllten sie mich an: »Warum hast du das gemacht?« Ich hatte wirklich Angst, und ich sagte ihnen, ich wollte die Scheidung. »Gebt mir die Scheidung. Ihr sagt, ich wäre sowieso zu jung, um ihn zu heiraten, also bin ich nicht mit ihm verheiratet. Ich möchte geschieden werden.«

Auch meine Nichte schrien sie an: »Warum hast du das keinem erzählt? Du weißt doch, daß sie erst dreizehn ist – du hättest sie davon abhalten müssen!« Mein Bruder brachte mich zu meiner Mama und erzählte ihr, was geschehen war. Sie konnte es auch nicht fassen – sie schrie und fragte meinen Bruder: »Wo hat sie diesen alten Mann kennengelernt?« Er sagte, seine Familie könne nichts dafür. Ihre Seite sei schuld. Ich sagte, er hätte recht – ihr Vetter sei es gewesen, der uns bekannt gemacht habe.

Am nächsten Morgen berichtete meine Nichte mir, mein Mann sei mit seinem Ältesten und zwei oder drei anderen alten Männern aus verschiedenen Sippen gekommen, um mit meinem Vater zu sprechen. Sie kamen etwa um ein Uhr nachmittags zu uns herüber und sagten, sie wären zu einer Einigung gekommen, und sie hätten die Zeremonie noch einmal durchgeführt, im Beisein meines Vaters, um die Eheschließung gültig zu machen. Sie erklärten meiner Mutter, was geschehen war, und sie mußte es akzeptieren – sie konnte nichts machen, aber sie war so wütend!

Und ich war auch zornig, denn es lief nicht so, wie ich Papa gebeten hatte, es einzurichten. Ich hatte ihn gebeten, mir eine Scheidung zu besorgen. Ich hatte gesagt: »Ich will ihn nicht. Ich habe einen Fehler gemacht. Ich werde es nicht wieder tun …« Aber es half nichts. Mein Vater sagte: »Du hast ihn gewählt«, und er verheiratete mich mit ihm. Er sagte, da niemand wüßte, daß ich mit diesem Mann durchgebrannt war, sollten wir den Leuten nur von der zweiten Trauung erzählen, weil es sonst für die Familie zu peinlich wäre. Also tat ich das – und obwohl ich meinem Vater die ganze Schuld gab, war es in Wirklichkeit meine Schuld.

Ich ging zu Zaytuun, um ihr zu erzählen, daß ich es mir anders überlegt hatte und daß ich jetzt gar nicht mehr verheiratet sein wollte und wie alles geschehen war. Sie fragte mich, warum ich es getan hätte. Warum hatte ich sein Geld angenommen? Ich erklärte ihr: »Ich wußte, daß Mama mich daran hindern würde, wenn sie es wüßte, aber ich brauchte das Geld für mich selbst und für sie. Siehst du nicht, wie niedergeschlagen meine Mutter ist? Siehst du nicht, daß sie nicht mehr ausgeht und ihr Geschäft nicht mehr betreibt? Sie hat kein Geld.« Ich erklärte ihr, daß ich es auch für Khamisis Familie täte, denn ich vergaß ihn nicht, und ich gab seiner Frau etwas Geld, aber ich wollte ihr mehr geben. »Aber jetzt will ich da raus.« Zaytuun sagte: »Aman, es ist zu spät. Dein Vater hat zugestimmt, und deine ganze Familie hat es akzeptiert. Wenn du jetzt etwas Dummes machst« – denn ich sagte, ich würde mit dem Geld weglaufen –, »wenn du das machst, muß deine Familie das ganze Geld zurückzahlen, und dann wirst du von deiner Mutter und von deinem Vater und von allen Leuten verflucht. Tu das nicht. Warte, bis du in seinem Haus bist, und dann mach, was du willst. Aber lauf nicht weg, bevor du in seinem Haus bist. Deine Mutter würde einen furchtbaren Schrecken bekommen, weil sie nicht wüßte, wo du bist, und dein Vater auch und alle anderen, die dich lieben. Bleib hier und fahre mit ihm in die große Stadt, und dann kannst du ihnen sagen, daß du ihn nicht willst.«

Ich hatte gedacht, es wäre leicht, verheiratet zu sein, aber das war es nicht ... Die Ehe war etwas völlig anderes. Doch ich konnte Antony nicht vergessen. Ganz gleich, was ich tat, ganz gleich, mit wem ich ging, immer dachte ich an ihn. Er war immer da, ganz gleich, wieviel Kummer ich hatte, ganz gleich, wie krank ich war, ganz gleich, wie wütend ich war und ob ich bei der Arbeit war oder zu Hause. Meistens sah ich ihn in meinen Träumen, und ich sagte mir, daß ich ihn eines Tages wiedersehen würde. Ich beschloß, mit diesem Mann, mit dem ich verheiratet war, mitzugehen und soviel Geld herauszuschlagen, wie ich konnte, damit ich nach Europa fahren und Antony sehen konnte. Ich dachte, das wäre so einfach; das war mein Traum.

9

Ich blieb also zwei Monate lang zu Hause. Mein Mann und mein Vater veranlaßten mich, meine Stelle zu kündigen, weil ich verheiratet war. Wenn ein Mädchen einmal gesetzlich verheiratet ist, bleibt sie zu Hause, bis ihr Mann alle Vorbereitungen für die abschließende Hochzeitszeremonie getroffen hat. Außerdem ist es in unserer Kultur Brauch, eine Weile bei der Familie zu bleiben, bevor man sie verläßt. Ich blieb zu Hause und half meiner Mama. Mama und ich waren jetzt allein zu Hause.

Meine Mama fühlte sich, als hätte sie alles verloren, als Großmama starb, denn ihre Mama war wie ein Teil ihres Wesens gewesen – seit mein Großvater gestorben war, vor langer Zeit, hatten sie alles zusammen durchgemacht. Sie blieb zu Hause und war gereizt und voller Wut. Es war ihr egal, ob ich da war oder nicht, denn ein paar Leute klatschten immer noch über mich wegen meines weißen Freundes, und sie hatte es satt, jedesmal davon zu hören, wenn sie aus dem Haus ging. Sie war wütend auf mich, und ich verstand das. Ich liebte meine Mama – meine Schwester war fort, mein Bruder war nie da, und meine Großmama war tot, daher mußte ich für sie da sein. Sie schrie mich oft an – alles, was ich anfaßte oder machte oder kochte, war verkehrt. Ich lernte jetzt, etwas besser zu kochen, denn ich hatte mehr Zeit, und ich versuchte, Mama eine Freude zu machen, indem ich gute Mahlzeiten für sie zubereitete. Ich hatte immer noch von dem Geld, das mein Mann mir gegeben hatte, also kaufte ich gutes Essen und kleine Geschenke für sie, aber es war ihr gleichgültig.

Mama erholte sich nicht – jeden Tag immer das gleiche. Sie fing an, mich zu schlagen und zu ohrfeigen, mit der

Hand und mit einem Stock, und mich mit Ausdrücken zu beschimpfen, die sie früher nie verwendet hatte. Ich ging oft zu einer Freundin oder ins Kino, einfach um wegzukommen. Sie begann, mir zu folgen und mich vor allen, die gerade dabei waren, zu prügeln und zu verfluchen. Wenn wir dann nach Hause kamen, prügelte sie mich wieder und sagte dann, ich sollte meine Unterwäsche ausziehen und die Beine spreizen, und sie nahm die Petroleumlampe und untersuchte mich, um zu sehen, ob ich noch Jungfrau war. Sie gewöhnte sich an, das jedesmal zu machen, wenn ich draußen gewesen war, ob tagsüber oder abends, und sogar, wenn ich nur auf dem Markt gewesen war. Das gefiel mir nicht. Es war ihre Pflicht, das alles zu tun, sie war nicht die einzige, die ihrer Tochter das antat. Alle machten das: Wenn ein Mädchen etwas falsch machte, wurde sie verprügelt. Trotzdem schämte ich mich jedesmal, wenn sie mich prügelte, und ich war verletzt.

Nach anderthalb Monaten konnte ich es nicht mehr aushalten. Ich ging ins Landesinnere, um den Rest der Zeit vor der endgültigen Hochzeit bei meinem Vater zu verbringen. Diesmal ging ich aus eigenem Entschluß aufs Land, um von Mama wegzukommen, daher gefiel es mir besser als das letzte Mal. An Mama zu denken, tat zwar weh, aber ich war froh fortzukommen. Bevor ich wegging, gab ich ihr den größten Teil des Geldes, das ich hatte, und ich nahm nur wenig mit.

Drei Tage, nachdem ich im Busch angekommen war, mußte Papa wieder in die Stadt. Wenn man Ältester ist, ist man wie ein Polizist – man geht überall hin, wo es Probleme gibt ... zu Fuß, mit dem Auto, irgendwie, und man löst das Problem. Manchmal ist es ein Problem zwischen zwei Stämmen, manchmal ist jemand in Schwierigkeiten. Welches Problem auch immer, mein Vater muß sich darum kümmern. Diesmal fuhr er nach Mango Village. Ich fragte ihn, ob wir Mama Lebensmittel schicken könnten, und er sagte: »Klar. Ich mache mir Sorgen um sie. Abdi soll dir helfen, von unserem Mais und den Bohnen und dem Sesamöl zusammenzupacken, und Butter und Milch, und ich nehme es ihr dann mit, wenn ich fahre.«

Als mein Vater fort war, fragte seine Frau mich darüber aus, was mit Mama geschehen war. Sie war eifersüchtig, weil meine Mama unabhängig war und weil mein Vater sie liebte, und das wußte sie.

Ich war gerne mit meinen Brüdern und Schwestern zusammen und ging mit ihnen hinaus auf die Felder zum Arbeiten. Auf der Farm meines Vaters wurden Bohnen, Mais, Erbsen und Wassermelonen angebaut. Das hatte ich immer gern gehabt – die Farben, der Duft von all den Früchten … Nach der Arbeit spielten alle Kinder und liefen herum. Abends gab es Tanz, und jeden Freitag ein großes Tanzfest. Die Jungen begannen den Tanz, indem sie klatschten und sangen und zwei eiserne Hacken zusammenschlugen, so daß die anderen jungen Leute es überall hörten und zum Tanzen kamen. Es machte wirklich Spaß, mit einem großen Feuer und Tanz die ganze Nacht – verschiedene Tänze, mit verschiedenen Liedern.

Zwölf Tage später kam mein Vater zurück. Ich fragte ihn, wie es meiner Mama ginge, und er sagte, sie hätte sich an die *zar*-Leute gewandt, und sie hätten ihr gesagt, sie sei von einem Geist besessen, den wir *zar* nennen, und dieser Geist würde sie krank machen, und sie brauchte eine *zar*-Zeremonie, und die würde Geld kosten. Als Termin für die Zeremonie hatten sie Freitag in einer Woche festgelegt. Ich sagte Papa, ich wollte wieder nach Hause, damit ich Mama sehen und zu der *zar*-Zeremonie gehen könnte, und er sagte, er würde mich mit in die Stadt nehmen, wenn er wieder hinführe.

Zwei Tage später fuhren wir zurück. Papa verließ uns, um zu seinem Haus zu gehen, und meine Mama begann, mir Fragen zu stellen, wie es im Busch war und was ich gemacht hatte. Sie fragte mich über die Frau meines Vaters aus, und ich erzählte ihr alles. Meine Mama war ebenfalls eifersüchtig.

Sie erzählte mir ein bißchen über den *zar*, aber nicht alle

Einzelheiten. Sie wirkte mir gegenüber ruhiger als vor meiner Abreise, und ich konnte sehen, daß sie mich vermißt hatte. Wir unterhielten uns jeden Tag mehr, und ich erzählte ihr alles – daß ich nichts Unrechtes getan hatte, daß ich nie mit jemandem geschlafen hatte und daß ich durch die Heirat nur versuchte, uns allen zu helfen. Sie verstand und weinte und vergab mir.

Seit sie das Datum für die große *zar*-Zeremonie festgesetzt hatten, schickte der Mann, der die Zeremonie leitete, jeden Morgen drei Männer zu uns, die nachsehen sollten, wie es Mama ging. Weil sie vom *zar* besessen war, kamen die Männer jeden Morgen, um dem *zar* Weihrauch zu geben, damit sie sich besser fühlte. Wenn sie kamen, machte Mama ihnen Frühstück und brannte Weihrauch ab, während sie aßen. Nach dem Frühstück räumte ich alles auf, und sie sagten Mama, sie sollte sich auf den Boden setzen. Sie gaben ihr drei kleine Tassen Kaffee zu trinken und sagten mir, ich sollte eine große Schüssel voll Erde hereinbringen, falls sie sich übergeben wollte. Einer der Männer saß vor ihr auf einem vierbeinigen Hocker. Mamas Kopf war mit einem weißen Tuch bedeckt, und der Mann nahm das Weihrauchgefäß und hob es unter dem Tuch ganz dicht an ihr Gesicht, damit sie den Rauch von dem Weihrauch einatmen konnte. Sie hustete viel, und er sagte: »Gut, gut, daß ist das Zeichen für den *zar*«, und dann bat er sie, den Mund zu öffnen und den Rauch tief einzuatmen. Der Mann klopfte ihr auf den Rücken und auf den Kopf, kräftig, mit der Hand, und schrie dem *zar* zu, er sollte herauskommen und seinen Namen sagen – er sagte, er wüßte, daß er in ihr sei, und warum wollte er sie krank machen? Meine Mutter hustete und erbrach sich in die Schüssel, und dann machten sie das Ganze noch einmal. Wenn sie in Schweiß gebadet war und es nicht mehr aushalten konnte, hörten sie auf. Sie betupften sie mit speziellem Parfüm, bevor sie fortgingen. Jeden Morgen kamen die Männer, um das zu tun, bis zum Tag der großen *zar*-Zeremonie.

Der Tag der Zeremonie – Freitagmorgen – rückte heran.

Meine Tanten und einige Freundinnen und Verwandte meiner Mama waren gekommen, um den Donnerstagabend mit uns zu verbringen. Am Morgen wollten alle unbedingt die Zeremonie miterleben, denn die meisten von ihnen hatten noch nie eine gesehen. Wir standen alle früh auf, um das Haus für die Leute fertig zu machen, die kamen, um die Zeremonie durchzuführen. Am Vormittag kam der Leiter der Zeremonie mit sechs von seinen Gefolgsleuten. Wir hatten das große Zimmer bereits sauber gemacht und mit Kissen und Grasmatten ausgelegt, und wir hatten das Weihrauchgefäß mit glühender Holzkohle gefüllt und das Räucherwerk daneben gelegt, und wir hatten das Frühstück für sie fertig. Sie gingen alle in den Raum und setzten sich. Sie sagten Mama, sie solle sich fertig machen, duschen und saubere Kleider anziehen und wieder hereinkommen, wenn sie fertig sei. Währenddessen servierten wir anderen ihnen das Frühstück.

Als Mama wieder ins Zimmer kam, trug sie ihre besten Kleider und hatte etwas von ihrem Schmuck angelegt. Sie bat uns um etwas Kaltes zu trinken, denn sie sagte, sie hätte Angst. Ich gab ihr ein Glas Wasser. Als sie es ausgetrunken hatte, war es Zeit, in den anderen Raum hinüberzugehen, wo der Mann, der die *zar*-Zeremonie leitete, mit seinen Gefolgsleuten saß. Der *zar*-Leiter sagte Mama, sie solle allein hereinkommen, und sie ging hinein und zog den Vorhang hinter sich zu. Danach konnte ich nichts mehr sehen.

Aber ich hörte es. Sie rezitierten etwas laut, das sich wie der Koran anhörte. Dann kamen ein paar der Leute des *zar*-Leiters, denn sie mußten ihr Essen selbst zubereiten. Sie brachten ein lebendes Schaf und eine lebende Ziege mit – große Tiere – und eine Menge anderer Lebensmittel. Es waren vier Männer und etwa acht oder neun Frauen, und ein paar Jungen und Mädchen, die mit ihren Müttern kamen. Sie sagten den Kindern, sie sollten spielen, und wir gingen alle nach draußen, damit sie im *daash* Platz zum Kochen hatten. Die Männer schlachteten die Ziege, damit die Frauen sie kochen konnten, und das Schaf banden sie an einen

Baum, wo es warten sollte, bis der Leiter die Anweisung gab, es zu töten.

Nach einer Weile hörten wir Trommeln und Tanzen. Wir liefen zurück, um zu sehen, was passierte. Der Leiter saß, weil er älter war. Die anderen standen. Mama saß vor dem Leiter mitten in dem Kreis von Menschen. Sie war mit einem großen weißen Laken verhüllt, und ich konnte sehen, daß sie darunter zitterte. Es war, als würde der Geist sie bewegen. Der Gehilfe des Leiters schlug die Trommel. Sie sangen und tanzten alle, und der Rauch vom Weihrauch füllte die Luft. Anschließend töteten sie das Schaf. Sie brachten das Schaf in den *daash* und stellten es vor den Leiter, und Mama mußte sich auf einen der kleinen Hocker setzen. Der Leiter hatte eine Schüssel in der Hand, und er sagte etwas, er sprach mit dem *zar*, etwas wie: »Dieses Schaf ist für dich, und du wirst sein Blut trinken, und ich möchte, daß du sie in Ruhe läßt.« Und direkt vor Mama schnitten sie dem Schaf die Kehle durch und stellten eine Schüssel unter seinen Hals, um das Blut aufzufangen. Das ganze Blut floß in die Schüssel, heiß und brodelnd, und der Leiter gab es Mama zu trinken. Sie sagte, sie könnte es nicht trinken, aber er sagte, sie müßte es trinken, und sie zwang sich dazu – ich konnte ihr Gesicht sehen, und sie sah nicht so aus wie sonst. Sie trank ein bißchen, glaube ich, und dann hörte ich sie sagen: »Nein, nein, mehr kann ich nicht«, und da fingen sie alle an zu trinken – sie reichten die Schüssel herum und tranken, alle, und benahmen sich, als wären sie verrückt. Sie schwitzten, und man konnte sehen, daß alle etwas wie einen Teufel im Leib hatten. Sie hatten nicht einmal menschliche Gesichter – ihre Gesichter waren anders, vor allem, wenn sie das Blut tranken und sich das Blut von den Lippen leckten. Es war schrecklich. Wir konnten es nicht aushalten, wir liefen weg. Wir gingen hinaus, und ich kotzte.

Danach fingen sie an, die Trommel zu schlagen und zu tanzen. Nach dem Tanzen kamen alle heraus und schöpften frische Luft, und manche gingen ins Bad, um sich zu waschen, weil sie stark geschwitzt hatten. Mama aß als erste. Dann fingen die *zar*-Leute an zu essen. Niemand anders durfte essen, bis sie das Essen probiert hatten und die Erlaubnis gegeben hatten, denn dies war ihr Dienst, und sie mußten zuerst dem Teufel und sich selbst zu essen geben und dann erst den anderen Leuten, daher mußten wir warten. Außerdem hatten sie das Schafsfleisch selbst kochen müssen, deswegen hatten sie so lange getanzt – bis das Essen fertig war. Es war später Nachmittag, als sie aßen, und da erlaubten sie auch allen anderen zu essen, und wir aßen auch.

Bevor sie gingen, gaben sie Mama drei lange, zusammenhängende Perlenketten und noch zwei andere, die einzeln waren, und einen silbernen Ring und Parfüm, das sie von dem Geld gekauft hatten, welches Mama ihnen für die Zeremonie gegeben hatte. Sie sagten ihr, was sie für sich tun könnte: Jeden Morgen sollte sie Räucherwerk abbrennen und beten und mit sich selbst sprechen. Sie gaben ihr alle Geräte, die sie dazu brauchte. Und immer, wenn sie das tat, sollte sie die Kette tragen und den Schleier, den sie während der Zeremonie getragen hatte. Sie erklärten ihr alles, was sie tun mußte, und sie sagten, sie könnte auch immer zum Haus des *zar*-Leiters kommen, denn dort würden sie jede Woche trommeln. Mama sagte: »Ja, gut.« Und damit war es vorbei – alle machten sich auf den Heimweg, und als sie gegangen waren, fingen wir an, das Haus sauberzumachen.

Mama ging zum Haus dieses Mannes – wo sie jede Woche die Zeremonie abhielten –, und sie wurde ruhiger, sehr ruhig. Es ging ihr nicht gut, nicht so besonders gut, aber sie war nicht mehr so nervös wie vorher. Ich war froh, daß es ihr besser ging, aber ich fürchtete mich auch, weil sie frisches Blut getrunken hatte. Ich dachte, sie würde jetzt ein anderer Mensch werden, denn ich hatte noch nie einen lebenden Menschen Blut trinken sehen, und meine Mama gehörte zu den Menschen, die solche Sachen nicht mögen. Sie war eine religiöse Frau. Ich glaubte, daß sie einen Teufel in sich gehabt hatte, denn Mama verabscheute Blut, und sie hatte es getrunken. Wenn sie keinen Teufel in sich gehabt hätte, hätten sie sie wohl kaum zwingen können, es zu trinken. Es war etwas unheimlich. Aber – es ging ihr besser.

Jetzt kam die Zeit für meine Eheschließung heran – daß ich fortgehen und mit meinem Mann zusammenleben müßte. Die Zeit war kurz für mich; ich hatte Angst, meine Mama zu verlassen, und ich hatte Angst, fortzugehen und mit diesem Mann zusammenzuleben. Ich wünschte mir, mehr Zeit zu haben. Ich war unglücklich, weil ich wußte, daß ich weggehen mußte, aber ich freute mich für meine Mama.

Mama fing jetzt an, auszugehen und spät nach Hause zu kommen; es war das erste Mal, daß sie das tat. Sie sagte mir, sie sei nie tanzen gegangen – die jungen Männer und die jungen Mädchen gehen nämlich abends tanzen. Sie war nie ins Kino gegangen, sie war nie ausgegangen, außer zu ihren Geschäften. Und jetzt plötzlich, mit über vierzig, ging sie jeden Abend zum Haus des *zar*-Leiters und kam spät nach Hause. Sie gingen in andere kleine Dörfer, zu anderen *zar*-Zeremonien, und Mama ging mit. Nach etwa drei Wochen lernte sie in einem anderen Dorf einen Mann kennen. Er hatte Frauen und Kinder, und Mama wußte das, aber er war gesund und hatte einen Namen. Der *zar*-Leiter verheiratete sie. Wir waren alle wütend und überrascht. Wir konnten es nicht fassen. Hassan kam. Hawa kam. Die Schwester meiner Mutter kam. Wie konnte das geschehen? Eine große Überraschung: Eine Frau war krank, und sie suchte Heilung, und da kam sie plötzlich mit einem Ehemann. Alle wollten wissen, wie das passiert war, vor allem ich und meine Schwester und mein Bruder. Wir hatten nicht geglaubt, daß Mama noch einmal heiraten würde, denn wir waren alle erwachsen und hatten verschiedene Väter, und Mama wurde alt, daher waren wir sehr aufgebracht. Hassan sagte Mama, sie müsse sich scheiden lassen, oder er würde nie wiederkommen, und er ging fort. Aber ich blieb, und meine Schwester und meine Tante blieben auch.

Wir sprachen mit Mama. Sie hatte ein schlechtes Gewissen und war schüchtern. Wir fragten sie, warum sie es getan hätte; wir sprachen von Frau zu Frau zu ihr. Hawa war dreimal verheiratet gewesen, Rücken an Rücken, alle waren alte Männer gewesen – sie hatte keinen von ihnen geliebt. Ich war dreizehn Jahre alt und mit einem alten Mann über fünfzig verheiratet, und ich liebte ihn nicht. Meine Tante war nur einmal verheiratet gewesen, aber mit einem Mann, der viel älter war als sie. Meine Mama hatte nun wieder einen alten Mann geheiratet, der zwei Frauen und eine Menge Kinder hatte, und sie liebte ihn nicht. Warum machten wir das? Mama sagte, sie hätte es getan, weil sie Angst hatte. Wir hatten alle Angst, alle, aus verschiedenen Gründen. Ich glaube, wir suchten einfach nach Sicherheit. Das ist die Wahrheit. Wir landeten alle in solchen Ehen, Mama und wir anderen auch. Und wir verstanden genau, was sie meinte. Zu meiner Schwester sagte sie: »Du bist weg« und zu mir: »Du gehst weg«; sie sagte: »Meine Mama ist weg, ich habe niemanden mehr, ich brauche jemanden im Haus. Ich habe mich gefürchtet. Deswegen habe ich geheiratet.« Wir weinten alle. Wir verstanden uns alle. »Wir können es ertragen«, sagten wir. »Wir wollen einfach weitermachen und sehen, was passiert – unser Leben weiterleben und uns gegenseitig das Beste wünschen und zueinander halten –, nach dem Besten suchen und weitergehen.«

Der Mann kam alle zwei oder drei Tage, und wenn er kam, war er in unserem Hause willkommen, denn nur ich und Mama waren da. Er half uns – er schenkte Mama etwas Geld und Kleider, und er fing an, Kisten und Säcke mit Essen zu bringen und zeigte wirklich, daß er ein Mann im Haus war. Ich mochte ihn nicht, und ich war eifersüchtig, aber das zeigte ich ihm nie. Mama war entspannt und ruhig – also war die Ehe vielleicht gut für sie. Für mich war die Zeit sehr kurz, aber wir genossen sie. Wir sprachen miteinander und verstanden uns und schlossen Frieden.

Eines Abends war ich gerade in der Küche beim Kochen, als jemand an die Tür klopfte. Es waren Habib und einer seiner Freunde. Als Mama mit dem Beten fertig war, kam sie heraus und begrüßte sie. Sie sagten, sie würde bei ihnen zu Hause gebraucht, und ob es ihr etwas ausmachen würde, sich anzuziehen und mitzukommen. Ich sagte: »Ich komme auch mit!« Sie sagten: »Ja, komm mit!« Mama fragte: »Was ist denn passiert? Habt ihr euch alle gestritten?« Sie wurde immer gerufen, wenn sie ein Problem hatten, und dann kam sie und löste es, denn sie war die Tante und das Oberhaupt der Familie. Aber Habib und sein Freund sagten: »Nein, nein, nein, es ist etwas sehr Schönes. Wir wollen nur, daß du mitkommst, damit du jemanden identifizieren kannst.« Sie fragte: »Wer ist es denn?« »Du wirst schon sehen. Laß uns fahren«, sagten sie.

Während der ganzen Fahrt nach Mogadischu fragte Mama Habib dauernd: »Was ist denn los? Was ist passiert?« Er fing an, Gegenfragen zu stellen: »Würdest du dich daran erinnern, wie dein Bruder aussah, selbst wenn er ein erwachsener Mann wäre, nach fünfundzwanzig Jahren?« Sie sagte: »Ja! Ich werde mich immer an meinen Bruder erinnern!« Er sagte: »Woran würdest du deinen Bruder erkennen, liebe Tante?« Und sie sagte: »Oh, er hatte ein paar Muttermale auf dem Rücken, und er hatte drei Brandnarben auf dem Bauch und noch eine Narbe auf der Schulter. Was ist passiert? Ist er zu Hause?« Und Habib sagte: »Nein, liebe Tante, zu Hause ist ein Mann, der sagt, er wäre mein Onkel, und wir wollen sichergehen, daß er es wirklich ist, denn häufig werden Leute von solchen Personen betrogen. Laß dir die Aufregung nicht anmerken, bis wir gesehen haben, ob er die Narben und Muttermale alle hat.« Sie sagte: »Ich würde meinen Bruder wiedererkennen, auch wenn er hundert Jahre alt wäre. Ich wußte, daß er wiederkommen würde. Mein Herz sagt mir, daß er es ist, der zu Hause auf mich wartet.« Und sie begann, Allah zu danken und zu weinen.

Als wir ankamen, sagte Mama: »Wo ist er? Wo ist mein Bruder?« Daher nahmen ein paar Leute sie mit in ein anderes Zimmer und sagten zu ihr: »Warte, bis die Männer ihn angesehen haben.« In weniger als zehn Minuten kamen sie heraus, sie hielten ihn hoch, sie trugen ihn und riefen und weinten: »Onkel! Onkel! Onkel! Bruder! Bruder!« Allah! Er und meine Mama erinnerten sich aneinander, obwohl er acht Jahre alt gewesen war, als er verlorenging. Sie konnten sich nicht wieder loslassen, sie hielten sich in den Armen, sahen sich an und weinten.

Wir blieben ein paar Tage dort. Mama bat ihn, mit uns zu kommen, aber er hatte eine Frau, und sie war schwanger. Sie stammte aus Äthiopien und sprach unsere Sprache nicht. Sie waren zu Fuß gekommen und waren einen Monat lang gereist und hatten sich versteckt, denn sie waren geflohen. Beide mußten sich ausruhen. Mamas Bruder sagte, er würde zu meiner Hochzeit kommen, denn die sollte bald stattfinden, und Mama war einverstanden: »Also gut, wir fahren jetzt, aber ich komme wieder.« Und das tat sie; von nun an fuhr sie fast jeden Tag wieder dorthin.

Als Mama ihren Bruder wiedergefunden hatte, vergaß sie, daß sie verheiratet war! Ihr neuer Ehemann wurde eifersüchtig und fragte sie, warum sie immer nach Mogadischu führe – was war da, was besser war als er? Und sie sagte: »Mein Bruder.« Ich fragte Mama, was jetzt mit ihrem Mann wäre, und sie sagte: »Ich habe ihn geheiratet, weil ich Angst hatte, allein zu sein, und nicht aus Liebe, aber jetzt habe ich meinen Bruder und bin nicht mehr allein, und ich brauche ihn nicht mehr.« Es war ihr jetzt egal, ob er sich von ihr scheiden ließ oder nicht. Also fuhren wir, sooft wir konnten, nach Mogadischu, um ihren Bruder zu besuchen. Wir hatten eine schöne Zeit, aber ich hatte Angst, denn bald mußte ich dieses ganze Glück hinter mir lassen und mit meinem Mann fortgehen.

10

Als zwei Monate um waren, kam die Zeit für meinen Hochzeitstag – der Tag, an dem du fortgehst, um mit deinem Mann zusammenzuleben. Ich mußte ein großes Abschiedsfest geben, weil ich in Mogadischu leben würde. Es gibt drei Tage lang Tanz, wenn man es sich leisten kann – die Leute, die zum Tanzen kommen, wollen essen und trinken, und du mußt das alles bezahlen. Wir machten das so, denn mein Vater und mein Mann waren beide reiche Männer, beide waren einflußreich. Man tanzt und läßt es sich drei Tage und drei Nächte lang gutgehen. Die ersten beiden Abende sind für die jungen Leute, aber der große Tag, an dem alle da sein müssen, ist der letzte Tag, an dem die Braut mit ihrem Mann fortgehen muß.

Am letzten Tag feierten wir also in jedem Haus ein großes Fest, sowohl im Haus meiner Mutter als auch im Haus meines Vaters. Die Frauen und Kinder waren im Haus meiner Mutter, und meine Freunde – jeden Alters, von dreizehn bis fünfundzwanzig – feierten im Haus meines Vaters. Die alten Leute – mein Vater und seine Freunde, alle Ältesten, alle Regierungsbeamte – feierten in dem Hotel, in dem ich gearbeitet hatte. Sie feierten eine Party mit Getränken – ohne Alkohol, denn sie trinken keinen Alkohol –, nur mit Tee und alkoholfreien Getränken. Bei unserem Fest wurde bis zwölf Uhr getanzt. Der Araber, dessen Freundin an einen anderen verheiratet worden war, war auch da. Er war wie Zaytuun – sie waren die beiden einzigen, die meine Probleme kannten, vor allem Zaytuun, aber er wußte auch von einigen meiner Probleme, und er war immer mein Freund gewesen. Es war ein Gefühl, als würde das alles einer anderen passieren.

Schließlich war es Zeit, zum Haus meines Mannes in

Mogadischu aufzubrechen. Meine Mama und die älteren Frauen kamen und nahmen mich mit in ein anderes Zimmer und sagten mir, es sei Zeit für mich, mich fertig zu machen, und ich sollte mit der alten Dienerin ins Bad gehen, sie würde mich duschen und mir meine neuen Kleider anziehen. Diese Frau kann in mittleren Jahren oder alt sein; sie geht mit dir, um dich zu pflegen, denn du bist Jungfrau, und wenn dein Mann dich entjungfert, kannst du nicht pinkeln und nicht laufen, daher brauchst du sie, damit sie dich pflegt und dir hilft. Sie ist nur für dich da – sie gibt dir zu essen, sie badet dich, sie kleidet dich an – sie tut alles für dich, bis es dir besser geht, ganz gleich, wie lange das dauert.

Ich duschte, und sie zog mir meine neuen Kleider an. Meine Kusine war vor der Hochzeit mit mir in ein Geschäft mit Stoffen und einer Schneiderin gegangen. Wir suchten die Stoffe aus, und die Schneiderin nähte die Kleider noch am selben Tag. Auf einem waren viele Blumen, das andere war weiß mit langen blauen Streifen. Die alte Frau legte mir viel Gold und Parfüm auf – Jasmin –, und meine Füße wurden gefärbt, rot mit Henna und schwarz mit *qaddaab*. Sie legte mir ein neues Tuch um, in dem goldene Fäden schimmerten und das Fransen an den Rändern hatte, und verhüllte mein Gesicht damit, und dann trug sie mich aus dem Haus und setzte mich ins Auto. Außer meiner Begleiterin kamen meine Nichte mit und Zaytuun.

Wenn man nach der Hochzeit in eine andere Stadt fährt, mieten alle Autos und fahren mit. Sie fahren hintereinander her, bis man die Hälfte der Strecke hinter sich hat. Dort halten alle an und tanzen und singen, sie bleiben da mitten auf der Straße ein oder zwei Stunden und tanzen einfach. Dann küßt man sich und verabschiedet sich – es kann sein, daß man sich nie wiedersieht.

Nachdem wir von dort wieder aufgebrochen und zehn oder fünfzehn Minuten gefahren waren, schlief ich ein. Als ich wieder aufwachte, befand ich mich vor seinem Haus. Es war ein großes Haus aus Stein, weiß gestrichen, mit schönen hohen Bäumen im Hof, von einer Steinmauer umgeben. In Mango Village waren nur die Häuser der Weißen, das Polizeigebäude, das Krankenhaus, die Schule und das Kino – nur diese Gebäude waren aus Stein oder Beton.

Im Hof stand ein Zelt, in dem seine Tochter ein Fest für uns gab. Alle waren draußen und warteten auf unsere Ankunft. Aber wir waren müde, daher gingen wir nicht zum Fest, sondern gleich ins Haus. Meine Begleiterin trug mich hinein und legte mich auf das Bett im Schlafzimmer. Mein ganzer Körper war in das große Seidentuch mit den Goldfäden gehüllt. Sie sagte, ich sollte meinem Mann mein Gesicht erst zeigen, wenn er mir Geschenke gegeben hätte, die man *wejifur* – »enthülle das Gesicht« – nennt. Dann kam mein Mann herein und legte Geschenke um mich herum auf das Bett und sagte: »Dies habe ich dir mitgebracht, Liebling, ich hoffe, daß es dir gefällt. Ich möchte, daß du dein Gesicht enthüllst und es dir ansiehst, bitte, mein Schätzchen«, und dann ging er wieder. Ich guckte, und da lagen goldene Armbänder und Ohrringe und alles – schöne Geschenke –, Kleider, viele Kleider und mehrere Paar Sandalen und Schuhe und Handtaschen.

Meine Begleiterin kam herein, um zu sehen, was ich geschenkt bekommen hatte, und es gefiel ihr, sie war stolz auf mich. Für sie waren auch Geschenke da, und auch für meine Nichte und für Zaytuun. Meine Begleiterin sagte, jetzt dürfte ich mein Gesicht enthüllen, daher hob ich den Schleier. Alle Gäste kamen herein und betrachteten mich und schüttelten mir die Hand. Sie sahen, wie ich aussah und was ich anhatte, und sie guckten meine Geschenke an, die mein Mann mir gebracht hatte.

Als alle gegangen waren, war ich müde und wollte schlafen. Meine Begleiterin brachte mich ins Badezimmer. Sie fragte mich, ob ich duschen wollte. Ich sagte nein, mir sei kalt, ich wolle schlafen, denn ich sei müde. Also brachte sie mich wieder ins Schlafzimmer, legte mich ins Bett, sagte gute Nacht und ließ mich allein. Ich deckte mich ganz und gar mit meinem Tuch zu und zog das Laken noch darüber, denn ich hatte Angst, daß er etwas versuchen würde, obwohl es spät war und du in der ersten Nacht eigentlich wie ein Gast aufgenommen werden sollst.

Und er versuchte es wirklich.

Er kam zu mir, aber ich sagte, ohne mein Gesicht zu enthüllen: »Bitte, laß mich in Ruhe. Ich bin wirklich müde.« Ich nannte ihn auch »Onkel«, weil er alt war. Also zog er sich zurück. In dieser Nacht schlief ich gut. Aber als ich aufwachte, machte ich mir Sorgen. Ich wußte, daß er heute abend bestimmt etwas von mir verlangen würde, denn er hatte es am Abend vorher schon probiert, und heute abend würde ich keine Ausrede haben, um ihn abzuweisen. Ich wollte weglaufen. Ich machte mit Zaytuun und meiner Nichte einen Plan. Als wir geduscht und gefrühstückt hatten, sagte ich ihnen, sie sollten nach draußen gehen und herausfinden, wo wir waren. Wir wußten nicht, wo wir uns befanden, denn ich kannte nur den Teil von Mogadischu, in dem Mama und ich gewohnt hatten; die ganze Stadt kannte ich nicht, und wir waren etwa um drei Uhr morgens angekommen.

Zaytuun und meine Nichte kamen wieder und sagten mir, wo wir waren. Wir wußten, daß wir uns in der Nähe des Stadtviertels befanden, in dem meine Familie lebte. Es war Ramadan, und alle fasteten, nur ich nicht, weil ich jung verheiratet war, und Zaytuun und meine Nichte auch nicht, weil sie mit mir reisten. Mein Mann hatte zwei Angestellte, die im Haus für ihn arbeiteten, und jeden Abend kam noch ein alter Mann, der als Nachtwächter angestellt war. Ich sah mich um, um herauszubekommen, wann wir ausreißen könnten. Ich hatte das Geld, das mein Mann mir für meine Hochzeit gegeben hatte. Ich hatte genug Geld, um wegzulaufen, und ich hatte beschlossen wegzulaufen. Jedesmal, wenn er mich ansah, wurde mir übel, er machte mich wütend, wenn er mich so ansah, als wäre er verliebt, wenn er mir nahe kam und mich berührte. Ich habe einen Fehler gemacht, und es tut mir leid, daß ich ihn betrogen habe, aber immer, wenn er mich anfaßte, war seine Hand wie Feuer. Und die Zeit – es kam mir vor, als wäre ich schon jahrelang in seinem Haus, obwohl es weniger als vierundzwanzig Stunden waren. Ich konnte es nicht ertragen, sein Gesicht anzusehen, ich konnte ihn nicht ertragen.

Ich sagte den anderen beiden Mädchen: »Ich muß jetzt weg hier.« Sie sagten: »Warte wenigstens, bis es dunkel ist und sie anfangen zu essen. Warte, bis alle mit ihrem Essen beschäftigt sind, und dann kannst du weglaufen, und wir rennen hinter dir her, als wenn wir dich fangen wollten, aber wir folgen dir nur, damit wir uns nicht verlieren.« Ich sagte: »Laßt uns ausmachen, daß wir uns an einem Ort treffen, den wir kennen, falls wir getrennt werden. Wenn man in die Stadt kommt, ist da der Fiat-Händler, und auf der anderen Straßenseite ist eine Bar, und neben der Bar ist eine große, alte katholische Kirche mit vielen Stufen davor. Ich werde solange laufen, bis ich sie abgehängt habe und sicher bin, daß niemand mir folgt, und dann halte ich an und frage jemanden, wo die Kirche ist. Ihr beiden macht es genauso. Da treffen wir uns, egal wie spät es ist ... wer zuerst kommt, wartet auf die anderen ... bis zum Morgen.«

Weil wir nicht wußten, wo wir am Abend sein würden, aßen wir sehr reichlich. Wir mußten vor den anderen essen, weil wir, anders als die anderen, nicht vom Morgengrauen bis zur Abenddämmerung fasteten. Als mein Mann gerade im Bad war, machte ich mich bereit. Das Gold, das er mir am Abend vorher als *wejifur* geschenkt hatte, nahm ich mit. Einen Teil davon band ich mir in einem Kopftuch um die Taille, unter meinen Slip, und einen Teil legte ich an. Ich war fertig. Die Zeit war so lang. Wir mußten bis zur Dunkelheit warten, etwa bis sieben. Wir waren alle nervös, ich besonders. Da ist der Mann und redet, und seine Familie kommt und will mich sehen. Ich wollte rauchen und durfte nicht – ich hatte, seit ich Mango Village verlassen hatte, nicht geraucht –, und ich war nervös. Endlich war es soweit. Es war halb sieben, und sie machten sich zum Essen fertig. Erst beteten sie die Gebete zum Sonnenuntergang, und dann waren alle mit dem Essen beschäftigt, und draußen war nur ein alter Mann, der Nachtwächter, und er aß auch. Mein Mann war beim Essen. Worauf wartete ich noch? Es war eine gute Gelegenheit. Die Tür war offen. Rahima – ich rannte, und ich war dünn. *Husch!* Ich nahm die Schuhe unter den Arm, damit niemand sie sehen konnte, und mit zwei Schritten war ich aus der Haustür heraus und am Tor. Der Nachtwächter, der mit seinem Essen draußen vor dem Tor saß, sagte später, er hätte gedacht, ich wäre eine Katze. Rahima, ich rannte und rannte, und die Leute rannten alle hinter mir her und riefen: »Fangt sie! Haltet sie fest! Helft doch!« Und ich rannte einfach, *zig, zig, zig, zig* ... Alle rannten hinter mir her. Sie konnten mich nicht fangen, aber sie riefen immer noch: »Fangt sie! Haltet sie fest!« Jemand brüllte: »Das ist meine Tochter! Helft mir, meine Tochter zu fangen!«

Ich lief in die richtige Richtung – Allah muß mich geführt haben. Ich kam an einen Platz mit großen Häusern und Hotels. Ich kannte diesen Platz. Ich dankte Allah dafür, daß er mir den richtigen Weg gezeigt hatte. Ich ging zur Vorderseite der Kirche – mehr als dreißig Stufen führten zur Kirche hinauf, weil sie auf einen kleinen Hügel gebaut war. Auf den Stufen schliefen Leute – ein paar alte Männer schliefen dort. Alle schliefen draußen – selbst zu Hause schläft man draußen, wenn es heiß ist –, denn unser Land war immer sicher. Ich legte mich dort hin. Ich war erschöpft und atmete heftig, aber innerlich lächelte ich: Endlich, ich bin frei! Ich war so glücklich. Ich wartete und wartete. Als ich abgekühlt war, sah ich mich um. Es war schön: So viele Lichter – rot, blau, grün, alles zusammen –, ich hatte noch nie so viele Lichter in so vielen verschiedenen Farben gesehen. Ich liebte die Lichter. In Mango Village war nur die Hauptstraße beleuchtet, so daß nachts alles andere dunkel war – außer wenn der Mond schien, der Vollmond. In Mogadischu gab es Tag und Nacht Licht! Oh, ich liebte das Licht! Und die Gebäude ... alles war anders ... sehr schön und sauber, mit Betonstraßen. Auf den Straßen fuhren viele Taxis, viele Autos. Und jetzt hatte ich Zeit, dazusitzen und zu schauen. Ich war gerade mit den Lichtern beschäftigt, als Zaytuun und meine Nichte auftauchten. Sie waren müde. Ich lachte sie an, und sie lachten mich an, und wir umarmten uns. Wir lachten und weinten, und ich sagte: »Wow!« Es war wie ein Spaß – es war unheimlich, aber wie ein Spaß. Wir waren einfach Kinder. Wir setzten uns und guckten die Lichter und die vorbeifahrenden Autos an.

Wir saßen fast eine Stunde lang da und sahen den Autos und den Menschen zu. Es machte uns großen Spaß. Nach einer Weile sagten wir: »Hey, wo wollen wir hingehen?« Ich sagte: »Keine Angst. Wir verlaufen uns schon nicht, wir können jemanden fragen. Wir wissen den Namen des Stadtviertels, in das wir wollen, also brauchen wir nur zu fragen.« Zwei alte Männer kamen herauf, die da schlafen wollten, und wir fragten sie, wohin wir gehen müßten – sie fragten uns, wo wir herkämen und zu welchem Stamm wir gehörten, und wir sagten es ihnen. Dann sagten sie uns, die Gegend, wo wir hinwollten, sei hinter der Kirche, etwa zehn Minuten zu Fuß. Ich versuchte, zum Haus meiner Freundin zu gelangen. Als sie jemanden in der Stadt geheiratet hatte, waren ihre Schwester und ich mitgekommen und eine Nacht bei ihr geblieben. Mein Plan war, mich bei ihr zu verstecken, denn ich hatte Angst, zu einem meiner Verwandten zu gehen.

Es war etwa neun Uhr abends, als wir bei ihr ankamen. Wir klopften an die Tür, und ihr Mann öffnete und ließ uns ein. Sie waren erstaunt, als sie mich sahen, denn sie hatten gehört, daß ich verheiratet war. Also erzählte ich ihnen, daß ich ausgerissen war. Wir aßen dort noch einmal zu Abend und unterhielten uns sehr gut und lange. Wir saßen zusammen und spielten Karten und redeten bis ein Uhr morgens, dann halfen wir ihr, die letzte Mahlzeit der Nacht zu kochen, die während des Ramadan etwa um drei Uhr morgens gegessen wird.

Zaytuun mußte wieder nach Hause. Sie hatte sowieso geplant, am dritten Tag nach Hause zu fahren, selbst wenn ich bei meinem Mann geblieben wäre. Sie verließ uns am nächsten Morgen. Ich sagte meiner Nichte, sie sollte mit ihr zusammen zurückfahren, denn jemand, der uns suchte, würde zwei Menschen leichter finden als einen – allein konnte ich mich besser verstecken. Ich trug ihnen auf, meiner Familie zu sagen, sie wüßten nicht, wo ich sei, aber es ginge mir gut und ich könnte selbst auf mich aufpassen. Sie gingen fort, und ich war allein in Mogadischu. Ich blieb drei Tage lang bei meiner Freundin und überlegte, was ich tun würde. Ich hatte Geld, aber ich wußte nicht, was ich machen sollte oder wo ich hingehen sollte. Ich wußte, daß ich so weit fortgehen wollte, wie ich nur konnte, aber ich wußte nicht, wo ich anfangen sollte. Ich hatte Angst, weil ich nicht richtig wußte, wo ich war – ich kannte die Stadt nicht besonders gut – und meine Familie kannte alle Orte, wo ich vielleicht hingehen könnte. Ich kannte nicht so viele Menschen in der Stadt – nur meine Verwandten und meine Freunde, und bei meiner Familie war ich nicht, also mußte ich bei Freunden sein. So fanden sie heraus, wo ich war, und sie kamen und holten mich.

Es war Morgen, als sie kamen. Ich hatte nicht gefrühstückt, weil ich jetzt auch fastete. Als sie sagten, sie würden mich zu meinem Mann zurückbringen, fürchtete ich mich und war wütend, denn ich wollte den Mann nie wieder sehen – ich haßte ihn, ich haßte ihn einfach. Ich wußte, was er mit mir machen würde, deswegen haßte ich ihn; ich mochte es nicht, und ich hatte Angst. Aber sie brachten mich zurück.

Am Abend, nachdem sie die erste Mahlzeit des Abends zu sich genommen hatten, um das Fasten zu brechen, mußten meine Brüder fort. Als sie abgefahren waren, fing mein Mann an, mir Fragen zu stellen: »Was ist passiert? Warum bist du weggelaufen?« Er fragte mich, ob ich etwas trinken oder essen wollte, und ich sagte nein. Ich wollte nicht, daß die Unterhaltung über ein Nein hinausging, deswegen sagte ich jedesmal, wenn er mich etwas fragte: »Nein.« Er hörte auf, mich soviel zu fragen, sah mich einfach weiter an und versuchte, nett zu sein, und er beobachtete mich, damit ich nicht wieder weglaufen konnte – die Tür war doppelt abgeschlossen, und überall waren Aufpasser. Es war, als wäre ich im Gefängnis. Ich überlegte, was ich tun sollte – was konnte ich denn tun? Ich wußte, daß sie mich jetzt scharf bewachten.

Die Nacht kam, und als wir gegessen hatten, wollte er ins Bett gehen. Ich hatte eine Todesangst vor dem, was er mir antun würde. Ich ging ins Bett und legte mich auf den Bauch und sagte ihm, ich hätte Bauchschmerzen. Ich sagte: »Oh-oh ... mein Magen«, damit er mich nicht anfaßte. Es half nichts. Er schloß die Tür ab. Das Licht war an. Er trug ein *hoosgunti* – das lose Wickeltuch, das somalische Männer tragen. Er ließ es fallen und kam nackt zu mir. Das machte mir angst ... angst ... angst. Rahima, ich erschrak und setzte mich auf. Ich sagte zu ihm: »Hey, Onkel, schämst du dich nicht? Du könntest mein Vater sein, und du bist nackt – zieh dich an!« Ich hatte Angst, ich versuchte, ihn verlegen zu machen – ich sprach laut, damit die Nachbarn es hören konnten und es ihm peinlich sein und er mich in Frieden lassen würde. Aber er sagte: »Keine Sorge ...« und er kam auf mich zu, und er war so groß, mit einem dicken Bauch, und ich war ein dünnes kleines Mädchen. Ich versuchte wegzukommen, aber ich konnte nicht. Gott sei Dank war sein Ding nicht besonders stark. Aber er versuchte, seinen Penis mit der Hand steif zu machen, und sein Fingernagel kratzte mich. Ich sprang immer wieder auf und versuchte, wegzukommen, und ich weinte und bat um Hilfe, aber niemand kam, denn das ist das System – wenn du einmal verheiratet bist, kannst du weinen, soviel du willst, und niemand kommt und hilft dir, denn das ist dein Mann, und er muß dich entjungfern, und sie wissen, daß es weh tut, aber das ist der Brauch. Also weinte und schrie ich, aber niemand kam.

Gut war nur, daß er nichts machen konnte. Er konnte mich nicht entjungfern, deswegen kam er zwischen meinen Beinen. Es war so widerlich, es stank so. Ich sagte zu ihm: »Ich fasse es nicht an. Mach den Dreck weg.« Er wischte es ab, und ich ging ins Bad und wusch mich ab und ging wieder ins Schlafzimmer. Ich legte zwischen den Beinen Puder und Parfüm auf und wechselte die Kleider. Dann gingen wir beide schlafen.

Am nächsten Morgen wachten wir spät auf – etwa um zehn. Ich war etwas entspannter, weil ich jetzt wußte, daß er mich nicht entjungfern konnte. Ich suchte immer noch nach einer Möglichkeit zu fliehen, aber er hatte vier Leute dagelassen, die mich beobachteten. Seine Nichte und ihre Freundin kamen zu Besuch. Wir fingen an, Karten zu spielen – das ist alles, was man tagsüber macht, wenn man fastet, Karten spielen oder schlafen. Mein Mann kam am späten Nachmittag wieder. Er hatte etwas in der Hand, das in Zeitungspapier eingewickelt war. Er stellte es auf die Anrichte im Eßzimmer. Nachdem er sich ein bißchen mit seiner Nichte unterhalten hatte, machten sie und ihre Freundin sich zum Gehen bereit. Er und seine Tochter brachten sie nach draußen, um sie zu verabschieden. Als er hinausging, wickelte ich das Zeitungspapier auf und guckte hinein, weil ich dachte, er hätte mir etwas mitgebracht. Als ich das Bündel aufgemacht hatte, entdeckte ich zwei Vorhängeschlösser mit Schlüsseln und zwei Ketten und eine Schere und eine Rasierklinge. Ich war nicht dumm. Ich wußte, daß er mich am Bett festketten und mich mit der Schere und der Rasierklinge aufschneiden wollte. Und ich wußte, daß ich auf diese Weise sterben könnte, wenn er falsch schnitt. Allah! Aber ich konnte nicht weg, weil sie mich alle beobachteten. Als er zurückkam, konnte ich nicht weg.

In der Nacht versuchte er, diese Sachen zu benutzen. Als wir Abendbrot gegessen hatten, sagte er, ich sollte mich hinlegen – er wollte früh ins Bett gehen. Ich war fertig, er sagte: »Also komm.« Weil ich wußte, was er vorhatte, sprach ich mit ihm und sagte ihm, ich hätte Angst und ich wollte keine Schmerzen. Ich bat ihn, mich statt dessen am nächsten Morgen zum Arzt zu bringen, dann könnte der Arzt mir eine Spritze geben, damit ich den Schmerz nicht spüren würde, und der Arzt könnte mich aufschneiden. Ich sagte, ich würde es niemandem erzählen – ich wußte, daß es ihm peinlich sein würde, wenn die Leute hörten, daß er Angst hatte, sich mir gegenüber durchzusetzen, oder daß seine Erektion nicht stark genug war, um mich zu öffnen –, ich sagte zu ihm: »Ich weiß, was du mitgebracht hast, und ich weiß, was du vorhast, und ich habe Angst, weil ich daran sterben könnte. Wenn du willst, daß ich sterbe, dann tue es. Wenn nicht, dann bring mich morgen früh zum Arzt.« Der alte Mann verstand, und er sagte: »Weißt du, du bist schlau. Warum habe ich daran nicht gedacht?« Ich wollte es einfach noch einen Tag aufschieben.

Puh. Und er sagte: »Gut, so wollen wir es machen.« In der Nacht gab ich mich ihm hin, weil ich wußte, daß er nicht in mich eindringen konnte. Ich wußte, was er in der ersten Nacht getan hatte, und ich wußte, daß das nicht wehtat. Aber er gebrauchte immer noch seinen Fingernagel, und das war schmerzhaft. Er machte seine Sache – er wischte es ab, ich ging und wusch es ab, wir schliefen friedlich.

Am Morgen brachte er mich zum Arzt. Ich hätte meinen Plan gerne geändert, aber ich hatte Angst davor, denn ich wußte, daß er es selbst machen würde, wenn ich mich weigerte. Außerdem wollte ich aus dem Haus heraus, um vielleicht eine Chance zum Weglaufen zu haben. Er nahm mich zu einem privaten Arzt mit, zu einem italienischen Arzt. Ich sagte auf italienisch zu dem Arzt: »Mein Vater ist Ältester. Wenn Sie mich anfassen, holen meine Leute Sie und stecken Sie ins Gefängnis oder bringen Sie um, lassen Sie mich also lieber in Ruhe. Lügen Sie diesem alten Mann etwas vor – daß sie mich nicht aufschneiden dürfen oder irgendwas.« Der Arzt sagte: »Sie schreckliches Mädchen ...!« Aber er sagte meinem Mann, es sei ungesetzlich, wenn er mich entjungfere, er habe keine Erlaubnis dazu, und er wolle keine Schwierigkeiten bekommen. Mein Mann mußte mich zu einem anderen Arzt bringen. Aber diesmal überlegte ich es mir anders, als wir zur Praxis kamen. Ich sagte meinem Mann: »Ich will nicht, daß der Arzt es macht. Ich weiß was – bring mich zu meiner Mama in meine Heimatstadt, und laß es von der Frau machen, die mich beschnitten hat.« Er sagte: »Nein! Sie hat keine Spritzen und keine Betäubungsmittel. Sie ist keine Ärztin. Sie hat überhaupt keine Ausbildung. Nein, ein Arzt ist besser.« Ich sagte: »Nein, ich will keinen Arzt. Einer hat sich geweigert, der nächste wird sich auch weigern. Ich will es nicht ...« Er wurde wütend und nahm mich wieder mit zu sich nach Hause.

Jetzt sagte er, er hätte beschlossen, mich am nächsten Tag zu meiner Mutter zu bringen und es von der Frau machen zu lassen, die mich beschnitten hatte, so wie ich es vorgeschlagen hatte. Aber er war wütend, denn niemand sollte erfahren, daß er mich nicht selbst entjungfern konnte. Als er mich nach Hause gebracht hatte, ging er sofort ins Bett und schlief ein, dann wachte er wieder auf und ging aus.

Ich hatte keine Angst mehr vor ihm. Ich mußte überlegen, wie ich abhauen konnte. Ich fing an, nett mit den beiden Hausangestellten zu reden: »Bring mir Kaffee.« »Ich habe Kopfschmerzen, ich möchte Aspirin«, denn sie hatten kein Aspirin im Haus. Die eine ging zum Laden, um Aspirin zu holen, und die andere kochte Kaffee. Jetzt mußte ich nur noch mit seiner Tochter und meiner Begleiterin – meiner Pflegerin – fertig werden. Und meine Pflegerin war meine Dienerin und hatte nicht das Recht, mich festzuhalten oder meinen Körper zu berühren, wenn ich es ihr nicht erlaubte. Ich betete zu Allah, daß die Tochter meines Mannes auf die Toilette gehen würde, und genau das tat sie! Rahima, die Tür war wieder offen für mich, und es war heller Tag. Ich rannte wieder, und ich rannte ... ich schaffte es. Ich hatte mein Geld bei mir. Ich setzte mich hin. Freiheit ... wieder eine Nacht Freiheit! Ich war so glücklich, ich war so müde, ich fürchtete mich so. Ich wußte nicht, wo ich hingehen sollte. Jetzt mußte ich überlegen, wen ich kannte, einen nach dem anderen durchgehen, und wen sie kannten und zu wem ich gehen konnte und wie ich die Leute finden konnte.

Mein Bruder hatte ein paar Vettern und Kusinen, und einige von ihnen lebten in diesem Teil von Mogadischu. Eine Kusine fiel mir ein, und ich kam zu dem Schluß, daß ihr Haus der einzige Ort war, wo ich an diesem Abend hingehen konnte. Ich fragte herum: »Wer kennt Familie Soundso ...?« Ich fragte und fragte und fand ihr Haus. Sie wußte, daß ich wieder ausgerissen war. Alle im Haus wußten es. Sie sagten: »Hey, du bist wieder weggelaufen! Wir müssen dich zurückbringen.« Ich flehte meine Kusine an. Ich sagte: »Du bist auch eine Frau, du hast Gefühle. Du bist mit einem Mann verheiratet, den du nicht liebst, den du heiraten mußtest, und du weißt, wie du leidest, wie kannst du mich zwingen zurückzugehen? Laß mich hierbleiben, bitte, meine *Schwester – Schwester meines Bruders*.« Ich flehte sie an. Und sie verstand. Sie sagte: »Heute nacht bleibst du hier, und morgen gehst du, denn ich will keinen Ärger mit der Familie haben.« Ich sagte: »Ja, gut, danke – nur heute nacht.« Sie gab mir Abendessen und einen Platz zum Schlafen, aber nachdem sie mir am nächsten Morgen Frühstück gemacht hatte, sagte sie, ich sollte gehen, und ich ging.

Ich ging in die Stadt. Ich ging zu Fuß, weißt du, ich sah mich um, sah die Menschen an, sah die Häuser an, sah die Geschäfte an. Ich kaufte mir etwas zu trinken und trank auf der Straße, obwohl es in jenen Tagen eine Schande für eine Frau war, wenn sie auf der Straße aß und trank, auch wenn das weniger schändlich war, als in ein Restaurant hineinzugehen, denn da drinnen waren nur Männer. Zu jener Zeit gingen Frauen nicht in Restaurants, es sei denn, sie waren auf einer langen Reise, und selbst dann nahmen sie ihr Essen mit nach draußen und aßen im Auto oder im Lastwagen. (Ein paar Frauen gingen damals vielleicht in Restaurants, aber sie aßen im Hinterhof des Restaurants.) Jedenfalls kaufte ich mir Kekse.

Es wurde sechs Uhr abends. Ich ging in einen Film, ich liebte Filme immer noch. Dort waren viele Mädchen und Frauen und Männer. In der Pause drehten sie die Lichter an, damit man Getränke und Süßigkeiten und geröstete Erdnüsse kaufen und zur Toilette gehen konnte. Also kaufte ich etwas zu essen und zu trinken. Als die zweite Pause kam, sah ich auf den Stühlen auf der anderen Seite drüben ein paar Mädchen in meinem Alter sitzen. Ich wollte Mädchen kennenlernen. Ich stand auf und ging auf ihre Seite hinüber. Ich wollte mit ihnen sprechen, aber ich traute mich nicht, daher setzte ich mich einfach auf einen Stuhl in der Nähe. Als ich ein Weilchen dort gesessen hatte, rief eine von ihnen mich an: »Hey, kleines Mädchen, warum sitzt du da allein? Komm her, du siehst einsam aus. Was machst du, und wo kommst du her?«

Ich war froh, daß ich neue Freundinnen traf. Es war wie eine Tür, die sich für mich öffnete. Ich freute mich so darüber, daß ich sie kennenlernte! Ich sprach mit ihnen und erzählte ihnen, wer ich war. Ich sagte ihnen, von welchem Stamm ich war, denn wir sprechen von Stämmen; besonders, wenn man zu einem guten Stamm gehört, ist man stolz auf sich, und als erstes sagt man seinen Namen und seinen Stamm. »Oh, du bist die Tochter eines Ältesten!« Ich traute mich nicht, ihnen zu sagen, daß ich verheiratet war – ich erzählte ihnen, ich sei neu und gerade aus meiner Heimatstadt angekommen. Sie sagten: »Oh, du kommst aus Mango Village. Das ist ein schöner Ort!« Rahima – ich hatte neue Freundinnen. Ich redete und redete – ich fragte sie, wo sie herkämen und wo sie wohnten, wie sie hießen und zu welchem Stamm sie gehörten, und wenn man einmal weiß, zu welchem Stamm jemand gehört, ist das, als würde man sich schon lange kennen – von da aus geht man weiter.

An dem Abend konnte ich nirgends hingehen, außer zu meiner Familie. Ich hatte Geld, aber ich wußte nicht, wie man in ein Hotel geht, und ich traute mich nicht, die Mädchen zu fragen, ob ich bei einer von ihnen übernachten könnte. Ich blieb im Kino, bis sie aufbrachen, und ich ging mit. Ich hatte beschlossen, zu meiner Kusine zu fahren. Ich wußte nicht, wie man ein Taxi benutzte, aber ich wußte, daß es Taxis gab. Also sagte ich ihnen, ich wollte ein Taxi nehmen, und sie brachten mich bis zum Taxistand. Sie setzten mich in das Taxi und sagten: »Morgen wollen wir dich wieder treffen.«

Hinter dem Kino war ein großes Geschäft mit europäischen Kleidern der neuesten Mode – Alta Moda. Ich hatte gehört, daß alle Mädchen dort gern hingingen, um die Kleider anzuschauen, daher vereinbarten wir, uns am nächsten Tag dort zu treffen. Wir machten keine Zeit aus – das bedeutet, wenn du aufgewacht bist, das ist unser »morgen«: keine feste Zeit, nichts.

Ich fuhr zum Haus meiner Kusine und klopfte an die Tür. Ich war sicher, daß sie mir die Tür öffnen würde, denn es war spät. Ich sagte durch die geschlossene Tür, daß ich es sei, und sie ließ mich ein. Sie gab mir zu essen. Ich war widerlich schmutzig, und sie sagte, ich sollte duschen. Ich schlief gut und friedlich, obwohl ich Angst davor hatte, was am nächsten Morgen geschehen würde.

Am Morgen wachte ich auf und legte mir den Sarong, den meine Kusine mir gegeben hatte, um die linke Schulter und wickelte ihn um die Hüfte. Ich ging fort, bevor sie aufwachte, weil ich wußte, was sie sagen würde: »Warum hast du dies getan? Warum hast du das getan? Warum bist du weggelaufen? Du mußt zurück …« Und vielleicht würde sie meiner Familie erzählen, daß ich dort war. Ich ging etwa um halb sieben. Ich wusch mir das Gesicht, und *husch*! war ich weg.

Gehen … gehen … gehen … gehen, stehenbleiben, die Häuser anschauen. Es war eine alte Stadt, aber viele Gebäude waren neu und hoch, und die älteren waren gestrichen, so daß sie neu wirkten. Ich hatte das alles noch nie gesehen. Es gab ein paar Bäume, daher setzte ich mich unter einen Baum, wenn ich müde wurde, und betrachtete die Leute und die Autos und was alles passierte, denn auch den ganzen Verkehr und das bunte Treiben hatte ich noch nie beobachtet. Es gefiel mir, auch wenn ich mich fürchtete. Ich war wie eine Touristin.

Nach einer Weile kaufte ich etwas zu essen und ging

noch ein Stück und sah die Geschäfte an, bis ich zu Alta Moda kam. Die Mädchen waren noch nicht da, aber der Laden war fantastisch. Drinnen standen ein paar Frauen – weiße Frauen –, und überall waren schöne Kleider. Ich setzte mich auf den Bürgersteig neben das Geschäft, bis die Mädchen kamen. Sie kamen nach Mittag, als die Schule zu Ende war.

Als ich zum ersten Mal zu diesen neuen Geschäften in der Innenstadt ging – das werde ich nie vergessen: Ich sah ein Geschäft mit einem großen Glasfenster, und ich dachte, es wäre ein offener Raum! Als wir zu Alta Moda hineingingen, standen da halbnackte Frauen, regungslos. Diese eine Frau stand da, und ich dachte, sie wäre lebendig, aber sie bewegte sich nicht. Ich fragte meine Freundinnen: »Warum machen weiße Frauen das?« Ich mußte sie immerzu ansehen. Sie blieb in der gleichen Haltung. Die Mädchen erklärten mir, es seien keine echten Frauen – die seien aus Gips. Ich sah einer der Frauen direkt in die Augen, und sie blinzelte nicht. Meine Freundinnen sagten zu mir: »Faß sie mal an – hab keine Angst.« Ich merkte, daß sie recht hatten – die Frau war aus Gips.

Wir guckten uns im Geschäft um. Alles war teuer, weil es ein europäischer Laden mit der neuesten Mode war – der einzige in der ganzen Stadt. Der Geruch war anders als in den Geschäften zu Hause, da war nämlich kein Geruch, kein Gestank von der Straße oder von den Tieren. Ich sah dort zum ersten Mal einen BH, und ich kaufte einen – so einen, in dem die Brüste größer wirken.

Dann nahmen wir ein Taxi an den Strand – ans Meer. Ich war noch nie am Meer gewesen. Aber ich konnte schwimmen, weil ich am Fluß aufgewachsen war. Am Strand war eine Bar – Bar Lido. Die Bar war nur für Prostituierte und Leute, die Alkohol trinken – junge Leute gingen dort nicht hinein, denn das war eine Schande –, nur Weiße und Prostituierte und Zuhälter und Leute, die tranken. Also setzten wir uns nur draußen hin und beobachteten, wer in die Bar hineinging und wer herauskam – Frauen mit kurzen Kleidern und ein weißer Mann und eine schwarze Frau zusammen, die sich küßten, zum Meer gingen und sich amüsierten.

Eins der Mädchen stammte aus der Sippe meiner Großmutter. Sie behandelte mich, als gehörte ich zur Familie, nachdem ich ihr das erzählt hatte. Sie fragte mich, was mit mir los sei, denn ich lächelte und lachte zwar, aber man konnte sehen, daß etwas nicht stimmte, weil ich so ängstlich reagierte und weil ich mich immer umsah, denn ich fürchtete, daß jemand mich erkennen könnte. Sie fragte mich, warum ich das täte, wovor ich Angst hätte. Ich sagte ihr: »Ich bin ausgerissen.« Ich log, weißt du. Ich sagte: »Meine Mama hat mich so oft geschlagen, daß ich es nicht mehr aushalten konnte.« Ich traute mich nicht, ihr zu sagen, daß ich verheiratet war, denn ich war jünger als sie. Sie sagte: »Ach so … du hast also kein … wo hast du denn letzte Nacht geschlafen?« Ich sagte: »Bei meiner Kusine, aber sie hat gesagt, ich dürfte nicht wiederkommen.« Das Mädchen sagte: »Du kannst bei mir bleiben. Ich sage es meiner Mama, und wenn sie es nicht will, habe ich eine Freundin. Sie ist eine erwachsene Frau und hat ein eigenes Zimmer. Sie lebt bei ihrer Mutter, aber sie hat ihr eigenes Zimmer. Sie stammt aus der gleichen Sippe wie du, und du kannst bei ihr übernachten.« Ich sagte: »Vielen Dank.« Ich war wieder erleichtert, und ich war froh, daß ich sie getroffen hatte.

Aber ihre Mutter gab mir nicht das Gefühl, wirklich willkommen zu sein. Sie war lauwarm. Wir gingen wieder und trafen uns mit den beiden anderen Mädchen, um ins Kino zu gehen, und nach dem Kino trafen sie sich mit ihren Freunden – alle drei. Der Freund des Mädchens, das mich mit nach Hause genommen hatte, holte uns ab. Er fuhr uns herum und fuhr und fuhr. Keine Disko. Es gab eine, aber wir gingen an dem Abend nicht hinein. Zu jener Zeit gingen sehr wenig Mädchen in Clubs, denn jedes Mädchen, das in einen Club ging, wurde als *sharmuuto* bezeichnet, als Prostituierte, auch wenn sie das gar nicht war. Früher hatten sie Mädchen *sharmuuto* genannt, wenn sie ins Kino gingen, aber allmählich gewöhnten sich alle daran, daß Mädchen ins Kino gingen – jetzt waren es Clubs. Zu jener Zeit gingen nur wenige Leute einmal in der Woche in einen Club – dabei versteckten und verhüllten die Frauen ihre Gesichter. Jedenfalls fuhren wir immer weiter; wir kauften etwas zu essen – Sandwiches und Getränke – und aßen im Auto. Meine Freundin sagte zu mir: »Aman, wir gucken lieber bei meiner Freundin, denn das Gesicht von meiner Mutter heute gefiel mir nicht.« Ich sagte, mir hätte es auch nicht gefallen ... denn man sieht, wenn jemand einen nicht mag. Wir fuhren zu ihrer Freundin. Ihre Freundin war alt – etwa fünfundzwanzig oder so –, und sie lebte mit ihrer Mama zusammen, weil sie geschieden war und ihr Vater eine andere Frau hatte, mit der er zusammenlebte. Ich durfte bei ihr wohnen, und ich blieb dort zwei Nächte.

Die Mädchen sagten mir, am nächsten Abend würden wir in eine Disko gehen. Ich hatte mein Kleid bei meiner Kusine gelassen, weil es schmutzig war. Ich konnte nicht im Sarong in die Disko gehen, daher mußte ich wieder zu meiner Kusine zurück, um mein Kleid zu holen. Doch als ich dort ankam, waren mein Bruder, meine Tante, der Mann meiner Tante – die halbe Familie war da. Sie hatten mich wieder eingefangen. Ich erzählte ihnen, daß mein Mann mich hatte aufschneiden wollen und vielleicht getötet hätte und daß ich nicht sterben wollte und daher weggelaufen war. Sie brachten mich nach Mango Village zurück zu Mama. Ich übernachtete dort bei meiner Mama, und mein Mann kam am nächsten Morgen, und sie fragten ihn, ob das stimmte, was ich sagte. »Ja«, sagte er. Meine ganze Familie wurde wütend und fragte ihn, wer ihm die Erlaubnis gegeben hätte, das zu tun. Vor allem meine Mama war wütend, und sie fragte ihn, warum er mich nicht nach Hause gebracht und mit ihr gesprochen hätte. Er entschuldigte sich und bat sie, uns zu helfen. Und er gab ihr etwas Geld, damit sie ein kleines Fest geben konnte und die Frau, die mich beschnitten hatte, dafür bezahlen konnte, daß sie kam und mich aufschnitt. Dann gingen die Männer alle fort, denn das war jetzt Frauensache.

Mama benachrichtigte ihre Freundinnen und Verwandten, daß sie nachmittags kommen sollten. Sie begrüßten mich, und Mama begann zu sprechen und erzählte ihnen, wofür das Fest war, denn sie hatte es ihnen bei der Einladung nicht mitgeteilt. Sie erinnerte sie daran, daß die Leute früher schlecht über mich geredet hatten. Jetzt sei ich verheiratet, sagte sie, aber mein Mann könnte mich nicht entjungfern, und deswegen hätte sie die Frau gerufen, die mich beschnitten hatte, damit sie mich wieder aufschnitt. Sie sagte, bevor die Frau mich aufschnitt, sollten alle sich ansehen, ob ich Jungfrau war oder nicht. Sie sagte, ich sollte meine Unterwäsche ausziehen und es den Leuten zeigen. Das tat ich, und die Leute waren erstaunt, und manchen von ihnen verschlug es die Sprache. Danach sangen alle »Lulululululu!«, und wir ließen es uns gutgehen und aßen und tanzten.

Am nächsten Morgen kam die Beschneidungsfrau und schnitt mich auf. Damit die Wundränder nicht zusammenklebten, steckten sie ein ölgetränktes Stück Watte in meine Vagina, aber ich nahm es wieder heraus. Sie brachten mich wieder nach Hause zu meinem Mann. Ich wußte, was an dem Abend geschehen würde. Nach dem Abendessen ... ich konnte nicht einmal zu Abend essen, denn ich hatte Fieber, und ich war wütend und hatte Angst, und ich hatte Schmerzen und war müde von der langen Fahrt. Und ich war aufgeschnitten worden.

Als er gegessen hatte, duschte er und ruhte sich etwas aus, bevor er ins Bett kam. Es war ihm egal, ob ich krank war oder nicht, er wollte es tun. Er tat es. Ich weinte, es tat weh ... denn er nahm seinen Finger, um mein Loch größer zu machen. Ich hatte die Beschneidungsfrau kein großes Loch schneiden lassen – gleich als sie mich ein bißchen aufgeschnitten hatte, war ich zusammengezuckt und hatte ihr gesagt, es täte weh und das wäre genug, und ich hatte mich geweigert, sie weiterschneiden zu lassen. Daher stellte er fest, daß das Loch nicht groß genug war. Er hatte nicht genug Kraft, weiterzumachen und die Sache zu Ende zu bringen, daher benutzte er seinen Finger, und das tat weh … der Fingernagel schneidet dich … Ich fing an zu weinen und wehrte mich, und er gab mir ein paar Ohrfeigen, denn ich trat auch und biß und kratzte. Er kam während des Kämpfens – während wir kämpften, machte er einfach seine Sache. Diesmal wischte er es nicht ab; ich lief ins Bad und duschte und wusch es ab. Während ich duschte, stand er draußen vor der Tür und wartete auf mich.

Jetzt war ich wie eine Sklavin. Als ich fertig geduscht hatte, brachte er mich herein und legte mich ins Bett und schloß die Tür doppelt ab. Wenn ich nach draußen zur Toilette gehen wollte, schloß er mich erst ins Haus ein, indem er die Haustür von außen abschloß. Morgens ging er zur Arbeit, und seine Tochter ging zur Schule. Er schloß mich ein und nahm den Schlüssel mit, und sagte den Hausangestellten, sie sollten mir mein Essen durchs Fenster reichen. Meine Nichte und meine Freundin Zaytuun hatten mich schon lange verlassen, und die Frau, die als Begleiterin und Pflegerin für die Hochzeitsnacht gedient hatte, war auch fort. Jetzt war ich wirklich allein, und ich lebte wie im Gefängnis und hatte keine Möglichkeit zu entkommen.

Wenn mein Mann zu Hause war, ließ er die Haustür offen, aber er stellte seinen Stuhl immer dicht an die Tür. Ich sah, daß ich ihn würde betrügen müssen. Ich sagte: »Warum besuchen wir nicht mal deine Nichte?« Er sagte: »Ja gut, wir können nachher gehen, wenn ich gegessen und mich ausgeruht und ein bißchen geschlafen habe; so um vier oder fünf können wir losgehen und sie besuchen.« Ich sagte: »Toll!« Wir aßen, wir schliefen. Diesmal machte ich kein Theater, denn ich wollte, daß er mich mit nach draußen nahm. Ich ging ins Bett. Ich ließ zu, daß er es wieder tat. Aber er konnte nicht ganz in mich eindringen, er war nur gerade eben drin. Er wollte mein Loch größer machen, aber er blieb nicht sehr lange. Er tat mir nur ein bißchen weh, und dann kam er, und danach war Ruhe. Ich wollte das nicht. Ich haßte es. Er schlief, er schnarchte, aber ich schlief nicht – ich überlegte wie verrückt … wie ich ausreißen könnte … wohin …

Als ich vom Duschen zurückkam, ging ich gleich ins Schlafzimmer. Mein Mann war im Schlafzimmer. Seine Tochter saß neben ihm, sie waren Mund an Mund, und sie hatte ihm die Arme um den Hals gelegt. Als ich hereinkam, zuckten sie beide zusammen. Ich hatte noch nie gehört, daß eine Tochter und ein Vater sich auf den Mund küßten, auch wenn sie so taten, als wären sie Europäer, weil sie Geld hatten und gebildet waren. Aber trotzdem … deine Tochter … Mund an Mund? Als sie hinausging, sagte sie kein Wort. Ich fragte ihn: »Was hast du da mit deiner Tochter gemacht?« Er sagte: »Ich habe meine Tochter geküßt. Ich küsse meine Tochter immer, denn ich liebe sie. Das ist überhaupt nichts Schlimmes. Du weißt nicht, was Liebe und Küssen ist, weil du vom Land kommst.« Ich sagte: »Ach so.« Ich wußte, daß es falsch war, aber ich konnte ihm nicht sagen, warum. Und er wußte, daß ich das Gefühl hatte, daß etwas mit ihm nicht stimmte.

Als wir auf dem Weg zu seiner Nichte waren, sagte er zu mir: »Erzähle niemandem, was passiert ist, denn das ist nichts Schlimmes. Es ist nur dein Kopf, denn du kommst aus dem Busch und aus einem kleinen Dorf, und du denkst verkehrt.« Ich sagte zu ihm: »Keine Sorge. Ich weiß, was falsch ist und was richtig.« Und dann rannte ich wieder los. Er war alt und dick und konnte nicht rennen. Er brüllte hinter mir her, aber ich war weg. Es war Abend, und diesmal liefen viele Menschen hinter mir her. Mein Mann rief mir nach: »Hilfe, Hilfe, Hilfe! Sie ist meine Frau, sie ist abgehauen!« Ich rannte zu einem Haus – denn zu Hause lassen alle die Haustüren offen. Ich rannte in dieses Haus hinein und schloß die Tür hinter mir ab und weinte: »Ich brauche Hilfe … Ich brauche Hilfe.« Die Frau sagte zu mir: »Geh ins Bad und spring über die Mauer auf die andere Seite.« Sie wartete, bis ich über die Mauer gesprungen war, und dann öffnete sie meinem Mann die Tür. Aber ich war entkommen.

11

Diesmal machte ich Jowara ausfindig, ein Mädchen, mit dem ich bekannt gewesen war, als Mama und ich in Mogadischu gelebt hatten. Ich freute mich so, als ich sie sah, denn ich hatte sie lange nicht gesehen. Ihr Vater und ihre Mutter waren gestorben, als sie noch ganz klein war. Ein alter Mann hatte ihre Verwandten gefragt, ob er sie heiraten dürfte, und sie hatten ihm Jowara einfach gegeben, und ich wußte, daß ihr das nicht gefiel. Sie freute sich auch, mich zu sehen. Wir umarmten uns. Wir mußten schnell miteinander sprechen, bevor ihr Mann herauskam, um mich zu begrüßen – ich flüsterte ihr zu: »Warum gehen wir nicht zusammen weg – reißen zusammen aus und verlassen diese alten Männer!« Sie sagte: »Gut – morgen gehen wir.« Ich übernachtete bei ihr, und am nächsten Morgen rissen wir beide aus.

Wir nahmen einen kleinen Bus, der in eine Stadt am Fluß fuhr, ein Stückchen von der Hauptstadt entfernt. Dort blieben wir in einem Motel. Am nächsten Morgen überquerten wir den Fluß und erwischten einen Lastwagen in eine große Stadt, Baidoa, die sich auf halber Strecke zur kenianischen Grenze befindet. In Gedanken war ich schon dabei, einen Plan zu machen, wie ich nach Kenia gelangen könnte.

Der Vetter meines Vaters, den ich »Onkel« nannte, war Richter in Baidoa, aber ich wollte nicht zu ihm gehen, denn ich wußte, daß er mich zurückschicken würde. Am Abend machten wir einen Spaziergang, um die Stadt kennenzulernen. Baidoa war schön – eine herrliche Stadt; ich mochte die Menschen gern. Aber ich wollte in einen anderen Ort fahren, um einen Freund zu suchen – erinnerst du dich an den jungen Araber auf meiner Hochzeit in Mango Village, der, der mir eine Schulter zum Weinen geboten hatte, bevor ich heiratete? Sie bauten in diesem Ort gerade ein großes Krankenhaus, und mein Freund war der Elektriker für das Projekt. Am nächsten Morgen bezahlten wir für die Fahrt dorthin in einem Landrover der Regierung zehn Shilling. Alle kannten meinen Freund, und ein paar kleine Jungen brachten uns zu seiner Wohnung. Die Frau, der das Haus gehörte, hatte außer dem Zimmer, in dem sie selbst wohnte, noch vier weitere Zimmer; er hatte eins dieser Zimmer gemietet. Ich sagte der Dame, ich sei seine Kusine, denn wenn man Vetter und Kusine ist, darf man zusammen in einem Zimmer schlafen. Der Ort war sehr schön und sauber – ein hübsches Dorf, das nur aus ein paar Häusern bestand. Wenn man morgens aufstand, hatte man meilenweit klare Sicht.

Am ersten Abend, den wir dort verbrachten, kam mein Freund mit zwei anderen Männern von der Arbeit zurück, die mit ihm arbeiteten und auch in diesem Haus wohnten. Wir aßen alle zusammen Abendbrot und redeten und redeten und hörten uns somalische Musik im Radio an, und wir gingen spazieren. Es war Nacht, aber der Mond war so hell, daß man trotzdem meilenweit sehen konnte. Einer der anderen Männer fing an, mit Jowara zu sprechen, so daß mein Freund mit mir sprechen konnte. Wir trennten uns; sie ging mit ihm einen Weg, und ich ging mit meinem Freund einen anderen Weg. Wir hatten uns früher schon geküßt, und jetzt versuchte er, mich wieder zu küssen, aber ich wollte nicht. Ich schob ihn weg, und er blieb hartnäckig und gab mir einen Kuß, aber es war kein schöner Kuß – kein Gefühl. Also stieß ich ihn fort. Ich sagte: »Nein, mir ist nicht danach.« Er war etwas verstimmt. Als wir zurückkamen, sprach er nicht mehr so mit mir wie früher. Meine Freundin hatte das gleiche getan – sie hatte den anderen Mann abgewiesen. Gott sei Dank bot die Hausbesitzerin uns an, in dieser Nacht bei ihr zu schlafen.

Am nächsten Tag kam mein Freund mitten am Vormittag von der Arbeit nach Hause. Er erzählte mir, daß ein Auto aus Baidoa käme, um Sachen für das Krankenhaus zu bringen, und daß es noch am selben Abend wieder nach Baidoa zurückfahren würde. Er sagte, wir sollten uns fertigmachen, damit wir mit dem Fahrer im Auto zurückfahren könnten. Und das war alles. Ich sagte: »Schön, in Ordnung.« Wir beschlossen, nach Baidoa zurückzukehren und einen anderen Wagen zu suchen, der nach Kenia fahren würde. Wir dachten, Kenia wäre ganz nah. Später fand ich heraus, daß das nicht so war.

Bevor wir losfuhren, bat mein Freund mich zur Seite und nahm mich mit in sein Zimmer. Er sagte, ich sollte ihm nicht böse sein. Er sagte: »Ich möchte deine Freundschaft nicht verlieren. Wir sind gute Freunde, und ich liebe dich als Freund, aber ich bin ein Mann, und ich brauche eine Frau, und es wäre zu schwer für mich, dich jeden Abend zu sehen, denn ich darf mich dir nicht aufdrängen.« Und er gab uns zwanzig Shilling für unsere Reise.

In Baidoa gingen wir in das Motel, in dem wir bereits übernachtet hatten. Wir hatten während der ganzen Zeit viel Spaß. Wir waren einfach frei wie die Vögel, ich und meine Freundin! Ich war froh, daß ich weit von dem Mann – meinem Ehemann – weg war, weit weg von allen, die mich kannten. In der Stadt war ein schöner Wasserfall. Wir gingen auf den Markt und kauften Bananen und Mangos, und dann gingen wir zum Wasserfall und setzten uns dorthin und aßen und schauten den Wasserfall an. Wir saßen dort bis zum Abend, bis es Zeit war, ins Kino zu gehen.

Wir wollten jeden Abend einen Film sehen, vor allem ich. Zu jener Zeit fand man im Kino immer junge Männer, ob man wollte oder nicht. Wenn man als junges Mädchen allein oder mit einer Freundin ins Kino ging, machten die jungen Männer immer Annäherungsversuche. Sie gucken sich um, wenn das Licht noch an ist, und sehen, wer da sitzt. Wenn das Licht ausgeht, stehen sie einfach auf und setzen sich hinter dich und beginnen ein Gespräch – sie sprechen dich an. Wenn du dich weigerst, mit ihnen zu reden, setzen sie sich anderswo hin. Wenn der Film zu

Ende ist und du hinausgehst, kommen junge Männer hinter dir her und folgen dir; wo du auch hingehst, sie kommen hinter dir her. Wenn du willst, fängst du ein Gespräch an und läßt dich von ihnen dort hinbringen, wo du hinwillst, aber wenn du das nicht willst, sagst du einfach nein, und sie gehen zurück. Sie können dich nicht zwingen.

Während wir also im Kino waren, kamen die Jungen. Nicht Jungen, sondern Männer, große Männer. Sie sprachen uns an: »Wollt ihr …?« »Wo kommt ihr her?« und so weiter. Als der Film vorbei war, kamen sie tatsächlich hinter uns her, und wir sprachen kurz mit ihnen, aber es gefiel uns nicht, daher gingen wir weg. Wir gingen in unser Motel und bestellten uns Abendessen aufs Zimmer.

Jeden Tag versuchten wir, eine Mitfahrgelegenheit nach Kenia zu finden. Wir blieben fünf Tage in Baidoa, und wir lernten dort viele Menschen kennen, Männer und Frauen und Familien, und schlossen Freundschaften. Und so bekam mein Onkel heraus, daß ich dort war. Am nächsten Abend waren meine Freundin und ich wieder im Motel, und die Polizei kam. Wir öffneten die Tür, und da stand mein Onkel mit zwei Polizisten. Sie kamen in unser Zimmer. Ich kannte meinen Onkel vom Sehen. Er sagte: »Ihr habt zwei Möglichkeiten. Entweder kommt ihr mit mir mit, oder ihr geht auf die Polizeiwache. Was ist euch lieber?« Ich bat ihn: »Ich gehe mit dir, Onkel. Schick mich nicht auf die Polizeiwache. Bitte, schick mich nicht zurück. Schick mich nach Kenia, wo sie mich nie wieder finden können.« Er sagte: »Wir werden sehen. Laßt uns gehen.«

Am nächsten Tag schickte er uns im Polizeiauto nach Mogadischu zurück. Die Polizei brachte mich zu meinem Ältesten, und am selben Abend noch schickte mein Onkel ein paar Leute aus, die meinen Vater suchen und ihn um sein Kommen bitten sollten.

Alle beobachteten mich, und ich konnte die ganze Nacht nicht schlafen – ich lag einfach nur da und überlegte, was ich tun könnte. Als mein Vater kam, wurde er sehr wütend. Ich sagte ihm, ich würde mich umbringen, ich wollte nicht zu dem alten Mann zurück, ich wollte ihn nicht sehen, ich wollte nicht zu ihm. Mein Papa, der Älteste und mein Onkel besprachen sich. Sie beschlossen, meinem Mann sein Geld zurückzugeben, damit er sich von mir scheiden lassen konnte. Sie schickten nach ihm, und er kam, aber er weigerte sich, sein Geld zurückzunehmen. Er sagte: »Ich will es nicht, ich will es nicht einmal, wenn ihr es verdoppelt. Selbst wenn ihr mir das Vierfache oder das Fünffache gebt, ich will es nicht. Ich will sie.« Mein Vater sagte, er hätte keine Möglichkeit, mich ihm zu geben: »Sie will dich nicht, und damit Schluß. Ich will nicht deinetwegen meine Tochter verlieren. Sie hat gesagt, sie würde sich umbringen, wenn ich sie zwinge, zu dir zurückzukehren.« Mein Mann sagte: »Das ist mir egal. Wenn sie wegläuft, holst entweder du sie wieder, oder du läßt sonst jemanden aus der Familie sie wiederholen. Wir wissen, wo sie sich verstecken kann, und jetzt hat sie keinen Ort mehr, wo sie hingehen kann.« Also fragte mein Vater: »Was soll ich denn machen? Sie reißt ständig aus, und ich laufe hinter ihr her. Ich habe viel zu tun, und ich kümmere mich gar nicht mehr um meine eigenen Angelegenheiten. Ab jetzt ist es deine Sache, sie einzufangen, wenn sie ausreißt.« Mein Mann erwiderte darauf: »Gib sie mir jetzt. Ich nehme sie mit.« Mein Vater sagte: »Weißt du was, du nimmst sie nicht mit. Sie geht mit dir mit, wenn sie das möchte.« Mein Papa war jetzt wütend auf ihn, denn er hatte versucht, nett zu ihm zu sein und ihm sein ganzes Geld zurückzugeben. Er beugte sich zu mir herunter und sagte: »Geh, Tochter, wohin du willst. Von jetzt an bist du frei. Geh, wohin du willst. Niemand wird dich zwingen.« Ich sagte: »Wirklich?« Aber ich konnte nicht mitten in einem Streit zwischen meinem Papa und meinem Mann weggehen. Mein Mann sagte gerade: »Nein. Ich gehe hier nicht ohne sie weg …«, und mein Vater war sehr böse und sagte zu mir: »Geh! Hab ich dir nicht gesagt, daß du gehen sollst? Geh weg! Geh, wohin du willst. Geh sofort zu deiner Mutter!« Er packte mich an der Hand, schob mich nach draußen und sagte: »Geh und nimm deine kleine Freundin auch mit. Geh nach Hause. Geh, wohin du willst. Ich will doch mal sehen, ob er es wagt, dir zu folgen und dich anzufassen.«

Also ging ich! Ich konnte es immer noch nicht glauben, Rahima! Wir gingen beide weg. Wir rannten und rannten, obwohl niemand hinter uns her war. Ich ging zu meiner Kusine und erzählte ihr: »Ob du es glaubst oder nicht, ich bin eine freie Frau!« Sie sagte: »Nein, das glaube ich nicht ... Onkel war einfach wütend. Ich glaube nicht, daß er das tun würde.« Darauf sagte ich: »Ob du es glaubst oder nicht, aber das hat mein Papa gesagt.«

Am nächsten Morgen ging meine Kusine zum Haus des Ältesten, um herauszufinden, was geschehen war. Er sagte ihr, mein Mann und mein Vater hätten sich heftig gestritten, und mein Vater hätte gesagt: »Mehr Geld werde ich dir nicht geben, denn ich habe dir angeboten, dir dein Geld zurückzugeben, und du hast es abgelehnt, als ich nett zu dir war, und jetzt kriegst du gar nichts – kein Geld und die Tochter auch nicht, denn du hast meine Tochter schon aufgeschnitten, du hast ihre Jungfräulichkeit zerstört, und mehr kriegst du nicht. Wir sind quitt.« Und dann, sagte der Älteste, hätte er meinen Vater und meinen Mann getrennt, und nach einer Weile sei mein Vater fortgegangen, und er hätte selbst mit meinem Mann gesprochen und zu ihm gesagt: »Sie ist genauso wie deine Tochter – sogar jünger als deine Tochter. Du mußt verstehen, wenn ein kleines Mädchen dich nicht will, dann will sie dich nicht. Es sind bloß Kinder. Nimm einfach dein Geld – es gibt doch genug andere Mädchen, genug andere Leute, die einen Namen und alles haben, aus einem guten Stamm –, du findest bestimmt eine, laß dich von ihr scheiden.« Mein Mann sagte: »Ich werde darüber nachdenken ...« Aber ich war losgerannt, und ich kam nie wieder.

Das stimmt nicht ganz. Einmal ging ich von mir aus zurück. Ich war einem Mädchen begegnet, die sagte, sie würde einen alten Mann kennen, der einen Zauber wüßte, um Scheidungen herbeizuführen. Ich bat sie, mich zu ihm zu bringen. Sie sagte, er würde fünfzig Shilling verlangen – fünfzig Shilling waren damals viel Geld, für mich war es soviel wie hundert Dollar –, aber ich sagte: »Kein Problem. Ich habe das Geld.« Ich hatte sowieso viel Geld – alles, was ich meinem Mann abgenommen hatte, und ich hatte etwas von dem gespart, was er mir gegeben hatte. Ich trug das Geld immer um die Taille gebunden.

Der Mann wohnte in Afgoi – etwa eine halbe Stunde Fahrt mit dem kleinen Bus. Von der Bushaltestelle aus gingen wir an alten Häusern und Wäldern vorbei. In Afgoi finden jedes Jahr die Stockkämpfe statt. Die Männer schlagen sich gegenseitig mit großen Stöcken – überall ist Blut! Sie machen das einmal im Jahr, denn sie glauben, daß Blut auf den Boden fließen muß, damit die Ernte wächst. Die Schlagstöcke haben Dornen. Sie schlagen sich hart – besonders auf den Kopf, denn da kommt am meisten Blut. Viele Leute kommen, um sich das anzusehen. Sogar Touristen kommen, um Fotos zu machen. Es ist gruselig, unheimlich.

Sein Haus lag tief im Wald. Die Frauen baten uns herein. Sie gaben uns vierbeinige Hocker zum Sitzen. Sie boten uns Wasser an, weil wir ein ganzes Stück gegangen waren. Das Mädchen, das mich mitgenommen hatte, sagte den Frauen, wir wollten mit ihrem Mann sprechen. Eine Frau ging in eins der Zimmer und kam wieder heraus. Sie sagte, wir dürften hineingehen.

Das Zimmer war so dunkel, daß man nichts sehen konnte. Es war durch ein großes Laken geteilt, das in der Mitte aufgehängt war – auf einer Seite saßen wir, und auf der anderen saß er, und wir redeten nur. Sein Gesicht sahen wir kein einziges Mal.

Er fragte nach unserem Problem. Ich erzählte ihm: »Ich bin mit diesem alten Mann verheiratet, und ich will eine Scheidung. Können Sie mir helfen?« Er sagte: »Aber sicher. Ich brauche nur Ihren Namen und den Namen Ihrer Muter und den Namen Ihres Mannes.« Er fragte mich, ob ich den Namen der Mutter meines Mannes wüßte, und ich sagte: »Nein!« Er sagte: »Gut, das kostet fünfzig Shilling.« Ich gab ihm die fünfzig Shilling. Er sagte, wir müßten ein paar Stunden warten, denn er müßte in den Dschungel gehen und Blätter holen.

Als er wiederkam, gab er mir ein kleines, quadratisches Stück Papier, auf dem etwas geschrieben stand. Es war mit schwarzem Faden zusammengebunden, so daß ich es als Amulett um den Hals tragen konnte. Außerdem gab er mir ein paar Blätter und sagte, ich sollte aus dem Bus aussteigen, bevor ich in der Stadt ankäme, und diese Blätter weichkauen und mir auf Gesicht und Arme und Füße legen – überallhin, wo mein Mann mich sehen könnte, überallhin, wo mein Körper nicht verhüllt war.

Er sagte, ich sollte es so machen: Ich sollte gleich zu meinem Mann gehen und ihm sagen, daß ich ihn liebte und daß ich zurückkommen und bei ihm bleiben wollte, und dann würde er sagen: »Nein! Ich will dich nicht! Verlasse mein Haus! Komm nie wieder!« und er würde mich hinauswerfen, und am nächsten Morgen würde er sich scheiden lassen. Ich sagte: »Sind Sie sicher?«, und der Mann sagte: »Ja, ich bin sicher! Sie werden eine Scheidung bekommen!« Ich konnte es nicht glauben, aber ich mußte es versuchen.

Ich tat, was er gesagt hatte. Als wir aus dem Bus ausstiegen, fing ich an, diese schrecklichen Blätter zu kauen, und als sie weich waren, legte ich sie mir überall auf Gesicht und Arme, mit meiner Spucke, und ich wartete, bis sie angetrocknet war. Bis zum Haus meines Mannes am anderen Ende der Stadt war es weit. Als wir dort ankamen, war es schon Zeit zum Abendessen. Ich klopfte an die Tür. Der Wächter konnte nicht fassen, daß ich es war.

Er öffnete die Tür, und meine Freundin und ich gingen hinein, um meinen Mann zu sprechen. Alle staunten, als sie mich sahen – es war Zeit zum Abendessen, daher waren alle da. Mein Mann starrte mich an. Ich war aus eigenem Antrieb da, niemand hatte mich gezwungen. Ich war von selbst gekommen. Er stand auf und fragte: »Wer hat dich zurückgebracht?« Ich sagte: »Niemand. Ich und meine

Freundin sind allein hergekommen.« Er ging nach draußen, um zu sehen, ob sonst noch jemand da war, aber er konnte niemanden entdecken. Er kam wieder herein und sagte: »Sag mir die Wahrheit, war da nicht ein Auto, das euch hergebracht hat?« Ich antwortete: »Nein, wir sind zu Fuß gekommen. Siehst du nicht, wie staubig und verschwitzt wir sind? – Wie schmutzig ich aussehe? Wir sind viele Meilen zu Fuß gegangen.« Und er sagte: »Das ist aber eine Überraschung. Was ist passiert? Hat jemand mit dir gesprochen? Sag mir, was geschehen ist – was hat dich zurückgebracht?« Ich sagte: »Ich habe es einfach satt, mich herumzutreiben. Ich habe einfach aufgegeben. Ich bin nach Hause gekommen, mir ist klar geworden, daß es das beste für mich ist, zu Hause bei meinem Mann zu sein, also bin ich zurückgekommen. Und meine Freundin hat mir auch geholfen, weißt du. Sie hat mit mir über die Ehe gesprochen. Deswegen bin ich zurückgekommen.« Er sagte: »Das ist ja ein Ding. Das ist ja wirklich ein Ding. Danke, Allah! Danke, Allah!« Und ich sagte innerlich: Lügner! Dieser alte Lügner aus Afgoi, warum hatte ich ihm bloß geglaubt! Ich war wütend und hatte Angst, denn jetzt saß ich in der Klemme. Aber ich sagte: »Glaub mir doch.« Er war überrascht, und er freute sich sehr, und alle anderen im Haus auch. Aber seine Tochter sah mich merkwürdig an, und ich hatte Angst.

Wieder sagte er: »Danke, Allah! Danke, Allah!«, und er fing an, mich zu umarmen. Er fragte mich, ob ich erstmal essen und duschen wollte – ich und meine Freundin. Meine Kleider waren verdreckt. Ich sagte: «Nein, nein, nein. Wir möchten essen, aber duschen wollen wir nicht, denn wir bleiben nicht hier.« Er sagte: »Warum nicht? Wenn du zurückgekommen bist, warum bleibst du dann nicht? Zuerst hast du gesagt, du würdest hierbleiben, und jetzt sagst du, du würdest nicht hierbleiben!« Ich sagte: »Nein, so habe ich es nicht gemeint. Ich komme morgen früh wieder. Ich bin bloß hergekommen, um dich zu fragen, ob ich zurückkommen darf. Ich habe meine Sachen nicht bei mir, und ich kann erst hier übernachten, wenn ich meine Sachen mitgebracht habe.« Darauf sagte er: »Wann willst du deine Sachen denn herbringen? Und was hast du für Sachen? Alles, was du hast, ist doch hier. Was hast du denn sonst noch? Noch ein paar Kleider? Schenke sie deiner Freundin! Sag ihr, sie sollte sie nehmen!« Ich sagte: »Nein, ich war nicht bei ihr – ich war anderswo. Dränge mich nicht. Ich komme morgen früh wieder – wenn du mir nicht glaubst, dann geh morgen nicht zur Arbeit. Warte um zehn Uhr hier auf mich.«

Weil ich von mir aus wiedergekommen war, mußte er mir vertrauen, und ich blieb hartnäckig und sagte: »Vertraue mir ... wer hat mich gezwungen zurückzukommen? Ich sehne mich nach meinem Haus und nach meinem Mann. Ich habe es satt, mich herumzutreiben. Aber dränge mich nicht immer. Laß mir etwas Zeit.« Er sagte: »Du bist ein kluges kleines Mädchen ... also gut. Aber ihr müßt essen.« Ich war sehr erleichtert. Mein Herz ... meine ganze Brust hämmerte.

Ich aß schnell, und als ich fertig war, wusch ich mir als erste die Hände und sagte zu ihm: »Vielen Dank für das Essen. Wir gehen jetzt.« Er sagte: »Nein, wartet mal eben, nein, ich bringe euch.« Ich sagte: »Nein, wirklich, ich habe zuviel gegessen, und ich möchte zu Fuß gehen. Vielen Dank, aber ich würde gern zu Fuß gehen.« Er war hartnäckig, aber ich sagte: »Nein, danke. Dränge mich nicht – da tust du es schon wieder, du drängst mich. Dränge mich doch nicht so!« Er sagte: »Ist ja gut, ist ja schon gut!«

So waren wir draußen! Wieder aus dem Haus heraus und allein! Wir gingen schnell, schnell, schnell bis zur Ecke, und sobald wir um die Ecke waren, *rannten* wir! Als wir schließlich müde wurden, setzten wir uns hin. Meine Freundin sagte: »Mädchen, du bist schlau, sehr schlau – du hast den alten Mann hinters Licht geführt!« Ich sagte: »Aber das mußte ich tun, denn der andere Mann hat mich betrogen und mein Geld genommen und mich in Gefahr gebracht! Ich mußte lügen.« Sie sagte: »Ich hatte auch Angst – ich bin froh, daß du gelogen hast.«

Wir konnten zu Fuß gehen, es war noch nicht zu spät, denn zu Hause kann man nachts jederzeit zu Fuß gehen. Man kann vierundzwanzig Stunden am Tag zu Fuß gehen. Und keiner hat Angst – man kann auf der Straße schlafen. Ich liebte das ganze System. Wenn du nicht wieder nach Hause mußt, wenn deine Mama nicht fragen kann: »Wo warst du?« Wenn du nicht geprügelt oder geohrfeigt wirst, wenn niemand dich anschreit, wenn du nicht Tee kochen mußt. Wir konnten tun und lassen, was wir wollten. Uns einfach amüsieren. Ja, es war schön. Wir hatten das Gefühl, frei zu sein!

12

Was ich sah, gefiel mir gut. In der Stadt gingen die Mädchen mit ihren Freunden spazieren, oder sie konnten ins Kino gehen, vor den Augen ihrer Eltern. Die große Stadt war ein bißchen wild; die Leute taten, wozu sie Lust hatten, und das ist normal. Im Dorf gab es sehr viel Schande, alles war eine Schande. Sprich nicht mit Männern: Schande. Geh nicht ins Kino: Schande. Wenn man etwas anderes tat, als zu Hause zu bleiben und zu kochen, war man eine *sharmuuto*. Zu Hause tuschelten die Mädchen und Jungen oder die älteren Männer und Frauen jedesmal hinter meinem Rücken über mich, wenn ich vorbeiging, und ich sagte dann zu mir: Ich weiß, was ihr alle über mich sagt: »Guck mal da, die *sharmuuto*!« Ich weiß es, und ich fühle es, und jedesmal, wenn ihr es sagt, bin ich wütend. Und ich wurde zur Kämpferin: kämpfen, kämpfen, kämpfen – ein zorniges Mädchen. Ich glaube, ich haßte alle – außer mir selbst – genauso, wie sie mich haßten. Aber in der Stadt weiß niemand, wer ich bin, niemand haßt mich, alle mögen mich gern, und ich sagte mir: Warum sollte ich zurückgehen müssen? Ich war erleichtert, und ich betrachtete alles mit neuem Blick. Wenn ich den, den ich liebte, nicht finden konnte ... ich mußte eine Möglichkeit finden, ihn zu finden – ihn oder einen anderen wie ihn. Also ließ ich mir den Weg frei ... ließ mir alle Türen offen.

Ich traf mich jeden Tag mit mindestens drei oder vier Freunden – mit Männern und Frauen und Mädchen. Und sie hatten Autos. Jeden Abend fuhr ich mit meinen Freunden herum und lernte neue Leute kennen. Normalerweise gingen wir zu einer Party zu irgend jemandem nach Hause, aber manchmal gingen wir auch alle in die Disko. Die Mädchen waren sehr elegant, und ihre Art zu sprechen war ganz anders als die der Mädchen in Mango Village. Früher hatte ich gedacht, diese Dinge würden keine große Rolle spielen, das taten sie aber doch. Ich sprach anders; ich frisierte mich anders; meine Kleider waren anders genäht; mein Verhalten war anders – alles an mir war anders, weil ich im Busch geboren und in einem kleinen Dorf aufgewachsen war. In der Stadt waren viele Weiße, und es gab auch viele andere Menschen dort. Und diese anderen Leute gehörten nicht einfach zu einem Stamm oder zu zwei Stämmen; tausend Stämme lebten dort zusammen. Das war schön, und die Stadt war so groß! Ich ging den ganzen Tag spazieren, wenn ich aufwachte, ging ich gleich los, manchmal ganz allein, wenn die Mädchen alle fort waren.

Ich war sehr gern in der Innenstadt. In meinem Land gehen morgens alle in die Innenstadt, besonders die Frauen. Sie kaufen Lebensmittel ein und Kleider, und sie kaufen Gold … sie kaufen alles. Zwischen zwölf und eins werden die Läden geschlossen, und alle gehen zum Essen. Die Menschen, die nicht nach Hause gehen wollen, setzen sich unter einen Baum und ruhen sich aus, oder sie gehen zu anderen Leuten und fragen, ob sie ein halbes Stündchen bleiben dürfen, vielleicht auch zwei oder drei Stunden, und sie werden hereingelassen und bekommen etwas zu trinken und zu essen. Etwa um halb vier oder um vier Uhr nachmittags öffnen die Läden wieder und bleiben bis neun Uhr abends geöffnet. Die Stadt ist immer voller Menschen – Leute die spazierengehen, hier etwas kaufen und da etwas kaufen. Und es gibt da eine Bar, vor der man sitzen und Kaffee oder Tee trinken kann und sich einfach schöne Musik anhören und die Vorübergehenden beobachten kann. Du hast immer einen Ort, wo du hingehen kannst.

Eines Abends nahm eine meiner Freundinnen mich zu einer Party mit. Dort waren viele gutaussehende Männer. Auch ein paar Weiße waren da, obwohl die Party in erster Linie für Somalis war – alle waren sehr gebildet, und die meisten arbeiteten in Banken oder in großen Büros für die Regierung. Manche waren Geschäftsleute, manche arbeiteten im Landwirtschaftsministerium – sie hatten alle gute

Stellungen. Es war mir peinlich, wie ich aussah – meine Kleidung, meine Haare –, mein Kleid und mein Benehmen waren anders als die der anderen Mädchen. Ich war natürlich und flach wie ein Junge. Alle anderen Mädchen waren wirklich schick, und ich war das nicht. Und ich war geknickt ... warum konnte ich nicht so sein wie sie? Ich hatte meine neuen Kleider alle bei meinem Mann gelassen. Die Mädchen hier trugen keine Sarongs, wie wir sie in Mango Village getragen hatten. Ihre Kleider waren richtig genäht und kürzer, hübscher. Sie hatten sogar bessere Schuhe – europäische Schuhe, wie ich sie noch nie gesehen hatte.

Es gefiel mir auf der Party nicht, obwohl ich versuchte, es schön zu finden. Ich konnte nicht so tanzen wie sie. Ich konnte nicht tanzen, weil es mir peinlich war. Ich hatte Angst, daß die Leute über mich lachen würden, wenn ich es versuchen würde. Daher sagte ich immer nein, denn ich hatte zwar früher schon getanzt, aber nicht so, wie sie hier tanzten. Das war in den sechziger Jahren, sie tanzten also Twist und andere Rock-and-Roll-Tänze. Ich saß einfach da und sah mich um. Die jungen Leute tranken alle. Ich erinnere mich an die Marken: Heineken, Amstel, Becks, Tuborg. In der großen Stadt halten sie sich für *elbah*, wenn sie trinken – es bedeutet, daß du kultiviert und gebildet bist. Ich hatte gehört, daß man vom Trinken den Kopf verliert und verrückt wird und Leute umbringt, und es trägt dir einen schlechten Ruf ein. Aber mir gefiel die Art, wie sie ihre Gläser hielten. Und wie sie rauchten ... ich rauchte auch, aber ihre Art zu rauchen war anders – einfach ziehen und gleichzeitig den ganzen Rauch herausblasen. Diese Mädchen konnten rauchen und den Atem anhalten und reden, und man sah keinen Rauch aus ihren Mündern oder Nasen kommen. Ich sagte zu mir: Das möchte ich auch können! Eines Tages werde ich es können!

Ein paar junge Männer versuchten, mich auf der Party anzusprechen – sie fragten mich, wo ich herkäme, und ich nannte ihnen verschiedene Namen und verschiedene Stämme und verschiedene Städte, damit sie nicht weitererzählten, sie hätten Frau Soundso getroffen. Ich wußte jetzt, daß die Leute reden, und ich wollte nicht, daß meine Familie erfuhr, daß ich auf einer Party in der Stadt war. Dem ersten, der mich nach meinem Stamm fragte, sagte ich, ich wäre Äthiopierin. Alle sagten: »Oh, du bist schön!«

Am nächsten Tag war ich wütend, weil ich mir unansehnlich vorkam. Also sagte ich zu meiner Freundin: »Bring mich zum Friseur.« Und außerdem hatte ich von der ganzen Herumtreiberei Kopfläuse bekommen – die kleinen Insekten, die in deine Haare gehen, wenn du das Haar nicht richtig kämmst und wäschst. Ich sah, daß die anderen Mädchen alle glattes, weiches Haar hatten – auf dem Land hatten die Mädchen normalerweise langes, lockiges Haar, oder sie flochten es zu Reihen von Zöpfen. Als ich die anderen fragte, wie sie ihr Haar frisierten, sagten sie, sie gingen zum Friseur. Daher beschloß ich, auch zum Friseur zu gehen und meine Haare so schön zu machen wie ihre. Langsam und allmählich würde ich wie sie aussehen, und dann brauchte ich nur noch wie sie zu gehen und zu sprechen.

Als ich zum Friseur kam, zeigte der Mann dort mir ein Buch mit Fotos von weißen Frauen mit verschiedenen Frisuren, und ich suchte mir eine aus. Er fragte mich, ob ich mein Haar nur gewaschen oder auch geglättet haben wollte. Ich fragte ihn, was glätten bedeutete, und er sagte, davon würde das Haar weich wie bei einer weißen Frau, und es ließe sich dann leicht kämmen und leicht frisieren; es wäre fast so, als hätte man eine Perücke. Ich sagte: »Das will ich!« Ein weiterer Grund, warum ich mich entschied, mir das Haar glätten zu lassen, war der, daß der Friseur sagte, er würde starke Chemikalien verwenden, um mein Haar weich zu machen, und ich dachte, die Chemikalien würden die Kopfläuse töten. Er rieb mir diese starke, übelriechende Creme ins Haar. Ich saß eine Weile mit der Creme im Haar da – es stach und brannte – und dann wusch er sie aus und sagte, ich sollte mein Haar anfühlen. Als ich es berührte, konnte ich es kaum glauben – es war wie Seide! Ich hatte langes Haar, deswegen wickelte er es auf große

Wickler auf und setzte mich unter die Trockenhaube. Dieses Ding blies mir heiße Luft auf Haare und Ohren, und er legte mir ein nasses Handtuch um die Stirn und ganz viel Watte. Ich saß und saß in dem Ding, eine Ewigkeit lang, und ich dachte: Gut. Diese Hitze wird die Läuse alle umbringen. Endlich kämmte er mein Haar zu der Frisur, die ich gewählt hatte. Wunderschön – die unteren Enden sprangen nach oben! Und die Läuse und Nissen waren weg! Es war so schön, daß wir gleich ins Kino gingen, denn es war Abend. Alle sahen mich an – alle.

Meine Familie suchte immer noch nach mir, aber sie konnten mich nicht finden, denn jetzt kannte ich die Stadt – ich konnte an einem Tag in ein Viertel gehen und am nächsten Tag in ein anderes. Und ich besuchte meine Verwandten nicht mehr, obwohl alle wußten, daß mein Vater gesagt hatte, ich sei frei.

In der großen Stadt konnten die Mädchen einen Mann zu Hause besuchen – wie gesagt, sie gingen, wohin sie wollten. Mitten in der Nacht kehrten sie dann wieder nach Hause zurück. Manchmal schliefen sie bei den Jungen, ohne irgend etwas zu machen, und am nächsten Morgen gingen sie nach Hause und belogen ihre Eltern, indem sie sagten: »Ich war bei meiner Freundin« oder »Ich war bei meiner Tante.« Ich bin sicher, daß die Familien davon wußten, denn die Mädchen taten das oft. Aber in Mango Village durfte ein Mädchen nicht einmal mitten auf der Straße, wo die Leute sie sehen konnten, mit einem Jungen sprechen. Nachts konnte man es verbergen, aber am Tag durfte man nicht einfach auf der Straße stehenbleiben und sich unterhalten – das war eine Schande. Doch die Mädchen hier gingen zu den Jungen nach Hause, und ich ging mit.

Ich lernte neue Freunde kennen – neue Freundinnen – und junge Männer. Eigentlich suchte ich nach einem weißen jungen Mann … wenn ich schon Antony nicht haben konnte. Weiße junge Männer gefielen mir, und sie mußten mindestens fünf Jahre älter sein als ich. Ich war groß, aber ich war dünn, und mir gefielen große, gutaussehende

Männer – groß mußte er sein und nett. Ich hatte noch keinen gefunden. Aber ich hatte etwas festgestellt. Die Männer in Mogadischu mochten mich. In Mango Village hatte niemand mich gern außer meine Familie. Wenn du TB hast, will niemand auch nur mit dir sprechen. Die wenigen, die trotzdem mit mir sprachen, waren gute Freunde, die meine Familie gern hatten und respektierten. Aber die anderen ... Zu Hause hatte ich früher nie eine Verabredung gehabt. Ich hatte nie einen somalischen Freund gehabt, der mich wirklich gern gemocht hatte. Ich hatte zwar Freunde gehabt – ich spielte oft, ich wäre einer von den Jungen –, aber ich hatte nie einen gehabt, der sagte: »Ich mag dich« oder »Ich liebe dich«.

An einem anderen Abend, auf einer anderen Party, lernte ich einen weiteren Freund kennen. Diesmal war es eine kleine Party in einem Haus, in dem zwei Männer wohnten. Ungefähr sechs oder acht Männer waren da, und manche von ihnen waren verheiratet. Wir waren alle junge Mädchen. Die Männer auf dieser Party sahen gut aus, wirklich gut. Sie waren älter als wir – Ende zwanzig und in den Dreißigern. Der, der mir gefiel, war etwa achtundzwanzig, groß, sehr hellhäutig – denn er war Araber –, und er hatte glattes Haar. Ich war schüchtern. Die anderen Mädchen kannten die Männer. Sie gingen ein- oder zweimal pro Woche dorthin. Wenn Mädchen sonst nirgends hingehen konnten, gingen sie zu einem Mann nach Hause und ruhten sich aus, tranken etwas und redeten, und sie küßten ihn auch, wenn sie wollten – es lag bei ihnen. Manchmal gingen sie an einem Abend zu vier, fünf oder sechs verschiedenen Männern. Wenn in einem Haus nichts los ist, geht man einfach in ein anderes.

Und da war dieser schöne Mann – ein Mann, der mir gefiel. Aber ich war so schüchtern. Jedesmal, wenn ich ihn ansah, fing mein Herz an zu klopfen, und ein Schauer lief mir über den ganzen Körper. Er kam zu mir und sagte mir seinen Namen, Umar, und ich sagte ihm meinen. Jemand fragte uns, was wir trinken wollten, und ich sagte: »Fanta.« Er sagte: »Nein! Fanta? Wo kommst du her?« Natürlich log ich die Leute sonst an, aber Umar wollte ich wirklich sagen, wo ich herkam. Daher fragte ich: »Warum willst du wissen, wo ich herkomme?« Er sagte: »Wenn du von hier wärst, würdest du dich nicht so verhalten.« Ein paar Mädchen sagten zu mir: »Los, trink doch Alkohol.« Aber ich sagte: »Nein-nein. Er schmeckt mir nicht.« Ich hatte noch nie Alkohol getrunken. Einer der anderen Männer sagte: »Laßt ihr Zeit – sie ist neu, das sieht man doch, das arme Mädchen –, laßt sie in Ruhe«, und er holte mir eine Fanta.

Somalische Musik wurde gespielt – nur eine dreiseitige Gitarre und ein Sänger. Die Männer tranken Whisky, und sie tranken viel. Sie fingen an, Mädchen zu küssen. Manchmal machten diese Situationen mir angst, und ich wäre am liebsten weggelaufen, aber ich wußte, daß niemand mich zu solchen Sachen zwingen konnte. Ich fühlte mich sehr stark, wie ein Löwe – der Stamm, zu dem ich gehörte, und wer ich war und was ich durchgemacht hatte, gaben mir dieses Gefühl. Alle anderen Stämme erschienen mir niedriger als mein eigener. Daher machte ich mir keine Sorgen – wegen Vergewaltigung und all diesen Dingen. Damals kannte man in unserem Land Vergewaltigungen nicht. Sie kamen zwar vor, aber nur sehr selten. Ich wollte es genauso machen wie meine Freundinnen, deswegen sagte ich mir: Eines Tages werde ich das tun! Bei allem, was ich sah, sagte ich mir, wenn es mir gefiel: Eines Tages werde ich das tun!

Und Umar und ich, wir redeten und redeten, und immer, wenn ich etwas trinken oder essen wollte, brachte er es mir.

Um zwei Uhr waren alle, die getrunken hatten, betrunken. Zeit zum Gehen! Meine Kusine wohnte nicht sehr weit entfernt von dem Haus, in dem die Party stattgefunden hatte, daher gingen ein anderes Mädchen und ich dorthin und klopften an die Tür. Sie wußte, wer es war – wenn jemand spät abends an die Tür klopfte, mußte ich es sein! Sie öffnete die Tür, und ich übernachtete wieder bei ihr.

Immer, wenn ich zu ihr kam, hatte ich eine neue Freundin, und jedesmal fragte meine Kusine: »Wo hast du die kennengelernt?«, und ich mußte ihr alles erklären. Jedenfalls, am nächsten Morgen unterhielten wir uns, und sie sagte: »Warum willst du nicht wieder nach Hause gehen? Warum willst du deiner Familie Kummer machen ...?« Reden, reden, reden, aber meine Gedanken waren anderswo. Ich sagte: »Ach ... ich gehe schon irgendwann zurück ... es ist noch nicht Zeit dafür ... ich muß erst geschieden werden ...« Sie sagte: »Du kannst geschieden werden, wenn du nach Hause gehst. Bleib bei deiner Mutter, bis dein Vater kommt und diesem Mann sein Geld gibt ... aber was du jetzt tust, ist nicht gut für die Familie und nicht gut für dich. Du bist schön, und du bist jung, und du hast einen großen Namen. Es führt zu nichts, wenn du dich so herumtreibst, eine Nacht hier und eine Nacht da, mit Freundinnen, auf der Straße, im Kino, im Club ... bald bist du eine Prostituierte. Wirklich. Tu das nicht, geh nach Hause.«

Ich weinte und sagte: »Ach, Schwester, ich gehe nach Hause. Ich hole meine Sachen, und dann komme ich wieder, und du kannst mich nach Hause bringen ...« Sie sagte: »Was für Sachen?« Ich sagte: »Ich habe ein paar Kleider gekauft, und die sind bei meiner Freundin. Ich hole sie, und dann kannst du mich nach Hause bringen.« Sie sagte: »Gut, bist du sicher?« Ich sagte: »Ja, ich hole meine Sachen und komme wieder, und dann bringst du mich nach Hause.« Sie sagte: »Gut, das werde ich tun.« Also brachen meine Freundin und ich auf, und ich sagte zu mir: Zu dir komme ich nie wieder!

Es war mir egal, was sie sagte. Ich dachte: Du wirst mich sowieso beschimpfen, nenn mich doch, wie du willst. Ich wußte, was ich war – ich wußte, daß ich innerlich gut war. Außerdem würde mich niemand finden, denn eine Nacht war ich hier, die nächste Nacht da, die nächste Nacht dort, die nächste Nacht wieder da und die nächste Nacht anderswo.

Ich wollte mir neue Kleider kaufen. Ich ging in verschiedene Geschäfte, und schließlich fand ich, was ich suchte. Ich kaufte genug Stoff für zwei Kleider für mich und für eins für meine Freundin. Im Laden hatten sie auch einen Raum, wo sie aus dem Stoff Kleider nähten – man zahlte nur etwas Geld dazu. Ich fragte, wie lange es dauern würde, und der Mann sagte, wir sollten etwa um fünf Uhr zurückkommen, denn vor uns seien noch andere Kundinnen an der Reihe. Also gingen wir spazieren. Wir hatten keinen Ort, wo wir hingehen konnten – wir gingen einfach durch die Straßen und taten so, als wollten wir etwas einkaufen. Wir gingen in einen Laden und fragten, wieviel ein Kleidungsstück kostete und befühlten den Stoff, aus dem es gemacht war. Wir gingen in einen Schmuckladen und machten es genauso – legten eine Kette um und betrachteten uns im Spiegel. So beschäftigten wir uns bis fünf Uhr, dann holten wir unsere Kleider ab.

Wir waren den ganzen Tag lang gelaufen. Es war heiß, und wir waren verschwitzt, und unsere Füße waren staubbedeckt. Ganz gleich, wie oft man sich die Füße wäscht oder duscht, man hat immer Staub auf den Füßen, denn unsere Straßen sind meistens nicht gepflastert. Wir duschten bei einer Freundin, bevor wir mit den jungen Männern, die wir kennengelernt hatten, eine Autofahrt machten, denn ich wollte einfach alles sehen, alles, was ich noch nie gesehen hatte.

Einmal beschlossen wir, nach Merka zu fahren, einer Stadt am Meer. Alle sagten, es sei eine schöne Stadt, und ich war noch nie dort gewesen. Wir kannten dort niemanden, daher gingen wir in ein Hotel. Sie verkauften dort Essen und Alkohol. Der Besitzer war Italiener, und abends kamen Männer zum Trinken und zum Essen, und auch Frauen kamen. Ich wußte nicht, ob es Prostitutierte oder Freundinnen oder Ehefrauen waren, aber es waren somalische Frauen mit weißen Männern. Wir gingen nach unten in die Bar. Sie war im Freien, mit kleinen Sonnenschirmen über den Tischen und mit bunten Lichtern – rot, grün und gelb –, und ich liebte diese Lichter, daher schlug ich vor, draußen zu essen. Aber die anderen sagten, das wäre ihnen zu peinlich, denn wir wußten alle nicht, wie man Messer und Gabel hält. Ich sagte: »Nein – wir wollen so wie sie sein und draußen einen schönen Abend verbringen. Kommt, wir versuchen es

– hier kennt uns niemand, wir sind in einer anderen Stadt, und die Leute sind anders. Wir wollen unseren Spaß haben und so tun, als hätten wir gute Manieren, so wie sie.« Ich blieb hartnäckig und bestand darauf, und außerdem war ich diejenige, die bezahlte, also mußten sie sich wohl nach mir richten! Wir zitterten alle und waren schüchtern, aber ich tat so, als ob ich alles wüßte – Fräulein Allwissend. Und dabei war ich diejenige, die überhaupt nichts wußte!

Wir saßen an einem Tisch weit hinten in der Ecke, wo wir uns hinter ein paar Pflanzen verstecken konnten. Der Kellner kam und brachte die Speisekarte. Ich konnte nicht lesen, aber eins der anderen Mädchen konnte es. Doch sie verstand die Speisekarte nicht – Steak, Koteletts und so weiter. Daher sagten wir ihm einfach, was wir essen wollten, ohne auf die Speisekarte zu sehen.

Ich war es gewohnt, entweder mit einem Löffel oder mit den Fingern zu essen. Ich hatte es mit Gabeln probiert, und ich mochte sie nicht – man bekommt nicht viel drauf –, die Hand ist besser oder ein Löffel. Also schnappte ich mir einen Löffel und drückte eine Limone über meinem Essen aus und schnitt noch eine Banane auf den gleichen Teller und aß das! Aber niemand sah uns, denn von den anderen Leuten trennte uns ein ganzes Stück, und die Pflanzen waren dazwischen. Man konnte das Meer sehen und riechen – es war schön draußen am Meer. Als wir nach oben gegangen waren, unterhielten wir uns, bis wir schließlich einschliefen.

Bei Sonnenaufgang fuhren wir mit dem Bus zurück nach Hause. Für mich war es eigentlich nicht zu Hause – für mich war überall zu Hause, ich ging einfach mit meinen Freundinnen mit. Wenn eine Freundin irgendwo nicht mit mir hingehen wollte, hatte ich eine andere Freundin, die das tat, daher war ich ständig woanders. Doch meine Mama suchte nach mir, und ich fürchtete, mein Mann könnte mir folgen und sagen: »Warum hast du mich belogen?« und mich für immer mitnehmen oder umbringen. Ich hatte immer noch Angst, aber es war eine schöne Zeit. Ich trieb mich einfach herum.

13

Zwei Abende, nachdem wir nach Mogadischu zurückgekehrt waren, begegnete ich jemandem, den ich kannte. Erinnerst du dich an Umar, den Mann, den ich auf einer Party kennengelernt hatte, den, der nett zu mir war? Ich sah ihn im Kino. Und er sah mich auch. Wenn du ein Mädchen bist und den Mann willst, kannst du nicht zu ihm gehen, denn du bist schüchtern; er muß zu dir kommen. Aber du mußt dafür sorgen, daß er dich sieht. Ich hatte immer ein großes Tuch über dem Kopf. Aber als ich ihn da im Kino sah, wurde mir klar, daß er mich nicht sehen konnte, wenn ich mich in ein großes Tuch einwickelte. Ich sagte mir: Er soll mich sehen! Als es dunkel war, stand ich auf und tat so, als ginge ich zur Toilette, ohne mein Tuch über dem Kopf. Wenn du dein Tuch nicht über dem Kopf hast, sehen die Männer dich alle an – ein hübsches Mädchen. Also kam er hinter mir her und tat so, als ginge er auch zur Toilette.

Draußen hinter dem Kino, wo man zur Toilette geht, ist es ziemlich dunkel, und da standen wir. Er begrüßte mich – mein Herz klopfte, *bumm, bumm,* und das sagte mir, daß ich ihn wollte, denn bei anderen Männern, die ich kennengelernt hatte, hatte ich dieses Gefühl nicht gehabt, außer bei meinem Freund Antony. Ich zeigte ihm, daß ich mich freute, ihn zu sehen, denn mein großer Mund war offen – ich hatte ein breites Lächeln auf dem Gesicht –, man sieht es, wenn du dich wirklich freust, jemanden zu treffen. Und er freute sich auch! Daher verabredeten wir, uns nach dem Kino zu treffen.

An dem Abend hatte ich nur eine Freundin bei mir – die anderen waren zu ihren Familien zurückgegangen. Sie waren alle kleine Ausreißerinnen wie ich, für eine Nacht oder für zwei Nächte, aber danach gingen manche von ihnen zurück. Wenn du das machst – die Nacht nicht zu Hause verbringst –, nennen die Leute dich *sharmuuto*, schlechtes Mädchen, aber das waren wir nicht, und wir wußten das, und das ist es, was zählt. Wir waren ausgerissen, um frei zu sein, und ich sah darin nichts Unrechtes. Aber sie wollten, daß wir im Haus blieben und für die Familie arbeiteten, bis wir heirateten. Die Mädchen, mit denen ich zusammen war, hatten das satt.

Es gab viele abenteuerlustige Mädchen. Es gab verschiedene Arten von Frauen. Die echten *sharmuutos* waren die Mädchen, die ihren Körper in Bars verkauften. Sie gingen in eine Bar und handelten mit dem weißen Mann und fragten ihn: »Wieviel?« Andere Mädchen gingen von Tür zu Tür, klopften und verkauften ihren Körper. Wieder andere Mädchen standen auf der Straße – jung, dreizehn, vierzehn oder sogar noch jünger –, und die Männer nahmen sie mit. Normalerweise waren es alte Männer, die diese Mädchen mitnahmen. Aber wir waren keine großen *sharmuutos*, wir waren einfach Ausreißerinnen – wir waren draußen. Wir waren einfach ein paar Kids, die sehen wollten, was es da draußen gab, mehr nicht. Die meisten von uns waren Jungfrauen – gute Kids.

Wenn du aus dem Kino kommst, darfst du nicht gleich mit einem Mann weggehen. Du mußt ihm sagen, daß er sich weiter weg in einer Ecke mit dir treffen soll, damit es niemand sieht. Umar kam und hielt den Wagen an, und wir stiegen beide ein. Er sagte, ich sollte vorne sitzen, aber ich war schüchtern. Ich sagte: »Nein.« Er sagte: »Doch, doch, setz dich vorne hin.« Wenn du vorne sitzt, heißt das, daß du seine Freundin bist – du gehst mit ihm –, das glaubten wir jedenfalls immer, und das wollte ich nicht ... Aber er bat mich weiter darum, also sagte ich: »Okay.« Ich setzte mich vorne hin. Er sagte: »Laßt uns eine Fahrt machen. Habt ihr Hunger?« Wir sagten: »Nein!« Zu Hause sagen Mädchen normalerweise nein, wenn jemand sie fragt, ob sie Hunger haben, vor allem, wenn es ein Mann ist, denn sie sind zurückhaltend. Daher sagten wir: »Nein, wir haben keinen

Hunger.« Wir fuhren los – es wurde eine lange Fahrt. Er redete und redete und redete, und wir redeten und sangen, redeten und sangen. Er sah gut aus, sehr gut, und ich hätte ihn gern geküßt. Aber er sollte mich zuerst küssen – er sollte den ersten Schritt machen. Ich spürte, wie mein Herz und mein ganzer Körper sich – einfach auflösten.

Wir fuhren weit, weit, weit aus der Stadt hinaus. Schließlich hielten wir am Straßenrand und kletterten auf das Autodach und saßen einfach da. Ein weicher Wind wehte, und der Mond schien. Wir unterhielten uns und sangen. Er hielt meine Hand. Meine Hand war ganz verschwitzt. Ich wollte, daß er mich umarmte und drückte, aber er war zurückhaltend und dachte, ich würde ihn vielleicht abweisen. Wenn ein Mann das am ersten oder am zweiten Abend oder in der ersten Woche tut, bevor er das Mädchen wirklich gut kennt, ist das eine große Schande. Und wenn das Mädchen es den anderen Mädchen erzählt, wird es schwer für den Mann, sich zu verabreden, denn sie sagen: »Du bist schlecht – du drängst die Mädchen.« Also sind alle vorsichtig – die Jungen sind vorsichtig und die Mädchen genauso.

Wir fuhren zum Essen in den Jungle Club. Dieses Restaurant war an der Hauptstraße, aber weit draußen im Busch, und es war so schön, daß ich es kaum glauben konnte, als ich zum erstenmal hinkam. Die Bäume sind da sehr groß, und die Äste hängen wie ein großer, dichter Baldachin um jeden Baum herum, neigen sich bis zum Boden und bilden so einen großen Innenraum, in dem Matten und Kissen ausgelegt werden, damit der Boden bedeckt ist wie in einem Zimmer. In die Zweige wird eine Öffnung geschnitten, und davor wird als Tür ein Stück Tuch gehängt. Wenn man im Auto vorfährt, warten dort Jungen, die vor dem Auto herlaufen und es zu einem leeren Baumzimmer führen. In dem Zimmer wartet eine große Schüssel mit warmem Wasser auf dich, damit du dir die Hände waschen und dich säubern kannst. Wir bestellten unser Essen in unser Zimmer unter dem Baum. Da drinnen war es kühl. Man mußte die Schuhe ausziehen und sich auf die Matten setzen oder legen. Wir legten uns hin, denn wir waren fast drei Stunden im Auto herumgefahren, und wir waren müde. Dort küßte er mich zum erstenmal. Es war schön – herrlich – schön, er hatte warme Lippen. Ich küßte gut, denn mein europäischer Freund hatte mir beigebracht, wie man küßt. Wir küßten und küßten uns. Wir hörten gar nicht wieder auf. Meine Freundin sagte: »Stop! Hört auf, ihr beiden!« Wir drehten die Sturmlaterne herunter, so daß nicht viel Licht da war, aber wir küßten uns, bis sie das Essen brachten. Wir aßen – Ziegenfleisch, Kamelmilch und Reis. Ein köstliches Mahl. Man kann die ganze Nacht in seinem Zimmer unter dem Baum bleiben, wenn man das möchte – wenn du das Zimmer einmal für das Essen hast, gehört es für die Nacht dir. Aber wir fuhren wieder in die Stadt zu meiner Freundin nach Hause zurück, und Umar verabredete sich mit uns am nächsten Abend im Kino.

Diesmal mußte er mich nicht bitten, vorne bei ihm zu sitzen. Ich setzte mich von allein da hin, denn das war mein Platz! Diesmal fuhren wir in der Stadt herum. Endlich hatte ich jemanden gefunden, den ich wirklich gern hatte. Ich war sehr wählerisch, aber jetzt war ich glücklich. Umar nahm mich mit zu dem Haus, wo wir uns kennengelernt hatten – zu dem Haus, wo alle immer sangen. In jenen Tagen sangen wir viel; es war üblich zu singen, und alle hatten schöne Stimmen. Dieses Haus wurde unser Treffpunkt, wann immer wir uns sehen wollten. Nach sieben oder acht Tagen hatten wir uns jeden Abend gesehen. Ich hatte immer eine Freundin bei mir, ich war nie allein, daher mußte er mich nie um mehr als um einen Kuß bitten. Ich erinnerte mich an meinen Mann – wie er es gemacht hatte –, und alle Männer sind so wie er. Daher brachte ich immer eine Freundin mit.

Eines Abends erzählte Umar mir, er müßte in zwei Tagen weg – er würde in eine andere Stadt an der Küste ziehen, wo eine Fischverarbeitungsfabrik war, denn er arbeitete für eine Fischereigesellschaft. Er wußte nicht, wie lange er dort bleiben würde, aber er wußte, daß es länger als ein Monat sein würde. Ich fragte mich: »Allah, warum ich?

Alle, die ich liebe – warum nimmst du sie fort? Erst Antony, und jetzt dieser hier, den ich gerade erst kennengelernt habe und den ich zu lieben beginne ... Warum?« Ich hatte Angst und war erschrocken. Ich sagte ihm, er sollte nicht fortgehen, aber er sagte, wenn er nicht gehen würde, würde er seine Stelle verlieren, und die wollte er nicht verlieren, denn die Arbeit in der Thunfischverarbeitung war ein guter Job. Ich sagte: »Okay.« Ich liebte ihn nicht so, wie ich Antony geliebt hatte, aber er war lieb – ein sehr lieber Mann, sehr sanft, sehr verständnisvoll. Ich hatte ihm meinen richtigen Namen und meinen richtigen Stamm noch nicht gesagt, und auch nicht, daß ich verheiratet war – das alles hatte ich ihm nicht gesagt. Er kannte mich als anderen Menschen, als ein Mädchen, das ich nicht war – als eine völlig andere. Aber er mochte mich so, wie ich war, und ich war nicht schlecht, ich verbarg nur meine Vergangenheit. Außerdem wurde ich älter, und ich wollte diese Dinge zwischen Männern und Frauen lernen. Ich wußte, daß mein Herz nach Liebe suchte – das war alles, was ich suchte, Liebe und ein gutes Leben.

Noch zwei Tage. Ich mochte nicht von seiner Seite weichen. Ich sagte zu ihm: »Ich möchte jede Minute mit dir zusammensein.« Er wohnte bei seiner Familie. Er konnte mich nicht mit zu sich nach Hause nehmen. Daher trafen wir uns draußen, und wir verbrachten viel Zeit damit, in seinem Auto herumzufahren und irgendwo hinzufahren, nur wir beide. Wir verbrachten so viel Zeit zusammen, wie wir konnten. Ich legte mich auf seine Brust, und wir redeten und redeten: »Wann kommst du wieder ...? Ich wünschte, ich könnte mit ... Ich wünschte, ich könnte hierbleiben ...«

Die beiden Tage vergingen, als wären es zwei Stunden. Dann war es Zeit für ihn abzureisen. Er mußte fliegen, daher fuhren wir zum Flughafen. Es war das erste Mal, daß ich den Flughafen sah. Ich haßte ihn, denn ich wußte, daß Antony vom Flughafen abgeflogen war, und jetzt brachte ich diesen Menschen, den ich gern hatte, auch zum Flughafen. Wir fuhren zu sechst in einem Auto zusammen zum

Flughafen und blieben etwa eine halbe Stunde dort, bis es Zeit für ihn war, ins Flugzeug zu steigen. Wir küßten uns, bis er ging, und ich weinte, und er winkte mir zum Abschied. Dann war er fort.

Er hatte die Adresse von einer meiner Freundinnen, und noch bevor eine Woche um war, schrieb er mir einen Brief, in dem stand, daß ich auf ihn warten und nicht mit jemand anders ausgehen sollte, und daß er mir Geld schicken würde und daß ich nichts Falsches tun sollte – ich sollte mich mit niemand anders verabreden, denn er würde mich lieben und wollte mich heiraten. Das alles stand da! Alles, was er mir nicht hatte sagen können, als er bei mir war, sagte er in einem Brief. Ich wußte nicht, ob er es ehrlich meinte oder ob er log, aber ich glaube, er meinte es ehrlich. Ich wünschte, ich hätte auf ihn gewartet.

Und dann, eines Tages, am fünften Tag, nachdem Umar abgereist war, war ich im Kino, und bevor ich wußte, wie mir geschah, war jemand hinter mir, hielt mich am Hals fest und drehte mir mit Gewalt den Kopf um, drehte ihn so, daß er mein Gesicht sehen und sich vergewissern konnte, daß ich es war. Er zwang mich aufzustehen, indem er mich am Hals hochzog – ich war so klein und dünn, daß ich einfach aufstand, denn die Art, wie er mich am Hals hielt, war schmerzhaft. Ein paar Leute in der Nähe fragten, was los sei und sagten, er sollte mich loslassen. Ich sagte: »Laß mich los! Laß mich los! Du tust mir am Hals weh, halte mich wenigstens an der Hand fest!« Da ließ er meinen Hals los und packte mich an der Hand. Oh, Rahima, es war mein Mann! Wir waren immer noch im Kino, und alle starrten mich und ihn an. Er hielt meine Hand fest und zog mich nach draußen. Die Leute kamen auch heraus, um zu sehen, was geschehen würde. Ich sagte der Freundin, die bei mir war, sie sollte die Polizei holen. Ich sagte ihr, ich würde ihn nicht kennen und er wollte mich umbringen. Meine Freundin wußte jedoch, wer er war, denn ich hatte ihr erzählt, wie mein Mann aussah. Ich fing an zu weinen und mich zu wehren und ihn zu kratzen. Er zog mich am Arm weg. Jemand rief: »Warum zerren Sie sie weg? Wo bringen Sie sie hin? Wer sind Sie?« Alle dachten, er wäre mein Vater, und ich schrie: »Nein! Er ist nicht mein Vater! Er ist nicht mein Bruder! Er ist kein Verwandter von mir! Ich kenne ihn nicht, und er will mich mitnehmen.« Die Leute fragten: »Wer ist sie? Wer bist du?« Die Polizei kam. Er hatte mich ein kleines Stück vom Kino fortgezerrt, aber ich kämpfte immer noch, und die Leute versuchten, ihn aufzuhalten und mit ihm zu sprechen und herauszufinden, wer er war. Er sagte, er sei mein Mann. Ich erwiderte: »Nein! Er lügt! Ich bin nicht seine Frau!«

Als die Polizei uns mit auf die Wache nahm, mußte ich ihnen sagen, daß er mein Mann war. Er erzählte ihnen, ich sei weggelaufen. Ich sagte, ja, ich sei seine Frau, aber ich sei weggelaufen, weil er mich aufgeschnitten hätte und mich weiter aufschneiden wollte, denn mit seinem Penis könnte er nichts machen, und das hätte ich nicht gewollt, und daher sei ich weggelaufen. Aber die Polizei nahm mich fest, als ich mich weigerte, mit ihm mitzugehen, und ich mußte die Nacht im Gefängnis verbringen, bis zum nächsten Morgen, wenn sie uns vor den Richter bringen konnten. Ich sagte meiner Freundin den Namen meines Ältesten und wo er wohnte und bat sie, schnell hinzugehen und ihm zu sagen, er solle zu mir kommen.

Am Morgen kam mein Ältester und sprach mit der Polizei. Er bat sie, mir noch einen Tag zu geben, bevor ich vor dem Richter erscheinen mußte, damit er Zeit hätte, meiner Familie Bescheid zu sagen. Sie sagten: »Okay«, und er schickte jemanden nach Mango Village, um es meiner Mama und meiner Familie zu sagen. Aber sie behielten mich im Gefängnis, damit ich nicht wieder fortlief und weil mein Mann einflußreich war – er war ein großer alter Mann mit Geld. Mama, Hawa und Hassan kamen an dem Abend, um mich im Gefängnis zu besuchen.

Am nächsten Morgen brachte die Polizei mich vor den Richter. Als ich dort ankam, waren meine Familie und mein Mann schon da. Mein Mann sprach als erster. Er sagte: »Ich habe dies bezahlt, ich habe das bezahlt. Ihre Mama hat dies getan, ihr Papa hat das getan. Sie haben mich betrogen. Ich habe keine Frau. Ich habe sie keine drei Nächte hintereinander gehabt – sie haben sie gebracht, und am nächsten Tag ist sie abgehauen. Jetzt reicht es mir, und ich will entweder meine Frau zurück oder mein Geld zurück!« Er sagte: »Ich will meine Frau zurück«, denn ich war ja immer noch Jungfrau, und er wollte mich wenigstens entjungfern. Ich konnte nicht einmal sein Gesicht ansehen. Jedesmal, wenn ich ihn sah, wurde mir übel, und ich bekam Angst. Jedesmal, wenn ich auch nur jemanden auf der Straße sah, der ihm ähnlich sah, brachte mich das fast um. Ich hatte solche Angst und solche Wut und alles mögliche.

Dann fragte der Richter mich: »Kleines Mädchen, was haben Sie zu sagen? Erzählen Sie mir die Geschichte aus Ihrer Sicht.« Ich hatte nicht viel zu sagen, denn eigentlich war es meine Schuld – ich hatte ihn ja tatsächlich geheiratet, niemand hatte mich dazu gezwungen. Also sagte ich, ich wollte ihn einfach nicht – ich hätte einen Fehler gemacht, ich hätte gedacht, er sei ein guter Mann, aber er sei kein guter Mann, denn kaum hätten sie mich zu ihm nach Hause gebracht, da hätte er angefangen, mich aufzuschneiden, mit Messern und Rasierklingen und Scheren und hätte mich festgebunden und mich erschreckt, und jetzt würde ich mich vor ihm fürchten – ich hätte Angst, daß er mich umbringen würde. Ich sagte nicht, daß er impotent war, denn wenn man das sagte, brauchte der Richter den Beweis – er hätte uns beide in ein spezielles Zimmer gehen und dort miteinander schlafen lassen, so daß er und ein anderer Zeuge es durch ein Loch in der Wand beobachten konnten. Wenn der Mann impotent war, konnte man sofort eine Scheidung bekommen. Aber ich wollte nicht, daß jemand mich nackt sah oder zusah, wie ich mit jemandem schlief, deswegen sagte ich von all dem kein Wort. Ich sagte einfach, ich wollte ihn nicht.

Im muslimischen Recht ist es eine Sache, wenn dein Mann dich verläßt. Aber wenn du ihn verläßt und vor einem Richter sagst, daß du diesen Mann nicht willst, und es keinen Grund dafür gibt – einfach weil du ihn nicht liebst oder nicht willst –, kommst du damit nicht durch. Doch wenn du darauf bestehst, daß du deinen Mann nicht willst, obwohl dein Mann sich nicht von dir scheiden lassen will, haben sie eine Art System, wo du nicht geschieden wirst und auch nicht mehr verheiratet bist – du darfst keinen anderen Mann heiraten – und es ist schlecht, dem Koran zufolge, sehr schlecht, sehr schlecht. Du bist keine Ehefrau, du bist keine geschiedene Frau, daher bist du *nashuusha*. Alles, was du berührst, ist für andere verboten. Alle haben Angst vor dir, als wenn du ein Teufel wärst, genauso, als wenn du ein Teufel wärst – sie behandeln dich wie einen Teufel. Sie sagen, daß ein Vogel, der über deinen Kopf fliegt, an dem Tag nichts zu fressen finden wird. So schlecht bist du – etwas wie eine Hexe, ein schlechter, schlechter Mensch.

Also sagte der Richter: »Willst du *nashuusha* sein, oder willst du mit deinem Mann mitgehen?« Ich weinte: »Nein, ich will nicht mit ihm mitgehen, ich will nicht mit ihm mitgehen.« Alle starrten mich an – meine Familie –, weil sie zwar davon gehört hatten, daß Frauen *nashuusha* wurden, aber sie hatten es noch nie gesehen, und jetzt geschah es ihrer Tochter. Ich sah ihre Gesichter alle an, und ich hörte auf mein Herz und auf meinen Kopf, und ich sah sein Gesicht an, und ich sagte: »Nein-nein, ich gehe nicht mit ihm mit. Tut, was ihr wollt, aber ich gehe nicht mit ihm mit, nie wieder. Ich will ihn nicht mehr sehen. Ich will nichts mehr mit ihm zu tun haben.«

Der Richter sagte wieder: »Kleines Mädchen – möchten Sie das wirklich lieber sein – *nashuusha*, schlecht?« Ich sagte: »Nennt mich, wie ihr wollt …« Meine Mama weinte: »Nein! Nein! Laßt mich mit ihr reden!« Ich sagte: »Nein, Mama, ich will ihn nicht. Willst du, daß ich sterbe? Denn das werde ich tun – ich werde mich umbringen, wenn ihr mich mit diesem Mann mitgehen laßt.« Rahima, er war häßlich, häßlich, häßlich! Für mich war er häßlich – er war eigentlich nicht häßlich, aber ich haßte ihn eben so sehr –, ich empfand es so. Ich konnte ihm nicht einmal ins Gesicht sehen, so wütend war ich. Also ordnete der Richter an, daß mein Mann mich nicht mehr berühren durfte – daß ich, wenn er auch nur mit mir sprechen würde, eine Scheidung bekommen würde; wenn er versuchen würde, mich anzugreifen, würde ich eine Scheidung bekommen; ich selbst konnte nichts von ihm bekommen, solange ich ihm nicht sagte, ich würde seine Frau werden; wir hätten keine Verbindung mehr – wir wären wie zwei Fremde füreinander; und er dürfe nicht mit mir sprechen und ich nicht mit ihm. Ich sagte mir: »Wenn er nicht mit mir sprechen und mich nicht berühren darf, soll mir das recht sein! ... Vergiß die Scheidung! Die Scheidung ist mir egal!«

Der Richter gab mir diesen schlechten Status – nicht geschieden und nicht richtig verheiratet –, und dann las er Verse aus dem Koran vor und sagte: »Sie können jetzt alle gehen.«

Ich sagte zu mir selbst: »Danke, Allah! Endlich bin ich frei!« Aber alle waren traurig ... niemand sprach ... alle sahen zu Boden. Sie sagten: »Du hast uns beschämt.« Mama weinte, als sie zu mir sagte: »Du hast uns in schlechten Ruf gebracht. Wir haben noch nie erlebt, daß jemand das tut ... Wir haben immer nur von *nashuusha* gehört ... und jetzt ist es uns selbst zugestoßen ... Wie stehe ich da ... Wie kann ich den anderen gegenübertreten ... Wie kann ich nach draußen gehen und mit jemandem sprechen, wenn du Schande über mich gebracht hast?«

Rahima, wir fuhren nach Hause nach Mango Village. Ich versuchte den ganzen Abend, mit Mama zu sprechen, aber sie blieb so. Am nächsten Morgen lief ich wieder weg. Ich wußte, daß ich von jetzt an nachts kommen mußte, wenn ich nach Hause nach Mango Village wollte, damit die Nachbarn mich nicht sahen. Und ich würde in der gleichen Nacht wieder gehen müssen. Ich dachte: Ich habe nichts falsch gemacht, aber sie haben gesagt, daß alles, was ich getan habe, falsch war. Und jetzt bin ich diejenige, die *nashuusha* ist. So lief ich weg, zurück nach Mogadischu, wo alle meine Freunde waren. Ich ging los und suchte meine Freunde.

14

Als ich wieder in der Hauptstadt angekommen war, suchte ich eine Freundin auf und sagte zu ihr: »Laß uns zum Treffpunkt gehen und sehen, ob sie Nachrichten von Umar haben.« Wir gingen hin, und ich fragte, ob sie etwas von ihm gehört hätten, und sie sagten: »Es geht ihm gut, er kommt bald, er kommt bald. Keine Angst ... Du kannst es nicht erwarten, ihn wiederzusehen? Du liebst ihn, stimmt's?« Sie neckten mich ein bißchen. In Wirklichkeit hatten sie nichts von ihm gehört.

Meine alte Freundin Jowara fand mich wieder. Sie war ihrem Mann weggelaufen, und diesmal würde sie nicht zurückgehen. Sie hatte eine Verwandte, deren Mann beim Militär war. Der Mann war in eine andere Stadt versetzt worden, aber die Frau wohnte immer noch in einer Soldatensiedlung. Jowara sagte, das wäre ein gutes Versteck für uns, denn es würde schwer sein, jemanden zu finden, der sich dort aufhielt. Jowara wurde ebenfalls von ihrer Familie gesucht. Wir begaben uns also in die Soldatensiedlung und gingen dort von Tür zu Tür und fragten: »Wer kennt Frau Soundso?«, bis wir sie schließlich fanden. Wir sagten ihr, wer wir waren, und sie hieß uns willkommen mit einem netten, warmen, offenen Gesicht und offenen Armen und einem offenen Haus. Wir erzählten ihr, daß wir unseren Männern weggelaufen waren, und sie sagte, wir könnten so lange bleiben, wie wir wollten. Wir sagten, wir wollten ihr keine Scherereien machen, aber wir könnten sonst nirgends hingehen. Ich erzählte ihr nicht, daß ich *nashuusha* war ... eine Teufelsfrau ... eine Hexe ... ich sagte ihr nur, daß ich ausgerissen war. Sie sagte, alles, was sie uns geben könnte, sei ein Platz zum Schlafen und etwas zu essen, so lange, wie wir wollten. Wir sagten: »Danke.«

Vormittags arbeiteten wir für sie. Wir wuschen die Wäsche, spülten das Geschirr, putzten das Haus, kochten und halfen ihr. Sie hatte vier Kinder, und wir badeten sie und spielten mit ihnen. Wir waren wie ihre Töchter. Abends konnten wir gehen, wohin wir wollten. Wir hatten jetzt also ein Programm – nicht wie früher, als wir den ganzen Tag und die ganze Nacht weggehen konnten –, jetzt mußten wir arbeiten, und das war gut für uns. Und für sie war es auch gut – sie brauchte die Hilfe. Wir aßen und schliefen regelmäßig – es war wie zu Hause. Wir trugen sogar ihre Kleider – wo konnte man das sonst finden? Die Nachbarn dachten, wir wären ihre Schwestern von anderswo. Sie hatte ein schönes Steinhaus mit drei Schlafzimmern. Sie war ein wunderbarer Mensch, und sie gab uns alles, was sie hatte.

Eines Abends lernte ich auf einer Party einen Mann namens Nuur kennen. »Nuur« heißt »Licht«, und da war Licht, denn er war sehr hellhäutig. Ich tanzte an dem Abend mit ihm – das erste Mal, daß ich tanzte, seit ich auf Partys ging. Ich hatte beobachtet, wie die anderen sich bewegten, und ich lernte schnell – ich begriff alles schnell. Ich tanzte einen langsamen, engen Tanz mit ihm. Er hatte sehr schöne Zähne, einen angenehmen Mund. Ich mag saubere Münder. Mir ist es ganz gleich, wie hübsch du bist, wenn dein Mund nicht gut riecht und nicht sauber ist, mag ich das nicht. Nuur war sehr sauber. Er war Fahrer bei der italienischen Botschaft. Er sprach Italienisch und noch andere Sprachen.

Zwei Abende später traf ich ihn wieder, auf einer anderen Party. Diesmal war ich richtig angezogen, so wie die anderen Mädchen; mein Haar war richtig, meine Nägel waren richtig. Wir nähten unsere Kleider selbst – Kleider mit Faltenröcken –, kurz, aber nicht wie Miniröcke, sie gingen uns bis zu den Knien. Jetzt konnte man kaum noch einen Unterschied zwischen mir und den anderen Mädchen sehen. Ich sprach mit viel besserem Akzent. Und ich war hübsch – sehr hübsch. Wir waren alle hübsch. Und Nuur mochte mich. Ich mochte ihn ein bißchen – er war besser als gar nichts, das war mein Gefühl – besser als gar nichts ... man muß es wenigstens versuchen ...

Er lud mich und meine Freundin für den nächsten Abend ein und für den übernächsten Abend auch und für den folgenden Abend wieder. Er trank sehr, sehr viel. Aber je öfter ich mich mit ihm traf, desto mehr mochte ich ihn. Einfach Mögen – keine Liebe. Ich liebte nur einen Menschen, Antony. Jedesmal, wenn Nuur uns ausführte, brachte er ein hübsches Geschenk mit – Kleinigkeiten, um dir eine Freude zu machen, kleine Dinge, die ein Mädchen braucht. Ich hatte noch nie Tampons benutzt, und einen Tag, nachdem ich einmal meine Periode bekommen hatte und Blut auf seinen Autositz getropft war, brachte er mir welche mit. Ich hatte noch nie Eis gegessen, also kaufte er mir welches, und es schmeckte mir. Und es gibt noch eine andere Süßigkeit, die wir *halwa* nennen und die man abends gern ißt, und er brachte mir jeden Abend etwas davon mit. Immer, wenn er uns wieder absetzte, gab er mir etwas Geld, damit ich am nächsten Tag Taxifahren oder ins Kino gehen konnte, bis wir uns wiedersahen. Es war sehr schön – ich hatte sonst niemanden, der mir das gab. Siehst du, ich hatte gar nichts. Keine Schulbildung, kein Geld, selbst in meiner Familie war meine Mama arm geworden. Ich dachte immer noch, wenn ich einen guten Mann bekommen könnte, könnte ich mir und meiner Familie wirklich helfen.

Ich zeigte Nuur, wo wir wohnten, denn er holte uns ab und brachte uns jeden Abend wieder zurück, wenn wir ausgegangen waren. Und über ihn lernte Jowara einen seiner Freunde kennen, und so wurden wir zu einer Gruppe. Und Nuur war mit den Leuten befreundet, die in dem Haus wohnten, in dem ich mich immer mit Umar getroffen hatte. Die Männer, die da wohnten, waren erstaunt, daß sie mich so schnell mit Nuur sahen, nachdem ich nach Nachrichten von einem anderen Mann gefragt hatte. Nuur und ich gingen etwa einen Monat lang miteinander, glaube ich, und es war sehr schön, sehr schön für mich, und außer Küssen taten wir nichts.

Dann fing auch ich an, an Bier zu nippen. Das kam so: Zuerst probierte ich es. Nuur wollte, daß ich es probierte, denn er war ein starker Trinker, und er verlangte es immer wieder von mir. Also probierte ich, und es war gräßlich … ein gräßlicher Geschmack! Igitt! Er sagte: »Wie schmeckt es?« Ich sagte: »Es schmeckt entsetzlich!« Es verbrannte mir den Mund und die Zunge, und die Luftbläschen machten überall in meinem Mund und meiner Nase *s-s-s-s*. Ich sagte: »Es ist nicht einmal süß! Wie kannst du das trinken? Warum tust du keinen Zucker hinein?« Also sagte er: »Willst du Zucker dazu? Probier es mal mit Zucker.« Er brachte mir den Zucker und einen Löffel und ein Glas, und wir gossen etwas Bier hinein, taten Zucker dazu und verrührten ihn. Ich probierte, und das war besser. Nuur sagte: »Trink nur, jetzt ist es gut.« Ich trank das Bier, und dann ging ich ins Bad und erbrach mich, indem ich mir den Finger in den Hals steckte, kam wieder zu den anderen, blieb ein bißchen, trank die andere Hälfte von dem aus, was er mir gegeben hatte, blieb noch ein bißchen länger, ging wieder ins Bad, kotzte wieder und reinigte mir den Mund. Und ich war ein »braves Mädchen« – alle klatschten und sagten: »Gut! Gut! Siehst du? Es ist doch nichts … alle trinken … es ist normal – braves Mädchen!« Sie wollten, daß alle so betrunken waren wie sie. Sie wußten nicht, daß ich es erbrochen hatte.

Aber nach und nach – nicht viel, aber jeden Abend ein bißchen, nach und nach – lernte ich das Trinken … nie mehr als ein Glas. Ich wußte nicht viel über Nuur, nur seinen Namen und seinen Stamm. Er wußte nichts über mich, aber er war jeden Tag mit mir zusammen. Wenn er nicht bei der Arbeit war, war er mit mir zusammen, jeden Abend war er bei mir.

Eines Abends gingen wir alle aus – sechs waren wir, drei Mädchen und drei Männer. Die anderen Mädchen waren immer älter als ich, aber sie waren nicht verheiratet. Mädchen in der Stadt können bis achtzehn oder zwanzig unverheiratet bleiben. Zu Anfang dachte ich, als ich mit ihnen zusammen war: Was ist denn mit denen los? Ich dachte, ich selbst hätte schon lange mit dem Heiraten gewartet. Jetzt hätte ich mich geschämt, einer von ihnen zu erzählen, daß ich verheiratet war. Alle nannten mich kleines Mädchen. Trotzdem, ich war gerne mit ihnen zusammen. Ich fühlte mich frei.

Wir fuhren in eine andere Stadt zum Abendessen. Auf halbem Wege zurück nach Mogadischu hielten wir an einem Krankenhaus, das gerade auf dem Land gebaut worden war. Und um das Krankenhaus herum waren Farmen und unbebautes Land – und da fuhren die Kids damals hin und parkten ihre Autos und tranken und küßten sich. Es war ein weites, freies Feld, es war dunkel, und niemand belästigte dich. Auch wir fuhren an diesem Abend dorthin, wie so oft, um Radio zu hören und zu reden. Wir saßen draußen, der Boden war angenehm ... es war kühl, der Mond schien auf uns herab. Die Männer hatten viel getrunken ... aber sie tranken immer. Wenn Männer das Auto anhalten, weiß man, daß sie mit dem Mädchen reden oder pinkeln wollen oder irgendwas.

Als Nuur also bremste und von der Hauptstraße in eine unbefestigte Straße abbog, fragte ich ihn: »Warum fährst du in die Büsche?« Er sagte, er müßte zur Toilette, daher sagte ich: »Ach so.« Ich war nicht beunruhigt, denn ich kannte ihn länger als einen Monat, und er hatte nichts Unrechtes getan – er hatte nichts probiert – mich nicht einmal gefragt ... Also stiegen wir alle aus und pinkelten. Aber er und ich waren die einzigen, die zurückkamen. Die anderen blieben alle in den Büschen. Wir warteten beim Auto – ich setzte mich auf die Kühlerhaube. Er kletterte auch hinauf und legte sich auf mich und fing an, mich zu umarmen und zu küssen. Aber ich mochte das nicht, denn vom Trinken bekommt man Mundgeruch ... es stinkt ... Sein Atem roch ekelhaft. Deswegen schob ich ihn weg und sagte, ich hätte jetzt genug vom Küssen. Er war betrunken. Rahima, als ich ihn wegschob, wurde er wild, und er packte mich an den Haaren. Er war groß – hochgewachsen und schwer. Ich konnte nicht so schnell denken, wie er mich neben dem Wagen auf die Erde warf und vergewaltigte. Er vergewaltigte und entjungferte mich. Ich kämpfte, aber er war stark und betrunken, und er fing an, mich zu ohrfeigen. Ich schrie um Hilfe, aber er legte mir die Hand auf den Mund. Von den anderen kam niemand. Den Schmerz werde ich nie vergessen. Ich erinnere mich, daß ich hörte, wie meine Beschneidungsnaht aufriß, mit einem Geräusch, als würde Stoff durchgerissen, und wie ich gleichzeitig einen entsetzlichen Schmerz spürte. Dann verlor ich das Bewußtsein.

Als ich die Augen öffnete, fächelten die fünf anderen mir mit den Tüchern der Mädchen Luft zu. Überall war Blut ... Pisse ... und Erde ... denn ich hatte schon gekämpft, bevor er mich zu Boden warf. Ich hatte solche Schmerzen, daß ich die Beine nicht bewegen konnte. Es war, als wäre ich gelähmt. Und das Blut hörte nicht auf zu fließen. Wir konnten nichts anderes tun, als mich zur Siedlung zurückbringen. Ich verlor sehr viel Blut, aber ich konnte nicht ins Krankenhaus, die Schande war zu groß. Sie nahmen mir mein Tuch vom Kopf, um das Blut zu stillen.

Ich hatte eine Entzündung ... alles. Jowara half mir. Sie wusch mich mit warmem Wasser und Salz. Meine Genitalien waren geschwollen, sie waren heiß und pulsierten von der Infektion, daher nahm sie einen Fächer aus Raffiabast, um sie abzukühlen und damit es besser wurde.

Er kam kein einziges Mal, um mich zu besuchen. Und selbst als es mir wieder gut ging, schämte ich mich, nach draußen zu gehen, weil ich alles, was ich besessen hatte, so einfach verloren hatte. Und ich schämte mich dafür, an wen ich es verloren hatte – ich liebte ihn nicht einmal. Ich war also sehr, sehr beschämt. Ich kann keine Worte finden, um es zu beschreiben, aber ich weiß, daß ich den ganzen Schmerz spürte – ich schämte mich so und ekelte mich so. Ich schämte mich, mit den Freunden, die ich kannte, auszugehen, weil ich nicht mehr Jungfrau war. Ich hatte nun nichts mehr – wirklich gar nichts mehr. Es war, als wäre ich tot.

15

Also blieb ich zu Hause bei der Frau in der Militärsiedlung. Ich aß und schlief und dachte darüber nach, was mir zugestoßen war. Wenn du einmal deine Jungfräulichkeit verloren hast, ist das dein Ende. Es kann dir das Herz brechen. Vor allem die Art, wie ich meine verloren hatte. Es war entsetzlich und schrecklich und schändlich, und wenn jemand es erfahren und meiner Familie oder auch irgendwelchen anderen Leuten erzählen würde ... es war eine Schande – eine große, große Schande. Ich hatte meinen Ruf vernichtet. Ich wünschte, ich wäre tot, damit meine Familie mein Gesicht nicht mehr sehen würde.

Ich blieb zwei Wochen lang in der Siedlung. Jeden Abend dachte ich: Warum hat er das getan? Und warum ist er nicht wiedergekommen? Und warum meldet er sich nicht wenigstens? Warum hat er das getan? Ich war sicher, daß er nicht allein deswegen, weil ich ihn beim Küssen weggeschoben hatte, so wütend geworden war und mich an den Haaren gepackt und auf die Erde geworfen hatte und begonnen hatte, mich zu schlagen. Allmählich glaubte ich, daß er es geplant hatte, denn als ich gerufen hatte ... war niemand gekommen. Ich glaubte allmählich, daß die Männer die ganze Sache geplant hatten. Als ich meine Freundinnen fragte, warum sie nicht gekommen waren, als ich gerufen hatte – als ich sie gebraucht hatte –, sagten sie, die Männer hätten sie zurückgehalten, und sie hätten nichts machen können. Die Männer hätten ihnen gesagt: Kümmert euch nicht darum, sie spielen bloß, und wahrscheinlich küßt Nuur Aman gerade, und sie will nicht geküßt werden. Daher glaube ich, daß er es geplant hatte. Aber ich konnte es trotzdem nicht fassen. Warum? Warum hatte er so lange gewartet, um diese widerwärtige Tat zu begehen?

In jenen Tagen war es eine Schande, eine Frau – und vor allem ein junges Mädchen – auch nur zu bitten, mit einem zu schlafen. Die Männer versuchten nicht, dich dazu zu zwingen, denn sie fürchteten sich vor deinen Eltern; sie hatten Angst, daß deine Brüder kommen und sie umbringen würden. Doch dann wurde, glaube ich, vielen Männern klar, daß die Familie, wenn das Mädchen es wirklich zu Hause erzählen würde, nur sagen würde, das Mädchen sei selbst schuld: »Warum warst du denn überhaupt da? Warum bist du mit ihm mitgegangen?« Die Mädchen konnten es ihren Familien nicht erzählen, weil sie sich zu sehr schämten und zuviel Angst hatten, daß sie geprügelt werden würden. Daher behielten viele Mädchen es für sich. Auch ich behielt es für mich.

Ich dachte, er wußte vielleicht, daß er mich nicht heiraten konnte, denn er war *shaanshi*, kein Somali also, sondern er gehörte zu einer Außenseitergruppe; sie heiraten fast nie außerhalb ihres eigenen Stammes. Er wollte dieses hübsche Mädchen, und vielleicht wollte er nur Sex mit mir. Aber weil ich klein war und Jungfrau war, wollte er vielleicht zuerst einfach meine Gesellschaft. Oder vielleicht trank er viel und wollte es hinter sich bringen und mit mir fertig sein. Oder er hatte ein anderes Mädchen gefunden, größer als ich oder hübscher als ich, und wollte einfach sehen, was er noch von mir haben konnte, bevor er mich verließ.

Ich war voll Zorn auf ihn, daher mußte ich ihn noch einmal sehen – um sein Gesicht zu sehen und zu hören, was er zu sagen hatte. Eines Abends sagte ich zu meiner Freundin: »Komm, wir suchen ihn.« Ich hatte mich nicht getraut, auszugehen, denn ich dachte, alle wüßten, was mir zugestoßen war.

Sie kam mit, und wir gingen zu dem Treffpunkt, wo ich Umar kennengelernt hatte. Die Leute dort sahen mich anders an als früher – zumindest hatte ich das Gefühl –, vielleicht war es Einbildung. Und dazu verhielten sie sich mir gegenüber kühl – das glaubte ich zumindest. Aber sie luden uns ein, uns zu setzen, und boten uns etwas zu trinken an. Ich bat an dem Abend um eine Fanta, und sie gaben sie mir ohne jede Nachfrage – das machte mich mißtrauisch. Sie sagten, sie hätten Nuur zwei Abende lang nicht gesehen, aber er würde vielleicht auftauchen, und ich könnte warten, wenn ich wollte. Ich sagte: »Ich warte.« Auch ich war anders – in meinem Gesicht war viel Wut. Sie benahmen sich, als wollten sie mir Fragen stellen, hätten aber zuviel Angst davor. Es wurde nicht viel gesprochen und gar nicht gesungen. Wenn sie etwas sagten, dann waren es bloß knappe Fragen, wie: »Warst du zu Hause?« oder »Wie ist es dir inzwischen ergangen?«, aber es war nicht freundschaftlich, nicht so, wie es früher gewesen war.

Ich war vorsichtig, so als wüßten alle, was mir zugestoßen war. Ich redete nicht »*Ba-ba, ba-ba*«, wie ich das früher getan hatte. Ich beobachtete die Leute, um zu sehen, ob sie über mich sprachen. Aber niemand redete darüber, was mir zugestoßen war, obwohl sie tatsächlich davon wußten, denn später gaben sie mir zu verstehen, daß sie es wußten.

Ich wurde krank, weil ich nicht aß; ich weinte und weinte nur und fragte mich: »Warum ist mir das passiert? Warum habe ich nicht auf Umar gewartet? Warum? Warum?« Denn als ich meine Jungfräulichkeit verlor, dachte ich, das wäre mein Ende. Du bekommst nämlich gesagt, daß das alles ist, was du als Mädchen hast. Und ich hatte sie so einfach verloren, und auf eine Weise, die ich mir nie hätte träumen lassen.

Jowara erzählte mir, sie hätte Nuur auf einer Party mit einem anderen Mädchen gesehen und ihn mit nach draußen genommen. Sie fragte ihn, warum er das getan hätte und warum er, nachdem er es nun einmal getan hatte, mich nicht besucht hätte? Denn ich hätte meine Brüder rufen können, und sie hätten ihn umbringen können, denn sein Stamm war ein kleiner Stamm von Leuten aus Mogadischu – sie sind alle weiß, mit glattem Haar und grünen Augen. Man nennt sie »der Stamm aus der Stadt«. Sie haben Angst vor uns anderen, vor allem vor meinem Stamm, weil er so groß und mächtig ist. Selbst Mogadischu war ursprünglich Land unseres Stammes. Es ist mein Land. Jetzt leben dort Menschen aus allen verschiedenen Stämmen, aber ursprünglich war es das Land unseres Stammes.

Nuur wußte, zu welchem Stamm ich gehörte, und aus diesem Grund konnten wir uns nicht vorstellen, warum er es getan hatte. Jowara sagte zu ihm: »Du weißt, daß wir dich töten können. Sie können mit dir machen, was sie wollen. Du weißt, daß sie dich zwingen können, sie zu heiraten, auch wenn du *shaanshi* bist, weil du sie entjungfert hast. Du weißt, daß du viel Geld bezahlen mußt, weil du ihr Schaden zugefügt hast. Du weißt das alles. Wenn sie dich vor Gericht bringt, wirst du eine große Summe zahlen müssen. Wenn sie schwanger wird, wird das Kind ein Bastard, und zwar dein Bastard. Du wirst ihr viel Geld geben müssen. Du wirst sie heiraten müssen. Du weißt das alles, und das alles hast du jetzt mehr als zwei Wochen lang überhaupt nicht beachtet. Du bist nicht gekommen, um dich zu entschuldigen, du wußtest nicht einmal, ob sie gestorben ist oder nicht. Du weißt, wie sie geblutet hat, als du sie entjungfert hast – die Erde, auf der sie lag, war mit Blut bedeckt – der Boden war naß von Blut, als ob sie dort eine Kuh geschlachtet hätten. Sie hätte jederzeit verbluten können. Was glaubst du denn, wer du bist?« Nuur sagte: »Ich hatte Angst. Ich habe mich gefürchtet. Ich habe einen Fehler gemacht.« Jowara sagte: »Gut – du hast einen Fehler gemacht – du hast Angst gehabt. Jetzt kannst du zwei Dinge tun – entweder machst du den Schaden wieder gut, oder unsere Familie wird den Schaden wiedergutmachen. Was ist dir lieber?« Er sagte: »Ich bringe es in Ordnung.« Sie sagte: »Okay, dann bringe es in Ordnung. Komm mit.«

Jowara brachte Nuur zu uns nach Hause. Er wartete draußen im Auto. Sie sagte mir, daß er da sei. Als ich mich dem Auto näherte, begann mein Herz, laut zu klopfen. Aber ich war wütend und tat so, als sei ich groß und stark, denn er sollte Angst bekommen. Ich atmete heftig. Ich ging zum Auto und stellte mich daneben. Jowara sagte: »Steig ein, damit dich niemand sehen kann.« Also öffnete ich die Tür und setzte mich auf den Rücksitz. Ich sagte kein Wort. Jowara stieg auch ein, setzte sich neben mich und schloß die Tür hinter sich. Wir fuhren ein Stückchen weit weg. Nuur sagte: »Es tut mir leid. Ich weiß, daß das falsch war, was ich getan habe. Es tut mir leid. Es tut mir leid.« Ich sagte: »Das ist jetzt zu spät, davon, daß es dir leid tut, wird es nicht wieder gut. Ich bin entjungfert.« Aber in Wirklichkeit war ich wieder zu – ich war zwei Wochen im Bett geblieben, und meine Beschneidungsnaht hatte sich fast wieder geschlossen. Die innere hatte ich verloren, aber die äußere – das Fleisch war aufgerissen worden, und wenn man die aufgerissenen Ränder wieder aneinanderlegt, verheilen sie. Und wir hatten die schwarze Paste aufgetragen, die wir wie Klebstoff auf der Beschneidungsnaht verwenden, wenn ein Mädchen beschnitten worden ist, damit es geschlossen verheilt. Aber es war nicht so wie früher.

Ich sagte: »Du hast mich entjungfert, und daß es dir leid tut, hilft mir nicht. Du muß etwas tun. Und ich glaube, ich bin auch schwanger, denn ich breche ständig. Jetzt mußt du mich heiraten.« Ich versuchte, ihm Angst einzujagen. Ich war nicht schwanger – und wenn ich es gewesen wäre, hätte ich es noch nicht wissen können, denn es war noch nicht einmal einen Monat her. Und außerdem war ich sowieso schon verheiratet. Er sagte: »Nein, du bist nicht schwanger – das bist du nicht – das müssen wir erst sicher wissen, bevor wir etwas entscheiden – das müssen wir sicher wissen.« Ich sagte: »Ich bin sicher. Ich bin schwanger. Von dem Tag an, als du mich vergewaltigt hast, bis heute muß ich mich ständig übergeben, und was bedeutet das?« Seine Haut war hell, und er wurde rot. Er schwitzte. Er stieg aus und wischte sich das Gesicht ab und sagte: »Nein! Das kann nicht sein! Das kann nicht sein!«

Er sagte, er würde mit seinen Eltern sprechen, und seine Eltern müßten mit ihrem Ältesten sprechen, und ihr Ältester würde mit meinem Ältesten sprechen müssen, und dann, wenn die beiden Ältesten sich unterhalten hätten, müßten seine Familie und meine Familie tun, was auch immer die beiden beschlossen hätten. Ich dachte: »Nein, nein, nein, ich will nicht, daß meine Eltern etwas davon erfahren.« Ich sagte: »Nein, laß es mich erst meiner Familie erzählen. Sag deiner Familie nichts. Willst du mich heiraten – ja oder nein?« Er sagte immer wieder: »Ja, aber wir müssen erst sicher sein, daß du schwanger bist!« Er sagte das immer wieder: »Wir müssen sicher sein ...«

Als wir zu Jowaras Verwandter in der Militärsiedlung zurückkamen, erzählte sie, daß Mama dagewesen sei und mich gesucht hätte. Sie sagte, sie hätte ihr erklärt, ich wäre schon lange fort – sie wüßte nicht, wo ich sei. Sie sagte, Mama würde sich große Sorgen machen und hätte geweint, daher sollte ich sie besuchen. Aber ich hatte Angst, nach Hause zu fahren, obwohl ich mich so danach sehnte, Mama wiederzusehen. Ich sagte, ich würde sie besuchen, aber jetzt noch nicht, nicht, solange ich in diesem Zustand war – denn meine Mama könnte zu mir sagen: »Komm, zeig mal! Bist du noch Jungfrau?«, und ich hatte ihr nichts mehr zu zeigen.

Nuur kam einen Abend zu Besuch, und dann kam er zwei oder drei Abende lang nicht. Er erfand Ausreden – ich glaube, er wußte, daß ich nicht wirklich schwanger war, daß ich versuchte, ihn hereinzulegen, daß das meine Rache war.

Also machte ich mich auf die Suche nach ihm. Er war schwer zu finden. Aber ich hatte seinen Nachnamen, den Namen seines Vaters, und der genügt, um die Gegend herauszufinden, in der jemand wohnt. So ging ich in den Stadtteil, wo sein Stamm lebte. Er wohnte in einem alten Teil von Mogadischu, einem Viertel, wo sein Stamm die Boote liegen hatte, als sie nach Somalia kamen, und dann bauten sie dort Häuser, sehr stabile, weiße Häuser. Man sagte, daß die Leute seines Stammes diese Häuser bauten, indem sie Lehm mit Milch statt mit Wasser mischten. Selbst das Meer konnte diese Gebäude nicht beschädigen. Sie sahen wie Burgen oder Festungen aus; manche hatten im obersten Stockwerk kleine Türmchen, so daß die Leute ihre Boote im Hafen von dort aus sehen und bewachen konnten.

Ich ging die engen Gassen entlang, klopfte an alle Türen im Erdgeschoß und fragte: »Wer kennt Nuur Haaji?«

Endlich fand ich ihn. An dem Tag waren wir drei Mädchen, die in der alten Stadt von Tür zu Tür gingen, und wir fanden einen Mann, der ihn kannte. Er sagte: »Kommt erstmal zu mir nach Hause und trinkt etwas, und dann bringe ich euch hin.« Es war eins der Gebäude, die wie eine Burg aussahen, gewunden und hoch, mit vier oder fünf Stockwerken. Er fragte uns, was wir in dieser Gegend machten und warum wir Nuur Haaji suchten. Sie schützen sich gegenseitig. Nuurs Großmutter gehörte zu unseren Leuten, daher erklärte ich dem Mann, ich stammte aus der Familie von Nuurs Großmutter. Der Mann sagte: »Ach, du willst also einen von deinen Leuten besuchen? Du bist noch nie bei ihm zu Hause gewesen?« Ich sagte: »Nein.« »Dann kennst du also auch seine Kinder nicht?« Ich sagte zu mir: »Kinder?« Aber ich faßte mich rechtzeitig und sagte: »Nein, ich habe seine Kinder noch nie gesehen … und seine Frau auch nicht … dies wird das erste Mal sein, und ich freue mich so darauf, sie kennenzulernen.« »Wollt ihr gleich hingehen?« fragte der Mann. »Ich zeige euch seine Tür.« Er zeigte uns, wo die Tür war, und sagte, wir sollten durch die Tür gehen und die Treppe hinauf.

Wir stiegen die Treppe hoch. Allerdings gingen wir nicht ganz bis nach oben – wir blieben stehen und unterhielten uns leise. Wir waren überrascht. »Frau und Kinder?« »Frau? Und Kinder?« Wir sahen uns an und lachten. Ich war so schockiert – man konnte einfach nur lachen.

Aber ich war auch wirklich wütend, denn er hatte mich zerstört. Ich sagte meinen Freundinnen: »Er hat mir das Herz gebrochen, er hat meine Jungfräulichkeit zerstört. Ich will sein Leben zerstören.« Ich flüsterte ihnen zu: »Hört mal, ich werde gleich lügen, und ihr seid einfach still und tut so, als ob es wahr wäre.« Sie sagten: »Nein, Aman! Der Typ ist verheiratet. Bist du verrückt … in sein Haus zu gehen und mit seiner Frau zu sprechen? Bitte, laß uns gehen!« Ich sagte: »Nein! Ich will dafür sorgen, daß er nie wieder ein Mädchen betrügt.«

Wir klopften an die Tür. Mein Herz pochte schnell, und ich schwitzte. Ein Mädchen öffnete, und ich fragte, ob Nuur Haaji hier wohne. »Ja«, sagte sie, »wer sind Sie?« »Eine Freundin«, antwortete ich, »dürfen wir hereinkommen?« Sie sagte: »Warten Sie!« und ging zurück, und ich hörte, wie sie mit einer Frau sprach. Sie kam zurück. »Ja, kommen Sie herein.« Eine Frau kam und begrüßte uns und fragte mich, wie ich hieße und was wir wollten. Ich sagte, wir suchten nach Nuur Haaji – ich sei eine Freundin seiner Frau. Sie sagte: »Welcher Frau?« Ich sagte, ich sei eine Freundin seiner Frau Zenab, und sie sei im Krankenhaus. Ich sagte: »Gestern nacht, nachdem er weggegangen war, haben ihre Wehen eingesetzt, und wir haben sie ins Krankenhaus gebracht, und sie hat ein Baby gekriegt, und das Baby ist gestorben, und wir sind hier, um Ihnen das mitzuteilen, damit Sie ihm sagen können, daß er im Krankenhaus gebraucht wird, so bald wie möglich.« Sie sperrte den Mund auf. Sie rief eine andere, ältere Frau herbei und sagte: »Erzählen Sie dieser Frau, was Sie mir gerade erzählt haben.« Langsam – ich war erschrocken, als ich diese ältere Dame sah und sie sagte, sie sei Nuurs Mutter, und ich hatte Angst –, langsam wiederholte ich die Geschichte – daß das Baby gestorben war, daß sie ihn so bald wie möglich im Krankenhaus brauchten. Die ältere Dame fragte mich, wie Nuur aussähe, und ich beschrieb es ihr, und sie sagte, das *müsse* er sein, also wußte ich, daß ich im richtigen Haus war. Sie bedankte sich bei uns und sagte, wir sollten jetzt gehen. Wir rannten und rannten die ganze Wendeltreppe hinunter. Ich sagte: »Gott sei Dank! Ich habe es geschafft! Ich habe es geschafft!« Rahima, ich war erleichtert – als wäre ich neu geboren.

Wir gingen zu einer meiner Freundinnen. Ich hatte das Haus in der Soldatensiedlung bereits verlassen müssen, denn Mama wußte, daß ich mich dort aufhielt, und Jowara war verschwunden – ich habe sie nie wiedergesehen. Ich glaube, ihre Familie hat sie zu ihrem Mann zurückgebracht. Eine meiner Freundinnen behielt mich für zwei Nächte bei sich, aber am nächsten Tag mußte ich dann gehen. Ich ging wieder in das Haus in der Militärsiedlung, denn dort hatte ich ein paar Kleider, und ich hoffte auf Nachrichten von Jowara. Ihre Verwandte sagte mir, Nuur käme jeden Tag, um mich zu suchen.

Vier Tage später war ich gerade bei einer Freundin – es war Abend –, als Nuur mit der Polizei kam und mich an der Hand zur Polizeiwache zerrte. Er erzählte der Polizei, ich hätte sein Heim zerstört. Er sagte, seine Frau hätte ihn verlassen – sie hätte alle Möbel im Haus zerschlagen und sei fortgegangen und hätte die Kinder mitgenommen. Ich hätte ihn vernichtet, erklärte er. Natürlich erzählte er der Polizei nichts von dem Schaden, den er mir zugefügt hatte, und ich konnte es ihnen nicht erzählen. Daher verhafteten sie mich. Aber der Polizeichef gehörte zu meinem Stamm, und als sie mich zu ihm brachten, fragte er mich nach meinem Namen. Ihm fiel auf, daß meine Art zu sprechen die gleiche war wie seine. Er fragte: »Wer bist du?« Ich sagte ihm meinen Namen, und er fragte, ob ich die Tochter des Ältesten von Mango Village sei. Ich sagte: »Ja, das ist mein Vater.« Er sagte: »Ich kenne deinen Vater. Ich kann das nicht glauben – was machst du hier im Gefängnis und weg von zu Hause?« Ich sagte: »Ich war bei meiner Freundin, und dieser Mann hat der Polizei etwas vorgelogen, damit ich verhaftet würde.« Er fragte: »Warum?« Ich sagte: »Er liebt mich. Er hat die Polizei belogen und ihnen erzählt, ich hätte sein Leben zerstört und sein Heim, aber das stimmt nicht, Onkel, das habe ich nicht getan ...«

»Geh nach Hause«, sagte er zu mir. »Sei vorsichtig, und laß dich nicht mit diesen Stadtleuten ein – sie sind anders als die Leute dort, wo du herkommst.« Er gab mir seinen Namen und sagte, ich sollte meinem Vater erzählen, was er für mich getan hatte.

16

Ich dachte, für mich und alle anderen wäre es das beste, wenn ich nicht nach Hause ginge, sondern es allein mit der Welt aufnahm, ganz gleich, wie sich die Dinge entwickeln würden. Ich konnte sowieso nicht nach Hause, weil es für Mama eine Schande gewesen wäre. Es gab auch keinen Grund, nach Hause zu gehen – wenn du einmal verheiratet bist, bist du eine erwachsene Frau, selbst wenn du erst zwölf Jahre alt bist. Außerdem wäre es schmerzhaft gewesen. Ich wollte keine weitere Demütigung. In dem kleinen Ort würden sie sagen: »Siehst du. Wir hatten recht. Sie konnte ihren Mann nicht halten. Sie will ihn nicht. Sie ist dies. Sie ist das. Sie ist eine *sharmuuto.*« Das wollte ich nicht hören.

Und ich versuchte, ein neues Leben aufzubauen, ganz gleich, wie schlecht ich das machte. Ich hatte in einer niedrigen Gruppe angefangen – auf der Straße schlafen, keine Freunde, niemand kennt mich – und dann begann ich zu lernen. Als ich nach Mogadischu kam – als ich meinem Mann zum erstenmal weglief –, dachte ich, ich gehörte zu einem besseren Stamm und die Stadt gehöre mir, denn ich war zwar nicht hier geboren, aber das Land hatte meinem Stamm gehört. Ich wußte nicht, wem das alles jetzt gehörte oder wie es den Leuten gehörte oder wie das System war. Es dauerte eine Weile, das zu lernen.

In Mango Village ist dein Name wichtiger als alles andere. Wenn du zu einer guten Familie und zu einem guten Stamm gehörst, kann niemand dir das nehmen. Das glaubte ich jedenfalls. Selbst als meine Mama arm wurde und ich krank war, und selbst als ich Kind war und die anderen mich ärgerten, weil ich TB gehabt hatte, gehörte ich doch zu einem guten Stamm, und mein Vater war Ältester. Ich dachte, mein Vater wäre reich, mir erschien er reich, so reich. Alle sagten: »Ooooh! Dein Vater!« Aber nachdem ich nach Mogadischu gegangen war, wurde mir klar, daß mein Vater arm war – denn alles, was er hatte, waren seine Tiere und sein Land. Mit dem Reichtum der Leute in der großen Stadt war das nicht zu vergleichen. Wenn mein Vater Geld brauchte, mußte er Vieh oder Ernte verkaufen, und Mamas Einnahmen aus ihrem Handel waren mal so und mal so, sie kamen und gingen. Aber die Stadtleute, *die* hatten Geld ... kauften dies und verkauften das, hatten Autos und vieles, was wir nicht hatten. Das war es, was ich erkannte: In Mogadischu spielte dein Stamm oder dein Name keine Rolle, wichtig war nur, ob du reich warst und kaufen konntest, was du wolltest. Als ich noch zu Hause war, hatte ich mich für ein Mitglied einer angesehenen Familie gehalten, und es war schwer für mich, unten zu sein. Ich kam vom Land, daher hielten die Stadtleute mich für *reer-baadiyo*, unzivilisiert. Ich versuchte aufzusteigen. Ich hoffte, ich könnte höher kommen, höher, höher, höher.

Aber ich befand mich in einer sehr gefährlichen Situation, so wie alle Ausreißerinnen. Man wird wirklich müde, wenn man sich herumtreibt und eine Nacht hier und eine Nacht dort verbringt und in der nächsten Nacht gar nicht schläft, weil man auf der Straße ist. Man braucht einen Ort, wo man hingehen und den man als Zuhause bezeichnen kann, und ich hatte Glück, denn als ich Jowara verloren hatte, fand ich eine neue Freundin – Maryan. Maryan verstand mich. Ihr Freund war Europäer, daher wußte sie, wie es war, Schwierigkeiten zu haben und *sharmuulo* genannt zu werden. Ihr Zuhause war wie eine Zuflucht. Maryan sagte, wenn ich wirklich Probleme hätte und sonst nirgends hingehen könnte, würde sie mir zu essen geben und meine Kleider waschen. Aber sie hatte Angst vor meiner Familie, daher konnte ich nicht die ganze Zeit dort bleiben. Ich konnte nur bei ihr übernachten und am nächsten Morgen wieder gehen. Ich danke Allah dafür, daß es sie gab.

Es war gefährlich – sehr gefährlich. Kein Geld – einen

Tag hast du welches, und am nächsten Tag hast du keins. An einem Tag ißt du, am nächsten ißt du nicht – du hast Hunger. Manchmal schläfst du auf der Straße. All diesen Gefahren war ich ausgesetzt. Manchmal ließen Männer dich weit draußen im Buschland zurück; wenn du dich weigertest, mit ihnen zu schlafen, ließen sie dich einfach da draußen, wo du Hyänen ausgeliefert warst – und allen möglichen Tieren –, Schlangen. Niemand ermordete dich, aber Tiere konnten dich umbringen. Du konntest geschlagen oder vergewaltigt werden. Du gingst mit einem Mann aus, weil er dir etwas zu essen kaufen konnte. Vielleicht war deine Freundin bei dir, dann gab er mehr Geld aus. Mädchen gingen immer zu zweit oder zu dritt, außer man kannte den Mann gut – so gut, daß man wußte, wie er war –, denn wenn du mit einem Mann allein ausgingst, dachte er, ihr würdet automatisch miteinander schlafen. Deswegen nahmst du immer noch jemanden mit, um zu zeigen, daß du nichts machen würdest. Aber die Männer wissen, daß die Mädchen immer eine Freundin mitbringen, daher bringen sie auch einen Freund mit ... er bringt seinen Freund mit, und du bringst deine Freundin mit ... Sie haben so viele Tricks auf Lager: Wenn du es so machst, ist es eine Schande, also machst du es anders – und dann haben sie noch einen anderen Weg, um das zu umgehen.

Die älteren Männer waren besser, weil sie Geld hatten, und ich brauchte Geld für meine Familie und mich. Sie gehen mit dir essen, und selbst wenn du gar nichts tust, geben sie dir Geld. Aber es galt alles immer nur für einen Tag – was morgen war, wußte man nie.

In meiner Gesellschaft war es unterhaltsam, denn wenn jemand mit mir zusammen war, wurde er nicht müde. Ich sang, ich erzählte, ich führte vernünftige Gespräche, und ich wußte, wie man die Zeit totschlägt. Die Leute erzählten sich von mir: Sie sagten, ich sei geistreich, eine Geschichtenerzählerin, eine Komikerin. Nur mit den Männern schlafen mochte ich nicht, denn niemand gab mir Zeit, um zu lernen oder um mich zu entscheiden – alles geschah in

Eile, und ich mochte es nicht, denn es tat weh, und ich dachte, es wäre immer so. Abgesehen davon war ich eine gute Begleiterin.

Eines Tages war ich bei Maryan. Sie kochte gerade das Abendessen, als es an der Tür klopfte. Sie öffnete, und da stand – mein Mann. Nur Allah weiß, wie mein Magen sich vor Angst verkrampfte. Ich sah ihn an, und ich dachte: Warum hast du ihn hergebracht?

Ich stand auf und wusch mir die Hände. Ich wußte, daß alle mich beobachteten, denn sie wußten, daß ich weglaufen würde. Ich tat so, als wäre alles in Ordnung. Ich begrüßte ihn und lud ihn ein, Platz zu nehmen, und fragte ihn, was er trinken wolle. Männer holten sich nicht einmal ein Glas Wasser selbst. Der Mann bringt das Geld, die Kleider und das Essen nach Hause, und die Frau tut alles für ihn – trägt ihm Wasser hin und bringt ihm Seife und Handtuch. Mein Herz und mein ganzer Körper zitterten; obwohl ich wußte, daß er mich nicht mitnehmen konnte, hatte ich doch Angst. Aber ich tat so, als sei ich stark, und lachte und fragte ihn, ob er Tee wollte oder Wasser oder Orangensaft oder Milch – was er trinken wollte, als ob nichts zwischen ihm und mir geschehen sei. Er sagte: »Wasser!« Also ging ich hinaus und kam schnell mit dem Wasser wieder und gab es ihm. Ich tat so, als müßte ich mir selbst auch Wasser holen, und als ich zurückging, warf ich das volle Glas Wasser in die eine Richtung und schlüpfte durch die Hintertür in die andere Richtung – in weniger als fünf Minuten war ich aus dem Haus und aus der Gegend heraus. Ich rannte, bis ich ein kleines dreirädriges Taxi sah, hielt es an und stieg ein und sagte dem Fahrer, er sollte schnell fahren, schnell, egal wohin, denn jemand wäre hinter mir her und würde versuchen, mich umzubringen.

Ich hatte kein Geld. Er fuhr immer weiter, denn ich sagte ihm, ich würde bezahlen, was es auch kosten würde, und er glaubte mir. Während der Fahrt dachte ich ständig: Was soll ich tun? Wohin soll ich gehen? Wenn du Angst bekommst und dein Herz heftig schlägt, kannst du nicht denken – das Unglück ist nah, und du weißt nicht, was du tun sollst. Nach einer Weile hielt der Fahrer an und sagte: »Hör mal, kleines Mädchen, wo willst du hin? Jetzt bist du außer Gefahr – niemand läuft mehr hinter dir her. Und du bist nicht reich, du kannst also nicht den ganzen Tag herumfahren und mir das bezahlen. Also, wo willst du hin?« Ich sagte ihm, ich wüßte es nicht – ich hätte keinen Ort, wo ich hinkönnte. Ich sagte ihm die Wahrheit. »Ich war mit einem alten Mann verheiratet, und ich will ihn nicht, und ich bin ihm weggelaufen. Er ist immer noch hinter mir her, und ich bin nicht von hier, und ich weiß nicht, wo ich hingehen soll. Ich habe kein Geld, machen Sie also, was Sie wollen.« Und ich weinte. Er hielt mich in den Armen und sagte: »Weine nicht«, und er nahm mich mit zu sich nach Hause. Er hatte zwei Kinder und eine Frau. Und er sagte seiner Frau, sie sollte mich so lange bei ihnen bleiben lassen, wie ich wollte.

Es war eine wunderbare Familie. Ich erzählte ihnen die ganze Geschichte, und sie waren traurig, sehr traurig. Sie gehörten zu einem sehr niedrigen Stamm – man nennt sie Addon, genau gesagt – einem Sklavenstamm. Ursprünglich kommen sie anderswoher, aus einem anderen Teil Afrikas. Sie sehen nicht so aus wie wir, sie sind anders. Es heißt, daß sie früher Sklaven waren, aber jetzt gehören sie niemandem mehr, sie sind frei – sie sprechen die gleiche Sprache und haben die gleiche Religion und alles. Sie haben einfach ein anderes Aussehen – sie haben große Nasen, und wir haben kleine Nasen; sie haben krauses Haar, und wir haben weiches Haar; sie haben rauhe Haut, und wir haben glatte Haut. Keiner heiratet sie – sie heiraten untereinander. Aber sie leben überall, vor allem an den Flüssen und an der Küste. Sie schuften auf Farmen oder arbeiten in den Städten – Frauen und Männer – als Hausangestellte. Man kann sehen, daß sie früher Sklaven waren, denn sie verhalten sich immer noch so, als wären sie Sklaven – sie machen die niedrigen Arbeiten, und sie machen sie für sehr wenig Geld, manchmal ganz ohne Bezahlung, nur gegen Essen und Unterkunft. In Mango Village gibt es viele von ihnen – sie stehen unter der Herrschaft meines Stammes. Es sind freundliche Menschen, sehr freundliche Menschen, aber man hält sie für eine niedrige Kaste.

Er sagte, ich dürfte kommen und gehen, wie ich wollte. Ich war wie ein Familienmitglied, wie seine Tochter oder Schwester. Daher blieb ich – ich war sehr müde, und ich blieb an dem Tag ein Weilchen.

Kurz darauf hörte ich, daß Umar von seiner Arbeit bei der Fischereigesellschaft zurück sei, aber ich konnte ihm nicht gegenübertreten. Seine Freunde erzählten ihm, daß ich nicht mehr Jungfrau war. Sie erzählten ihm, wer mich entjungfert hatte, denn Nuur erzählte es allen. Sie sagten ihm, ich wäre jeden Abend mit einem anderen Mann unterwegs. Sie erzählten ihm eine Menge Lügen, mit etwas Wahrheit gemischt. Jedenfalls suchte Umar nicht nach mir. Ich wünschte mir, ihn zu sehen, wünschte es mir sehr, denn er war ein friedlicher Mann. Ich hatte ihn eine ganze Weile gekannt, und er hatte nicht einmal versucht, mit mir zu schlafen, er hatte es nicht einmal erwähnt.

Ich ging zu einem Mädchen, das ihn kannte. Sie sagte mir, er wollte mich nicht sehen, weil ich das getan hatte – ich hatte nicht auf ihn gewartet. Er liebte mich, aber er vertraute mir nicht. Ich bettelte so lange, bis sie sagte, sie würde ihn zu sich zum Mittagessen einladen. An dem Tag, als sie für eine kleine Gruppe Essen kochen wollte, ging ich zu ihr. Er war da. Als ich ihn sah, oh, es war schön, einfach sein Gesicht zu sehen – er hatte ein Engelsgesicht, ein unschuldiges Gesicht, und er war ein lustiger Kerl –, er redete viel, man konnte ihn nicht zum Schweigen bringen. Und als ich ihm das Gesicht zuwandte und wir uns in die Augen sahen, lächelte er. Ich lächelte auch, also stand er auf und streckte die Arme aus, und wir umarmten uns. Er wich zurück und sah mich an, machte ein wütendes Gesicht und setzte sich wieder hin. Ich hatte die Arme fest um seinen Hals geschlungen und sagte: »Wie geht es dir? Wie geht es dir?« Seine Freunde sahen ihn an und sagten: »Hey! Rede mit deiner Freundin! Was hast du denn? Sie umarmt dich, und du versuchst, sie wegzustoßen! Begrüße das Mädchen. Wo findest du sonst so ein liebes, lustiges Mädchen wie sie?« Dann küßten wir uns gegenseitig auf die Wange. Er sah mich an und fragte: »Geht's dir gut?« Und ich sagte: »Ja, und wie geht's dir?« Wir saßen da und redeten und redeten. Er fragte mich nicht, was ich machte; ich fragte ihn nach seiner Reise und seiner Arbeit und dem Fisch – nach der neuen Stadt und all dem.

Als wir gegessen hatten, gingen die anderen nach und nach fort. Ich küßte ihn wieder – zurückhaltend, auf die Wange –, aber er sagte: »Nein«, und er stieß mich fort und sagte, das brauche er nicht. Ich sagte: »Aber ich brauche es. Es ist so lange her, daß wir uns umarmt haben. Als du wegfuhrst, war alles gut – was ist denn los?« Er antwortete: »Du weißt, was los ist. Du weißt, was passiert ist.« Ich sagte: »Okay, es ist meine Schuld, alles ist meine Schuld.« Er sagte: »Ja, es ist deine Schuld. Wenn du es wegen des Geldes gemacht hast, warum hast du mir dann nicht geschrieben? Ich weiß, daß du ausgerissen bist. Aber wenn du nicht zurück nach Hause wolltest, hättest du wenigstens bei deiner Freundin bleiben können, und sie hätte mir ein Telegramm oder einen Brief geschickt, und ich hätte dir jeden Monat Geld geschickt. Du wolltest nicht mit mir gehen. Zwischen uns ist es aus.«

Ich bat ihn, aber schließlich sagte ich: »Also gut, ich finde mich damit ab. Ich habe mich getäuscht, sehr getäuscht. Ich wußte nicht, was passieren würde. Wie konnte ich wissen, daß sowas passieren würde? Laß uns wenigstens Freunde sein.« Und Umar sagte: »Das sind wir, und ich werde dir auch als Freund helfen, aber weiter nichts. Ich liebe dich, aber ich kann es nicht ertragen. Meine Freunde wissen alle, was du bist. Wo kann ich dich mit hinnehmen? In eine neue Stadt mit neuen Leuten? Das kann ich nicht – dies ist mein Land, dies ist meine Stadt, und das hier sind meine Freunde. Und das bist du. Du hast es getan, ich kann es nicht vergessen. Aber alles, was du brauchst ... alles, was du möchtest ... wenn du reden willst, alles ... du weißt, wo ich zu finden bin.« Er sagte mir sogar, wo er wohnte. Und wir waren wirklich Freunde; ich traf mich etwa einmal in der Woche mit ihm. Ich wollte lieber mit ihm befreundet sein, als gar nichts mit ihm zu tun haben.

Jetzt wurde ich wirklich ein wildes Mädchen. Ich lernte viel. Ich wußte, was Männer wollten, und ich konnte ihnen ansehen, ob sie gefährlich waren oder nicht, wer gefährlicher war und wer weniger gefährlich war.

Die alten Männer gefielen mir nicht besonders gut, aber sie waren wenigstens nicht gewalttätig, so wie die jungen es waren. Also mochte ich die Alten. Nicht als Männer – inzwischen suchte ich nicht mehr nach Liebe. Ich suchte nach Sicherheit, und die alten Männer halfen mir, indem sie mir Geld gaben, und ich wollte das Geld in erster Linie für Mama und dann für mich. Ich wollte unabhängig sein – ich wollte ein Haus und anständige Kleidung haben und aussehen wie die anderen. Manche dieser alten Männer liebten mich wie eine Tochter, wenn sie mich kennenlernten und ich ihnen erzählte, daß ich weiter nichts machte – daß ich nicht das war, was sie dachten. Aber dann ... wenn du drei oder vier Abende mit ihnen ausgegangen bist und siehst, daß sie dich mögen und respektieren und sie dich küssen, dann wollen sie dir auf einmal das Kleid ausziehen. Du sagst immer wieder nein, und dann wirst du es müde, nein zu sagen. In solchen Situationen erlaubten die Mädchen den Männern, sie durch »Bestreichen« zu »bemalen«. Man erlaubte ihnen nicht einzudringen – man preßte einfach die Beine zusammen, und sie steckten es einem zwischen die Beine. »Küssen und Bestreichen« hieß es, wenn du Jungfrau bleiben wolltest. Sie machten ihre Sache zwischen deinen Beinen – wie dieser Onkel es mit mir gemacht hatte, als ich ein kleines Mädchen war. Es ist eklig, und danach stanken deine Kleider – widerlich. Aber viele Mädchen machten das.

Damals durften nur ganz wenige Mädchen arbeiten – verheiratete Frauen wohl manchmal, aber wenn junge ledige Frauen eine Arbeit annahmen, dann waren sie *shar-*

muuto. So waren Männer die einzige Möglichkeit, und daß man sich von ihnen »bemalen« ließ – es war wie ein Verrat. Manchen tat ich es zu Gefallen; sie hatten mir einen Gefallen getan, und ich konnte wenigstens das für sie tun. Ich hielt das für gerecht. Was ich von ihnen haben konnte, bekam ich, und sie bekamen, was sie von mir haben konnten. Aber das zu tun ist schwer, sehr schwer. Du siehst nur Schmerz, Schmerz, Schmerz. Und auch keine Liebe mehr.

Einmal hatte ich kein Geld, und der Ramadan ging zu Ende – am nächsten Tag war *id*. Ich hatte mich den ganzen Ramadan lang um Geld bemüht, aber ich hatte immer noch keins. Es gab einen alten Mann, der mich gern hatte, und er hatte mir Geld angeboten, aber ich hatte immer nein, nein gesagt. Aber morgen war *id,* und ich konnte es einfach nicht ertragen, zu wissen, daß meine Familie keine Geschenke von mir bekommen würde. Denn meine Familie zählte auf mich. Ich brachte ständig Geschenke. Es war fast zehn Uhr, und in der Nacht vor dem *id* schließen die Geschäfte um zwölf. Also ging ich zu dem Mann, und ich ließ ihn mich »bemalen«, und ich bekam Geld. Ich kam noch rechtzeitig in den Laden. Ich kaufte alles, was ich für meine Familie haben wollte.

Am Morgen nahm ich den ersten Bus nach Mango Village – anderthalb Stunden Fahrt. Um acht Uhr war ich dort. Ich schenkte ihnen ihre Kleider. Alle duschten sich und zogen ihre neuen Kleider an. Ich war da. Ich war sehr stolz. Sehr stolz.

17

Ich war es müde, auf der Straße zu leben und kein Zuhause zu haben. Ich hatte den Ruf meiner Familie und meinen eigenen Ruf zerstört, und ich besaß nichts mehr. Die anderen Frauen, die als *sharmuuto* bezeichnet wurden – die meisten von ihnen hatten Häuser und Geld und Gold und alles, was sie wollten. Und da stand ich, erst vierzehn Jahre alt, und ich hatte einen schlechten Ruf und nichts weiter. Keine Hoffnung mehr.

Eines Tages, etwa drei Monate, nachdem ich entjungfert worden war, machte ich mit zwei Freundinnen einen Spaziergang in die Innenstadt. Es war Freitag, und alle Geschäfte waren geschlossen, und nur sehr wenig Menschen waren auf der Straße. Wir sahen uns die Kleider in den Schaufenstern von Alta Moda an. Ein alter weißer Mann in einem weißen Auto fuhr langsam auf der Straße an uns vorbei, und als wir zu ihm hinübersahen, winkte er uns zu. Er hielt den Wagen an und sagte, wir sollten einsteigen. Wir sagten: »Nein! Nein, nein, nein!« Wir gingen die Straße entlang, aber er folgte uns im Auto und sagte immer wieder, wir sollten einsteigen. Wir sagten »Nein! Hier kann uns jeder sehen. Wenn Sie irgendwohin fahren, wo uns niemand sehen kann, steigen wir vielleicht ein.« Wir gingen den ganzen Weg zum Strand, ein ziemlich weites Stück, auf der Straße, wo der Fischmarkt ist, und da geht niemand entlang, denn da stinkt es. Er kam, und wir verhüllten unsere Gesichter und stiegen ein, alle drei, und setzten uns auf den Rücksitz. Er fuhr aus der Stadt hinaus. Wir hatten keine Angst, denn wir waren zu dritt, und er war allein.

Er fuhr mit uns zu einem Restaurant. Wir sprachen alle Italienisch, aber nicht gut. Daher sagten wir: »Sie setzen sich allein an einen Tisch und essen allein, und wir drei essen zusammen für uns. Und wir treffen Sie dann im Auto wieder. Und setzen Sie uns vor dem Restaurant ab, und lassen Sie uns allein hineingehen.« Er ließ uns also erst aussteigen, und wir gingen zu Fuß zum Restaurant und setzten uns an einen Tisch, der weit von seinem entfernt war. Er hatte den Kellner an unseren Tisch geschickt und ihm gesagt, er sollte uns zu essen bringen, was wir wollten. Dieses Restaurant befand sich außerhalb der Stadt, in einer anderen Ortschaft, daher durften wir rauchen. Wir bestellten alle verschiedene Marken, damit wir drei volle Päckchen Zigaretten bekamen und für den nächsten Tag auch noch welche hatten. Wir blieben über drei Stunden.

Als wir genug davon hatten, standen wir auf, verließen das Restaurant und gingen die Straße hinunter. Er holte seinen Wagen und fuhr hinter uns her. Solange Menschen auf der Straße waren, blieben wir nicht stehen, aber endlich kamen wir an ein freies Stück, und er hielt an. Wir stiegen schnell ein, und er fuhr auch schnell weg – wenn jemand uns gesehen hätte, hätten sie uns mit Steinen beworfen, denn wir waren somalische Frauen mit einem weißen Mann. Es war Abend, und er fuhr mit uns aufs Land hinaus, um uns einen anderen Ort an der Küste zu zeigen. Als wir nach Mogadischu zurückkamen, sagte ich ihm, er sollte in die Nähe von Maryans Haus fahren, und dort könnte er uns absetzen. Ich bedankte mich für alles. Er fragte, ob er mich wiedersehen dürfte, also sagte ich: »Ja, warum nicht?« Er fragte, ob es in Ordnung wäre, wenn wir uns am nächsten Abend treffen würden, und ich sagte ja. Er schlug vor: »Wie wäre es, wenn du ins Kino gehst und ich dich dort treffe, wo ich dich heute morgen getroffen habe?« Dort würde es abends dunkel sein. Und in dieses Kino ging ich immer gern – es war das in der Nähe von Alta Moda. Ich war einverstanden, und er gab mir Geld für das Kino am nächsten Abend. Ich freute mich sehr, denn ich war pleite. Ich konnte es nicht erwarten, daß er wieder losfuhr und ich einen Blick auf das Geld werfen und sehen konnte, wieviel es war. Rahima, es waren zwanzig Shilling! Das war damals viel Geld für mich.

Am nächsten Abend ging ich mit einer meiner Freundinnen ins Kino. Um neun Uhr war er da. Diesmal nahm er uns in ein europäisches Restaurant mit – dort waren sehr wenige Somalis. Wir saßen zusammen an einem Tisch, und er bestellte Champagner. Wir fragten: »Was ist das, Champagner?« Er sagte: »Das ist ein süßes Getränk.« Der alte Mann bestand darauf, daß wir den Champagner probierten. Ich probierte als erste, und er war süß. Also überredete ich meine Freundin, ihn ebenfalls zu probieren. Er schmeckte ihr auch. Er war lecker! Der Champagner führte dazu, daß wir zuviel redeten. Ich glaube, wir waren betrunken, denn ich erinnere mich, daß meine Zunge schwer war, mein Kopf war schwer, meine Füße waren schwer. Als ich aufstand – meine Füße fühlten sich an wie Elefantenfüße –, konnte ich sie kaum heben. Er half uns, und wir kicherten – *ki-ki-ki-ki* –, meine Freundin und ich. Er ging in der Mitte und wir auf beiden Seiten, und er hielt uns an den Schultern fest und stützte uns, damit wir nicht fielen. Er setzte uns ins Auto, und wir verbrachten die Nacht bei ihm zu Hause, weil wir betrunken waren. Er hatte ein schönes Haus mit einem großen Bett. Wir schliefen alle drei in dem Bett, aber er faßte uns nicht an.

Am Morgen stand er auf. Er hatte einen Angestellten zum Putzen, der draußen aß. Er sagte dem Mann, er sollte uns Frühstück machen. Er weckte mich, gab mir einen Kuß und sagte, er würde später wiederkommen. Wir könnten zu Hause bleiben, und der Mann würde uns zu essen machen. Für den Fall, daß wir nicht warten könnten oder zum Essen ausgehen wollten oder was auch immer, ließ er mir hundert Shilling da. Wahnsinn!

Wer würde ausgehen wollen bei so einem Bett, so bequem? Rahima, ich schlief fast bis ein Uhr, es war so schön und sauber und weich. Wir duschten – es war eine schöne, saubere Dusche. Selbst in der großen Stadt benutzten die meisten meiner Freunde zu Hause nur einen Eimer und eine Tasse und begossen sich mit Wasser. Daher blieben wir lange unter dieser Dusche! Als er wiederkam, unterhielten wir uns. Er kam und legte mir den Arm um die Schultern und versuchte, mich an sich zu ziehen. Er roch gut, ein sehr sauberer Geruch, aber ich war schüchtern, und außerdem war er alt – nicht sehr alt, aber er muß über vierzig gewesen sein, fast fünfzig. Er war ein schicker Mann – er trug immer weiße Hosen, weiße Socken, schwarze Schuhe und ein weißes Sporthemd. Der Anzug der Kolonisatoren. Er hieß Carlo.

Er sagte, er müßte wieder gehen, aber wir sollten doch auf ihn warten, bis er das Geschäft schließen würde. Wir fragten: »Was für ein Geschäft?« Er sagte: »Mein Geschäft.« Er sagte, er würde mich eines Tages mitnehmen, damit ich das Geschäft ansehen könnte, aber wir sollten doch ruhig warten, bis er wiederkäme, und dann würden wir essen gehen. Er küßte mich wieder und ging. Etwa um neun kam er zurück, und wir fuhren in ein anderes Restaurant – dort wurde somalisches Essen serviert –, und viele von unseren Leuten waren dort, so daß wir unsere Gesichter verhüllen und an getrennten Tischen essen mußten. Anschließend fragte Carlo uns, ob wir wieder zum Schlafen zu ihm nach Hause kommen wollten. Meine Freundin sagte nein, und da konnte ich nicht ja sagen. Nach allem, was ich durchgemacht hatte, hatte ich Angst. Also ging ich mit meiner Freundin zu ihr nach Hause. Ich hatte immer noch die hundert Shilling, die Carlo mir am Morgen gegeben hatte, aber er gab mir noch einmal hundert Shilling und sagte: »Morgen geht ihr – beide – in ein Geschäft und kauft euch etwas Schönes zum Anziehen.« Wir nahmen das Geld und sagten: »Danke.« Er sagte, ich sollte ihn da treffen, wo er uns am Freitagvormittag zum erstenmal gesehen hatte. Meine Freundin und ich freuten uns. Wir hatten viel Geld: zweihundert Shilling plus ein paar Shilling, die von den zwanzig, die er mir am ersten Abend gegeben hatte, übriggeblieben waren!

Am nächsten Morgen gingen wir los und kauften Kleider, Schuhe, Halstücher, Unterwäsche – alles, was ich brauchte, und alles, was sie brauchte. Wir kauften Parfüm und Puder. Als wir geduscht hatten, legten wir nur etwas Puder und Parfüm auf. (Wir trugen keine Schminke und keinen Lippenstift.) Für den Rückweg zu meiner Freundin nahmen wir ein Taxi! Wir zogen unsere neuen Kleider an und fuhren in die Stadt ins Kino. Etwa um neun kamen wir wieder heraus, und da war Carlo und wartete auf uns.

So war es nun jeden Tag. Perfekt. Überall war Geld. An dem Abend sagte meine Freundin, sie müsse nach Hause. Carlo bat mich zu bleiben. Ich sagte mir: Du bist sowieso nicht mehr Jungfrau. Wovor hast du Angst? Dieser Mann ist freundlich, und er ist alt, vielleicht bringt er nicht viel zustande. Als wir also meine Freundin nach Hause gebracht hatten, fuhr ich mit dem Mann zurück zu ihm nach Hause. Am Morgen, nachdem er mich geküßt und mir Geld gegeben hatte, ging er fort. Von nun an schlief ich in seinem Haus. Ich war froh, daß ich jemanden gefunden hatte, der mich wirklich wollte, aber ich sagte, ich könnte nicht bleiben – ich könnte nicht mit ihm zusammenleben –, denn wenn meine Familie es herausfinden würde, wäre das das Schlimmste von allen Dingen, die ich getan hatte – mit einem weißen Mann zusammenzuleben. Wenn sie es herausfinden würden, würde entweder ich sterben, oder er würde sterben. Sie würden mich umbringen. Aber inzwischen hatte ich viel Geld – na ja, genug: Ich hatte immer etwas in der Tasche.

18

Ich hatte mich verändert – ich zog mich schön an, ich hatte Schühchen mit hohen Absätzen und alles. Einmal in der Woche ging ich zum Friseur, und jede Woche kaufte ich mir ein neues Kleid. Ich wurde entspannter und fing an, mein Leben zu genießen. Ich wußte, daß ich ruiniert war, daß ich den Ruf meiner Familie zerstört hatte, aber seit ich diesen Mann gefunden hatte, hatte ich ein etwas besseres Gefühl mir selbst gegenüber.

Nun wollte mein alter Mann mit mir schlafen. Diesmal wollte ich es auch, denn er war freundlich zu mir. Es war richtig, daß ich es ihm zurückzahlte. Ein bißchen oder viel, was immer er hatte, gab er mir, sogar ohne daß ich ihn darum bat. Er liebte anders als die anderen. Erst küßte er mich, und dann küßte er meine Brüste und meine Brustwarzen und dann meinen Bauch, und dann wollte er weiter unten küssen. Ich zog ihn hoch, aber er wollte immer noch nach unten. Ich lachte, weil seine Zunge mich kitzelte. Er hielt meine Hände fest und ging ganz nach unten und küßte mich auf die Genitalien. Ich lachte so sehr, daß ich auf ihn pinkelte! Er ließ mich los, und wir standen auf, bezogen das Bett neu und wuschen uns. Als wir mit dem Saubermachen fertig waren, lachte ich immer noch. Dann schliefen wir auf die übliche Art zusammen.

Am nächsten Morgen sagte er, ich sollte Geld nehmen und mir etwas kaufen, und er küßte mich und fragte, wann er mich wiedersehen würde. Er wußte, daß er mich ein paar Tage nicht sehen würde, bis ich das ganze Geld ausgegeben hatte, und daß ich dann wiederkommen würde. Er schenkte mir Sachen – und ich nahm sie, und ich mußte ihm geben, was er wollte, nämlich meinen Körper und mich selbst. Er bekam, was er wollte, ich bekam, was ich wollte. Das mußte ich tun, um zu überleben. Sonst wäre ich wieder auf der Straße gelandet. Glücklich war ich dabei nicht. Aber es gab keine andere Möglichkeit. Also tat ich es …

Aber er hatte bald genug davon. Er sagte: »Laß uns doch heiraten, und wenn du Angst hast, hierzubleiben, nehme ich dich mit nach Europa, und da können wir bleiben, oder du kannst da bleiben, und ich komme wieder hierher zurück, und du kannst mich jedes Jahr besuchen, oder ich kann dich jedes Jahr in Europa besuchen. Und wenn wir dann vielleicht ein Kind bekommen, wird deine Familie alles vergessen, und wenn du lange weg bist, wirst du ihnen sehr fehlen. Du weißt, daß sie dich lieben, daher werden sie uns verzeihen – sie werden dir verzeihen.« Und ich sagte: »Nein! Ich bin verheiratet!« Er sagte: »Was? Verheiratet? Mit wem verheiratet?« Ich sagte ihm: »Mit einem anderen alten Mann!« Rahima, er wurde rot und blau, und er wurde böse: »Warum hast du mir das nicht erzählt?« Mein Italienisch war nicht sehr gut – manchmal meinte ich etwas und sagte etwas anderes –, aber alles, was andere zu mir sagten, konnte ich fast ganz verstehen. Ich versuchte, mich zu erklären, langsam. Ich sagte: »Du hast mich nicht gefragt. Weißt du, als wir uns kennengelernt haben und du mich immer abgeholt hast – da war ich auf der Flucht vor meinem Mann. Ich will den alten Mann nicht. Ich werde mich scheiden lassen, und dann heirate ich dich. Aber hetze mich nicht, warte.« Er sagte: »Aber wie lange …? Ich liebe dich …« Ich sagte: »Ich liebe dich auch.« Ich log. Aber ich hatte ihn gern – er war ein guter Mann, so wie er mich respektierte. Ich respektierte ihn auch. Er zwang mich nie; wenn ich nein sagte, hieß das nein. Keine Wut, keine Vergewaltigung, nichts. Das war sehr gut.

Eines Tages sagte er: »Hör mal, geh doch zu deinem Mann und rede mit ihm und frage ihn, ob er Geld haben will, damit er sich von dir scheiden läßt.« Ich sagte: »Nein, der Mann … er hat das Geld von meiner Familie abgelehnt … wie kann er es von jemand anders nehmen?« Carlo fragte: »Wieviel hat er abgelehnt?« Ich sagte: »Das weiß ich nicht, aber mein Vater hat ihm Geld angeboten, und er hat gesagt, er wollte kein Geld.« Er fragte: »Wie lange ist das her?« Ich sagte: »Das ist lange her. Er hat es oft abgelehnt.« Carlo fragte: »Würde es dir etwas ausmachen, ihn noch einmal zu fragen?« Ich antwortete: »Nein! Ich will den Mann nie wieder sehen. Ich habe Angst vor ihm, und ich mag ihn nicht, und ich will ihn nicht sehen.« Und Carlo sagte: »Okay, okay, tut mir leid. Vergiß es.«

Aber bald fragte Carlo mich wieder, ob ich zu meinem Mann gehen und mit ihm sprechen würde. Er sagte, ich sollte ihm ausrichten, er würde ihm geben, was er wollte, wenn er sich nur von mir scheiden ließe. Ich hatte meine Befürchtungen, aber so, wie es war, konnte es nicht bleiben, denn ich log die Leute an, außer meiner Familie wußten nur ganz wenige Menschen, daß ich verheiratet war. Und ich wollte nicht *nashuusha* bleiben – das war, als wäre ich eine Hexe, unter mehr als zehntausend Frauen findet man vielleicht nur eine, die als *nashuusha* gilt. Daher wollte ich die Scheidung, wirklich, bevor jemand herausbekam, was ich war. Wenn Carlo meinem Mann mehr bot, als mein Vater ihm hatte zahlen wollen, würde er es vielleicht annehmen.

Je mehr ich darüber nachdachte, desto besser erschien mir die Idee. Schließlich hielten meine Familie, die Leute in Mango Village und mein Mann und seine Familie mich alle für eine *sharmuuto*, weil ich nicht bei meiner Familie war und nicht bei meinem Mann. (Sie hatten mich schon *sharmuuto* genannt, als ich noch bei meiner Familie war – stell dir vor, und jetzt war ich eine große, große *sharmuuto*.) Ich sagte mir: Vielleicht will dein Mann dich gar nicht wiederhaben – geh einfach hin und sage ihm: »Ich bin eine *sharmuuto* geworden, und ich gehe mit Weißen.« Denn wenn du mit Weißen gehst, will keiner dich wiederhaben. Sie denken, du hättest eine Krankheit. Niemand aus unserer Kultur würde dich wiederhaben wollen. Mit deiner Familie könntest du dich vielleicht versöhnen, aber du würdest nie einen Mann finden, der dich heiratet. Dieser schlechte

Ruf würde dein ganzes Leben lang an dir haften, und sie würden deine Kinder als Bastarde bezeichnen. Selbst wenn du mit dem weißen Mann verheiratet wärst und er Muslim würde, wären deine Kinder immer noch Bastarde.

Daher entschloß ich mich eines Tages, meinem Mann gegenüberzutreten. Ich ging zu ihm, aber mein Herz – Allah, mein Herz! Diesmal kam Maryan mit, denn ich hatte ihr von meinem Vorhaben erzählt. Sie sagte: »Wo willst du das Geld hernehmen? Verkaufst du deinen Körper?« Und ich sagte: »Ich habe einen alten Mann, der mich liebt und mich heiraten will, und ich will ihn heiraten.« Also gingen wir zusammen hin. Mit ihr fühlte ich mich sicherer, denn sie war groß und stark. Ich hatte Angst, daß er mich packen und drinnen bei sich behalten würde, aber mit ihr konnte er das nicht. Natürlich gingen wir abends hin, damit niemand uns sehen konnte.

Sein Gesicht schien zu sagen: »Was macht sie hier?« Er ließ uns Platz nehmen und bot uns etwas zu trinken an. Maryan begann. Sie sagte: »Seit Sie beim Richter waren, ist Aman nicht mehr zu Hause, und niemand weiß, wo sie steckt – sie ist ständig auf der Straße, und sie hat ihren Ruf ruiniert...« (Damit versuchte sie ihm zu sagen, daß ich sehr schlecht geworden war, damit er sich von mir scheiden ließ.) »Und sie wird so lange auf der Straße bleiben, wie Sie mit ihr verheiratet sind. Warum tun Sie ihr nicht einen Gefallen und nehmen an, was immer Sie fordern, sogar mehr als das Geld, das Sie bezahlt haben, und lassen sich von ihr scheiden? Sie ist noch klein, sie ist erst vierzehn Jahre alt, und sie ist schon auf der Straße. Sie haben selbst eine Tochter – wollen Sie, daß es Ihrer Tochter wie Aman ergeht?« Sie weinte, und ich weinte. Ich sagte: «Bitte, Onkel, bitte. Laß mich einfach in Frieden, laß dich scheiden und nimm dein Geld. Laß mich in Frieden. Ich will keine Hexe sein, ich will keinen schlechten Ruf haben. Ich möchte nach Hause und bei meiner Familie bleiben. Bitte, ich möchte heiraten, wen ich will.» Ich betete zu Allah, daß er ja sagen möge. Er sagte: »Ich weiß, was du sein willst, und das bist du schon und warst es schon, bevor ich dich kennenlernte – auf der Straße, mit den Weißen …« Aber er sagte, er würde darüber nachdenken. Er sagte, er müßte sich ins Gedächtnis rufen, was er alles ausgegeben hätte, und es aufschreiben – jeden Pfennig, den er ausgegeben hätte.

Ich ging zu Carlo zurück und erzählte ihm, was sich ereignet hatte, und er sagte: »Wieviel er auch haben will, ich werde es ihm geben.« Und ich sagte: »Danke.«

Zehn Tage später kam mein Mann zu Maryan. Er sagte, er wollte insgesamt dreitausend Shilling – eintausend für jedes *dalqad*, jedes »Ich lasse mich von dir scheiden« –, denn wenn man sich im Islam scheiden läßt, muß der Mann das dreimal sagen, zusammen mit dem Namen der Frau. Und ich müßte den Anspruch auf meine *mahr* aufgeben. Die *mahr* ist ein Geschenk, das man erhält, wenn man heiratet – man einigt sich darauf, daß man es im Falle einer Scheidung bekommt. Es kann ein Koran sein, es kann ein Kamel sein, es kann Geld sein.

Mein Mann sagte, niemand sollte erfahren, daß er Geld nahm. Er spielte die Rolle des großen Mannes, der kein Geld braucht. Er sagte, wir dürften es niemandem erzählen – er wollte es heimlich tun, in aller Stille –, und er würde seine Zeugen mitbringen, und wir sollten ihm am Freitagabend das Geld bringen.

Maryan erzählte mir die erfreulichen Neuigkeiten. Ich sagte: »Toll, ich bringe ihm das Geld sofort.« Aber sie sagte, sie wollte mitkommen. »Ich will diesen Weißen sehen, von dem du erzählst, und sehen, ob es wahr ist oder nicht und was er von dir will.« Sie wollte sichergehen, daß ich nicht in Schwierigkeiten war – meinen Körper nicht an mehr als einen Mann verkaufte.

Ich wußte, wo Carlos Geschäft war – ich ging immer in den Laden, wenn ich in der Stadt war, einfach um ihn zu besuchen. Ich hatte etwas Angst davor, ihm zu sagen, daß Maryan ihn sehen wollte. Aber er bemerkte es – immer wenn ich ein kleines Problem hatte und zu ihm ging, erkannte er das, denn ich ließ dann den Kopf hängen und sprach nicht richtig. Also machte ich das übliche traurige Gesicht, und er fragte: »Was hast du, Schatz, was ist los?«

Wir verabredeten, uns in seinem Haus zu treffen. Als ich dort ankam, war die Tür offen, und ich lief schnell und verhüllte mein Gesicht, damit mich niemand sah. Er wartete auf mich, und wir gingen gleich in sein Zimmer und schlossen die Tür. Er sagte: »Erzähl es mir, was ist los? Was ist passiert? Will dein Mann dich zurückhaben? Hat er es sich anders überlegt?« Ich sagte: »Nein, nein, nein. Meine Freundin möchte dich sprechen, weil sie wissen will, woher ich das Geld bekomme. Ihr Freund ist auch weiß, wie du.« Carlo sagte: »Kein Problem, ich werde mit ihr reden.« Ich sagte: »Und ich habe auch eine gute Nachricht. Mein Mann will das Geld am Freitag!« »Wieviel?« fragte Carlo. »Dreitausend«, sagte ich. Er sagte: »Ist das alles? Das geht klar, mach dir keine Sorgen.«

Rahima, ich war so glücklich! Als wir an Maryans Tür klopften, öffnete sie. Ihr italienischer Freund war da, und es stellte sich heraus, daß er Carlo kannte – sie waren alte Freunde. Wir machten den Männern zu essen und zu trinken. Ich trank an dem Abend Tee und spielte das brave Mädchen. Wir schlossen die Türen, damit niemand uns sah. Wir redeten und redeten, und Carlo sagte zu Maryan: »Danke, daß du Aman geholfen hast – ich liebe sie wirklich ...« Er erklärte Maryan, er liebe mich sehr und wolle mich heiraten und mit nach Europa nehmen. Sie sagte: »Aber sie ist doch zu jung!«, und er sagte: »Ich weiß. Ich warte so lange, wie es sein muß.«

Der Freitag kam. Maryan und ich gingen mit dem Geld zu meinem Mann. Mein Mann sagte: »Wir sind alle bereit. Laßt es uns hinter uns bringen.« Maryan war mißtrauisch und sagte sich: Das sind zwei Freunde von ihm. Er könnte das Geld nehmen und behaupten, er hätte es nie bekommen. Daher sagte sie: »Wir brauchen noch einen weiteren Zeugen.« Wir müssen uns nicht vor einem Richter scheiden lassen. Dein Mann kann sich von dir scheiden lassen, wo immer ihr seid – er kann sich sogar auf der Straße von dir scheiden lassen! Er kann einfach mit den Fingern schnippen und sagen: »Geh! Du bist geschieden.« Man braucht dazu nichts weiter als Zeugen. Maryan sagte: »Ich brauche einen dritten Zeugen. Können Sie Ihren Wächter hereinrufen?« Denn wir wußten zumindest, daß der zu unserem Stamm gehörte.

Als er den Wächter geholt hatte, sagte er: »Bevor ich mich von dir scheiden lasse, wo ist das Geld?« Meine Kusine gab ihm genau das, was er verlangt hatte: dreitausend Shilling, eintausend für jedes *dalqad*. Sie zählte die dreitausend Shilling ab, in Hundertshillingscheinen, in die Hand des Wächters, und der Wächter zählte sie meinem Mann in die Hand. Als mein Mann das Geld hatte, sagte er meinen Namen und sagte mit allen drei *dalqads*, daß er sich von mir scheiden ließe, und es gab kein Zurück.

Er gab mir alle drei *dalqads* – wenn er mir nur zwei gegeben hätte, hätte er später sagen können, ich wäre noch mit ihm verheiratet. Aber er gab mir drei *dalqads*, vor den drei Zeugen und vor Maryan, und ich war frei! Dann sagte er, er würde zum Richter gehen und ihm sagen, er habe sich von mir getrennt, damit der Richter das ausstreichen könnte, was er über mich in das Buch eingetragen hatte. Wir schüttelten uns die Hände und verabschiedeten uns, und er wünschte mir viel Glück und ich ihm auch.

Rahima – als ich aus seinem Haus kam, machte ich Freudensprünge und sang »Lulululululu«. Maryan und ich hüpften und umarmten uns, und wir rannten, und dann umarmten wir uns wieder. Ich war frei! Frei! Endlich frei!

Und ich war nicht mehr *nashuusha*.

Ich übernachtete bei Maryan. Wir redeten und redeten und redeten. Wir hatten tausend Shilling übrig, und Maryan sagte, da Carlo das Geld nicht zurückhaben wollte, könnten wir doch nach Hause gehen und feiern. Aber erst, sagte sie, sollten wir in seinem Laden vorbeigehen und ihm die gute Nachricht bringen. Er freute sich sehr. Wir gingen einkaufen und kauften Kleidung für unsere Familien – für ihre Mama, ihre Schwestern, meine Mama, für alle. Wir kauften einen Sack Zucker und eine Menge Nudeln und Tomatenmark und viel Kaffee und viele Gewürze – wir kauften alles, was unsere Familien brauchten. Sie kaufte mir ein Paar goldene Ohrringe, wie junge Mädchen sie tragen, und sie waren schön. Sie kaufte mir zwei Kleider – sehr teure, schöne Kleider, und Tücher, Schuhe und Unterwäsche. Und dann fuhren wir zu meiner Mutter.

Sie waren alle überrascht, mich zu sehen. Am hellichten Tage, und mit so vielen Geschenken und so viel Essen! Meine Mama sagte: »Wo hast du das alles her? Ich will nichts, was sie mit dem Verkauf ihres Körpers verdient hat« – als wäre ich wirklich eine *sharmuuto*! Maryan sagte: »Bitte sprechen Sie nicht so, lassen Sie das nicht die Nachbarn hören. Was Sie da sagen, ist nicht wahr. *Ich* habe das alles gekauft. Seien Sie still und hören Sie sich an, was Ihre Tochter zu sagen hat!«

Ich konnte nicht sprechen. Ich weinte nur und umarmte meine Mama. Wir gingen alle ins Haus und schlossen die Tür. Maryan erzählte ihr, daß ich am Abend zuvor geschieden worden war. Meine Schwester und meine Mama fingen an zu singen: »Lulululululululu«, damit die Nachbarn es hören konnten, und Mama rief laut: »Meine Tochter ist geschieden! Meine Tochter ist geschieden! Meine Tochter ist geschieden!«

19

Ich war glücklich darüber, daß ich Mama feiern sah. Ich hatte ihr große Sorgen bereitet, denn ich war eine junge Frau, die sich allein da draußen herumtrieb. Mama lud die Nachbarn ein und erzählte ihnen alles. Wir hatten *halwa*, die Süßspeise, die man ißt, wenn man Leute zu sich einlädt, und Kekse. Anschließend gingen wir zu meiner Tante und ihrer Tochter, um ihnen ein Geschenk zu bringen und ihnen die Neuigkeiten zu erzählen. Meine Mama und meine Schwester kamen mit. Meine Mama fragte, woher wir das Geld gehabt hätten, um meinen Mann auszuzahlen, und Maryan sagte, sie hätte es bezahlt – ihr Freund hätte ihr das Geld gegeben.

Wir blieben zwei Nächte in Mango Village, und dann fuhren wir wieder nach Hause in die Großstadt. Ich wußte, daß ich nach allem, was ich durchgemacht hatte, nicht im Dorf bleiben konnte. Ungefähr einmal im Monat war ich gekommen, um Mama Geld zu bringen – jedesmal, wenn Carlo mir hundert Shilling geschenkt hatte, hatte ich ihr fünfzig davon abgegeben. Wenn ich ein Kleid für mich kaufte, kaufte ich auch eins für Mama. Ich wußte, was meine Familie brauchte, und ich gab es ihnen. Carlo fuhr mich, und er parkte vor dem Dorf, etwa eine Meile entfernt, während ich hineinlief. Ich fuhr nur nachts hin, wenn alle schliefen. Wenn Carlo mich nicht fahren konnte, gab ich die Geschenke einem Vetter oder einer Freundin oder einem Fahrer mit – irgend jemandem, der nach Mango Village fuhr.

Ich war immer willkommen, meine Mama hätte mich jederzeit wieder aufgenommen. Mama liebte mich immer. Aber ich wollte ihr keine Schande machen. Daher fuhren wir, nachdem wir meine Scheidung gefeiert hatten, wieder nach Mogadischu zurück. Ich verbrachte die Nacht mit meinem alten Mann. Wir blieben zu Hause und schliefen miteinander. Es war wieder ganz schön, aber es war ... ich weiß nicht, etwas fehlte.

Nicht lange, nachdem wir wieder in der Großstadt waren, nahm Carlo mich mit zu Maryan. Sie sagte, sie müßte irgendwo hinfahren und ob wir nicht alle zusammen fahren könnten. »Klar«, sagte er, »komm, wir fahren.« Abends kann man fahren, mit wem man will, denn niemand kann einen sehen, also fuhren wir alle zusammen. (Damals mußte man sich selbst in der Großstadt in sein Tuch einhüllen, wenn man mit Weißen im Auto fuhr, bis man nicht mehr beobachtet wurde oder bis man aus der Stadt heraus war, in der man wohnte, und dann nahm man sein Tuch ab und atmete durch!) Ich trug kein Umschlagtuch, daher nahm ich mein Kleid hoch und verhüllte mich damit, denn ich hatte auch eine lange Unterhose an. Ich zog mein Kleid so hoch, daß es mein Gesicht verhüllte.

Wir hielten vor einem sehr schönen Haus, in der Gegend, in der die Konsuln und Botschafter alle wohnen – eine weiße, reiche Gegend, nah beim Zentrum. Das Haus war brandneu und weiß. Ein Wachmann bewachte es, und Maryan stieg aus und sprach mit ihm, und er öffnete uns das Tor, so daß wir hineinfahren konnten. Um das Haus herum lag ein schöner Garten, mit steinernen Sitzgelegenheiten, und ich sagte zu mir: Ich wünschte, dies wäre mein Haus! Maryan öffnete die Haustür mit einem Schlüssel, und ich fragte sie: »Wie kommt es, daß du einen Schlüssel hast?« Sie sagte: »Das Haus gehört meinem Freund.« Ich dachte, es wäre das Haus ihres weißen Freundes. Wir sahen uns um. Sie sagte: »Wie gefällt es dir?« Alles – das Haus, der Anstrich, die Möbel – roch brandneu. Das Wohnzimmer war wunderschön. Ich sagte zu mir: »Allah, das ist einfach herrlich. Bitte schenke mir eines Tages auch so ein Haus.«

Maryan übergab mir die Schlüssel. Sie sagte: »Du kannst heute nacht hier schlafen – es ist dein Haus. Das hier ist dein Haus.« Ich sagte: »Ärgere mich bitte nicht ...« Carlo sagte: »Doch, Schatz, es stimmt. Es ist dein Haus. Ich habe es für dich gemietet.« Ich sprang auf und sah ihn an. Er sagte: »Alles hier drinnen gehört dir. Der Schlüssel gehört dir, und morgens hast du ein Hausmädchen, das kommt und alles für dich tut – du brauchst nur zu schlafen und zu kommen und zu gehen. Der Wachmann wird um sechs Uhr abends hier sein, und um sechs Uhr morgens wird er wieder gehen, das Mädchen kommt um sieben Uhr morgens, und sie geht wieder, wenn du sie entläßt.« Überall waren Lebensmittel, und sie hatten sogar Kleider, Handtücher, Bettzeug und Seife für mich gekauft – alles war da. Bei manchen Dingen wußte ich nicht einmal, wie man sie benutzte! Alles war da, und es war so schön.

Er wollte, daß wir beide die Nacht dort verbrachten, aber vor Maryan konnte ich nicht ja sagen, daher sagte ich nein. Wir brachten Maryan nach Hause, und ich war so glücklich – ich küßte ihn dauernd. »Laß uns wieder in das neue Haus fahren – in dein Haus«, sagte er. Ich hielt den Schlüssel so fest, als ob ich ihn nicht verlieren wollte. Ich sagte zu ihm: »Nein, ich möchte nicht ins neue Haus.« Ich hatte Angst, denn es war so groß, und ich wußte, daß er am nächsten Morgen fortgehen und ich dann allein sein würde. Daher sagte ich zu ihm: »Nein, nein, nein, laß uns eine Spazierfahrt machen und dann zu dir fahren, und ein andermal können wir bei mir schlafen.« Also sagte er: »Okay.« Er war wirklich lieb.

Am nächsten Morgen machte ich mich auf und suchte nach meinen Freundinnen. Ich suchte irgendeine Freundin, es war mir egal, ich wollte einfach mein Glück teilen. Wir fuhren mit dem Taxi zu meinem Haus – sie konnten nicht fassen, daß ich ein Haus hatte! Ich konnte nicht einmal die Tür öffnen – eine meiner Freundinnen mußte für mich aufschließen. Das Haus roch nach neuen Möbeln. Der Kühlschrank war voller Getränke, und die Schränke waren mit Essen gefüllt. Blumen waren auch da. Schön! Carlo hatte das Getränk, das ich so gern mochte – Champagner –, in den Kühlschrank gestellt, und wir öffneten die Flasche und tranken ihn.

Etwa um halb zehn klopfte es an der Tür. Carlo. Er hatte keinen Schlüssel – ich weiß nicht, ob er einen Zweitschlüssel besaß, aber ich bezweifle es. Ich stellte ihn meinen Freundinnen vor und sagte ihnen, er sei mein Freund. Zwei meiner Freundinnen lachten, weil sie ihn noch nicht kannten – die beiden anderen hatte ich schon zu ihm nach Hause mitgenommen. Wir setzten uns und feierten zusammen.

Ich war nicht mehr obdachlos. Ich konnte mich in meinem Haus aufhalten, konnte so lange schlafen, wie ich wollte, und weggehen, wenn ich weggehen wollte. Vorher war ich ständig auf Achse gewesen, weil es nicht anders ging. Jetzt konnte ich meine Freundinnen abholen und sie herbringen. Schließlich zogen zwei wirklich gute Freundinnen bei mir ein, denn sie waren auch ausgerissen. Mein Haus wurde das Haus aller Mädchen. Ausreißerinnen wußten, daß sie immer bei mir wohnen konnten.

Niemand in meiner Familie wußte etwas von meinem alten europäischen Mann; was immer ich von Carlo bekam, gab ich aus, aber ich kaufte auch immer etwas für die Familie. Mama konnte sogar ihren Brothandel wieder aufnehmen. Manchmal erzählte ich ihr, ich würde für die Familie arbeiten – eine Lüge, aber ich versöhnte mich allmählich wieder mit Mama.

Ich war gerne mit den Kids zusammen – schließlich war ich selbst erst Teenager, und mit Carlo hatte ich nicht viel gemeinsam. Jeden Abend gab es eine Party. Manche der Kids hatten Autos, und alle fuhren mit Vorliebe im Auto herum. Wir quetschten uns mit so vielen in ein Auto, daß wir aufeinander sitzen mußten, und wir rauchten, tranken und sangen. Wir wollten einfach nur eine schöne Tour machen und singen. Jemand sagte: »Kommt, wir fahren mal dahin«, und alle Autos – *hui*! – sausten los und fuhren zum gleichen Ziel.

Einmal ging ich allein etwa um zehn Uhr abends vom Kino nach Hause. So spät abends ist es nicht leicht, ein Taxi zu bekommen, und manchmal muß man ein Stück laufen, bis man eins findet. Es war eine lange, gerade Straße, und in der Mitte war ein Bürgersteig mit Pflanzen auf beiden

Seiten. Große Lampen beschienen beide Seiten der Straße. Zu Fuß zu gehen machte mir nichts aus – ich bin mein ganzes Leben lang zu Fuß gegangen. Ein schwarzer Volkswagen kam langsam hinter mir her. Der Fahrer sagte, ich sollte einsteigen. Ich sagte: »Hau ab!« Er sagte: »Bitte, ich lade dich zum Essen ein. Ich gebe dir, was du willst!« Ich sah ihn an, und er war ein alter Mann. Ich sagte zu ihm: »Zur Hölle mit dir, Alter! Fahr zu deiner Frau!« Er redete hartnäckig auf mich ein, und ich ging hartnäckig weiter. Das war vor dem Parlament, vor den großen Hotels. Als ich zum Taxistand kam, sah ich, daß dort keine Taxis waren. Ich wartete etwa zehn Minuten. Der gleiche schwarze Volkswagen kam wieder, ließ einen Mann aussteigen und fuhr weiter. Der Mann kam direkt auf mich zu, und als er näher kam, erkannte ich, daß es ein Polizist war. Ich dachte, er wollte mit mir sprechen, aber statt dessen kam er ganz nah an mich heran und schlug mir vier- oder fünfmal ins Gesicht. Mir wurde schwindlig, und ich fiel hin. Da trat er mich mit seinen Stiefeln. Dann waren plötzlich Leute da, die ihn zurückhielten. Ich lag immer noch am Boden. Zwei Männer fragten ihn: »Warum? Warum denn?« Ein Junge, etwa fünfzehn, half mir auf und sagte: »Schwester, fehlt dir etwas?« Ich schüttelte den Kopf, und endlich konnte ich sehen, und ich guckte, wer mir das angetan hatte. Sie hielten ihn fest und baten ihn, mich in Ruhe zu lassen. Sie durften nicht mit ihm kämpfen, weil er Polizist war. Aber die Polizei sollte Menschen doch beschützen, nicht schlagen. Alle waren erstaunt – sie dachten, ich wäre bestimmt seine Frau oder seine Tochter. Er sagte, nein, er müßte mich verhaften, denn ich sei eine *sharmuuto*, ich trüge einen kurzen Rock. Ich sei schlecht für die Stadt, ich sei eine Schande für die Stadt, daher müßte er die Stadt von mir säubern. Ich trug tatsächlich ein kurzes Kleid mit einem Umschlagtuch, aber selbst wenn ich eine Prostituierte gewesen wäre, hätte er nicht das Recht gehabt, mich zu schlagen und zu treten. Ich wußte, daß der alte Mann in dem schwarzen Volkswagen ihn hergebracht hatte und daß der alte Mann ein großer Mann sein mußte.

Der Polizist nahm mich an der Hand und zerrte mich den ganzen Weg zur Wache, die nicht weit entfernt war, hinter sich her. Der Chef dort war ein Verwandter meiner Mutter, aber er war nicht da – er war abends nach Hause gegangen. Als erstes wollten sie mir Fingerabdrücke abnehmen. Ich hatte gehört, daß du, wenn sie dir einmal Fingerabdrücke abnehmen, eine Verbrecherin bist. Daher weigerte ich mich, und sie fingen an, mir auf die Knöchel zu schlagen, damit ich die Hände öffnete und sie die Fingerabdrücke abnehmen konnten. Während sie die Fingerabdrücke machten, kam der alte Mann und sagte ihnen, sie sollten mich bis zum nächsten Tag ins Gefängnis stecken.

Das Gefängnis war sehr dunkel – es gab kein Licht, und es stank nach Pisse. Es war kalt, es war nichts drin, gar nichts. Die ganze Nacht lang stand ich auf, setzte mich hin, stand auf, setzte mich wieder hin. Ich konnte mich nicht hinlegen. Rahima, ich hatte Angst. Ich wußte nicht, was geschehen würde. Ich wußte nicht, ob meine Familie es herausfinden würde. Ich wußte nicht, ob sie kommen und mich in das große Gefängnis bringen würden. Ich hatte gehört, daß der neue Präsident ein Fanatiker war und daß er angeordnet hatte, die Polizei sollte schlechte Mädchen aufgreifen. Wenn ich jetzt zurückblicke, verstehe ich, warum er dachte, das würde dem Land helfen. Kids, die Geld brauchten, taten alles. Und die Weißen, die sie mitnahmen, waren tatsächlich ein schlechter Einfluß. Sie verlangten schlimme Dinge von den Kids: Oralverkehr und andere Sachen. Das habe ich nie getan. Ich nehme an, daß sie uns beschützen wollten, aber sie verhafteten nur somalische Mädchen und manchmal auch Jungen – nie weiße Straßenmädchen und niemals weiße Männer. Die Polizei wollte nicht, daß wir europäisch wurden – sogar somalische Mädchen, die kurze Hosen trugen, wurden verhaftet. Du mußt schlecht sein, wenn du europäische Kleidung trägst. Aber in jener Nacht im Gefängnis fragte ich mich: Wie konnte das passieren? Ich war zu wütend zum Beten. Am Morgen ließen sie mich heraus. Danach ging ich nicht mehr viel zu Fuß.

20

Eines Abends, kurz nach meiner Nacht im Gefängnis, ging ich mit einer Gruppe Freundinnen ins Kino und lernte Roberto kennen. Er war etwas älter als ich – er war zwischen neunzehn und zweiundzwanzig. Ich konnte ihn sehen, aber er konnte mich nicht sehen, denn mein Gesicht war verhüllt – alles war verhüllt, ich hatte ein langes Kleid an und trug ein großes Umschlagtuch. Er war so neugierig auf mein Gesicht. Er war halb Italiener und halb Somali. Er war gerade aus Italien zurückgekommen. Seine Haut war nicht zu weiß und nicht zu dunkel, ein gutaussehender Mann. Ich sagte meiner Freundin, sie sollte ihm auf somalisch, was er nicht besonders gut sprach, sagen, wenn er mein Gesicht sehen wolle, müsse er zu mir nach Hause kommen. Er sagte: »Okay, okay!«

Wir nahmen ein Taxi zu mir nach Hause. Es war ein nettes, ruhiges Mittelschichtsviertel – keine Kinder, die dich mit Steinen bewarfen, denn es war ein weißes Viertel, und außerdem war Abend. Ich zog mich um, tauschte mein Kleid gegen Shorts – auf der Straße trug ich nie Shorts, das durften nur weiße Mädchen. Aber zu Hause konnte man machen, was man wollte. Ich lernte tanzen, und ich hatte schöne Musik. Also legte ich Musik auf, und währenddessen hielten meine Freundinnen und ich Ausschau, ob er und seine Freunde kämen. Sie kamen, und mein Herz – ah! Wir boten ihnen etwas zu trinken an, wir rauchten – ich hatte ein paar Zigarren, ein Freund hatte Zigarren mitgebracht. Wir hatten Zigarren auf dem Tisch stehen.

Das Haus gefiel ihnen gut, und sie fragten, wem es gehörte, und meine Freundinnen sagten, es wäre meins. Sie fragten: »Wo hat sie so ein Haus her?« Wir legten ein paar Platten von James Brown auf, und wir tanzten. Als sie gingen, fragte Roberto, ob er mich wiedersehen dürfte, und ich sagte ja.

Roberto arbeitete bei seinem Vater in einer Autowerkstatt, er reparierte Autos, und tagsüber ging er zur Schule. Vor zehn oder elf wurde er nie fertig; er kam immer spät zu mir. Tagsüber dachte ich an ihn. Bald sahen wir uns jeden Abend. Als er mich fragte, woher ich das ganze Geld hätte, erzählte ich ihm, mein Vater sei reich, und wir kämen nicht aus der großen Stadt. Ich sei gerade aus Ägypten wiedergekommen, sagte ich, und mein Bruder sei Polizeidirektor, und er würde für mein Haus und mein Essen bezahlen, denn ich ginge zur Schule, und ich würde sehr bald eine Stelle bekommen, bei der Regierung und *blah, blah, blah.* Ich hatte nicht genug Schulbildung, um zu arbeiten, aber wenn ich sie gehabt hätte, hätte ich gerne für die Regierung gearbeitet. Die Lüge, die ich ihm erzählte, war das Leben, das ich gern gelebt hätte.

Ich ging sonst nirgends hin; tagsüber blieb ich in meinem Haus, und abends ging ich mit ihm aus. Manchmal gingen wir nicht weg, wir blieben einfach im Haus und liebten uns. Das war das erste Mal, daß ich das Gefühl hatte, jetzt liebe ich jemanden, ich liebe ihn mit meinem Körper, statt ... ich hatte das noch bei keinem anderen empfunden. Es war einfach lieben, lieben, lieben, lieben. Ich wollte nur, daß er mich in den Armen hielt.

Ich erzählte allen meinen Freundinnen: »Ich liebe ihn.« Sie sagten: »Wir dachten, du liebst Antony!« Ich vergaß Antony nie, aber für Roberto empfand ich das gleiche, was ich für Antony empfunden hatte. Ich liebte sie *beide*. Ich glaubte, daß man mehr als einen Menschen im Leben lieben durfte, daß Allah uns ein großes Herz gegeben hatte, um so viele Menschen zu lieben, wie wir wollten.

Ja, ich liebte ihn. Wir neckten und schubsten uns dauernd, umarmten uns – er spielte sehr gerne. Einmal sagte ich zu ihm: »*Bastardo! Bastardo!*« – genau so. Ich hörte, wie die Italiener sich alle gegenseitig *bastardo* nannten, und ich dachte, das wäre so üblich. Ich wußte damals nicht, was es bedeutete, aber er wußte es. Er war sehr aufgebracht und ohrfeigte mich, und meine Lippen bluteten.

In der Zeit, als ich mit Roberto zusammen war, begann ich, Angehörige einer neuen Schicht kennenzulernen – Leute aus der Oberschicht. Durch die unteren und mittleren Schichten war ich hindurchgegangen. Ich erinnerte mich daran, wie ich in Mogadischu angefangen hatte, wie ich auf der Straße geschlafen hatte, immer schmutzig und voller Angst und verzweifelt. Langsam, langsam hatte ich mir ein besseres Leben aufgebaut. Nachdem ich Carlo kennengelernt hatte, mußte ich nie mehr um des Geldes willen mit einem Mann gehen. Ich hatte ein schönes Haus. Und ich hatte einen jungen Mann, der mich liebte. Und zusammen lernten wir alle bedeutenden Männer in Mogadischu kennen. Wir gingen auf ihre schönen Partys in großen Villen, wo sie alle erdenklichen Sorten von Getränken hatten und alle Arten von Musik, wo die Gäste gemischt waren, mit eleganten somalischen Frauen und wichtigen Männern aus der Regierung mit interessantem Leben. Zu jener Zeit hatte ich das Gefühl, oben angekommen zu sein.

Roberto fing an, von der Arbeit wegzugehen, um tagsüber mit mir zusammen zu sein. Abends schaltete ich immer alle Lichter aus, und als er mich nach dem Grund fragte, erklärte ich ihm, ich hätte Angst vor meinem Bruder, doch in Wirklichkeit hatte ich Angst vor dem alten Mann. Ich bat Roberto, sein Motorrad anderswo abzustellen.

Eines Abends sagte Carlo, er würde vorbeikommen, doch ich hatte vor, mit Roberto auf eine Party zu gehen. Bevor Carlo kam, sagte ich meinen Freundinnen, sie sollten mich mit zwei oder drei Decken zudecken, damit mir heiß würde und ich mich anfühlen würde, als hätte ich Fieber, wenn Carlo mich berühren würde. Sie legten mich unter einen Packen von Laken und Decken, und mir war wirklich heiß, als er kam. Ich sagte: »Es tut mir leid, ich bin krank, ich bleibe im Bett, ich kann dir nicht Gesellschaft leisten. Wir sehen uns morgen abend – würde es dir etwas ausmachen, jetzt zu gehen?« Er küßte mich und sagte: »Soll ich dich wirklich nicht zum Arzt bringen?« Ich sagte: »Nein, ich habe Medizin genommen, die hilft bestimmt. Du kannst nach Hause fahren.«

Rahima, er ging weg – aber während ich mich fertig machte, um mit Roberto auszugehen, kam er wieder. Ich war aus dem Bett aufgestanden und zog mich gerade fertig an, als er an die Tür klopfte. Meine Freundin sagte: »Wer ist da?« Ich rannte zurück zum Bett und deckte mich wieder zu. Ich fragte ihn, warum er zurückgekommen sei, und er sagte: »Ich hab' dir Aspirin mitgebracht.« Während ich mich bei ihm bedankte, klopften Roberto und seine beiden Freunde an die Tür. Roberto kam gleich ins Schlafzimmer, umarmte mich und gab mir einen Kuß und sagte: »Was machst du denn im Bett? Du wußtest doch, daß ich komme, und wir müssen los. Warum bist du noch nicht fertig?« Er sagte es auf Italienisch, was Carlo natürlich verstand. Ich wollte, daß Carlo ging, bevor Roberto etwas merkte. Aber Carlo war wütend – er hatte gesehen, daß der junge Mann mich küßte –, er stand auf und spuckte mir ins Gesicht und nannte mich *putana*, und er sagte den anderen, dies sei sein Haus und sie sollten gefälligst verschwinden.

Roberto sah mich an – er konnte es nicht fassen. Er sagte zu seinen Freunden: »Kommt, wir gehen«, und sie gingen.

Ich lief hinter ihm her. Immer noch in das Laken eingewickelt, sprang ich hinter ihm auf das Motorrad und bettelte und bettelte ihn an, mich mitfahren zu lassen. Er verfluchte mich, so wütend war er. Zuerst fuhren wir langsam, und er sprach mit mir: »Warum hast du das getan? Ich hätte nicht einmal mit dir gesprochen, wenn ich gewußt hätte, daß du das machst. Ich dachte, du wärst ehrlich.« Er nannte mich *sharmuuto*. Und dann fuhr von hinten ein Auto dicht an uns heran, so als würde der Fahrer versuchen, uns anzustoßen, und ich drehte mich um und sah, daß es ein weißes Auto war – Carlos Auto. Also fuhr Roberto schneller und im Zickzack und jagte durch kleine Nebenstraßen, durch die Autos nicht fahren konnten, und wir entkamen.

Er nahm mich mit zum Strand, dorthin, wo niemand war. Ich versuchte, ihn zu bitten und zu umarmen und zu küssen, und er stieß mich immer weg. Er fing an, mich zu ohrfeigen, aber nicht so wie früher – nicht scherzhaft. Diesmal war es ernst. Er sagte: »Der alte Mann wird mich umbringen. Ich war in seinem Haus und bin länger als einen Monat mit seiner Frau gegangen. Warum hast du gelogen? Warum?« Er sagte, es wäre aus mit uns. Aber ich versuchte es immer noch: »Es ist nicht wahr! Ich gehe nicht mit ihm.« Er brüllte: »Du lügst schon wieder. Siehst du? Du gehst doch mit ihm. Lüg mich nicht an.« Wenn man jung ist, denkt man, man könnte alle überzeugen, man hält sich für wer weiß wie schlau. Ich dachte, Lügen wären die beste Methode. Aber er wollte sie nicht hören. Er sagte: »Nein. Es ist aus. Ich bereue, daß ich dir jemals begegnet bin.« Er war wütend, sehr wütend, und ich versuchte, ihn zu beruhigen und zu küssen, aber er schubste mich weg und ohrfeigte mich. Mein Gesicht war voll Schmerz – es fühlt sich an, als hättest du Fieber, wenn sie dich ohrfeigen. Meine Augen tränten, meine Nase lief. Es war ein sehr trauriger Abend.

Er fragte mich, wo er mich absetzen sollte, denn er wollte nach Hause. Ich wußte, daß ich nicht in mein Haus zurückkonnte, daher bat ich ihn, mich zu Maryan zu bringen. Er sagte nicht auf Wiedersehen. Er war kalt, sehr kalt. Ich konnte es nicht ändern.

Am nächsten Tag fuhren Maryan und ich mit dem Taxi zur Werkstatt seines Vaters. Sie sagte ihm, ich würde draußen warten und wollte ihn sprechen. Er kam zu mir heraus und sagte, ich sollte aus dem Taxi aussteigen – er wolle mit mir reden. Als ich ausgestiegen war, sagte er: »Versuche nie, nie wieder, mir oder meinem Haus oder meiner Werkstatt nahe zu kommen. Nie wieder. Ich könnte dich umbringen. Komm nie zu mir, und schicke auch nie jemanden. Wenn ich etwas von dir will, weiß ich, wo du bist. Also laß mich in Ruhe und verschwinde auf der Stelle.«

Rahima, ich wünschte, ich wäre nie geboren worden. Ich

fühlte mich sehr klein. Mir brach das Herz. Wir fuhren zurück zu Maryan, und mir liefen einfach nur die Tränen übers Gesicht. Sie nahm mich in die Arme und hielt mich und sagte immer wieder: »Aman, sei stark!« Ich ging ins Bad und wusch mir das Gesicht mit kaltem, kaltem Wasser.

Am nächsten Tag kam Carlo. Jetzt haßte ich den alten Mann, denn er war schuld, daß ich den verloren hatte, den ich liebte. Ich sagte ihm, ich wollte ihn nicht – ich wollte ihn nie wieder sehen, nie. Ich sagte, er könnte alles behalten, was er mir geschenkt hatte, und ich hätte ihn bezahlt, denn er hätte beinahe seit dem Tag, als ich ihn kennenlernte, bis heute mit mir geschlafen. Und jetzt würde ich gehen. Doch Carlo kam immer wieder. Er begann, mir einen Teil meiner Kleider zu bringen, und Gold – neues Gold – und Geld, aber ich nahm es nicht.

Ich traf ein Abkommen mit dem alten Mann, weil ich wußte, daß er mich liebte. Ich sagte, ich würde jetzt selbst entscheiden, wann ich ihn sehen wollte: »Du kommst, wenn ich sage: Komm. Wenn ich sage: Geh, gehst du. Ich kann befreundet sein, mit wem ich will, ob Mann oder Frau.« Wenn er mich wollte, mußte er einwilligen. Er war einverstanden. Ich sagte also gut, ich würde wieder zu ihm kommen.

Aber, Rahima, ich hoffte, daß Roberto mir verzeihen würde. Ich ging überall hin, wo ich ihn vermutete. Ich ging in einen Film; wenn er nicht da war, verließ ich das Kino wieder und ging in ein anderes; ich ging in vier oder fünf Filme pro Abend. Aber als ich ihn endlich sah, hatte er ein schönes Mädchen bei sich. Sie war halb Europäerin, wie er, und nach einer Weile hörte ich, daß sie verheiratet waren.

21

Ich war immer noch mit den abenteuerlustigen Mädchen zusammen – mit somalischen Mädchen aus der Oberschicht, mit solchen, die nur ihr Vergnügen im Sinn hatten. Im Gegensatz zu mir mußten sie nicht leiden, um Geld zu bekommen, denn ihre Eltern hatten Geld. Ein Mädchen – ihrem Vater gehörten die Kinos, er war ganz oben, einer der reichsten Somalis in Mogadischu. Aber weißt du, was ihm zugestoßen ist? Aus keinem seiner Kinder ist etwas geworden. Alle seine schönen Töchter – sie gingen mit weißen Männern. Sie wollten nicht mit Somalis ausgehen. Sie dachten, wenn sie einen weißen Mann heiraten würden, könnten sie so leben, wie sie es bei den europäischen Freunden ihres Vaters sahen. Diese Mädchen waren gebildet, sie hatten die High-School abgeschlossen, sie hatten all diese Freiheiten bekommen, aber trotzdem machten sie ihrem Vater Schande. Eine seiner Töchter wurde sogar Alkoholikerin, und sie starb, noch bevor sie zwanzig wurde. Ich war mit ihr befreundet. Wenn ich jetzt zurückblicke, nahm es mit den Kindern all der reichen Familien, die ich kannte, ein schlimmes Ende ... Alkoholikerinnen oder mit weißen Männern zusammen. Reiche Kinder sind verwöhnt, glaube ich. Für sie ist alles leicht, daher wollen sie alles tun, was sie nicht tun dürfen. Aber damals bewunderte ich diese Mädchen sehr. Die Wahrheit über mich verschwieg ich, und diese Mädchen wußten alle sehr wenig über mich. Sehr wenig. Ich lebte ein Doppelleben, um mich und Mama zu ernähren. Niemand konnte mich demütigen. Weil ich ein Mädchen aus dem Busch war, dachten diese Stadtmädchen – sie waren meine Freundinnen, aber sie dachten, sie wüßten mehr als ich. Ich lernte schnell, und ich durchschaute das System und wie sie es benutzten. Inzwischen war das einzige Gebiet, auf dem sie mehr wußten als ich, ihre Schulbildung: Sie konnten lesen und schreiben. Die Art, wie ich mich kleidete und wie ich sprach – man konnte keinen Unterschied zwischen uns erkennen. Ich konnte meinen Dialekt ändern, aber wenn ich so sprach, wie ich eigentlich sprach, konnte man hören, zu welchem Stamm ich gehörte. Alle Stämme haben verschiedene Akzente, auch wenn wir nur eine Sprache und eine Religion haben.

Eines Tages sagte eine meiner Freundinnen: »Da kommt eine neue Band aus Aden, und die sind wirklich gut.« Es gab nur einen Club, in den Mädchen gehen durften, und wenn man hinging, mußte man vorsichtig sein und sein Gesicht verhüllen. Wir hatten von diesem Club gehört – manche Mädchen gingen zum Lunch dorthin, aber abends wurde er von Prostituierten besucht. Wir gingen in einer Gruppe – fünf Mädchen und drei Jungen. Wenn man damals in einen Club ging, durften Mädchen keinen Alkohol bestellen. Also bestellten die jungen Männer beim Kellner Getränke und gaben sie an die Mädchen weiter. Sie ließen meistens hochprozentige Getränke kommen und baten den Kellner, sie in Coca-Cola oder Fanta zu gießen, damit niemand es sah. Ich kriegte einen Whisky-Cola. Ich trank das, und danach fühlte ich mich sehr locker und hatte Lust zu tanzen.

Als die Band Pause machte, gingen die Leute zu ihnen nach vorn, um mit ihnen zu sprechen, um ihnen zu sagen, daß ihnen die Musik gefiel. Dann gingen die Bandmitglieder zu den Tischen anderer Leute und setzten sich und unterhielten sich. Einer von ihnen sprach sogar Somali. Sie sprachen viele verschiedene Sprachen. Und sie kamen an unseren Tisch. Sie waren schön angezogen, mit Jacketts und Schmuck und Parfüm – ein schöner Geruch. Während sie auf unseren Tisch zukamen, versuchte ich zu entscheiden, welcher mir am besten gefiel. Der, den ich aussuchte, setzte sich neben mich. Ich wurde schüchtern. Sie bestellten Getränke, und nachdem sie mit uns getrunken hatten, gingen sie weiter, um andere Leute zu begrüßen. Als er fortging, berührte er meine Schulter und sagte, er würde wiederkommen und ich sollte auf seinen Drink aufpassen. Er sagte das auf Englisch, aber ich verstand, was er meinte. Eine meiner Freundinnen sagte: »Ach, gefällt er dir?«, und ich sagte: »Halt den Mund!«

In der nächsten Pause kam er wieder und fragte, ob er mit mir tanzen dürfe. Viele von meinen Leuten waren da – er wollte mich an sich drücken, und wir tun das nicht in der Öffentlichkeit, also hielt ich ein bißchen Abstand von ihm.

Bevor wir gingen, fragte er, ob er mich wiedersehen dürfte. Ich sagte der Freundin, mit der ich zusammen war, sie sollte ihm sagen, ja, wenn wir uns alle wiedertreffen würden, aber ich wollte ihn nicht allein sehen. Ich verstand nicht soviel Englisch, und sein Arabisch war anders als meins. Er sagte: »Okay, kommt doch alle morgen abend zu uns.«

Sie hatten eine hübsche Villa gemietet, mit schönen blühenden Büschen am Eingang. Als wir zum Abendessen dorthin gingen, waren zwanzig oder dreißig Leute da. Nach dem Essen spielte die Band für uns, und wir tanzten alle. Jeder aus der Band muß drei oder vier Mädchen um sich gehabt haben, obwohl manche dieser Mädchen mit festen Freunden gekommen waren. Einer aus der Band – der Bandleader – war überheblich, und ich mochte diesen Typ nicht. Meiner war nett und offen zu allen. Er hieß Paul. Er und seine Freunde waren alle aus Aden, wo es Somalis, Araber und Inder gibt. Er war auch eine solche Mischung, Araber und Inder. Er war ziemlich dünn, mit einem schmalen Gesicht, und er war weiß – nicht weiß, weiß, weiß, aber ziemlich weiß. Zu der Zeit gab es in Aden Probleme, daher waren viele junge Männer nach Somalia gekommen – Fußballspieler, Musiker, selbst welche, die bei der Bank arbeiteten. Paul und seine Freunde meinten, sie hätten großes Glück, daß sie einen Vertrag hatten, um in Somalia zu spielen.

Am Ende des Abends lud unsere Gruppe sie zum Essen ein. Der Tag kam, und wir fuhren mit ihnen in den Jungle

Club – in das Restaurant, wo man unter Bäumen ißt. Sie hatten so etwas noch nie gesehen, ein Restaurant, in dem jeder Baum wie ein Haus war, mit dicht belaubten Zweigen, die uns überall umgaben, so daß niemand uns sehen konnte. Der Himmel war voller Sterne. Wir hatten unsere eigene Musik mitgebracht. Das Essen war sehr gut – Ziegenfleisch und Reis. Sie hatten auch Getränke – alkoholfreie Getränke und Alkohol und Kamelmilch. Wir aßen, wir tanzten, und wir unterhielten uns unter den Ästen des Baumes. Der Sand war weiß und weich. Man konnte machen, was man wollte.

Spät, etwa um fünf Uhr morgens, fuhren wir nach Mogadischu zurück. Paul und ich unterhielten uns ein bißchen – er erzählte mir von Aden, daß es dort sowohl Araber als auch Inder gäbe und daß er einen britischen Paß habe, weil es eine Kolonie gewesen war. Das meiste von dem, was er sagte, verstand ich nicht. Ich verstand ein ganz, ganz bißchen Englisch – nur »How are you doing?« und »What's your name?« –, nicht genug für ein längeres Gespräch. Und ich verstand ein klein wenig Arabisch. Er versuchte es mit beiden Sprachen – mal mit der einen, mal mit der anderen. Wir verstanden uns. Ich wußte, daß er mir zum Teil deswegen gefiel, weil er vielen Frauen gefiel, und ich versuchte immer noch, mit den anderen Mädchen zu konkurrieren, ich versuchte, mich ihnen – und Roberto – zu beweisen. Aber er gefiel mir auch, weil er Ausländer war, er war etwas Neues – anders als die Männer, die ich in der Stadt kannte.

Und er mochte mich. Bevor wir den Jungle Club verließen, hatten wir uns geküßt, und wir hatten uns unterhalten. Ich sah ihn ab und zu in Clubs. Er fragte mich immer wieder, ob ich mit ihm ausgehen würde, er schickte immer wieder seine Freunde zu mir. Aber er hatte viele Verabredungen – er hatte eine lange Liste von Mädchen. Und ich war ebenfalls beschäftigt.

Jeden Tag hatte ich vier oder fünf verschiedene Termine. Manchmal hatte ich zwei Verabredungen an einem Abend.

Ich traf mich nicht mehr mit Somalis, abgesehen von einigen wichtigen Leuten, aber ich war manchmal mit ihnen auf Partys. Dann blieben Paul und ich eines Abends zusammen und tranken und tanzten und redeten, und ich küßte ihn den ganzen Abend. In der Nacht schliefen wir miteinander. Und von dem Tag an wurden wir gute Freunde. Wenn er ausging, mußte ich es sein. Wenn er jemanden einlud, um die Band spielen zu hören, mußte ich es sein. Wenn ich ihn nicht besuchte, kam er und suchte nach mir.

Aber das war immer noch nicht das, was ich wollte. Manchmal verschwand ich und ging für zwei oder drei Tage zu Carlo zurück. Manchmal machte ich mich aus dem Staub und fuhr nach Hause nach Mango Village – ich wurde müde und verwirrt, weil das alles immer noch nicht das war, was ich wollte, und es wurde mir zuviel, dauernd auf Partys zu gehen. Rahima, ich war sehr verwirrt – wenn man jung ist und alles gesehen hat, Schlechtes und Gutes, und man trotzdem noch verwirrt ist, braucht man ein Zuhause, wo man hingehen kann. Ich war nicht sicher, welchen Weg ich nehmen und welchen Schritt ich machen sollte. Alles, was ich tat, war falsch, und ich wußte nicht, was ich sonst tun sollte. Was ich wollte, war einfach – ein schönes Leben haben und mit einem Mann zusammensein, den ich liebte. Aber es war schwer zu bekommen!

Paul und ich sahen uns immer öfter, und ich wurde entspannter. Bei ihm fühlte ich mich wohl. Er war immer um mich herum, legte immer den Arm um mich; er zog mich all den anderen Mädchen vor, die ihn wollten, und daher fühlte ich mich wie eine Königin – ganz oben. Ich hatte zwar viele Männer gehabt, aber sie hatten mir nicht viel Respekt entgegengebracht, und Paul rückte mir den Stuhl zurecht – er war ein Gentleman. Es war so schön, sehr schön, und es gefiel mir gut.

Ich trug immer ganz enge Kleidung – Shorts, kurze Röcke und Kleider. Aber ich fing an zuzunehmen, und meine Kleider wurden mir zu eng. Ich fror ständig.

Die Schwester einer Freundin war gerade aus Kenia wiedergekommen und hatte viel zu verkaufen. Sie war schlank; sie war eine große Frau, mit großem Busen, aber mit wenig Bauch. Eines Tages, als sie sich anzog, sah ich, daß sie eins von diesen Dingern trug, und ich fragte sie, was das sei. Sie erklärte mir, wie es wirkte. Wenn man breite Hüften hatte, machte es sie schmal, wenn man einen dikken Bauch hatte, machte es ihn flach; und wenn man einen dicken Hintern hatte, machte es ihn klein; alles gleichzeitig. Ich fragte sie, wieviel es kostete, und sie sagte, sie würde mir eins umsonst geben. Es gefiel mir, und ich trug es. Jetzt paßten mir meine Kleider wieder!

An dem Abend gingen wir ins Kino. Mitten im Film spürte ich einen schrecklichen Schmerz, als ob jemand mir den Bauch herausgerissen hätte. Ich konnte nicht atmen. Meine Freundin und ihre Schwester hielten mich an der Schulter und fragten, was ich hätte. Ich konnte nichts sagen. Ich weiß nicht, ob es eine Sekunde, eine Minute oder eine Stunde dauerte, aber da war dieser schreckliche Schmerz, und dann war es vorbei. Ich sagte ihnen, ich müßte gehen, ich hatte das Gefühl, mich übergeben zu müssen, mein ganzes Gesicht war schweißnaß. Sie brachten mich nach draußen, damit ich atmen konnte – obwohl der Innenraum des Kinos nach oben offen war, war es immer noch zu heiß. Ich atmete und setzte mich hin und bat sie dann, ein Taxi zu rufen, und fuhr nach Hause. Eine Minute war ich in heißen Schweiß gebadet, und in der nächsten Minute fror ich wieder. Aber der Schmerz war weg.

Dann, nach einer Stunde oder so, kam der Schmerz wieder – die gleiche Geschichte, ich hatte das gleiche Gefühl. Diesmal weinte ich. Das waren nicht irgendwelche Magenschmerzen, das war im Rücken, und vorn, um meine Taille herum.

Mitten in der Nacht wachte ich auf. Das Bett und die Laken und alles, was ich anhatte, waren klebrig und naß. Und etwas gab mir das Gefühl, ich müßte drücken, langsam, langsam. Zuerst wußte ich nicht, daß es Blut war, ich dachte einfach, es wäre Schweiß. Damals zählte ich nie die

Tage zwischen meinen Perioden – ich bemerkte sie, wenn sie kamen und wenn sie vorbei waren. Ich dachte, es könnte meine Periode sein, aber ich hatte noch nie solche Schmerzen gehabt. Als ich das Licht anmachte, um ins Bad zu gehen, und guckte, was auf meiner Nachtwäsche so naß war, war es Blut. Aber diesmal war es viel Blut. Ich ging pinkeln, und zwischen meinen Beinen war viel klebriges Blut. Ich guckte in mein Bett, und es sah aus, als hätten sie dadrin ein Tier geschlachtet. Ich sagte mir: Ich glaube nicht, daß ein Mensch so viel Blut verlieren kann.

Ich weckte meine Freundin und ihre Schwester, und sie sagten: ja, das sei zuviel Blut. Sie brachten mich zum Arzt. Der Arzt fragte mich, ob ich schwanger sei. Ich sagte nein, ich wäre nie schwanger gewesen. Ich hatte nicht einmal den Verdacht gehabt, daß ich schwanger sein könnte, denn als mir auffiel, daß ich zunahm und fror, dachte ich, ich hätte Malaria, denn Mango Village lag am Fluß, und wenn man fror, sagten die Leute immer, das sei Malaria. Malaria kommt und geht genauso, wie mein Frieren das getan hatte. Man hat Fieber und man friert, und manchmal übergibt man sich. An ein Baby hatte ich nie gedacht.

Aber der Arzt untersuchte mich und sagte, ich sei schwanger. Meine Freundin und ihre Schwester mußten gehen, aber ich sagte ihnen, ich würde versuchen, das Baby zu retten. Das hatte der Arzt mir gesagt, daß er versuchen würde, das Baby zu retten, denn ich wollte es bekommen.

Während ich im Bett lag, überlegte ich: »Wer ist der Vater?« Und ich wußte nicht, wer es war, denn ich hatte mit verschiedenen Männern geschlafen – nicht mit vielen, aber mit einigen. Aber ein Baby braucht Fürsorge. Die jungen Männer konnten das nicht bieten, sie hatten dem Baby nichts zu bieten. Daher entschied ich mich für Carlo, denn er war der einzige Mann, bei dem ich sagen konnte: Ich bin seine Frau.

Er kam am nächsten Morgen, und ich erzählte ihm, was der Arzt gesagt hatte: Ich sei schwanger, und er würde das

Baby retten. Ich sagte ihm, es sei sein Kind. Ich wußte damals nicht, daß es für ihn eine Möglichkeit gab, das herauszufinden – ich wußte nichts von Bluttests und all dem. Wir dachten, sie könnten das Baby retten, denn sie gaben mir Pillen und Spritzen. Carlo war immer da, immer da – jeden Tag kam er ins Krankenhaus.

Am fünften Abend hatte ich die bis dahin schlimmsten Schmerzen. Diesmal fühlte es sich so an, als ob etwas herauskommen wollte – als ob ein Baby herauskommen wollte –, es fühlte sich an, als ob mein ganzer Bauch herauskommen wollte, und ich preßte und weinte und preßte und weinte, und dann kam etwas heraus, und als ich es ansah, war es ein großer Klumpen Blut, wie Leber – ein kleines Stück Leber. Ich dachte, es wäre das Baby. Daher rief ich die Krankenschwester und sagte ihr, ich hätte das Baby bekommen. Sie kam und sah nach und sagte: »Das ist nicht das Baby, das ist eine Blutung, und das ist sehr gefährlich.« Und das Blut floß einfach – heißes Blut. Nach einer Weile wurde ich bewußtlos. Ich wachte auf mit einem Gefühl, als würde jemand mir das Gehirn herausnehmen. Als ich die Augen öffnete und guckte, standen drei oder vier Menschen um mich herum, und eine weiße Frau war zwischen meinen Beinen und machte etwas in meiner Vagina. Jedesmal, wenn sie mich da drinnen berührte – ich glaube, sie hatte einen Löffel, denn sie schabte –, fühlte es sich an, als wenn sie in meinem Kopf schaben würde, in meinem Gehirn. Ich weinte, und sie hielten mich, sie hielten mich ganz fest, bis sie fertig waren. Ich hatte keine Energie mehr, um zu weinen oder um sie daran zu hindern oder um auch nur einen Finger zu rühren – ich war einfach erledigt, aber ich war da, mit offenen Augen, und ich konnte nichts daran ändern. Ich wollte sie daran hindern, aber ich konnte kein Wort sagen, so müde war ich. Ich fragte Allah: Warum nimmst du mir nicht das Leben – warum tötest du mich nicht? Denn der Schmerz war so stark, daß ich ihn nicht mehr ertragen konnte.

Als sie fertig waren, zitterten meine Beine – mein ganzer

Körper zitterte, mir klapperten die Zähne, *d-d-d-d* – ich konnte nicht damit aufhören.

Am nächsten Morgen sagten sie mir, ich hätte viel Blut verloren, und sie hätten mich operiert, um das Baby herauszunehmen. Ich hatte das Baby verloren. Ich war froh, daß ich noch lebte. Ich war nicht allzu traurig, denn ich hatte nicht gewußt, wer der Vater war. Aber ein schwaches Gefühl hatte ich doch, wie: Warum habe ich es verloren? – und das Wissen, wie sehr ich es geliebt hätte, wenn ich es gesehen hätte.

Ich war sehr schwach, weil ich soviel Blut verloren hatte. Immer noch wußte niemand, wo ich war, nicht einmal meine Familie, denn ich wollte nicht, daß sie es erfuhren, niemand sollte es wissen. Nach acht Tagen kam ich heraus – ich war normal, und alles war in Ordnung, und ich lebte mein Leben weiter. Ich sah Paul wieder und erzählte ihm, in unserer Familie habe es einen Todesfall gegeben, meine Großmutter sei gestorben. Manchmal war es meine Urgroßmutter, die gestorben war – ich hatte immer irgendeine dringende Sache in der Familie. Diesmal erzählte ich Paul, ich hätte zum Begräbnis nach Hause fahren müssen. Ich fing an, wieder ein bißchen mit ihm auszugehen – es wurde nicht spät, und ich trank nicht und tanzte nicht, denn der Arzt hatte mir gesagt, ich sollte mich schonen und ausruhen und gesund essen, damit mein Blut sich wieder bildete. Ich sah aus, als wäre ich im Krankenhaus gewesen, aber ich log Paul an und sagte, wir hätten einen Todesfall in der Familie gehabt. Manchmal sieht man krank aus, wenn in der Familie jemand gestorben ist. Daher glaubte er die Geschichte, und meinen Freundinnen erzählte ich das gleiche.

22

Ich nahm mein altes Leben wieder auf, aber jetzt hatte ich es an sich satt – sehr satt. Ich war zu nah daran, meinen Körper zu verkaufen – zu nah. Jetzt konnte ich das System erkennen, ich war ein bißchen größer geworden. Das einzige, was sie hier in der Großstadt interessierte, war Sex. Eine Party, und wenn die Party zu Ende war ... ich wollte verheiratet sein, um zu zeigen, daß ich heiraten konnte. Daher sagte ich mir: Nein-nein. Das muß aufhören. Entweder heiratest du den Alten, oder du heiratest den Jungen, aber hör auf, deinem Ruf und dem Ruf deiner Familie zu schaden. Du hast genug erlebt. Es ist nicht das, was du willst, also laß es sein. – Aber ich wußte, daß es schwer sein würde, einen Somali zu finden, der mich heiraten würde, nachdem ich all diese Männer gehabt hatte. Denn alle denken, du wärst eine *sharmuuto,* und wer dich auch heiratet, die Leute werden zu ihm sagen: Deine Frau ist dies oder das. Und das wollte ich nicht hören.

Ich blieb ein paar Tage allein in meinem Haus, ich ging nirgends hin, ich dachte nach. Ich hatte viel Zeit zum Nachdenken. Carlo kam und blieb ein Weilchen. Er war nicht, was ich wollte. Also wählte ich Paul. Das hieß, wenn er mich wollte. Wenn nicht, würde ich den alten Mann heiraten müssen, denn er fragte mich ständig, wann wir heiraten könnten, jetzt, da ich ein bißchen größer geworden war und frei war. Er wußte sogar, was ich machte, und nach alldem wollte er mich immer noch. Ich sagte mir: Wenn es der Junge nicht ist, nimm den Alten, und bring dein Leben in Ordnung.

Immer, wenn ich mich mit Paul traf, sagte er, er würde mich lieben, also fragte ich ihn jetzt: »Was meinst du mit: ›Du liebst mich‹? Liebst du mich einfach als Mädchen, das dir Gesellschaft leistet? Liebst du mich bloß als Zeitvertreib, während du in meinem Land bist? Sag mir, wo ich stehe.« Und er sagte: »Du willst wissen, wo du stehst? Weißt du, warum ich mit keiner anderen Frau gehe? Deinetwegen.« Ich sagte: »Du willst mich bloß ärgern. Du lügst.« Er sagte: »Was willst du als Beweis? Laß uns heiraten.« Das war das Wort, auf das ich gewartet hatte. Ich fragte: »Meinst du das ehrlich? Bedeute ich dir so viel?« Er sagte: »Ja! Ich will mit dir zusammenleben und deine Familie kennenlernen.« Ich wollte schnell »Ja, schön« sagen, aber ich sagte: »Ich werde es mir überlegen.«

Inzwischen sprach ich etwas besser Englisch und etwas besser Arabisch, weil ich diese beiden Sprachen jedesmal sprach, wenn ich ihn traf. Die Kommunikation war viel besser. Wir sahen uns jeden Tag, und jedesmal fragte er: »Was meinst du? Sollen wir es tun? Bitte, laß uns heiraten.« Flehend. Als ich sagte: »Also gut«, rief er »Gut!« und machte Freudensprünge. Wir erzählten es also seinen Freunden und meinen Freunden, und drei Tage später heirateten wir. Vorher fragte ich ihn nach seiner Religion, und er sagte, er wäre Muslim, obwohl sein Vater Christ sei, aber er log. Später fand ich heraus, daß er Christ war. Er gab vor, Muslim zu sein, damit er mich heiraten durfte. Einen Christen hätte ich nicht heiraten dürfen.

Wir wurden von einem Scheich getraut, bei ihm zu Hause, aber es war keine traditionelle Zeremonie wie bei meiner vorigen Hochzeit. Wir fuhren zu einem Ort namens Agaaran außerhalb von Mogadischu. Viele Ausreißerinnen fuhren dorthin. Ich verhüllte mein Gesicht, meine Schultern und mein Haar und senkte den Kopf. Dann sagte einer meiner Freunde dem Scheich, was wir wollten, alles, was wir wollten – heiraten. Fünf Leute waren da, vier von unseren Freunden und ein Zeuge. In weniger als einer Stunde waren wir verheiratet und wieder draußen.

Ich wußte, daß wir in meinem Haus nicht bleiben konnten. Wir beschlossen, nach einer Wohnung für uns beide zu suchen. Paul hatte etwas Geld gespart, und seine Mutter schickte Geld aus Indien, wo sie mit ihrer Tochter lebte, und ich hatte auch ein bißchen Geld. Ich hatte nie Geld gespart, daher hatte ich eigentlich so gut wie nichts. Wir fanden ein schönes Zuhause, in einem Block mit Geschäften und sieben Häusern, und mieteten eine Wohnung mit einem Schlafzimmer, Wohnzimmer, Eßzimmer und Küche. Und unser Leben ging weiter.

Herrlich. Jung verheiratet – kein Herumtreiben. Wir waren immer zusammen. Freunde besuchten uns, Einladungen hier, Einladungen da. Das Leben war – endlich – so, wie ich es mir wünschte.

Zwei oder drei Monate später wurde die Band von dem Mann, für den sie arbeitete, betrogen. Er bezahlte sie nicht. Zwei Musiker fuhren zurück nach Hause, aber Paul blieb in Somalia und suchte nach einer neuen Arbeit. Ich wurde schwanger. Er suchte Arbeit, aber es gab keine Arbeit, denn er war Ausländer. Er konnte keine normale Stelle in einem Büro bekommen, wo man einfach hingeht und sich bewirbt – nein. Man mußte jemanden in der Regierung kennen – man brauchte jemanden, der einem half, und er hatte niemanden. Aber er war hartnäckig, und er suchte ununterbrochen. Außerdem halfen uns Freunde. In der Siedlung, wo wir wohnten, gab es einen alten Italiener. Ich kannte ihn von früher, und wir wurden Freunde, und nach einer Weile wurde er wie mein Vater. Er hatte einen Laden und eine Wohnung zusammen, und ich ging oft zu ihm und saß bei ihm im Laden. Er war ein wunderbarer Mann, und er half uns sehr.

Rahima, mein Mann fand keine Arbeit. Carlo konnte ich nicht um Hilfe bitten. Nachdem ich ihn verlassen hatte, vermied ich es, ihn zu sehen, denn ich wußte, daß ich ihn verletzt hatte. Ich sah ihn ein paarmal – aus der Ferne –, und dann rannte ich weg und versteckte mich. Meine Mutter konnte ich auch nicht bitten, denn sie hatte kein Geld. Meinen Vater zu bitten war einfach unmöglich. Ich hatte mich nie richtig mit meinem Vater ausgesöhnt, und jetzt hatte ich Angst, ihn zu sehen. Er hätte mich getötet, denn obwohl mein Mann angeblich Muslim war, wurde er doch als Ungläubiger angesehen, weil er weiß war. Jeder Vater wünscht sich eine gute Partie für seine Tochter. Aber dein Vater kann nur über deine erste Ehe bestimmen, die zweite ist dann deine eigene, sie hängt von dir ab.

Also waren die einzigen Menschen, die Paul und ich jetzt noch hatten, Allah und ein paar Freunde und dieser alte Italiener, der in unserer Siedlung lebte. Es kam der Tag, an dem wir die Miete nicht mehr bezahlen konnten. Wir konnten die Stromrechnung nicht bezahlen. Der alte Mann bezahlte für uns. Er bezahlte für unser Essen, er gab uns Bargeld, er lud uns zum Essen ein. Ein paar andere Freunde halfen uns auch – vor allem Pauls arabischer Freund Suleiman, dessen Frau halb Europäerin war und halb aus meinem Stamm kam. Als ich schwanger wurde, traute ich mich nicht mehr, auf Partys zu gehen, und mein Mann hatte keine Arbeit, daher ließen viele unserer Freunde uns fallen.

Als ich etwa im siebten Monat war, bekam Paul einen Vertrag für Auftritte in einem neuen Club außerhalb der Stadt. Der Besitzer war ein bedeutender Mann bei der Polizei. Es war ein hübsches Lokal, mit gutem Essen und Bäumen ringsherum. Aber mein Mann mußte noch ein paar Musiker mitbringen, denn so bestand die Band nur aus ihm selbst und einem alten Italiener, der Saxophon spielte. Also fuhr Paul nach Indien, wo seine Mutter lebte. Er blieb lange dort und fand zwei andere Musiker, die er mit zurückbrachte.

Nachdem er abgereist war, haßte ich die Wohnung. Ich fühlte mich einsam und hatte Angst, und ich wollte in den Räumen nicht alleinbleiben. Mein ganzer Körper schwoll an, vor allem meine Füße. Die Leute meinten, das läge daran, daß ich meinen Mann vermißte. Es war das erste Mal, daß ich ein lebendes Baby zur Welt bringen würde, und ich wußte, daß es sein Kind – unser Kind – war, daher wünschte ich mir, er wäre da. Seit ich schwanger geworden war, liebte ich ihn sehr. Fünfzehn Tage verstrichen nach dem Termin, an dem ich das Baby bekommen sollte.

An einem Vormittag, etwa um zehn Uhr, tauchte Paul wieder auf. Ich war bei meiner Freundin. Ich konnte kaum glauben, daß er es war. Ich wollte aufstehen, aber ich war zu schwer – ich war sehr mager, mit einem Bauch, der größer war als mein restlicher Körper. Er kam und küßte mich und half mir beim Aufstehen. In der ganzen Zeit, die er fortgewesen war, hatten wir weder telefoniert noch brieflich Kontakt gehabt, denn wir hatten kein Telefon, und ich konnte nicht lesen und schreiben. Aber er hatte einem Freund geschrieben, was er machte.

Paul hatte Geschenke für Suleiman mitgebracht, daher gingen wir zu ihm hinüber und aßen zu Mittag. Die Männer aßen in einer Gruppe und die Frauen in einer anderen, denn das war so Sitte, und Suleiman lebte bei seinen Eltern und Brüdern, alle zusammen. Während wir also aßen – wir Frauen saßen alle um einen Teller auf dem Fußboden herum –, beugte ich mich vor, um an das Essen heranzukommen und konnte mich nicht wieder aufrichten. Ich spürte einen Schmerz im Rücken. Ich aß den Reis, aber ich wußte, daß etwas nicht stimmte. Ich war aufgeregt und freute mich, meinen Mann wiederzusehen, und ich wollte ihn allein sehen und einfach mit ihm sprechen. Daher sagte ich ihm, ich wollte nach Hause. Als wir weggingen, sagten alle: »Hey, kriegst du heute abend dein Baby? Denn du hast deinen Mann vermißt, deswegen hast du es noch nicht gekriegt, und jetzt ist er hier – kriegst du es also heute abend?«

Trotzdem war mir nicht klar, daß die Wehen eingesetzt hatten. Ich hatte gehört, daß man Schmerzen im Bauch hat, wenn man Wehen hat. Ich dachte, ich wäre irgendwie krank, weil ich diese Schmerzen im Rücken hatte. So vergingen zwei weitere Nächte. Wir legten unsere Matratze vor die Tür, denn es war heiß, und draußen wehte ein angenehmer, leichter Wind. Wenn der Schmerz kam, massierte mein Mann mir den Rücken mit Öl und brachte mir eine Schüssel, in die ich mich übergeben konnte, damit ich nicht zur Toilette gehen mußte. Jetzt kam der Schmerz etwa jede Stunde.

Am dritten Abend kam meine Freundin zu Besuch. Sie sah mich mit der Schüssel im Bett und fragte, was ich hätte. Ich erklärte es ihr, und sie sagte: »Du kriegst das Baby.« »Nein, ich habe Schmerzen im Rücken, nicht im Bauch«, sagte ich. Sie erwiderte: »Das heißt nichts.« Sie hatte zwei Kinder geboren – sie sagte, bei Jungen hätte man im Rükken Schmerzen und bei Mädchen vorn. Ich sagte, ich wollte nicht zum Arzt und mir von ihm den Finger in die Vagina stecken lassen. Ich war kein einziges Mal beim Arzt gewesen, und ich war neun Monate schwanger gewesen. Ich war sogar ein paarmal auf der Straße gestürzt und ohnmächtig geworden. Einen großen Teil der Zeit war es so heiß, und ich mußte ständig Wasser bei mir haben, kaltes Wasser. Ich haßte das Krankenhaus, in das sie mich bringen wollten – es war ein altes Krankenhaus mit alten Krankenschwestern und alten Ärzten. Es gab auch ein neues Krankenhaus mit jungen Ärzten, aber dort starben viele Patienten, und alle sagten, das alte Krankenhaus sei besser. Deshalb sagte ich: »Es ist noch nicht soweit.« Aber sie sagte: »Halt den Mund.«

Im Krankenhaus nahm die Schwester mich mit herein, um mich zu untersuchen, und die anderen warteten draußen – mein Mann und Suleiman und meine Freundin. Dann schickte die Schwester mich auch hinaus, denn ich sollte auf den Arzt warten. Draußen stand eine lange Bank, auf die wir uns setzten. Nach einer Weile konnte ich nicht mehr sitzen. Es war ein Gefühl, als müßte ich kacken, als ob jemand mich da mit einem Stock pieken würde, und ich mußte aufstehen. Ich dachte wirklich, ich würde mich von oben bis unten vollkacken. Ich fühlte mich beschämt und gedemütigt und konnte nicht verstehen, warum.

Als der Arzt kam, sagte er, da wäre etwas nicht in Ordnung, und er müßte mich aufschneiden. Aber ich weigerte mich, mich von ihm auch nur untersuchen zu lassen; sie hatten die Medizin nicht, die den Schmerz betäubt – du spürst alles, wenn sie dich aufschneiden. Er sah, daß ich ihn nicht schneiden lassen würde, daher bat er meinen

Mann und unsere beiden Freunde und alle Krankenschwestern, die er finden konnte, mich festzuhalten. Sie hielten mich fest, und er schnitt mich auf, und er steckte seine Hand in meine Vagina und machte etwas. Die Wehenschmerzen waren weg, und dies war ein neuer Schmerz – der Arztschmerz. Ich weinte um Hilfe.

Meine Familie wußte von alldem nichts. Meine Mutter, mein Vater, meine Geschwister – niemand. An dem Tag wuchs in mir eine solche Liebe zu meiner Mama, denn ich erfuhr, was sie durchgemacht hatte, um mich zu gebären. Welche Schmerzen! Welche Schmerzen! Die Mütter – wir müssen ihnen mehr Achtung und mehr Anerkennung schenken, denn ein Baby zu tragen und zu bekommen ist sehr schmerzhaft, es ist sehr schmerzhaft. Als ich in den Wehen lag, da erst lernte ich, meine Mutter wirklich zu schätzen. Denn vorher hatte ich nicht gewußt, was sie alles durchgemacht hatte. Und sie war nicht im Krankenhaus. Sie hielt sich an einem Seil fest, und jemand mußte aufstehen und sie halten. Ich weiß nicht, wie sie es gemacht hat, vielleicht hat sie sich auch hingelegt. Aber wo du auch bist, der Schmerz ist der gleiche.

Es war entsetzlich. Dann wollte der Arzt, daß ich preßte, aber ich hatte keine Kraft zum Pressen, also drückten sie auf meinen Bauch, und sie zerbrachen mir fast den Brustkorb – ich war sehr mager. Jedenfalls, mit Gottes Hilfe – danke, Allah – bekam ich das Kind.

Sie nähten mich zu, wieder ohne Betäubung. Acht Leute hielten mich fest. Und er hatte an so vielen Stellen geschnitten – mindestens an zwei oder drei Stellen. Für jeden Schnitt brauchte er vier oder fünf Stiche – stell dir vor, sie haben mich einfach wie ein Kleid genäht. Ich war müde und sagte: »Allah, nimm mich fort ...«

Das Baby, das sie mir brachten, war rot, daher weigerte ich mich, es anzunehmen: Ich glaubte nicht, daß ein rotes Baby meins sein könnte. Ich haßte das Baby, weil es das alles mit mir gemacht hatte. Sie sagten, es sei ein Junge, und ich sagte: »Ist mir egal.« Jetzt war der Schmerz von dem

Baby vorbei, aber der Schmerz von den Stichen fühlte sich an, als ob da drinnen eine Schlange an mir fressen würde. Es pochte und pochte.

Am Morgen brachten sie das Baby wieder, und ich war begeistert. Aber als ich ihm aus der Brust Milch geben wollte, biß es mich, und meine Brustwarzen waren sehr klein, und es saugte sehr stark, als wollte es mich essen, und seine Zunge fühlte sich an wie ein Messer, und es tat weh. Sie zwangen mich: »Sie müssen ihm Milch geben.« Er war rot, aber er war schön, mit vielen Haaren. Er war dünn wie sein Papa. Und ich begann, ihn zu lieben. Als ich aufwachte, war mein erster Gedanke: »Ich möchte mein Baby sehen.« Als ich die Schmerzen gehabt hatte, war er mir gleichgültig gewesen, aber jetzt konnte ich es nicht erwarten, ihn zu sehen. Ich rief die Schwester und bat sie, ihn zu bringen. Das Baby hatte Hunger, es aß mich fast auf. Die Schwester war dabei, und sie sagte: »Es tut nur beim ersten Mal weh. Der Schmerz geht weg. Ihr Baby braucht Milch.« Ich versuchte es wieder, dem Baby zuliebe, aber es war zuviel, es fühlte sich an, als würde er mir das Herz herausreißen. Daher stieß ich ihn weg und sagte ihnen, ich könnte ihn nicht stillen. Sie nahmen ihn mit und gaben ihm Milch. Und sie brachten ihn wieder, nachdem sie ihn gebadet und ihm die Haare gekämmt hatten. Mein Mann kam und Suleiman auch; sie brachten mir Geschenke und machten Fotos, und dann gingen sie wieder.

Zwei Tage später mußte mein Mann nach Aden, um die beiden neuen Bandmitglieder abzuholen. Er reiste ab, während wir noch im Krankenhaus waren. Der alte Italiener war der Pate des Babys, daher kam er, um mich nach Hause zu holen. Als wir zwei Tage zu Hause gewesen waren, schickte ich jemanden, um meiner Mama Bescheid zu sagen.

Meine Mutter kam, und meine Schwester kam. Meine Mutter hatte meine Ehe langsam akzeptiert, aber Hawa hatte sie sofort akzeptiert. Mein Vater und seine Familie hielten mich für eine *sharmuuto*, und für sie war ich so gut wie tot. Für sie hatte es damit angefangen, daß ich ins Kino ging, und dann war Antony gekommen, und dann die Ehe mit einem Ungläubigen. Mein Vater hatte versucht, mir zu helfen, als ich meinen ersten Mann verließ, aber ich war weggelaufen, sie hatten mich zurückgebracht, ich war wieder weggelaufen ... Wenn ich jetzt an meine Eltern denke, weiß ich, daß das schmerzhaft für sie war ... der Schmerz, den ich ihnen zufügte, die Schande, die ich über sie brachte. Aber ich war eine Kämpferin. Ich wollte nicht dasitzen und warten. Ich wollte los und es mir holen. Die Starke sein.

Mama und meine Schwester brachten mir Obst und Öl mit. Mama freute sich, als sie mein Baby sah. Hawa blieb zwei Tage, und dann mußte sie nach Mango Village zurück, denn sie war verheiratet und hatte Familie, aber Mama blieb bei mir. Sie war für uns beide die Mama. Sie fing sogar an, mich zu prügeln, als ich mich weigerte, dem Baby Milch zu geben. Selbst nach zehn Tagen tat es mir noch weh, das Baby zu stillen, und meine Brustwarzen bluteten dauernd.

Mein Mann kam mit den beiden jungen Männern zurück und brachte sie in ein Haus, das er für sie gemietet hatte, in der Nähe des Clubs. Eine Frau, die gerade ein Kind bekommen hat, muß im Islam vierzig Tage lang im Haus bleiben. Daher ging ich vierzig Tage lang nirgends hin, und dann, als die vierzig Tage vorbei waren, ging ich aus. Unsere Wohnung war dicht bei der Werkstatt, in der Roberto mit seinem Vater arbeitete. Normalerweise nahm ich ein Taxi, aber diesmal ging ich zu Fuß und gab vor, zu einem kleinen Laden zu gehen, der nur etwas weiter war als die Werkstatt. Ich zog mein bestes Kleid an, und es war Abend, daher ging ich zusammen mit einer Freundin. Ich sagte meiner Freundin, ich müßte etwas in dem Laden kaufen, was ich auch tat, aber das war nicht meine eigentliche Absicht – eigentlich wollte ich Roberto sehen. Es war das erste Mal, daß wir miteinander sprachen, seit dem Tag, an dem er mich verlassen hatte. Er gratulierte mir. Sehr schöne

Worte: »Ich habe gehört, daß du einen kleinen Jungen bekommen hast – einen schönen kleinen Jungen. Ich freue mich für dich.« Er hatte mich geliebt, aber jetzt war er mit seiner Frau und seinem Leben glücklich, und ich war glücklich mit dem, was ich hatte. Ich sagte, er sollte uns irgendwann einmal besuchen, damit er das Baby sehen könnte, und er versprach das – eines Tages kam er, um das Baby anzuschauen, und brachte mir sogar ein kleines Geschenk mit.

Die Band spielte nun in vielen Lokalen, und Paul brachte jede Woche das große Geld mit nach Hause. Ich ging meistens mit, wenn sie spielten. Mama blieb bei mir und kümmerte sich um das Baby, denn ich war noch jung und wollte auf Partys gehen. Das wußte sie. Wir hatten ein Hausmädchen, das zum Putzen und zum Kochen kam, wir hatten alles so, wie wir es haben wollten. Unsere Freunde kamen allmählich zurück. Diesmal waren es sogar mehr Freunde – schwarze, weiße, alle. In den Diskos und in den Clubs wollten die jungen Leute alle unsere Freunde sein. Es war ein gutes Leben.

Wir gehörten zu einer sehr guten Gruppe. Aber da war ein Mädchen, das versucht hatte, sich mit uns anzufreunden und uns zu helfen, als wir pleite waren. Sie hatte uns oft Geld gegeben, und zu jener Zeit besuchte sie uns dauernd. Sie hatte ein Haus und einen festen Freund, der kam und ging und sie finanziell unterstützte. Außerdem ging sie in den Club, um an die weißen Männer heranzukommen. Sie war etwa sechsundzwanzig, sehr groß – über einsachtzig – und dünn, hatte allerdings große Brüste. Mein Mann wußte, daß sie Prostituierte war. Sie kam manchmal zu uns, aber sie ging nicht mit uns aus – wir gingen nicht öffentlich mit Prostituierten aus.

Die Band spielte nur einmal in der Woche im Hauptclub. Sie hatten auch noch Verträge mit anderen Lokalen, aber nicht genug, als daß sie immer beschäftigt gewesen wären. Eines Abends spielte die Band nicht, daher blieb ich zu Hause. Und sie gingen aus – mein Mann und sein arabischer Freund Suleiman. Sie gingen etwa um sechs los und kamen so um zwölf wieder. Ich fragte meinen Mann, in welches Restaurant sie gegangen seien, und er sagte, sie seien in den einzigen Club gegangen, in dem es an Wochentagen Musik gab, den Club, in den die Prostituierten und die Weißen gingen. Er und Suleiman seien dort hingegangen, um Bier zu trinken und zu tanzen. Ich fragte ihn, wen er getroffen hätte, und er sagte Soundso und Soundso, Frauen, die mich und meinen Mann kannten, die Frauen, die wir als Prostituierte bezeichneten.

Am nächsten Morgen schlief Paul noch, daher beschloß ich, einige von den Frauen zu besuchen, die wir als Prostituierte bezeichneten. Wir hatten alle den gleichen Namen – *sharmuuto* – es spielte keine Rolle, ob man seinen Körper verkaufte oder mit einem einzigen Mann zusammen war oder mit einem weißen Mann verheiratet war – wenn du einmal dein Elternhaus verlassen hattest und nicht mit einem Mann von deiner Hautfarbe verheiratet warst, betrachteten die Somalis dich als Prostituierte. Unter uns hatten wir jedoch verschiedene Abstufungen. Und das war sehr wichtig. Manchmal besuchte ich welche von diesen Frauen – dann spielten wir Karten und redeten. Ich mochte sie gern, und ich ging zu ihnen, wenn ich mich einsam fühlte, und unterhielt mich mit ihnen. Sie erzählten dir, was da draußen los war und was sie durchgemacht hatten – von dem ganzen Schmerz, den sie durchlebt hatten, und wie sie so geworden waren.

Ich nahm ein Taxi und fuhr zu einer der Prostituierten. Als sie mich sahen, dachten sie, ich wüßte, was passiert war. Sie sagten: »Aman, es tut mir so leid ... ich weiß nicht, wie du es herausgefunden hast ... es ist erst gestern abend passiert ... Wer hat es dir erzählt?« Und ich sagte: »Wovon redet ihr denn alle?« Sie sagten: »Das weißt du nicht?« »Was weiß ich nicht?« fragte ich. Es war früh für einen Besuch bei ihnen – es war etwa zehn Uhr morgens, und normalerweise schliefen sie lange, denn sie waren abends lange auf –, daher dachten sie, ich wüßte, was passiert war. Sie sagten nichts mehr. Ich wurde wütend. Ich bat sie, es mir zu sagen, aber sie weigerten sich. Sie sagten: »Wir haben zu ihr gesagt: ›Warum bringst du ihn hierher?‹« Ich wußte, daß sie über meinen Mann sprachen, aber ich wußte nicht, wer die Frau war. Als sie sich weigerten, es mir zu sagen, ging ich wieder.

Ich fuhr zu dem Mädchen, das uns häufiger besuchte. Sie dachte ebenfalls, ich wüßte, was passiert war. »Sie haben es dir erzählt! Ich wußte, daß sie es dir erzählen würden.« Also antwortete ich: »Am besten erzählst du mir alles.« Und sie erzählte es mir – sie erzählte mir, sie hätte mit Paul geschlafen. Sie hatte ihm sogar Geld gegeben.

Ich konnte es nicht fassen. Wie konnte er von einer Frau Geld annehmen? Ich wußte nicht, was ich zu ihr sagen sollte. Ich wußte nicht, was ich tun sollte. Es gab nichts zu tun. Sie saß immer noch da und sagte: »Es tut mir leid, ich habe ihn lieb, und er liebt mich auch. Ich war betrunken …« Warum verkaufte sie ihren Körper an einen Mann, bloß um das Geld dann einem anderen Mann zu geben? Ich fragte: »Warum hast du ihn dafür bezahlt, wo wir doch Geld haben und es nicht brauchen?« Sie sagte, sie hätte uns immer geholfen, als wir arm waren. Aber ich fragte: »Warum hast du es ihm gegeben, als du mit ihm geschlafen hast, so als ob du ihn dafür bezahlen würdest?« Ich konnte das nicht verstehen. Wenn du so überrascht bist, kannst du nicht einmal wütend werden. Also ging ich nach Hause, weckte meinen Mann und fragte ihn. Und er sagte, das sei die Wahrheit – sie hätte es gewollt, sie hätte ihn dazu gezwungen; sie hätte ihn bezahlt und ihn gezwungen, das Geld anzunehmen. Aber ich verstand das immer noch nicht. Ich fragte: »Warum tust du, was sie will, obwohl du es selbst nicht willst? Ich habe da draußen tausend Männer, die mich wollen, und ich habe nichts gemacht, seit ich dich geheiratet habe. Deine Frau hat gerade ein Kind bekommen, und sie ist schön, sie ist jung. Wir haben unser gemeinsames Leben – du hast einen guten Vertrag und gutes Geld. Warum mußtest du mit dieser Frau mitgehen?« Er sagte: »Sie hat mich gezwungen. Ich war betrunken …« Ich wurde schließlich wütend, aber nach einer Woche schlossen wir wieder Frieden.

Ein paar Tage später fuhr ich mit dem Baby zu Mama. Ich sagte meinem Mann, wir würden fünf Tage in Mango Village bleiben. Dem Baby ging es nicht gut, daher dachte ich, eine Klimaveränderung würde ihm guttun. Aber ich blieb nur drei Nächte; am vierten Abend fuhr ich wieder nach Hause und ließ meinen Sohn bei Mama. Es war etwa neun Uhr abends, als ich durch die Hintertür hereinkam, mit einem großen Korb Obst, den ich in die Küche stellen wollte. Außerdem war ich ein Stückchen gelaufen, und meine Füße waren staubig, und ich wollte den Staub nicht ins Wohnzimmer tragen – an der Hintertür hatten wir einen kleinen Bereich, wo man seine Schuhe lassen konnte, und einen Lappen, mit dem man sich die Füße abwischte, bevor man in die übrigen Räume ging. Ich ging in die Küche und stellte den Korb mit dem Obst in den Kühlschrank. Aus unserem Zimmer hörte ich leise Musik. Wir hatten jetzt drei Schlafzimmer, denn nach der Geburt des Babys waren wir in ein größeres Haus umgezogen. Unser Schlafzimmer lag ganz hinten. Die Tür stand offen. Also ging ich ohne Schuhe – kein Geräusch –, und da hörte ich etwas, als ob jemand schwer atmen würde. Ich sagte zu mir: Wer könnte da drin sein? Ich ging hinein, und mein Mann und diese Frau liebten sich gerade.

Ich erstarrte einfach, wie Eis. Ich stand da und sah zu, wie sie miteinander schliefen. Ich dachte, ich sollte in die Küche zurückgehen und einen Stock holen, um sie zu schlagen. Dann sagte ich mir: Ein Stock reicht nicht – hol ein Messer! Während ich da stand und nachdachte, sah sie mich. Beide sahen mich. Sie erschraken, und er stieß sie weg. Niemand konnte sprechen. Wir sahen uns an. Dann packte er das Laken und deckte sich damit zu und fing an, sich zu entschuldigen: »Es ist nicht so, wie du denkst. Es ist nicht meine Schuld … sie ist gekommen …« Sie fing an, mir zu erzählen: »Er lügt, er ist mit seinen Freunden gekommen, er hat mich um zwei Nächte gebeten!« Ihre Kleider lagen auf dem Bett meines Babys. Ich schnappte die Kleider und warf sie ihr ins Gesicht und sagte, sie sollte aus meinem Haus verschwinden. Ich gab ihr sogar fünfzig Cents für ein Taxi. Sie zog sich rasend schnell an und rannte wie ein Hase.

Als ich jung war, war Eifersucht mir fremd – wenn Frauen davon sprachen, wie sie ihre Männer von anderen Frauen fernhielten, oder wenn sie sagten, sie seien eifersüchtig, nickte ich, aber ich selbst hatte dieses Gefühl nie. Ich spürte vielleicht Wut, aber wenn wir einmal Frieden geschlossen hatten, war ich nicht mehr wütend. Aber dies hier war zuviel für mich. All die Frauen, mit denen er geschlafen hatte – immer war es ihre Schuld. Warum nicht seine Schuld? Ich wußte, was da draußen vor sich ging, denn ich war da draußen gewesen, und ich hatte nie einen Mann dazu gezwungen – alle hatten mich gezwungen. Wie konnte also die Frau daran schuld sein? Ich sagte: »Augenblick mal. Du bist zu weit gegangen. Es ist nicht ihre Schuld. Es ist deine Schuld.«

Schließlich versöhnten wir uns wieder. Aber jetzt hatte ich gelernt, eifersüchtig zu sein. Dieses Mädchen gehörte zur Gruppe einer meiner Feindinnen, und ich wußte, wie sie jetzt über mich lachen würden. Und sie wußte, was mein Mann hatte – das quälte mich noch mehr. Sie wußte, wie er liebte. Wenn ich daran dachte, konnte ich es nicht ertragen. Alle Liebe, die ich für ihn empfand, starb ab – langsam, langsam.

Ich hatte gewollt, daß er sich frei fühlte, aber nicht so frei! Jeden Freitag ging ich in den Club, wo seine Band spielte, daher wußten die meisten unserer Freunde nicht, was vor sich ging. Eines Abends sagte Pasquale – ein junger Italiener – meinen Freundinnen, sie sollten mir sagen, ich würde ihm gefallen. Sie erklärten ihm, ich sei verheiratet. Sein Vater war ein sehr angesehener Mann, der viele Geschäftsgebäude, Hotels und Wohnhäuser besaß. Pasquale fing an, mich auszuführen. Er war jung und ausgelassen und hatte ein schönes Auto, einen Jeep. Es war einfach lustig, mit ihm zusammenzusein, er war ein fröhlicher Kerl. Er liebte die gleichen Dinge wie ich. Mit Vorliebe fuhren wir in der Gegend herum; wir sangen gern; wir redeten gern; wir schliefen gern miteinander. Und er hatte gern viel Gesellschaft, und ich auch. Er war zwar Italiener, konnte aber Somali, denn er war schon seit vielen Jahren im Land. Er sprach sehr gut Somali. Wir konnten uns über alles unterhalten, über Filme, über Leute, wir redeten und lachten nur. Paul und ich gingen nirgends mehr zusammen hin – nicht zu Freunden, nicht in Restaurants essen, nichts. Wir kamen nach Hause, und er fiel ins Bett, und ich fiel ins Bett.

Nach einer Weile merkte ich, daß ich schwanger war. Paul und ich hatten miteinander geschlafen, nachdem wir das Kind bekommen hatten und nachdem wir uns gestritten hatten, aber seit ich Pasquale kennengelernt hatte, hatten wir nicht mehr miteinander geschlafen. Ich sagte Paul, ich sei schwanger, und er sagte: »Warte mal … wir haben lange nicht mehr miteinander geschlafen … es kann nicht von mir sein.« Ich sagte: »Doch … weißt du noch, wir haben vor nicht einmal einem Monat noch miteinander geschlafen …« Also sagte er: »Okay. Aber wir haben unseren Sohn, und wir sind noch zu jung, und wir können uns kein zweites Kind leisten – nimm doch ein Medikament, damit du es verlierst.« Ich wußte nicht, daß es so etwas gab. Ich sagte: »Was redest du da? Ich werde mein Baby nicht umbringen!« Er war wütend, aber er akzeptierte es.

23

Eines Abends kam die Nachricht, daß der Präsident erschossen worden war. Alle hatten Angst. Es herrschte große Trauer. An dem Tag, als sie ihn beerdigten, setzten sich die Leute im Parlament zusammen, um zu besprechen, wer der nächste Präsident werden sollte, und sie konnten sich nicht einigen. Etwa um vier oder fünf Uhr morgens hörten wir großen Lärm, so wie ich ihn noch nie gehört hatte, wie bei einem Erdbeben. Das ganze Haus bebte. Es war der Lärm der Panzer, die draußen vorbeifuhren, um die Minister zu verhaften. Mitten in der Nacht hatte Siad Barre, ein junger Mann, der dem Militär angehörte, die Herrschaft über das Land übernommen.

Alle Nachbarn kamen in den Hof hinaus. Einer fragte den anderen: »Was ist los?« Wir gingen zum Haus eines Mannes, dessen Frau Polizistin war – eine großartige Frau, eine Frau, die immer wußte, was zu tun war, wenn es Probleme gab. Wir fragten sie, was geschehen sei. Sie sagte: »Ich weiß es nicht, aber ich glaube, es ist eine Revolution.« Wir fragten: »Warum?« Ich hatte noch nie etwas von einer Revolution gehört.

Mit Äthiopien und Kenia standen wir ständig im Krieg um Land. Die Weißen hatten Somalia in fünf Teile geteilt und einen Teil Somalias, N.F.D. genannt, Kenia gegeben und einen anderen Teil, Ogaden genannt, Äthiopien. Man sieht, daß diese Gebiete eigentlich zu Somalia gehören sollten, denn es sind Somalis, die dort leben und mit ihren Herden umherziehen. Außer dem Militär und der Polizei leben dort keine Kenianer. Die Kenianer wissen, daß das Land und die Menschen und alles den Somalis gehören. Die Weißen haben ihnen das Land zwar gegeben, aber es gehörte uns. Wenn es wirklich kenianisches Land wäre, würden dort Kenianer leben. Ich war es also gewöhnt, daß es deswegen Kämpfe und Haß gab. Als ich die Neuigkeiten hörte, war mein erster Gedanke, daß vielleicht Äthiopien oder Kenia das Land besetzt hatten, während wir schliefen.

Ich fragte mich, wo unsere Soldaten waren und warum sie nicht gekämpft hatten. Die Polizistin sagte: »Nein, unsere Militärs haben selbst die Herrschaft übernommen.« Ich fragte: »Warum?« Sie erklärte mir: »Ihr Onkel ist ja Minister, und Ihr anderer Onkel ist Abgeordneter in der Republik, aber das wird ab jetzt anders werden.« Sie sagte, jetzt würden Offiziere aus der Armee Minister werden. Von nun an würden wir alle unter Militärherrschaft stehen.

Ich wußte, daß die Militärs sehr schlimm waren. Schon die Polizei war schlimm. Seit dieser Polizist mich von der Straße geholt und ins Gefängnis geworfen hatte, haßte ich die Polizei. Ich wußte, was von ihnen zu halten war, und die Militärs waren noch schlimmer als die Polizei.

Niemand wollte schlafen, denn inzwischen war es schon Morgen, und wir wollten unseren Wohnblock nicht verlassen, denn wir fürchteten uns. Wir saßen im Hof und beteten. Als der Lärm nachgelassen hatte und die Sonne aufging, begannen die Leute, nach draußen zu gehen, um zu sehen, was geschehen war. Die Straße war voller Menschen, sie fragten sich alle gegenseitig aus und erzählten einander, was vorgefallen war. Alle wichtigen Leute in unserer Gegend waren verhaftet worden.

Zuerst herrschte einfach nur große Verwirrung. Überall waren Soldaten. Nach ein paar Tagen hatten wir das Gefühl, nicht mehr frei zu sein. Es war, als würden wir den Militärs gehören. Man konnte nicht mehr tun, was man wollte. In den Straßen brannten keine Laternen mehr. Man durfte zu bestimmten Zeiten nicht ausgehen. Man mußte zu Hause bleiben. Wenn man auf der Straße war, wurde man festgenommen, man wurde mißhandelt. Die Soldaten begannen, Frauen zu vergewaltigen. Und sie fingen an, Leute zu verhaften – die älteren Leute, die Geld hatten, oder die Männer, die Älteste waren –, alle, die etwas mit der vorherigen Regierung zu tun gehabt hatten. Für Somalis war es am schlimmsten, denn sie wurden verhaftet und geschlagen. Die Ausländer bekamen nur ein »Verlassen Sie sofort das Land.« Doch bei Somalis klopften sie an die Tür, sie nahmen deinen Mann mit oder deinen Bruder oder deinen Vater, und es war einfach schrecklich, einfach schrecklich. Es war schlimm. Ganz ohne Grund konnte dir Böses geschehen.

Die meisten Ausländer wurden ausgewiesen, wobei man ihnen unterschiedlich viel Zeit ließ, um das Land zu verlassen, manche bekamen nur vierundzwanzig Stunden. Meinem Mann gaben sie zehn Tage – sie gaben ihm mehr Zeit, weil er sagte, er sei mit einer Somali verheiratet. Er und ich kamen nicht mehr besonders gut miteinander aus, aber er sagte: »Laß uns alle zusammen fahren.« Er dachte, er könnte mich und unseren Sohn auf der britischen Botschaft in seinen Paß eintragen lassen. Also gingen wir dorthin, und sie sagten uns, sie könnten das Baby in seinen Paß eintragen, aber mir könnten sie keinen Paß geben, denn ich sei keine Britin. Sie sagten, ich müßte einen somalischen Paß haben. Wir wußten gar nicht, wo wir anfangen sollten, denn ich hatte noch nie einen Paß gebraucht. Ich mußte nach Mango Village fahren und mir eine Geburtsurkunde ausstellen lassen und dieses Papier zu diesem Amt und das Papier zu jenem Amt bringen. Ich lief überall herum, in großer Eile. Und wir begannen, unsere Möbel zu verkaufen und einen Teil unseres Geldes meiner Familie zu geben. Mein Mann sagte, er könnte unseren Sohn mitnehmen und in Aden auf mich warten, und wenn ich den Paß hätte, könnte ich nachkommen. Aber ich sagte nein – das Baby würde ich selbst mitbringen.

Vor der Revolution hatten wir nicht miteinander gesprochen. Wir waren wütend aufeinander und eifersüchtig. Aber jetzt arbeiteten wir zusammen, denn dies war ein viel größeres Unglück als unsere Zankereien. Wir schlossen Frieden, wir verziehen einander, wir sagten uns, daß wir uns liebten. Und ich meinte das ernst, denn mir wurde klar, daß meine Familie das einzige war, was für mich zählte.

Am nächsten Morgen reiste mein Mann ab. Ich hatte alles verkauft. Sogar den Hausschlüssel hatte ich Ismail, dem anderen Freund meines Mannes, gegeben, denn Paul vertraute ihm. Er war Verkehrspolizist, und mein Mann übergab ihm die Musikinstrumente, damit er sie verkaufte und wir Geld für das Ticket für mich und mein Baby hatten, sobald wir einen Paß hatten. Ismail versprach, uns zu helfen, bis wir das Land verlassen könnten.

Jeden Tag ging ich zur Einwanderungsbehörde. Und jeden Tag sagten sie: »Kommen Sie morgen wieder. Ihr Paß muß noch unterschrieben werden. Der Mann, der ihn unterschreiben muß, ist nicht da.« Am nächsten Tag wurde mir die gleiche Geschichte erzählt. Es war furchterregend, denn das Gebäude war voller Soldaten, und die behandelten dich sehr schlecht, wenn du versuchtest, das Land zu verlassen. Neunmal war ich schon dortgewesen. Meine Koffer waren gepackt. Ich hatte Kleider für mein Baby und mich gekauft und Geschenke für die Familie meines Mannes. Ich hatte nur noch etwas Taschengeld, denn mein übriges Geld hatte ich Mama gegeben. Sie hatte das Baby mit nach Mango Village genommen – dort waren keine Militärs, daher war es dort sicher.

Schließlich begleitete Ismail, der die Instrumente der Band verkauft hatte, um das Geld für mein Ticket zu bekommen, mich zur Einwanderungsbehörde, um herauszufinden, was vor sich ging. Er ging allein hinein und ließ mich draußen. Sie sagten ihm die Wahrheit – daß sie gar nicht die Absicht hatten, mir einen Paß auszustellen. Ismail kam heraus und berichtete mir, was sie gesagt hatten, aber dann sagte er, er würde einen einflußreichen Mann kennen, der mir einen Paß besorgen könnte, und ich sollte mir keine Sorgen machen.

Ich ging mehrere Male zu seinem Haus, aber dort war niemand. Also ging ich wieder zur Einwanderungsbehörde zurück, um festzustellen, was los war. Sie ließen mich hinein, damit ich mit dem Mann sprechen konnte, der die Pässe unterschreiben sollte. Er sagte: »Setzen Sie sich. Hören Sie mal zu. Sie wollen einen Paß haben?« Ich sagte: »Ja«, mit sanfter, lieber Stimme. Er fragte: »Wo wollen Sie hin?« Ich sagte: »Zu meinem Mann, nach Aden.« Er sagte: »Wer ist Ihr Mann? Ist er ein Ungläubiger?« Ich sagte: »Er ist weiß, aber er ist Muslim.« Er sagte: »Sehen Sie, ich weiß, daß es viele *sharmuutos* wie Sie in diesem Land gibt. Wir sind keine Zuhälter, die euch Pässe geben, damit ihr losziehen und euren Körper verkaufen könnt. Ich werde Ihnen jetzt einen Gefallen tun und Ihnen raten, sich hier nie wieder blicken zu lassen, wenn Sie nicht ins Gefängnis kommen wollen. Suchen Sie sich einen Mann, der schwarz ist wie Sie, und lassen Sie die Weißen in Ruhe, und hören Sie auf, eine *sharmuuto* zu sein. Suchen Sie sich einen netten Mann, und bleiben Sie in Ihrem Land, und kommen Sie nie wieder hierher.«

Ich konnte es nicht abwarten, wieder nach draußen zu kommen. Ich sagte: »Vielen Dank. Vielen Dank.« Ich weinte, als ich hinausging, und ich drehte mich nicht einmal um, denn ich dachte, wenn ich das täte, würden sie vielleicht hinter mir herkommen und mich ins Gefängnis bringen. Mein Mann war fort – ich konnte ihm nicht folgen. Er konnte nicht zu mir zurückkommen. Mein Geld, mein Haus, meine Möbel – alles war weg. Und ich war schwanger, und das Kind hatte keinen Vater.

Ich dachte an Ismail. Er hatte Paul versprochen, mir zu helfen, also ging ich zu ihm. Ein Mann öffnete die Tür, und ich sagte ihm, wen ich suchte. Er bat mich herein. Als ich etwas getrunken hatte, sagten sie mir, Ismail sei gerade mit seiner Frau nach Rom in die Flitterwochen geflogen.

Während wir neben dem alten Italiener gewohnt hatten, hatten wir sein Telefon benutzt; die Familie meines Mannes rief manchmal aus Aden an und hinterließ uns eine Nachricht. Also ging ich jetzt zu dem alten Italiener und erzählte ihm, was geschehen war. Er sagte, ich sollte mir keine Sorgen machen – ich sei gerade erst siebzehn geworden; ich sei doch noch jung. Er hätte gesehen, wie stark ich sei; ich würde es schaffen. Er würde mir helfen, und Allah würde mir auch helfen.

Ich hatte eine Telefonnummer, unter der ich Paul erreichen konnte. Also riefen wir an. Ich erzählte meinem Mann, was passiert war, aber er wollte es nicht glauben, denn als er abgereist war, war fast alles geregelt gewesen, und jetzt rief ich an und berichtete ihm, es sei alles nicht möglich – alles sei weg – das Geld sei weg –, denn Ismail sei mit dem Geld verschwunden, und ich könnte keinen Paß bekommen. Paul legte auf, noch bevor ich ihm alles erklärt hatte. Ich dachte, die Leitung wäre unterbrochen worden, aber er rief nicht zurück.

Der alte Italiener sagte, ich sollte ihn nochmal anrufen, die Verbindung wäre vielleicht schlecht gewesen. Wir riefen wieder an, aber Paul war nicht da. Ich ließ ihm ausrichten, daß ich am Telefon warten würde. Ich wartete lange.

Am nächsten Tag ging ich wieder zu dem Italiener, und am übernächsten auch, aber mein Mann rief nicht an. Am dritten Tag sagte der alte Mann, ich sollte meinen Mann noch einmal anrufen. Ich rief an und erreichte ihn. Ich fragte: »Warum hast du mich nicht angerufen?« Er sagte, er könnte nicht glauben, was ich ihm erzählt hatte. »Was du mir da erzählt hast, ist nicht möglich. Ich glaube dir, daß Ismail nach Europa geflogen ist, aber ich glaube dir nicht, daß sie dir den Paß nicht geben wollten, denn dann hätten sie gleich nein gesagt, als ich noch bei euch war. Im Paß war schon das Foto; sie brauchten ihn nur noch zu unterschreiben. Welchen Sinn sollte es denn haben, daß sie nein sagen – ich glaube das nicht. Das ist der Grund, warum du nicht wolltest, daß ich das Baby mitnehme: Du wußtest, daß du dableiben würdest. Du hast wahrscheinlich einen Liebhaber, und das Baby ist nicht von mir. Aber ich werde dir einen Brief schicken, in dem steht, daß du frei bist. Von jetzt an bist du eine freie Frau! Und eines Tages werde ich meinen Sohn sehen. Früher oder später werde ich ihn sehen.

Mach's gut, und ruf mich nie wieder an, niemals.« Und er legte auf.

Zuerst weinte ich nicht. Ich war zu verstört, um denken zu können. Ich ging und ging. Ich landete schließlich ganz am anderen Ende der Stadt. Es war spät, fast Mitternacht – zum Glück hatte das Militär die Ausgangssperre auf zwölf Uhr verschoben. Als ich merkte, wie weit ich gegangen war, fiel mir meine Freundin Anna ein. Ich beschloß, zu ihr zu gehen. Ich erzählte ihr alles, sogar, daß ich schwanger war, was sie noch nicht gewußt hatte. Ich schämte mich. Wie sollte ich in dieser Stadt bleiben, in der ich jeden kannte? Ich hatte gedacht, hier hätte ich mir endlich ein Leben aufgebaut, und jetzt war alles fort, wofür ich gearbeitet hatte. Ich würde von vorn beginnen, aber ich wußte nicht wie. Ich hatte nur noch im Sinn, einfach abzureisen – »irgendwo hinfahren, wo niemand dich je wiedersieht und wo niemand dich kennt«. Das war mein einziger Gedanke. Ich sagte Anna, daß ich in diesem Land nicht bleiben könnte. Ich wußte nicht, wie ich wieder anfangen sollte – ich war schwanger, und ich hatte einen kleinen Jungen, und ich hatte fast alles, was ich besaß, verkauft oder verschenkt. Sie sagte, sie wollte auch weg. Unter der Militärherrschaft war man hilflos – sie vergewaltigten die Mädchen und Frauen und sperrten die Männer ins Gefängnis. Sie hatten noch niemanden öffentlich umgebracht, aber die Situation war schlimm. Die Straßen waren beinahe leer. Es war fast kein Verkehr, denn die Leute, die Autos besessen hatten, waren in der Mehrzahl weiß gewesen oder hatten für die Regierung gearbeitet.

Es hatte viele ausländische Firmen im Land gegeben, die alle nach Öl gesucht hatten. Inzwischen hatten die meisten dieser Firmen das Land verlassen. Es schien, als hätte man der Mehrzahl der Weißen befohlen, das Land zu verlassen, und als hätte man die Mehrzahl der somalischen Männer ins Gefängnis gesperrt. Es blieb einem nichts anderes übrig, als das Land zu verlassen. Wenn man keinen Paß hatte, blieben einem nur die Nachbarländer. Mein Land und die Nachbarländer führten alle Krieg gegeneinander, aber ich wußte, daß man in diese Länder hineinkam, wenn man Geld hatte.

Anna und ich waren uns einig: »Wir müssen hier weg, wir müssen hier weg.« Sie sagte: »Komm, wir gehen aus und machen uns einen letzten schönen Abend.« Wir machten Pasquale ausfindig – er war noch da. Er hielt durch, obwohl diese Revolution allen angst machte. Er sagte, wir sollten uns anziehen und zum Essen ausgehen, so als wäre das Leben normal.

Wir aßen in einem leeren Restaurant, als einzige Gäste. Auf dem Rückweg wurden wir von Soldaten angehalten. Es war zehn Minuten vor zwölf, und wir versuchten, vor der mitternächtlichen Ausgangssperre zu Anna zu kommen. Als wir an die Straßensperre kamen, beugten wir beide Frauen uns im Wagen ganz herunter, so daß niemand uns sehen konnte. Aber sie hielten uns trotzdem an. Sie sahen uns und sagten, wir sollten aussteigen, nur wir beide – ich und Anna. Pasquale fragte: »Warum?« Der Soldat sagte, er sollte den Mund halten, das ginge ihn nichts an, sie wollten bloß die beiden *sharmuutos* festnehmen, und er befahl uns, auszusteigen. Also stieg Pasquale auch aus. Sie sagten auf somalisch zu ihm: »Gehen Sie! Sie sind Weißer. Gehen Sie!« Und er sagte: »Nein, ich gehe nicht!« – auf somalisch. Sie trauten ihren Ohren nicht, als sie diesen jungen Mann Somali sprechen hörten. Er war ein Kämpfer. Er kümmerte sich nicht darum, daß er verhaftet oder geschlagen werden konnte. Er sagte nein, er würde uns nicht im Stich lassen – wir hätten nichts verbrochen; wir seien alle drei zusammen essen gegangen; es sei noch nicht Mitternacht; wir wären keine fünf Minuten von Zuhause entfernt; wir hätten niemandem etwas getan, warum also sollten die Mädchen ins Gefängnis? Er sagte, er wäre für uns verantwortlich, denn er hätte uns von unseren Familien abgeholt, und er müßte uns zurückbringen. Zum Schluß sagte er: »Wenn Sie die Mädchen verhaften, müssen Sie mich auch verhaften, denn ich lasse sie nicht allein. Wenn

Sie sie umbringen, müssen Sie mich auch umbringen. Wenn Sie sie schlagen, müssen Sie mich auch schlagen. Alles, was Sie ihnen antun, müssen Sie mir auch antun, denn ich gehe hier nicht weg.«

Es waren viele Soldaten mit großen Gewehren da. Die Straßensperre befand sich an einer Kreuzung, und an allen vier Einmündungen standen Posten. Sie kamen alle zu uns und umringten uns und legten ihre Gewehre auf uns an, so als wollten sie uns gleich erschießen. Meine Beine zitterten. Ich wußte, wozu sie fähig waren; ich hatte Mädchen gesehen, nachdem sie sie vergewaltigt und geschlagen hatten und ihnen ihr Geld und ihr Gold weggenommen hatten.

Die vier Männer, die mit uns gesprochen hatten, gingen fort und besprachen sich ein paar Minuten untereinander; dann kamen sie wieder und sagten: »Ihr könnt alle fahren. Aber fahrt nie wieder im Auto eines Weißen oder mit einem weißen Mann mit, und seid nach elf nicht mehr auf der Straße. Ihr seid junge Mädchen, und ihr solltet euch schämen, auf der Straße zu sein und so ein Leben zu führen.« Also sagten wir: »Jawohl, Sir, wird gemacht, wird gemacht, vielen Dank, vielen Dank.« Pasquale ließ den Wagen an, und wir sprangen hinein und fuhren weg. Als er uns bei Anna absetzte, zitterten wir immer noch – alle drei. Anna und ich sagten ihm, er sollte auf der Heimfahrt gut aufpassen, und das versprach er.

Pasquale war zwar nett, wenn wir uns trafen, aber er sagte nie, daß er mich liebte – und bei den ganzen Problemen und dem Durcheinander konnte ich ihm von dem Baby nichts sagen. Anna erzählte mir von einem Italiener, der mitten in der Stadt lebte. Er war mit einer Somali verheiratet, und er besaß eine Bar. Sie erzählte mir, daß er in einem der Hinterzimmer mit einem Stück Draht aus einem BH Abtreibungen machte. Sie sagte, er würde den Eingriff zwei oder drei Tage lang jeden Morgen wiederholen, und etwa nach dem dritten Mal würde man anfangen, stark zu bluten und das Baby verlieren. Zuerst erklärte ich mich bereit, es zu versuchen, aber als sie mir erzählte, was er tun mußte, und als ich an den Schmerz und an Allah dachte – denn der Koran sagt, wenn man jemanden tötet, wird man mit ewigem Höllenfeuer bestraft –, konnte ich es nicht tun.

Ich ging weiterhin zu unserem alten italienischen Freund, um zu sehen, ob er Nachrichten von Paul hatte, aber er hatte nie welche. Dann sagte er eines Tages, er hätte einen Brief für mich.

Anna und ich liefen zurück zu ihr nach Hause. Sie las mir den Brief vor. Da stand: »Aman, wie geht es dir? Mir geht es gut. Hier ist alles in Ordnung. Ich hoffe, daß es in Somalia jetzt besser ist. Ich hoffe, daß mein Sohn in Sicherheit ist und alle anderen auch. Ich habe keine Arbeit. Ich habe kein Geld. Ich wohne bei meiner Familie. Ich hoffe, daß ich euch eines Tages wiedersehe, dich und das Baby, vor allem meinen Sohn. Paß gut auf dich auf. Und eine Bitte: Mein Sohn ist noch klein, und er ist bei dir, und ich weiß, daß er Muslim werden wird, weil du Muslimin bist, und ich weiß nicht, wann ich ihn wiedersehen werde, daher schicke mir bitte meine Goldkette.« Er hatte eine dicke, schwere goldene Halskette mit einem großen Kreuz gehabt, die seinem Vater gehört hatte. Als sein Vater starb, hatten sie Paul die Kette geschenkt, und er hatte sie unserem Sohn geschenkt, als er geboren wurde. Jetzt wollte er seine Goldkette wiederhaben. Sein Brief ging weiter: »Treib dich nicht dauernd auf der Straße herum, denn das ist eine Schande für meinen Sohn. Ich weiß nicht, was du mit dem anderen Baby machen wirst – gib es seinem Vater oder behalte es, das ist mir egal, denn ich weiß, daß es nicht von mir ist. Ich kann nicht wiederkommen. Du bist geschieden. Es ist aus. Du kannst mit diesem Brief zu jedem Scheich oder jeder Botschaft oder jeder Regierungsstelle gehen. Er ist deine Scheidungsurkunde.«

Es tat weh. Nicht die Scheidung – ich hatte schon lange gewußt, daß unsere Ehe brüchig war. Aber seine grausamen Worte taten wirklich weh.

Er bekam nichts von mir. Überhaupt nichts – keinen

Brief, keinen Telefonanruf, keine Goldkette – nichts. Ich sagte nur zu Anna: »Du und ich, wir müssen einen Weg finden, wie wir hier herauskommen.« Wir hatte beschlossen, nach Kenia zu gehen. Ich hatte das vor langer Zeit schon einmal versucht, und der Gedanke an Kenia hatte mir immer gefallen – ich kannte Leute, die dorthin gegangen waren, und sie sagten, es sei ein schönes Land. Aber ich hatte keine Ahnung, wie groß es war – ich dachte, wenn ich erst die Grenze erreicht hätte, wäre ich auch schon in Nairobi …

Jetzt wurde es etwas friedlicher, denn die Leute gewöhnten sich allmählich an die Situation und lernten, damit zu leben. Aber das Militär war immer noch überall, kontrollierte alles – sie gingen in jedes Haus, in das sie hineinwollten, und auf der Straße verhafteten sie, wen sie wollten. Wenn wir in der Innenstadt waren, wo die Soldaten waren, versteckten wir uns immer, wenn wir mit jemandem mitfuhren. Wir gingen nicht zu Fuß durch die Straßen. Manche Geschäfte waren geschlossen – viele Menschen waren für immer fortgegangen.

Ab und zu fanden noch Partys statt, aber wir waren immer sehr still. Auf einer Party lernte ich einen Mann kennen, der für eine Ölgesellschaft arbeitete – Mario. Jedes Wochenende fuhr er mich nach Mango Village, damit ich meine Mama und meinen Sohn sehen konnte. Marios Familie lebte auch in Mango Village – sein Stiefvater, ein Italiener, arbeitete in der Zuckerfabrik. Seine Mutter war eine schöne Türkin. Sie schnitt meinem Baby die Haare – sie freute sich immer, wenn sie mich sah. Wenn wir in Mogadischu waren, wohnte ich bei Mario, weil ich kein eigenes Zuhause mehr hatte. Ich gab kein Geld mehr für mich aus – was ich nicht Mama gab, sparte ich. Mario sagte, ich sollte es sparen – ich würde es brauchen. Er sah, wie schlimm die Situation war, und auch für ihn wurde es Zeit, das Land zu verlassen. Er hatte herausgefunden, daß er nach Mombasa in Kenia versetzt werden sollte. Er wußte nicht, daß ich ebenfalls plante, nach Kenia zu gehen. Er sagte, ich sollte ihm doch folgen und bei ihm in Mombasa wohnen. Ich nehme an, über alles weitere machte er sich keine Gedanken.

Ich war voller Liebe, und ich hatte niemandem, dem ich sie schenken konnte. Als er mich daher bat, ihm zu folgen, sagte ich, ich würde es mir überlegen. Während der nächsten beiden Tage tat ich nichts anderes als überlegen. Ich überlegte, wieder nach Mango Village zu gehen und mir Arbeit zu suchen – vielleicht in der Zuckerfabrik. Aber wenn ich daran dachte, mit den Menschen zusammenzusein, unter denen ich aufgewachsen war, und wie klein ich geworden war und daß alle mich kannten, wußte ich, daß das für meine Familie sehr peinlich sein würde. Niemand anders in Mango Village hatte ein weißes Baby, außer einer alten Prostituierten, und ich wußte, wie sie genannt wurde. Und ein zweites war unterwegs. Wie würde ich das aushalten können? Ich konnte nicht einmal die Großstadt ertragen. Ich dachte wirklich darüber nach, wieder nach Hause zu gehen, aber dann sagte ich mir: Nein, das kann ich nicht. Ich wußte, daß ich nach Kenia gehen mußte, und ich war froh, daß Mario auch dort sein würde. Ich sagte ihm, ich würde bestimmt nach Kenia gehen.

In der folgenden Woche brachte ich ihn zum Flughafen, und dann war er fort.

Jetzt war ich an der Reihe, mich nach einer Möglichkeit, das Land zu verlassen, umzusehen. Ich suchte und suchte. Am zwölften Tag fand ich Laila, ein somalisches Mädchen aus Tansania. Sie wollte unbedingt nach Tansania, denn dort war sie aufgewachsen, und ihre Familie lebte noch dort. Ihr Bruder hatte sie gezwungen, einen Somali zu heiraten, und sie war schwanger geworden. Sie mochte ihren Mann nicht, und sie hatte ihn verlassen und war nach Mogadischu gekommen. Sie hatte ihren Körper verkauft, und es war ihr gelungen, 175 Shilling zu sparen. Das reichte nicht einmal für den halben Weg, aber das wußte sie nicht. Wir lernten uns am Truckstop kennen, wo wir beide nach abfahrenden Lkw fragten. Sie sprach gut Englisch und Suaheli und Somali.

Ich war erleichtert, als Laila mir erzählte, daß sie eine Sprache sprach, die in Kenia gesprochen wurde, und daß sie ebenfalls weg wollte. Jetzt hatten wir einander, Allah sei Dank. Und wir waren beide etwa gleich weit in unserer Schwangerschaft.

Wir stellten fest, daß es keine Lkw gab, die ganz bis dorthin fuhren, wo wir hinwollten, also mußten wir die Strecke in mehreren Abschnitten fahren. Die Lkw fuhren nicht immer, denn die Straßen waren schlecht, und es war Regenzeit. Wir gingen jeden Tag zum Truckstop. Schließlich fanden wir einen Lkw.

Nachdem wir alles mit dem Fahrer abgemacht hatten, besuchte ich zum letztenmal meine Mama und meinen Sohn.

Wenn du weggehst, weißt du, und nochmal mit deiner Familie sprichst: »Wenn ich gehe, macht dies und jenes … wenn das passiert, tut dies und das und jenes …« Ich erklärte Hawa, wie sie meinen Sohn behandeln sollte … und wie sie meine Mama behandeln sollte, denn normalerweise kaufte ich alle Kleider für sie und unterstützte Hawa. Ich sagte ihnen, wenn mir etwas passieren sollte, sollten sie dies und jenes tun. Ich wußte, daß ich meinen Sohn nicht mit nach Kenia nehmen konnte, denn mir war klar, was mir bevorstand – eine sehr schwierige Situation. Ich wußte nicht, wo ich hinfuhr und was mir zustoßen würde. Ich wußte, daß er bei Mama sicher war, und wenn ich mich einmal niedergelassen hatte, würde ich in der Lage sein, ihn zu holen. So verließ ich Mango Village und fuhr nach Mogadischu zurück.

Am Tag bevor der Lkw abfahren sollte, suchte ich Anna auf und sagte ihr, wir könnten am nächsten Morgen früh losfahren – etwa um acht. Sie sagte: »Gut. Kein Problem.« An dem Abend gingen wir aus. Wir gingen ins Lido – in diesen berüchtigten Club –, und ich tanzte die ganze Zeit, denn ich wußte, daß ich am nächsten Tag das Land verlassen würde. Ich wußte, wenn ich blieb, würde ich nicht mehr mein eigener Herr sein können, jemand würde mich kontrollieren. Ich mochte die Militärs nicht, was sie machten, gefiel mir nicht. Ich konnte einfach nicht bleiben.

Am Morgen gingen Laila und ich zum Truckstop. Alle, die mitfahren wollten, waren da. Aber Anna kam nicht. Wir warteten und warteten; wir warteten mehr als zwei Stunden, doch sie kam immer noch nicht.

Und so fuhren wir los.

24

Die Straße nach Kenia war sehr schlecht. Von Mogadischu nach Baidoa brauchten wir drei Nächte. Wir schliefen in dem großen Lkw. Der Laster brachte Nudeln, Tomaten, Öl, Zucker und Kaffee nach Baidoa. Meine Freundin und ich saßen vorn beim Fahrer, und hinten war alles mit Lebensmitteln vollgeladen. Die Straße war naß und schlammig, und wir mußten aussteigen und schieben … schieben, schieben … so lange, bis es dunkel wurde. Wir mußten viel schieben …

Aber ich vergaß die Kämpfe und den Haß, denn alle Spuren davon lagen hinter uns, und wir waren auf dem Land. Die Landschaft war schön, und sie roch nach Blumen. Es war Regenzeit – die gute Jahreszeit in Somalia –, und alles war grün. Es war kühl, nicht heiß, und der leichte Wind roch so gut – ich war wieder im Paradies.

Wir übernachteten in Baidoa, und am nächsten Tag fanden Laila und ich einen anderen Lkw. Wir fuhren weiter und verbrachten die Nacht in Lugh, einer Stadt auf einer Insel im Juba. Als ich das letztemal versucht hatte, nach Kenia zu gelangen, damals, als ich meinem Mann weggelaufen war, war ich nicht so weit gekommen. Es war interessant, diese neue Gegend des Landes kennenzulernen. Zwischen meinem Land und Kenia hatten schwere Kämpfe stattgefunden, und auf der Fahrt sahen wir jetzt verbrannte Bäume, verbrannte Autos und sogar verbrannte Dörfer. Auf jedem kleinen Stückchen Fahrt sahen wir Spuren der Kämpfe, und ich hatte so etwas noch nie gesehen. Militärische Ausrüstung lag massenweise einfach auf der Straße. Ich fragte, warum das kenianische Volk mein Volk so schlecht behandelte, und warum sie uns so haßten. Sie sagten, bei den Kämpfen zwischen Kenianern und Somalis hätten die Kenianer viele Leute aus ihrem Volk verloren. Aber ich glaube, es gibt auch noch einen anderen Grund. Es ist ein anderer Haß, etwa wie: Warum seid ihr besser? Sie finden, daß Somalis besser aussehen, sie glauben, wir hätten mehr Macht, sie meinen, wir hätten mehr Geld. Sie glauben, wir hätten mehr Schönheit als sie. Daher denke ich, daß sie einfach unsicher und neidisch sind. Außerdem gehen somalische Frauen nicht gern mit kenianischen Männern aus. Wenn sie sich mit uns verabreden wollen, sagen wir automatisch: »Nein!« Sie werden wütend, weil wir ihnen das Gefühl geben, weniger wert zu sein. Und in gewisser Weise haben sie recht, denn mit bestimmten anderen Afrikanern verkehren Somalis nicht, zum Beispiel mit denen, von denen ich dir erzählt habe – die wir Addon nennen. Aber ich wußte nur, daß die Kenianer die Somalis sehr, sehr schlecht behandeln konnten.

Am nächsten Tag kamen wir in die Grenzstadt. Wir waren so nah an der Grenze – wir konnten die Gebäude in Kenia sehen. Während wir uns alles ansahen – zu Fuß –, trafen wir diese Frau, die wir von zu Hause kannten. Als ich sie sah, Allah! – Mir war, als würde ich meine Mutter sehen. Ich kannte ihre Tochter aus der Zeit, als ich Straßenmädchen in der Großstadt gewesen war. Ihre Tochter war ein Mischling: halb Italienerin, halb Somali. Sie war nach Nairobi gegangen, und die Mutter versuchte, ein Papier zu bekommen, damit sie auch nach Kenia gehen konnte. Zu der Zeit brauchte man eine Art Passierschein, einen Erlaubnisschein, um nach Kenia hineinzukommen. Sie war schon seit drei Monaten in der Grenzstadt und wartete auf diesen Schein. Sie fragte uns, was wir hier wollten, und wir erzählten ihr, wir wollten das gleiche wie sie – wir versuchten, nach Nairobi zu gelangen. Also nahm sie uns mit zu sich nach Hause. Unterwegs erklärte sie uns alles.

Sie sagte, es sei gar nicht so einfach, diesen Paß zu bekommen. Man konnte nicht einfach zum kenianischen Bezirkskommissar oder seinem Mitarbeiter, dem Bezirksbeamten, gehen. Man mußte erst an ein paar andere Leute

Geld bezahlen, und die sprachen dann für dich mit dem Bezirkskommissar. Die Frau sagte, sie wüßte, mit wem wir sprechen müßten, und sie würde uns helfen.

Sie nahm uns mit auf die kenianische Seite. Man konnte für einen Tag hinübergehen, aber abends mußte man wieder zurücksein. Wir gingen sofort zum Büro des Bezirkskommissars, und sie sagte, wir sollten draußen unter dem großen Baum warten. Sie ging hinein und kam nach einer Weile mit zwei Männern wieder heraus. Sie stellte uns den Männern vor, und sie sagte uns, was die beiden für uns tun konnten: Sie konnten alles in drei oder vier Tagen erledigen. Wir verabredeten, daß wir uns am Abend darüber unterhalten würden, sie würden zu der Frau nach Hause kommen und uns erklären, was wir tun sollten. Also sagten wir: »Okay. Vielen Dank.«

Als es dunkel wurde, kamen sie. Ich dachte, wir würden ihnen das Geld geben und sie würden wieder gehen und sich um unsere Papiere kümmern, und wenn sie sie hätten, würden sie wiederkommen. Aber sie wollten mit uns sprechen, bevor sie gingen, daher erwarteten sie, daß Laila und ich draußen mit ihnen spazierengingen.

Ich erklärte ihnen, ich wäre müde, und ich könnte nicht ... Ich verstand schon richtig, wenn ein Mann sagte: »Komm mit mir spazieren ...« – ich bin ja nicht dumm. Ich sagte: »Ich möchte schlafen, ich bin müde – und ich bin schwanger.« Ihm ins Gesicht. Denn ich wußte, daß er etwas von mir wollte. »Ich brauche den Schlaf, und das Baby braucht den Schlaf auch, also lassen Sie uns diese Angelegenheit regeln, und dann können Sie gehen.« Es paßte ihm gar nicht, das konnte ich sehen, aber er sagte: »Geben Sie uns dreihundert Shilling.« Ich ging also ins Zimmer, zählte das Geld ab und brachte es ihm. Sie sagten, sie würden am nächsten Tag mit den Papieren kommen. Sie würden sich um alles kümmern.

Am nächsten Abend kamen sie. Sie waren nicht nett und lustig wie am ersten Abend – es war, als hätten sie schlechte Nachrichten für uns, es war, als wenn ihnen das Geld zu wenig wäre. Mir war aufgefallen, daß die Mutter meiner Freundin immer fortging, wenn die Männer kamen, und uns vier allein ließ – obwohl sie wußte, daß wir beide schwanger waren, daß wir viel Geld bezahlten, um dieses Papier zu bekommen, und daß wir nicht auch noch mit unseren Körpern bezahlen wollten. Ich sagte zu ihr: »Bitte, bleiben Sie bei uns, wenn die beiden das nächste Mal kommen.« Aber nun waren sie da, und sie machte es wieder genauso – sie ging hinaus. Als sie fort war, rückten die Männer dicht an uns heran. Ich sprach kein Suaheli, aber ich sagte ihnen, ich wollte meinen Mann besuchen. Ich weiß nicht, was Laila ihnen auf Suaheli sagte, aber schließlich gingen sie beide. Am dritten Abend kamen sie nicht.

Am nächsten Tag gingen wir zum Büro des Bezirkskommissars, um sie dort zu treffen, aber sie wollten nicht mit uns sprechen, sie waren beschäftigt. Sie sagten uns, wir seien beobachtet worden – man wüßte jetzt, daß wir versuchten, uns den Grenzübertritt nach Kenia zu erkaufen, und die Polizei wollte uns verhaften. Sie versuchten, uns angst zu machen. Die Mutter meiner Freundin sagte uns, die Männer hätten sie wissen lassen, daß sie mit uns schlafen wollten – daß wir mit ihnen ins Bett gehen sollten, wenn wir den Schein haben wollten, daß sie uns kostenlos einen Gefallen tun würden. Sie hätten gesagt, der Bezirkskommissar und der Bezirksbeamte würden unser Geld kassieren, und sie wollten unsere Körper dafür haben, daß sie uns diesen Gefallen taten – es wäre das mindeste, was wir tun könnten.

Als sie an dem Abend kamen, erklärten sie uns, sie wollten mehr Geld. Also gaben wir ihnen noch zweihundert Shilling, so daß es insgesamt fünfhundert Shilling waren. Die Frau nahm jeden Tag Geld von uns zum Einkaufen, unser Geld ging also zur Neige. An dem Abend nahmen sie die zweihundert Shilling und blieben nicht sehr lange. Sieben Tage und immer noch keine Papiere. Als wir sie das nächste Mal sahen, waren wir sehr nett. Einer der Kerle nahm mich mit nach draußen. Es war dunkel – nicht allzu dunkel –, man konnte etwas sehen, denn der Mond schien. Ich lehnte mich gegen den Zaun. Er machte es im Stehen. Er kam, und ich wischte es ab. Wir warteten, bis die beiden drinnen fertig waren, und dann gingen wir hinein. Es war wie ein Geschäft. Ich sagte: »Jetzt habt ihr gehabt, was ihr wolltet – wann kriegen wir den Schein?« Ich war wütend. »Morgen?« Er sagte nein, es würde zwei oder drei Tage dauern, aber diesmal würden wir die Papiere bekommen – er und sein Freund hätten uns gern, sagte er, und sie wollten uns helfen. Als sie gegangen waren, wuschen wir uns und unsere Kleider.

Am nächsten Tag gingen wir nach Kenia hinüber, aber wir gingen nicht zum Büro des Bezirkskommissars, sondern auf den Markt, weil wir hofften, daß wir jemanden finden würden, der uns helfen konnte. In einem Laden kauften wir Limonade, in einem anderen Snacks. Und wir lernten drei junge Männer kennen – sauber, in hübschen, khakifarbenen Safarianzügen. Etwas sagte uns, daß wir stehenbleiben und mit ihnen sprechen sollten. Sie kamen aus Nairobi, und sie waren zu einer sechswöchigen militärischen Ausbildung hier. Wir vertrauten ihnen, und sie sagten, sie würden uns besuchen.

Sie besuchten uns wirklich, und wir tranken Tee. Wir erzählten ihnen von unserem Problem – alles. Und da sagten sie uns, was tatsächlich vor sich ging. Sie erklärten uns, wie es funktionierte: Die Männer, die für den Bezirkskommissar arbeiteten – sogar der Bezirkskommissar selbst –, schliefen mit vielen Mädchen, und sie nahmen den Mädchen außerdem das Geld ab und teilten es sich. Es war für sie wie ein Spiel. Einer der jungen Männer sagte, wir sollten unsere Sachen Stück für Stück zu ihrem Zelt bringen und der Frau kein Wort sagen. Sie sei wahrscheinlich auf der Seite der beiden Männer, weil sie annehmen würde, daß sie ihr helfen würden, einen Paß zu bekommen, wenn sie ihnen zu unseren Körpern und unserem Geld verhalf. Später fand ich heraus, daß die jungen Männer recht hatten – genauso war es.

Wir brachten unsere Sachen nach und nach in ihr Zelt, damit die Frau nicht merkte, daß wir sie verließen. Einer der jungen Männer hatte einen Lkw ausfindig gemacht, der nach Nairobi fuhr. Er brachte den Fahrer mit in ihr Zelt und gab ihm das Geld, und alles war geregelt. Ich hatte nach allem, was passiert war, nicht mehr besonders viel Vertrauen, aber wir waren abfahrbereit. Wir verließen das Haus der Frau und gingen zum Zelt der jungen Männer, um den Abend abzuwarten. Als es ganz dunkel war, taten wir – die jungen Männer, Laila und ich – so, als würden wir auf die somalische Seite zurückgehen, doch wir schlugen einen Bogen und gingen in die kenianische Stadt und marschierten los. Wir gingen und gingen und gingen, fast eine Stunde lang. Wir mußten weit genug von der Grenze entfernt sein, damit die Posten nicht merkten, wenn der Lkw anhielt – damit niemand es merkte. Ich wußte, daß Leute manchmal nicht abgeholt wurden, und dann bist du tot, aber wirklich. Von einem Löwen oder einer Hyäne aufgefressen oder von der kenianischen Polizei umgebracht. Wenn die Polizei dich dabei erwischte, wie du heimlich versuchtest, über die Grenze zu kommen, wurdest du geschlagen oder ausgeraubt, oder sie zwangen dich, auf Farmen zu arbeiten, sie benutzten dich als Arbeitskraft … wenn du Glück hattest. Sonst brachten sie dich einfach um und schafften dich beiseite.

Außerdem hatten wir Angst, weil wir nicht wußten, wo wir hingingen, aber wir waren jetzt überzeugt, daß wir wirklich wieder unterwegs waren. Endlich blieben wir stehen, aber nicht zu nah an der Straße. Die jungen Männer sagten uns, wenn der Lkw käme, würde er zweimal aufblenden, um uns ein Zeichen zu geben. Wir warteten und warteten, und endlich kam der Laster und blendete zweimal auf. Wir liefen an die Straße. Der Lkw hielt an. Ich küßte jedes Fleckchen in den Gesichtern dieser jungen Männer. Wir verabschiedeten uns, und sie wünschten uns viel Glück. Und dann kletterten wir in den Lastwagen und fuhren weg.

25

Wir fuhren und fuhren. Wir waren jetzt in Kenia, in der N.F.D.-Zone, und die Menschen waren immer noch Somalis. Wir hielten bei kleinen Lokalen an, wo man essen konnte – Fleisch, Reis und Milch. Das Essen war anders. Die Somalis haben eine Religion und eine Sprache, aber jeder Stamm hat seinen eigenen Akzent, und die Kultur ist unterschiedlich, daher ist das Essen auch verschieden.

Schließlich kamen wir in die Nähe eines Dorfes, und wir übernachteten im Lastwagen. Am Morgen ging der Fahrer auf die Polizeiwache. Alle Wagen, die nach Kenia hineinfuhren, mußten sich auf der Polizeiwache melden. Bevor er sich dort meldete, fuhr er uns ans andere Ende des Dorfes. Dort wuchsen viele große, hohe Bäume, und er sagte, wir sollten auf einen der Bäume klettern und warten. Wenn wir auf der Straße bleiben würden, könnten die Vorübergehenden sehen, daß wir anders seien, sie könnten sehen, daß wir auf der Flucht seien. Um dieses Problem zu umgehen, sollten wir auf den Baum klettern. Weißt du noch, wie meine Großmama sich auf dem Baum versteckt hatte? Genau das machten wir auch! Wir kletterten etwa um zehn Uhr auf den Baum und blieben dort bis drei.

Es wurde heiß, und mir war schwindlig. Wenn ich die Augen öffnete – *uff!* –, der ganze Baum drehte und drehte sich! Wir hatten Durst … wir hatten Hunger. Ich konnte spüren, wie das Baby in mir schaukelte und trat.

Wir schlossen die Augen und beteten zu Allah, daß der Fahrer zurückkommen möge.

Als er kam, brachte er uns Essen und Wasser mit. Wir fuhren weiter zur nächsten Stadt, Wajir, und er mußte sich wieder bei der Polizei melden. Er fragte nach Geld für Sprit und Essen. Er nahm uns zu seiner Schwägerin mit und sagte ihr, sie sollte uns etwas zu essen geben, und zu uns sagte er, wir sollten uns bereit machen: »Macht euch fertig, wir kommen gleich wieder«, sagte er. Aber er kam nie wieder. Er nahm unser ganzes Geld, und – weg ist er. Ich fragte die Frau: »Was ist los?« Sie sagte: »Mein Schwager hat euretwegen Ärger. Jetzt wird die Polizei kommen.« Vor der Polizei hatten wir Angst – davor, wie sie dich behandeln, wenn sie dich festgenommen haben. Wo konnten wir hin?

Die Schwägerin sagte, wir sollten Asli suchen, eine alte Frau, die zum gleichen Stamm wie Laila gehörte. Sie selbst konnte nicht mitgehen, denn wenn die Polizei sie sah, würde sie auch ins Gefängnis kommen. Also schickte sie einen vierjährigen Jungen mit, der uns zeigen sollte, wo Asli wohnte.

Zusammen hatten wir drei große Koffer und Taschen – zu schwer für uns, vor allem, weil wir beide schwanger waren. Ich bat die Familie, uns zu helfen. Wir würden den Rückweg zu ihnen nicht mehr finden, wenn wir erstmal weggegangen waren, und wir durften unsere Sachen nicht verlieren. Also half der kleine Junge uns. Er nahm die kleinen Taschen. Ich holte ein großes Laken aus meinem Koffer, wickelte den Koffer hinein, und dann knotete ich die Enden des Tuches am Hals zusammen ... so wie wir auf dem Land tragen. Und den anderen Koffer trug Laila in der Hand. Wir waren erschöpft! Einmal wollte ich den großen Koffer einfach mitten auf der Straße stehen lassen. Dann sagte ich mir: »Nein, das hier ist alles, was ich habe, ich nehme es mit.«

Wir klopften bei Asli. Sie fragte, wer da sei, und der Junge sagte: »Hallo, Tante«, und sie öffnete die Tür. Laila sagte ihr, wer wir waren – wir erzählten allen, wir wären Schwestern. Asli ließ uns herein. Ich gab ihr Geschenke: Ohrringe, ein Tuch für das Haar, das wir *shaash* nennen, und Sandalen.

Wir erzählten ihr, daß wir nach Nairobi wollten, aber die Lastwagen fahren nicht jeden Tag, nur jede zweite Woche.

Sie sagte, wir würden bald einen Lastwagen auf der Durchreise finden, und bis dahin könnten wir bei ihr wohnen. Wir bezahlten ihr zehn Shilling am Tag ... manchmal etwas mehr, einfach um ihr einen Gefallen zu tun. Die kenianische Regierung wollte, daß die Haushalte jeden Gast meldeten, aber wir hatten weder Pässe noch Passierscheine, daher durfte niemand erfahren, daß wir ihre Gäste waren.

Weißt du, wo sie uns versteckte? In dem großen Ofen, in dem sie Brot backte. Morgens, nachdem sie das Brot gebakken hatte, holte sie mit einer langstieligen Schaufel die heiße Holzkohle heraus und ließ den Ofen abkühlen. Wenn jemand an die Tür klopfte, krochen wir da hinein. Und wenn sie gerade backte, krochen wir unter das Bett.

Mehrere alleinstehende Männer hatten bei ihr Zimmer gemietet, und sie wollten sich mit uns über unsere Stämme unterhalten. Ich kam bei den vielen verschiedenen Namen und Gruppen immer durcheinander. Asli fragte mich, ob ich wirklich Lailas Schwester wäre, denn ich sprach kein Suaheli, und ich kannte anscheinend nicht dieselben Leute wie sie. Sie sprachen alle über Familienmitglieder, die sie kannten, und sie wurden wie eine Familie. Ich fühlte mich ein bißchen ausgeschlossen.

Bald begriff Asli, daß ich nicht zu ihrem Stamm gehörte, und sie fragte mich, zu welchem Stamm ich denn wirklich gehörte. Ich sollte ihr Haus verlassen und zu einer anderen Frau gehen, da ich nicht zu ihrem Stamm gehörte und die Sprache nicht konnte; sie sagte, sie wolle mich nicht bei sich haben – sie wolle nicht meinetwegen Ärger bekommen. Zu Laila sagte sie, ihr würde ich auch Scherereien machen, weil ich die Sprache nicht könnte.

Ich hoffte, daß Laila zu ihr sagen würde: »Nein, wir haben die ganze Fahrt bis hierher zusammen gemacht, wir bleiben zusammen« – denn so hatten wir es in Somalia geplant. Laila hatte nicht genügend Geld, und ich hatte ihr geholfen, indem ich unsere Fahrer, die Trinkgelder, das Essen und die Geschenke bezahlt hatte. Daher hoffte ich, daß sie sagen würde: »Nein, nein, Aman und ich werden die ganze Fahrt zusammen machen.« Aber das tat sie nicht.

Asli holte eine alte Frau aus meinem Stamm. Man erkannte gleich, daß sie arm war – ihre Kleider waren zerlumpt und schmutzig, sie sah sehr arm aus. Als ich sie fragte, wer sie sei, sagte sie, ich sei zu jung, um jemanden aus ihrer Familie zu kennen. Ich sagte ihr, mein Vater sei Ältester, und ich würde die meisten Leute aus meinem Stamm kennen. Sie erzählte mir ihre Geschichte.

Sie hatte ihre Söhne und ihren Mann und alles Vieh verloren – ihr Haus war ausgebombt worden. Die Kenianer hatten den Ort, wo sie lebte, bombardiert, weil sie wußten, daß dort viele Somalis lebten. Sie verlor alles. Sie verlor sogar ein Auge. Sie erzählte mir, sie würde dort leben, wo ihr Land war, wo ihr Haus einmal gestanden hatte. Sie hatte nicht einmal eine Toilette, sie mußte die Büsche als Toilette benutzen. Es gab auch keinen *daash* – nichts. Ihr Haus war wie die Häuser auf dem Land, von denen ich dir erzählt habe – eine Buschhütte aus einem Gerüst aus Ästen und gewebten Matten. Der Bezirkskommissar mußte diesen Leuten helfen, nachdem sie ausgebombt worden waren, also ernährte sie sich von dem bißchen Essen, das sie von ihm bekam. Sie sagte, ich sei willkommen, wenn ich dort bei ihr wohnen wollte, sie hätte nichts dagegen, aber sie könnte mich nirgends verstecken. Allein schon wenn ich pinkeln ginge, könnte jeder mich sehen, und sie würden mich dem Bezirkskommissar melden, denn sie durfte keine unangemeldeten Gäste bei sich haben. Sie war in der gleichen Lage wie Asli – wenn sie dabei erwischt wurde, daß sie illegal eingereiste Somalis versteckte, würde sie Schwierigkeiten bekommen, eine Geldstrafe bezahlen müssen und ins Gefängnis geschickt werden.

Daher sagte ich mir, nein, das kann ich nicht. Warum soll ich diese unschuldige Frau in Schwierigkeiten bringen? Ich soll mit ihr gehen, obwohl sie mich nirgends verstecken kann, und sie wird mir keinen Wagen nach Nairobi besorgen können. Ich sagte: »Vielen Dank, aber ich bin in einer schwierigen Situation, ich bleibe hier, und wenn sie mich schnappen und zur Polizei bringen, werde ich ihnen erzählen, wie ich hergekommen bin, und dann können sie den Fahrer suchen, der mein Geld gestohlen hat.«

Ich dachte, wenn ich jemanden in Schwierigkeiten bringen würde, dann lieber jemanden, der es verdiente, und nicht diese liebenswürdige alte Frau. Ich schenkte ihr zwanzig Shilling und ein *shaash* und sagte zu ihr: »Vielen Dank, liebe Tante. Ich weiß deine Hilfe wirklich zu schätzen – bitte geh jetzt.« Asli wurde wütend. »Nein, Aman, *du* gehst!« Ich sagte: »Ich gehe nicht ohne Laila. Wo Laila hingeht, gehe ich auch hin. Ich habe ihr Geld gegeben, damit sie mir hilft, nach Nairobi zu kommen. Sie wird mich hinbringen.«

Die arme Frau ging fort, und Asli bearbeitete mich weiter: »Mach, daß du wegkommst!« Ich wußte, daß sie Angst hatte, denn wenn sie schrie, konnte die Polizei sie hören. Ich weigerte mich zu gehen. Ich sagte: »Hol die Polizei. Ich gehe hier nicht weg!«

Während wir uns stritten, klopfte es an der Tür. Sie sagte, ich sollte in den Ofen kriechen. Ich sagte: »Nein-nein, auf keinen Fall!« Vielleicht würde ich nie wieder herauskommen. Vielleicht würde sie ihn mir nicht wieder aufmachen. Ich sagte: »Nein! Nicht mehr in den Ofen! Ich gehe sowieso zur Polizei, warum soll ich mich noch verstecken? Ich krieche da nicht rein!« Asli wurde noch wütender, aber sie rief auf Suaheli: »Wer ist da?« Als sie sah, daß es ein Freund war, öffnete sie die Tür.

Ein Mann kam herein und fragte Asli, was das ganze Geschrei sollte. Sie sagte: »Diese Teufelin ist aus Somalia gekommen, sie will mein Haus nicht verlassen! Ich will sie hier drinnen nicht haben. Ich habe eine Frau aus ihrer Familie hergerufen. Sie wollte nicht mitgehen.« Der Mann fragte mich, was los sei, also erzählte ich ihm alles … Ich sagte, es sei nicht fair, ich sei ein junges Mädchen wie Laila, was denn da der Unterschied sei – bloß, weil ich nicht zu ihrem Stamm gehörte oder kein Suaheli könnte? Laila ist in

Schwierigkeiten. Sie hat keinen Schein, auch wenn sie sagt, sie sei eine Suaheli. Wo ist der Schein? Sie ist eine Suaheli aus Tansania, nicht aus Kenia!

Ich sagte zu dem Mann: »Sehen Sie, einer aus Ihrem Stamm hat mein Geld genommen und mich hiergelassen. Diese Frau hat gesagt, sie würde uns helfen, bis wir einen Wagen nach Nairobi gefunden haben. Aber kaum stellt sie fest, daß ich nicht zu ihrem Stamm gehöre, da will sie mich hinauswerfen. Ich habe sie für jeden Tag bezahlt, den ich hier war. Das habe ich alles gegeben.«

Er nickte und sagte: »Das ist nicht fair.« Er sprach mit Asli und sagte: »Du darfst sie nicht einfach rauswerfen. Nur weil sie nicht zu unserem Stamm gehört. Sie ist immer noch eine Somali.« Asli sagte: »Nein, es liegt daran, daß sie die Sprache nicht kann und daß sie keinen Schein hat, und ich will keinen Ärger mit der Polizei.«

Er sagte: »Wenn das so ist, warte. Ich werde mich darum kümmern. Könnt ihr warten, bis ich wiederkomme?« Er fragte uns nach unseren Namen – ich sagte ihm meinen Namen, und Laila sagte ihm auch ihren Namen und den Namen ihres Vaters. Nach weniger als einer Stunde war er wieder da, mit einem Stück Papier, das vom Bezirkskommissar unterschrieben worden war. Darauf stand: »Aman ist die Ehefrau von [sein Name]. Laila ist die Schwester von [sein Name]. Laila hat Aman in [sein Wohnort] abgeholt und bringt sie zurück nach Nairobi, wo sie bei [Name seiner Familie] wohnt.« Er gab uns außerdem einen Passierschein – jetzt hatten wir also die Erlaubnis, durch die Straßen zu gehen. Er sagte Asli: »Sei nett zu ihnen, und ich sorge dafür, daß sobald wie möglich ein Lastwagen herkommt, und dann sind sie aus dem Haus. Bitte, kümmere dich um sie.« Asli sagte: »Also gut.« Jetzt war es in Ordnung, denn wir hatten den Schein.

Zu mir sagte der Mann: »Keine Angst, Aman. Laila kann die Sprache, aber du kannst sie nicht, daher möchte ich, daß du das Papier behältst. Der Schein gehört dir. Wenn sie dich etwas fragen, sag ihnen einfach, daß ich dein

Ehemann bin. Ich arbeite für die Regierung, ich bin Fahrer beim Bezirkskommissar, sie wissen also, wo ich zu finden bin.« Ich freute mich sehr.

Und am selben Abend – vielleicht anderthalb Stunden später, als wir gerade zu Abend aßen – war plötzlich im ganzen Haus Polizei. Ich weiß nicht einmal, wie sie hineingekommen sind – es war, als wären sie mit Fallschirmen abgesprungen! Sie holten uns alle zwölf – alle aus allen Zimmern –, nur Asli nicht.

Wir gingen auf die Wache, sie stellten uns in eine Reihe und fragten nach unseren Papieren. Sechs von Aslis Vettern hatten keine Papiere, aber ich hatte nie gehört, daß Asli sie aufgefordert hätte, das Haus zu verlassen, obwohl sie mich herausgeworfen hatte! Jedenfalls zeigte ich dem Polizeibeamten meinen Schein, und er sagte: »Warum haben Sie uns das Papier nicht gleich gezeigt, bevor man Sie den ganzen Weg bis hierher geschleppt hat?« Ich sagte nichts. Ich lehnte mich nur zurück und machte meinen Bauch noch dicker, als er war! Ha!

Laila sprach Suaheli mit ihm und sagte: »Ja, ich und meine Schwägerin sind vom Land gekommen, und wir sind gerade auf der Durchreise, wir hoffen, daß wir es morgen bis nach Nairobi schaffen und warten auf einen Wagen, der uns mitnimmt.« Also sagte er der Polizei, sie sollte uns zurückbringen. Aslis sechs Vettern kamen nie wieder.

Wir blieben noch weitere neun Tage, bis ein Junge einen Lkw für uns fand. Es war Abend, als wir abfuhren. Ich werde es nie vergessen. Der Fahrer hatte *qat*, und er fragte mich, ob ich wüßte, wie man es kaut. Ich sagte: »Nein« – es wird hauptsächlich im Norden gekaut, ich hatte einmal welches im Süden gesehen –, »aber ich möchte es probieren. Ich mache alles mit. Ich bin glücklich!« Wir kauten alle *qat*. Wir sangen. Wir fuhren die ganze Nacht lang.

Am nächsten Morgen kamen wir zu diesem Ort namens Habaswein. Dort kamen viele Menschen um. Es waren etwa hundert Meilen Wüste. Es war staubig, und das Gras war abgestorben und vertrocknet. Es gab keine Bäume und keine Häuser, daher konnte man weit sehen. Es ist eine Stelle, wo sie eine Straßensperre haben, und ich glaube, sie hatten die Bäume mit Absicht gefällt, damit sie jeden sehen konnten, der heimlich hereinkam. Es sind einfach Meilen und Meilen und nicht ein einziger Baum. Wir konnten alles sehen … weit, weit, weit in der Ferne. Und der heiße Sand sah aus wie Wasser, er glänzte wie Wasser – Allaaah!

Viele Menschen wurden von Hyänen und Löwen gefressen. In Habaswein sterben viele Menschen. Ich habe eine Frauenhand gesehen. Den übrigen Körper mußten wohl Tiere gefressen haben. Da war ein Ring mit einem grünen Edelstein und eine Uhr. Nur einfach ein Arm.

Wir fuhren zur Polizeiwache. Wir zeigten unsere Papiere vor, und dann gingen wir in ein kleines Restaurant, aber ich konnte nichts essen, denn das *qat* hatte mein Hungergefühl betäubt. Anschließend fuhren wir in eine Stadt am Fluß. Unser Fahrer kannte den Bezirkskommissar dort. Wir fuhren zu ihm, und sie schlachteten eine Ziege für uns. Nachdem wir gut gegessen hatten, schliefen wir endlich. Am nächsten Morgen brachen wir nach dem Frühstück auf.

Als erstes fiel mir auf, daß ich wirklich in einem anderen Land war. Nach Süden zu, wo die Kenianer lebten, wuchs allmählich immer mehr Gras. In Somalia haben die Tiere das ganze Gras aufgefressen, aber hier gab es Farmen in schönen grünen Vierecken. Die Bäume standen nicht dicht zusammen, wie in Somalia, nur einer hier und einer da.

Und die Frauen waren anders. Sie trugen keine Kopftücher. Sie hatten ihre Wickelkleider über der Brust zusammengebunden und ließen ihre Schultern bloß. Ich fragte: »Was sind das für Frauen?« Ich dachte, sie hätten sich wohl die Köpfe rasiert, denn ihr Haar war so kurz wie bei Männern. Unser Fahrer erklärte uns: »Ah, die Leute, das ist der Stamm der Kikuyu.« Er konnte die Stämme erkennen, aber für mich war alles fremd. Ich hatte noch nie eine schwarze Frau mit kurzem Haar gesehen, die ihr Baby in einem Wickeltuch trug, das um die Brust anstatt um die Schulter geknotet war, was nicht besonders sicher aussah. Aber sie konnten Körbe auf dem Kopf tragen, und die fielen nicht herunter.

Was mir als nächstes auffiel, war die Kälte. Ich sagte: »Ich rauche doch keine Zigarette, warum kommt Rauch aus meinem Mund, wenn ich spreche? Was ist das für ein Land! Aaaah!« Und der Fahrer erklärte mir: »Das ist die Kälte.« »Was ist das für ein Land!« sagte ich, »ich friere, und mir tun Mund und Nase weh!« Der Fahrer sagte: »Du mußt noch viel lernen!« Wir sahen einen Mungo hinter einem Baum hervorkommen. Es war das erste Mal in meinem ganzen Leben, daß ich das sah.

Und dann, vor Mitternacht, waren wir in Nairobi! Der Fahrer brachte uns in ein Motel. Wir mieteten ein Zimmer mit zwei Betten – zehn Shilling für die erste Nacht. Wir hatten kein Geld, daher bezahlte er für uns. Wir bedankten uns, und er ging.

Am Morgen, als wir aufwachten, hoffte ich, daß es leicht sein würde, die zu finden, die wir suchten – Lailas Leute und meine Leute. Laila wußte zwar, daß ein paar Leute aus ihrer Familie hier waren, aber niemand wußte, wo sie sich aufhielten. Wir konnten nicht frühstücken, denn dafür hätten wir bezahlen müssen. Wir wuschen uns nur und sagten: »Komm, wir gehen in die Stadt!« Ich hatte Gold. Ich sagte Laila, wir würden das Gold mitnehmen und es verkaufen, damit wir Geld hätten und essen und das Motel bezahlen könnten.

Wir konnten das Geld für den Bus nicht bezahlen, daher gingen wir zu Fuß. Es war weit. Auf der Straße verkauften sie gerösteten Mais, Apfelsinenschnitze, kleine Mangos, Süßkartoffeln … Wir kauften eine Apfelsine und teilten sie uns und aßen sie unterwegs.

Wir gingen in die Stadt, wir gingen und gingen und gingen, in der ganzen Stadt herum. Niemand sah aus, als wäre er Somali. Laila sagte: »Wir müssen Somalis finden!« Jetzt suchten wir nach irgendwelchen Somalis. Wir konnten sie nicht finden. Und es wurde heißer … ahhh, mein Baby trat und trat. Also sagte ich: »Laß uns die Somalis aufgeben, wir wollen ein Schmuckgeschäft suchen, damit wir das verkaufen können, was ich in dieses alte Tuch eingewickelt habe – mein Gold.« Wir fanden einen Laden und gingen hinein. Ich wickelte das Tuch auf und zeigte dem Besitzer den Schmuck. Er gefiel ihm. Er fragte mich: »Wo ist die Quittung?« (Er fragte Laila, auf Suaheli, und Laila fragte mich.) Ich sagte: »Warum brauchen Sie eine Quittung? Das hier ist mein Gold. Das sind meine Geschenke, die meine Leute mir geschenkt haben, verschiedene Leute haben sie mir geschenkt, daher habe ich keine Quittung.« Ich wußte nicht einmal, daß man eine Quittung haben mußte. Er lehnte ab. Wir gingen zu einem anderen; das gleiche. Wir gingen zu einem dritten; wieder das gleiche. Sie wollten den Schmuck nicht kaufen. Wozu brauchten sie die Quittung? Ich versuchte zu erklären, mit etwas Englisch und ohne Suaheli und mit etwas Arabisch ... ich war wütend, traurig. Wir verließen das Geschäft.

Ich weiß nicht, was passierte, aber auf dem Rückweg, mitten in der Stadt, stürzte ich. Wurde ohnmächtig. Als ich wieder zu mir kam, saß ich auf dem Boden, ganz mit Wasser begossen, und ein Inder gab mir Wasser zu trinken. Laila erklärte unsere Situation – wir seien gerade angekommen, hätten nichts gegessen und den ganzen Tag lang jemanden gesucht. Der Inder nahm uns in ein kleines Restaurant mit, dessen Besitzer er war, und er war freundlich zu uns, er gab uns *mandasi* – ein süßes Gebäck – und Milch, bis wir keinen Hunger mehr hatten. Wir bedankten uns herzlich und gingen zu Fuß ins Motel zurück. Wir sprachen nicht miteinander, wir waren nur müde. Im Motel angekommen schlief ich in meinem Bett, Laila schlief in ihrem Bett, und alles war still.

Etwa eine Stunde später hörten wir jemanden somalisch sprechen. Wir konnten es kaum glauben! Laila schreckte hoch, ich schreckte hoch. Ich sagte: »Hast du das gehört, Laila? Ein Somali! Pssst!« Zwei Somalis unterhielten sich! Wir wußten nicht, aus welchem Zimmer die Stimmen kamen. Wir sprangen aus den Betten, rissen die Tür auf, rannten hinaus und horchten an jeder Tür. Wir fanden die Stimmen und klopften. Uff! Was für eine Freude! Es war, als würde ich meine Brüder sehen, das Gesicht eines Mannes aus meinem Volk! Wir begannen zu weinen, als wir diese Gesichter sahen. Sie fragten uns: »Was ist los? Warum weint ihr beiden?« Wir waren einfach so glücklich, jemanden zu sehen, der unsere Sprache sprach, jemanden, der so war wie wir.

26

Sie brachten uns ins Garden View Hotel, wo viele Somalis wohnten. An der Bar traf ich zwei Mädchen, die ich aus Mogadischu kannte. Sie waren ebenfalls vor den Militärs geflohen. Sie erzählten mir, daß Luul – ein Mädchen, das mir wie eine Schwester war, das ich wirklich bewunderte –, daß Luul auch in Kenia sei, aber sie wußten nicht, wo. Die Mädchen erklärten Laila, in welcher Gegend ihre Leute zu finden waren. Ich ging nicht ins Motel zurück. Ich blieb dort bei ihnen. In Sicherheit.

Am nächsten Morgen holte ich meine Sachen aus dem Motel und sagte Laila, sie sollte ihre Sachen auch holen und noch hundert Shilling mitnehmen, die die Somalis mir geschenkt hatten. Nach dem, wie sie sich bei Asli verhalten hatte, traute ich ihr nicht mehr. Sie war jetzt in Sicherheit, sie hatte ihre Leute gefunden, wir waren beide in Sicherheit. Wir trennten uns. Ich habe sie nie wiedergesehen.

Drei Tage später gelang es mir, ein Paar von meinen Ohrringen gegen eine Busfahrkarte einzutauschen. Erinnerst du dich an meinen Freund Mario? Ich fuhr nach Mombasa, wo Mario angeblich sein sollte. Aber als ich in Mombasa ankam, rate mal, wen ich da fand? – Luul! Sie war noch ganz die alte: elegant und hübsch, mit dunklem schulterlangem Haar und Brille. Sie war gebildet – sie konnte englisch und italienisch lesen und schreiben. Alle liebten sie. Sie erzählte mir, der Generalinspekteur Kenias sei in sie verliebt. Ich sagte ihr, daß ich Mario suchte. Sie kannte ihn, und sie sagte: »Aman, seine Firma ist von Mombasa nach Tansania umgezogen.«

Aber sie meinte, sie würde einen Mann kennen, der für dieselbe Firma arbeitete, und sie hätte sogar gehört, daß

Mario ihn gebeten hätte, ein Telegramm zu schicken, wenn ich auftauchen sollte. Sie sagte: »Ich weiß, daß er dich sehen will.« Wir schickten ihm eine Nachricht. Wir blieben etwa zwanzig Tage in Mombasa und warteten.

Es war wichtig, kenianische Papiere zu haben – nicht nur den Paß, den ich besaß, sondern Papiere, auf denen stand, daß man aus Kenia stammte –, sonst wurde man, wo man auch hinging, von der Polizei belästigt. Luul sagte, wenn ich ihr Geld geben würde, würde sie damit das Papier für mich besorgen. Wieder ging ich in ein Pfandleihhaus. Diesmal verkaufte ich mein Gold. Ich bekam etwa dreitausend Shilling dafür, und Luul und ich fuhren nach Nairobi zurück, wo sie eine Freundin hatte, die das Papier für mich besorgen konnte.

In Nairobi mietete Luul ein Zimmer in einem teuren Hotel in der Innenstadt. In Kenia war alles anders. Ich mochte das Essen nicht ... ich fing an zu kotzen ... ich hielt mir die Nase zu ... ich fand, daß alles schlecht roch ... ich ging in ihre Restaurants ... ich mußte mit der Gabel essen ... eine Gabel ist für mich schmutzig, weil andere Leute sie auch benutzen ... alles dort erschien mir schmutzig.

Ich konnte nicht bleiben. Luul war zu sehr damit beschäftigt, ständig auf Partys zu gehen. Sie half mir nicht, das Papier zu bekommen, wie sie mir versprochen hatte ... und das Geld! Sie hatte Geld, aber das Hotel verschlang den größten Teil davon. Sie kam nur, um zu duschen und vielleicht ein paar Stunden zu schlafen, und ging wieder. Ich hielt mich meistens im Hotel auf. Ich lernte einige Somalis kennen und freundete mich mit ihnen an. Ich erzählte ihnen, daß ich kenianische Papiere haben wollte, damit ich in Kenia bleiben konnte und nicht verhaftet wurde. Ich erzählte ihnen, daß ich nach Tansania wollte, um meinen Onkel zu besuchen. Einer meiner Freunde erklärte mir, ich könnte mit meinem Passierschein und dem Brief an die Einwanderungsbehörde einen Notausweis bekommen – das ist wie ein kleiner Paß für ein Jahr. Er sagte, er würde mit zur Einwanderungsbehörde gehen, er machte einen

Termin aus, und am nächsten Tag nahmen wir ein Taxi und fuhren hin.

Ich wartete in der Schlange und sprach durch ein kleines Fenster mit einem Polizisten – ich erzählte ihm, daß ich so gern nach Tansania wollte. Ich gab ihm meine Papiere. Er machte ein Foto von mir. Und in weniger als einer Stunde hatte ich einen Paß für ein Jahr! Ich konnte es nicht fassen! Als ich ins Hotel zurückkam, schenkte ich den jungen Männern hundert Shilling dafür, daß sie mir geholfen hatten. Luul kam, und ich sagte ihr, daß ich jetzt, da ich meinen Paß hatte, abreisen würde. Sie konnte nicht richtig glauben, daß ich fahren würde, in ein Land, in dem ich noch nie gewesen war, in ein Land, dessen Sprache ich nicht konnte. Sie sagte, ich sollte mit jemandem zusammen fahren. Sie fand Khayrta, eine junge Frau, die nach Tansania wollte und sagte, sie würde mich mitnehmen. Ich müßte noch ein paar Tage warten, und dann könnten wir zusammen abreisen.

Da ich jetzt wußte, daß ich abreisen würde, ging es mir etwas besser. Ich dachte, ich sollte mir wenigstens die Stadt ansehen. Luul nahm mich in einen Club mit, der Starlight hieß. Der Mann, dem der Club gehörte, war ein Engländer mit blondem Haar. Ich verbarg meine Schwangerschaft – ich schämte mich. Er fragte mich, ob ich als Model arbeiten wollte. Ich fragte: »Was ist das, ein Model?« Er sagte, sein Freund in England würde Fotos von mir machen und mich an alle möglichen Orte schicken, und mein Foto würde überall zu sehen sein. Ich dachte, mein Foto in der Zeitung, und alle können mich sehen? Ich dachte, Model zu werden hieße, die größte aller Prostituierte zu werden, daher sagte ich: »Nein! Niemand wird Fotos von mir machen! Nein!«

Ich fuhr mit Luuls Freundin Khayrta nach Tansania. Der Bus brauchte eine Nacht, um uns nach Dar-es-Salaam zu bringen. Die Straße war schlecht, mit vielen Schlaglöchern, und als wir ankamen, sah es nicht gut aus. Wir gingen in eine Gegend, wo Somalis in alten Hütten aus Lehm und Flechtwerk leben, mit nur wenig Platz dazwischen. Es gab keine Bäume. Dort lebten hauptsächlich Frauen, Frauen, die mit Kochen und dem Verkauf von Essen oder mit Zimmervermietung Geld verdienten. Fahrer hielten dort an, um somalisches Essen zu kaufen und *qat* zu kauen, sich auszuruhen und vielleicht ein Zimmer zu mieten. Es gibt dort auch ein paar alleinstehende Frauen: Sie gehen in Bars, sie gehen mit Weißen, und alle bezeichnen sie als Prostituierte, aber so ernähren sie sich. Sie wohnen alle in derselben Gegend. Khayrta wohnte bei diesen Mädchen. Also blieb ich dort.

Eines Tages traf ich Mario, in einem Club. Er sah, daß ich meinen Bauch versteckte, daß ich ihn immer einzog. Er fragte: »Bist du schwanger?« Und ich sagte: »Ja, ich bin schwanger.« Er fragte nicht, wer der Vater war. Wir redeten nicht besonders viel. Dann ging er. Ich glaube, ich hatte das vorhergesehen. Ich hatte vermutet, daß so etwas passieren würde. Es war schmerzhaft, und es war beschämend, aber es ging vorbei, es ging vorbei.

Inzwischen war ich im neunten Monat … ahhh! Ich hatte immer noch kein Zuhause. Ich wohnte immer noch bei den somalischen Frauen. Ich schämte mich wegen meines Bauches, daher blieb ich zu Hause und kaute *qat*. Davon fühlte ich mich stark. Es ist nicht so wie Medikamente oder Drogen, es sind natürliche Blätter, du bekommst keinen Rausch – du wirst klug und stark, es gibt dir Energie, wenn du müde und schläfrig bist.

Ich putzte den Frauen das Haus und kochte für sie. Dafür hatte ich eine Bleibe, und sie gaben mir Taschengeld. Ich hatte keinen bestimmten Schlafplatz. Es war so: Wenn ich in deinem Zimmer bin und du kommst mit einem Mann, muß ich gehen und bei den anderen schlafen. So schlief ich mal in diesem, mal in jenem Zimmer. Und eines Tages, nach dem Mittagessen, spürte ich diese stechenden Schmerzen im Rücken, alle halbe Stunde. Ich dachte, es hat gerade erst angefangen, es dauert noch lange, also sagte ich nichts. Bei meinem ersten Baby hatte ich drei Tage und drei Nächte lang Wehen gehabt, daher dachte ich, daß es bei diesem genauso lange dauern würde. Dieser Schmerz kam den ganzen Tag über immer wieder, aber ich erwähnte ihn den Mädchen gegenüber nicht. Kaute einfach mein *qat* und trank Tee und redete, und um sieben oder um acht, als sie wieder ausgingen, duschte ich. Der Schmerz kommt in immer kürzeren Abständen! Haahhh! Ich übergebe mich, aber dieser Schmerz hört nicht auf. Und die Mädchen sind alle weg ... ich bleibe hier mit meinem Schmerz, und der Schmerz wird stärker und stärker und stärker ...

Etwa um drei Uhr morgens kam die Frau, in deren Zimmer ich war, mit einem Seemann zurück, einem Weißen. Sie sagte mir, ich sollte draußen bleiben, damit sie ihre Sache machen könnten. Sie gab mir ein Kissen und eine Matte, auf der ich schlafen sollte. Ich legte die Matte draußen in den *daash*. Ich versuchte zu schlafen, aber ich konnte nicht. Ich spuckte und spuckte. Nach einer Weile kam der weiße Mann heraus. Er fragte mich, was los sei, ob ich Probleme hätte. Daher sagte ich, nein, mir sei übel. Er half mir, hielt mich an den Schultern, und ich ging ins Schlafzimmer und sagte der Frau, meine Wehen hätten eingesetzt. Sie schrie: »Was?!« Ich sagte: »Ja, das stimmt.« Sie fragte mich: »Wann?« Ich sagte: »Gestern, nach dem Mittagessen.« Sie fragte, warum ich ihr das nicht früher gesagt hätte. Ich sagte, es würde sowieso noch lange dauern. Das wüßte ich, denn die Geburt meines anderen Sohnes hätte drei Tage und drei Nächte gedauert, und ich hätte also noch eine lange Zeit vor mir, weil die Wehen gestern erst eingesetzt hätten.

Sie sagte, ich sollte mich auf das Sofa legen, und sie gab mir ein großes Laken. Ich zitterte ... ich deckte mich zu ... und sie gab mir etwas zu trinken. Der Mann ging, und sie holte eine Nachbarin, auch eine Somali, die aus einem Ort ganz nah bei Mango Village kam. Sie kannte meine Familie. Sie rief ein Taxi und brachte mich ins Krankenhaus. Es war früh am Morgen.

Sie sprachen Suaheli mit der Krankenschwester und sagten ihr, was ich hatte ... Wehen. Die Frauen mußten gehen.

Niemand durfte zu mir ins Zimmer kommen. Sie sagten, sie würden um vier Uhr wiederkommen und mich besuchen. Als sie fort waren, fürchtete ich mich. Die beiden Schwestern unterhielten sich auf Suaheli. Viele andere Frauen waren da, die auch in den Wehen lagen, und jede Frau hatte ein Bett. Sie gaben mir ein Bett, und ich spürte keinen Schmerz mehr. Jedesmal, wenn ich eine Frau brüllen oder weinen hörte, sprang ich aus dem Bett und ging zu ihr hin, um zu sehen, was sie hatte und ob das Baby schon kam und ob sie die Schwester brauchte. Wenn sie große Schmerzen hatte, hob ich das Laken an, mit dem sie zugedeckt war, in der Hoffnung, daß die Schwester dann sehen würde, daß ihr Baby gleich kommen würde. Und da sah ich zum ersten Mal eine unbeschnittene Frau … weißt du, der Teil des Körpers, wo das Baby sich herausschiebt … der ist anders. Es erinnerte mich daran, wie unsere Kühe früher Kinder kriegten, es ist ähnlich. Weil das bei uns klein ist und zugenäht, dachte ich, als ich das sah: Sie haben viel Kuhmuschi. So sah es für mich aus.

Dieser Körperteil ist bei einer somalischen Frau bedeckt und verschlossen – das sieht besser aus. Ich habe Brüder, Vettern und Freunde, die mit europäischen Frauen zusammenwaren oder mit Frauen, die eine Klitoris haben, und sie sagen, bei uns sei es am besten – sie sagen, es ist kleiner, fest, es ist sauber, und es ist nicht so naß. Ich selbst weiß, daß wir besser riechen und weniger schmutzig sind als Frauen, die nicht beschnitten wurden.

Weißt du, Rahima, ich habe viele Europäer gehört, viele Weiße, ganz gleich, wo sie herkommen, die versuchen, Afrikaner über die Beschneidung zu belehren. Aber würden sie es akzeptieren, wenn ich sie zur Beschneidung erziehen würde? Dies ist meine Kultur, meine Religion, und ich glaube nicht, daß eine Nation einer anderen Nation ihre Kultur fortnehmen darf. Wenn somalische Frauen sich ändern, wird es eine Veränderung sein, die wir unter uns herbeiführen. Wenn man uns befiehlt, die Beschneidung abzuschaffen, wenn man uns sagt, was wir zu tun haben, ist das beleidigend für den schwarzen Menschen oder für den Muslim, der die Beschneidung befürwortet. Einen Rat zu geben ist gut, einen Befehl zu geben nicht. Heutzutage machen sie es in meinem Land im Krankenhaus, so daß es nicht wehtut. Ich hoffe, daß mehr Frauen es auf diese Weise für ihre Töchter machen lassen.

Ich blieb nun den ganzen Tag in diesem Krankenhaus, ohne meine Schmerzen. Ich hörte nur die Frauen um mich herum – wenn sie weinten, sagten sie: »Mama Yangoye«. Ich glaube, das heißt: »Meine Mutter, meine Mutter …« sie riefen nach ihren Müttern. Aber da, wo ich herkomme, ruft man Fatima an, die Tochter des Propheten, wenn man in den Wehen liegt. Also dachte ich, Fatima hieße auf Suaheli vielleicht Mama Yangoye.

Ich bin dran … mein Schmerz kommt. Aahhh! Und diesmal ist er wirklich – schuhh! – stark … eine Wehe nach der anderen. Also ging ich ins Bett und hielt still. In Somalia ist es eine Schande, wenn man während der Geburt schreit, also mußt du es aushalten. Ich steckte mir ein Laken in den Mund und biß darauf, und ich hielt mich am Bett fest. Und ich zitterte und bebte nur noch. Ich betete auf somalisch. Aber der Schmerz ging nicht weg. Dann wurde mir klar, daß hier vielleicht niemand meine Sprache verstand! Sie hatten doch den ganzen Tag lang immer gesagt: »Mama Yangoye« – vielleicht solltest du das auch sagen! Und ich traute mich nicht, das zu sagen, also deckte ich mich mit dem Laken zu und flüsterte zum Kopfende des Bettes hin: »Mama Yangoye!« Der Schmerz ist immer noch da, aber ich spüre, wie das Baby herauskommt, und es hat keinen Platz. Es fühlt sich an, als würde meine Haut zerreißen, und ich höre *guh, guh, guh, guh*. Ich kann den Schmerz nicht mehr aushalten, also reiße ich das Laken weg, und ich schreie und schreie, schreie auf englisch und auf somalisch. Ein indischer Arzt kam gerade vorbei, und er sah mich. Er hatte eine Schere in der Kitteltasche. Er zog die Schere heraus und fing einfach *kuh, kuh, kuh* an zu schneiden. Ich bekam das Baby. Ein Junge.

In Somalia legen sie das Baby nach der Geburt in ein anderes Zimmer und bringen es dir am nächsten Morgen. Ich erwartete, daß hier alles genauso sein würde. Die Schwester nahm das Baby mit und brachte mich in ein anderes Zimmer. Sie säuberten den Schnitt und nähten ihn wieder zu.

Als ich ins Krankenhaus kam, hatte ich nichts bei mir außer einem Laken, einem Kopftuch und einem Wickelkleidchen. Sonst nichts. Mein Geld war in mein Kleid eingebunden. Sie setzten mich in einen Rollstuhl, und sie brachten mir mein Baby. Aber das kleine Baby war nackt, ohne Kleider. In Somalia geben sie dir Kleider! Also umhüllte ich das Baby mit einem Teil meines Lakens. Ich dachte, die Schwester würde mich in einen anderen Raum bringen, ich dachte, ich würde ein Bett bekommen. Aber in dem Zimmer, in das sie mich brachte, war das Bett besetzt, und auf dem Fußboden lag keine Matratze. Sie brachte mich einfach in das Zimmer und sagte: »Suchen Sie sich ein Fleckchen, und bleiben Sie da.« Auf dem Fußboden. Ich dachte, sie würde mit einer Matratze oder Kleidern wiederkommen.

Ich saß in der Ecke, mit dem Baby in das Laken gewikkelt. Ich hatte Hunger. Alles, was ich gestern gegessen hatte, hatte ich abends wieder erbrochen. Um fünf Uhr kamen die somalischen Mädchen vorbei, aber das Personal sagte ihnen, ich wäre noch nicht fertig – sie sollten gehen und morgen wiederkommen.

Das Krankenhaus gab mir nichts zu essen und keinen Platz zum Schlafen. Sie brachten mich in das Zimmer und ließen mich da. Also bleibe ich da, warte und warte und warte … mit leerem Magen … ich wollte etwas trinken, etwas essen, aber niemand gab mir etwas. Ich konnte nicht mit den anderen Frauen Suaheli sprechen. Ich konnte etwas Englisch, aber keine von ihnen sprach Englisch. Später erfuhr ich, daß dieses Krankenhaus ein Armenhospital war, ein Regierungskrankenhaus für die armen Frauen und die Frauen vom Land, die sich kein Krankenhaus leisten konnten. Allah! Diese Nacht! Ich werde sie nie vergessen.

Als ich dort saß und mir klar wurde, daß niemand mir helfen würde, faltete ich mein Laken zusammen und setzte mich auf die eine Hälfte und deckte mein Baby mit der anderen Hälfte zu. Mein Magen war so leer, daß ich mein Kopftuch nahm und es mir um die Taille band. Es wurde dunkel. Ich öffnete die Tür, um zu sehen, was draußen war. Da stand ein Wachmann. Ich sprach ihn auf englisch an. Ich sagte ihm, daß ich etwas zu essen haben wollte; er sagte, es gäbe nichts zu essen, die Küche sei für heute geschlossen, alle hätten bereits ihr Essen gehabt. Ich sagte ihm, ich hätte Hunger, ich hätte gerade ein Baby bekommen, und ich brauchte unbedingt etwas zu essen. Bitte! Ich habe Geld! Aber ich weiß nicht, wo ich hingehen kann. Helfen Sie mir! Ich geben Ihnen das Geld, und Sie können mir etwas zu essen besorgen. Er sagte, das dürfe er nicht. Ich sagte zu ihm: »Rufen Sie mir ein Taxi, und ich hole mir selbst etwas zu essen.« Er sagte, er dürfe das Krankenhaus nicht verlassen.

In der Nacht starb ich beinahe. Als das Baby weinte, wollte ich ihm Milch geben, aber es kam nichts heraus, nichts! Ich war so müde, aber ich konnte auf dem Zement nicht schlafen. Endlich kam der Morgen. Ich war als erste zur Tür hinaus. Ich entdeckte einen kleinen Karren mit Essen. Ich kaufte fast alles, was der Händler hatte, und ging in mein Zimmer zurück und setzte mich auf den Fußboden.

Endlich brachten sie mir heiße Suppe, und als ich sie trank, spürte ich, wie die Milch kam. Ich gab sie meinem Baby. Ich faltete das Laken immer wieder neu zusammen und suchte nach sauberen Stellen, denn ich benutzte es auch als Windel für das Baby. Um vier Uhr kamen die Mädchen, um mich zu besuchen. Ich blutete, das Laken war schmutzig. Als sie sahen, in welcher Lage ich war, gingen sie wieder nach Hause und holten saubere Kleider für das Baby und für mich. Ich blieb drei Tage lang in dem Krankenhauszimmer, und dann nahmen die Mädchen mich mit nach Hause.

Eins der Mädchen überließ mir für vierzig Tage ihr Zimmer, und nach vierzig Tagen war ich auf mich gestellt.

Ich zog in ein Hotelzimmer. Um die Rechnungen zu bezahlen und mein Baby zu ernähren, mußte ich etwas tun. Ich tat das einzige, was ich konnte. Ich ging mit Männern in Bars. Ich wollte es wie die anderen Mädchen machen, aber das konnte ich nicht – ich konnte nicht sagen: »Gib mir Geld, und dann gehe ich mit dir ins Bett.« Ich suchte mir einen Mann aus, und wenn ich den Eindruck hatte, daß er mir Geld geben konnte, ging ich mit ihm und hoffte, daß er mir am nächsten Tag etwas Geld geben würde. Wenn er das nicht tat, war die Nacht verloren. Ich hatte das Gefühl, mit Schande gefüllt zu sein. Ich machte es zwar auf andere Art, aber ich gehörte zu den Prostituierten.

Nach drei Monaten brachte ich mein Baby zum Arzt, weil es seine erste Spritze bekommen sollte. Mein Baby lachte und war fröhlich und kräftig an dem Morgen, als ich es zur Klinik brachte. Der Kleine bekam eine Spritze, und gleich, als sie ihm die Spritze gegeben hatten, lief er rot an. Er fing an zu weinen und bekam Fieber. Noch in derselben Woche war mein Sohn tot. Er war ungefähr sieben Tage im Krankenhaus, und sie konnten ihn nicht retten. Als das Baby starb, wurde ich traurig, fühlte mich verloren …

27

Ich konnte nicht wieder in die Bars gehen. Ich dachte an Mama – wie sie immer wieder etwas Neues angefangen hatte. Ich wollte etwa Neues anfangen.

Es gab damals viele Frauen, die Handel trieben. Sie verkauften nicht auf Märkten, sondern sie reisten in die Nachbarländer, kauften dort ein und verkauften ihre Waren an Geschäfte. Die Fahrer waren Männer. Viele dieser Geschäftsfrauen waren Somalierinnen, die zu einem Netzwerk gehörten. Ich kannte einen Mann, in dessen Familie die Leute klug waren, gute Arbeiter – sie besaßen Transporter und hatten einen Vertrag mit einer italienischen Firma. Als die Trauerzeit für mein Baby vorbei war, fing ich an, mich mit ihm zum Kaffee oder zum Mittagessen zu treffen. Er hatte sich früher schon für mich interessiert, und ich hatte ihm nie eine Chance gegeben, aber jetzt erkannte ich, wer er wirklich war. Er hatte, so wie ich, keine Schulbildung, und er fühlte sich in seiner Familie als Außenseiter und wollte die Dinge auf seine Weise machen. Er wollte sich seiner Familie beweisen. Er war ein lieber Mann, ein freundlicher Mann. Er war weder hübsch noch groß, aber das spielte für mich keine Rolle mehr. Wir heirateten – eine kleine Zeremonie, nur mit einigen unserer Freunde. Er arbeitete für eine italienische Firma, die Fahrer anstellte, weil die Straßen zwischen Tansania und Sambia so schlecht waren. Er kaufte sich einen Lkw, und langsam, nach und nach, stellte er selbst Fahrer ein, die für ihn arbeiteten. Nach vielen Jahren eröffnete er ein eigenes Transportunternehmen, und es wurde zu einem der größten Unternehmen in Ostafrika. Er war ein hart arbeitender, ehrlicher Mann.

Er half mir, einen Handel aufzubauen. Ich sagte zu ihm:

»Schluß mit dem Herumsitzen – ich will nicht Hausfrau sein.« Ich hatte schon immer ein Geschäft betreiben wollen, so wie Mama, aber als ich noch ein unverheiratetes junges Mädchen war, bestand dazu keine Möglichkeit. Und außerdem war ich mit den weißen Männern zusammengewesen. Aber jetzt war ich mit einem Somali verheiratet, so daß die anderen Geschäftsleute sagen konnten: »Ah ja, sie ist die Ehefrau von ...« und mir gerne helfen würden. Jetzt gehörte ich zu einer somalischen Familie.

Alle halfen sich gegenseitig, saubere Arbeit zu machen – kein Betrug, keine minderwertige Ware. Ich kaufte in arabischen oder indischen Geschäften in Dar-es-Salaam Gewürze ein und brachte sie in Städte in Sambia, wo es solche Gewürze nicht gab. Ich fuhr sogar nach Sansibar! Dort hatten sie die besten Gewürze. Wenn ich meine Gewürze nach Sambia brachte, konnte ich bei einer Reise zweitausend Shilling verdienen. Und wenn ich in Sambia war, kaufte ich alte Autos und fuhr sie zurück nach Dar, wo ich sie wieder verkaufte und noch einmal zwölftausend Shilling verdiente.

Frauen machten sich gegenseitig keine Konkurrenz. Wenn du gute Ware hattest, gab es immer einen Laden, der deine Ware brauchte. Die Kusine meines Mannes und ich wurden Partnerinnen. Wir fuhren nach Sambia; wir bereisten viele, viele Orte, wir fuhren bis nach Zimbabwe, Mosambique und Malawi. Es war harte Arbeit, aber wir halfen uns gegenseitig, und mir gefiel es.

Während dieser Zeit schickte ich immer noch Geld nach Hause, nach Mango Village. Ich hörte, daß das Leben in Somalia immer schwerer wurde. Mein Vetter zu Hause hatte ein Telefon. Alles wurde jetzt von den Militärs kontrolliert, aber in Mango Village gab es weniger Militär, denn dort lebten keine einflußreichen Leute – das Militär kümmerte sich nicht um die kleinen Ortschaften. Es war immer noch nicht ungefährlich für mich, zurückzugehen; ich hatte Angst davor, was die Militärs mir antun würden, wenn ich in die Hauptstadt kam.

Als die Firma meines Mannes etwas abzuwerfen begann und mein eigenes Geschäft auch gut lief, schickte ich Mama soviel Geld, daß sie Land in Mogadischu kaufen konnte. Aber Hawa wollte, daß sie in Mango Village blieb, und Mama wollte in ihrer Nähe bleiben. Sie kaufte eine Gruppe von vier Wohnhäusern aus Lehm und Flechtwerk und vermietete zwei davon. Einesteils vermißte ich meinen Sohn, aber andernteils war ich froh, daß er dort lebte. Wenn ich jetzt zurückblicke, erkenne ich, daß wir zu Hause alles hatten, an dem einen Ort. Du hast deine Farm, du hast dein Zuhause, du hast deine Tiere, du hast deine Familie um dich herum. In Mango Village, wo ich aufgewachsen bin, hatte ich alles.

Aber nach einer Weile entschied ich mich dafür, meinen Sohn zu holen. Ich hatte ein herrliches Leben in Tansania. Es war ein friedliches Land, und die Menschen waren freundlich. Tansania und Somalia sind wie Zwillinge – das gleiche Essen, die gleiche Religion, die gleiche Freundlichkeit. Es war nicht wie in Kenia – die Polizei schikanierte Somalis nicht, die Menschen hatten nicht diesen Haß auf uns. Ich hatte einen guten Ehemann und eine gute Arbeit, jetzt würde ich in der Lage sein, mich um meinen Sohn zu kümmern. Ich wußte also, daß ich um seinetwillen tapfer sein mußte. Ich fuhr allein zurück, und es war wieder furchterregend, als ich in die Hauptstadt kam – es war so, wie ich es befürchtet hatte. Alles war da: Mißhandlungen, Vergewaltigungen, Verhaftungen, Geldwegholen aus der eigenen Wohnung … Es war schrecklich. Überall waren Straßensperren, und sie durchsuchten und durchsuchten die Leute und ließen sie leiden. Die Militärs machten, was sie wollten. Sie hatten eine Begründung, die hieß: »Weil ich es sage …«

Erinnerst du dich an meine Freundin Anna? Die, die nicht kam, um sich mit Laila und mir am Truckstop zu treffen, an dem Tag, als wir nach Kenia flohen? Als ich fort war, wünschte sie sich, sie wäre mit mir gefahren. Sie machte die Hölle durch, die Hölle, die Hölle. Vergewaltigt, geschlagen.

Sie verlor ihre Zähne. Sie sagten ihrem Mann, er müßte das Land verlassen, weil er Amerikaner war, aber sie durfte das Land nicht verlassen, sie bekam keinen Paß. Sie war immer wieder im Gefängnis. Ich haßte es, mein Land so zu sehen. Ich liebe mein Land. Ich liebe meine Kultur. Ich möchte mein Land wieder vereinigt sehen und mein Volk wieder zu Hause.

Als ich in Mango Village ankam – Allah! Es war vier Jahre her, daß ich dort gewesen war – es war immer noch grün und schön, mit dem Fluß und all den Früchten und Pflanzen überall. Es war nicht so gefährlich wie in Mogadischu, denn wir hatten nicht das Geld, die Macht und den Besitz. Die Militärs verhafteten nur führende Persönlichkeiten, die Senatoren und Minister. Die Stammesältesten lösten weiterhin Probleme und sorgten dafür, daß für Schäden, die anderen Stämmen zugefügt worden waren, Zahlungen geleistet wurden. Das konnte die Regierung nicht abschaffen; der einzige, der das abschaffen konnte, war der Stamm selbst.

Mein Sohn lebte bei meiner Mutter in ihrem neuen Haus. Als ich dort ankam, sah ich ihn mit Hassans Sohn zusammen draußen spielen. Er war so groß! Ich weinte und umarmte ihn. Er umarmte mich, als würde er mich erkennen. Er war gesund, und er war in Sicherheit. Mama kümmerte sich so um mein Kind, wie sie sich um uns alle gekümmert hatte. Sie war immer noch eine große, kräftige Frau, aber sie wurde älter. Ich liebte sie so sehr, und ich wollte ihr etwas schenken, was jedes Kind seinen Eltern schenken möchte – das wichtigste, was man tun kann –, ich wollte sie nach Mekka schicken. Und das tat ich auch, bevor ich Afrika verließ. Ich schickte Mama nach Mekka.

Wir haben fünf Pflichten in unserer Religion – an Allah und den Propheten zu glauben, zu beten, den Armen zu helfen, während des Ramadans zu fasten, und die fünfte ist, auf die Hadsch zu gehen, auf Pilgerfahrt nach Mekka. Alle Muslime müssen diese Reise einmal in ihrem Leben unternehmen – eine Fahrt in die heilige Stadt des Islam, zum Geburtsort des Propheten in Saudi Arabien. Jedes Kind möchte seine Eltern auf die Hadsch schicken, wenn es sich das leisten kann. Jetzt konnte ich meiner Mutter ein Flugticket kaufen. Ich würde gerne noch für meinen Vater fahren, der jetzt tot ist, und dann für mich selbst, bevor ich sterbe. Alles Schlechte, was ich getan habe – es ganz auswaschen und sauber zurückkommen. Alle müssen ihre Eltern hinschicken, bevor sie selbst fahren. Man tut es aus Achtung. Aus Liebe. Ich war in der Lage, es für meine Mutter zu tun, und sie fand es wunderbar.

Hier möchte ich meine Geschichte beenden. Ich habe gekämpft, und ich habe überlebt. Ich habe es bis hierhin geschafft, aber viele Mädchen, die ich kannte – sie haben es nicht geschafft. Ich hoffe für mich und für mein Volk, daß wir unseren Töchtern eine Chance geben können, so daß sie nicht ausreißen müssen, um Freiheit zu finden, sondern lernen können, in der Schule bleiben können. Es ist so, wie meine Großmama immer gesagt hat – wir sollten einander vertrauen und uns gegenseitig respektieren: Mädchen sollten auf ihre Eltern hören und sie achten, aber auch den Mädchen sollte Achtung entgegengebracht werden. Es geht um Vertrauen: Sie sollten Liebe und ein wenig Freiheit bekommen – sonst werden die Töchter so leiden, wie ich gelitten habe. Denn dies ist zwar meine Geschichte, aber es ist nicht nur meine Geschichte. Es ist auch die Geschichte vieler, vieler anderer Mädchen und Frauen.

NACHWORT*

Hintergrundinformationen zu Das Mädchen Aman

Das Gebiet, in dem Aman aufwuchs, gehört zur Demokratischen Republik Somalia. Die gegenwärtigen politischen Grenzen beschreiben jedoch nur ungenau das Somalia, wie die Bewohner selbst es sehen. Dieses Land erstreckt sich vielmehr bis in die angrenzenden Staaten und schließt Dschibuti (das ehemalige Französisch-Somaliland), das ostäthiopische Hochland Ogaden und den nördlichen Grenzbereich Kenias (N.F.D. – Northern Frontier District) mit ein. Etwa ein Drittel aller Somalis lebt in diesen Gebieten.[1] Daher spricht Aman gelegentlich davon, daß man ihr Volk »auf beiden Seiten der Grenze« findet. Die gegenwärtige Aufteilung des Landes ist Folge der Wirren der Kolonialzeit – unter dem Ottomanischen Reich und in dessen Nachfolge unter Großbritannien, Frankreich, Italien und Äthiopien. Diese Wirren begannen 1875, fanden ihren Höhepunkt um die Jahrhundertwende und endeten eigentlich erst 1960, als das britische Somaliland im Norden und das italienische im Süden vereint wurden und unter UN-Mandat die Unabhängigkeit erlangten.

Das somalische Volk

Die große Mehrheit der Menschen, die heute in der Republik Somalia leben (nach Ansicht des Nordens, der seit kurzem die Autonomie anstrebt, sind dies die Republikaner), gehört einer einzigen ethnischen Gruppe an. Eine solche Homogenität ist in Afrika bemerkenswert, denn viele Länder des Kontinents, deren Grenzen von Europäern ohne

* Aus dem kanadischen Englisch von Annette Charpentier

Rücksicht auf gegebene Realitäten festgelegt wurden, umschließen verschiedene Volksstämme, Sprachen und Religionen. Lebensweise, Gebräuche und Dialekt – von Aman als »Akzent« bezeichnet – unterscheiden sich zwar von Norden nach Süden, zwischen Land und Stadt, aber alle Somalis haben ein gemeinsames kulturelles Erbe. »Sie sprechen die gleiche Sprache, reagieren auf die gleiche Dichtung, leiten ihre Weisheiten (und ihre Erfahrung) von der Kamelzucht und dem Kamelhandel ab und beten den gleichen Gott an.«[2] Ihr Gefühl kultureller Identität ist Ergebnis einer Geschichte, in der die Einflüsse der Abstammung, des Islam und der Herdenwirtschaft eng miteinander verknüpft sind.[3]

Die somalische Gesellschaft beruht auf Hirten-Nomadentum. Diese Lebensweise entspricht dem Klima des Landes, in dem häufig Trockenheit herrscht und Regenfälle stark lokal begrenzt sind. Trotz der raschen Verstädterung nach Ende des Zweiten Weltkriegs leben 80 % der Somalis immer noch auf dem Land[4], und über 60 % bestreiten ihren Lebensunterhalt auf die eine oder andere Weise mit Tierhaltung.[5] Die Bedeutung der Viehzucht für die Wirtschaft Somalias ist in Afrika praktisch einzigartig.

Die heutigen Somalis sind direkte Abkömmlinge der Kamelzüchter, die vor etwa zweitausend Jahren das Horn von Afrika besiedelten. Dieses Volk ist unter Linguisten und Historikern als Ost-Kuschiten oder Ost-Hamiten[6] bekannt. Die Forschung geht heute davon aus, daß eine Gruppe kuschitischer Viehhirten sich zuerst vom Hochland Südäthiopiens am Fluß Tana entlang in die nordkenianische Ebene ausbreitete.[7] Dort trennten sich ihre Wege. Eine Gruppe zog allmählich nach Nordosten ins südliche Somalia, wo sie eine Mischwirtschaft aus Ackerbau und Viehhaltung entwickelte[8], wie sie noch heute am Zusammenfluß von Juba und Shabelle besteht. (Diese fruchtbare Region im Landesinnern, unter dem Namen *Benadir* bekannt, ist die Heimat Amans.) Von hier aus zogen einige der Hirten, vermutlich auf der Suche nach Wasser und Weidegrund, wieder nach

Norden. Um 1000 n.Chr. hatten sie sich fast über das gesamte Horn von Afrika ausgebreitet.

Als sie die Kasten von Rotem Meer und Indischem Ozean erreichten, gerieten sie in Kontakt mit dem Islam, wie ihn die Seehandel betreibenden arabischen und persischen Siedler praktizierten. Im elften und dreizehnten Jahrhundert fanden mehrere legendäre Eheschließungen zwischen Somalis und frommen arabischen Familien statt. Dies führte zur vollständigen Ausbreitung des Islam unter den Somalis und dazu, daß mindestens zwei der sechs somalischen Clanfamilien arabische Patriarchen aufweisen.[9] Die Bekehrung, in Verbindung mit den Anforderungen der Herdenwirtschaft und des Bevölkerungswachstums, löste eine missionarische Rückwanderung nach Süden aus, die noch andauerte, als die Europäer Ende des neunzehnten Jahrhunderts an den Küsten landeten.

An dieser Stelle müssen zwei Dinge erwähnt werden. Erstens: Trotz der Kontakte in den arabischen Raum taucht das Wort *Somali* vor dem sechzehnten Jahrhundert in keinem arabischen Dokument auf, doch schon im vierzehnten Jahrhundert sprechen solche Dokumente von identifizierbaren Clanfamilien oder »Stämmen«. Das deutet darauf hin, daß die politische Einheit der Somalis eher neueren Datums ist, eher eine Fiktion als eine historische Tatsache[10]. Für die Ereignisse des ausgehenden zwanzigsten Jahrhunderts ist dieser Punkt eindeutig von Belang. Zweitens: Was die Historiker »Wanderung« oder »Ausbreitung« nennen, wenn sie die Bewegungen von Viehhirten beschreiben, bezeichnet häufig weniger eine koordinierte Umsiedlung in größerem Rahmen als das Endergebnis von jahreszeitlich bedingten Ausbreitungen und Wiedervereinigungen. Es handelt sich um allmähliche Neuausrichtungen, auf friedliche oder kriegerische Weise, von Haushalten, Tieren und den Ressourcen, die diese am Leben erhalten.[11]

Die Viehhaltung ist zwar das Kernstück der somalischen Wirtschaft, aber sie hat keineswegs immer eine vollständige wirtschaftliche Unabhängigkeit bedeutet. In vorkolonialen Zeiten importierte man Korn aus Äthiopien, Tuch und andere Waren von den Küsten. Abgesehen von Vieh, Fellen/Leder und Butter gehörten auch Kaffee, Elfenbein, Weihrauch und Myrrhe zu den Waren, die mit Karawanen aus dem Landesinneren zum Meer transportiert wurden.[12] In geringem Umfang gab es auch Handel mit für arabische Länder bestimmten Sklaven. Vom dreizehnten Jahrhundert an wuchsen die Siedlungen von Arabern, Persern und islamisierten Somalis zu mächtigen Handelsstädten heran. Eine von ihnen war Mogadischu, die Hauptstadt der heutigen Republik und Amans letzter Wohnort im Land.[13] Einige dieser Handelszentren gerieten schließlich unter die politische Schirmherrschaft des Osmanischen Handelsreiches[14], dem es in der ersten Hälfte des achtzehnten Jahrhunderts gelang, den Portugiesen die Kontrolle über den Indischen Ozean abzuringen.[15] Die Abkömmlinge der frühen arabischen, persischen und portugiesischen Händler – wie etwa Nuurs Familie – bewohnen in den heutigen somalischen Küstenstädten ihre eigenen Viertel.

Koloniale Einmischung

Als Großbritannien 1839 in Aden (im heutigen Jemen gelegen) eine Kohlenstation einrichtete, um die neue Dampfschifflinie zwischen Indien und Suez zu versorgen, schloß man einen Vertrag mit nordsomalischen Stämmen über den Nachschub von Fleisch und anderen Lebensmitteln. Die strategische Bedeutung Somalias nahm mit der Fertigstellung des Suezkanals 1869 erheblich zu. Darauf setzte ein Sturm auf die somalische Küste ein, der sich schließlich auch aufs Landsinnere ausbreitete. Die Herrschaft über den Handel auf dem Indischen Ozean geriet wieder in europäische Hände, und eine Flotte mit einer Nachschubbasis im viehreichen Somalia bedeutete einen entscheidenden Vorteil. In den darauffolgenden diplomatischen Intrigen und Verstrickungen – mit europäischen Mächten, Äthiopien und dem ottomanischen Vizekönig (dem Khediven) in Ägypten – wurde Somalia in unterschiedliche Einflußbereiche aufgeteilt. Großbritannien sicherte sich den Löwenanteil der Nordküste, Frankreich nahm die nordwestliche Landzunge für sich in Beschlag, das heutige Dschibuti. Italien, das sich zuvor bereits in Eritrea am Roten Meer festgesetzt hatte, gewann die Kontrolle über fast die gesamte somalische Küste am Indischen Ozean. Der südlichste Teil des somalischen Gebiets, überwiegend in Kenia gelegen, fiel ebenfalls den Briten zu. Äthiopien reagierte auf den Druck Europas, indem es – erfolglos – einen Zugang zum Meer anstrebte. Anschließend wandte es sich nach Osten und besetzte das wichtige somalische Weideland in der Ogadensteppe.

In dem Gebiet, das die somalischen Hirten vor der Aufteilung durch die Kolonialmächte völlig ungehindert durchstreiften, befanden sich auch Brunnen in den Küstenregionen und Regenzeitweideland im ansonsten trockenen inneren Hochland. Der Lebensunterhalt der Somalis hing davon ab, je nach Jahreszeit zwischen diesen Zonen zu pendeln. Die Anwesenheit der Europäer beschränkte sich auf die Küsten und wirkte sich um die Jahrhundertwende nicht sonderlich störend auf die Herdenwirtschaft aus. Aber Äthiopien – selbst nicht kolonisiert – spielte eine völlig andere Rolle. Die gelegentlichen Vorstöße nach Ogaden hatten verheerende Auswirkungen. 1890 hatte Äthiopien mit italienischer Unterstützung den Beitritt zur Brüsseler Deklaration erreicht. Das gab dem Land das Recht, als christlicher Staat unbegrenzt europäische Waffen einzukaufen.[16] So sicherte man sich die Herrschaft über die somalischen Hirten, die nur mit Bogen und Speeren bewaffnet waren. Aber schließlich fielen importierte Waffen innerhalb und außerhalb Ogadens auch in somalische Hände.[17] Diese Entwicklung war entscheidend für den Kampf, über den Aman berichtet: zwischen dem Stamm ihrer Großmutter und dem Stamm, auf dessen Land sie leben durften.[18]

Die erzwungene und willkürliche Aufteilung des Landes und der Volksstämme durch koloniale Mächte spaltete nun Familien und trennte ihre Wasserquellen von den traditionellen Weidegründen ab. Dies in Verbindung mit den Massakern der vorstoßenden Äthiopier[19] und der Vernichtung von muslimischen Heiligtümern rief eine somalische Widerstandsbewegung ins Leben, angeführt von dem religiösen Weisen und angesehenen Sänger-Dichter Sajid Mohammad Abdille Hasan (von den Briten als »verrückter Mullah« bezeichnet). Der Haß der Somalis richtete sich zunächst gegen Äthiopien, später auch gegen die eindringenden Europäer.[20] Im europäischen Somaliland wurde dies als der »Derwischaufstand«[21] bekannt, der 1899 im Norden mit Überfällen auf somalische Stämme und Familien begann, die den Briten freundlich gesonnen waren. Bald breitete er sich in die italienische Zone aus, um erst 1920 von den Briten durch Flächenbombardierung der wichtigsten Derwisch-Festungen sowie durch eine vernichtende Epidemie Ende dieses Jahres beendet zu werden. In den Wirren am Anfang des Jahrhunderts, bei Zusammenstößen zwischen feindlichen somalischen Gruppen und sporadischem Guerilla-Widerstand gegen die Besetzung der »Ungläubigen« wurde der Großteil der Familie von Amans Großmutter umgebracht. Sie und ihre sechs Schwestern und Kusinen begannen ihren langen Weg in eine Ehe.

Viehzucht, Ehe, Familie und Clan

In Somalia liefert das Hirtentum gleichzeitig Lebensunterhalt und Moralsystem: Trotz einiger Unterschiede in Clanzugehörigkeit, Wohlstand und Schicht haben die Somalis ein gemeinsames Wertesystem, das fein auf die Bedingungen einer rauhen, gnadenlosen Trockenzone abgestimmt ist. Ihre Kultur beruht auf regelmäßigen Wanderungen der Familien, um die knappen Vorräte an Wasser und Vegetation optimal zu nutzen. Diese Wanderungen werden durch eine flexible gesellschaftliche Organisation unterstützt, die eine breitere Streuung der Menschen erleichtert, wenn dies notwendig sein sollte, aber dennoch kollektives Handeln ermöglicht und gegenseitige Hilfe fördert. Der Schlüssel zu diesem System ist die Genealogie, die Abstammung.

Praktisch jeder somalische Bürger betrachtet sich als Mitglied einer riesigen verzweigten Familie, eines einzigen Stammbaums, dessen Zweige sämtlich in bestimmten Zeitabschnitten und zumindest grob nach einem geographischen Raum aufgezeichnet werden können.[22] Das Gefühl einer gemeinsamen Identität beruht größtenteils auf der allgemeinen Überzeugung, daß »alle Somalis von einem gemeinsamen Gründervater abstammen, dem mythischen Samaale. Auf ihn führt die überwältigende Mehrheit der Somalis ihre genealogischen Ursprünge zurück«[23]. Wie bei anderen Muslimen weist diese Genealogie traditionellerweise nach Arabien und zur Abstammungslinie des Propheten.

Aus praktischen Gründen gehören alle Somalis zu einer der sechs Clanfamilien, die manche (auch Aman) als »Stämme« bezeichnen.[24] Vier (im Norden) leben fast ausschließlich von der Viehzucht und stellen die Mehrheit (85 %) der somalischen Bevölkerung; Amans Familie gehört zu ihnen. Zwei weitere im Süden werden eher mit einer Mischwirtschaft aus Hirtentum und Ackerbau in Verbindung gesehen. Die Angehörigen der Clanfamilien leiten ihre Verwandtschaft über etwa dreißig namentlich bekannte und erinnerte Generationen hinweg von einem gemeinsamen Ahnen ab. Die Clanfamilie ist ein großer Bund von Verwandtschaftsgruppen, die weit verstreut leben und nur selten als Einheit handeln.[25] Statt dessen gründet sich gemeinsames Interesse und gegenseitige Hilfe auf vorübergehend entstehende Untereinheiten, von denen jede eine andere Familienebene darstellt: Der Clan, dessen Mitglieder ihre Verwandtschaft über bis zu zwanzig namentlich bekannte Generationen von Vorfahren auf einen gemeinsamen Ahnen zurückführen; die Hauptlinie, Abkömmlinge eines Clanangehörigen, der vor sechs bis zehn Generationen lebte, die gewöhnlich nicht untereinander heiraten (sie sind exogam), und die politisch bedeutsame, relativ stabile Unterabteilung der Hauptlinie, die Entschädigung (*compensation*) zahlende Gruppe.

Die letztgenannte Gruppe ist eine »körperschaftliche Gruppierung weniger kleiner Sippen, die ihre Abstammung über vier bis acht Generationen hinweg auf einen gemeinsamen Gründer zurückführen können und eine Mitgliederzahl von wenigen hundert bis ein paar tausend Männer haben können«[26]. Diese Mitglieder sind einander sowohl durch die gemeinsame Abstammung wie durch flexible Verträge verpflichtet, die Verantwortung für *diya* – »Blutgeld«[27] – zu tragen, das gewöhnlich in Kamelen berechnet wird, wenn einer ihrer Angehörigen jemanden aus einer anderen derartigen Gruppe ermordet, verletzt oder beleidigt und für schuldig befunden wird.[28] Eine *diya*-Gruppe zahlt »Blutgeld« oder empfängt es; sie besteht aus Verwandten, die sich verpflichtet haben, Ungerechtigkeiten gegen die ihren mit Gewalt zu rächen, wenn man sich auf keinen Preis im Gegenwert von Kamelen einigen kann. Sie verteidigen einander materiell oder physisch, wenn sie selbst einen Fehltritt begehen. Als man Aman nach einem Streit mit einem anderen Kind in Mogadischu für schuldig befand, diesem dabei einen Zahn abgebrochen zu haben, trafen sich ihre jeweiligen *diya*-Gruppen in der Stadt, um die Entschädigung auszuhandeln. Zu *diya*-Gruppen gehören zwar auch Frauen, aber die Beschränkung auf Männer – wie im vorangehenden Zitat – ist nicht völlig unberechtigt. Die Zugehörigkeit zu den somalischen Abstammungsgruppen ist patrilinear organisiert, das heißt, sie überträgt sich vom Vater auf die Söhne und Töchter, genau wie die Familiennamen in Westeuropa und Nordamerika.[29]

Somalische Hirten halten sich nicht strikt an die Ehebräuche anderer muslimischer Gruppen, für die die Verbindung zwischen nah verwandten Vettern und Kusinen – besonders unter den Abkömmlingen von Brüdern – als sehr wünschenswert gilt. Eheschließungen zwischen nahen Verwandten sind zwar nicht verboten und kommen vor, doch man neigt eher dazu, außerhalb des Hauptstammes und der *diya*-Gruppe zu heiraten. Vielleicht wird man auch ermutigt, sich im weiteren Umfeld nach einem Partner umzuschauen, in anderen somalischen Clans oder Clanfamilien, um die Zahl potentieller Verbündeter der Familie zu erhöhen.[30] Doch die Frauen bleiben ihr Leben lang Angehörige ihrer Abstammungsgruppe oder Sippe bei der Geburt; sie wechseln nicht mit der Heirat die Bündnistreue (und nehmen nicht den Namen des Mannes an), und auch die Gruppen des Mannes übernehmen nicht die volle Verantwortung für ihr Verhalten oder sind verantwortlich, wenn gegen sie Missetaten begangen werden. Im heutigen Somalia haben die patrilinearen Gruppen politische Funktion; Politik ist tatsächlich eine Verwandtschaftsfrage.[31] Verheiratete Frauen, die auf dem Land, in der Stadt oder im Haus ihres Mannes leben, sind Botschafter ihrer eigenen Abstammungsgruppe und werden zu gutem Benehmen angehalten, weil sie sonst den Ruf der Familie schädigen. Wenn sie jedoch der Gruppe des Mannes Kinder gebären, entwickeln sie durch ihre Söhne eine gewisse Loyalität zu dieser Gruppe, zumindest für die Dauer der Ehe. Eine verheiratete somalische Frau wird also in verschiedene Richtungen gezogen, wie das Leben von Amans Mutter deutlich zeigt. In dieser Gesellschaft gelten die Blutsbande mehr als die eheliche Liebe; die ersteren sind unantastbar, letztere gilt als vorübergehend. Aus den Spannungen, die entstehen, wenn die Frauen gezwungen werden, sich zwischen diesen beiden zu entscheiden, resultieren zahlreiche Scheidungen.

In Somalia wie auch anderswo in der islamischen Welt ist es dem Mann gestattet, bis zu vier Frauen gleichzeitig zu haben, sofern er sie alle gleich gut ernähren kann. Geschwister von verschiedenen Müttern konkurrieren manchmal um die Zuwendung des Vaters und die zur Verfügung stehenden Ressourcen. Die Frauen müssen sehr genau darauf achten, daß die Besitztümer des Mannes gerecht verteilt werden. Streit unter den Frauen ist eine weitere Ursache für Eheprobleme, die zu Scheidung oder Trennung dieser zusammengesetzten Familien und ihrer Herden führen. Daraus ergeben sich oft matrizentrische

Gruppen, die nun unabhängig umherziehen. In diesem Fall wohnt der Mann abwechselnd bei seinen verschiedenen Frauen.[32]

Die Familie mit der Mutter als Zentrum ist der eigentliche Hauptpfeiler der somalischen Gesellschaft, und es überrascht kaum, daß sich unter dem mütterlichen Nachwuchs starke gesellschaftliche und emotionale Bindungen entwickeln. Selbst in Familien wie der von Aman, in der die Geschwister verschiedene Väter und unterschiedliche Abstammungsloyalitäten haben, zeigt sich diese enge Verbundenheit. Dies geht deutlich aus ihrem Bericht hervor. Amans unmittelbare Familie nimmt als inoffizielle Muttersippe Gestalt an, die im Widerspruch zu den patrilinear ausgerichteten somalischen Verwandtenverbänden steht. Hier sehen wir eine alternative, eine weibliche Perspektive der gesellschaftlichen Realität, die von Historikern und Anthropologen oft zugunsten der ordentlicheren offiziellen Version vernachlässigt wird, die die herrschenden Gruppen darbieten – in diesem Fall die älteren Männer.[33]

Wenn sich Eltern in islamischen Ländern scheiden lassen, bleiben die Kinder, vornehmlich die Söhne, meist beim Vater oder kehren, wenn sie zu dem Zeitpunkt noch sehr klein sind, später zu ihm zurück. Kinder gehören schließlich zum Vater, nicht zur Abstammungsgruppe der Mutter[34]; von ihm leiten sie ihre gesellschaftliche Identität – ihren »Namen« – ja ab. Aber Amans Mutter behält ihre Kinder auch nach der Scheidung bei sich. Dafür hat sie gute Gründe: In dieser Gesellschaft sind die Frauen für die Aufzucht der Kinder verantwortlich, und die Mütter fürchten zu Recht, daß ihr Nachwuchs der Fürsorge skrupelloser Nebenfrauen anvertraut wird.[35] Amans Haushalt – zu dem ihre Mutter, deren Mutter und zwei Halbgeschwister von anderen Vätern gehören – ist der Theorie nach unüblich, in der Praxis aber durchaus nicht ungewöhnlich. Abgesehen von Amans Schwester Sharifa, die früh an Malaria starb, gehören alle Angehörigen dieses Haushalts verschiedenen Sippen an. Amans Großmutter ist nicht Mitglied derselben Sippe wie Amans Mutter, und ihr Bruder und ihre Schwester gehören ebenfalls zu anderen Abstammungsgruppen. Die Familie umfaßt insgesamt fünf verschiedene Sippen, aber nicht unbedingt auch verschiedene Clanfamilien oder Clans. Die somalische Abstammung ist zwar patrilinear, aber Verwandtschaft an sich ist im weiteren Sinne »bilateral«; abgesehen von ihrer eigenen Sippe zählt Aman die Angehörigen ihrer Mutter und beider Großmütter ebenfalls zu ihren Verwandten.

Die am klarsten definierten Rechte und Pflichten bestehen zwar gegenüber der väterlichen Linie, aber ganz allgemein sind Verwandte einander verpflichtet, besonders in Notzeiten. Die engste persönliche Bindung entwickelt man vielleicht zu den mütterlichen Verwandten, die weder direkt um den Besitz der Familie konkurrieren noch die körperschaftliche Verantwortung für deren Handlungen tragen. Und bestimmte matrilineare Bindungen (etwa zu Verwandten »auf Mutters Seite«) sind kollektiv – von einem Familienzweig zum anderen: Für Aman besteht die gesamte mütterliche Linie aus der Verwandtschaft zu Mutterbruder oder -schwester (Onkel und Tante) aufgrund der Ehe ihrer Mutter mit ihrem Vater.[36] Da Verwandtschaft der Frau »freundlich gesinnt« ist, aber keine offizielle Autorität hat, können junge Frauen und Männer sich an sie wenden, wenn sie irgendwo Zuflucht suchen, wie Aman, als sie vor einer ungewollten Ehe davonlief, die die Söhne ihres Vaters erzwungen hatten. Doch es geht noch um mehr: Als Aman einen Vetter ihres Bruders in der Stadt aufsucht, baut sie sowohl auf matrilineare wie eheliche Bande, zum Bruder durch ihre Mutter und zu Hassans Familie durch die frühere Ehe ihrer Mutter mit dessen Vater. Eheliche Beziehungen und die matrilinearen, die daraus entstehen, überschneiden sich oft und verbinden die sich ständig weiter verzweigenden und abspaltenden Linien der patrilinearen Verwandtschaft. Auf solchen Beziehungen beruhen wichtige regionale Netzwerke gegenseitiger Hilfe, ebenso wie auf »Nachbarschaft« oder räumlicher Nähe.[37] All diese

Faktoren setzen dem offiziellen Patriarchat als politischer Kraft strukturelle Grenzen.

Amans Geschichte zeigt klar die Bedeutung von Familie, besonders aber die von Abstammung und Clanzugehörigkeit, in der somalischen Gesellschaft. Selbst kleine Kinder kennen ihren Stammbaum. Daraus ergeben sich ihre offiziellen politischen Verbindungen. Mit der Zeit lernen sie die informellen ebenfalls kennen. I. M. Lewis, ein Anthropologe, dessen *A Pastoral Democracy* das Hauptwerk über die nordsomalische Gesellschaftsordnung darstellt, beschreibt, was dieses Wissen für sie bedeutet:

»Die Somali selbst sagen, was in Europa die Adresse einer Person ist, ist in Somalia die Abstammung. Aufgrund der Familienverhältnisse zum Zeitpunkt der Geburt hat jedes Individuum einen genau umrissenen Platz in der Gesellschaft, und innerhalb einer sehr weit verzweigten patrilinearen Verwandtschaft ist es jedem möglich, die genauen Verbindungen zu allen anderen zu bestimmen.«[38]

Jede Beziehung wird durch einen verwandtschaftlichen Begriff bestimmt, der mit einer moralischen Bewertung verbunden ist, so daß die Agnaten – männliche und weibliche patrilineare Verwandte[39] –, die zwei Generationen voneinander getrennt sind (ehe sie einen gemeinsamen Ahnen aufweisen) als »echte Vettern und Kusinen« bekannt sind, nach drei Generationen als »Vettern und Kusinen zweiten Grades«, nach vier Generationen als »dritten Grades« und so weiter. Jede Stufe bedeutet entsprechend weniger Solidarität.[40] Doch moralisch enger gefaßte Begriffe – für etwa einen Bruder oder eine Schwester – können auch auf entferntere Verwandte jeder Art ausgedehnt werden, wenn der Sprecher Nähe und Verpflichtung andeuten will.[41]

Personennamen sind in Somalia gesellschaftliche und in gewissem Ausmaß auch tatsächliche Adressen, denn auch sie enthalten genealogische Informationen. Ein Kind erhält kurz nach der Geburt einen Eigennamen, an den der Personenname des Vaters angehängt wird. Anschließend folgt der Name des väterlichen Großvaters und so weiter, den ganzen Stammbaum hinauf bis zum angeblichen Gründer des Clans und darüber hinaus der Clanfamilie. In kleinen und großen Städten neigen die Angehörigen des gleichen Clans und der dazugehörigen Sippen dazu, im gleichen Viertel zu wohnen. So erklärt sich Amans Möglichkeit, Verwandte aufzuspüren, deren Gastfreundschaft sie in Anspruch nehmen kann, indem sie einfach Fremde fragt, wo man einen bestimmten »Namen« findet. Bei jeder Begegnung mit anderen Somalis kann sie sich selbst und den anderen im gesellschaftlichen Rahmen einordnen, kann genau bestimmen, wie eng man einander verbunden ist. So werden die geschichtlichen Verbindungen ihrer jeweiligen Gruppe und das Ausmaß ihrer moralischen und materiellen Verpflichtungen sichtbar.

Der somalischen Bedeutung der patrilinearen Abstammung entspricht die Betonung von »Reinheit« der Geburt, verbunden mit einer strengen Kontrolle der weiblichen Sexualität.[42] Ehen mit Nicht-Somalis sind unzulässig, auch wenn beide Partner Muslime sind, denn mit einer somalischen Mutter und einem nicht-somalischen Vater hat man keinen Anspruch auf Mitgliedschaft in einem somalischen Clan: Da die Nachkommen keinen Platz im moralischen Universum der Somalis haben, müssen sie außerhalb existieren. Nachwuchs von einem somalischen Mann und einer nicht-somalischen Frau kann jedoch eingeordnet werden, aber deren Ehe wird kaum besser angesehen. Da sie nicht durch gegenseitige Rechte und die vertraglich geregelte Verantwortung einer somalischen Abstammung gebunden sind, betrachtet man nicht-somalische Bürger und ausländische Bewohner von oben herab und mit Mißtrauen.[43] Als Aman sich in Antony verliebt, sträubt sie sich damit unfreiwillig gegen das somalische System und erhellt damit dessen Ideale und Mittel, die Regeln und Grenzen im Verhältnis der Geschlechter, durch die die verwandtschaftliche Solidarität aufrechterhalten wird.

Es ist ein überraschend kleiner Schritt von Sippe und

Verwandtschaft zum Nationalstaat: Die auf der Ideologie einer gemeinsamen Abstammung beruhende Solidarität erschwert es den Somalis, die Grenzen ihres Landes zu akzeptieren, die in Kolonialzeiten gezogen wurden und nun international anerkannt werden. In der Hoffnung, ein Land zu schaffen, das alle Somalis einschließt, verstrickt sich Somalia immer wieder in Grenzkriege mit den Nachbarländern Kenia und Äthiopien, in denen viele Somalis leben.

Aber die Verwandtschaftssolidarität herrscht nicht uneingeschränkt. Jeder Ahne in einer Genealogie stellt sowohl einen Punkt potentieller Spaltung wie auch von Einheit dar.[44] Das Sippensystem in Somalia wird daher als »segmentär«[45] bezeichnet und als an die mobile Lebensweise gut angepaßt betrachtet. Es wird durch ein Paradox gekennzeichnet: Die gleichen Kräfte – Loyalität und gegenseitige Verpflichtung –, die die Menschen aneinander binden, können auch zu Rivalitäten führen, zu Kämpfen zwischen Clans und Untergruppen. Dafür gibt es zwei Gründe: Die Loyalitäten sind relativ und in umfassenderen und daher weiter gestreuten Verwandtschaftssegmenten verwurzelt. Das System insgesamt ist streng männlich-egalitär. Brüder können Verbündete sein, weil sie einen gemeinsamen Vater haben, etwa bei einem Streit um Weiderechte zwischen ihnen und den Söhnen des Vaterbruders (als Söhne von Gleichgestellten), aber sie können (ebenfalls gleichrangige) Feinde sein in einem Streit über die gemeinsame Abstammung. Und es ist kaum überraschend, daß die Söhne eines polygamen Vaters nach einer Trennung gewöhnlich den matrizentrischen Weg einschlagen. Die wichtigste politische Verpflichtung gilt der unmittelbaren Familie, dann der unmittelbaren Sippe, der Abstammungslinie, dann dem Clan dieser Linie und darüber hinaus der Clanfamilie, dem Stamm. Letztendlich gilt die persönliche Loyalität der Nation selbst.[46] Jede Stufe dieser Aufteilung definiert, wie man in Beziehung zu anderen steht; Freundschaften und Feindschaften sind vorübergehend und nur selten dauerhaft. Ein bekanntes arabisches Sprichwort trifft den Kern: »Ich gegen meinen Bruder, mein Bruder und ich gegen meinen Vetter, mein Bruder, mein Vetter und ich gegen die Welt.« Väterliche Nachkommen, die sich in einem Fall gegenseitig unterstützen, können einander in einem anderen bekämpfen. Beispiel hierfür sind die Mitglieder der mütterlichen Linie, die drohen, die Tiere zu rauben, die sie und ihre Geschwister rechtmäßig vom Vater erbten.[47] Die Folge all dessen ist »eine Gesellschaft, die so integriert ist, daß ihre Angehörigen einander als Geschwister, Kusinen und Verwandte betrachten, die aber auch so von Clanfeindschaft und Aufspaltungen durchzogen ist, daß allgemein in der Gesellschaft politische Instabilität herrscht«[48].

Da man alle Männer als gleichrangig betrachtet, gibt es keine deutlich umrissenen Positionen politischer Autorität. Daher fehlt es in der Regel an politischer Zentralisierung. Die Sippen auf den verschiedenen Stufen der Segmentierung werden von einem informellen Rat aus älteren Männern geleitet, den man nach Bedarf zusammenruft.[49] Doch Aman bezeichnet ihren Vater als »Ältesten« und spricht von Sippenältesten in kleinen und großen Städten. Einige *diya*-Gruppen wählen einen älteren Mann aufgrund bestimmter Kriterien – Reichtum, Prestige, Weisheit, Fertigkeiten – oder rufen ihn als Sprecher oder Repräsentanten aus. Wenn es eine solche Person nicht gab, sorgten die Kolonialbeamten dafür, daß sie benannt wurde.[50] Solche Männer haben jedoch keine unabhängigen Vorrechte.[51] Und auch die Älteren bei den weniger nomadisch lebenden Somalis im Süden verfügen nicht über irgendeine dauerhafte Autorität.[52] Daß Aman bestimmte Männer als »Älteste« bezeichnet, darf nicht zu der Annahme verleiten, es handele sich hier um erbliche, festgelegte politische Positionen. Ein »Ältester« ist dem Kern nach eine charismatische Leitfigur, die Macht *durch* das Volk ausübt statt über es.[53]

Verwandtschaft ist in Somalia das Mittel, Politik durchzusetzen und Ressourcen zu verteilen – von Viehherden bis zu Regierungsaufträgen. Jeder will daher genau wissen, wer in der Regierung mit wem auf welche Weise verwandt ist. Aman erzählte nur, bei den Wahlen 1969 hätten sie und alle Bekannten für Mitglieder des eigenen Clans oder der Hauptlinie gestimmt. Mit Ausnahme der landwirtschaftlich orientierten Clans im Süden, für die die Bindung an das Land wichtiger ist als genaue genealogische Berechnungen, erkennen die Somalis nur Autorität aufgrund zahlenmäßiger Überlegenheit an.[54] Prestige und Macht entspringen brutaler Kraft. Raqiya Abdalla, eine ehemalige Abteilungsleiterin im somalischen Ministerium für Kultur und Bildung, schreibt: »Bei den häufigen Auseinandersetzungen über Land, Wasser, Frauen, Eindringlinge und andere Rechte ist es für jede Familie und jede Linie von größter Bedeutung, so groß wie möglich zu sein, und ihre Macht hängt stark von der Anzahl der vorhandenen Söhne ab.«[55] Kein Wunder, daß sich Aman um die Größe anderer Sippen im Vergleich zu ihrer sorgt und manchmal ihren Wunsch erwähnt, die »Feinde« ihrer Familie zu meiden. Kein Wunder auch, daß der Vater von Amans Vater »ihn schon zum Heiraten bewogen hatte«. Selbst im modernen Somalia bestimmt die Größe und der Ruf des Familiengeschlechts zum großen Teil die Ressourcen oder Positionen, die man anstreben kann. Dafür ist zum Teil die Kolonialpolitik verantwortlich. Seit der Unabhängigkeit 1960 spiegelt die Zusammensetzung sowohl ziviler wie militärischer Regierungen den zahlenmäßigen Einfluß der Clankoalitionen wider statt individuelle Befähigung und Leistung.[56]

Ehen mit anderen Sippen – hier die Norm – gleichen die Tendenzen zu Uneinigkeit einigermaßen aus, indem sie Verbindungen zwischen Verwandtengruppen schaffen, die andernfalls nur entfernt verwandt und potentiell verfeindet wären. Da die Frauen sich in weiteren Kreisen bewegen und sich mütterliche Bindungen entwickeln, werden entfernt verwandte Sippen zu engeren Verwandten, die den Regeln des Patriarchats trotzen können, wenn dies die Grundlage für politische und wirtschaftliche Bündnisse werden sollte. Der Anspruch einer Familie auf »Adel« –

Einfluß und Ruhm – wird traditionellerweise durch die Tatsache gestützt, daß sie Ehen mit Clans schließen konnte, die geographisch wie genealogisch weit entfernt waren. In Abdallas Worten: »Nur reiche Clans können derart entfernte Verwandte haben.«[57] Wenn man daher in Somalia von »Geschlechterpolitik« spricht, meint man damit nicht nur die Beziehungen zwischen Männern und Frauen, sondern auch Politik unter Männern (oder deren jeweiligen Sippen und Clans), die durch deren Verwandtschaftsbande mit Frauen – Töchter, Mütter, Schwestern, Ehefrauen – beeinflußt wird. Die große Bedeutung der Frauen für sippenverbindende Verwandtschaft wird in den Zwängen deutlich, denen ihre Sexualität unterworfen wird. Darunter fällt auch die Beschneidung. Selbst rein patrilineare Verbindungen werden durch Frauen hergestellt, da die Zugehörigkeit zu einer Sippe sich über mehrere Generationen hinweg durch den Körper der gesetzlich verheirateten Frauen überträgt.

Die Ehe ist nicht die einzige Kraft, die feindselige Abstammungsgruppen eint. Es gibt noch den Islam. Männliche Somalis lassen sich gewöhnlich nach einem Kriterium zuordnen: Die Mehrheit sind »Krieger« oder Säkularisten, eine Minderheit religiös (*wadaads*, in Amans Bericht Scheichs). So sehr der Nationalheld Sajid Mohammad Abdille Hasan versuchte, die Clanaufteilung zu überwinden, indem er sich auf den gemeinsamen islamischen Glauben berief, die religiösen »Experten« halten sich idealerweise aus dem System der Verwandtschaftspolitik heraus. Sie sind von der direkten Beteiligung an Kämpfen ausgeschlossen, und man erwartet von ihnen, daß sie bei Konflikten zwischen den Clans vermitteln, statt Probleme zu lösen. Die religiöse Rolle ergänzt daher die säkulare; während die letztere mit gesellschaftlicher Spaltung und individuellem, weltlichen Streben verbunden wird, sieht man erstere eher im Kontext der Einheit der Somalis als Muslime und ihrer Mitgliedschaft in einer weltweiten Gemeinde, die sich Allahs Willen fügt. *Wadaads* bzw. Scheichs segnen Eheschließungen, halten wöchentliche Gebete ab, leiten alle religiösen Zeremonien. Scheichs mit besserer Bildung lehren zudem Arabisch sowie die Grundlagen islamischer Theologie und Gesetzgebung.[58] Von einem religiösen Mann erwartet man, daß er ein beispielhaftes Leben führt und sich strenger als andere an die Vorschriften des Propheten hält. Doch die Position ist nicht ohne Widersprüche, denn er verdankt seine Sicherheit und seinen Lebensunterhalt – abgesehen von Viehbesitz, einem Geschäft oder einem Hof – der *diya*-Gruppe, der er angehört. Die Grenzen zwischen säkularem und religiösem Bereich sind zudem oft verwischt, da charismatische politische Anführer oft Anhängerscharen anziehen, weil sie sich in der Religion auskennen.[59] Der erste Mann von Amans Mutter war ein solcher Mann; er stammte aus einer Scheichfamilie an der Südküste.

Die Unterteilbarkeit der Verwandtengruppen in kleine, relativ unabhängige Einheiten und das Potential, diese für eine gemeinsame Sache zu einen, paßt gut zu dem Leben, das stets rasche Anpassung an Umweltveränderungen verlangt, die Fähigkeit, die jahreszeitlich vorhandenen und verstreuten Reserven zu nutzen. Kamele (Dromedare) sind das am höchsten geschätzte Vieh der Somalis, da sie bis zu einem Monat ohne Wasser – hier die knappste Ressource – auskommen können, aber weiterhin Milch geben. Sie sind ein Hauptpfeiler der somalischen Existenz. Dazu liefern sie Fleisch und sind Transportmittel. Rinder, Ziegen und Schafe werden ebenfalls gehalten, aber diese brauchen häufiger Wasser: Schafe und Ziegen einmal in der Woche, Rinder alle drei Tage. Die Arbeitsaufteilung richtet sich nach diesen Unterschieden; gewöhnlich ziehen Jungen und junge Männer mit den Kamelen rasch zu weiter entfernt gelegenem, wasserlosem Weideland, während die Mütter, jüngeren Knaben und Mädchen langsamer mit den Herden durch Weideland ziehen, das näher an Wasserstellen liegt. Die Herde des Mannes wird unter seinen Frauen aufgeteilt, die letztendlich die Entscheidungen über deren Haltung treffen. Seine Kamele werden kollektiv gehalten und weiden oft mit denen seiner Verwandten aus der *diya*-Gruppe.[60] Er hat keine absolute Verfügungsgewalt über sie, da die Tiere auch verwendet werden, um gemeinsam Entschädigung zu zahlen. Die Herden vermehren sich aber auch durch gezahlte Kompensationen.[61]

Die meisten Nomadensiedlungen, wie die, in der Aman geboren wurde, haben nur zwei bis vier mobile Behausungen, die je einer matrizentrischen Familie dienen, deren Männer gewöhnlich Brüder oder Väter und Söhne sind. Aus verschiedenen Gründen können sich die Familien, die zusammen wandern und leben, von einer Jahreszeit zur nächsten ändern, selbst Angehörige verschiedener *diya*-Gruppen können zusammenleben.[62] Während der Regenzeit – wenn die Wüste aufblüht – gibt es reichlich Weideland, und die verschiedenen Herden können nahe beieinander grasen. Dann versammeln sich die Clans zu Festen und Geselligkeit. Sie bestätigen alte Bande und knüpfen neue durch Heiraten. Die Hirten bringen Allah Opfer dar, die Dichter singen, und junge Männer und Frauen tanzen. Das ist die glückliche Jahreszeit, wie Aman sie beschreibt.

Kamele und Poesie

Das Hüten der Kamele gilt als der »edelste Beruf der Somalis«[63]; eine große Herde ist das deutlichste Zeichen von Wohlstand. Kamele werden bei religiösen Festen geschlachtet und um Ehrengäste zu bewirten. Man streitet um sie, und man widmet ihnen Gedichte. Sie werden gepriesen und besungen: wie sie zum Brunnen marschieren, wie man sie tränkt, wie sie ruhen. Schriftsteller, Lyriker und Dramatiker benutzen die Begriffe für Kamele und Kamelhaltung als Metaphern, wenn sie von inniger Liebe, unerfüllter Sehnsucht, ehelicher Treue und Eifersucht sprechen.

Ortsnamen spiegeln häufig die Anliegen von Hirten wider: *Candho-qoys* ist der Ort der »feuchten Euter«, *Geel-weyta* ein Ort, der »Kamele schwächt«.[64] Der Wortschatz der

Hirten kommt auch im Geschäftsleben und in der Verwaltung häufig zur Anwendung. Das somalische Wort *raadraa* – wörtlich: »verlorene Tiere wiederfinden oder Viehdiebe aufspüren« – wird im übertragenen Sinne für moderne Forschung verwendet. *Layis*, das Zähmen eines jungen Kamels, bezeichnet auch Übungen in Schulbüchern. *Gaadiid* ist ein lastentragendes Kamel, aber auch die Flotte von Regierungslimousinen heißt so.[65] Als *Hugaan*, eigentlich das Seil, mit dem man Kamele führt, wurde unter dem sozialistischen Regime auch das »Büro für Ideologie« (*Hugaanka ideoljiyada*) bezeichnet.[66]

Kamel-Allegorien durchdringen die somalische Kultur in Vergangenheit und Gegenwart. Sie sind die Grundlage für somalische Ästhetik und gesellschaftlichen Stil. Die Tierhaltung ist für das Selbstwertgefühl der Menschen äußerst wichtig, genau wie der Austausch von Tieren zwingend ist für die Anknüpfung und Wiederbelebung von Beziehungen. Die Sorge von Amans Mutter um ihre Tiere, ihr hartnäckiges Bestreben, diejenigen zu ersetzen, die sie durch Dürre und Krankheit verloren hat, spiegelt ihr tiefes Verlustgefühl wider und ist keineswegs nur für sie typisch.

Als der britische Abenteurer Richard Burton Mitte des neunzehnten Jahrhunderts Nord-Somalien besuchte, bemerkte er,

»daß es Tausende von Liedern gab, manche nur in bestimmten Gebieten bekannt, andere weit verbreitet. Sie handelten von allen möglichen Themen, wie von der Beladung der Kamele, dem Wasserholen, der Elefantenjagd. Jeder Mann von Bildung kannte eine ganze Vielzahl von ihnen.

...das Land wimmelt von ›Dichtern‹... (und) jeder Mann hat seinen genau bestimmten, anerkannten Platz in der Literatur, so, als sei er schon jahrhundertelang von Kritikern beurteilt worden. Das feine Gehör dieses Volkes bewirkt, daß sie größte Freude an harmonischen Lauten und poetischen Ausdrücken haben, während eine falsche Silbenzahl oder eine plumpe Wendung heftige Entrüstung hervorruft... jeder Häuptling des Landes hat seine Lobeshymne, die sein Clan für ihn singt, und die größten unter ihnen fördern die unterhaltende Literatur, indem sie sich einen Dichter halten.«[67]

Dichtung ist die angesehenste und politischste mündliche Tradition in Somalia. Auch auf privater, häuslicher Ebene erklären sich die Menschen einander in Versen[68], sie benutzen sie, um Ehen zu schließen und zu beenden. Man greift auch auf Dichtung zurück, um Ereignisse bekanntzumachen, »als Propaganda für oder gegen eine Person, Gruppe oder Sachfrage ... Wirklich bemerkenswerte Verse halten sich über Generationen... und sind manchmal überall auf der somalischen Halbinsel bekannt.«[69] In Somalia entsprechen die rhetorischen Künste den Nachrichtenmedien in anderen Ländern: sie sind das Hauptmittel zur Informationsverbreitung und werden auch in diesem Sinne öffentlich kontrolliert und von Gruppeninteressen manipuliert.

Mit Gedichten bestreitet man zudem die politische Debatte. Diese Öffentlichkeitsaktionen von politischen Schutzherren eines Dichters sind mal Lobpreisungen, mal bittere Satiren, in jedem Fall aber ungeheuer überzeugend. Für Gedichte gelten gewöhnlich die Regeln hinsichtlich Beleidigung und Entschädigung nicht. Daher kann »der Austausch in Wortgefechten extrem aggressiv sein, ohne zensiert zu werden; Lob kann stark übertrieben ausfallen, auch gegenüber sich selbst, was normalerweise sehr verpönt ist.«[70] Verwaltungsbeamte haben ein wachsames Auge auf städtische Barden, deren Talente man benutzen könnte, um die öffentliche Meinung gegen die Regierung einzunehmen; wer sich einem Patronat der Regierung entzieht, riskiert Schikanen, Verbannung und sogar Gefängnis.[71]

Die Dichtkunst ist zwar vielleicht die Quintessenz somalischer Wortgewandtheit, aber in Amans Prosaerzählung findet man kaum weniger rhetorische Mittel. Ihre Geschichte ist mitreißend erzählt, aber das ist noch nicht alles. Aman empfindet wie alle Somalis großen Respekt vor der

Macht der Worte, deren Wirksamkeit und Wirkung, vor dem Sprechen als Kunst. Auf den Partys in Mogadischu wird sie zum unterhaltsamen Gast, der die Kunst der Schlagfertigkeit und elegante Wendungen beherrscht.[72] Daß sie Worte mit Bedacht aussucht, geht aus der Wahl ihres Pseudonyms und dem ihrer Sprecherin hervor: *Aman* bedeutet im Arabischen »vertrauenswürdig«; damit will sie uns überzeugen, daß sie nun die Wahrheit über sich spricht, während sie als junge Frau, ganz allein in der Großstadt, immer log. »Rahima«, der Name, den sie Lee Barnes verlieh, bedeutet »mitfühlend«. Es spricht für sich, daß dieses Wort sich aus der gleichen arabischen Wurzel ableitet, der auch die Bezeichnung für »Gebärmutter, Schoß« entstammt.[73] Amans jüngere Kusine, die ihr bei diesem Buch half, bestätigte, daß Amans Geschichten und ihr Witz in ihrer Familie hoch angesehen sind.

Am wichtigsten aber ist vielleicht, daß Aman sich um das sorgt, was andere über sie sagen, denn Worte können ihrem »Namen«, ihrem Ruf und dem ihrer Familie, sehr wohl entweder schaden oder nützen. Aman ist eine Rebellin, sie tut, was sie will, und gibt sich ungerührt, aber sie macht sich doch auch Sorgen. Daß ihr das Urteil anderer wichtig ist, weil sie selbst oder ihre Mutter dadurch in Ungnade fallen können, wird in ihrer Freude deutlich, als sie sich bei der ersten Eheschließung als Jungfrau erweist.

Die Stellung der Frau:
Geschlecht, Ehre, weibliche Beschneidung

Lee Barnes schrieb in einem unvollendeten Vorwort zu Amans Bericht:

»Großen Einfluß auf Amans Leben hatte die in ihrer Kultur traditionelle Praxis der Klitoridektomie und der Infibulation – die weibliche Beschneidung. In Amans Kultur wird die Entfernung der Klitoris und der kleinen Schamlippen und die Vernähung der Vagina, so daß sie fast vollständig verschlossen ist, in einer einzigen Operation vollzogen, wenn das Mädchen zwischen sechs und zehn Jahre alt ist.

Diese Operation wirkt sich grundlegend auf die Entwicklung des Mädchens zur Frau und zu einem sexuellen Wesen aus, wie der Bericht deutlich zeigt. Amans Beziehung zu ihrem ersten Mann, ihr Fortlaufen, die Art und Weise, ihrer ›Entjungferung‹ und die folgenden Beziehungen zu Männern wurden sämtlich durch die Erfahrung der Beschneidung geprägt. Die subtile und auch wieder gar nicht so subtile Verknüpfung von Sadismus und Sexualität in einer Kultur, die weibliche Beschneidung praktiziert, wird auch aus Amans zahlreichen Erfahrungen mit Männern verschiedenen Alters aus ihrer eigenen Kultur deutlich.«

Lee Barnes weist im weiteren darauf hin, daß es in Amans Geschichte nicht um ein Mädchen geht, das in einer »traditionellen« Umgebung heranwächst, sondern in Zeiten rascher gesellschaftlicher Veränderung. Ihre Erlebnisse mit Männern und der Sexualität wären für ihre Mutter kaum denkbar gewesen, noch weniger für ihre Großmutter. Dies ist Amans Bericht über deren Leben klar zu entnehmen.

Nach somalischem Brauch ist die Frau dem Mann unterlegen, und beide Geschlechter werden von Geburt an streng daraufhin konditioniert; beide werden auch in der Überzeugung erzogen, daß diese Ungleichheit der Geschlechter natürlich sei und vom Islam bestätigt.[74] Doch die Frage, ob Frauen gleichberechtigt sind, Männer ergänzen oder diesen unterlegen sind, wird in der islamischen Welt gegenwärtig heftig diskutiert. Heute sind mehr Frauen als je zuvor lese- und schreibkundig; jene, die den Koran selbst gelesen haben, vertreten die Auffassung, daß ihre Unterlegenheit nicht vom Propheten diktiert sei, sondern von patriarchalischen Deutungen des heiligen Textes, die zum islamischen Gesetz erklärt wurden.[75] Gleich, welche theoretische Position sie einnehmen, in der Praxis erwartet man von Frauen, daß sie sich der Autorität ihrer Väter, Brüder und Ehemänner fügen. Sie sind angehalten, sich keusch und zurückhaltend zu benehmen. In anderen islamischen Ländern hat dies zur Trennung der Gesellschaft nach Geschlechtern in deutlich abgegrenzte Bereiche und Aktivitäten geführt. Aber der Lebensstil von Hirten, die in erster Linie anpassungsfähig und mobil sein müssen, macht eine solche starre Aufteilung unmöglich.

Die einfache Behausung eines nomadisch lebenden Somalis ist das Buschhaus oder Zelt. Jeweils mehrere davon werden von einer einfachen Dornbuschhecke umfriedet und bilden eine kleine Ansiedlung. Im Gegensatz zu Stadthäusern sind solche Lebensverhältnisse weder dauerhaft noch geräumig genug, um die Geschlechter streng voneinander zu trennen. Wenn das Weideland in der Nähe von den Tieren abgegrast ist und es damit nötig wird, daß die Familie oder der Weiler weiterzieht, sind die Frauen für den Abbau und Wiederaufbau an einer neuen Stelle verantwortlich. Die anderen Aufgaben der Frau – ebenso wichtig für den Haushalt – sind, Gebrauchsgegenstände aus vorhandenen Materialien zu fertigen, Seile, Matten und Teppiche zu flechten, die Lastkamele bei jedem Weiterziehen zu be- und entladen, Feuerholz und Wasser oft aus großer Entfernung herbeizuholen, die tierischen Produkte wie Butterschmalz für Handel und Eigenbedarf herzustellen und nicht zuletzt mit den Töchtern die Schafe, Ziegen und die Rinder der Familie zu versorgen. Viele dieser Arbeiten erfordern, daß sie sich in der Öffentlichkeit bewegen. Das gilt in gewissem Ausmaß auch für die Städte. Die Frauen sind gewöhnlich nicht von Kopf bis Fuß verschleiert, denn dies würde sie bei ihren Aktivitäten stören. Die Segregation und das Tragen des schwarzen Gewandes, des *shuko*, kommen daher nur selten vor, etwa bei reichen städtischen Somalis oder bei hellhäutigen, sehr schönen Töchtern – wie Hawa – im Hinblick auf eine wünschenswerte Ehe. Beides ist jedoch in den arabischen Enklaven üblich – wie bei der Familie in Mogadischu, die die junge Aman als Dienstmädchen einstellte.

Frauen und Männer steuern sich ergänzende Fertigkeiten für den reibungslosen Ablauf des somalischen Haushaltes bei; zwar ist die Arbeit beider für den Wohlstand der

Familie wichtig, doch fällt die schwere körperliche Arbeit Frauen und Kindern zu. Die Knaben und unverheirateten Männer, die die Kamele hüten, führen ein kärgliches, hartes Leben. In der Trockenzeit leben sie fast ausschließlich von der Milch der Tiere in ihrer Obhut. In Phasen längerer Dürre wird auch diese knapp. Häufig müssen sie weite Strecken ziehen, um Wasser und Gras für die Kamele zu finden, wobei sie stets wachsam und bereit sein müssen, die Herde zu verteidigen.[76] Da Kamele die Grundlage für Wohlstand bilden, sind Streitigkeiten um die Tiere zwischen Verwandtengruppen verbreitet. Sie werden schließlich ständig als Brautgaben versprochen, als Entschädigung vorenthalten, gestohlen und wiedergewonnen.

Die Rolle des verheirateten Mannes in der Clanpolitik kann ihn über längere Zeit weit von zu Hause fortführen; die verheirateten Männer verwalten zudem die Kamele, treiben Handel und kaufen Vorräte, reinigen die Brunnen und tränken die Herden. Die Herdenwirtschaft erscheint zwar kooperativ, aber nur die älteren Männer haben das Recht, über den Familienbesitz zu verfügen.[77] Frauen und jüngere Männer sind diesen Männern daher untergeordnet; ihr Lebensunterhalt hängt von ihrer Beziehung zum Vater, Ehemann, Bruder oder Onkel väterlicherseits ab. Aber im Unterschied zu den jungen Männern können sich die Frauen nicht darauf freuen, irgendwann selbst gesellschaftlich einflußreiche Positionen einzunehmen. Eigentlich hat die Frau keinerlei rechtliche Eigenständigkeit: Sie bleibt auf immer minderjährig, Anhängsel des Namens ihres Vaters. Sie wird in praktisch allen wichtigen Dingen durch einen männlichen Verwandten vertreten. Frauen können zwar selbst Besitz haben und veräußern, aber dazu haben sie nur selten Gelegenheit, da die islamischen Erbgesetze bei ihnen kaum einmal voll zur Anwendung kommen. Der Besitz einer Sippe wird von den Älteren verwaltet: Das Land, die Kamele und anderes Vieh bleiben beim Tod des Besitzers gewöhnlich bei der patrilinearen Gruppe und werden unter den Söhnen verteilt.[78]

Somalia ist ganz eindeutig eine männlich dominierte Gesellschaft, doch die Frauen haben innerhalb des Haushaltes beträchtliche Macht und können dadurch auch öffentliche Angelegenheiten beeinflussen. Die Rechte der Frauen sind eigentlich ziemlich ausgeprägt. In der Ehe haben sie Anspruch auf angemessenen Unterhalt und können jederzeit zu ihrer Geburtsfamilie zurückkehren, wenn sie sich falsch behandelt fühlen; ihre Brüder sind verpflichtet, sich in diesem Fall um sie zu kümmern. Frauen sind es gewöhnt, selbständig und eigenständig zu reisen, und da sie unter dem islamischen Gesetz das Recht auf eigenen Besitz haben sowie darauf, Besitz zu erben und zu veräußern, können sie vermutlich ihre Ansprüche vor religiösen Gerichten durchsetzen.[79] Die Ehen werden normalerweise von der Familie arrangiert, doch deren Einmischung erfolgt oft nach Absprachen, die das Paar selbst initiiert hat. Mit dem Geliebten durchzubrennen kommt durchaus vor und ist auch nicht völlig unverzeihlich.[80] Amans erste Ehe ist ein Beispiel dafür, auch wenn sie später ihren Mann abweist und damit die Bemühungen ihrer Familie verhöhnt, sich mit ihrem ursprünglichen Wunsch, ihn zu heiraten, abzufinden.

Eine arrangierte Ehe ist mit der Übergabe des Brautgeschenks verbunden, das manche als eine Degradierung der Frau betrachten. Aman hingegen sagt dazu: »Es geht um Respekt.« Eine somalische Ehe ist mehr als nur eine Beziehung zwischen zwei Partnern; sie verknüpft zwei Familien, die ansonsten nicht verwandt sind, durch gegenseitige Verpflichtungen. Diese Tatsache wird durch die Zahlung der Brautgabe besiegelt. Daß es um die Verbindung von Familien und deren weitreichendere Sippengruppierungen geht, ist daran zu sehen, daß auf die Frage, wer die Frau heiraten will, gewöhnlich der Sippenname des künftigen Ehemannes angegeben wird, nicht bloß sein Personenname.[81] Bevor die Eheverhandlungen offiziell beginnen, haben die Verwandten der potentiellen Partner umfangreiche Untersuchungen über finanziellen Status,

Macht und Einfluß der anderen Familie angestrengt, deren politische Chancen eingeschätzt wie auch Charakter und Gesundheitszustand der künftigen Partner.[82] Indem Aman versucht, ihre erste Ehe vor dem Vater zu verheimlichen und mögliche finanzielle Vorteile für sich zu behalten, will sie naiv diese Pflichten ihrer Familie umgehen.

Es gibt verschiedene Arten von Hochzeitsgaben, die gegenseitig erfolgen. Es ist Sitte, daß der Bräutigam der Brautfamilie ein symbolisches Geschenk in Gestalt von Vieh oder Geld macht, sobald die Verlobung ausgehandelt ist; man erwartet außerdem von ihm, seiner künftigen Braut Kleider und Schmuck zu schenken. Nach dem islamischen Gesetz muß der Ehevertrag dann in einer kurzen Zeremonie vor einem Scheich oder einem islamischen Geistlichen vollzogen werden; dabei verspricht der Mann, seiner Frau bei einer Scheidung einen Teil seines Besitzes zukommen zu lassen. Dieser Besitz, arabisch *mahr*, kann verschieden ausfallen – Geld, Tiere, Schmuck oder Land – und wird persönliches Eigentum der Frau. Doch nur selten wird er unmittelbar übertragen oder ausgezahlt. Dem Mann ist die Nutzung vorbehalten, bis die Ehe tatsächlich aufgelöst wird. Und wenn die Frau um die Scheidung nachsucht, muß sie in der Regel auf ihre *mahr* verzichten, um frei zu sein. So war es bei Aman und auch bei ihrer Mutter.

Wenn die Verlobung abgesprochen ist, wird auch der *yarad* ausgehandelt, die Brautgabe, die die Familie des Bräutigams an die Frau zahlt. Die älteren Verwandten des Paars bestimmen die Höhe des Betrages. Kamele sind wohl die beliebteste Form der Brautgabe – dreißig Tiere gilt als respektable Anzahl, aber bei einer besonders erwünschten Verbindung können es bis zu hundert Tiere sein. In ländlichen Gegenden kann es sich bei dem zu übertragenden Besitz auch um ein Stück Land handeln, in Städten hingegen bevorzugt man vielleicht Geld, Grundstücke oder ein Gebäude.[83] Der Umfang der Brautgabe spiegelt den Status der Familie wider, aber auch, wie sehr die Braut und ihre

Familie vom Bräutigam und seiner Sippe geschätzt werden. Die Brautgabe wird am Tag der Hochzeitsfeier übergeben, die eine Weile nach Unterzeichnung des offiziellen Ehevertrages stattfindet.

Wenn die Ehe eine Weile gut gelaufen ist und eine baldige Scheidung ausgeschlossen scheint, übergibt der Vater der Braut einen Teil dieser Brautgabe als Mitgift an die Familie des Mannes. Es ist auch Sitte, daß die Braut jedesmal, wenn sie ihre Familie besucht, von ihrem Vater oder ihren Brüdern eine erhebliche Anzahl von Nutztieren geschenkt bekommt.[84] Vermutlich ersetzen diese Übertragungen das eigentliche Erbe, ebenso wie ihr Recht, bei einer Scheidung von den Brüdern unterstützt zu werden, durch den Verzicht auf spätere Erbansprüche garantiert wird.

Es entsteht vielleicht der Eindruck, daß Frauen trotz ihrer untergeordneten Position in der somalischen Gesellschaft gut versorgt sind, und dies trifft gewiß auf einige auch zu. Aber das System ist sehr anfällig für Mißbrauch. Es kommt vor, daß Töchter aus Armut oder Habgier gegen ihren Willen verheiratet werden, oft mit älteren oder sogar brutalen oder abstoßenden Männern, die eine zu verlockende Brautgabe anbieten, um einfach abgewiesen zu werden.[85] Manchmal muß ein junges Mädchen eine ganze Reihe solcher Beziehungen erdulden und wird wiederholt verwitwet oder geschieden, ehe es jemanden heiratet, der ihm gefällt. Die Reform des Familiengesetzes 1975 (nach der Zeit, über die Aman berichtet) bestimmte, daß eine Ehe auf gegenseitiger Zustimmung beruhen muß. Außerdem bekamen die Frauen nicht nur auf ihr rechtmäßiges Erbe Anspruch (nach islamischem Recht die Hälfte des einem Sohn zugesprochenen Anteils), sondern sollten den gleichen Anteil wie Männer erhalten. Das religiöse Establishment wehrte sich jedoch gegen diese Gesetze, und sie sind noch nicht voll in Kraft getreten.[86]

Man könnte denken, daß die komplizierten Besitzverhandlungen und -übertragungen und die weitreichenden gesellschaftlichen Beziehungen, die mit einer Hochzeit verbunden sind, die somalischen Ehen sehr stabil machen. Das ist allerdings nicht der Fall. Scheidungen sind recht häufig, und einigen Somalis zufolge im Süden häufiger als im Norden.[87] Nach islamischem Recht können Männer leichter eine Scheidung durchsetzen, weil sie die Frau bloß dreimal vor Zeugen zu verstoßen brauchen, um die Verbindung aufzulösen. Wenn die Frau die Scheidung wünscht, muß sie entweder ihren Mann zu einer solchen Aussage provozieren oder sich an ein Gericht aus islamischen Geistlichen wenden. Im letzteren Fall muß sie ihre Gründe – Unfruchtbarkeit des Mannes, Sodomie oder mangelnde finanzielle Unterstützung – eindeutig nachweisen. Verzweifelte Frauen versuchen manchmal, ihre Lebenssituation zu verbessern, indem sie einfach fliehen. Wenn jedoch ihre Brüder Interesse am Bestand der Verbindung haben, werden sie alles mögliche unternehmen, um die Frau zu finden und zu ihrem Mann zurückzubringen. Bei einer Scheidung fällt das Recht, ihre Fruchtbarkeit und Arbeitskraft in der Ehe einzusetzen, an ihre Sippe zurück. Allgemein kann sie jedoch erwarten, bei der Wahl eines zweiten Ehemanns mehr Entscheidungsfreiheit zu haben. Daher sagt Aman, die erwachsen sein wollte, um ihr Leben selbst in die Hand zu nehmen, sie sei die erste Ehe nur eingegangen, um geschieden zu werden.

Die Stellung der Frauen und Mädchen innerhalb ihrer Familie und der Familie ihres Mannes hat Einfluß auf die praktische Durchsetzbarkeit ihrer Rechte, und diese Stellung hängt nicht zuletzt von ihrem Verhalten ab. Frauen und Mädchen müssen sich beherrscht, geduldig und verantwortungsbewußt verhalten, gehorsam sein, sich den älteren männlichen Verwandten unterordnen und sich spontan selbstverleugnend und aufopfernd erweisen.[88] Am wichtigsten aber ist, daß sie sich den ethischen Regeln der Verwandtensolidarität fügen. Um zu begreifen, welchen Einfluß sie auf das Leben der Frauen hat, müssen wir uns den Vorstellungen von Ehre, Adel und Ruf (oder »Name«) zuwenden wie auch dem somalischen Ideal der Unabhängigkeit.

Zu Beginn ihrer Geschichte erzählt Aman eine Legende, die die Kasteneinteilung der somalischen Gesellschaft gut verdeutlicht. Es gibt Freigeborene, Adlige und jene, die als *sab* bekannt sind, ehemalige Leibeigene – die Midgaan, Tumaal und Yibir.[89] *Sab* gibt es in allen somalischen Clans, aber sie heiraten nicht innerhalb dieser Gruppen. Sie unterscheiden sich von adligen somalischen Clans durch ihre Berufe – sie sind Schmiede, Lederarbeiter, Schuhmacher, Jäger, Friseure und nehmen, Richard Burton zufolge[90], die Beschneidungen vor – Tätigkeiten, die die Hirten verachten.[91] Im Unterschied zu den »freien« Somalis gehörten die *sab* früher zu den viehhütenden Sippen; für manche gilt dies auch heute noch. Die *sab* sind jedoch, was kein Somali gern sein möchte: wirtschaftlich und gesellschaftlich abhängig. Das gleiche gilt für die einstigen Sklaven, die Menschen »afrikanischer« Abstammung, die Aman »Addon« nennt. Für die Somalis bedeutet das Hirtentum Freiheit, Würde und Autonomie. Frauen sind zwar weniger in der Lage, diese Ideale zu verkörpern, treten jedoch ebenfalls dafür ein. Eine weithin bekannte Geschichte veranschaulicht diese Haltung:

»Das Schaf fragt die Gazelle, warum sie stets vor den Menschen davonliefe, besonders, da sie doch ständig hungrig sei. Wenn sie den Menschen folge, so das Schaf, habe sie das beste Weideland. Die Gazelle antwortet: ›Das kann ein Schaf nicht verstehen. Meine Familie und deine sind sich nicht ähnlich. Wir sind die Kinder der Freiheit und der Weite. Ich sterbe lieber fliehenden Fußes, als daß ich mich von einem Herrn mit Nahrung vollstopfen ließe, der mich umbringt, wenn ich fett bin, oder meine Kinder tötet. Ich habe nicht das Herz eines Schafes.‹«[92]

Diese Geschichte ergibt im Licht der Eheerfahrung von Aman und ihrer Mutter ganz besonderen Sinn.

Wenn man die Bereitschaft der Frauen erklären will, ein Wertesystem zu bejahen, das sie selbst nie voll vertreten können und das ganz offen ihren Wert herabsetzt, müssen wir uns der gesellschaftlichen Auffassung der Ehre zuwenden.[93] Die Ehre beruht zuallererst und vollständig auf dem Ansehen der Vorfahren, die Frauen und Männer aufgrund der gemeinsamen Abstammung teilen. Ehre hat auch mit Unabhängigkeit zu tun, wie sie sich in der egalitären Ethik der segmentären Sippen darstellt. Aber wahre Autonomie kann nicht von allen erreicht werden. Innerhalb der Familie und der Sippe sind Frauen und jüngere Männer – also die Mehrheit der Somalis – abhängig, politisch schwächer als der Patriarch und nicht in der Lage, selbständig über ihre Mittel zu verfügen. Die gesellschaftliche Realität der Hierarchie steht im Widerspruch zum fundamentalen Wert der Gleichrangigkeit. Doch diese beiden Pole werden einigermaßen in der Vorstellung versöhnt, daß die Autorität, die von den Höhergestellten ausgeübt wird, die Belohnung für deren moralischen Wert ist, statt durch Macht, Geschlecht oder Position erworben zu sein. Autorität hängt daher davon ab, daß andere einem Respekt erweisen, vornehmlich die Gefolgsleute und Abhängigen. Autorität muß verdient werden – verdient und bewahrt. Aus dem gleichen Grund kann man sie daher auch verlieren.

Respekt kann man sich verdienen, indem man sich behauptet und sich beispielsweise gegen die Ansprüche anderer auf seinen Besitzstand wehrt, wie Amans Mutter nach dem Tod ihres Vaters. Aber Respekt leitet sich auch von Wohlstand ab, denn Großzügigkeit und Gastfreundlichkeit sind Mittel, andere von sich abhängig zu machen. Da Frauen aber, wie selbstbewußt sie auch sein mögen, nur wenige Produktionsmittel kontrollieren, können sie diese Autorität nicht so oft erlangen wie Männer.

Ebensowichtig ist jedoch das Ideal der Selbstbeherrschung, die sich durch Stoizismus und seelische und köperliche Zurückhaltung äußert. Diese Vorstellungen fallen unter das umfassendere Konzept der »Vernunft« – *'aql* im Arabischen –, das in der islamischen Welt weit verbreitet ist. *'Aql* bedeutet Vernunft in gesellschaftlicher Hinsicht, die Fähigkeit, kulturelle Ideale und Allahs Gesetze zu erkennen und zu befolgen.[94] Kinder kommen mit nur wenig *'aql* auf die Welt, entwickeln es aber beim Heranwachsen, es sei denn, sie erkranken. Wenn man seine Gefühle anderen offenbart, verrät dies einen Mangel an *'aql;* der Mann, dem es nicht gelingt, seine Gefühle für eine Frau zu verbergen, wird als von einer anderen Person beherrscht betrachtet und verliert den Respekt der anderen. I. M. Lewis bemerkt dazu: »Kein Mann, dessen Verhalten andeutet, daß er in seinen Gefühlen von seiner Frau oder Frauen abhängig ist, kann darauf hoffen, den Ruf männlicher Zähigkeit zu genießen.«[95]

Frauen verkörpern gesellschaftliche Vernunft und lösen teilweise den Widerspruch, das Ideal der Ehre zu akzeptieren, ohne die Fähigkeit zu haben, es zu verwirklichen, indem sie sich *freiwillig* den Autoritätsträgern unterwerfen. Lila Abu-Lughod, eine Anthropologin, die diese Haltungen bei ägyptischen Beduinen untersuchte, weist darauf hin: »Was freiwillig ist, ist dem Wesen nach frei und daher ein Zeichen von Unabhängigkeit. Freiwillige Fügung ist daher eine ehrenhafte Art von Abhängigkeit.«[96]

Freiwillige Unterwerfung bedeutet Bescheidenheit und Sittsamkeit; die Frau ist schüchtern, »beschämt« oder scheu in Gegenwart jener, die mächtiger sind als sie, und sie benimmt sich in einer solchen Situation höflich und unterwürfig. Aman drückt das so aus: »Man blickt großen Menschen nicht ins Gesicht. Man senkt den Blick.« Auf diese Weise sind Bescheidenheit und *'aql* eng miteinander verknüpft: Die gute Frau ist vernünftig und wohlerzogen; sie verhält sich in Gesellschaft sittsam und stimmt ihr Verhalten gegenüber anderen fein auf ihre jeweilige Stellung ab. Sie verhält sich bescheiden und bleibt vor Höhergestellten im Hintergrund. Aber nicht in allen gesellschaftlichen Situationen ist sie passiv und selbstlos. Unter Gleichrangigen ist sie kühn, eigenwillig und unabhängig, wie man es auch von ihr erwartet. Passivität ist daher nicht so sehr eine weibliche Eigenschaft, sondern ein taktisches Verhalten, das man in den entsprechenden Situationen an den Tag legt, ein Verhalten, das auch junge Männer in Gegenwart älterer Männer zeigen. Konformität ist weniger ein Zeichen von Schwäche als von genauer Kenntnis der Regeln und von innerer Stärke. Raqiya Abdalla, die ehemalige »Abteilungsleiterin für Kultur«, beschreibt die ideale Somali-Frau als »fähig, voller Initiative und stark – aber mit der Kraft des ›weiblichen Typs‹, das heißt, sie darf sich keine männlichen Eigenschaften zulegen und niemals die männliche Autorität herausfordern.«[97]

Indem ein Mädchen sich den Höhergestellten fügt und in der Öffentlichkeit bescheiden auftritt, erkennt es den Anspruch des Vaters auf dessen ehrenwerten Status, den »Namen«, an. Ihre Beziehung ergänzt sich: Er stellt edle Tugenden dar, beschützt sie und sorgt für sie als seine Verwandte; sie zeigt durch ihr bescheidenes Verhalten der Welt, daß er ihres Respekts würdig ist, eines Respekts, den sie ihm großzügig und ohne Einschränkung erweist. Amans Verhalten ist an diesem Ideal zu messen. Obwohl ihr Vater in wichtigen Punkten die Verpflichtungen einer solchen Beziehung nicht erfüllt, erwarten er und seine Söhne von ihr ein Benehmen, als sei dies der Fall.

In Somalia wie anderswo im muslimischen Nordafrika sieht man in der weiblichen Sexualität den Grund dafür, daß Frauen moralisch nicht ebenso wertvoll sind wie Männer, denn diese bindet sie enger an die Natur und die materielle Welt. Weibliche Fruchtbarkeit wird sehr hoch eingeschätzt; man verbindet sie mit Reichtum, Wohlstand und Leben, mit der Fortpflanzung der Linie durch die Geburt von Söhnen und den Tugenden der Gnade, des Mitleids und der Zuwendung. Dennoch betrachtet man Frauen als gesellschaftlich weniger entwickelt. Sie menstruieren regelmäßig und spontan, sie gebären Kinder und produzieren Milch; wenn sie schwanger sind, stellen sie ihre Sexualität, das heißt ihre Bindungen an andere Menschen, offen zur Schau.[98] Diese natürlichen Zustände, die die Frau nicht unter Kontrolle hat, werden als Zeichen von Schwäche und Mangel an Unabhängigkeit betrachtet – als krasser Gegensatz zum gesellschaftlichen Ideal.

Die Körperfunktionen erschweren es den Frauen zudem, Frömmigkeit und die Einhaltung der islamischen Regeln zu demonstrieren. Sie dürfen, wenn sie ihre Periode haben oder vierzig Tage nach der Geburt eines Kindes, keine heiligen Stätten betreten – Moscheen oder heilige Schreine –, denn in diesen Phasen gelten sie als »unrein«. Sie gelten auch durch den Sexualverkehr »verunreinigter« als Männer, denn ihre Befleckung erfolgt innerlich. Aman zufolge darf eine zu Beginn des Ramadans frisch verheiratete Frau nicht fasten, denn es wird von ihr erwartet, ihrem Mann sexuell zur Verfügung zu stehen. Sie kann daher den erforderlichen Zustand ritueller Reinheit nicht erlangen. Die gesellschaftlichen Einstellungen zur Unterlegenheit der Frau und die religiösen Ansichten über ihr Wesen ergänzen einander und sind in der somalischen Denkweise miteinander verschmolzen.

In ähnlicher Weise sind die gesellschaftlichen und religiösen Einstellungen über Sexualität miteinander verschmolzen. Gesellschaftlich gesehen stellt eine sexuelle Bindung eine starke Bedrohung für die patrilinearen Verbindungen dar. Egal wie stark das eheliche Band ist, die Loyalität zu Ehemann oder -frau sollte niemals stärker sein als die zur Sippe und eigenen Abstammungsfamilie. Daher wirken Ehen wie ein labiler Waffenstillstand: Die Partner beobachten einander mißtrauisch, beide versuchen, etwas vom anderen zu gewinnen, ohne selbst Boden preiszugeben. Eine verheiratete Frau muß sich stets ehrenhaft und würdig verhalten, denn sie vertritt ja die eigene Familie im feindlichen Lager. Ihre Stärke »muß so sein, daß sie die Schwächen ihres Mannes verbergen kann«[99]. Körperlich und gesellschaftlich muß sie ein Vorbild für alle somalischen Frauen darstellen. Die folgenden Zeilen eines traditionellen somalischen Gedichts, in dem ein Mann seiner jungen Frau Ratschläge erteilt, sind sehr aufschlußreich:

»Die Frau eines Mannes von niedriger Geburt riecht niemals gut, denn sie brennt niemals Weihrauch für sich ab.

Nach der Geburt eines Kindes wird sie noch schlimmer, und ihr Mann verläßt sie.
(Daher) sei großzügig mit dem Wasser für Körper und Seele... Solange du bei mir bleibst, brenne stets Weihrauch ab... Säubere Mund und Zähne und lege stets Lidschatten auf. Niemals sollte man dich unordentlich vorfinden...«[100]

In Somalia und im gesamten nordöstlichen Afrika – zum Beispiel bei den nordsudanesischen Dorfbewohnern, bei denen ich gelebt habe – können verheiratete Frauen, die sich diesen anspruchsvollen Idealen nicht fügen mögen, die überarbeitet sind oder wichtige persönliche Belange aufgrund der strengen Grenzen des Anstandes nicht äußern können, behaupten, krank zu sein. Krankheit ist, anders als offenes Verhalten oder Wut, nichts Ehrenrühriges, besonders nicht bei einer Frau.[101] Je nach den örtlichen Gepflogenheiten kann ihre Krankheit als Zeichen gelten, daß ein Geist ihren Körper in Besitz genommen hat, um die guten Dinge des Lebens zu genießen: Parfüm, Gold, Weihrauch, schöne Kleider, Schmuck, Fleisch.[102] Im Sudan sind sie als *zar*-Geister bekannt, in Somalia als *saar* oder *zar*, und sie gelten als eine Art *dschinn*, ein arabischer Märchengeist. Da *dschinns* auch im Koran erwähnt werden, gelten ihre Existenz und Fähigkeiten als unwiderlegbare Tatsache.[103] Wenn diese Geister ihr Opfer erst in Besitz genommen haben, kann man sie nur sehr schwer wieder vertreiben. Man kann sie jedoch mit Geschenken und rituellen Prozeduren beschwichtigen, wenn sich der Befallene einer rituellen Kur unter Anweisung eines Kultmeisters oder Priesters unterzieht. Eine solche Prozedur wird für Amans Mutter veranstaltet, die man im mittleren Alter als besessen diagnostiziert.

Sinn dieses Rituals ist es, den lästigen *zar* anzurufen und unter mehreren möglichen Kandidaten zu identifizieren. Jeder hat einen Namen, seine eigene Gesellschaft, Religion und Beruf. Die Kultteilnehmer schlagen Trommeln und singen dabei die für diesen Geist typischen Verse. Irgendwann reagiert der Geist in der Frau und bewirkt, daß sie in Trance fällt. Daraufhin äußert er sich über ihren Körper und stellt seine Forderungen. Das Ritual löst nicht das eigentliche Problem – es ist nicht so endgültig wie ein Exorzismus –, sondern eröffnet vielmehr einen Austausch zwischen der Besessenen und ihrem flüchtigen Dämon. Der Geist und der Körper, den er bewohnt, schließen ein Abkommen. Der *zar* macht die Frau nicht mehr krank, wenn sie bestimmte Gegenstände bekommt, die er wünscht, wenn sie regelmäßig an Geisterzeremonien teilnimmt und gelegentlich rituelle Handlungen vornimmt, wie zum Beispiel eine bestimmte Räucherwerkmischung für diesen Geist an dessen bestimmtem Wochentag zu verbrennen.

In diesen Gesellschaften, in denen Frauen mit großem sozialem Druck Unmutsäußerungen verwehrt werden, mobilisiert das Besessensein von einem Geist die Unterstützung der Verwandten und ermöglicht es Ehemann und Frau vielleicht, Themen anzusprechen, die sie ansonsten nur unter Schwierigkeiten diskutieren könnten. Aber das Besessensein von einem *zar* kommt teuer, und die Männer stimmen nicht immer mit der Diagnose der Frau überein, sie sei besessen. Die islamischen religiösen Führer betrachten den Kult voll Mißtrauen und behaupten, es sei schlecht, sich mit verwerflichen *dschinns* einzulassen. Doch weder die Ehemänner noch die Geistlichen streiten die Macht der Geister ab; letztendlich ist es ihr Glaube an den *zar*, der diesen zu einem legitimen, ehrenwerten Ausweg aus diesem Dilemma macht.[104]

Die Ehre der Familie beruht auf dem Verhalten ihrer Frauen. Wenn eine Frau sich in der Gesellschaft schlecht benimmt, fällt das auf ihren Mann zurück, er kann sich aber schließlich von ihr scheiden lassen. An ihrem Vater bleibt die Schande jedoch unauslöschlich hängen. Besonders sexuelles Fehlverhalten der Tochter bedeutet einen Mangel an Solidarität und Disziplin und moralische wie politische Schwäche auf seiten des Mannes und der Sippe. Ihr Verhalten demonstriert in aller Öffentlichkeit, daß die Höhergestellten ihres Respekts unwürdig sind. Die Übertretung wird bestraft, manchmal mit dem Tod, und Amans

Angst, sie könne vielleicht umgebracht werden, ist keineswegs eine melodramatische Übertreibung. Diese extreme Vergeltung weist darauf hin, wie stark weibliche Sexualität gesellschaftlich eingebunden ist. Die gesellschaftlichen Belange werden von den religiösen gespiegelt. Raqiya Abdalla schreibt dazu: »Der Islam betrachtet die weibliche Sexualität als aktiven, lustvollen Instinkt, der folglich kontrolliert werden muß.«[105] In einigen Gesellschaften gehört zu den Kontrollmaßnahmen auch die Vorsichtsmaßnahme der weiblichen »Beschneidung«.

Weibliche Beschneidung wird zwar in vielen afrikanischen Gesellschaften praktiziert[106] und selbst in der radikalsten Form (Entfernung der Klitoris und der Schamlippen und danach die Vernähung der vaginalen Öffnung) oft mit dem Islam verbunden, doch die Begründungen für diesen Eingriff unterscheiden sich stark. Die Prozedur, die ich im muslimischen Sudan beobachtet habe, entsprach nahezu exakt Amans Schilderung, aber der gesellschaftliche und kulturelle Kontext – und daher die Bedeutung dieses Akts – differieren in wichtiger Hinsicht.[107] Historisch gesehen ist diese Praktik älter als der Islam; islamische Fundamentalisten betrachten sie sogar als eine barbarische »Neuheit« (*buda*) und verlangen ihre Abschaffung. Dennoch stützt die Verknüpfung von patrilinearen und islamischen Wertvorstellungen – die beide auf männlicher Oberherrschaft bestehen – die Fortsetzung dieser Praktik im heutigen Somalia. Anfang der achtziger Jahre war die weibliche Beschneidung in Somalia nahezu überall verbreitet; in der Regel war die Operation mit der Vaginavernähung verbunden.[108]

Die sozialen Kontrollmaßnahmen der weiblichen Sexualität im Islam werden paradoxerweise von einer liberalen Sicht der Sexualität insgesamt begleitet. Der Koran bezeichnet den Sexualtrieb als natürlichen Appetit, der befriedigt werden muß, wenngleich gemäßigt und in einer auf Treue beruhenden Ehebeziehung.[109] Beide Geschlechter dürfen sich nicht zügellos verhalten, doch gewöhnlich herrscht hier Doppelmoral. Unter den Männern in den Städten Somalias sind frühe sexuelle Erfahrungen ein Grund für Stolz und eine Demonstration ihrer Männlichkeit (nicht ihrer Selbstbeherrschung). Für unverheiratete Frauen jedoch sind sexuelle Erfahrungen ein Grund für Scham und ein Symbol der Erniedrigung.[110]

Jungfräulichkeit bei Frauen wird in der somalischen Gesellschaft hochgeschätzt. Sie wird aus Gründen der Familienehre streng eingehalten, aber auch, damit die Abstammung der Kinder eindeutig nachweisbar ist. Die Amputation der Klitoris und die Vernähung der Vagina sollen die sexuelle Erregbarkeit und damit erotische Aktivitäten verringern. Die Operation sichert bei fast allen Erstehen die Jungfräulichkeit. Raqiya Abdalla bemerkt hierzu:

»Hauptwirkung dieser Operation ist, in jungen Mädchen das intensive Bewußtsein ihrer Sexualität zu erzeugen sowie Unsicherheit hinsichtlich deren Sinn und ihrer gesellschaftlichen Bedeutung. Allgemein bedeutet die Praktik Strafe und Kontrolle, die dem kleinen Mädchen das Mysterium und die Bedeutung des Sex ganz deutlich macht und zugleich Angst vor den bösen Folgen unkeuschen Verhaltens in ihr erzeugt.«[111]

Sie betont im weiteren, daß die Beziehung zwischen Jungfräulichkeit und Beschneidung in der somalischen Gesellschaft eng mit der Lebenskraft und Kontinuität des moralischen Status verbunden ist, mit Auswirkungen auf den politischen Status und wirtschaftliche Vorteile.

»Die Beschneidungsnarben sind ein Siegel, das den unangreifbaren, aber notwendigen Besitz des väterlichen Erbteils der gesellschaftlichen Gruppen bezeugt sowie die Ehre von Familie und Sippe. Dieses Siegel, die sexuelle Keuschheit der Frau, muß bei der Eheschließung intakt an eine andere Sippe übergeben werden. Sollte es nicht unversehrt sein, ist das Mädchen für diese Sippe völlig unannehmbar, denn die betreffende Familie würde eine Bindung an eine Sippe ohne Ehre meiden. Die Bewahrung von Keuschheit und Ehre ist daher zwingend für das Mädchen, wenn ihre väterliche Sippe ihren gesellschaftlichen Status behalten, die verwandtschaftlichen Bande ausweiten und ihr Erbteil vergrößern will. Das ist die wirtschaftliche Begründung für diesen Brauch.«[112]

Dennoch ist diese äußerlich sichtbare Jungfräulichkeit nicht angeboren, sondern künstlich erzeugt und kann daher erneut hergestellt werden. Man kann die Vagina wieder zunähen, um ein sexuelles Erlebnis zu verbergen. Frauen, die eine Wiederheirat planen, Prostituierte, die ein neues Leben beginnen wollen, Frauen, die nach einer Geburt ihrem Mann mehr Lust verschaffen wollen, bedienen sich dieser Möglichkeit.

Die Prozedur selbst zieht zwar häufig gesundheitliche Komplikationen nach sich und eine Folge kann das Verschwinden der sexuellen Erregbarkeit sein, aber jeder Versuch, diese Praktik abzuschaffen, würde viel an sozialer Stabilität aufs Spiel setzen. Die Regierung zögert bereits unendlich lange mit Reformen oder auch damit, dieses Thema nur anzuschneiden.[113] Männer wie Frauen fürchten – mit einiger Berechtigung –, ohne die Operation würde niemand ihre Töchter heiraten, denn sie wären dann für andere Gruppen inakzeptabel. Ihre eigene Ehre würde Schaden nehmen. Man kann unschwer erkennen, wie Frauen in einem solchen kulturellen Umfeld eine Praktik, die ihnen eindeutig schadet, als natürlich und unvermeidlich betrachten. Beschnitten zu sein ist eine Sache des Stolzes und wird, wie an Amans Erfahrung zu sehen, oft bereitwillig oder zumindest mit zwiespältigen Gefühlen erduldet. Wenn ein Mädchen sich der Operation unterzieht, kann es aktiv seinen Wert für die väterliche Sippe demonstrieren. Für die Mädchen und ihre Mütter ist dies der richtige Weg, und selbst skeptische Väter zögern, sich in diese Frauenangelegenheit einzumischen. Die Unterwerfung unter diese Praktik wird nicht durch Gewalt erzwungen, sondern durch die Macht gesellschaftlicher Normen, so daß ein Mädchen, dessen Operation hinausgezögert wird, die schmerzliche Zurückweisung ihrer Altersgenossinnen riskiert. Außerdem schätzt man den beschnittenen Körper der Frau aus ästhetischen Gründen. Er sei sauber, sagt Aman, verschlossen, glatt und hart. Dieses Geflecht unausgesprochen vorhandenen Wissens hält das Individuum aufrecht, formt Selbstwertgefühl und gesellschaftliche Wirklichkeit. Nur selten wehrt sich eine Frau dagegen oder wagt es anzutasten, ohne einen Preis dafür zu bezahlen.

Dennoch gibt es eine wachsende Anzahl von Somalis, Frauen wie Männer, die sich der schädlichen Folgen dieser Praktik bewußt sind und deren Abschaffung wünschen. Sie ziehen die weniger radikale *sunna*-Operation vor, bei der nur die Vorhaut der Klitoris entfernt wird (in manchen Fällen wird sie nur eingeritzt oder mit einer Nadel durchstochen).[114] Da Vernähung ein Kennzeichen von ethnischer Besonderheit ist und inzwischen als Akt antiwestlichen, antikolonialen Widerstandes gilt[115], können nicht politisch begründete Forderungen aus dem Ausland nach ihrer Abschaffung diese in Wirklichkeit sogar verzögern.[116]

Amans Angst vor der »Entjungferung«, wie sie es bezeichnet, ihr Haß auf den Mann, der diesen Akt vollziehen wird, und ihre frühe Erkenntnis, daß der Sexualverkehr eine wirtschaftliche Transaktion ist, spiegeln sich auch in den drei Fallstudien somalischer Frauen, die Raqiya Abdalla im Anhang zu ihrem Buch *Sisters in Affliction* beschreibt. Hier Ardos Geschicht:

»Die ersten Nächte meiner Ehe waren schrecklich und voller Angst. Im Benadir-Gebiet herrscht der Brauch, daß die Männer die Frauen mit dem Penis öffnen. Außer in sehr seltenen Fällen gilt es als Beleidigung, ein Instrument zu benutzen oder daß (wie im Norden) einen die Hebamme aufschneidet. Ich habe mich jedenfalls geweigert, meinem Mann zu Willen zu sein. Ich habe geschrien und mich gewehrt und ihn heftig gebissen. Fünf Tage nach der Hochzeit konnte der Mann immer noch keinen Verkehr mit mir haben. Dann wurde ich gezwungen, ins Krankenhaus zu gehen, wo man mir die Naht aufschnitt. Danach bekam ich eine Infektion und war ein paar Tage krank, ehe mein Mann mich wieder zwang. Mit diesem ersten Mann war ich nie glücklich, und ich habe ihn weiterhin gehaßt und mich gegen jeden sexuellen Kontakt gewehrt. Schließlich habe ich ihn verlassen und mich geweigert, zu ihm zurückzugehen, bis er zustimmte, sich von mir scheiden zu lassen.«[117]

Der Eindruck, den Amans Geschichte hinterläßt, wird durch die Erkenntnis verstärkt, daß sie kein Einzelfall ist.

Innerhalb des Sippensystems muß die Frau zwar viele Widersprüche aushalten, aber die Alternativen dazu können schlimmer sein. Arrangierte Ehen in städtischen Gebieten werden immer seltener. Dies ist für die einzelne Frau vielleicht ein Schritt in Richtung Freiheit, hat aber seinen Preis. Denn nur wenige Ehen sind von Dauer, und wenn die jungen Leute vom Land in die Stadt ziehen und ohne den Rat ihrer Verwandten heiraten, diese vielleicht nicht einmal informieren, verzichten sie auf die Unterstützung der Familie im Fall einer Scheidung.[118] Frauen vom Land, die ihre väterliche Sippe beleidigt haben, können nur selten die wirtschaftlichen Mittel aufbringen wie Land oder Vieh, von denen sie und ihre Kinder leben können.[119] Abgesehen von ihren traditionellen Rollen haben somalische Frauen, besonders die ungebildeten wie Aman, nur wenige Möglichkeiten. Prostitution ist natürlich ein Weg, und sie hat seit dem Zweiten Weltkrieg dramatisch zugenommen. Die Religion bezeichnet Prostitution zwar als verwerflich, aber sie wird auch weithin als Rebellion der Frauen betrachtet, die nicht mehr bereit sind, das Ehe-/Sippenspiel mitzuspielen.[120]

Ansonsten kann sich eine unabhängige Frau vielleicht mit Kleinhandel durchbringen, wie Amans Mutter es eine Zeitlang versucht, und bestimmte Dinge für den Haushalt gegen Wertvolleres eintauschen. Dieser Verdienstweg, in der unterentwickelten Welt unter Frauen sehr verbreitet, erfordert aber ständige Arbeit, viel Energie, ein rasches, sicheres Urteilsvermögen und Glück. Kein Wunder, daß Aman wiederholt ihr Bedürfnis nach materieller Sicherheit erwähnt. Diese Sorge ist nicht auf somalische Frauen beschränkt; sie hat sich im städtischen Afrika seit den fünfziger Jahren immer weiter verbreitet, weil die traditionellen Unterhaltsquellen der Frauen immer stärker abnahmen.[121]

Aman verläßt sich auf die Ressource ihrer Sexualität, die sie von der Abstammungsgruppe zurückgewonnen hat und nun kühn als ihr Eigentum betrachtet. Aman schlägt sich in der Stadt mehr oder weniger ehrlich durch, mit der Absicht, Männer zu benutzen, statt von diesen benutzt zu werden. Sie balanciert auf einem schmalen Grat zwischen Ehre und Promiskuität und versucht sich selbst und ihre Familie zu schützen (und sich selbst vor der Familie), indem sie lügt und ihren wahren Namen verschweigt. Doch wie mutig Amans Rebellion auch erscheinen mag, sie ist von der Erkenntnis durchzogen, daß sie letztendlich kaum weniger abhängig von Männern ist – kaum weniger von somalischen Werten beherrscht – als zuvor.

Das koloniale und nachkoloniale Somalia

Um Amans Welt zu verstehen, muß man das weitere soziale und politische Umfeld betrachten – die Realität des Kolonialismus. Die beiden Jahrzehnte nach dem Zusammenbruch des Derwisch-Aufstandes 1920 waren eine Phase kolonialer Konsolidierung. Sie kennzeichnen auch noch Amans frühe Kindheit. Die Briten behielten ihre strategische Präsenz im Norden, zeigten aber nur begrenztes Interesse an der wirtschaftlichen Entwicklung der Kolonie. Man sah in der Region einen Vorteil, den man irgendwann in der Zukunft politisch nutzen konnte. Aber im italienischen Somalia, wo Aman und ihre Mutter aufwuchsen, war die Situation anders.

Um den Druck durch den Bevölkerungszuwachs zu Hause zu mindern und zugleich den europäischen Nachbarn zu imponieren, plante Italien, Bauern und Unternehmer in den fruchtbaren Flußgebieten im Süden Somalias anzusiedeln. Somalia hingegen sollte Rohstoffe ins Mutterland exportieren.[122] Die Italiener hatten gehofft, ihren Einfluß tief ins somalische Hinterland ausweiten zu können, aber sie kamen nur langsam voran; die Anwesenheit der Italiener war am stärksten in der Küstenregion spürbar.

Unter der faschistischen Regierung, die in Italien seit den zwanziger Jahren herrschte, aber auch schon zuvor, wurden in großangelegten Projekten Bananen, Baumwolle, Zitrusfrüchte und Zucker angebaut; Straßen wurden angelegt, und die Grundlagen für eine europäische Siedlung geschaffen. Um das Problem zu umgehen, Arbeitskräfte in einer vorwiegend nomadisch lebenden Bevölkerung anzuwerben, wurden Italiener und (vorwiegend aus dem Süden stammende) somalische Familien, die sich freiwillig für Bewässerungsprojekte verpflichteten, in Arbeiterkolonien zusammengefaßt. Zusätzlich zum Lohn für die Plantagenarbeit erhielten sie auch Landzuteilungen zum persönlichen Gebrauch. Wenn die Somalis sich absetzten, um sich um ihre Angelegenheiten zu Hause zu kümmern, glich Zwangsarbeit den Arbeitskräftemangel wieder aus. Bürger mit niedrigem Ansehen, besonders die Abkömmlinge von Sklaven (Addon), wurden als erste verpflichtet.[123]

In der Phase vor dem Zweiten Weltkrieg entwickelten sich die italienischen Städte in Somalia sehr schnell, und man schuf die Grundlage für ein Gesundheits- und Bildungswesen, für das vorwiegend die Regierung in Rom aufkam. Außerdem organisierte man die Verwaltung der Landwirtschaft, indem bestimmte Einwohner der Bezirke (Kommissionäre) von »Ältesten« mit Regierungsgehältern notdürftig unterstützt wurden. Die meisten dieser Männer waren nur Werkzeuge für die Durchsetzung von Regierungsanweisungen, aber diejenigen, die sich als loyal und kooperativ erwiesen, wurden von den Italienern ausgezeichnet und großzügig belohnt.[124]

Die Ältesten wurden in ihrer Rolle als Agenten der italienischen Siedler durch eine bewaffnete ländliche Polizeitruppe unterstützt, die um 1930 etwa 500 Mann umfaßte. Eine ansehnliche Polizeistreitkraft von 1475 Somalis, geleitet von 85 italienischen Offizieren und niedrigen Rängen, unterstützte die Verwaltung direkt. (Die Zahl der Polizisten wurde später verringert, als das Militär in der Kolonie zunahm.)[125] Die Somalis nahmen die Errichtung der italienischen Herrschaft nicht ungerührt hin. Die von ihnen so sehr geschätzte Unabhängigkeit wurde beeinträchtigt; schlimmer war aber noch, daß sie Untertanen von Ungläubigen geworden waren.[126]

1925 trat Großbritannien das Juba-Gebiet, den Küstenstreifen des von Somalis bewohnten nördlichen Grenzbezirks zu Kenia, an die Italiener ab. Kurz darauf sicherte sich Italien die unangefochtene Herrschaft in den nordwestlichen Regionen, in der Hoffnung, diese auf Äthiopien auszuweiten. Zu diesem Zweck infiltrierten sie das Ogaden-Gebiet und arbeiteten politisch und wirtschaftlich mit den Somalis, die eine Wiedervereinigung mit ihren Brüdern in den anderen Gebieten suchten, zusammen. Die Äthiopier wiederum bewaffneten die Somalis, die den italienischen Unternehmungen feindlich gesinnt waren, in der Hoffnung, die italienische Aggression aufzuhalten und für sich somalisches Gebiet zu gewinnen.[127]

1934 waren die Vorbereitungen für eine italienische Invasion Äthiopiens von Somalia und Eritrea aus getroffen. Nach erfolglosen Verhandlungen der europäischen Mächte (was einer inoffiziellen Unterstützung der imperialistischen Ziele Italiens gleichkam) drang 1935 eine italienische Armee mit Unterstützung von 6000 somalischen Soldaten und Tausenden von irregulären Kämpfern, von Italienern ausgebildet, nach Äthiopien ein und eroberte das Land im folgenden Jahr.[128] Der Vorstoß über die Grenzen wurde aus der Luft unterstützt.[129] In den Wirren dieses Zeitraumes wurde Amans Mutter rasch an einen älteren Mann mit Nebenfrauen verheiratet, damit sie nicht von weißen Soldaten zu einem Konkubinat gezwungen werden konnte. In der darauffolgenden kurzen Phase umfaßte das italienische Somaliland auch Ogaden und die von Somalis bewohnten Gebiete am oberen Juba und Shabelle. Dies führte Clans zusammen, die durch koloniale Grenzziehungen vierzig Jahre zuvor willkürlich voneinander getrennt worden waren.

Unter der faschistischen Herrschaft wurden Handel und Verkehr streng kontrolliert. Ein System von Regierungsmonopolen und staatlich unterstützten Organisationen begünstigte alle italienischen Unternehmen; Somalis und anderen kolonialen Untertanen war es sogar verboten, sich an irgendeinem Wirtschaftszweig zu beteiligen, bei dem sie in Konkurrenz zu den Kolonialherren geraten konnten.[130] Zwischen 1935 und 1940 verlegten sich die Italiener auf größere landwirtschaftliche Projekte und bauten neue Straßen und Märkte. Tausende von italienischen Immigranten und ehemaligen Militärs trugen als Plantagenbesitzer, Händler oder Techniker zur somalischen Wirtschaft bei.[131] Die Vereinigungen und Organisationen der faschistischen Gesellschaft wurden aus dem Mutterland importiert und »prägten das Leben der italienischen Gemeinschaft in einem Maße, das, besonders in der Kultur Somalias, heute äußerst lächerlich wirkt«[132]

Die Zuwanderung der Italiener brachte auch Regeln mit sich, die deren rassischen Status bewahren und ihren Rang als »arische« Eroberer bestätigen sollten. Dazu gehörte auch die Politik, die somalische Sprache zu verunglimpfen und die Übernahme der »zivilisierten« italienischen Sprache zu fördern. Die italienische Sorge um rassische Reinheit entsprach jedoch der der Somalis – das bezeugen die Ereignisse in Amans Leben deutlich. Gemischtrassige Beziehungen kamen zwar häufig vor, wurden aber offiziell mißbilligt; gemischtrassige Ehen waren verboten. In der Regierung gab es keine Somalis, außer auf der untersten Ebene der Verwaltung. Dennoch entwickelten sich gesellschaftliche Bindungen über den rassischen Abgrund hinweg, und viele Somalis profitierten von den neuen Wirtschafts- und Bildungsmöglichkeiten unter dem Regime. Zwischen 1930 und 1940 verdoppelte sich Mogadischus Bevölkerung, teilweise aufgrund der Entlassung von Tausenden von somalischen Soldaten. Durch das Wachstum der Städte und die Ausbreitung des westlichen Einflusses – ganz zu schweigen von dem historischen Bewußtsein der Somalis, ihrer stolzen Unabhängigkeit und Solidarität – wurde eine moderne nationalistische Bewegung geboren.

1940 trat Italien den Achsenmächten bei, und Somalia wurde in den Zweiten Weltkrieg verwickelt.[133] Die Italiener eroberten Britisch-Somaliland im Juli, mußten es sieben Monate später jedoch wieder abtreten. Die Alliierten befreiten anschließend Äthiopien (für Kaiser Haile Selassie) und besetzten Somalia. Der Tod eines Bruders von Amans Mutter bei einem der Bombenangriffe fällt in diese Zeit, ebenso ihre Ehen mit somalischen Militärs aus der italienischen Kolonialarmee. Nach der Niederlage der Italiener gelangte das gesamte Somalia außer Französisch-Dschibuti unter britische Militärverwaltung und blieb dort bis 1949.

1941 betrug die italienische Bevölkerung in Somalia etwa 8000. Viele Frauen und Kinder wurden unter den Briten zurückgeführt, und um 1943 war diese Zahl auf die Hälfte gesunken.[134] Angesichts der Einschränkungen aufgrund des fortdauernden Krieges waren die Briten gezwungen, sich auf die Verwaltungserfahrung der italienischen Angestellten und Techniker zu verlassen, die keine Sympathien für die Faschisten gezeigt hatten; alle anderen wurden interniert. Die italienische Polizei wurde abgeschafft und durch Somalis unter Führung britischer Offiziere ersetzt; man eröffnete eine Polizeischule, in der Somalis für die höheren Ränge ausgebildet wurden. Das italienische Recht wurde durch britisches ersetzt. Die italienische Provinzverwaltung wurde nun nach britischem Vorbild ausgerichtet, was eher indirekte Regierungsmethoden bedeutete. Damit war die Grundlage der Selbstregierung auf lokaler Ebene geschaffen. Amans Vater, von seiner Sippe zum Repräsentanten erwählt, wurde hierdurch ermächtigt, der Verwaltung bei der Durchsetzung von Recht und Ordnung zu helfen. Dafür erhielt er ein Gehalt von der Regierung. Mehr Schulen wurden eröffnet, allerdings vornehmlich für Jungen, und die nationalistischen Hoffnungen wuchsen weiter. Die Somalis respektierten die Briten, weil sie die scheinbar unbesiegbaren Kolonialherren vertrieben hatten und deren diskriminierende Herrschaft lockerten.

Bei Kriegsende übernahm eine Viermächtekommission (Großbritannien, Frankreich, die USA und die Sowjetunion) die Federführung für die Auflösung der italienischen Kolonien. Großbritanniens Forderung, Somaliland (ohne Dschibuti) unter seiner Herrschaft zu einen, wurde von den anderen drei Mächten abgelehnt. Äthiopien erhielt mit amerikanischer Unterstützung Eritrea und nahm das Ogaden-Gebiet wieder in Besitz; die somalischen Länder kehrten zu ihren vormaligen Herren zurück. Nordsomalia fiel 1948 wieder an die Briten, und trotz heftiger somalischer Proteste ging Südsomalia für zehn Jahre unter dem Mandat der Vereinten Nationen wieder an Italien. Danach sollte das Land unabhängig werden. Während dieser Phase wurde Aman 1952 geboren.

Unter dem UN-Mandat war die italienische Macht in Somalia stark beschnitten, und es begann die Entwicklung zur demokratischen Selbstregierung. Doch die Spannungen zwischen den Italienern und den Somalis blieben, denn die neue Verwaltung wurde durch eine starke Militärmacht gestützt, die die Übernahme wie eine militärische Besetzung erscheinen ließ.[135]

Dennoch gelangen unter Beteiligung der UNESCO bedeutsame Fortschritte im Bildungswesen, und neue Staatsschulen ersetzten die katholischen Missionsschulen der Kolonialzeit. Die Anzahl von Kindern und Erwachsenen beider Geschlechter in Grundschulen stieg zwischen 1950 und 1957 von weniger als 2000 auf etwa 31 000.[136] Aber die Bevölkerung betrug weit über eine Million.[137] Das bedeutete, trotz dieser Fortschritte gingen nur wenige Kinder in Amans Alter zur Schule oder blieben dort eine angemessene Zeit.

Während der italienischen Treuhandverwaltung wurde die künstliche Bewässerung in der Landwirtschaft ausgeweitet, und man bohrte Brunnen in den Weidegebieten. Dies zeigte eine Verlagerung weg von der ausschließlichen Konzentration auf Plantagenwirtschaft mit Siedlern. Doch man förderte die Plantagenwirtschaft mit Produkten wie Baumwolle, Zucker und Bananen wie zuvor, und die Anwesen und die Kontrolle des Absatzes blieben vornehmlich in Händen der italienischen Kolonialherren.[138] Trotz seiner expandierenden Wirtschaft blieb das Land sehr arm, und die meisten Somalis lebten fast genauso wie zuvor.

Politisch bewegte sich Somalia auf die Unabhängigkeit zu, indem man im öffentlichen Dienst und bei der Polizei allmählich die Ausländer durch Somalis ersetzte. Gegen Ende der Mandatsphase waren nur noch 3000 Italiener in Somalia übrig, die meisten ständige Einwohner, die Handel trieben oder von ausländischen Unternehmen beschäftigt wurden; der Rest arbeitete in der Verwaltung.[139] Die Parteienpolitik (stark von der Clanzugehörigkeit bestimmt) begann 1954 offiziell mit Kommunalwahlen; darauf folgte 1956 die erste Wahl einer gesetzgebenden Versammlung, die auf allgemeinem männlichem Wahlrecht beruhte. Die Kandidaten mußten des Arabischen oder Italienischen mächtig sein, denn zu dieser Zeit gab es noch keine offizielle, schriftlich fixierte somalische Sprache.

Man muß erwähnen, daß Aman, als sie von ihrem Analphabetentum spricht, damit nicht meint, sie könne nicht Somali lesen und schreiben. Da es keine Standardschriftsprache gab, konnten dies nur wenige, obwohl man verschiedene Formen arabischer Buchstaben benutzte. Aman meint damit vielmehr, daß sie weder Arabisch noch Italienisch oder, wie später, Englisch lesen und schreiben konnte. Erst 1972, ein paar Jahre, nachdem sie Somalia verlassen hatte, bestimmte die sozialistisch-revolutionäre Regierung als Nationalsprache eine Schriftsprache, die auf romanischen Buchstaben beruht, und begann eine erfolgreiche Alphabetisierungskampagne.

Am 1. Juli 1960 endete die Kolonialzeit für Somalia, als das unabhängig gewordene britische Somaliland mit dem italienischen Somalia vereint wurde, um die unabhängige Republik Somalia mit der Hauptstadt Mogadischu zu bilden. Trotz der nationalen Begeisterung, die diese Vereinigung begleitete, und der Zunahme der politischen Parteien – aber auch trotz wachsender Verstädterung, westlichem Einfluß und Klassenunterschieden, die Aman so deutlich beschreibt – war die Loyalität zu Sippe und Clan immer noch die treibende politische Kraft. Die Zusammensetzung des neuen Kabinetts beruhte auf einem fein abgestimmten Gleichgewicht der verschiedenen Clanfamilien und der diese umfassenden Clans. Dieses Muster wurde im demokratischen Somalia bald zur Norm. Da die Regierung wichtige Ressourcen kontrollierte oder zuwies, war es für die verschiedenen Sippen wichtig, angemessen darin vertreten zu sein. Es überrascht kaum, daß ein bleibendes Bestreben der neuen Regierung (auch in der somalischen Verfassung von 1961 verankert) darin bestand, die somalischen Gebiete in Kenia, Dschibuti und Äthiopien unter die nationale Schirmherrschaft zu bringen.

Trotz einer nun nationalen Politik und der pansomalischen Hoffungen versuchen die meisten Somalis weiterhin, wie früher ihren Lebensunterhalt aus der Viehhaltung und der Landwirtschaft zu bestreiten. Zwei äußerst schwachen Regenzeiten folgten im Herbst 1961 verheerende Fluten, die weitverbreitet Hunger und Epidemien brachten.[140] Amans Schilderung, wie sie ihre Mutter damals zu einem Notversorgungslager begleitet, erscheint angesichts der jüngsten Hungerkatastrophen in Äthiopien und im Sudan und der gegenwärtigen Situation in Somalia noch schrecklicher.

Für das junge, unabhängige Somalia war das Problem der Verschmelzung zweier Rechtssysteme, Währungen, militärischer wie verwaltungsmäßiger Organisationen, einer lokalen mit einer Zentralregierung und deren Institutionen, zweier verschiedener Zahlungs-, Steuer- und Bildungssysteme fast unüberwindbar. In Wirtschaft und Regierung sprach man beide Kolonialsprachen, aber auch

Arabisch. Als man die Verwaltung des Nordens anfangs nach Mogadischu verlegte, besaßen Italiener und Italienischsprechende die Übermacht. In den sechziger Jahren begann Englisch jedoch an Boden zu gewinnen, auch aufgrund der Unfähigkeit der Regierung, sich auf eine somalische Schriftsprache zu einigen.[141] Die Vorherrschaft der englischen Sprache verstärkte die Feindschaft zwischen Norden und Süden noch, die sich anfangs in einem fehlgeschlagenen Militärputsch jüngerer Offiziere äußerte, die in Großbritannien ausgebildet worden waren. Sie setzt sich bis auf den heutigen Tag fort.

Angesichts der Hoffnung auf ein geeintes Somalia versuchte die gewählte Regierung, die Armeestärke zu vervierfachen (bei der Unabhängigkeitserklärung 5000 Mann), und wandte sich um Hilfe an die Vereinigten Staaten. Aber die Amerikaner waren damals mit Äthiopien verbündet. Sie halfen zwar beim Aufbau der somalischen Polizei, aber die Vorschläge für die Armee wurden als unangemessen abgelehnt. 1962 trat die UdSSR in diese Lücke und füllte sie mit modernen Waffen, Militärberatern und Krediten – sowie mit Ideologie und politischer Theorie. In den folgenden Jahren war Somalia in bedeutsame Grenzkriege mit Kenia und Äthiopien verwickelt. 1967 gesellte sich während der Präsidentschaftswahlen ein Pro-Wiedervereinigungs-Präsident (aus dem Süden) zu einem Premierminister aus einem rivalisierenden Clan des Nordens, der sich für die Aufgabe der territorialen Ansprüche Somalias und ein Ende der Grenzstreitigkeiten einsetzte, um an beträchtliche amerikanische Hilfe zu gelangen. Die politische Situation stagnierte.[142]

Die Politik blieb jedoch weiterhin von Clan-Kungeleien und Korruption durchsetzt, eine Lage, die verstärkt bis heute fortbesteht. Mehrere Experten machen dafür die natürliche »Anarchie« des geteilten somalischen Sippensystems verantwortlich.[143] Einige somalische Politiker pflichteten dem bei und haben zur Abschaffung des Stammessystems aufgerufen.[144] Aber das Problem besteht vielleicht weniger in der somalischen politischen Kultur an sich als in deren unangemessener Anpassung an wirtschaftliche und gesellschaftliche Umfelder, die stark von denjenigen abweichen, die die Kultur ursprünglich prägten.[145] Vor der Einrichtung des Nationalstaates war in Somalia ein Ausmaß an Gewalt, wie es heute existiert, unbekannt. Die Mobilität, Egalität und der Verhaltenskodex von Gegenseitigkeit, der die Verwandtschaftsbeziehungen kennzeichnete, erschwerte es, daß eine Gruppe die andere beherrschte. Außerdem waren alle Erwachsenen an Subsistenzproduktion (Produktion ausschließlich für den Eigenbedarf) beteiligt: Alle Gruppen hatten Zugang zu ihren Ressourcen oder konnten sie durch Verbündete erlangen. Doch als Somalia aufgrund von Plantagenwirtschaft und Lohnarbeit zunehmend in die Weltwirtschaft integriert wurde, änderten sich die Besitzverhältnisse. Die Gesellschaft wurde tiefgreifender unterteilt. Hirten ernährten nicht mehr bloß sich selbst; ihre Überschüsse wurden nun abgezweigt, um eine wachsende Klasse von Händlern und eine Staatselite zu unterstützen, die wertvolle Ressourcen kontrollierten. Rivalität um den Zugang zu Grundstoffen, Dienstleistungen, Regierungsposten und ausländischer Hilfe trat immer stärker in den Vordergrund. Doch die Rhetorik der Verwandtschaftsbeziehungen wurde beibehalten, bestärkt von der vielsippigen, städtischen Elite in ihrer Rivalität um staatliche Mittel. Kurz gesagt, die Clans wandelten sich teilweise zu Klassen.[146] Das ist die Welt, die Aman betritt, als sie nach Mogadischu flieht. Ihre Geschichte zeigt deutlich den Verfall der traditionellen Moral, der Schutzwälle von Verträgen und des Islams, die zuvor gesellschaftliche Sicherheit garantierten, und die zunehmende Klassenbildung im städtischen Milieu. An den Parlamentswahlen von 1969 beteiligten sich vierundsechzig Parteien bei einer Bevölkerung von nur knapp vier Millionen, und jede repräsentierte eine der vierundsechzig wichtigen Sippen und Nebengruppen.[147] Diese Parteien traten nicht für verschiedene Programme ein; dies wurde deutlich, als nach den Wahlen alle Oppositionsangehörigen außer einem den Versammlungsraum durchquerten, um sich auf die Siegerseite zu begeben.[148]

Ein paar Monate nach diesen Wahlen wurde der Präsident bei einem Truppenbesuch im Norden von einem Soldaten ermordet. Der Mörder und das Opfer gehörten rivalisierenden Untergruppen des gleichen Clans an, und der Mord war die Vergeltung für Verluste, die die Verwandten des Soldaten bei Gewalttätigkeiten im Wahlkampf erlitten hatten. Das Parlament trat zusammen, um einen Nachfolger zu wählen, hatte aber trotz heftiger Debatten, die tiefe Abgründe deutlich machten, keinen Erfolg. Am 21. Oktober 1969 ergriffen die vereinten Kräfte der somalischen Armee und Polizei unter Anführung von Generalmajor Mohammad Siad Barre in einem unblutigen Staatsstreich die Macht. Man fand später einige Indizien für eine sowjetische Beteiligung an diesem Umsturz. Ein Jahr darauf bildete sich daraus ein sozialistisches Regime, angeblich, um die Unterschiede der Clanloyalitäten durch eine neutrale Verwaltung zu überwinden.[149]

Nach dem Coup wurde die demokratische Verfassung außer Kraft gesetzt. Die Angehörigen der alten Regierung wurden schikaniert oder verhaftet, Ausländer zum Verlassen des Landes aufgefordert. Zu diesem Zeitpunkt endet Amans Leben in Somalia, als ihr Mann nach Aden ausgebürgert wird und sie selbst sich auf die gefährliche Flucht nach Kenia begibt.

Somalias Geschichte geht natürlich weiter, mit sozialen Triumphen wie politischen Zwistigkeiten. Die Familienrechtsreformen von 1975 stellten das Dogma der Ungleichheit der Geschlechter in Frage. Die Alpahabetisierungskampagne von 1972 bis 1974 bestimmte Somalisch als offizielle Sprache des Landes und formalisierte die Schriftsprache.[150] 1977 begann das Barre-Regime eine vergebliche Kampagne, um Ogaden wiederzugewinnen, verlor jedoch damit seine Glaubwürdigkeit; die sowjetische Unterstützung wurde gekürzt. Das Regime begann mit brutaler Gewalt um seinen Machterhalt zu kämpfen. Die Opposition wurde grausam zum Schweigen gebracht, Verletzungen der Menschenrechte waren an der Tagesordnung. Ein gescheiterter Coup, ziviler Widerstand und Guerilla-Angriffe hatten blutige Vergeltungsschläge gegen die Zivilbevölkerung durch die »Red Hats« zur Folge, der Einsatztruppen der Regierung. Die Rache richtete sich gegen die mächtigen somalischen Clans – 1979 gegen die Majeerteen, 1988 gegen die Isaaq, von 1989 bis 1990 gegen die Hawija.[151] Die Grausamkeiten entsprechen denen im ehemaligen Jugoslawien: Die Zerstörung von Wasserreservoirs führte zum Verdursten von 2000 Menschen; es gibt Vergewaltigungen von Frauen in ausgesuchten Gebieten und Massenexekutionen. In den letzten beiden Januarwochen 1991 fand eine Schlacht zwischen Regierungstruppen und den Rebellen der USC (United Somali Congress, beherrscht von den Hawija und von General Mohammad Farah Aidid) statt; dies hatte den Fall von Mogadischu und die Flucht von General Barre in den Süden zur Folge. Dort versuchen er und seine Anhänger, sich neu zu formieren.[152]

Der USC gelang es nicht, Somalia zu einen; sie spaltete sich bei der Frage nach dem Interimspräsidenten, Ali Mahdi, der von Aidid und den Anführern anderer bewaffneter Oppositionsgruppen abgelehnt wurde. Die USC zerfiel den Sippen nach in Fraktionen, angeführt von Ali Mahdi und General Aidid, die einander in Mogadischu unter schweren Verlusten bekämpften.[153] Diese Phase ist zum Zeitpunkt der Veröffentlichung dieses Buches noch nicht abgeschlossen.

ANMERKUNGEN

Vorwort

1 Diese Frage wird in mehreren neueren Werke aus weiblicher Perspektive behandelt. Siehe zum Beispiel Abu Lughod 1986, 1993, Boddy 1989. Siehe auch Shostak 1981 und Smith 1981 über weitere mündlich überlieferte Autobiografien afrikanischer Frauen, die die traditionellen Sichtweisen in Frage stellen.

2 Hinweise auf meine Arbeit finden sich in der Bibliografie.

Nachwort

1 Siehe Samatar 1991:6; Ahmed Samatar 1988:17. Touval 1963:12 dokumentiert den Anteil geborener Somalis an der Bevölkerung wie folgt: Somalische Republik: 99 %, Dschibuti: 43 %, Äthiopien: 4 % und Kenia: 1 %.

Das somalische Volk

2 Laitin/Samatar 1987:xvi.

3 Ausführlicheres zu diesem Punkt findet sich bei Cassanelli 1982.

4 Abdalla 1982:42; Touval 1963:13–14.

5 Laitin/Samatar 1987:4,22; Touval 1963:14.

6 Kuschitisch ist die linguistische Bezeichnung für die Abteilung der afro-asiatischen Sprachfamilie, zu der Somalisch gehört. Eine kuschitische Sprache wird auch von den Oromo in Äthiopien und Kenia und, weniger nah verwandt, von den Beja, Bewohnern der Küste des Roten Meeres in Ägypten und im Sudan, gesprochen. Arabisch (ebenfalls Afro-Asiatisch) wurde seit Beginn des siebten Jahrhunderts mit dem Islam in Afrika eingeführt. Im Gegensatz zu Regionen wie Ägypten und dem Nordsudan, wo die älteren Sprachen sämtlich verschwunden sind, hat das Arabische in Somalia nie das Somalische als Alltagssprache überlagert. Arabische Lehnwörter machen jedoch etwa 20 % des gegenwärtigen somalischen Vokabulars aus (Laitin 1977:25). In Südsomalia leben zudem in begrenzten Gebieten Bantu-Sprechende, doch diese beherrschen auch Somalisch (Declich 1994).

7 Eine Zusammenfassung findet sich in Lewis 1961, 1988; Laitin/Samatar 1987.

8 Dabei wurden vermutlich die Ackerbau betreibenden Bantu und Swahili-Bevölkerungen integriert, die dort bereits lebten. Siehe Lewis 1988:7; Laitin/Samatar 1987:7. S. letztere (S. 171–172 n.5) auch wegen anderer Quellen.

9 Die Isaaq und Daarood. Die vier anderen sind die Hawiye, Dir, Digil und Rahanwayn.

10 Cassanelli 1982:15–16; Touval 1963:10.

11 Siehe Lewis 1988:27–32 über somalische Kriege mit den Oromo, die örtlich als »Galla« bekannt sind.

12 Siehe Abdi I. Samatar 1989; Pankhurst 1965.

13 Chittick (1969:110–11) behauptet, daß Mogadischu im dreizehnten Jahrhundert die wichtigste Stadt an der ostafrikanischen Küste gewesen sei; aus dortigen Inschriften wissen wir, daß eine der führenden Familien der Stadt, die Shirazi (aus Shiraz, der Hauptstadt von Fars [Persien]), mit herrschenden Familien in Küstenstädten weiter südlich verwandt war.

14 Dieses locker regierte »Reich« wurde im siebzehnten Jahrhundert am Indischen Ozean errichtet und umfaßte die ostafrikanische Küste nach Süden bis zum heutigen Mosambik. Die Herrschaft über die somalischen Städte bestand während der gesamten Zeit an sich nur dem Namen nach.

15 Siehe Touval 1963:32ff; Laitin/Samatar 1987, Kapitel 1; Berg 1969; Lewis 1988:36ff.

Koloniale Einmischung

16 Laitin/Samatar 1987:53.

17 Als Folge des Vertrages von 1897 zwischen Großbritannien und Äthiopien durften Schiffsladungen mit Waffen, die für Äthiopien bestimmt waren, durch britische Häfen in Somaliland verfrachtet werden. Einige davon erreichten sicher nicht ihr Ziel (Abdi I. Samatar 1989:34). Um die Jahrhundertwende konnte der religiöse Führer Sajid Mohammad Abdille Hasan (s. unten) Waffen und Munition über Dschibuti und Italienisch-Somaliland importieren (ebd., 38).

18 Siehe Cassanelli 1982. Dort findet sich eine Diskussion derartiger Bedingungen.

19 Siehe Samatar (1991:15), der aufgrund von Eingeborenenzeugnissen die zwischen 1890 und 1897 in Somalia beschlagnahmten Nutztiere mit 100000 Stück Rindvieh, 200000 Kamelen und 50000 Schafen und Ziegen angibt.

20 Siehe besonders S. Samatar (1982), aber auch B. W. Andrze-

jewski/I. M. Lewis (1964) und B. W. Andrzejewski »Einführung des Übersetzers« (1982:xiii) zu *Ignorance Is The Enemy of Love,* ein Roman des somalischen Autors Faarax M. J. Cawl, der in der Zeit des Derwischaufstandes spielt.

21 Vom arabischen *darwish,* Plural *darawish:* muslimischer Asket.

Viehzucht, Ehe, Familie und Clan

22 Siehe Lewis 1961 und Laitin/Samatar 1987.

23 Laitin/Samatar 1987:29

24 Touval 1963:15. Der Begriff *Clanfamilie* wurde 1961 von Lewis vorgeschlagen.

25 Lewis 1961:4; Cassanelli 1982:17 ff.

26 Lewis 1961:6.

27 *Diya* ist der arabische Begriff, den Aman zu *dinyo* umformt.

28 Laitin/Samatar 1987:29; Lewis 1961:6, 171 ff. Diese Gruppe wird in Somalisch *mag* genannt (Samatar 1991:12). Aman spricht es hingegen *mek* aus.

29 Derartige Gruppen sind jedoch flexibel und können unter bestimmten Umständen echte und angeheiratete Verwandte umfassen. Prinzipiell wird dies von der Schafiiten-Schule des islamischen Rechts abgeleitet. Die Entschädigungsbeträge werden von den erwachsenen Männern der Gruppe festgelegt und von Zeit zu Zeit überprüft. Diese Gruppen formulieren zudem gelegentlich die Regeln des Vertrages neu, durch die sie aneinander gebunden sind. Siehe Lewis (1961) mit ausführlichen Einzelheiten.

30 Siehe jedoch Helander (1991:117), der bemerkt, daß in dem Zwischenstromgebiet in Südsomalia, wo das Volk eine Mischwirtschaft aus Ackerbau und Herdentum betreibt, Ehen von Bruderkindern idealisiert werden und Ehen zwischen anderen Vettern und Kusinen ebenfalls häufig vorkommen. Die Annahme des arabischen Modells gilt seit langem als ein Ausdruck der Treue zum Islam, besonders unter jenen, die sich von einem »afrikanischen« Hintergrund distanzieren wollen, der möglicherweise früheres Sklaventum bedeutet. (Declich 1994). Hinsichtlich des Hirtentums im Norden meint Lewis (1961:5–6), daß Angehörige einer Sippe so stark miteinander verbunden sind, daß sie »nur wenig Notwendigkeit verspüren, ihre ohnehin starken agnatischen Bande durch andere aufgrund von Eheschließungen zu verstärken«. Daraus resultiert die Praktik der Sippenexogamie, durch die sie Bindungen an andere Gruppen schaffen. Siehe auch Cassanelli 1982.

31 Siehe Abdalla 1982; Lewis 1961, 1988; Laitin/Samatar 1987.

32 Siehe Lewis 1961; Helander 1991.

33 Siehe Boddy (1989) mit einem dies ergänzenden Fall aus dem Nordsudan.

34 Wenn man mit diesen Begriffen nicht vertraut ist, können die Unterschiede zwischen *Familie* und *Abstammungsgruppe* verwirrend wirken. Zur Familie gehören normalerweise die Verwandten auf mütterlicher wie väterlicher Seite; sie kann auch angeheiratete Verwandte einschließen, während die patrilineare Abstammungsgruppe nur jene Verwandten auf der väterlichen Seite umfaßt, die agnatisch, durch »Blutsbande«, miteinander verwandt sind.

35 Siehe zum Beispiel den Vorfall mit Abdi und der frischen Milch und Amans Stiefmutter in Kapitel 3. Amans Mutter scheut ihrerseits vor der Möglichkeit zurück, sich um die Kinder der geschiedenen Frauen ihres Mannes kümmern zu müssen.

36 Lewis 1961:41 über Bindungen zwischen einzelnen Sippen.

37 Cassanelli 1982.

38 Lewis 1961:2.

39 Der Begriff Agnaten ist nützlich, denn er hilft die Verwechslung von patrilinearen und väterlichen Verwandten zu vermeiden, ebenso wie die verbreitete Fehleinschätzung, daß Frauen nicht patrilinear miteinander verwandt sein können. In Somalia können Verwandte »auf Vaters Seite« zu seiner Sippe und der seiner Kinder gehören; andere, wie etwa seine Mutter, gehören mit Sicherheit nicht dazu. Zwei Frauen, deren Väter Brüder sind, die denselben Vater haben und gleiche oder verschiedene Mütter, sind agnatische Verwandte. Ich gebe dieses Beispiel an, weil agnatische Bande zwischen Frauen existieren, solange sie ausschließlich durch männliche, agnatische Verwandte bestimmt werden können; die mütterlichen Bindungen sind hier unwichtig. Die Kinder der Frauen von Männern, die nicht zueinander agnatisch sind, sind ebenfalls nicht agnatisch verwandt. In Somalia, wo alle geborenen Somalis einander als Angehörige eines einzigen großen Stammes betrachten, ist letztendlich jeder ein Agnate. Doch aus praktischen Gründen werden viel feinere Unterschiede getroffen.

40 Lewis 1961:135; Helander 1991:119.

41 Helander 1991.

42 Die Auswirkungen auf den Status der Frau werden in einem späteren Abschnitt behandelt.

43 Die Familien mit arabischer und persischer Abstammung konstruieren oft genealogische Verbindungen zu den größeren Clanfamilien, um sich einen Platz im somalischen System zu schaffen (Laitin/Samatar 1987:31).

44 Lewis 1961:7.

45 Eine klassische Beschreibung des segmentären Abstammungssystems findet sich in Evans-Pritchard (1940).
46 Laitin/Samatar 1987:31.
47 In ganz Somalia werden die islamischen Erbregeln oft ignoriert, wenn es um Frauen geht. Manchmal, wie bei Amans Mutter, bekommen die Töchter weniger Vieh und städtischen Besitz; nur sehr selten gesteht man ihnen ihren gerechten Anteil an den väterlichen Kamelen zu. Die männlichen Verwandten, die den Kern der *diya*-Gruppe ausmachen, verhindern aus körperschaftlichem Interesse oft die Verteilung unter den Töchtern, die gewöhnlich mit Männern anderer Sippen verheiratet sind und woanders leben. Da die Geburts-*diya*-Gruppe der verheirateten Frau auch nach deren Eheschließung für sie die Verantwortung behält, wird die Einbehaltung des Erbes einer Verwandten als eine Art Vertrauensbeweis gerechtfertigt. Siehe Lewis 1961.
48 Laitin/Samatar 1987:31.
49 Lewis 1961:198. Der Rat wird *shir* genannt.
50 Lewis 1961:200–201.
51 Lewis 1961:241.
52 Luling 1971:180–191; zitiert in Laitin 1977:27.
53 Siehe Lewis 1961; Luling 1971; Laitin 1977 und Laitin/Samatar 1987.
54 Lewis 1961:25, *passim;* Laitin/Samatar 1987:28.
55 Abdalla 1982:43. Siehe auch Lewis 1961:151.
56 Laitin/Samatar 1987:30.
57 Abdalla 1982:54.
58 Andrzejewski/Lewis 1964:30–31.
59 Lewis 1961:213 ff. Siehe auch Abdi I. Samatar 1989:26–27.
60 Lewis 1961:56 ff.
61 Lewis 1961:83.
62 Lewis 1961:60.

Kamele und Poesie
63 Laitin 1977:21.
64 Cassanelli 1982:11.
65 Laitin/Samatar 1987:25.
66 Laitin/Samatar 1987:27.
67 Burton 1966 (1856):92–93.
68 Siehe auch Abu Lughod 1986 über ägyptische Beduinen-Dichtung.
69 Andrzejwski/Lewis 1964:4.
70 Andrzejewski 1982:xiii.
71 Laitin/Samatar 1987:36–40.

72 Die bekannte kanadische Romanschriftstellerin Margaret Laurence gab 1954 eine Sammlung somalischer Sprachkunstwerke unter dem Titel *A Tree for Poverty* heraus. Sie lebte Anfang der fünfziger Jahre mit ihrem Mann in Britisch-Somaliland, der als Ingenieur an der Grenze zu Äthiopien Brunnen bohrte. In ihren Erinnerungen an den Aufenthalt dort schrieb sie, Somalisch sei »eine Sprache, die für Dichtung sehr gut geeignet ist ... denn viele ihrer Worte sind wie ein Mantelsack und enthalten ungeheuer viele Konnotationen. Ein Wort beschrieb einen Wind, der über die Wüste weht und die Haut austrocknet und die Schleimhäute der Kehle verdorrt. Einige Worte waren besonders lyrisch, andere sehr treffend und genau. Ein niedriger Busch mit weichen, breiten Blättern und zarten lila Blüten wurde *wahharawallis* genannt, was bedeutet: ›bringt die kleinen Ziegen zum Hüpfen‹. Es gab ein Wort für alles süß Schmeckende, selbst die frische Luft. Das Wort, das Wohlbefinden bezeichnete, hieß wortwörtlich: ›Genug Wasser im Bauch‹. Ein Risiko oder eine gefährliche Situation war *saymo,* das Netz Gottes.« (Laurence 1964:35). Sie beschreibt eine Pflanze mit Namen *marooro,* die »morgens einen scharfen Geruch hat, aber abends süß schmeckt«; mit diesem Wort bezeichnen Somalis oft auch Frauen (ebd.). Laitin schreibt: »Ein somalisches Sprichwort besagt *Somaaliga wa mergi,* ›die somalische Sprache ist geschmeidig‹, weil Worte ständig eine neue und völlig andere Bedeutung annehmen können.« (1977:31)

73 Wie in Anmerkung 6 bemerkt, besteht über ein Fünftel des somalischen Wortschatzes, auch viele Personennamen, aus arabischen Lehnworten (Laitin 1977:25).

Die Stellung der Frau: Geschlecht, Ehre, weibliche Beschneidung

74 Andrzejewski 1974:18 in seiner anthropologischen Einführung zu einem Schauspiel des somalischen Schriftstellers Hasan Sheikh Mumin *Leopard Among the Women:* Shabeelnaagood.

75 Raqiya Abdalla (1982:33) bemerkt hierzu: »Der Islam meint, da absolute Gleichrangigkeit niemals in allen Situationen möglich sein wird, bleibt eine grundsätzliche Gleichberechtigung in allen Beziehungen zwischen Mann und Frau erhalten. Dazu treten andere Bräuche, die die männliche Vorherrschaft bestätigen und weithin als *islamisch* und *religiös* gedeutet werden, aber von keinem bestimmten islamischen Text bestätigt sind.« (Hervorhebung im Original). Eine Diskussion darüber, in der es nicht ausdrücklich um die somalische Gesellschaft geht, findet sich in Mernissi 1991 und Ahmed 1992.

76 Andrzejewski/Lewis 1964:20.

77 Lewis 1961, 1969; Andrzejewski/Lewis 1964.
78 Lewis 1961:122.
79 Natürlich wären die Hindernisse für eine solche Klage ungeheuerlich angesichts der Zwänge der verwandtschaftlichen Beziehungen und der Notwendigkeit, durch einen Mann vertreten zu werden.
80 Lewis 1969; Andrzejewski 1982:xviii.
81 Abdalla 1982:55.
82 Andrzejewski/Lewis 1964:22.
83 Abdalla 1982:55
84 Abdalla 1982:55; Andrzejewski/Lewis 1964:23.
85 Siehe Cawl 1982 und Andrzejewskis Einführung zu diesem Buch (1982).
86 Siehe Abdalla 1982; Laitin/Samatar 1987:95.
87 Dennoch berichtet Lewis (1961:38) von einer Scheidungsrate von über 25 % bei einer der nomadischen Gruppen im Norden. Einige Somalis meinen, die Rate im gesamten Land könnte früher höher gelegen haben als heute.
88 Abdalla 1982:45.
89 Die Anzahl der traditionellen Leibeigenen ist klein und wird Ende der fünfziger Jahre auf kaum mehr als 12500 geschätzt – bei einer Gesamtbevölkerung von knapp unter vier Millionen. Siehe Lewis 1961:14.
90 Burton 1966:285.
91 Lewis 1961:14; Touval 1963:18.
92 Laitin/Samatar 1987:42.
93 Diese Diskussion stützt sich stark auf Abu-Lughods Erkenntnisse über die Ehre unter den ägyptischen Beduinen (1986:79–108).
94 Siehe auch Boddy 1989.
95 Lewis 1969:195–96.
96 Abu-Lughod 1986:104.
97 Abdalla 1982:43.
98 Siehe auch Abu-Lughod 1986:124 ff.
99 Abdalla 1982:43.
100 Bei Abdalla 1982:46–8 mit der folgenden Kennzeichnung: »Extrakt eines Artikels über ›Traditionelle somalische Ehen‹ von Musa Galaal 1968«.
101 Lewis 1969:201.
102 Im Sudan können solche Geister entweder einer Krankheit vorausgehen oder ein bestehendes Problem ausnutzen und bewirken, daß es unverhältnismäßig verstärkt wird. Bestimmte Symptome, wie etwa Mattigkeit, Schlaflosigkeit, Ängstlichkeit, werden mit solchen Geisterkrankheiten in Verbindung gebracht.

103 Der *zar*-Kult findet sich in verschiedenen Formen in Ägypten und Äthiopien wie auch in Somalia und im Sudan. Siehe Boddy 1988, 1989; Lewis 1969, 1971, 1986, 1989; und Lewis u. a. 1991 mit umfangreichen Bibliographien. Über den somalischen *zar* siehe auch Luling 1991.

104 Der *zar*-Kult ist viel komplexer als in dieser kurzen Beschreibung angedeutet. Im Sudan, wo ich ihn untersuchte, bestehen die Zeremonien aus komplizierten satirischen Burlesken über die bestehenden Autoritäten und die kolonialen Mächte. Die Initiierten sprechen eine Sprache, die metaphorisch mit den Bedeutungen der Alltagssprache spielt. Siehe Boddy 1989.

105 Abdalla 1982:35.

106 Siehe Hosken 1979 und McLean 1980, was das Ausmaß und die Verschiedenheit dieser Praktiken angeht.

107 Die Moral ist im Sudan weniger stark mit Blutsverwandtschaft verknüpft als in Somalia. Siehe Boddy 1982, 1988, 1989, 1991.

108 Abdalla 1982:12, 17. Dies wurde natürlich von westlichen Aktivisten und Regierungen ebenfalls verdammt.

109 Abdalla 1982:37.

110 Abdalla 1982:49.

111 Abdalla 1982:51.

112 Abdalla 1982:53, Hervorhebung im Original.

113 Siehe Laitin/Samatar 1987:86–87.

114 Siehe Abdalla 1982:86–100; Laitin/Samatar 1987:86–87. Wie im Sudan sprachen sich die von Abdalla 1982 interviewten Somalis, die die Vernähung der Vagina abschaffen wollen, nicht gegen die weibliche Beschneidung generell aus. Der Begriff *sunna* deutet zwar an, daß die Operation religiös anempfohlen wird, aber ob dies tatsächlich der Fall ist, wird in der islamischen Welt diskutiert. Siehe El Dareer (1982) und andere Werke in der Bibliographie. Abdalla zufolge (1982:82–83) besagt der Gesetzeskodex Maliki, daß die Beschneidung für Männer *sunna* ist und ein *Schmuck* für Frauen, während die Kodizes Hanafi und Hanbali die Beschneidung für Männer als *sunna* bezeichnen und für Frauen *veredelnd*. Sie sagt nichts über das Schafii-Rechtssystem, dem die Somalis folgen. Muslimische Feministinnen in Ländern, in denen die Operation vollzogen wird, arbeiten unermüdlich an deren Abschaffung. McLean (1980:6) berichtet, daß 1978 in Somalia aufgrund der Bemühungen der somalischen demokratischen Frauenorganisation eine Kommission zur Abschaffung der Infibulation gegründet worden sei. Nur wenige Länder haben, abgesehen vom Sudan, Gesetze dagegen erlassen, und auch dort sind diese nur teilweise erfolgreich gewesen (Boddy 1991,

Sanderson 1981). Über 80% der muslimischen sudanesischen Frauen sind gegenwärtig vernäht, trotz der Tatsache, daß die Prozedur 1946 zur strafbaren Handlung erklärt wurde.

115 Siehe auch Alice Walkers Roman *Sie hüten das Geheimnis des Glükkes* (1993) mit der dramatischen Suche nach einem Bindeglied zwischen antikolonialer Politik und weiblicher Beschneidung.

116 Ein Beispiel hierfür findet sich in Boddy 1991. Andere Quellen zur weiblichen Beschneidung in Afrika, auch des oben beschriebenen »pharaonischen Typs«, finden sich in Assaad 1980; Boddy 1982, 1988, 1989; Cloudsley 1983; El Sadaawi 1980; Giorgis 1981; Gordon 1991; Guenbaum 1982, 1988, 1991; Hosken 1980; Kennedy 1978; King 1890; Koso-Thomas 1987; Kouba/Muasher 1985; Lightfoot-Klein 1989; Morsy 1991; Otoo 1976; WHO 1979. Meines Erachtens besteht eine bessere Strategie darin, die Bemühungen der afrikanischen Frauen und Organisationen zu unterstützen, die auf eine Abschaffung dieser Praktik innerhalb ihrer eigenen Gesellschaft hinarbeiten.

117 Abdalla 1982:109–110.

118 Andrzejewski 1974:20–21. Die willkürliche Anwendung der Scheidungsrechte des Mannes wurde zwar von den Reformen 1975 beschnitten, aber diese wurden nicht voll durchgesetzt, und die Stellung der Frau bleibt ungewiß.

119 Abdalla (1982:57–61) und Laitin/Samatar (1987:86–87) diskutieren die nachrevolutionären Anstrengungen des Regimes, die sexuelle Ungleichheit aufzuheben. In Arbeitswelt und Bildungswesen haben sich die Frauen seit den siebziger Jahren weitere Möglichkeiten eröffnet, doch am meisten haben Frauen im städtischen Milieu davon profitiert.

120 Abdalla 1982:52.

121 Siehe Barnes 1990:259 ff.

Das koloniale und nachkoloniale Somalia

122 Diese Zusammenfassung stützt sich vornehmlich auf Lewis 1988 und Laitin/Samatar 1987.

123 Cassanelli 1988:321 ff.

124 Lewis 1988:98.

125 Lewis 1988:98.

126 Touval 1963:71.

127 Lewis 1988:108.

128 Touval 1963:72; Lewis 1988:110.

129 Lewis 1988:110.

130 Lewis 1988:111.

131 Laitin/Samatar 1987:62.

132 Lewis 1988:111.

133 Unter dem Namen »Italienisch-Ostafrika«, das Äthiopien und Eritrea umfaßte.

134 Lewis 1988:118.

135 Lewis 1988:140.

136 Lewis 1988:140–41.

137 Touval 1963:12.

138 Abdi I. Samatar 1989:89.

139 Touval 1963:13.

140 Lewis 1988:173.

141 Laitin/Samatar 1987:75.

142 Laitin/Samatar 1987:74.

143 Lewis 1988; Laitin/Samatar 1987; Samatar 1991. Siehe auch Lewis (1993–2), der darauf hinweist, daß im äußersten Norden Somalias die Rückbesinnung auf die Clanstruktur nach den jüngsten Unruhen die positive Seite der traditionellen Politik sichtbar machte. Clanältere konnten besser Frieden schließen als die neue sezessionistische Regierung.

144 Dazu gehörte Siyad Barre in den Anfangsjahren seiner Regierung.

145 Ich fasse ein überzeugendes Argument von Abdi Ismali Samatar (1992) zusammen, eines somalischen Professors für Geographie, der in den Vereinigten Staaten lehrt. Siehe auch Ahmed Samatar 1988.

146 Abdi I. Samatar 1992.

147 Samatar 1991:17.

148 Abdi I. Samatar 1992:635.

149 Laitin/Samatar 1987:78.

150 Trotz der überzogenen Versprechen der Regierung, bis 1975 das Analphabetentum von 95% auf 45% zu senken, waren die Erfolge beträchtlich und hatten eine drastische Zunahme der Einschulungen zur Folge. Siehe Laitin/Samatar 1987.

151 Die Majerteen sind eigentlich ein Clan innerhalb der Darood-Clanfamilie, zu der auch der Clan von Siyad Barre gehört.

152 Samatar 1991. Über Siad Barre schreibt Said Samatar (S.17): »Seine persönliche Herrschaft und sein Einfluß dauerten 21 Jahre und stürzten in ihren letzten Momenten in den Abgrund eines Volksaufstandes, in dessen Verlauf die Straßen von Mogadischu ›von Leichen übersät‹ waren.« Tragischerweise wurde Faraax Cawl, der erste somalische Romancier, ein Opfer dieser Gewalt (ebd., 5).

153 Omaar 1992:233.

LITERATUR

ABDALLA, RAQIYA HAJI DUALEH. 1982. *Sisters in Affliction: Circumcision and Infibulation in Africa.* London: Zed.

ABU-LUGHOD, LILA. 1986. *Veiled Sentiments: Honor and Poetry in a Bedouin Society.* Berkeley: University of California Press.

— 1993. *Writing Women's Worlds: Bedouin Stories.* Berkeley: University of California Press.

AHMED, LEILA. 1992. *Women and Gender in Islam: Historical Roots of a Modern Debate.* New Haven: Yale University Press.

ANDRZEJEWSKI, B. W. 1974. Introduction to *Leopard among the Women:* Shabeelnaagood, von Hassan Sheikh Mumin. Übers. v. B. W. Andrzejewski. London: Oxford University Press.

— 1982. Einf. zu: *Ingnorance Is the Enemy of Love,* von Faarax M. J. Cawl (1974). London: Zed.

ANDRZEJEWSKI, B. W., UND LEWIS, I. M. 1964. *Somali Poetry: An Introduction.*Oxford: Clarendon.

ASSAAD, MARIE BASSILI. 1980. »Female Circumcision in Egypt: Social Implications, Current Research, and Prospects for Change«. *Studies in Family Planing* II (I):3–16.

BARNES, SANDRA T. 1990. »Women, Property, and Power«. In: *Beyond the Second Sex: New Directions in the Anthropology of Gender.* Hrsg.: P. R. Sanday, R. G. Goodenough. Philadelphia: University of Pennsylvania Press.

BARNES, VIRGINIA LEE. 1989. »Coming of Age in East Africa: The Life History Process and Its Empowerment of a Somali Woman«. Vortrag vor der Jahresversammlung der American Anthropological Association, November, Washington.

BERG, F. J. 1969. The Coast from the Portuguese Invasion. In: *Zamani: A Survey of East African History.* Hrsg.: B. A. Ogot, J. A. Kieran. Nairobi: Longmans.

BODDY, JANICE. 1982. »Womb as Oasis: The Symbolic Context of Pharaonic Circumcision in Northern Sudan«. *American Ethnologist* 9(4):682–698.

— 1988. »Spirits and Selves in Northern Sudan. The Cultural Thera-

peutics of Possession and Trance«. *American Ethnologist* 15(1): 4–27.
— 1989. *Wombs and Alien Spirits: Woman, Men, and the* Zar *Cult in Northern Sudan.* Madison: University of Wisconsin Press.
— 1991. »Body Politics: Continuing the Anti-Circumcision Crusade«. *Medical Anthropology Quarterly* 5(1):15–17.
— 1992. »Bucking the Agnatic System: Status and Strategies in Rural Northern Sudan«. In: *In Her Prime: New Views of Middle-Aged Women.* Hrsg.: V. Kerns, J. K. Brown. Chicago: University of Illinois Press.
— 1994. »Managing Tradition: ›Superstition‹ and the Making of National Identity among Sudanese Women Refugees«. In: *Religious and Cultural Certainties.* Hrsg.: Wendy James. London: Routledge. (i. Vorb.)
BURTON, SIR RICHARD. 1966. (1856) *First Footsteps in East Africa.* Ed. G. Waterfield. London. Routledge and Kegan Paul.
CASSANELLI, LEE V. 1982. *The Shaping of Somali Society.* Philadelphia: University of Pennsylvania Press.
— 1988. »The Ending of Slavery in Italian Somalia: Liberty and the control of Labor, 1890–1935«. In: *The End of Slavery in Africa.* Hrsg.: S. Miers, R. Roberts. Madison: University of Wisconsin Press.
CAWL, FAARAX M. J. 1982. *Ignorance Is the Enemy of Love.* (1974) Übers. v. B. W Andrzejewski. London: Zed.
CHITTICK, NEVILLE. 1969. »The Coast Before the Arrival of the Portuguese«. In: *Zamani: A Survey of East African History.* Hrsg.: B. A. Ogot, J. A. Kieran. Nairobi: Longmans.
CLOUDSLEY, ANNE. 1983. *Women of Omdurman: Life, Love and the Cult of Virginity.* London: Ethnographica.
DECLICH, FRANCESCA. 1994. »Identity, Dance and Islam among People with Bantu Origins in Riverine Areas of Somalia«. In: *The Invention of Somalia.* Hrsg.: A. J. Ahmed. London: Red Sea Press. (i. Vorb.)
EL DAREER, ASMA. 1982. *Woman, Why do You Weep? Circumcision and Its Consequences.* London: Zed.
EL SADAAWI, NAWAL. 1980. *The Hidden Face of Eve.* Hrsg. u. übers. v. Sharif Hetata. London: Zed.
EVANS-PRITCHARD, E. E. 1940. *The Nuer.* Oxford: Clarendon.
GIORGIS, BELKIS WOLDE. 1981. *Female Circumcision in Africa.* Addis Ababa: U. N. »Wirtschaftskommision und Verband afrikanischer Frauen für Forschung und Entwicklung«.
GORDON, DANIEL. 1991. »Female Circumcision and Genital Operations in Egypt and the Sudan: A Dilemma for Medical Anthropology«. *Medical Anthropology Quarterly* 5(1):3–14.

GRUENBAUM, ELLEN. 1982. »The Movement Against Clitoridectomy and Infibulation in Sudan: Public Health Policy and the ›Women's Movement«. *Medical Anthropology Newsletter* 13(2):4–12.

— 1988. »Reproductive Ritual and Social Reproduction: Female Circumcision and the Subordination of Women in the Sudan«. In: *Economy and Class in the Sudan.* Hrsg.: N. O'Neil and J. O'Brien. Aldershot: Avebury.

— 1991. »The Islamic Movement, Development, and Health Education: Recent Changes in the Health of Rural Women in Central Sudan«. *Social Science and Medicine* 33(6):637–645.

HAYES, ROSE OLDFIELD. 1975. »Female Genital Mutilation, Fertility Control, Women's Roles, and the Patrilineage in Modern Sudan: A Functional Analysis«. *American Ethnologist* 2:617–633.

HELANDER, BERNHARD. 1991. »Words, Worlds, and Wishes: The Aesthetics of Somali Kinship«. *Cultural Anthropology* 6(1):113–120.

HOSKEN, FRAN P. 1979. *The Hosken Report: Genital and Sexual Mutilation of Females.* Women's International Network News.

— 1980. *Female Sexual Mutilations: The Facts and Proposals for Action.* Lexington, MA: Women's International Network News.

KENNEDY, JOHN G., Hrsg. 1978. *Nubian Ceremonial Life.* Berkeley: University of California Press.

KING, M. J. S. 1890. »On the Practice of Female Circumcision and Infibulation among the Somalis and Other Nations of North-East Africa«. *Anthropological Society* (Bombay) 2:2–6.

KOSO-THOMAS, O. 1987. *The Circumcision of Women: A Strategy for Eradication.* London: Zed.

KOUBA, LEONARD J., UND MUASHER, JUDITH 1985. »Female Circumcision in Africa: An Overview«. *African Studies Review* 28(1):95–110.

LAITIN, DAVID D. 1977. *Politics, Language, and Thought: The Somali Experience.* Chicago: University of Chicago Press.

LAITIN, DAVID D., UND SAMATAR, SAID S. 1987. *Somalia: Nation in Search of a State.* Boulder: Westview.

LAURENCE, MARGARET. 1963 *The Prophet's Camel Bell.* Toronto: McClelland and Stewart.

LAURENCE, MARGARET (gesammelt und übersetzt von). 1970. (1954) *A Tree for Poverty: Somali Poetry and Prose.* Hamilton: McMaster University Library Press.

LEWIS, I. M. 1961. *A Pastoral Democracy: A Study of Pastoralism and Politics among the Northern Somali of the Horn of Africa.* London: Oxford University Press.

— 1969. »Spirit Possession in Northern Somaliland«. In: *Spirit Mediumship and Society in Africa.* Hrsg.: J. Beattie, J. Middleton. London. Routledge and Kegan Paul.

— 1971. »Spirit Possession in North-East Africa«. In: *Sudan in Africa.* Hrsg.: Y. F. Hasan. Khartoum: Khartoum University Press.
— 1986. *Religion in Context: Cults and Charisma.* Cambridge: Cambridge University Press.
— 1988. *The Modern History of Somaliland: From Nation to State.* Boulder: Westview. (Überarb. Aufl.)
— 1989. *Ecstatic Religion: A Study of Shamanism and Spirit Possession.* London: Routledge. (Überarb. Aufl.)
— 1993. »Misunderstanding the Somali Crisis«. *Anthropology Today* 9(4):1–3.
LEWIS, I. M., AL-SAFI, A., UND HURREIZ, S., Hrsg. 1991. *Women's Medicine: The Zar-Bori Cult in Africa and Beyond.* Edinburgh: Edinburgh University Press.
LIGHTFOOT-KLEIN, HANNI. 1989. *Prisoners of Ritual: An Odyssey into Female Genital Circumcision in Africa.* New York: Harrington Park.
LULING, VIRGINIA. 1971. *The Social Structure of Southern Somalie Tribes.* Diss., University of London.
— 1991. »Some Possession Cults in Southern Somalia«. In: *Women's Medicine: The Zar-Bori Cult ihn Africa and Beyond.* Hrsg.: I. M. Lewis, A. Al-Safi, S. Hurreiz. Edinburgh: Edinburgh University Press.
MCLEAN, SCILLA, Hrsg. 1980. *Female Circumicion, Excision and Infibulation: The Facts and Proposals for Change.* London: Minority Rights Group Report.
MERNISSI, FATIMA. 1991. *The Veil and the Male Elite: A Feminist Interpretation of Women's Rights in Islam.* Reading, MA: Addison Wesley.
MORSY, SOHEIR. 1991. »Safeguarding Women's Bodies: The White Man's Burden Medicalized«. *Medical Anthropology Quarterly* 5(1):19–23.
MUMIN, HASSAN SHEIKH. 1974. *Leopard among the Women:* Shabeelnaagood. Übers. v. B. W. Andrzejewski. London: Oxford University Press.
OMAAR, RAQIYA. 1992. »Somalia: At War with Itself«. *Current History* 91(565):230–234.
OTOO, S. N. A. 1976. »Pharaonic Circumcision in Somalia«. WHO/EMRO. Unveröffentl. Bericht.
PANKHURST, RICHARD. 1965. »The Trade of the Gulf of Aden Ports of Africa in the Nineteenth and Early Twentieth Centuries«. *Journal of Ethiopian Studies.* 3(1):36–82.
SAMATAR, ABDI ISMAIL. 1989. *The State and Rural Transformation in Northern Somalia 1884–1986.* Madison: University of Wisconsin Press.
— 1992. »Destruction of State and Society in Somalia: Beyond the Tribal Convention«. *Journal of Modern African Studies* 30(4):625–641.

SAMATAR, AHMED. 1988. *Socialist Somalia: Rhetoric and Reality*. London: Zed.

SAMATAR, SAID S. 1982. *Oral Poetry and Somali Nationalism*. Cambridge: Cambridge University Press.

— 1991. *Somalia: A Nation in Turmoil*. London: Minority Rights Group Report.

SANDERSON, LILIAN PASSMORE. 1981. *Against the Mutilaton of Women: The Struggle to End Unnecessary Suffering*. London: Ithaca.

SHOSTAK, MARJORIE. 1981. *Nisa: The Life and Words of a !Kung Woman*. New York: Random House.

SMITH, MARY F. 1981. *Baba of Karo: A Woman of the Muslim Hausa*. Hew Haven: Yale University Press. (Nachdruck, 1954)

TOUVAL, SAADIA. 1963. *Somali Nationalism: International Politics and the Drive for Unity in the Horn of Africa*. Cambridge, MA: Harvard University Press.

W H O (Weltgesundheitsorganisation). 1979. *Pratiques traditionelles affectant la santé des femmes et des enfants*. »Protokoll eines Seminars in Khartum, 10.–15. Feb. 1979.« Alexandria: Eastern Mediterranean Office.

DANKSAGUNGEN

Ich möchte Penny Orr danken, die die Geschichte nicht untergehen ließ und sich nach jemandem umsah, der helfen würde, sie zu veröffentlichen, John Middleton, der Janice ausfindig machte, Janice Boddy, die das Buch zu Knopf Canada brachte, Louise Dennys, David Kent, Rebecca Godfrey, Kathryn Gaizauskas und allen Mitarbeitern von Knopf Canada für ihre Arbeit und ihren Einsatz. Außerdem möchte ich Sharifa für all ihre Hilfe danken.

Aman

Bei diesem Projekt haben viele Menschen mitgeholfen, und ich bin ihnen allen dankbar, zu Hause und an den literarischen Fronten: Meinem Mann Ronald Wright, bei Knopf Canada Louise Dennys, Rebecca Godfrey, Kathryn Gaizauskas, Catherine Yolles und Susan Roxborough. Ein Stipendium der Universität Toronto ermöglichte mir, Aman im Sommer 1993 zu interviewen. Mein Dank geht zudem an Gamal Gulaid, Claudie Goselin, Hilarie Kelly, Bella Pomer, Gena Gorrell, Audrey Glasbergen, Carole Tuck, Sharifa, Donya Peroff, John Middleton, Penny Orr, Martin Buss, Michael Lambek, Jaqueline Solway, Sharon Foster, Beverley Sotolow, Angehörige der somalischen Gemeinschaft in Toronto und meine sehr geduldigen Studenten. Ein besonderer Dank gilt Aman, die mir ihre Geschichte erzählte, und Lee Barnes, die sie ans Licht der Welt brachte.

Janice Boddy